中國詩史

송용준 지음

明文堂

中国哲学史

● 머리말

　필자가 『중국시사(中國詩史)』의 집필을 염두에 두고 그 기초 작업으로 『중국한시(中國漢詩)』를 발간한 것이 벌써 2년 전의 일이다. 돌이켜보면 40년 전 대학원에 입학하여 중국고전시를 전공하겠다고 방향을 정했지만 갈 길이 너무나 멀고 험난하여 갈피를 잡을 수 없었다. 중국고전시는 그 원류로 볼 수 있는 『시경(詩經)』의 시가 출현한 서주(西周)시대부터 청대(淸代) 말기까지 약 3천 년의 역사를 지니고 있을 뿐만 아니라 현재까지 전해지고 있는 작품수도 어림잡아 100만 수가 훨씬 넘기 때문이다. 다행히 차주환(車柱環)·김학주(金學主) 두 교수님의 지도를 받아 석사학위와 박사학위를 받고 지금까지 대학에서 중국고전시를 강의하고 있지만 강의 준비를 할 때마다 이런저런 어려움에 봉착하여 아직도 두려움을 떨쳐버릴 수 없다.

　대학교수로서의 정년(停年)이 눈앞에 다가오고 있는데도 중국고전시의 긴 역사와 방대한 양에 압도되어 그 흐름을 정리해 볼 엄두를 내지 못하다가 결국 시간에 쫓겨 천학(淺學)을 무릅쓰고 집필을 마음먹은 것이 10년 전의 일이다. 오태석(吳台錫)·이치수(李致洙) 두 교수와 함께 『송시사(宋詩史)』를 쓴 경험을 바탕으로 집필의 방향과 요령을 마련하고, 상대적으로 연구가 불충분한 원(元)·명(明)·청(淸) 세 조대(朝代)의 시를 집중적으로 공부하여 어설프게나마 작가와 작품의 위상과 가치를 판단하고 각 시대의 특징을 정리할 수 있었다.

필자가 이 책을 완성할 수 있었던 배경에는 한국과 중국을 비롯한 전 세계 중국문학 연구자들의 연구성과가 있다. 중국에서는 이미 몇 권의 중국시사(中國詩史)와 단대시사(斷代詩史)가 나와 있고, 일본에서 중국시사가 발간된 것도 수십 년 전의 일이다. 우리나라에서는 아직 중국시사라고 할 수 있는 저작이 나오지는 않았지만 20세기 후반에 들어와 중국고전시에 대한 연구가 활기를 띠면서 시대별 작가와 작품에 대한 역주(譯註)와 시선집(詩選集)을 비롯한 다양한 저술과 논문이 쏟아져 나왔다. 수많은 선배와 동료 학자들의 연구가 이처럼 축적되어 있지 않았다면 필자도 중국시사를 써보겠다는 용기를 내지 못했을 것이다.

이 책에서는 중국시가의 원류로 볼 수 있는 『시경(詩經)』과 『초사(楚辭)』를 선진(先秦)시대의 시로 다루고, 그 다음에는 작가와 작품의 규모와 위상을 고려하여 각 시기를 양한(兩漢)·위진남북조(魏晉南北朝)·수당(隋唐)·송(宋)·원(元)·명(明)·청(淸)으로 나누어 서술하였다. 각 시기의 시를 구체적으로 논하기에 앞서 서두에 「개설」을 두어 그 시대 시의 전반적 추이를 개괄하고 특징과 위상을 정리해두어 독자들이 거시적 관점에서 중국고전시의 흐름을 이해할 수 있도록 도모했다.

또 한 가지 첨언할 것은 중국이 1919년의 5·4운동을 전환점으로 하여 현대시의 세계로 진입했지만 이 책에서는 필자의 역량이 부족하여 다루지 않았다. 그런 점에서 이 책은 사실상 '중국고전시사'이다. 앞으로 세월이 흐르면 후학들에 의해 5·4운동 이후의 중국시를 포괄한 '중국시사'가 나올 것이다. 그 시기가 앞당겨지기를 학수고대한다.

이 책이 나오기까지 여러 분의 도움이 있었다. 서울대학교에서 강의하는 이주현 박사는 연구보조원으로서 연구 행정을 맡아주었을 뿐만 아니라, 필자의 초고를 꼼꼼히 읽으며 교정을 봐주었다. 한국연구재단에서는 저술 출판지원사업의 일환으로 연구비를 지원해주었고, 명문당(明文堂)에서는 필자의 볼품없는 원고를 깔끔한 모습의 책으로 출판해주었다. 필자로서는 여간 고마운 일이 아니다. 이 자리를 빌려 깊은 감사의 뜻을 전한다.

끝으로 중국시사를 집필할 엄두도 못 내고 있던 필자에게 용기를 북돋아주고, 집필이 끝날 때까지 격려를 아끼지 않은 아내에게도 고마운 마음을 전한다.

2017년 1월
송용준

목 차

| 제 1 장 |

선진시(先秦詩)

1. 개설

중국의 고대사를 이야기할 때 언제부터를 역사 사실로 인정하여 기술할 것인지의 문제가 있긴 하지만 일반적으로는 중국 고대의 첫 왕조로 추정되는 하(夏)의 시대부터 언급한다. 하 왕조의 성립 시기를 보통 B.C. 21세기로 잡으니 공교롭게도 지금 우리가 살고 있는 AD 21세기의 대척점에 있다.1) 그 뒤를 이어 약 500년 후인 B.C. 16세기에 상(商) 왕조가 지금의 하남성(河南省) 상구현(商丘縣) 일대인 박읍(亳邑)에서 일어나 존속하다가 B.C. 14세기에 들어와 반경(盤庚)이 지금의 하남성 안양현(安陽縣) 소둔(小屯)인 은(殷)으로 천도하여 그때부터를 은(殷) 왕조라고 부르기도 한다.

상 왕조가 성립된 지 약 500년 후인 B.C. 11세기에 은 왕조를 대신하여 주(周) 왕조가 지금의 섬서성(陝西省) 서안(西安) 일대인 호경(鎬京)을 도읍으로 하여 번성하다가 B.C. 770년에 이르러 서쪽 이민족의 침입으로 유왕(幽王)이 죽고, 그 아들 평왕(平王)이 일부 추종자들을 이끌고 동쪽으로 피신하여 낙읍(洛邑: 지금의 하남성 낙양)에 정착한 이후를 동주(東周)라고 부른다.

한 가지 재미있는 것은 하·상·주[西周] 세 왕조의 멸망과 관련하여 '걸왕(桀王)과 말희(末喜)의 설화', '주왕(紂王)과 달기(妲己)의 설화', '유왕(幽王)과 포사(褒姒)의 설화'가 있는데, 하나같이 우매한 군주가 한 여인을 지나치게 총애하여 나라를 멸망에 이르게 했다는 내용이다. 그런 설화들을 역사상의 사실로 믿기는 어렵고, 다만

---

1) 하(夏) 왕조의 도읍은 안읍(安邑)으로, 지금의 산서성(山西省) 하현(夏縣) 북쪽 지역이다.

정착 왕조가 대체로 보다 미개한 서쪽 이민족의 침공을 받아 멸망했거나, 동쪽으로 쫓겨 갔다는 역사 사실이 반영된 것으로 보인다.

동주 왕조는 주변에 대한 지배력을 상실하여 주변의 제후국들이 독립적으로 활동하며 서로 경쟁하는 국면이 전개되었는데, 이 동주 시기를 춘추전국시대(春秋戰國時代)라고 부른다. 춘추시대는 평왕이 동천한 B.C. 770년부터 한(韓)·위(魏)·조(趙) 3가(家)가 진(晉)을 분할한 B.C. 476년까지를 가리키는 것이 보통이고, 그 이후부터 진(秦)이 중국을 통일한 B.C. 221년까지를 전국시대라고 부른다.

'춘추시대'라는 명칭은 공자가 지었다고 전해지는 노(魯)나라의 역사책인 『춘추(春秋)』가 B.C. 722년(노魯 은공隱公)부터 B.C. 481년(노 애공哀公)까지를 기록하고 있는데, 그 시기가 춘추시대와 거의 같아서 붙여진 것이고, '전국시대'는 제후국 간의 경쟁이 더욱 치열해져서 거의 매년 제후국 간의 전쟁이 끊이지 않았다는 데서 취해진 것이다.

중국에 언제부터 문자가 있었는지는 정확히 알 수 없지만 갑골복사(甲骨卜辭)의 발견을 통해 늦어도 은상(殷商) 후기(약 B.C. 14세기)에는 이미 초보적인 정형문자(定型文字)가 있었음을 증명할 수 있게 되었다. 그 후 문자의 응용범위가 넓어짐에 따라 원시 백성들의 구두 창작물인 시가(詩歌)와 신화전설 등이 기록되기 시작하여 문헌을 통해 중국 상고문화의 일면과 문학예술의 맹아(萌芽)를 엿볼 수 있게 되었다.

상고시대 문학의 구체적인 상황을 알 수는 없지만 현실생활과 긴밀하게 결합되어 있었을 것이라고 추측할 수 있다. 그 안에는 자연과 투쟁한 신화, 생산과 밀접한 관련을 지닌 시가, 길흉을 점쳐 원하는 것을 표시한 주술식의 기도문 같은 것이 포함되어 있다. 또한 상고시대 사람들의 군락생활과 집단노동으로 인해 문학

예술 활동이 집단적인 성격을 지녔을 것이라고 추측된다. 즉 시가와 음악·무용이 서로 결합한 형식으로 예술 활동이 이루어졌고, 문학작품이 독립적으로 존재하지는 않았을 것이다.

상(商)의 선대는 유목부족이어서 정착생활을 하지 않았다. 탕(湯) 이전에 여덟 번이나 이주를 했고, 그 후 반경(盤庚)에 이르기까지 다섯 번 천도했다고 알려져 있다. 그 당시 목축업이 발달하여 제사 때 희생용 가축을 대량으로 사용했음을 갑골복사에서 확인할 수 있다. 상(商) 중엽 이후 목축으로부터 농업생산으로 진입하여 갑골문 중에 '화(禾)'·'서(黍)'·'도(稻)'·'맥(麥)'·'직(稷)'·'속(粟)' 등의 글자가 있는 것을 통해 은대(殷代)에 이미 여러 종류의 농작물이 재배되었음을 알 수 있다. 그들은 유목생활 중에 농작물을 발견하여 재배하기 시작했고, 소와 말을 길들여 농사에 이용했을 것이다. 이런 사실은 문헌의 기록에서도 확인된다.

은대(殷代)에 생산을 담당한 계층은 주로 노예였다. 갑골문에 보이는 '노(奴)'·'복(僕)'·'신(臣)'·'첩(妾)'·'장(臧)'·'해(奚)' 등의 글자는 모두 노예의 명칭이다. 은(殷)의 통치자들은 노예를 마음대로 부리고 그들의 반항을 진압하기 위해서 혹독한 형법을 제정하여 통제했기 때문에 그 당시 노예들과 지배계층은 격렬한 투쟁을 전개할 수밖에 없었다. 은대에는 종교와 미신의 기풍이 성행하여 귀신의 권위가 대단히 높았다. 나라의 모든 일은 반드시 귀신을 청해 길흉화복을 예측하여 행동의 지침으로 삼았다. 그 방면의 활동에 종사한 전문가가 무(巫)와 사(史)였다. 그들은 복서(卜筮) 방법을 통해 귀신의 발언을 대신 전했고, 그에 대한 기록 및 국왕의 담화 등을 갑골에 새기거나 전책(典冊)에 써두었는데, 그것들이 바로 은허(殷墟) 중의 갑골복사와, 『주역(周易)』 중의 괘(卦)·효사(爻辭)와 『상서(尙書)』 중의 은상문고(殷商文告) 등이다. 무(巫)와 사(史)는 당시에 모두 미신을 위해 봉사했는데, 무(巫)는 귀신을 즐겁게 하기 위해 가무를 할 줄 알았고, 사(史)는 문자 기록을 담당했기 때문에 그들은 후래의 시가와 산문의 발전에 큰 영향을 끼쳤다.

주(周)의 선조는 중국 섬서(陝西)의 경(涇)·위(渭) 유역에 흩어져 살던 부족이었다. 그들 최초의 근거지는 태(邰: 지금의 섬서 무공武功)였는데, 공류(公劉) 때에 이르러 인구가 점차 늘어서 판도가 남쪽으로 위수(渭水)를 건넜고 북쪽으로 빈(豳: 지금의 섬서 순읍枸邑)에 이르렀다. 그 시기의 주(周) 부족은 이동 중에 있기도 했지만 한편으로는 이미 정착하여 유목생활에서 초기 농업 단계로 넘어가는 과도기에 처했던 것 같다. 고공단보(古公亶父) 시기에 이르러 다른 부족의 핍박을 받아 빈(豳) 지역을 버리고 양산(梁山)을 건너 기산(岐山) 밑(지금의 섬서 기산岐山 일대)으로 옮겨가 살았다.

그들은 이동 중에 주원(周原)이라는 비옥한 땅을 발견하고 그곳에 성읍을 건설하여 농업의 기초를 마련했다. 그들은 그곳에서의 농업 발전에 힘입어 부족의 역량이 커지자 은(殷) 말에 이르러 동쪽으로 세력을 확장하여 은나라를 위협하는 존재가 되었다. 문왕(文王) 때에 황하(黃河) 서안 일대의 부족이 모두 그들에게 복속하자 도읍을 기(岐)로부터 풍(鄷: 지금의 섬서성 호현鄠縣)으로 옮겨갔고, 10여 년이 지나 문왕의 아들 무왕(武王) 때에 마침내 일거에 은(殷)을 멸망시키고 호경(鎬京: 지금의 섬서성 서안시 서남에 있는 풍수灃水 동쪽 물가)을 도읍으로 삼아 판도가 더욱 커진 왕국을 세웠으니 그때가 B.C. 11세기였다.

무왕이 죽고 아들 성왕(成王)이 뒤를 이었지만 나이가 어려서 무왕의 동생 주공(周公)이 섭정을 맡아 관채(管蔡)의 난을 평정하고, 엄국(奄國)을 정벌했으며, 은(殷)의 잔존세력의 반항을 진압했다. 또한 예악제도를 제정하고 문교를 일으켜 왕조의 정권을 공고히 하여 성왕과 강왕(康王)의 통치 기반을 다졌다. 주나라는 초기에 은나라의 멸망을 교훈삼아 노예를 너그럽게 대하고 그들이 경작에 종사하도록 조직하여 백성들의 생활이 호전되고 사회 질서가 안정되었으니 이것이 성왕과 강왕 시대에 태평성대를 이룩한 주요 원인이었다.

의왕(懿王) 이후 주 왕실은 점차 쇠퇴하여 외환(外患)이 점증했다. 여왕(厲王) 때에 이르러는 탐욕스럽고 포학하여 왕이 쫓겨나는 사건이 발생했지만 선왕(宣王) 때에는 외부의 적을 정벌하여 잠시 중흥을 맞이했다. 그러나 유왕(幽王)이 들어서서는 방탕과 포학이 여왕보다 심하여, 백성들이 원망하고 귀족들이 등을 돌려 결국 견융(犬戎)에게 피살되니 이로써 서주(西周)는 멸망하고 말았다.

주나라는 은나라를 멸망시킨 후 정치와 경제 방면에서 개혁을 실시했다. 무왕 때부터 종실(宗室)과 공신(功臣)에게 분봉(分封)하고, 다섯 등급의 작위를 만들어 수십 인의 제후를 세웠다. 토지 외에도 노동을 담당할 노예를 분배하여 생산 현장에 투입함으로써 왕실을 보위하게 했다. 그러나 모든 토지와 백성은 왕실의 소유물이었고, 백성은 대부분 농민으로서 최하층의 가장 압박 받는 계급이었다.

서주의 문화는 장기간에 걸친 경험을 축적함으로써 크게 발전했는데, 그 주요 정신은 하늘과 귀신을 섬기면서도 인간의 일을 중시한 것이다. 이를 기반으로 일체의 전장(典章)제도가 완비될 수 있었다. 예(禮)에는 길(吉)·흉(凶)·빈(賓)·가(嘉)·군(軍)의 5종이 있고, 존비(尊卑)·장유(長幼)·친소(親疎)·귀천(貴賤)에 각기 차등이 있었다. 음악에는 방중(房中)·아(雅)·송(頌)의 구분이 있고, 무용에는 대무(大武)·작(勺)·상(象)의 구별이 있었다. 『시(詩)』 3백 편과 『상서(尚書)』 중의 「주서(周書)」는 주대의 문화수준을 집중적으로 반영한 것이어서 후대 유가 경전의 초석이 되었다. 서주의 문학은 그와 같은 사회 경제의 기초와 정치 문화의 영향 아래 탄생한 것으로, 그 시대 사회의 본질과 면모를 전면적으로 반영한 것이다.

주나라 초기부터 성왕·강왕 시기까지는 비교적 안정된 시기였다. 귀족 통치계급은 복록을 구하고 조종(祖宗)을 공경하기 위하여 종종 대규모로 제사를 지냈다. 그들은 많은 송가(頌歌)를 지어 음악·무도와 배합하여 각종 제사 의식에서 연주케 했는데, 그렇게 하여 『시경』 중의 「주송(周頌)」이 탄생했다.

그 중에서 조종의 공덕을 가송한 시로는 문왕의 제사에 쓰인 <청묘(淸廟)>와 후직(后稷)의 제사에 쓰인 <사문(思文)>이 있다. <풍년(豊年)>과 <양사(良耜)> 등은 농신(農神)에게 제사지내며 풍년을 기원한 시이다. 그밖에 주나라 초기의 일부 시는 제사에 사용되지는 않았지만 똑같은 의미를 지닌 것으로, 예를 들어 대아(大雅)의 <문왕(文王)>·<대명(大明)>·<면(綿)>·<공류(公劉)> 등은 선공(先公)과 선왕의 공덕을 서술한 것으로 주 왕조 선대의 전설과 사적을 보존하고 있다.

귀족 통치자들은 제사를 끝내면서 연회를 열어 음주와 가무를 즐겼다. 평시의 연회를 읊은 소아(小雅)의 <녹명(鹿鳴)>·<벌목(伐木)>·<천보(天保)> 등의 시에도 연회의 즐거움이 표현되어 있으며, 또한 장수를 기원하고 있다. 이것들은 모두 주나라 초기 통치계급의 안락하고 여유 있는 생활을 반영한 것이다.

그러나 그런 기간이 오래가지는 않았다. 이왕(夷王)과 여왕(厲王)을 거쳐 유왕(幽王)이 피살되고 평왕(平王)의 동천에 이르기까지 내우외환이 거듭되어 왕실은 급격히 쇠약해졌다. 춘추시대에 들어와 제후들의 경쟁이 치열하여 전쟁이 그치지 않아 백성들의 고통이 심해지고 계급 간의 모순이 첨예화되었다. 그와 같은 시대를 반영하여 이른바 '변풍(變風)'·'변아(變雅)'의 시가가 대량으로 창작되었다.

그 중에는 〈군자우역(君子于役)〉·〈하초불황(何草不黃)〉·〈벌단(伐檀)〉·〈석서(碩鼠)〉와 같이 장기에 걸친 병역과 부역 및 잔혹한 착취에 대한 백성들의 원한과 호소를 담은 시도 있고, 〈시월지교(十月之交)〉·〈북산(北山)〉·〈우무정(雨無正)〉·〈첨앙(瞻印)〉 등과 같이 통치계급 내부의 모순으로 인한 원망과 불평 및 재앙의 원인을 추궁하는 비난의 목소리를 담은 시도 있다. 이처럼 305편의 『시경』 시는 서주(西周) 초기부터 춘추 중엽까지 500여 년의 사회생활을 충실히 반영했다.

춘추시대에서 전국시대로 넘어가면서 중국의 사회에는 근본적인 변화가 발생했다. 구체적으로 말해서 지주계급이 흥기하면서 노예주 귀족이 몰락한 것이다. 서주의 토지는 국유지였지만 생산력이 증대됨에 따라 제후와 대부는 공전(公田) 외에 대량의 황무지를 개간하여 사전(私田)을 늘렸다. 사전에는 세금이 부과되지 않았는데, 나중에 사전이 지나치게 많아지자 춘추 중엽에 이르러 노(魯)나라는 농지 면적에 따른 징세 방법을 채택하여 국가의 수입을 증대시켰다. 이것은 사실상 토지의 사유권을 승인한 것이다.

그 후 점차 노예가 해방되고 철제 농기구가 보편적으로 사용됨에 따라 농업생산력이 더욱 향상되었고, 사전이 갈수록 늘어남에 따라 제후와 대부의 부가 증대되고, 그 결과 원래의 토지 국유제가 점차 파괴되는 국면에 이르렀다. 이런 배경이 노예제의 붕괴를 촉진하여 노예제 사회는 점차 봉건사회로 탈바꿈하였다. 사회가 이렇게 급변하면서 개인의 경제력이 국가의 경제력을 훨씬 능가함에 따라 정치적으로 왕실은 약해지고, 제후와 대부의 세력이 강대해졌다. 그 결과 본래는 강대했던 제후도 사직을 보전하지 못했다.

이를테면 전씨(田氏)가 제(齊)를 찬탈하고, 한(韓)·위(魏)·조(趙) 3가가 진(晉)을 분할한 것은 모두 사회의 대변혁이었다.

춘추 말년에 이르러 견식 있는 정치가들은 이미 백성의 중요성을 깨달았다. 그들은 정치 투쟁의 방향이 천도(天道)가 아니라 인사(人事)이며, 승패의 관건은 백성을 쟁취하는 것이지 귀신을 불러들이는 것이 아님을 분명히 이해하고 있었다. 전국시대에 들어와서 각국의 제후와 경상(卿相)들은 다투어 인재를 발굴하고 양성했는데, 당시 일부 귀공자들은 문하의 식객이 3천에 달하기도 했다. 풍환(馮諼)이 맹상군(孟嘗君)을 위해 저당문서를 불사르고, 맹자(孟子)가 제왕(齊王)에게 백성을 보호할 것을 권한 것 등은 모두 그런 변화를 꿰뚫어본 것이라고 할 수 있다.

노예제 사회의 붕괴는 사람들에게 사상과 의식의 변화를 촉구했다. 서주 이전의 통치사상은 신권지상(神權至上)이면서 신권과 군권을 동일시하는 사상이었는데, 춘추 말년에 이르러 공자는 천도(天道)에 회의를 품고 제한적이나마 '애인(愛人)'할 것을 주장했고, 전국시대에 이르러 순자(荀子)는 "치란(治亂)을 좌우하는 것은 하늘이 아니다"라고 주장했고, 묵자(墨子)는 '겸애(兼愛)'를 주장했으며, 맹자는 한술 더 떠서 "백성이 존귀하고 군주가 가볍다"라고 주장했다.

이와 같이 이 시기의 사회 변혁은 사람들의 세계관을 바꾸었으며, 일체 사물에 대한 재인식을 요구하였다. 특히 상제(上帝) 권력의 동요, 백성 지위의 향상, 개인 작용의 인정과 발휘 등은 모두 춘추시대 이래 유(儒)·도(道)·묵(墨)·법(法) 제가의 학설에서 체현되었다. 그들의 서로 다른 주장은 대립하거나 영향을 끼치면서 발전했고, 그 중심사상은 결국 정치에 표현되어 주된 경향을 형성했다.

전국시대는 제후 간의 경쟁과 투쟁이 격렬하게 전개된 시대였다. 장기간의 분열과 전란은 백성들에게 극심한 재난을 안겨주어 백성들은 통일을 열망하게 되었다. 전국시대 후기에는 칠웅이 병치된 가운데 진(秦)·초(楚)·제(齊) 세 나라가 가장 강대하여 모두 중국을 통일할 가능성이 있었다. 그 중 초나라는 영토가 넓고 물산이 풍부하여 자연 조건이 진나라나 제나라보다 훨씬 뛰어났다. 초나라 위왕(威王)이 월(越)나라를 멸망시키면서 그 영토가 동쪽으로는 바다에 이르고, 북쪽으로는 황하에 이르고, 서쪽으로는 파촉(巴蜀)에 이르고, 남쪽으로는 검무(黔巫)에 이르러, 당시 중국의 거의 절반을 점유하였다.

　초 무왕(武王)이 군제를 개혁하고 군비를 정돈하면서 군사력도 더욱 강대해졌다. 그 후 초 도왕(悼王)이 오기(吳起)를 재상으로 등용하면서 다시금 부강해졌다. 초 회왕(懷王) 초기에는 그가 제후들의 맹주였다. 만약 계속해서 인재를 등용하고 내정과 외교에 적극적으로 대처하여 백성들의 지지를 얻었더라면 중국 통일의 가능성은 진나라보다 더 컸을 것이다.

　춘추시대 초기에 초나라는 북방의 제후들과 누차 접촉하여 학술과 문화 방면에서 그들의 영향을 받았다. 초나라의 경대부들은 일찍이 시를 지어 뜻을 표현하는 외교사령에 익숙해 있었다. 초 영왕(靈王)의 좌사(左史) 의상(倚相)은 『삼분(三墳)』·『오전(五典)』·『팔색(八索)』·『구구(九丘)』를 읽을 줄 알았고, 그 후에도 수많은 저명한 학자들이 나왔다. 역사 전적으로는 『도올(檮杌)』·『초서(楚書)』 등이 있었다. 제(齊)·양(梁) 시대에 초 무왕(武王)과 소왕(昭王)의 분묘에서 발견된 죽간의 문자는 소전(小篆)에 가깝다.

　근년에 각지에서 초기(楚器)와 죽간이 적지 않게 발굴되었는데, 이것들 모두가 초나라 문화의 유구한 역사를 증명해준다. 초나라 문화는 장기간 독립적으로 발전하면서 중원의 문화를 받아들이는 한편, 자신의 문화를 풍부히 하고 향상시켰다. 장강과 한수(漢水)의 민가와 원(沅)·상(湘)의 민속 및 음악·무도 등의 예술이 모두 발달하여 특색을 갖췄다. 이것이 바로 대시인 굴원(屈原)의 창작 조건이자 배경이었다.

굴원은 진(秦)과 초(楚)가 쟁패할 때 투쟁의 소용돌이에 휩쓸린 대표적인 인물이었다. 그는 초왕 및 그 주변 친진(親秦) 집단의 타협정책에 반대하면서 그들에 맞서 싸웠지만 결국 실패하고 말았다. 그의 실패는 초나라의 형세가 매우 위중해졌음을 뜻했다. 굴원의 작품을 대표로 하는 침통하면서도 농후한 낭만 색채를 지닌 시편 『초사(楚辭)』는 이런 배경 하에서 탄생했다.

『초사』의 탄생에도 전국시대의 산문과 마찬가지로 혁신의 의미가 있다. 이것은 『시경』 이후 첫 번째 시체(詩體) 해방이라고 하겠다. 초사는 민간문학 중에서도 특히 초성가곡(楚聲歌曲)을 흡수한 새로운 형식으로, 6언 중심의 장단이 일정하지 않은 소체시(騷體詩)여서 4언 위주의 『시경』 시와 달라 중국 시가의 새로운 발전이 이룩된 것이다.

『시경』과 『초사』는 선진(先秦) 시가를 대표하는 양대 산맥이지만 탄생 및 발전의 시기와 지역에 큰 차이가 있다. 간단히 말해서 『시경』은 서주 초기부터 춘추 중엽까지의 황하 유역을 중심으로 한 북방의 시가집인 반면에, 『초사』는 전국시대 중·후기 굴원의 <이소(離騷)>를 대표로 하는 초나라 가사집이다.

추론하자면 춘추 중엽 이후 한대(漢代) 전까지 중국의 북방에는 『시경』을 뒤이은 시가가 있었을 것이고, 전국시대 중엽 이전에도 『초사』의 전신이라고 할 수 있을 만한 남방의 시가가 존재했을 텐데, 아쉽게도 현재 전해지는 작품이 없다. 앞으로 좀 더 많은 발굴과 연구가 진행되면 새로운 사실이 밝혀질 수 있겠지만, 현재로서는 오늘날 우리가 대면하는 『시경』과 『초사』 모두 한대(漢代) 이후에 기록·정리된 것임을 감안하여 살필 수밖에 없는 실정이다.

2. 중국시의 원류 1 - 『시경(詩經)』

2. 1 『시경』 개황

『시경』은 중국 최초의 시가총집으로, 서주(西周) 초기(B.C. 11세기) 부터 춘추(春秋) 중엽(B.C. 6세기)까지 약 500여 년 간의 시가 305편 이 수록되어 있다. (이 외에도 「소아小雅」에 제목만 있고 가사는 남아 있지 않 은 6생시六笙詩가 있다.) 애초에는 『시(詩)』라고 칭했는데, 한대(漢代)의 유자(儒者)들이 경전으로 받들면서 『시경』이라고 일컫게 되었다.

『시경』은 「풍(風)」・「아(雅)」・「송(頌)」 세 부분으로 나누어져 있 다. 「풍」은 「주남(周南)」・「소남(召南)」・「패풍(邶風)」・「용풍(鄘風)」・ 「위풍(衛風)」・「왕풍(王風)」・「정풍(鄭風)」・「제풍(齊風)」・「위풍(魏 風)」・「당풍(唐風)」・「진풍(秦風)」・「진풍(陳風)」・「회풍(檜風)」・「조 풍(曹風)」・「빈풍(豳風)」 등 15국풍(國風) 160편이고, 「아」는 「대아 (大雅)」 31편과 「소아(小雅)」 74편, 「송」은 「주송(周頌)」 31편・「상 송(商頌)」 5편・「노송(魯頌)」 4편이다.

이 시들은 원래 가곡의 가사여서 모두 악기로 연주하고, 노래로 부르고, 춤을 곁들일 수 있었다. 『시』를 「풍(風)」・「아(雅)」・「송 (頌)」 세 부분으로 나눈 것은 의거한 음악이 다르기 때문이다. 「풍」은 지방 색채를 띤 음악으로서 15국풍은 '15개 지방의 풍토가 요'라는 뜻이다. 그 지역은 「주남(周南)」과 「소남(召南)」이 장강(長 江)・한수(漢水)・여수(汝水) 일대이고, 나머지는 모두 섬서(陝西)에 서 산동(山東)에 이르는 황하 유역이다. 「아(雅)」는 '왕기(王畿: 주周

왕조가 직접 통치한 지역)'의 음악인데, 주나라 사람들은 이 지역을 '하(夏)'라고 불렀다. ('雅'와 '夏'는 고대에 통용되었다.) 「아(雅)」는 또한 '정(正)'의 뜻을 지녀서 당시에 왕기의 음악을 정성(正聲: 전범典範의 음악)으로 간주했음을 알 수 있다. 「아」를 「대아」와 「소아」로 나눈 이유에 대해서는 여러 학설이 있는데, 아마도 음악 특징과 적용 장면에 구별이 있었기 때문일 것이다. 「송」은 전적으로 종묘 제사에 사용된 음악이다.

『시경』의 작자는 구성 성분이 다양해서 주 왕조의 악관(樂官)과 귀족 및 여러 지역의 백성들이 다 포함되어 있다. 악관들은 이렇게 여러 가지 내원을 갖고 있는 시가를 어떻게 수집할 수 있었을까?

첫째, 왕조의 귀족들이 음악을 충실히 하고, 귀신에게 제사지내고, 공훈 등을 자랑하기 위해서 시가를 만들어 악관에게 건넸을 것이다. 「주송」의 몇몇 시편은 이렇게 작성되었을 것이다. 둘째, 왕조의 악관들이 귀족에게 봉사하고 자신의 책임을 다하기 위해 민간에 떠돌던 시가나 사대부 손에서 나온 시가를 수집했을 것이다. 「소아」・「대아」와 「왕풍(王風)」의 일부 시가는 이런 방법으로 수집되었을 것이다. 셋째, 제후들이 왕조를 존중하는 마음에서 자신의 악관을 왕조에 보내 악가를 바치기도 했을 것이다. 「왕풍」외의 14국풍과 「노송」・「상송」의 일부 시가는 이렇게 수집되었을 것이다.

여러 가지 내원을 지닌 시가를 왕조의 악관들이 나름대로 가공하고 정리한 결과 현존하는 『시경』은 언어형식이 기본적으로 모두 4언체이고, 운부(韻部) 계통과 용운(用韻) 규율이 대체로 일치한다. 고대에는 교통이 불편하여 각 지역의 언어가 서로 달랐기 때문에 오랜 세월에 걸쳐 여러 지역에서 수집된 시가를 악관들이 가공하고 정리하지 않았다면 이런 현상이 나타났을 리 없다.

원래 『시경』의 주 용도는 각종 전례와 의식을 보조하거나, 오락에 사용하거나, 사회와 정치 문제에 대한 견해를 표현하고 살피는 것이었다. 그런데 나중에는 귀족 교육에 보편적으로 사용하는 문화 교재가 되어 『시경』의 학습이 귀족들에게 필수적으로 요구되는 문화소양으로 자리 잡았다.[2]

『시경』은 진시황(秦始皇) 때 유가(儒家) 전적을 불태우면서 자취를 감추었다가 한대(漢代)에 이르러 유가 전적이 복원되면서 다시 세상에 전파되었다. 한대 초기에 『시경』을 전수한 사람은 제(齊)의 원고생(轅固生), 노(魯)의 신배(申培), 연(燕)의 한영(韓嬰), 조(趙)의 모형(毛亨)과 모장(毛萇)의 4가(家)인데, 이를 각각 제시(齊詩)·노시(魯詩)·한시(韓詩)·모시(毛詩)라고 칭한다. 제·노·한의 3가는 금문경학(今文經學)에 속하여 관(官)에서 승인한 학파이고, 모시는 고문경학(古文經學)에 속하여 민간학파였지만, 동한(東漢) 이후에 모시가 흥성하면서 삼가시는 남송(南宋) 때 완전히 자취를 감추게 되었다. 지금 우리가 보는 『시경』은 바로 모시이다.

2. 2 『시경』의 내용

『시경』 속의 시가는 창작시기를 구체적으로 확정할 수 있는 것이 많지 않다. 대체로 「송」과 「아」의 창작시기가 일러서 기본적으로 서주(西周: B.C. 11세기-770) 시기이고, 「풍」은 「빈풍(豳風)」과 '이남(二南: 「주남周南」과 「소남召南」)'의 일부분을 제외하면 모두 춘추(春秋) 전기와 중기에 나왔다.

---

2) 이런 연유로 『시경』의 「풍」은 대부분이 사회 혼란기인 춘추시대 전기와 중기에 민간계층에 의해 창작된 것임에도 불구하고 지배계층에 대한 격렬한 저항의 내용을 담은 시가 없다.

시가의 성질로 보면 「아」와 「송」은 대체로 특정한 목적 아래 지어지고 특정한 상황에서 사용한 악가이며, 「풍」은 대부분이 민가이다. 다만 「소아」의 일부분은 「풍」과 유사하다. 대다수 민가 작가의 신분은 정확히 알 수가 없다. 이를테면 시가 속 화자(話者)의 신분이 작가의 신분이라고 가정할 때 노동자와 병사를 포함할 뿐 아니라, 사(士)와 군자(君子) 계층에 속하는 인물도 포함되어 있다. '사'는 당시 귀족 계급의 말단에 속하고, '군자'는 귀족에 대한 범칭이다. 그밖에도 신분을 확정할 수 없는 인물이 다수 포함되어 있는데, 이런 민가는 군중의 작품이라고 말할 수밖에 없다.

시가의 성질이 같지 않으므로 묘사된 내용에도 당연히 차이가 있다. 「송」은 주로 「주송」인데, 이는 주 왕실의 종묘제사 시가로서 서주 초기에 제작되었다. 단순히 선조의 공덕을 가송한 외에도 봄여름 사이에 신에게 풍년을 기원하거나 가을에 신에게 수확을 감사하는 악가가 일부 있어서 주 민족이 농업입국을 사회특징으로 했다는 사실과, 서주 초기 농업생산의 실정을 반영하였다.

「대아」 중의 <생민(生民)>·<공유(公劉)>·<면(綿)>·<황의(皇矣)>·<대명(大明)> 5편은 주(周) 부족의 역사시로서, 주 부족의 시조 후직(后稷)부터 주 왕조의 창립자 무왕(武王)이 상(商)을 멸한 역사를 서술하였다. 제작 연대는 대체로 서주 초기이다. 여기서 <공유(公劉)>의 일부를 살펴보자.

篤公劉, 匪居匪康.	충후한 공유께서는, 편안히 쉬지도 못하고
迺場迺疆,	전답의 경계를 정비하시고
迺積迺倉,	양곡을 쌓고 창고에 들이셨네.
迺裹餱糧.	그리고 말린 곡식을 싸서
于橐于囊,	전대와 자루에 넣으셨네.
思輯用光.	주나라의 영광을 이루시려고

弓矢斯張,	활과 화살을 갖추시고
干戈戚揚,	방패와 창과 도끼를 들고
爰方啓行.	비로소 길을 떠나셨네. (제1장)

篤公劉, 于胥斯原.	충후한 공유께서, 빈(豳)으로 가 들판을 살펴보시니
旣庶旣繁,	뒤따르는 무리가 무척 많아
旣順迺宣,	마음이 즐겁고 편안하여
而無永歎.	장탄식하지 않으셨네.
陟則在巘,	올라가 외딴 봉우리에서 지세를 살펴보시고
復降在原.	다시 내려와 들판에서 지세를 살펴보셨네.
何以舟之? 維玉及瑤,	무엇을 몸에 두르셨나? 아름다운 옥과 옥돌로
鞞琫容刀.	칼집의 위아래를 장식한 차는 칼이지. (제2장)
…………	

주나라의 시조 후직은 태(邰: 지금의 섬서성 무공현武功縣 경내)에 도읍을 세웠는데, 공류에 이르러 빈(豳)으로 천도하였다. 이 시는 공류의 천도 고사를 서술한 것으로, 출발상황을 서술하고 빈(豳)에 도착한 후에 주변을 관찰하고 거처를 정한 과정 등을 기록한 일종의 역사시이다.

이 시는 모두 6장으로 구성되어 있는데, 제1장에서는 주나라 사람들이 천도의 계획을 세우고 준비를 마친 후 대규모 이동을 시작한 과정을 서술하였고, 제2장에서는 빈 주변의 지세를 살펴보는 과정을 서술하였고, 제3장에서는 좋은 땅을 골라 성읍과 궁실을 세우기 시작했음을 서술하였고, 제4장에서는 도읍을 세우느라 고생한 신하들에게 잔치를 베풀어 그들을 위로하는 모습을 서술하였고, 제5장에서는 도읍을 건설한 후 군대를 정비하고 농업생산을 진작시킨 과정을 서술하였고, 제6장에서는 도읍지를 확대 건설한 모습을 서술하였다.

서주 후기의 「소아」에도 <출거(出車)>·<상무(常武)>·<채기(采芑)>·<유월(六月)> 등 역사시 성격의 서사시가 있다. 이 역사시들이 서사시로 지어지긴 했지만 창작 목적이 주로 역사사실의 서술과 선조에 대한 찬양에 있기 때문에, 이야기 줄거리나 인물형상은 그다지 중시하지 않았다. 게다가 『시경』의 서사시는 이 몇 편에 그쳐서 중국시가가 서사시를 중시하지 않는 경향이 『시경』부터 나타났음을 알 수 있다.

서주 후기부터 평왕(平王)의 동천까지는 융족(戎族)의 침탈과 제후의 겸병으로 인해 통치 질서가 파괴되고 사회의 동요가 심해졌다. 「대아」와 「소아」 중 이 시기에 제작된 시는 정치 비판의 작품이 많은데, 모두가 사대부의 손에서 나왔다. 이들은 국가의 운명과 민중생활에 대한 관심을 강렬하게 표현하면서 그와 같은 관심이 결여된 다른 사람들을 비판했다. 이런 관심은 본질적으로 통치 질서의 안정에 대한 관심이었고, 이런 시들이 중국 정치시의 전통을 열었다고 할 수 있다.

「풍」과 일부 「소아」의 민간가요에 반영된 생활내용은 사회의 상층에서 나온 「아」·「송」보다 훨씬 광활하고 생활의 숨결도 더욱 농후하다. 15국풍 중에서는 「빈풍(豳風)」의 연대가 가장 이른데, 그 중의 <칠월(七月)>은 아주 오래된 농사시로서 서주 초기에 제작되었을 것이다. 이 시는 「주송」 중의 농사시와 달리 매우 긴 편폭을 들여 농부의 1년 사계절의 노동생활을 서술하면서, 당시의 농업지식과 생산경험을 기술하여, 사회학·역사학·농업학 방면의 귀중한 자료일 뿐만 아니라 문학사 상에서 후대 전원시의 기원이라고 할 수 있다. 그 일부를 살펴보자.

....

六月食鬱及薁,　　　6월에는 돌배와 머루 따먹고

七月亨葵及菽.　　　7월에는 아욱과 콩을 삶아먹네.

八月剝棗,　　　　　8월에는 대추를 떨어내고

十月穫稻.　　　　　시월에는 벼를 베어 들여

爲此春酒,　　　　　이것으로 약주를 담가서

以介眉壽.　　　　　장수를 기원하네.

七月食瓜,　　　　　7월에는 참외 따먹고

八月斷壺.　　　　　8월에는 표주박을 따며

九月叔苴,　　　　　9월에는 어저귀 뜯고

采茶薪樗,　　　　　씀바귀 캐고 가죽나무 베어

食我農夫.　　　　　우리 농부들에게 먹이네.

九月築場圃,　　　　9월에 타작마당을 마련하여

十月納禾稼,　　　　시월에 곡식을 그곳에 들이는데

黍稷重穋,　　　　　차기장, 메기장, 수수와 메벼

禾麻菽麥.　　　　　벼, 삼, 콩과 보리 같은 것이라네.

嗟我農夫, 我稼旣同,　아아 농부들이여, 우리 곡식 다 거두었으니

上入執宮功.　　　　궁궐에 들어가 궁실을 세우고 보수하세.

晝爾于茅,　　　　　낮에는 띠풀을 거두어들이고

宵爾索綯,　　　　　밤에는 새끼를 꼬아

亟其乘屋,　　　　　서둘러 지붕을 이어야지

其始播百穀.　　　　내년 봄에 오곡을 파종한다네.

……………

　이 작품은 서주시대 빈 지역 농노들이 함께 불렀던 일종의 농사
시이다. 이 시는 서주시대 농노들의 1년에 걸친 노동과정과 생활
상황을 구체적으로 묘사하여 당시의 잘못된 사회제도와 농노들의
힘겨운 생활모습을 반영하고 있는데, 그들이 농사뿐만 아니라 양
잠·방직·염색·양조·사냥·얼음의 채취와 보관·제사·축수(畜
獸) 등등의 노역에 동원되고 있으며, 젊은 여인들은 또한 귀족 자

제들의 노리갯감에 노출되어 있음을 알 수 있다. 또한 이 시를 통해 그 당시의 농업 생산도구가 이미 상당히 발달하고 생산기술도 축적되어 그들의 생산물이 이미 어느 정도 풍부한 수준에 도달해 있지만, 그것을 향유하는 계층은 지배자와 귀족에 한정되어 있어서 계층 간의 갈등이 이미 심각한 상황임을 알 수 있다.

「풍」에도 정치비판 시와 도덕비평 시가 다수 있다. 이 시들의 일부는 특정한 인물과 사건을 겨냥한 것으로, 보편적 타당성을 지니고 있다. 전체적으로 이 시들은 상층 통치계급에 대한 사회 중하층 민중들의 불만을 반영하였다. 「위풍(魏風)」 중의 〈벌단(伐檀)〉 시를 예로 든다.

〈伐檀〉	**박달나무를 찍어내어**
坎坎伐檀兮,	쾅쾅 박달나무를 찍어내어
寘之河之干兮,	강가에 놓고 보니
河水淸且漣猗.	강물은 맑게 물결치고 있네.
不稼不穡,	씨를 뿌리지도 않고 거두지도 않는데
胡取禾三百廛兮?	어째서 수백 다발의 곡식을 들여놓으며
不狩不獵,	짐승을 사냥하는 것도 아닌데
胡瞻爾庭有縣貆兮?	어째서 뜰에 걸려있는 담비가 보이는가?
彼君子兮,	그대들 귀족들이여
不素餐兮.	일도 않고 밥을 먹어서는 안 되지요!
坎坎伐輻兮,	쾅쾅 바퀴살로 쓸 나무를 찍어내어
寘之河之側兮.	강가에 놓고 보니
河水淸且直猗,	강물은 맑고 곧게 흐르네.
不稼不穡,	씨를 뿌리지도 않고 거두지도 않는데
胡取禾三百億兮?	어째서 수백 묶음의 곡식을 들여놓으며
不狩不獵,	짐승을 사냥하는 것도 아닌데

胡瞻爾庭有縣特兮?	어째서 뜰에 걸려있는 큰 짐승이 보이는가?
彼君子兮,	그대들 귀족들이여
不素食兮.	일도 않고 밥을 먹어서는 안 되지요!

坎坎伐輪兮,	쾅쾅 수레바퀴로 쓸 나무를 찍어내어
寘之河之漘兮.	강가에 놓고 보니
河水清且淪猗,	강물은 맑게 소용돌이치며 흐르네.
不稼不穡,	씨를 뿌리지도 않고 거두지도 않는데
胡取禾三百囷兮?	어째서 수백 더미의 곡식을 들여놓으며
不狩不獵,	짐승을 사냥하는 것도 아닌데
胡瞻爾庭有縣鶉兮?	어째서 뜰에 걸려있는 메추리가 보이는가?
彼君子兮,	그대들 귀족들이여
不素飧兮.	일도 않고 밥을 먹어서는 안 되지요!

이 시는 많은 사람들이 착취를 통해 호의호식하는 귀족들을 노동자들이 질책한 것으로 보았는데, 당시의 시대상을 감안할 때 약간의 의문이 있다. 『시경』 시대에는 이른바 "통치자들은 마음을 쓰고, 일반 민중은 힘을 쓴다"3)는 것이 사회의 공인된 인식이었는데, 당시의 노동자들이 그런 사회적 인식을 깨고 항의하기는 쉽지 않았을 것이고, 설사 누군가가 그 부당함을 표출했다고 하더라도 이 시가 주 왕조의 악관들에게 받아들여져 귀족 자제들이 일상적으로 읊조리고 학습하는 대상이 되지는 못했을 것이다.

따라서 「모시서(毛詩序)」에서 이 시를 풀이하여 "탐욕을 풍자한 것이다"라고 했듯이, 이 시의 작자는 사회의 공인된 원칙에서 출발하여, 귀족들이 공적도 없이 봉록만 챙기는 것이 수치임을 풍자한 것으로 보는 것이 합리적일 것이다.

---

3) "君子勞心, 小人勞力."(『左傳』)
  "勞心者治人, 勞力者治于人."(『孟子·滕文公 上』)

「풍」과 「소아」에는 전쟁과 노역을 다룬 작품들도 다수 있다. 「소아」 중의 <들완두를 캐세(采薇)>·<우뚝 선 팥배나무(杕杜)>·<어느 풀인들 시들지 않을까(何草不黃)>와 「빈풍」 중의 <깨진 도끼(破斧)>·<동산(東山)>과 「패풍(邶風)」 중의 <북소리(擊鼓)>와 「위풍(衛風)」 중의 <내 임(伯兮)> 등은 모두 이 방면의 명작이다. 여기서 한 수를 예로 들어본다.

<擊鼓>	**북소리**
擊鼓其鏜,	북소리 둥둥 울리니
踊躍用兵.	무기를 들고 뛰어 나섰다.
土國城漕,	사람들은 국도와 조읍의 성을 쌓고 있는데
我獨南行.	나 홀로 남쪽으로 싸우러 갔다.
從孫子仲,	손자중 장군을 따라가서
平陳與宋.	진나라·송나라와 연합하였다.
不我以歸,	나를 고향으로 돌아가지 못하게 하니
憂心有忡.	근심 걱정으로 불안하기만 하다.
爰居爰處,	이곳에 머물다 저곳에 머물다 보니
爰喪其馬.	말조차 잃어버리고 말았다.
于以求之,	어디서 말을 찾을 수 있을까?
于林之下.	저 숲속에 있겠지.
死生契闊,	"사나 죽으나 함께 있읍시다."
與子成說.	그대와 언약을 했었지.
執子之手,	그대의 손을 꼭 잡고서
與子偕老.	그대와 해로하겠다고 다짐했었지.
于嗟闊兮,	아아! 집에서 멀리 떨어져 있으니
不我活兮.	우리 다시 만날 수 없게 되었다.
于嗟洵兮,	아아! 헤어진 지 오래되었으니
不我信兮.	내 언약 지킬 수 없게 되었다.

춘추시대 초기에 위(衛)나라 공자 주우(州吁)가 위(衛) 환공(桓公)을 죽이고 군주가 되어 진(陳)나라·송(宋)나라·채(蔡)나라와 연합하여 남쪽의 정(鄭)나라를 침략한 일이 있었다. 이 시는 그 사건을 배경으로 하고 있다. 여기서 화자로 등장한 병사는 전쟁에 동원되어 고향을 떠나 먼 곳에서 싸워 전쟁에 승리했지만 고향으로 돌아가지 못하고 그곳에 남아 있게 된 처지를 고통스러워하고 있다. 그는 집에 두고 온 아내를 그리워하며 해로의 언약을 지킬 수 없게 되었다고 한탄하면서 자신을 그렇게 몰아간 통치자에 대한 원망을 토로하였다.

무공을 서술한 역사시와 달리 이 시가들은 대부분 보통 병사의 입장에서 그들의 처지와 생각을 표현했는데, 전쟁에 대한 염증과 고향에 대한 그리움을 집중적으로 노래하여 친밀감을 더해준다. 그러나 이 부류의 작품을 간단히 '반전시(反戰詩)'라고 부를 수는 없다. 시가 속에 종군생활에 대한 염증과 평화로운 가정생활에 대한 열망이 담겨 있긴 하지만 그렇다고 직접적으로 전쟁 반대를 외치거나 자신을 복무케 한 사람을 질책하지도 않았다. 시가 속의 정서도 상심 위주로서 분노는 거의 없다. 이런 정서의 배경에는 종군하여 출정하는 것은 개인이 이행해야 하는 의무인지라 그것이 병사 개인의 행복을 방해하는 것이라도 어쩔 수 없이 받아들여야 한다는 인식이 있었다고 하겠다.

「풍」 속에 가장 집중적으로 다루어진 내용은 연애와 혼인이다. 『시경』 시대에 지역에 따라서는 남녀 교제에 대한 제한이 후대처럼 심하지 않아서, 젊은 남녀가 자유롭게 밀회하고 연애하는 정경을 묘사한 시가 적지 않다. 그러나 전체적으로 볼 때는 사회의 제약이 점점 심해져서 연인들이 구속감을 느끼지 않을 수 없게 되었다. 「정풍(鄭風)」 <장중자(將仲子)>에 그런 사정이 잘 나타나 있다.

〈將仲子〉　　　**둘째 도련님**

將仲子兮,　　　둘째 도련님!
無踰我里,　　　우리 집안으로 넘어 들어와
無折我樹杞.　　우리 집 냇버들을 꺾지 마세요.
豈敢愛之,　　　어찌 나무가 아깝겠어요?
畏我父母.　　　저의 부모님이 두려워서지요.
仲可懷也,　　　도련님도 그립지만
父母之言,　　　부모님 말씀도
亦可畏也.　　　역시 두려워요.

將仲子兮,　　　둘째 도련님!
無踰我牆,　　　우리 집 담을 넘어 들어와
無折我樹桑.　　우리 집 뽕나무를 꺾지 마세요.
豈敢愛之,　　　어찌 나무가 아깝겠어요?
畏我諸兄.　　　제 오빠들이 두려워서지요.
仲可懷也,　　　도련님도 그립지만
諸兄之言,　　　오빠들 말씀도
亦可畏也.　　　역시 두려워요.

將仲子兮,　　　둘째 도련님!
無踰我園,　　　우리 집 뜰 안으로 넘어 들어와
無折我樹檀.　　우리 집 박달나무를 꺾지 마세요.
豈敢愛之,　　　어찌 나무가 아깝겠어요?
畏人之多言.　　남의 말 많음이 두려워서지요.
仲可懷也,　　　도련님도 그립지만
人之多言,　　　남의 말 많음도
亦可畏也.　　　역시 두려워요.

이 시는 남의 눈을 피해 사랑을 속삭이는 젊은 남녀의 밀회를
노래한 연가(戀歌)이다. 여기서 여인은 애인에게 밤에 몰래 담을

넘어 들어와 자신과 만나려 하지 말라고 애걸한다. 그녀는 애인이 보고 싶긴 하지만 부모와 오빠들이 그녀를 질책할 것이 두렵고, 다른 사람들이 그녀 뒤에서 험담을 할 것도 두렵기 때문이다. 이처럼 우리가 「풍」에서 볼 수 있는 수많은 애정시는 아련하고 슬프고, 구하려 해도 얻을 수 없는 애정을 노래한 것들이다.

모든 시가의 예술풍격은 우연히 형성된 것이 아니다. 명랑하고 활기찬 풍격은 자유분방한 정감의 산물이고, 함축적이고 완곡한 표현은 감정을 억압한 결과이다. 문학 발전의 초기에 사람들이 아직 자각적으로 다양한 예술풍격을 추구하지 않았던 시대에는 더욱 그러했을 것이다.

「풍」에는 부부 간의 감정을 묘사한 작품도 다수 있다. 「당풍(唐風)」〈갈생(葛生)〉은 아내의 죽음을 애도한 일종의 도망시(悼亡詩)이고, 「패풍(邶風)」 중의 〈곡풍(谷風)〉과 「위풍(衛風)」 중의 〈맹(氓)〉은 모두 일종의 기부시(棄婦詩)이다. 〈맹〉의 일부를 예로 든다.

〈氓〉	촌부
…………	
女也不爽,	여자로서 잘못이 없는데도
女也不爽,	여자로서 잘못이 없는데도
士貳其行.	남자는 행동이 처음과 달라졌네.
士也罔極,	남자의 마음은 한결같지 않아서
二三其德.	시간이 지나면 딴 마음을 품는다네.
三歲爲婦, 靡室勞矣.	3년을 아내로서, 노고를 겁내지 않았고
夙興夜寐, 靡有朝矣.	아침에 일어나 밤에 잠들 때까지,
	쉴 틈이 없었네.
言旣遂矣, 至于暴矣.	가업이 이루어지자, 그 남자 난폭해졌지만
兄弟不知, 咥其笑矣.	형제들은 사정도 모르고, 나를 비웃었다네.

靜言思之,	가만히 지난 일을 생각해보니
躬自悼矣.	내 자신이 가엾어 마음 쓰라리네.
及爾偕老, 老使我怨.	그대와 해로하려 했는데,
	결국 나를 원망케 했네.

…………

 이 시는 사랑하는 남자와 결혼하고 나서 남편과 집안을 위해 헌신적으로 봉사했음에도 불구하고 남편에게 버림받아 쫓겨난 여인이 부른 원가(怨歌)이다. 여인이 일인칭 화법으로 자신이 결혼하게 된 과정과 남편과의 혼인생활 및 남편에게 버림받아 쫓겨난 과정에 대한 술회를 통해, 당시 사회의 불합리한 혼인제도 및 남녀불평등 관념을 통렬하게 비판하고 있다. 또한 남편을 믿고 성실하게 살았음에도 불구하고 불행의 나락에 떨어진 자신의 처지를 토로함으로써, 독자들에게 결혼과 인생에 대해 진지하게 성찰할 것을 촉구하고 있다. 이 시는 서사와 서정을 결합시키고, 추억을 서술하는 수법을 통해 인간 비극의 전후과정을 묘사하고 있어서, 독자들에게 깊은 인상과 여운을 남기고 있다.
 『시경』의 작품 중 연애와 혼인 문제를 다룬 시는 남녀 간의 상열지정과 그리움을 노래하거나, 상대방의 풍채와 용모를 찬양하거나, 밀회의 정경을 묘사하거나, 여인의 미묘한 심리를 표현하거나, 버려진 아내의 불행한 처지를 한탄했다. 이 시들은 내용이 풍부하고 감정이 진실하여 『시경』 중에서 예술 성취가 가장 높은 작품들이다.

2. 3 『시경』의 특색과 후대에 끼친 영향

『시경』이 나온 시대는 중국의 고대인들이 자연조건이 열악한 황하 유역에서 종법제도를 핵심으로 하여 건립한 농업사회이다. 이 사회는 생존과 발전을 위하여 집단의 힘을 키우고 내부 질서를 안정시킬 필요가 있었고, 이를 위해 사회 구성원의 개성과 자유 및 그와 연계된 낭만과 환상을 억제할 필요가 있었다. 바로 이러한 '생존의 사회조건' 하에서 『시경』의 사상과 예술 특색이 형성되었다.

『시경』의 특색과 후대에 끼친 영향은 다음과 같이 정리할 수 있다.

첫째, 『시경』은 서정시가 주류이다. 「대아」 중의 역사시와 「소아」·「풍」 중의 몇몇 작품을 제외하면 나머지는 거의 전부가 서정시이다. 또한 시가예술의 성숙도를 보면 서정시가 도달한 수준이 서사시보다 분명히 높다. 이것이 중국시가 서정시 위주로 발전하는 기초가 되었고, 이로 인해 서정시는 중국시의 주된 양식이 되었다.

둘째, 『시경』의 시가는 극소수의 몇 편을 제외하고는 완전히 현실의 인간세계와 일상생활 속의 경험을 반영한 것이다. 여기에는 환상을 통한 신화세계가 거의 존재하지 않아서 신과 영웅들의 특이한 형상과 경력이 나타나지 않는다. 그 영향으로 후대의 중국시와 기타 문학양식도 그 내용이 일상성과 현실성을 기본적인 특징으로 삼게 되었다.

셋째, 앞의 둘째 항목과 연계되어 『시경』은 전체적으로 현저한 도덕적 색채를 띠게 되었다. 그 의미는 우선 합리적이고 타당한 통치를 요구하여 백성들이 생존을 유지할 수 있는 조건을 마련해준

데 있지만 사회의 발전에도 기여했다. 사회의 정치와 도덕에 대한 관심은 통치계급의 부패 현상에 대해 비판을 제기한 것으로, 이것이 『시경』의 우수한 점이라 할 수 있다.

다만 이 문제는 다른 측면에서도 살펴야 한다. 그와 같은 비판은 완전히 사회의 공인이라는 원칙에 입각한 것이어서 근본적으로 현존 질서의 유지와 안정이라는 작용을 일으키며 개인의 욕망과 자유를 억압하지 않을 수 없었다. 예를 들어 「용풍(鄘風)」<쥐를 보라(相鼠)>는 통치자의 황음무도한 생활을 비판한 동시에 '예의'의 파괴행위를 비판한 것일 것이다. 작가의 본뜻이 무엇이건 간에 이 시는 위의 두 측면을 모두 포괄하고 있다.

『시경』의 특징이 후대에 끼친 영향을 말하기 전에 먼저 염두에 두어야 할 것이 있다. 『시경』의 정치성과 도덕성은 후세에 곡해와 강화의 과정을 거쳤다. 본래 정치와 도덕 문제를 직접 반영하지 않은 시, 이를테면 수많은 애정시가 한대(漢代)의 「모시서(毛詩序)」에 모두 정치와 도덕에 대한 '미(美: 찬미)'나 '자(刺: 비판)'의 작품으로 해석되었다. 그로 인해 『시경』이 유가의 도덕 교과서로 변질되고 말았다.

후대의 시인들이 사회 정치와 도덕에 관심을 기울인 『시경』의 특색을 계승한 것도 두 가지 측면이 있다. 하나는 이 특색을 내세움으로써 문학이 지나치게 유희와 유미주의적인 경향으로 치우치는 것을 막고 문학의 사회적 기능을 강조할 수 있었다. 다른 하나는 지나치게 그 점을 강조한 결과 문학의 다양한 발전을 가로막고 감정의 자유로운 표현을 억압했다.

넷째, 『시경』의 서정시는 개인의 감정을 표현할 때 자제력을 발휘했기 때문에 비교적 안온하게 처리되었다. 「소아(小雅)」<항백(巷伯)>이 '참소하는 사람'을 비판하고, 「용풍(鄘風)」<상서(相鼠)>가

예의 없는 자를 비판할 때의 태도는 매우 격렬해 보이지만 그런 경우가 아주 드물 뿐만 아니라 그것이 순수한 '개인감정'이라고 보기도 어렵다. 왜냐하면 작가가 사회가 공인한 원칙을 옹호함으로써 집단의 힘에 의거하여 소수의 악인들을 질책한 것이기 때문이다.

그리고 「소아(小雅)」의 <끝없는 비(雨無正)>·<시월지교(十月之交)>·<정월(正月)> 등은 비판의 대상이 다수이기 때문에 두려움과 불안이 드러나 있다. 개인의 실의나 종군에 대한 염증과 고향 그리움 내지 남녀 간의 애정은 일반적으로 강렬한 분개나 환락의 감정이 없다. 이는 『시경』의 서정이 대체로 슬픔의 감정이라는 결과를 초래했다. 그리고 이에 따라 후대의 시가도 슬픔의 서정이 보편적인 현상이 되었다.

『시경』의 기본적인 구식(句式)은 4언이다. 간혹 2언부터 9언에 이르는 각종 구식이 섞여 있지만 잡언 구식의 비율은 아주 낮다. 4언구를 근간으로 하므로 『시경』을 가창할 때의 음악 선율이 비교적 평온하고 간단할 것이라고 추측할 수 있다. 한대 이후에는 4언시를 쓴 사람이 있긴 했지만 더 이상 중요한 시형(詩型)은 아니게 되었다. 오히려 사부(辭賦)·송(頌)·찬(贊)·뇌(誄)·잠(箴)·명(銘) 등의 특수한 운문 문체에 보편적으로 운용되었다.

『시경』은 종종 첩장(疊章)의 형식을 사용했기 때문에 장과 장을 비교해보면 글자와 의미가 별로 바뀌지 않으므로 일창삼탄(一唱三嘆)의 효과를 조성할 수 있었다. 이것은 가요의 한 특징으로서 이를 통해 감정의 표출을 강화할 수 있었기 때문에 「풍」과 「소아」의 민가에는 보편적으로 사용되었지만, 「송」과 「대아」 및 「소아」의 정치시에는 거의 사용되지 않았다.

『시경』의 시가는 가요로서 성운(聲韻) 상의 미감을 획득하기 위

해 대량으로 쌍성(雙聲)·첩운(疊韻)과 첩자(疊字)를 사용했다. 고대
한어(漢語)의 규칙을 살펴보면 이런 종류의 어휘는 대체로 형용사
성질을 지니므로 완곡하고 은근한 감정을 표현하고 맑고 아름다운
자연을 묘사하는 데 도움을 준다. 예를 들어 『시경』 첫머리의 〈관
저(關雎)〉를 보자.

關關雎鳩, 在河之洲.	꾸욱꾸욱 물수리가 강 속의 모래섬에서 우는구나.
窈窕淑女, 君子好逑.	아름답고 참한 아가씨는 늠름한 귀공자의 좋은 짝이지.
參差荇菜, 左右流之.	올망졸망 마름 풀을 아가씨가 이리저리 헤치며 따니
窈窕淑女, 寤寐求之.	아름답고 참한 아가씨를 자나 깨나 그리워하네.
求之不得, 寤寐思服.	구애해도 얻지 못하여 자나 깨나 그리워하네.
悠哉悠哉, 輾轉反側.	그리움은 끝이 없어 이리 뒤척 저리 뒤척.
參差荇菜, 左右采之.	올망졸망 마름 풀을 아가씨가 이리저리 헤치며 뜯으니
窈窕淑女, 琴瑟友之.	아름답고 참한 아가씨에게 금슬을 타며 구애하네.
參差荇菜, 左右芼之.	올망졸망 마름 풀을 아가씨가 이리저리 헤치며 뽑으니
窈窕淑女, 鐘鼓樂之.	아름답고 참한 아가씨를 종과 북을 치며 즐겁게 하네.

여기서 '관관(關關: 첩자)'은 물수리의 울음소리를 형용한 것이고,
'요조(窈窕: 첩운)'는 숙녀의 아름다움을 표현한 것이며, '참치(參差:
쌍성)'는 수초의 상태를 묘사한 것이고, '전전(輾轉: 첩운)'은 그리움
때문에 잠 못 이루는 정황을 표현한 것으로서, 조화로운 성음과

생동적인 형상을 돋보이게 했다.

『시경』은 부(賦)·비(比)·흥(興)의 표현수법을 대량으로 운용하여 작품의 형상성을 강화하고 훌륭한 예술효과를 거두었다. '부'는 주희(朱熹)의 『시집전(詩集傳)』 해석에 따르면 해당되는 일을 직언하여 진술하는 것이다. 이는 일반 진술과 나열 진술을 포괄하는 개념이다. 대체로 「풍」에서는 <칠월(七月)> 등의 몇몇 예외를 제외하면 나열 진술을 사용한 작품이 별로 없다. 반면, 「대아」와 「소아」에서는 특히 역사시에서 나열 진술을 사용한 경우가 많다.

'비'는 '비유'의 뜻이다. 『시경』에는 비유를 사용한 곳이 많고 수법도 다채롭다. 예를 들어 <맹(氓)>에서는 뽕나무가 싱싱하고 무성했다가 시들어 떨어지는 변화를 빌려 애정의 성쇠를 비유했고, <학명(鶴鳴)>에서는 "다른 산의 돌로 이곳의 옥을 갈 수 있다"(他山之石, 可以攻玉)로 나라를 잘 다스리려면 출신 지역에 관계없이 현인의 등용이 필요함을 비유하였다.

'부'와 '비'가 모든 시가의 가장 기본적인 표현수법인 것과는 달리 '흥'은 『시경』 이래 중국시가의 독특한 표현수법이다. 주희는 이를 해석하여 "먼저 다른 사물을 언급하여 읊고자 하는 말을 이끌어내는 것"[4]이라고 했으니, 다른 사물을 빌려 읊고자 하는 내용을 위해 복선을 까는 것이다. '흥'은 왕왕 한 편의 시 또는 장의 서두에 사용되는데, 가장 원시적인 '흥'은 그저 일종의 발단에 불과하여 다음에 연결되는 내용과 아무런 의미상의 관계가 없다.

이를테면 <새매(晨風)>의 서두 "새매는 씽씽 날아가고, 북쪽 숲은 우거져 있다"(鴥彼晨風, 鬱彼北林)는 다음에 이어지는 "임을 보지 못하여, 마음의 시름 그지없다"(未見君子, 憂心欽欽) 이하와 의미상의 연결 관계를 찾기 어렵다. 물론 우리가 그렇게 느끼는 것은 아마

---

4) "興者, 先言他物以引起所詠之詞也."(『詩集傳』 卷1)

도 시대의 현격한 차이로 인해 당시의 말을 이해할 수 없게 되었기 때문이겠지만 이처럼 연결 관계를 찾을 수 없는 현상이 엄연히 존재하고 있는 것이 사실이다. 현대의 가요 중에도 그와 같은 '흥'을 찾아볼 수 있다.

한 걸음 더 나아가 '흥'은 또한 비유·상징과 부각 등 실질적인 의미를 지니는 용법도 있다. 그러나 '흥'은 본래 생각의 실마리가 이리저리 떠돌며 연상 작용을 일으키는 것이어서 실질적인 의미가 있다고 해도 고정된 것이 아니라 더욱 포착하기 어렵고 미묘하다.

예를 들어 〈관저(關雎)〉 서두의 "꾸욱꾸욱 물수리가 강 속의 모래섬에서 우는구나"(關關雎鳩, 在河之洲)는 시인이 눈앞의 경물을 빌려 다음의 "아름답고 참한 아가씨는 늠름한 귀공자의 좋은 짝이지"(窈窕淑女, 君子好逑)를 일으킨 것이지만 물수리가 우는 것은 남녀가 짝을 구하는 것을 비유한 것일 수도 있고, 남녀 간의 정다움과 사랑을 비유한 것일 수도 있어서 그 의미를 분명하게 확정지을 수 없다. '흥'이 이처럼 미묘하고 자유롭게 운용할 수 있는 수법이기 때문에 시가의 함축과 완곡을 좋아하는 후대의 시인들은 이에 대해 특별한 관심을 지녀서 중국 고전시의 특수한 맛이 형성되었다.

현재 『시경』은 중국시의 출발점으로 인식되고 있다. 『시경』은 여러 방면에서 그 시대의 풍부하고 다채로운 현실생활을 표현하고, 각 계층 사람들의 희로애락을 반영했으며, 뚜렷한 현실성을 지녀서 중국시의 길을 열었다고 평가할 수 있다.

3. 중국시의 원류 2 － 『초사(楚辭)』

3. 1 초(楚) 문화와 『초사』의 형성

장강(長江) 유역은 황하(黃河) 유역과 마찬가지로 매우 일찍 중국의 고대문화를 배태했는데, 초(楚) 부족이 흥기한 이후에는 그들이 지역문화의 대표가 되었다. 늦어도 은상(殷商) 시기에 초인(楚人)들은 이미 북방 정권과 교류가 있었다. 서주(西周) 시기에 이르러 웅역(熊繹)이 성왕(成王)에 의해 초(楚)에 봉해졌는데(『사기・초세가楚世家』), 이 사실은 주(周) 왕조가 초인(楚人)에게 강(江)・한(漢) 지역에 대한 실질적인 지배권을 승인한 것으로 이해할 수 있다.

춘추시대에 초나라는 신속하게 발전하여 장강 중류의 여러 소국을 겸병하고 중원에 대항할 수 있는 강대국이 되었다. 전국시대에 이르러 초나라는 오(吳)와 월(越)을 멸망시키고 그 세력이 서쪽으로는 한중(漢中)에 이르고, 동쪽으로는 바다에 닿아 전국칠웅(戰國七雄) 중에서 판도가 가장 크고 인구가 가장 많았다. 초나라는 결국 진나라에 의해 멸망했지만 초나라의 반진(反秦) 세력이 나중에 진나라를 무너뜨리는 중심 세력이 되었다. 그런 의미에서 한(漢) 왕조의 건립은 초인(楚人)의 승리라고 볼 수도 있다.

초 부족은 발전과정 속에서 중원의 문화와 부단히 교류했다. 『시』・『서(書)』・『예(禮)』・『악(樂)』과 같은 북방의 주요 문화 전적 또한 초나라 귀족들이 읽고 학습하는 대상이 되었다. 『좌전(左傳)』을 보면 초인이 『시경』을 읊거나 인용한 예가 여기저기 보인다.

그러나 다른 한편으로 초 문화는 시종 자신의 강렬한 특징을 지니고 있어서 중원 문화와 현저한 차이가 있고, 그로 인해 초인들은 장기간 중원 국가들에 의해 야만족으로 간주되었다. 초인들 스스로도 주 왕실의 권위를 인정하고 싶지 않을 때는 자신들을 만이(蠻夷)라고 불렀다. (『사기·초세가楚世家』)

일반적으로 초 문화가 중원 문화에 비해 낙후되었다고 생각하지만 반드시 그렇지는 않았다. 초 문화의 흥기는 중원 문화보다 늦지만 춘추전국시대에 이르러 초 문화에서 낙후된 것은 국가제도, 특히 통치 질서를 유지하는 정치와 윤리 사상 정도였다. 그 때문에 초인들은 유관한 학설과 전적의 수입을 필요로 했다. 이에 상응하여 원시종교인 무교(巫敎)의 성행도 초 문화가 낙후되었다는 표시로 간주할 수 있다. 그러나 그 이외의 방면에서는 초 문화가 반드시 낙후된 것이 아니고 심지어 어떤 부문에서는 중원 문화를 훨씬 앞서기도 했다. 이 점을 이해하는 것이 초사를 이해하는 데 매우 중요하다.

우선 그 당시 중국 남방의 경제조건이 북방보다 좋았다는 점을 들 수 있다. 『한서(漢書)·지리지(地理志)』를 보면 초 땅이 "하천과 못과 산림이 풍부하다. 장강 남쪽은 땅이 넓어서 농사를 짓기도 하여 백성들은 물고기와 벼를 먹고 어로와 사냥과 벌목을 생업으로 하며 과일·박·고등·조개 등 음식물이 늘 풍족하다"라고 했다. 생계를 꾸려나가기가 어렵지 않았기 때문에 많은 인력이 단순히 생존을 유지하는 활동에서 벗어나 다양한 고급 물질의 생산에 종사했을 것이다. 따라서 적어도 춘추시대 이후 초나라의 경제 상황은 아마도 북방 국가들을 능가했을 것이다.

근년에 행해진 고고학적 발굴에 의하면 전국시대 초나라의 청동기는 선진(先秦) 청동기 주조의 최고수준을 대표한다고 볼 수 있다. 초나라의 칠기와 직물의 품질도 북방의 것을 능가했다. 이처럼 초나라 땅에서 살아가기가 상대적으로 편안하고 쉬웠기 때문에 자연을 극복하고 생존을 유지하기 위해 집단의 역량을 강화하려고 크게 애쓰지 않아도 되었다. 그 결과 초나라는 북방국가들처럼 엄밀한 종법(宗法) 정치제도를 만들지 않았다.

『한비자(韓非子)』에 의하면 초나라의 귀족들은 줄곧 독립적인 세력을 지니고 있었다. 이 점이 북방국가에 대한 초나라의 대항력을 약화시키기도 했지만, 다른 한편으로 그와 같은 생활환경 속에서 개인은 집단의 억압을 덜 받을 수 있어서 개체의식이 상대적으로 강해졌다. 한대(漢代)에 이르기까지 초인(楚人)의 성격이 호방하고 자유분방했다는 것은 잘 알려진 사실이다.

풍부한 물질적 조건과 자유롭고 활기찬 감정은 초나라 예술 발전의 밑바탕이 되었으니, 이 또한 초 문화가 중원 문화를 앞지른 부문이었다. 중원 문화에서 음악·무도·가곡을 포함한 예술은 '예(禮)'의 조성부분으로 이해되어 집단생활을 조절하고 일정한 윤리적 목적을 실현하는 수단으로 간주되었다. 따라서 중용과 평화가 예술의 궁극적 목표였다.

반면에 초나라의 예술은 심미와 기쁨의 방향으로 발전하여 감정의 활기찬 전개에 중점을 두었다. <초혼(招魂)>과 <구가(九歌)>가 묘사한 음악과 무도는 열렬하게 움직이는 것이었고, 아름다운 분위기를 다채롭게 보여주었다. 옛 초 지역(지금의 호북성 수현隨縣)에서 출토된 대규모의 편종(編鐘)은 전문가들로부터 '세계의 기적'으로 인정받아 초나라 음악과 가무의 발달을 여실히 증명해주었다.

'초사'라는 명칭은 『사기·장탕전(張湯傳)』에 처음 보여서 늦어도 한대(漢代) 전기(前期)에 그 명칭이 존재했음을 알 수 있다. '초사'의 본뜻은 초 지역의 가사를 두루 지칭한 것이겠지만 나중에는 전국시대 초나라 굴원(屈原)의 창작을 대표로 하는 신체시(新體詩)를 가리키는 말이 되었다. 이 신체시는 농후한 지역문화 색채를 띠고 있었는데, 서한(西漢) 말에 유향(劉向)이 굴원과 송옥(宋玉)의 작품 및 한대인이 이 시체를 모방해 쓴 작품을 집록하여 책 이름을 『초사』라고 하였다. 이것이 『시경』 이후 후대에 심원한 영향을 끼친 또 하나의 시가총집이다.

또한 굴원의 <이소(離騷)>가 초사의 대표작이기 때문에 초사는 '소(騷)' 또는 '소체(騷體)'라고도 칭해졌다. 한대인은 보편적으로 초사를 '부(賦)'라고 부르기도 해서 『사기』에도 굴원이 <회사(懷沙)>부를 지었다고 말한 것이 보이고, 『한서·예문지(藝文志)』에도 '굴원부(屈原賦)'·'송옥부(宋玉賦)'라는 명칭이 열거되어 있다.

초사의 형성은 우선 초 지역의 가요와 밀접한 관계가 있다. 앞에서 언급했듯이 초(楚)는 음악과 무도가 발달한 지역이었다. 현재 『초사』 등의 책에서 수많은 초 지역 악곡의 제목을 살펴볼 수 있는데, 예를 들면 <섭강(涉江)>·<채릉(采菱)>·<노상(勞商)>·<구변(九辯)>·<구가(九歌)>·<해로(薤露)>·<양춘(陽春)>·<백설(白雪)> 등이 있다. 현존하는 가사 중 비교적 이른 것으로 『맹자』에 기록된 <유자가(孺子歌)>가 있는데5), 전하는 바로는 공자(孔子)가 초(楚)에 갔을 때 그곳의 아이가 부르는 것을 들은 것이라고 한다.

이런 가요는 진(秦)·한(漢) 때에도 크게 유행했다. 유방(劉邦)의 <대풍가(大風歌)>와 항우(項羽)의 <해하가(垓下歌)>가 그 예이다. 이들의 체식은 중원의 가요와 달라서 가지런한 4언체가 아니라 장단구(長短句)이며, 구절 끝이나 중간에 어기사 '혜(兮)'자를 많이 쓴다. 이 또한 『초사』의 현저한 특징이다.

---

5) "창랑의 물이 맑으면 내 갓끈을 씻을 수 있고, 창랑의 물이 흐리면 내 발을 씻을 수 있다네."(滄浪之水淸兮, 可以濯我纓; 滄浪之水濁兮, 可以濯我足.)

다만 한 가지 주의해야 할 것은 『초사』가 초 지역의 가요에서
나온 것이긴 하지만 이미 중대한 변화가 있었다는 점이다. 한인(漢
人)이 초사를 '부(賦)'라고 칭한 것은 "노래로 부르지 않고 음송하
는 것을 부(賦)라고 한다"(『한서·예문지』)는 뜻을 취한 것이다. 굴원
의 작품은 <구가(九歌)>를 제외하면 <이소(離騷)>·<초혼(招魂)>·
<천문(天問)>이 모두 거대한 장편이다. <구장(九章)>도『시경』시에
비하면 훨씬 길다. 그것들은 분명히 가창에 적합하지 않아서 가곡
으로 간주할 수 없다. 동시에 이처럼 "노래로 부르지 않고 음송하
는" 부는 산문 식의 독법을 갖는 것도 아니다. 고적(古籍)의 기록에
의하면 일종의 특별한 성조를 사용하여 송독해야 한다. 그것은 아
마 옛날 그리스 역사시의 '음창(吟唱)' 형식과 유사할 것이다.

가요는 편폭이 짧고 언어가 소박하기 마련이어서 『초사』는 가요
의 형식을 벗어나 화려한 언어를 구사하며 복잡한 내용을 담고,
풍부한 사상 감정을 표현하는 방향으로 발전했을 것이다. 현대의
학자들은 대부분 초사와 한부(漢賦)를 구별하기 위해서 『초사』를
'부(賦)'로 칭할 것을 주장하지 않는데,6) 일리가 없는 것은 아니지
만 동시에 한인(漢人)들이 그와 같이 칭한 것이 잘못이었다고 할
수도 없다. 왜냐하면 본래 먼저 '굴부(屈賦)'가 있었고, 나중에 '한
부(漢賦)'가 나왔기 때문이다.

초 지역에서 성행한 무교(巫敎) 또한 『초사』에 스며들어 짙은 신
화 색채를 띠게 하였다. 역사서의 기록에 의하면 중원문화에서 무
교의 색채가 명백히 사라진 이후 남쪽 초 지역에서는 전국시대에
이르기까지 군신(君臣) 상하가 여전히 "무격(巫覡)을 믿고 사신(邪神)
을 받드는 사당을 소중히 했다."7) 굴원이 활약하던 시대에도 초인

---

6) 김학주는 『중국문학사』(1989)에서 한대 이전에는 초사나 굴원에 대한 기록이
   전혀 없으므로 '초사'를 전국시대의 문학으로 다룰 수 없다고 주장하고, 한대
   문학의 한부(漢賦)에 귀속시켜 언급했다.

들은 여전히 기이한 상상과 치열한 감정이 충만한 신화세계 속에 빠져 있었다.

이러한 사회 분위기의 영향으로 굴원은 신에게 제사지내는 내용의 조시(組詩) <구가(九歌)>와 민간의 초혼사(招魂詞)에 근거하여 지은 <초혼(招魂)>을 창작했을 뿐만 아니라 자신의 감정을 표현할 때에도 대량으로 신화 재료를 운용하여 신비한 느낌을 가미했다. 그의 대표작 <이소(離騷)>의 구성도 상당 부분 민간 무격의 방식을 차용하였다.

초 문화 자체의 요인 외에도 몇몇 다른 요인들이 『초사』의 형식에 일정한 작용을 일으켰다. 앞에서 서술했듯이 춘추시대 이후 초나라의 귀족들은 이미 『시경』에 익숙해졌고 이것이 그들 문화소양의 일부가 되었다. 예컨대 굴원의 <구장(九章)> 중의 <귤송(橘頌)>은 전적으로 4언구를 사용했고 격구(隔句)로 구미(句尾)에 '혜(兮)'를 사용했으므로, 이는 『시경』의 형식이 『초사』의 형식에 스며든 것으로 볼 수 있다.

3. 2 굴원(屈原)의 생애와 작품

굴원의 생애에 관한 자료로 비교적 믿을 수 있는 것은 『사기』의 전기(傳記) 한 편 정도이다. 그런데 이 전기조차 착란이 있어서 무슨 뜻인지 이해하기 힘든 곳이 있다. 여기서는 굴원 작품 속의 자서(自叙)와 연구자들의 견해를 참고하여 그의 생애에 대한 대체적인 윤곽을 그려보겠다.

굴원(약 B.C. 340-277)은 이름이 '평(平)'이고 자(字)가 '원(原)'이

---

7) "信巫覡, 重淫祠." (『漢書 · 地理志』)

며 초나라 귀족 출신인데, 선조가 굴(屈)에 봉해져서 '굴(屈)'을 성씨로 하게 되었다. 굴원은 젊었을 때 초 회왕(懷王)의 신임을 받아 좌도(左徒)가 되어 "들어와서는 왕과 함께 국사를 의논하고 나가서 호령했으며, 나가서는 빈객을 맞이하고 제후를 응대했다"(『사기』 본전本傳)고 했으니 초나라 내정과 외교의 핵심인물이었다. 당시에 그는 20여 세에 불과했으니 의기양양한 젊은이였다고 하겠다. 그 후 상관대부(上官大夫)가 회왕의 면전에서 굴원이 회왕의 공을 자신의 것인 양 말하며 다닌다고 참소하여 내침을 당했다.

굴원은 좌도의 직책에서 물러난 후 삼려대부(三閭大夫)로 전임되어 소(昭)·굴(屈)·경(景) 세 성씨의 왕족 사무를 맡아 종묘제사와 귀족자제의 교육을 책임졌다. 그 후 초나라의 내정과 외교에 일련의 문제가 발생했다. 먼저 진(秦)나라에서 사신 장의(張儀)가 초나라에 들어와 간신 근상(靳尙)과 회왕의 총비 정수(鄭袖) 등에게 뇌물을 주어 기만의 수법으로 제(齊)·초(楚) 연맹을 파기시켰다. 회왕이 속은 것을 알고 대거 군사를 일으켜 진(秦)을 공격했지만 단양(丹陽)과 남전(藍田)의 전투에서 잇달아 실패하여 한중(漢中) 땅을 잃고 말았다. 이때 굴원이 명을 받고 제(齊)와의 동맹을 수복하려 했지만 성공하지 못한 것 같다. 그 후 회왕이 외교에서 잇달아 실족하여 초나라는 진(秦)·제(齊)·한(韓)·위(魏)의 포위 공격을 받아 곤경에 빠졌다. 대략 회왕 25년경에 굴원은 한북(漢北) 일대로 쫓겨났으니 이것이 그의 첫 번째 방축이다.

회왕 30년, 진(秦)이 회왕을 속여 무관(武關)에서 회동하자고 했다. 굴원은 이를 적극 말렸지만 회왕의 아들 자란(子蘭) 등이 회왕에게 진(秦)에 들어가야 한다고 힘주어 권유하는 바람에 회왕은 진에 들어갔다가 억류되어 돌아오지 못하고 3년 후 진에서 죽고 말았다. 회왕이 진에 억류되자 초에서는 경양왕(頃襄王)이 즉위하고 자란이 영윤(令尹: 재상)에 임명되어 초와 진의 외교가 단절되었다.

그러나 경양왕은 즉위한 지 7년 후에 진과 혼인을 맺고 잠시의 평화를 구걸했다. 굴원이 그들의 비굴한 외교에 반대하고 회왕의 죽음에 대한 자란의 책임을 추궁하자 자란은 다시 상관대부를 사주하여 경양왕의 면전에서 굴원을 참소하여 굴원은 다시 원(沅)·상(湘) 일대로 쫓겨났다. 그때가 대략 경양왕 13년(B.C. 286) 전후이다.

굴원이 쫓겨나 여러 해 동안 유랑하고 있을 때 초나라의 형세는 갈수록 위급해졌다. 경양왕 21년(B.C. 278)에 진나라 장수 백기(白起)가 초나라의 수도 영(郢: 지금의 호북성 강릉江陵)을 격파했고, 이듬해에 진나라 군대가 다시 초나라에 깊숙이 진입했다. 굴원은 자신의 조국이 절망적인 상태에 처한 것을 목도하고 다른 나라로 망명할 것을 고민해보기도 했지만, 결국 조국을 떠날 수 없어서 슬픔과 울분 속에서 스스로 멱라강(汨羅江)에 빠져 죽었다. 그가 자살한 날이 음력 5월 5일경인데, 원래 그날은 초 지역의 전통적인 명절이었지만 나중에 사람들은 그날을 굴원을 기념하는 날로 삼아 본래의 의미를 아는 사람이 없게 되었다.

굴원이 초나라 최고 통치 집단과 충돌한 데에는 여러 가지 원인이 있다. 외교 방면에서 굴원이 진나라에 대항할 것을 주장한 것은 탁월한 식견을 갖춘 것이었지만 회왕은 이익을 탐해 사기를 당했고, 경양왕은 겁을 먹고 타협의 길을 택하여 모두 굴원의 주장을 받아들이지 못하고 오히려 그를 추방하였다. 내정 방면에서 굴원은 법을 명확히 하고 현능한 인재를 발탁해 쓸 것과, 나라를 부강하게 하는 '미정(美政)'을 실시할 것을 주장했다.

그는 유가의 전설적인 성군(聖君)과 현신(賢臣)을 흠모했고, 정치에 대해서는 모종의 이상주의적인 태도를 견지했다. 동시에 그는 탐욕스럽고 비열한 귀족들을 멸시하며 내정의 개혁을 주장하여 많은 귀족들을 정적으로 만들어버렸다. 그밖에 굴원의 성격 또한 그의 비극적 종말을 야기한 중요한 원인이었다. 굴원의 작품을 통해 알 수 있듯이 그는 감정이 격렬하고 솔직하며 자신감이 넘치는 사람이었다. 그와 같은 성격이 그로 하여금 권력의 상층부에서 적절하게 대처할 수 없게 했고, 그로 인해 그는 그 세계에서 오래 버틸 수가 없었다.

굴원의 작품은 『사기』 본전(本傳)에 <이소(離騷)>·<천문(天問)>·<초혼(招魂)>·<애영(哀郢)>·<회사(懷沙)> 5편이 제시되어 있다. 『한서·예문지』는 굴원의 부가 25편이라고 했지만 편명(篇名)은 열거하지 않았다. 동한(東漢) 왕일(王逸)의 『초사장구(楚辭章句)』에도 25편이 수록되어 있는데, 편명은 <이소>·<구가(九歌)>(11편으로 계상)·<천문>·<구장(九章)>·<구편(九篇)>·<원유(遠遊)>·<복거(卜居)>·<어부(漁父)>이다.

그러나 <초혼>은 송옥(宋玉)의 이름 아래에 열거되어 있다.8) 이로부터 그 25편 중 일부 작품의 귀속과 진위가 한대에도 논쟁거리였음을 알 수 있다. 현대 연구자들의 다수 의견에 따르면 <초혼>은 『사기』에 의거하여 굴원의 작품이고, <원유>·<복거>·<어부>는 위탁일 가능성이 크다.

3. 3 <이소(離騷)>와 <구장(九章)>

<이소>와 <구장>은 모두 직접 굴원의 생활경력을 반영하여 강

---

8) 『한서·예문지』는 기본적으로 유향(劉向)·유흠(劉歆) 부자의 『칠략(七略)』에 의거하였고, 『초사장구(楚辭章句)』는 유향이 엮은 『초사』에 대한 주석이어서 이 두 가지는 이치상 일치할 수밖에 없다.

렬한 정치적 색채를 띠고 있다. <이소>는 굴원의 대표작으로 373 구 2,490자에 달하는 중국 고대 최대의 서정시이다. 창작연대는 회왕 만년(晚年) 굴원의 제1차 방축 이후로 보기도 하고, 경양왕 시기 굴원의 제2차 방축 후로 보기도 한다.

<이소>라는 제목의 뜻에 대한 해석으로 최초의 것은 한초(漢初)의 회남왕(淮南王) 유안(劉安)이 제시한 "이소는 이우(離憂: 이별의 슬픔)와 같다"로, 『사기·굴원가생열전(屈原賈生列傳)』에 보인다. 그 다음에 동한의 반고(班固)는 「이소찬서(離騷贊序)」에서 "이(離)는 조(遭: 만나다, 당하다)와 같다. 소(騷)는 우(憂)이다. 자신이 슬픔을 만나 사(辭)를 지었음을 밝힌 것이다"라고 해석했다. 이런 해석은 '이(離)'와 '소(騷)'를 독립된 단어로 처리한 것인데, 현대의 중국학자 유국은(遊國恩)은 '이소(離騷)'를 연면사(連綿詞)로 보고, 이는 초나라 가곡의 명칭일 것이며 그 뜻은 '뇌소(牢騷: 불평, 불만)'와 같을 것이라고 했다.

<이소>의 창작연대와 제목의 뜻에 대해 학자들의 견해가 일치하지 않아 정론(定論)이 없긴 하지만, 적어도 이 작품이 굴원이 정치적으로 심각하게 좌절을 겪은 후 개인과 나라의 불행 앞에서 써내려간 숭고하면서도 고통스런 영혼의 자서전이라고 할 수 있다.

<이소>의 내용은 크게 두 부분으로 나누어 볼 수 있다. 처음부터 "몸이 찢어져도 내 마음 변치 않으리니, 그런다 해도 어찌 나를 두렵게 할 수 있으리?"(雖體解吾猶未變兮, 豈余心之可懲?)까지가 전반부로서 과거의 자취를 회고한 것으로 주로 현실의 상황을 묘사한 것이고, 후반부는 미래에 대한 탐색을 표현한 것으로 주로 환상의 방식을 사용하였다. 이 장편 서정시는 또한 10개의 단락과 전편의 내용을 총괄한 '난왈(亂曰)' 5구로 이루어져 있는데, 여기서 제2단락을 예시해본다.

昔三后之純粹兮,	지난날 세 현군의 훌륭한 덕망이여
固衆芳之所在.	본래 온갖 향초가 모이는 곳이로다.
雜申椒與菌桂兮,	신초와 균계가 모두 여기 모였으니
豈維紉夫蕙茝.	어찌 혜초와 구리때만 모였겠는가?
彼堯舜之耿介兮,	요임금과 순임금은 광명정대하시어
旣遵道而得路.	정도를 따라 치국의 길을 찾으셨네.
何桀紂之猖披兮,	걸왕과 주왕은 어찌나 방탕했는지
夫唯捷徑以窘步.	오직 잘못된 길을 급히 걸어갔네.
惟夫黨人之偸樂兮,	저 소인배 집단은 그저 향락에 빠져서
路幽昧以險隘.	나라를 어둡고 위험한 길로 이끄네.
豈余身之憚殃兮,	이 몸이 어찌 재앙을 두려워하리오!
恐皇輿之敗績.	다만 임금님 수레가 뒤집힐까 두렵네.
忽奔走以先後兮,	바삐 임금님 앞뒤에서 달려가는 것은
及前王之踵武.	예전 현군의 족적을 따라가려는 거네.
荃不察余之中情兮,	임금님은 나의 충정을 살피지 않고
反信讒而齌怒.	오히려 참언을 믿고 내게 화를 내시네.
余固知謇謇之爲患兮,	내 본디 충직함이 재앙이 됨을 알지만
忍而不能舍也.	인내할지언정 이를 버릴 수는 없지요.
指九天以爲正兮,	하늘에 맹세하여 증거로 삼을 것이니
夫唯靈脩之故也.	모두가 임금님을 위한 것이기 때문이네.
(曰黃昏以爲期兮, 羌中道而改路.)	
初旣與余成言兮,	애초에 나와 실천의 약속을 하셨건만
後悔遁而有他.	나중에 마음 변하여 딴 생각 가지셨네.
余旣不難夫離別兮,	이별이 견디기 어려운 것이 아니라
傷靈脩之數化.	임금님 누차 마음 변한 것이 슬프네.

이상의 24구가 제2단락으로 두 가지 내용이 담겨있다. 앞의 12
구는 정반(正反) 양면의 역사 사례를 들어 소인배 집단이 나라를
잘못된 길로 끌고 감을 지적하였고, 뒤의 12구는 군왕에 대한 자

신의 충정을 토로하면서 비록 군왕이 자신과의 언약을 저버리고 자신을 배척한다고 해도 자신은 변함없이 군왕에게 충성하겠다는 의지를 표명하였다.

<구장(九章)>은 9편의 작품 <석송(惜誦)>·<섭강(涉江)>·<애영(哀郢)>·<추사(抽思)>·<회사(懷沙)>·<사미인(思美人)>·<석왕일(惜往日)>·<귤송(橘頌)>·<비회풍(悲回風)>으로 조성되어 있다. 사마천(司馬遷)은 『사기·굴원전(屈原傳)』에서 <애영>·<회사>를 언급할 때 '구장(九章)'이라는 명칭을 제시하지 않았다. 그래서 송(宋)의 주희(朱熹)는 후인들이 이 9편의 작품을 1권에 집록하면서 덧붙인 총명(總名)이 <구장>이라고 생각했고, 현대의 연구자들도 대부분 이 설을 따르고 있다. 그러나 이 9편 중 <사미인> 이하 4편은 위탁일 것이라고 추측하는 학자들도 적지 않아 현재로서는 무엇이라고 단정할 수 없다.

<구장>의 내용은 모두 굴원의 신세와 관련이 있다. 이 점은 <이소>와 비슷하나, 편폭이 비교적 짧고 언급한 사실도 생활 속의 구체적인 편린이라는 점은 종합성 자서(自敍)인 <이소>와 다르다. 사용한 수법도 사실의 기록 위주이고 환상의 표현은 그다지 많이 사용하지 않았다. <구장> 중에서는 <귤송>의 내용과 풍격이 다소 특수하다. 이 작품은 의인화 수법을 사용하여 귤나무의 눈부신 모습과 굳건한 자질을 세밀하게 묘사하면서 자신의 탁월한 재능, 고상한 품격과 고향을 그리워하고 조국을 사랑하는 마음을 표현하였다.

그 밖의 다른 작품들은 대부분 굴원이 방축된 기간 중에 지은 것이다. <섭강>은 굴원이 장기간 장강 남쪽에 방축되어 있을 때 쓴 기행시이고, <애영>은 진나라 장수 백기(白起)가 초나라 수도 영(郢)을 함락시킨 후 굴원이 조국과 인민의 고난을 목도하고 침통

한 심정으로 수도의 함락을 애도하고 한탄한 것이다. 〈회사〉는 굴원이 죽기 전에 마지막으로 쓴 작품으로 알려져 있는데, 한편으로는 자신의 지향이 바뀔 수 없는 것임을 토로하였고, 다른 한편으로는 비분강개한 어조로 초나라 정치의 혼란과 세속의 무리에 대한 멸시를 표현하였다. 여기서 〈애영〉의 일부를 예로 든다.

〈哀郢〉　　영도(郢都)를 슬퍼하다

....

羌靈魂之欲歸兮,	아아! 영혼은 돌아가고 싶어 하니
何須臾而忘反.	어찌 잠시인들 돌아갈 것을 잊었으랴.
背夏浦而西思兮,	하수 가를 떠난 후 서쪽의 수도가 그리운데
哀故都之日遠.	옛 수도가 날로 멀어져 슬프기만 하다.
登大墳以遠望兮,	높은 언덕에 올라 멀리 수도를 바라보며
聊以舒吾憂心.	잠시 내 근심을 풀어보려고 했지만
哀州土之平樂兮,	넓은 국토와 즐거운 생활을 유린당한 것이 슬프고
悲江介之遺風.	강변 지역의 순박한 유풍이 사라진 것이 슬프다.
當陵陽之焉至兮,	거친 파도가 앞에 놓였으니 어디로 가나?
淼南度之焉如.	큰 물결 아득한데 남쪽으로 건너가 어디로 가나?
曾不知夏之爲丘兮,	수도의 건물이 폐허가 되리라고는 정말 몰랐고
孰兩東門之可蕪.	누군들 두 동문이 황무지로 변할 줄 알았겠는가?
心不怡之長久兮,	마음이 즐겁지 못한 것이 오래되었고
憂與愁其相接.	근심 걱정이 서로 이어져 계속되는데
惟郢路之遼遠兮,	수도로 가는 길은 아득히 멀고
江與夏之不可涉.	장강과 하수가 가로놓여 건널 수 없다.
忽若去不信兮,	신임 받지 못하고 갑자기 떠난 지
至今九年而不復.	9년이 되었지만 돌아갈 수 없으니
慘鬱鬱而不通兮,	마음이 참담하고 답답하여 트이지 않아
蹇侘傺而含慼.	실의에 빠져 슬픔만 머금을 뿐이다.

....

<애영>은 모두 세 단락과 결어로 구성되어 있는데, 여기에 든 것은 제2단락이다. 앞의 8구는 수도 영(郢)이 그리워 그곳으로 돌아가고 싶어 하는 절박한 심정을 묘사한 것이고, 뒤의 12구는 갈 길이 아득히 멀고 험해 돌아가기 어려운 암담한 심정을 토로한 것이다. 굴원은 여기서 국가의 고난과 개인의 고난을 융합시키고 있어서 그가 겪는 고통을 한층 배가시켰다.

3. 4 <구가(九歌)>·<초혼(招魂)> 및 <천문(天問)>

이 세 작품은 모두 굴원 자신의 생활경력을 직접적으로는 다루지 않았다. <구가>와 <초혼>은 초 지역의 신화 전설 및 민간 풍속과 밀접한 관계가 있고, <천문>은 신화 전설과 사회 역사에 대한 일종의 질의이다. 그러면서도 세 작품은 모두 여러 방면에서 굴원의 개성과 사상 감정을 반영하고 있고, 동시에 초 문화 연구를 위한 기초자료가 되고 있다.

<구가>의 명칭이 『좌전』·<이소>·<천문>과 『산해경(山海經)』에 보이는 것으로 보아 이것이 오래되고 저명한 악곡임을 알 수 있다. '구(九)'는 조성된 가사가 여러 편임을 표시하는 것이지, 실제 편수를 나타낸 것이 아니다. 굴원의 <구가>는 모두 11편으로 조성된 악가로, 신에게 제사지낼 때 사용되었다. 이것은 굴원이 민간에서 신에게 제사지낼 때 사용하던 악가를 개편한 것으로, 오래된 신화의 색채가 넘쳐나는 한편 인생에 대한 시인의 느낌이 표현되어 있다.

<구가> 중의 대다수 시편이 신과 신 또는 사람과 신 상호간의 애정을 담고 있다. 그 시편들을 통해 굴원은 생명에 대한 집착과 추구 및 추구해도 얻지 못하는 슬픔과 회의를 토로하면서 자신의

인생 회한과 고독하고 처량한 심정을 암시하였다. 여기서 제1편 <동황태일(東皇太一)>을 예로 든다. 이 시편은 동황태일신을 찬양한 것이다.

<東皇太一>	동쪽에 계신 태일신
吉日兮辰良,	좋은 날 좋은 때에
穆將愉兮上皇.	공경히 제사를 지내 상황을 기쁘게 하니
撫長劍兮玉珥,	옥고리가 달린 장검의 칼자루를 쥐시고
璆鏘鳴兮琳琅.	아름다운 패옥을 울리신다.
瑤席兮玉瑱,	옥으로 만든 자리에 옥으로 된 누름돌
盍將把兮瓊芳.	옥 꽃송이를 들어 바치고
蕙肴蒸兮蘭藉,	혜초로 싼 제육을 난초 깔아 바치고
奠桂酒兮椒漿.	계주와 초장을 올린다.
揚枹兮拊鼓,	북채 들고 북을 치며
疏緩節兮安歌.	느린 곡조로 노래에 맞추어 연주하고
陳竽瑟兮浩倡.	우와 슬을 늘어놓고 크게 노래한다.
靈偃蹇兮姣服,	신령이 고운 옷 입고 덩실덩실 춤추니
芳菲菲兮滿堂.	향기가 집안에 가득하다.
五音紛兮繁會,	5음이 어지러이 뒤섞이니
君欣欣兮樂康.	신께서 기뻐하고 편안해 하신다.

<구가>는 예술 성취가 매우 높다. 이것은 선진문학 중에서 완전히 신화를 소재로 한 몇 안 되는 작품으로서 신의 형상을 빌려 인간의 감정을 표현하였다. 비록 <이소>와 같은 웅장하고 광활한 장면은 없지만, 언어가 아름답고 서정이 세밀하며 경물과 감정이 상호 융합하여 별미가 있다.

<초혼>은 『사기』에서는 굴원의 작품이라고 하고, 왕일의 『초사장구(楚辭章句)』에서는 송옥의 이름 아래에 두어 누구의 작품인지

단정할 수 없지만 사마천의 설을 따르는 학자가 많다. 누구의 혼을 부르는 것인지에 대해서도 두 가지 의견이 있다. 하나는 굴원이 자신의 혼을 부르는 것이라는 설이고, 다른 하나는 굴원이 초회왕의 혼을 부르는 것이라는 설인데 후자를 지지하는 학자들이 많다.

'초혼(招魂)'은 본래 초 지역의 풍속이었다. 시인은 그 풍속을 빌려 상상력을 발휘해서 기이한 작품을 썼다. 이것이 표현해낸 상상력과 창조력은 경탄할 만한 것으로서 과장수법을 사용하여 공포와 화려의 두 가지 모습을 강렬하면서도 자극적으로 묘사했으며, 대조를 통해 특수한 미감을 조성하였다. 후대에 포조(鮑照)・한유(韓愈)・이하(李賀) 등의 창작에서 〈초혼〉이 보여준 특징이 재현되는 것을 볼 수 있고, 그 서술과 나열의 수법은 한부(漢賦)에 직접적인 영향을 끼쳤다.

〈천문〉은 자연・역사・사회 및 신화 전설을 가지고 단숨에 172개의 문제를 제기한 기문(奇文)이다. 그 속에는 당시에 이미 답안이 나와 있는 문제가 상당수 있었지만 시인은 그것으로 만족하지 않고 호되게 추궁하여 새로운 해답을 찾으려고 시도했다. 이를테면 요임금과 순임금 같은 이는 당시에 이미 유가들이 우상으로 받들었을 뿐만 아니라 〈이소〉와 〈구장〉에도 이상정치의 화신으로 칭송되었는데, 〈천문〉에서는 그들조차도 심각한 회의의 대상이 되었다.

이는 어떤 성군과 현신도 회의(懷疑)를 용납하지 않는 절대 권위를 지닐 수 없다는 것을 뜻했다. 전국시대에 백가쟁명이 전개되었지만 자연과 사회 현상에 대해 그렇게 광범하고 심각한 회의를 품은 사상가는 없었다. 이는 〈천문〉의 작가가 당시의 일반적인 사상가를 뛰어넘는 강대한 역량을 지닌 덕택에 사회의 압력을 물리치고 당시 사회에 의해 공인된 사상습관과 사유방식에서 벗어날 수 있었다는 것을 의미한다.

3. 5 굴원의 위상과 영향

당시 사회에서 굴원은 신분상 정치가이지 일반적인 의미의 시인이 아니었다. 그러나 창작 성취를 살펴보면 그는 중국문학사 상에서 으뜸가는 시인 중의 한 사람이다. 『시경』에도 아름답고 감동적인 작품이 많이 있지만, 그것은 기본적으로 군중에 의한 집단적인 창작이어서 개성의 표현이라고 보기 어려운 점이 있다. 그러나 굴원의 창작은 자신의 이상과 운명과 고통에 대한 서술을 통하여 생명의 열정을 토하며 선명한 개성을 각인시켰다. 이는 중국 고전문학 창작의 새로운 시대를 상징한다.

『시경』의 경우 총체적으로 볼 때 비교적 감정을 자제하여 온화하게 감정이 표현되어 있는 반면에, 굴원의 창작은 감정의 해방을 보여주며 생기가 넘치고 감화력이 큰 시가풍격을 조성하였다. 그러한 감정을 표현하기 위해 굴원은 소박한 창작수법에 만족하지 않고 초(楚) 지역의 신화 재료를 대량으로 차용하고, 기이한 환상수법을 사용하여, 시가의 경계를 크게 확장하고 광활하고 아름다운 세계를 구현하였다. 이는 중국 고전시가의 창작을 위해 새로운 길을 개척한 것이어서 후대의 이백(李白)과 이하(李賀)같이 강렬한 감정을 표현한 시인들을 계발시킨 것이라고 할 수 있다.

시가의 형식면에서 굴원은 『시경』에 보이는 가지런한 4언구 위주의 소박한 체제에서 벗어나 장단의 구식과, 방대한 편폭과, 내용이 풍부하고 복잡한 '소체시(騷體詩)'를 창조해냈으니, 이도 중대한 의미를 갖고 있다.

결론적으로 굴원이 창작을 시작한 『초사』는 『시경』과 함께 중국시가의 두 원류를 구성하여 후대의 시가에 무궁한 영향을 끼쳤다. 시대의 발전과 남북 문화의 차이로 인해 『초사』는 『시경』에 비해 현저한 진보를 이룩했다. 따라서 후대문학에 끼친 영향에 있어서도 『시경』보다 컸다고 평가할 수 있다.

제 2 장

양한시(兩漢詩)

1. 개설

기원전 221년(진왕秦王 정政 26년)에 진나라가 제(齊)나라를 멸망
시킴으로써 200여 년에 걸친 7국의 분쟁을 종결시키고 중국의 통
일을 완성함과 동시에, 중앙집권의 봉건 전제국가를 세웠다. 그
러나 진시황의 폭정과 2세의 우매함으로 인해 통일 후 15년이 못
되어 진 왕조는 6국 잔여 세력의 격렬한 저항에 부딪쳐 와해되
고, 5년의 초한전쟁(楚漢戰爭)을 거친 후 한(漢) 고조(高祖) 유방(劉
邦)이 최후의 승자가 되어 다시 통일 봉건 왕조를 건립했다.

그러나 진 왕조를 전복시킨 주된 세력은 초나라 사람들이었다.9)
초나라 사람들이 중국 정치 무대의 중심을 점유함에 따라 초 지역
방언으로 가창하고 초 지역 음악으로 초가(楚歌)를 반주하는 것이
사회와 궁정에 유행하였다. 『시경』이 경전으로 정착하면서 사인(士
人)들이 『시경』 시를 보편적으로 송독하긴 했지만 4언 시체의 창
작은 그다지 흥성하지 않아서 지금은 그저 위맹(韋孟)의 <풍간시
(諷諫詩)>·<재추시(在鄒詩)> 등의 모방 작품이 전해질 뿐이다. 반면
에 초가는 자유롭고 활발한 형식과 감상적이고 격정에 찬 가락을
사용하여 형형색색의 인물이 지닌 새로운 시대의 심성(心聲)을 노

---

9) 초한전쟁(楚漢戰爭)의 두 주역인 항우(項羽: B.C. 232-202)와 유방(劉邦: B.C.
256-195) 모두 초나라 출신이다. 항우는 하상(下相: 지금의 강소성 숙천宿遷 서
쪽) 사람으로 초나라 귀족 출신이고, 유방은 패(沛: 지금의 강소성 패현) 사람
으로 초나라 사수(泗水)의 정장(亭長)을 지냈다. 유방은 진(秦) 2세 원년(B.C.
209)에 진승(陳勝)과 오광(吳廣) 등이 반란을 일으키자 패(沛)의 관리였던 소하
(蕭何)와 조참(曹參) 등의 지지 아래 거병하여 결국 항우를 격파하고 한(漢)나
라를 세웠다.

래하였다.

한대(漢代) 최초의 초가는 항우(項羽)의 <해하가(垓下歌)>를 꼽을
수 있다. <해하가>는 한(漢) 5년 항우가 해하(垓下)에서 유방의 군
대에 포위되어 활로가 없자 사랑하는 여인 우희(虞姬)를 향해 부른
비가(悲歌)이다.

<垓下歌>   **해하의 노래**

力拔山兮氣蓋世,   힘은 산을 뽑고 기개는 세상을 덮건만
時不利兮騅不逝.   시운이 불리하니 준마가 달리지 못한다.
騅不逝兮可奈何,   준마가 달리지 못하니 이를 어찌하나!
虞兮虞兮奈若何.   우희여, 우희여! 그대를 어찌할까!

이렇게 출중한 능력과 기개를 지닌 영웅이 운명의 지지를 얻지
못해 좌절에 빠진 비관(悲觀) 의식을 노래한 것은 선진(先秦) 시가
에는 보이지 않던 것이다.

이 <해하가>에 호응하는 것으로 유방(劉邦)의 <대풍가(大風歌)>
가 있다. 유방은 항우를 격파한 영웅이나, 그의 <대풍가>는 항우
의 <해하가>와 마찬가지로 자신의 운명에 대한 감개를 노래하였다.

<大風歌>   **큰 바람**

大風起兮雲飛揚,   큰 바람 일어나니 구름 높이 날아가고
威加海內兮歸故鄕,   온 천하에 위세를 떨치고 고향으로 돌아간다.
安得猛士兮守四方!   어찌하면 용맹한 장사를 얻어 사방을 지킬까!

이 시는 유방이 황제가 되어 금의환향(錦衣還鄕)할 때 지은 것으
로, 3구 23자에 불과한 짧은 시지만 함의가 풍부하다. 첫 구에서는
풍운(風雲)을 빌려 진말(秦末)의 정치형세를 비유하였고, 둘째 구에

서는 자신의 성취와 득의양양한 모습을 표현하였고, 셋째 구에서는 강산과 사직의 보전을 위해 인재를 갈망하는 심정을 토로하였다.

서한 전기부터 중기에 이르기까지 수많은 고위층 인물이 창작한 초가(楚歌)가 사적(史籍)에 기재되어 있다. 이들 작품의 배경과 내용은 서로 다르지만 인간은 자신의 운명을 지배할 수 없다는 것을 탄식했다는 점에 있어서는 놀랄 만큼 유사하다. 예를 들어 무제(武帝) 때 멀리 오손왕(烏孫王)에게 시집간 공주 유세군(劉細君)의 고향 그리는 노래, 선제(宣帝) 때 제위를 노리다가 피살된 광릉왕(廣陵王) 유서(劉胥)의 임종가(臨終歌) 등이 있다. 아울러 그와 같은 의식은 다른 형식으로 확장되어 이를테면 한(漢) 무제의 <추풍사(秋風辭)>에는 즐거움이 다하면 슬픔이 오고, 인생은 무상하다는 비애가 서술되어 있다.

<秋風辭>　　　**가을바람**

秋風起兮白雲飛,　가을바람이 일고 흰 구름이 떠가니
草木黃落兮雁南歸.　초목은 누렇게 떨어지고
　　　　　　　　　기러기 남쪽으로 돌아간다.

蘭有秀兮菊有芳,　난초는 꽃이 피고 국화가 향기를 풍기니
懷佳人兮不能忘.　가인을 가슴에 품고 잊을 수가 없다.
泛樓船兮濟汾河,　누선을 타고 분하를 건너며
橫中流兮揚素波.　강물을 가로지르니 흰 물결이 인다.
簫鼓鳴兮發棹歌,　피리 불고 북 두드리며 뱃노래 부르니
歡樂極兮哀情多.　환락이 극에 달하며 슬픔이 엄습한다.
少壯幾時兮奈老何!　짧은 젊음 뒤에 찾아오는 늙음을 어이하나!

초가가 성행한 동시에 새로운 시가 형식도 싹을 틔웠다. 먼저 한대의 악부부터 살펴보자. 악부는 본래 음악을 관장하는 기관의

명칭이었는데, 나중에 악부 관서에서 수집하고 창작한 악가(樂歌)를 지칭하게 되어 시체(詩體)의 명칭이 되었다. 악부의 명칭은 한대 초기에 나타났지만 무제 때에 이르러 악부서(樂府署)를 설립하여 태악서(太樂署)와 속악과 아악을 각기 나누어 맡았다. 악부의 임무는 주로 어용문인들에게 시가를 제작하게 하고, 민간에서 가요를 수집하여 제례와 조회 및 연회 등에 공급함과 아울러 그를 통해 민간의 풍속을 살피는 것이었다.

한대의 악부민가는 『시경』의 직접적인 영향 아래 탄생한 것은 아니지만 사회생활과 백성의 사상·감정을 깊고 넓게 반영한 기본정신은 『시경』과 일맥상통하여 모두 민간문학에 뿌리를 두었다. 한 악부는 서사시를 주된 체재로 하지만 고사의 완결성을 추구하지도 않고, 사건의 발생 및 전개의 광활한 배경을 늘어놓으려 하지도 않는다. 악부는 다만 생활 중의 장면과 사건 전개 과정 중의 정황이나 단면을 취해 인물의 언어와 행동 및 생활의 세부 사항을 묘사한다. 이것은 작가가 사건에 대한 집중적인 묘사를 통해 자신의 정감을 충분히 표현하거나 모종의 도리를 설명한 것으로, 형식상으로는 서사지만 기본적인 어조는 서정이다.

잡언시와 오언시는 한대의 악부에서 초보적으로 형성된 후 문인들의 관심과 모방의 대상이 되었다. 더욱이 오언시는 『시경』과 『초사』의 서정(抒情)·언지(言志)의 전통을 이어받고 악부민가의 언어 풍격과 표현을 흡수했고, 이것이 문인들의 수중에서 성숙한 결과 사언시와 초사체시(楚辭體詩)를 대신하여 중국 고전시의 주된 형식으로 발전하였다.

5언시 방면에서 단편적인 5언시구는 『시경』에도 있었고, 『초사』에도 '혜(兮)'자를 제외시키면 훨씬 많이 보인다. 그러나 한 편의 시 전체를 가지고 말하면 5언시 형식에 접근한 작품은 한대에 등장했다. 한 고조(高祖) 척부인(戚夫人)의 <춘가(春歌)>를 최초의 작품으로 꼽을 수 있겠다.

<春歌>	봄노래
子爲王,	자식은 왕이 되었는데
母爲虜.	어미는 노예가 되었다.
終日舂薄暮,	종일 해지도록 절구질하고
常與死爲伍.	늘 죽음을 옆에 끼고 산다.
相離三千里,	서로 3천리나 떨어져 있으니
當誰使告汝?	누구를 시켜 그대에게 알리나?

이 시는 사실상 초가의 일종이다. 다만 한 가지 뚜렷한 특징이 있다. 초사와 초가의 대표적 특징인 '혜(兮)'자가 사용되지 않았고, 앞의 2구를 제외하면 모두 5언구이다. 그 후 무제 시대에 지어진 이연년(李延年)의 <가인가(佳人歌)>도 한 구절을 제외하면 전체가 다 5언구로 되어 있다. 이를 악부민가와 연계해서 보면 5언시가 한대에 비약적으로 발전한 사실이 더욱 분명해진다. 일반적으로 무제 시대에 채록된 '오초여남가시(吳楚汝南歌詩)'의 하나인 <강남(江南)>을 최초의 완전한 오언시로 보지만, 오언시는 서한 시대에는 보편적인 문학양식으로 자리 잡지 못했고, 동한에 이르러서야 점차 흥성하기 시작했다.

칠언시의 형성도 오랜 시간이 걸렸다. 상사하삼(上四下三) 구조의 전형적인 칠언시구는 한대 이전에 이미 출현하였다. 『순자(荀子)』에 보이는 장편 잡언체의 <성상사(成相辭)>가 이와 같은 칠언구 위주로 되어 있다. 근년에 운몽(雲夢) 수호지(睡虎地)의 진묘(秦墓)에서 출토된 죽간 중에도 이와 유사한 가사가 여러 수 있다. 이로부터 이와 같은 가요체가 진작부터 유행했음을 알 수 있다. 4언 형식으로 되어 있는 초사의 <귤송>도 두 구절을 이어 읽으면서 마지막의 '혜(兮)'자를 제외하면 바로 상사하삼(上四下三)의 칠언구가 된다.

현존하는 자료를 살펴보면 칠언시는 서한 전기에 그다지 발전하지 못하다가 서한 중기에 이르러 뚜렷하게 진보한 것 같다. 무제 때 사마상여(司馬相如) 등의 궁정문인들이 제작한 <교사가(郊祀歌)> 중의 <천지(天地)>·<천문(天門)>·<경성(景星)> 3장(章)이 다소 많은 칠언구를 포함하고 있다. 그 중에서도 <경성>은 전반부는 완전히 4언구지만 후반부 12구는 모두 7언구이다.

또한 『문선(文選)·북산이문(北山移文)』 주(注)에 인용된 『동중서집(董仲舒集)』에 '칠언금가이수(七言琴歌二首)'라는 표현이 등장한 것으로 보아 무제 시대에 이미 칠언시의 개념이 존재했음을 알 수 있다. 다만 현재 남아 있는 동방삭(東方朔)의 칠언시구에 의거해보면 그와 같은 칠언시는 여전히 '혜(兮)'자를 지닐 수 있었다. 더구나 무제가 신하들과 함께 연구(聯句)로 쓴 <백량대시(柏梁臺詩)>는 완전한 칠언시이다. 학자들 중에는 그 진위에 대해 의심을 품고 있는 사람이 적지 않지만 당시의 상황을 종합해서 고려해보면 그 존재가 불가능한 것이 아니다. 다만 칠언시의 장점이 충분히 발휘되어 유행할 때까지는 좀 더 많은 시간이 흘러야 했다.

현존하는 최초의 문인 오언시는 동한(東漢) 반고(班固)의 <영사(詠史)>인데, 악부 서사시의 영향을 받아 지은 것으로 문학적 가치는 높지 않은 편이다. 동한의 가장 유명한 오언시는 무명 문인이 지은 '고시십구수(古詩十九首)'이다. 그들이 표현한 인생관은 소극적인 감상(感傷)의 정조가 농후하고 염량세태에 대한 원망과 탄식이 섞여 있는데, 이는 사회가 극도로 혼란했던 동한 후기의 사회적 기풍을 반영한 것이다. 고시십구수는 예술의 측면에서 한대 서정시의 성취를 대표한다. 이는 질박한 악부 서사체 민가를 우아하고 완곡한 서정시로 전환시켰으며, 동시에 『시경』·『초사』의 비흥(比興) 전통을 오언시에 접목시켜 새로운 생명력을 획득했다.

서사 중심의 악부민가가 잡언과 오언체 시가의 원류라면, 고시(古詩)는 『시경』·『초사』의 서정 전통을 계승하는 한편, 표현 예술의 혁신이라는 기반을 갖추어 오언시가 서사체로부터 서정체로 전환되게 함으로써 문인 오언시의 기초를 다졌다.

2. 악부민가(樂府民歌)

2. 1 악부에 대하여

'악부(樂府)'라는 말은 고대에 여러 가지 함의를 지니고 있었다. 애초에는 음악을 관장하는 관부(官府)를 가리켰다. 한대인은 악부에서 음악에 배합하여 연창하는 시를 '가시(歌詩)'라고 칭했는데, 그 '가시'가 위진(魏晉) 이후에는 '악부'라고 칭해졌다. 동시에 위(魏)·진(晉)·남북조(南北朝) 문인이 악부 구제(舊題)를 사용하여 쓴 시도 음악과의 연계와 상관없이 모두 '악부'라고 칭했다. 이어서 당대(唐代)에 출현한, 악부 구제를 사용하지 않고 다만 악부시의 형식과 특징을 모방하여 쓴 시도 '신악부(新樂府)' 또는 '계악부(系樂府)'라고 칭했다. 송(宋)·원(元) 이후 악부는 다시 사(詞)와 곡(曲)의 별칭으로 사용되었다.

음악을 관장하는 기구는 선진(先秦) 시대에도 있었는데, '악부'를 그 기구의 명칭으로 삼은 것은 진대(秦代)에 시작되었다. 1977년 진시황(秦始皇)의 능 부근에서 출토된 편종(編鐘)에 '악부(樂府)' 두 글자가 새겨져 있었다. 한(漢)은 진(秦)의 제도를 계승하여 혜제(惠帝: B.C. 194-186) 때 '악부령(樂府令)'이라는 관직을 두었고, 무제(武帝: B.C. 140-87) 때에 이르러 악부 기구의 규모와 직능이 대대적으로 확대되었다. 당시 악부의 구체적인 임무는 악보의 제정, 악공의 훈련, 민가의 수집과 가사의 제작 등이었다.

서한 전기의 <방중악(房中樂)>과 서한 중기의 <교사가(郊祀歌)>와 같이 조정의 전례에 사용하는 악장은 주로 문인들에 의해 지어진 것이고, 보통의 경우에 연창되는 가사는 주로 각지에서 수집한 민가였다. 사용된 음악은 주로 민간에서 온 것이었고 서역에서 온 음악도 일부 있었다. 문인이 제작한 악부 가사와 구별하기 위해서 습관적으로 민간에서 수집한 가사를 '악부민가'라고 칭했다. 『한서·예문지』에는 통치지들이 민간가요를 수집한 목적이 "풍속을 관찰하고 그 후박함을 아는 것"이라고 했지만 이는 유가(儒家)에서 미화한 해석이고, 실제로는 주로 오락이었을 것이다.

『한서·예문지』에는 또한 서한 때 수집한 138수 민가의 소속 지역이 열거되어 있는데, 그 범위가 전국 각지에 두루 펼쳐져 있다. 그러나 이들 악부민가는 전래된 것이 많지 않고, 현존하는 한대 악부민가는 대부분 동한의 악부 기관에서 수집한 것이다. 이 작품들은 기본적으로 송대(宋代)에 곽무천(郭茂倩)이 편찬한 『악부시집(樂府詩集)』에 수록되어 있다. 곽무천은 한대로부터 당대에 이르는 악부시를 12종류로 나누었는데, 그 중에는 한 악부의 교묘가사(郊廟歌辭)·고취곡사(鼓吹曲辭)·상화가사(相和歌辭)·잡곡가사(雜曲歌辭) 4종류가 포함되어 있다.

교묘가사는 문인들이 제작한 조정의 전례 악장이고, 민가는 주로 상화가사·고취곡사·잡곡가사 3종류에 보존되어 있는데, 그 중에서도 상화가사에 가장 많다. '상화(相和)'는 '현악기와 관악기가 서로 어울리는' 관현악으로서 한대 민간의 주요 악곡이었다. '고취곡'은 무제 때 북방의 민족음악을 흡수하여 형성된 군악이고, '잡곡'은 원래 음악이 어떤 종류에 귀속되었는지 알 수 없게 된 작품들을 모아놓은 것이다.

이 악부민가가 구체적으로 언제 제작되었는지를 판별하는 것은 매우 어렵게 되었다. 고취곡사의 <요가십팔곡(鐃歌十八曲)>이 서한 중기에 제작되었다는 데에는 의문의 여지가 없지만, 일반적인 사회생활을 반영한 나머지 작품들은 시대 흔적이 뚜렷이 나타나 있지 않아 제작연대를 추정하기 어렵다.

2. 2 악부민가의 위상과 특징

한대 문학의 주류는 문인의 작품이었고, 문인들은 주로 사부(辭賦)를 창작했다. 비주류의 민간 창작이었던 악부민가는 강인한 생명력으로 점차 문인의 창작에 영향을 끼쳐서 사부를 대신하여 문단의 주류가 되었고, 결국 시가의 흥성을 촉발시켰다.

현존하는 한대 악부민가는 그 수가 많지 않지만 중국문학사에서 주목할 만한 위상을 지니고 있다. 그 주된 특징과 성취를 열거해 본다.

첫째, 한 악부민가는 생활 색채가 농후하다. 더욱이 처음으로 사회 하층의 민중이 일상생활에서 겪는 고난과 고통을 구체적이고도 깊이 있게 반영하였다. 한대 문인문학 중의 정론산문(政論散文)과 사부(辭賦)는 모두 사회 하층의 생활을 언급하지 않았다. 『사기』도 사회 중·하층 인사 중 몇몇 특수 인물, 즉 의사·점쟁이·협객 등의 특수한 경력을 기록했을 뿐이다. 비록 『시경』의 「풍」에도 비교적 농후한 생활 색채를 지닌 시가 있지만 그것에 반영된 사회 하층 생활의 특징은 그다지 뚜렷하지 않으며, 그 생활의 고난과 고통을 구체적이고 깊이 있게 반영한 작품은 얼마 되지 않는다.

「풍」에서 적지 않게 보이는 혼인과 애정에 관한 시들은 사회 중하층을 포함한 인간생활의 보편적인 면을 다루고 있다고 말할 수 있겠지만, 그것이 하층 민중의 생활을 대변한다고 확정지을 수는 없다. 전역에 나간 병사들의 고통과 고향생각을 반영한 시도

하층민의 생활 중에서 다소 특수한 면을 써냈을 뿐이다. 다만 「빈풍(豳風)」〈칠월(七月)〉이 1년 사계절 농노들의 노동생활을 반영했다고 하겠지만 그것도 개괄적인 서술일 뿐이지, 구체적이고 깊이 있는 묘사는 아니다. 따라서 그와 비교해보면 한 악부민가 중의 〈부병행(婦病行)〉·〈고아행(孤兒行)〉·〈동문행(東門行)〉·〈염가행(艷歌行)〉 등의 작품이 다분히 신선한 느낌을 준다. 여기서 〈동문행〉을 예로 들어본다.

〈東門行〉	동문의 노래
東門行, 不顧歸.	동문을 나가서는, 돌아오지 않기로 작정했지만
來入門, 悵欲悲.	집으로 돌아오니, 슬픔에 가슴이 미어진다.
盎中無斗米儲,	독 안에는 남아있는 쌀이 없고
還視架上無懸衣,	둘러봐도 횃대엔 걸려있는 옷이 없다.
拔劍東門去,	칼을 빼들고 동문으로 나서려니
舍中兒母牽衣啼.	집의 아이 엄마가 옷을 붙잡고 운다.
"他家但願富貴,	"다른 집에선 부귀만을 바란다지만
賤妾與君共餔糜.	저는 죽을 먹을지언정 당신과 함께 살래요.
上用倉浪天故,	위로는 푸른 하늘이 있고
下當用此黃口兒.	아래로는 이 아이들이 있잖아요.
今非!"	지금 가시면 안돼요!"
"咄! 行! 吾去爲遲!	"닥쳐요, 가야 해! 내 이미 나서는 게 늦었소.
白髮時下難久居."	백발이 되도록 이대로 살 수는 없소."

이 시는 가난 때문에 처자를 먹여 살리기가 힘든 젊은 남편이 어떻게 살아갈까 하고 망설이고 주저하다가 이렇게 살다 죽을 수는 없다며 집을 뛰쳐나가려 하자, 가난해도 가족이 함께 사는 것보다 더 소중한 건 없다며 아내가 남편을 만류하는 안타까운 상황

을 노래하였다. 작품 속의 주인공은 소시민으로서 가난에 지친 나머지 울분을 참지 못하고 (도덕적으로 그렇게 해서는 안 됨을 알면서도, 또는 무모한 짓임을 알면서도) 칼을 빼들고 뛰쳐나가 산적질을 하거나 반란군에 가담이라도 할 것 같은 기세를 보여주고 있다.

이 시가 오늘을 사는 우리들의 심금을 울리는 것은 처절한 삶의 현장에서 어떻게 살아야 하는지 갈등하고 있는 주인공의 모습을 통해 사랑과 행복에 관한 근원적인 문제를 우리들에게 제기하고 있기 때문일 것이다. 민생의 질고를 반영한 악부민가의 전통은 후대의 시인들에게 계승되면서 중국시의 특징으로 자리 잡게 되었다.

둘째, 한 악부민가는 중국 고대 서사시의 기초를 다졌다. 중국시는 발생 초기부터 서정시가 압도적으로 우세했다. 『시경』에서 서사시로 볼 수 있는 것은 몇 편 되지 않으며 그나마도 미성숙한 작품이고, 초사도 서정 위주이다. 한 악부민가에 이르러서도 서정이 주류인 국면을 바꾸지는 못했지만 적어도 본격적인 서사시의 출현을 선언할 수는 있었다. 현존하는 한 악부민가 중에서 약 3분의 1을 서사성 작품으로 볼 수 있으니 결코 낮은 비율이 아니다.

이 서사성의 민가들은 대부분 삼인칭을 사용하여 인물과 사건을 자유롭고 기민하게 표현하였다. 이 작품들은 대부분 단편으로, 종종 생활 속의 한 전형적인 부분을 취해 표현함으로써 갈등과 모순을 특정한 사건에 집중시키고 있다. 그렇게 해서 과도한 설명과 서술을 피하면서도 사회적 배경을 효과적으로 표현할 수 있었다. 앞에서 예로 든 <동문행>은 남편이 칼을 뽑아 들고 집을 나가려 하고 아내가 애써 말리는 장면을 서술했을 뿐이지만, 이를 통해 당시의 사회상을 충분히 짐작할 수 있다.

중국 고대의 서사시는 전적으로 한 악부민가의 기초 위에서 발전했다고 말할 수 있어서 후대의 서사시는 분류상 일반적으로 모두 악부체에 귀속된다. 우리가 잘 알고 있는 백거이(白居易)의 〈장한가(長恨歌)〉·〈비파행(琵琶行)〉 같은 명편들은 제목에 직접 '가' 또는 '행'을 붙였는데, 이는 악부민가의 전통을 계승했음을 표시한다. '가'와 '행'은 원래 악부시 전용의 명칭이기 때문이다.

셋째, 한 악부민가는 격렬하고 직접적으로 감정을 표현하였다. 『시경』의 감정 표현은 다소 억제되어 있고 평온한 편이어서 고인들은 그 특징을 '온유돈후(溫柔敦厚)' 네 글자로 개괄하였다. 반면 굴원의 초사 작품은 감정이 상당히 격렬하다. 굴원의 작품이 실패한 정치인의 서정으로서 특수성을 지닌다면, 한 악부민가는 이러한 초(楚)의 문화전통을 이어받아 더욱 광범하고 강렬하게 그 특징을 표현하였다. 〈상야(上邪)〉를 예로 들어본다.

〈上邪〉	하늘이여
上邪! 我欲與君相知,	하늘이여! 나는 임과 서로 사랑하여
長命無絶衰.	영원히 끊어지거나 시들지 않게 하리라.
山無陵, 江水爲竭,	산에 봉우리가 없어지고, 강물이 말라붙고
冬雷震震, 夏雨雪,	겨울에 우레가 꽝꽝 치고, 여름에 눈이 내리고
天地合, 乃敢與君絶!	천지가 합쳐진다면, 그제야 감히
	임과 헤어지리라!

이 시는 애인과의 굳건하고 변함없는 사랑을 맹세하는 한 여인의 결심을 표현한 것이다. 소박하면서도 열정적이고, 직설적이고 강렬한 언어를 구사하고 있어서 강한 호소력으로 당시 민가의 생동적인 면모를 엿볼 수 있게 하는 작품이다.

넷째, 한 악부민가에는 인생의 짧고 덧없음에 대한 비애를 표현한 작품이 적지 않다. 한대에 유행한 두 수의 장송곡 〈해로(薤露)〉

와 〈호리(蒿里)〉가 바로 그러한 작품이다. 이 중 〈해로〉를 살펴본다.

〈薤露〉	염교 이슬
薤上露,	염교 잎의 이슬
何易晞?	어찌 그리 쉽게 마르나?
露晞明朝更復落,	이슬은 마르면 내일 아침에 다시 내리지만
人死一去何時歸?	사람은 죽어 가 버리면 언제 다시 돌아오나?

이것은 짧은 인간의 생명을 풀에 맺힌 이슬에 비유한 일종의 만가(輓歌)이다. 진(晉) 최표(崔豹)는 『고금주(古今注)』에서 이 노래의 유래에 대해 한대 초기 제(齊)의 재상으로 유방(劉邦)에 대항했던 전횡(田橫)이 자살하자, 문인들이 그를 애도하며 지은 것이라고 하였다. 그러나 『문선(文選)』에 실린 송옥(宋玉)의 「대초왕문(對楚王問)」에 이미 초나라 영도(郢都) 사람이 〈양아(陽阿)〉와 〈해로〉를 노래했다고 되어 있어서 학자들은 이 노래가 한대 이전부터 있었다고 본다. 한대인은 영구를 묘지로 보낼 때에만 이 노래를 부른 것이 아니라 평소의 즐거운 모임에서도 이 노래를 불렀다. 위진남북조 시대에 이르러서는 이 주제가 시가의 중심 주제가 되어 유선시(遊仙詩)가 발전하게 되었다.

다섯째, 한 악부민가에서는 생동적이고 활발한 상상력을 엿볼 수 있다. 예를 들어 〈마른 물고기가 강을 건너가며 우네(枯魚過河泣)〉의 '고어(枯魚)'는 후회의 눈물을 흘리면서 다른 물고기들에게 편지를 써서 드나들 때 조심할 것을 당부하였고, 〈전성남(戰城南)〉의 전사자는 까마귀에게 "내 몸을 먹기 전에 먼저 초혼가라도 불러다오"라고 호소했고, 〈상야〉의 주인공이 내건 다섯 가지 결별 조건은 절대로 발생할 수 없는 불가능한 일로서 그 상상이 기발하다.

여섯째, 한 악부민가는 잡언체(雜言體)와 오언체(五言體)라는 새로운 시형(詩型)을 사용하였다. 우선 잡언체 시는 『시경』에 이미 보이지만 그 수가 매우 적고, 구식(句式)의 변화도 크지 않다. 『초사』도 구식이 일정하지 않기는 하지만 대체로 5언, 6언, 7언구 위주이다. 그러나 한 악부민가의 잡언체 시는 변화가 자유롭고 다양하여 한 편의 시 안에 한두 글자로 이루어진 구부터 10자가 넘는 구까지 모두 있는 경우가 적지 않다. 이는 민가의 작가가 내용의 필요에 따라 시를 썼고, 일부러 새로운 시형을 만들어내기 위해 쓴 것이 아님을 의미한다. 그러나 한 악부민가의 잡언 형식은 특수한 미감(美感)이 있어서 예술 표현에 융통성과 생동감을 불어넣었다.

동한(東漢)에 들어선 이후 악부민가는 오언시의 비중이 갈수록 커지고 예술 기법도 갈수록 향상되었는데, 이는 한대 문인시와 영향을 주고 받은 결과일 것이다. 동한 중·후기에 이르러 문인의 오언시 역시 점차 흥성했으니, 예술 기교가 높은 민가는 문인의 수식을 거쳤거나, 심지어 문인의 손에서 나왔을 가능성을 배제할 수 없다. 한 악부민가와 문인의 작품을 통해 성숙한 오언시체는 그 후 위진남북조 시가에서 가장 중요한 형식이 되었다.

2. 3 <맥상상(陌上桑)>과 <공작동남비(孔雀東南飛)>

<맥상상>과 <공작동남비>는 한 악부민가 중의 대표적인 서사시이다. <맥상상>은 제목을 <염가나부행(艶歌羅敷行)> 또는 <일출동남우(日出東南隅)>라고도 하는 희극성 서사시이다. 그 줄거리는 진나부(秦羅敷)라는 이름의 여인이 성 남쪽 모퉁이에서 뽕잎을 따고 있는 모습이 너무나 아름다워서 보는 사람들마다 애모해마지 않았는데, 때마침 태수가 지나가며 나부를 보고는 함께 가지 않겠느냐고

유혹하자 나부는 딱 잘라 거절하고는 자신의 남편 자랑을 늘어놓는 것이다.

　뽕잎 따는 여인에 대한 이야기는 그 연원이 오래되었지만 <맥상상>은 이전의 전설고사에 비해 낭만과 해학이 풍부하여 한대문학이 장족의 진보를 이룩했음을 보여준다. <맥상상>의 낭만성은 주로 나부의 아름다움을 묘사한 전반부에 나타나고, 해학성은 태수의 수작을 거절하는 나부의 대답에 나타난다. 이 두 가지 특징으로 인해 <맥상상>은 후대에 큰 영향을 끼쳐서 조식(曹植)·육기(陸機)·두보(杜甫)·백거이(白居易) 등의 대시인이 모두 이 작품에 심취했고, 이 시를 모방한 작품을 쓴 사람도 적지 않다. 시의 전문은 다음과 같다.

<陌上桑>	길가의 뽕나무
日出東南隅,	해가 동남쪽 모퉁이에서 떠올라
照我秦氏樓.	우리 진씨네 집을 훤히 비춘다.
秦氏有好女,	진씨 댁에 참한 딸이 있는데
自名爲羅敷.	본명은 바로 나부라고 한다.
羅敷喜蠶桑,	나부는 양잠을 좋아하여
採桑城南隅.	성 남쪽으로 뽕잎을 따러 갔다.
青絲爲籠系,	푸른 실로 엮은 바구니 끈
桂枝爲籠鉤.	계수 가지로 만든 바구니 고리.
頭上倭墮髻,	앞이마에 살짝 늘어진 쪽머리
耳中明月珠.	귀에는 명월주가 달려 있다.
緗綺爲下裙,	담황색 능라로 재단한 치마
紫綺爲上襦.	자주색 비단으로 만든 저고리.
行者見羅敷,	길 가던 사람들 나부를 보고는
下擔捋髭鬚.	등짐을 내려놓곤 수염 쓰다듬고

少年見羅敷,	젊은이들은 나부를 보고는
脫帽著帩頭.	모자 벗고 두건을 고쳐 쓴다.
耕者忘其犁,	밭 갈던 사람은 쟁기질을 잊고
鋤者忘其鋤.	김매던 사람은 호미질을 잊는다.
來歸相怨怒,	집에 돌아와선 서로를 원망한다
但坐觀羅敷.	나부를 바라보느라 일 못했다고. (一解)
使君從南來,	태수의 수레가 남쪽에서 오더니
五馬立踟躕.	다섯 마리 말이 가다가 멈추었다.
使君遣吏往,	태수는 아전더러 가보라고 하며
問是誰家姝.	저 예쁜 여인이 어느 집 딸이냐고 묻는다.
秦氏有好女,	"진씨 댁의 예쁜 딸인데
自名爲羅敷.	본명이 나부라고 합니다."
羅敷年幾何,	"나부는 나이가 몇이라던가?"
二十尙不足,	"스물은 아직 안 되었고
十五頗有餘.	열다섯은 좀 넘었답니다."
使君謝羅敷,	"태수께서 그대에게 여쭈라 하셨네.
寧可共載不.	함께 수레를 타고 가지 않겠느냐고."
羅敷前置辭,	나부는 태수 앞으로 가 대답했다.
使君一何愚.	"태수께선 어찌 그리 모르십니까?
使君自有婦,	태수께 부인이 있으시듯이
羅敷自有夫.	제게도 남편이 있습니다." (二解)
東方千餘騎,	"동방에 말 탄 기사 천여 명이 있는데
夫壻居上頭.	제 남편이 맨 앞자리에 있지요.
何用識夫壻,	무엇으로 남편을 식별하느냐고요?
白馬從驪駒.	검은 말 기사들 거느린 백마 탄 분이지요.
靑絲繫馬尾,	푸른 실로 말꼬리를 묶었고
黃金絡馬頭.	고삐는 황금 장식이 번쩍이지요.
腰中鹿盧劍,	허리에 찬 환도 장식 검은

可値千萬餘.	값어치가 천냥 만냥 이상이지요.
十五府小史,	열다섯에 관아의 하급관리가 되었고
二十朝大夫.	스물에 조정의 대부가 되었지요.
三十侍中郎,	서른에는 황궁의 시위관이 되었고
四十專城居.	마흔에 온 성을 다스리는 태수가 되었지요.
爲人潔白晳,	그분은 피부가 뽀얗고
鬑鬑頗有鬚.	수염이 길고 멋지게 났지요.
盈盈公府步,	삼공의 관아에선 단아하게 걷고
冉冉府中趨.	태수의 관아에선 의젓하게 걷지요.
坐中數千人,	수천의 관원들이 모이면
皆言夫壻殊.	모두 다 제 남편이 제일이라 하지요." (三解)

제3장에 등장하는 나부의 남편은 나부의 말대로라면 40세가 넘은
사람이어서 아직 스물이 안 된 나부의 남편으로 어울리지 않는다.
따라서 나부에게 진짜 남편이 있었다기보다는 그녀가 태수의 수작
을 물리치기 위해 기지를 발휘한 것으로 보여 해학성이 배가된다.

한 악부민가 중에서 〈맥상상〉이 허구성 서사시의 대표작이라면
〈공작동남비〉는 실화성 서사시의 대표작이다. 후인들은 이 작품과
북조(北朝)의 〈목란시(木蘭詩)〉 및 당대(唐代) 위장(韋莊)의 〈진부음
(秦婦吟)〉을 병칭하여 '악부삼절(樂府三絶)'이라고 부른다.

〈공작동남비〉는 원명이 〈초중경의 아내를 위해 지은 고시(古詩
爲焦仲卿妻作)〉로 남조(南朝) 서릉(徐陵)이 편찬한 『옥대신영(玉臺新
詠)』에 처음 보이는데, 시 앞의 소서(小序)에 "한나라 말엽 건안(建
安) 중에 여강부(廬江府) 말단관리 초중경(焦仲卿)의 처 유씨(劉氏)가
중경의 모친에 의해 쫓겨났다. 친정에 돌아온 그녀는 재가하지 않
겠다고 맹세했지만 집안에서 재가를 종용하자 물에 뛰어들어 자살
했다. 중경이 그 소식을 듣고는 정원의 나무에 목을 매어 자살했

다. 당시 사람들이 그것을 마음 아파하여 시를 지었다”라고 하였다.

이 소서(小序)의 어투는 한대 사람의 것이 아니어서 아마도 이 시는 원래 민간에 전래되던 것을 후대의 문인이 윤색하고 서문도 썼을 것이다. 전체 시가 353구(句) 1,765자(字)에 달해 악부민가뿐만 아니라 중국시가 전체에서 드물게 보이는 장편 서사시이다. 다음에 그 일부를 들어본다.

．．．．．．．．．．．．．

府吏再拜還,	속관이 재배하고 돌아와
長歎空房中,	텅 빈 방안에서 장탄식하고
作計乃爾立.	결국 계획을 그렇게 세웠다.
轉頭向戶裏,	머리 돌려 방안을 향하니
漸見愁煎迫.	점점 서글픔에 가슴이 아파 옥죄어온다.
其日馬牛嘶,	그날 말과 소가 울 때
新婦入靑廬.	신부가 푸른 오두막에 들어갔다.
奄奄黃昏後,	어둑어둑 땅거미가 내린 뒤
寂寂人定初.	적막 속에 인적이 끊길 무렵
我命絶今日,	“내 목숨 오늘로 끊어지니
魂去尸長留.	넋은 떠나고 주검만 오래 남으리.”
攬裙脫絲履,	치마를 부여잡고 비단신 벗고서
擧身赴淸池.	몸을 날려 맑은 연못에 뛰어들었다.
府吏聞此事,	속관은 그 소식을 듣자
心知長別離.	그것이 영별임을 마음으로 알고서
徘徊庭樹下,	뜰 안 나무 밑을 서성이다가
自掛東南枝.	스스로 동남쪽 가지에 목을 맸다.

．．．．．．．．．．．．．

이 부분은 초중경과 그의 아내 유란지(劉蘭芝) 두 사람의 죽음을 묘사한 것이다. 아내가 먼저 연못에 몸을 던지고, 그 소식을 접한 초중경도 유란지의 집 쪽으로 향한 나뭇가지에 목을 매어 자살하고 만다. 갓 시집온 젊은 여인 유란지가 시어머니의 눈 밖에 나 사랑하는 남편과의 이혼을 강요당했고, 친정에 돌아와서도 재혼을 강요당하여 자살을 택할 수밖에 없었던 모진 운명과, 그 소식을 듣고 절망 속에서 역시 자살의 길을 택한 남편 초중경의 비극적 이야기는, 바로 중국 봉건사회에서 문학을 통해 "인간의 삶이 무엇인가"라는 심각한 질문을 던진 것이었다.

<공작동남비>는 인물 형상을 성공적으로 묘사하였고, 등장인물의 심리 묘사에도 뛰어났으며, 전체적으로는 실화성 비극 서사시이지만 결말 부분은 낭만적인 색채를 띠도록 처리했다. 양가에서 두 사람을 합장하고 그 무덤가에 동서로 소나무와 측백나무를 심고 좌우로 오동을 심었더니 가지와 잎이 서로 교차하고 한 쌍의 원앙이 어울려 지저귄다고 한 것은, 남녀 주인공의 변함없는 애정이 끝내 결실을 얻었음을 상징한다. 이와 같은 낭만적인 결말은 후대에 깊은 영향을 끼쳐서 '한빙(韓憑)과 하씨(何氏) 부부의 고사'와 '양산백(梁山伯)과 축영대(祝英臺) 고사' 등의 낭만적인 결말은 모두 그 영향을 받은 것이다.

한 악부민가는 『시경』의 직접적인 영향 아래 나온 것은 아니지만, 민간문학에 뿌리를 두어 깊고 넓게 사회생활과 백성의 사상 및 감정을 반영한 것은 『시경』의 기본 정신과 일맥상통한다. 현실 문제에 관심을 쏟는 경향은 한 악부민가의 출현으로 하나의 전통이 되었다. 건안(建安)의 문인들은 악부고제(樂府古題)를 빌려 시사(時事)를 다루었고, 당대(唐代)에 이르러 두보와 백거이 등이 신악부(新樂府)를 쓴 것은 모두 한 악부민가의 전통을 이어받은 것이다.

3. 문인시(文人詩)

3. 1 오언시와 칠언시의 전개

　서한 전기의 악부민가 중에 이미 <강남(江南)>과 같이 갖추어진 오언시가 있었으니, 그 후의 악부민가에는 성숙한 오언시가 더 많이 있었을 것이다. 『한서・오행지(五行志)』에 다음과 같은 성제(成帝: B.C. 32-7) 시기의 동요가 수록되어 있다.

　　邪徑敗良田,　　샛길이 좋은 밭을 망치고
　　讒口亂善人.　　참언이 선인을 힘들게 한다.
　　桂樹華不實,　　계수나무 꽃은 열매를 맺지 않지만
　　黃爵巢其顚.　　꾀꼬리가 그 꼭대기에 둥지를 튼다.
　　故爲人所羨,　　예전에는 사람들이 부러워했지만
　　今爲人所憐.　　지금은 사람들이 가여워한다네.

　이 민요는 격구용운(隔句用韻)이고, 잡언구가 없는 표준적인 오언시의 형식을 지니고 있다. 『한서』에 실려 있는 성제 때의 민요 <윤상가(尹賞歌)>의 형식도 이와 마찬가지이다. 민요가 그 당시에 유행하는 형식으로 창작된다는 점을 감안할 때 서한 후기에 이르러 오언시 형식이 민간에서 이미 보편적으로 유행했다고 추론할 수 있다.
　이와 상응하여 사회 상층에서도 온전한 오언시가 출현했다. 성제 때의 반첩여(班婕妤)가 지었다는 <원가행(怨歌行)>이 그것이다.

(『문선文選』에 수록되어 있다.)

<怨歌行>　　　원망의 노래

新裂齊紈素,　　제 땅의 흰 비단을 새로 자르니
皎潔如霜雪.　　깨끗하기가 눈과 서리 같구나.
裁爲合歡扇,　　재단하여 합환선을 만드니
團團似明月.　　둥글둥글하여 밝은 달 같다.
出入君懷袖,　　낭군의 품과 소매를 출입하며
動搖微風發.　　움직여 미풍을 일으키겠지요.
常恐秋節至,　　늘 두려운 건 가을이 다가와
凉飆奪炎熱.　　서늘한 바람이 더위를 빼앗으면
棄捐篋笥中,　　상자 속에 버려져서
恩情中道絶.　　은총이 그만 끊기는 것이지요.

이 시는 조비연(趙飛燕) 자매에게 성제의 총애를 빼앗긴 후 장신궁(長信宮)에 유폐된 반첩여가 자신을 단선(團扇)에 비유하여 교묘하고 적절하게 자신의 처지를 토로한 것으로, 후대의 궁원시(宮怨詩)에 큰 영향을 끼쳤다.

문인 최초의 오언시로는 동한 반고(班固)의 <영사(詠史)> 시를 꼽는데, 이 시는 서한 문제(文帝) 때의 소녀 제영(緹縈)이 황제에게 상서(上書)하여 부친을 구한 이야기를 읊은 것이다.

<詠史>　　　역사를 읊다

三王德彌薄,　　삼왕의 덕이 점점 쇠미해지자
惟後用肉刑.　　후대에는 육형을 쓰기에 이르렀다.
太倉令有罪,　　태창령 순우의(淳于意)가 죄를 지어
就遞長安城.　　체포되어 장안으로 압송될 때
自恨身無子,　　슬하에 딸만 있고 아들은 없어

困急獨煢煢.	절박할 때 도와줄 자식 없음을 한탄했다.
小女痛父言,	어린 딸이 아버지 말에 가슴 아파
死者不可生.	죽은 자는 다시 살아날 수 없다면서
上書詣闕下,	상소하러 대궐 앞에 나아가
思古歌鷄鳴.	옛일을 생각하며 <계명>을 노래했다.
憂心摧折裂,	슬픈 마음에 애간장이 찢기는 듯했고
晨風揚激聲.	곡조는 새매가 울듯이 격앙되었다.
聖漢孝文帝,	위대하고 어지신 한나라 문제께서
惻然感至情.	지극한 마음에 감동하여 측은히 여기셨다.
百男何憒憒,	수많은 남자들 얼마나 어리석은가!
不如一緹縈.	어린 딸 한 사람 제영만도 못하다.

이 시에 관한 일은 『사기·효문본기(孝文本紀)』에 상세히 나와 있다. 내용을 보면 질박한 언어로 서술이 간단한 편이지만, 냉정한 이지적(理智的) 요소가 들어 있어서 문인시의 특징을 지니고 있다.

서한 후기의 칠언시는 온전한 작품이 남아 있지 않다. 그러나 『문선』 주(注)에 인용된 유향(劉向)의 <칠언> 시는 6구가 남아 있는데, 그 내용과 용운(用韻) 상황을 살펴보면 기본적으로 매 구에 운(韻)을 사용하고, 잡언과 초가(楚歌)의 구식(句式)이 없는 온전한 칠언시이다. 『후한서(後漢書)』의 기록에 의하면 동한 전기에 두독(杜篤)에게 <칠언(七言)>이 있고, 동평왕(東平王) 유창(劉蒼)에게 『칠언별자시집(七言別字詩集)』이 있다고 하는데, 작품이 전해지지 않는다. 그밖에 『고문원(古文苑)』에 수록된 반고(班固)의 <죽선부(竹扇賦)>는 2구마다 전운(轉韻)한 12구의 7언구로 구성되어 있어서 온전한 준(準) 칠언시로 볼 수 있다.

이상의 사실을 종합하여 말해보면 서한 후기와 동한 전기에 칠언시가 비록 흥성하지는 않았지만 몇몇 작가들이 계속해서 작품을 써냈고, 그 형식도 초사와 초가의 흔적을 제거한 온전한 칠언시로 전환하고 있었다.

그 당시 초가의 창작은 이미 쇠퇴했지만 서한 후기 식부궁(息夫躬)의 <절명사(絶命辭)>는 암흑의 정치 속에서 느낀 고통과 절망의 심정을 토로한 것이고, 동한 전기 양홍(梁鴻)의 <오희가(五噫歌)>는 대담하게 현실을 비판한 우수한 작품이다.

3. 2 '고시십구수(古詩十九首)'와 문인시의 흥성

한대의 문인문학 중에서 줄곧 중요한 지위를 차지하지 못했던 시가 창작은 동한 중·후기에 이르러 비로소 악부민가의 지속적인 영향과 시대 및 생활의 필요로 인해 초보적인 흥성의 국면을 맞이했다. 더욱이 '고시십구수(古詩十九首)'를 대표로 하는 오언시는 상당히 높은 수준에 도달하였다. 이 시기의 문인시는 사부(辭賦)의 주류 지위를 대신하기에 부족했지만 적어도 이미 그런 추세를 보여주었고, 위진남북조 시대에 들어와 오언시를 주체로 하는 문인시가 고도로 번영하는 데 기초를 다졌다고 할 수 있다.

동한 중·후기 문인시의 내용은 비판 정신과 반전통 정신을 갖춘 한편, 서정 표현을 중시하고 가공송덕(歌功頌德)의 기풍은 시들해졌다.

본격적으로 오언시의 상황을 설명하기 전에 간단히 칠언시의 상황을 살펴보면 동한 중기의 걸출한 시인 장형(張衡)이 중국시사상 현존하는 최초의 독립적이고 온전한 칠언시인 <사수시(四愁詩)>를 썼다. 전해지지 않는 작품 중에 이와 같은 시편이 있었을지도 모르지만 <사수시>가 칠언시의 발전사에서 지니는 위상은 대단히 높다. 여기서 제1수를 들어본다.

<四愁詩>(其一)　네 가지 근심(제1수)

我所思兮在太山,	사모하는 내 임은 저 태산에 있어서
欲往從之梁父艱.	찾아가 따르려도 양보산이 험하구나.
側身東望涕霑翰.	동쪽을 바라보며 눈물로 옷자락을 적신다.
美人贈我金錯刀,	미인이 나에게 황금 보검을 주셨으니
何以報之英瓊瑤.	무엇으로 보답할까? 빛나는 옥이로다.
路遠莫致倚逍遙,	길이 멀어 보낼 수 없어 배회하나니
何爲懷憂心煩勞?	어찌 내 마음이 근심스럽지 않으리?

『문선(文選)』 29권에 처음 보이는 이 시에는 다른 사람이 쓴 듯한 서문이 붙어있다. 그 서문에 의하면 장형은 태사령(太史令)으로 있을 때 환관의 참언을 받아 하간왕(河間王)의 재상으로 좌천되었으므로 자신의 뜻을 펴지 못해 답답하여 이 시를 지었다고 한다. 시는 모두 4수이며, 각각 7언 7구로 되어 있다. 동서남북 네 방향으로 설정한 구조는 부(賦)에서 상용하는 형식인데, 장형이 이를 시에 응용하였다. 또한 마융(馬融)의 <장적부(長笛賦)> 끝에 한 수의 칠언시가 실려 있는데, 독립된 작품은 아니지만 초가의 흔적이 말끔히 없어져서 칠언시 사상 주목할 만한 작품이다.

장형은 오언시의 발전과정에서도 똑같이 중요한 역할을 했다. 그의 <동성가(同聲歌)>는 반고 후의 온전한 문인 오언시인데, 반고에 비해서 언어기교가 더욱 성숙하다. 이 시는 신혼 여인의 입을 빌려 애정을 표현한 작품이지만, 반첩여의 <원가행>과 달리 단선(團扇)과 같은 상징물에 스스로를 비견하지 않고 직접 모습을 드러냈으며, 내용도 궁원(宮怨)을 표현한 것이 아니라 대담하게 신혼생활의 즐거움을 서술한 것이어서, 정면으로 남녀 간의 상열지정(相悅之情)을 반영한 최초의 오언시라고 할 수 있다. 장형이 각종 시가에서 다룬 남녀 간 애정의 내용은 한대 문인 시풍의 변화를 이끌었고, 이것이 5·7언시의 성숙을 촉진했다.

한대 악부시 중에서 신연년(辛延年)의 <우림랑(羽林郎)>과 송자후 (宋子侯)의 <동교요(董嬌嬈)>는 모두 오언시인데, 두 사람 모두 생애 가 분명치 않지만 일반적으로 동한 중기 또는 후기의 문인으로 추정된다. 한대 악부시는 '교묘가사'류를 제외하면 작가의 성명이 남아 있는 경우가 거의 없는데, 위진(魏晉) 이후에는 작가의 성명을 남기는 것이 보편적인 현상이 되었다. 이는 문인들이 악부시의 창작도 중시하게 되어 자신의 작품에 이름을 남기기 시작했음을 말해준다. 문인이 창작한 이 2수의 악부시를 통해 당시 문인들이 악부민가의 기초 위에서 그것을 개조하고 향상시켰음을 알 수 있다.

동한 후기에 진가(秦嘉) 부부가 상호간에 증답한 시편도 주목할 만한 작품이다. 부부끼리 주고받은 시를 의식적으로 사회에 알린 것은 과거에는 찾아볼 수 없던 일이다. 이 시들은 작품성도 뛰어나 쉽고 통속적인 언어를 사용하여 부부 간의 정을 흥미진진하게 펼쳐서 감동을 준다. 이와 같은 일상적인 내용과 통속화된 표현은 한대 시가에서는 신선한 것으로 한대 시가의 서정 내용이 확장되었음을 보여준다.

작가의 성명을 알 수 있는 상술한 작품들 외에 이름을 알 수 없는 문인들의 작품도 다수 있는데, 그 중에서 가장 유명한 것이 『문선』에 수록되어 있는 '고시십구수(古詩十九首)'이다. 이것은 한대 문인 오언시의 성취를 대표하고, 동시에 문인 오언시 발전의 새로운 지평을 열어주었다. 이 19수의 시는 한 사람의 손에서 나온 것이 아니고 창작시기도 대략 동한 순제(順帝: 126-144) 말부터 헌제 (獻帝: 189-220) 때까지 걸쳐 있는 것으로 보인다. 그 내용은 크게 두 종류로 나눌 수 있다. 하나는 고향 그리는 나그네와 이별에 가슴 저미는 여인의 감정을 쓴 것이고, 다른 하나는 덧없는 인생과 인정의 염량세태에 대한 탄식을 서술한 것이다.

'고시십구수' 외에도 『문선』과 『옥대신영』에는 무명씨의 '고시'가 다소 수록되어 있는데, 내용과 풍격이 모두 '고시십구수'에 접근해 있다. 또한 『문선』에 이릉(李陵)과 소무(蘇武)의 이름하에 수록되어 있는 오언시 7수는, 비록 이미 위탁임이 밝혀졌지만 그 내용과 풍격이 역시 '고시십구수'에 근접해 있어서 일반적으로 이 또한 동한 중·후기 무명 문인의 작품으로 추정된다. '고시십구수'를 포함하여 이와 같은 '고시'는 모두 30여 수가 있다.

이런 '고시'의 성질에는 몇 가지 특별한 점이 있다. 이 시들은 그 언어기교와 시에 반영된 사상·감정 및 생활형편으로 볼 때 작가들이 일정한 사회적 지위와 높은 문화소양을 지니고 있어서, 문인시로 추정된다. 그런데 이 시들에 작가의 이름이 남아 있지 않은 것은 이름이 나중에 유실되어서가 아니라 창작되었을 당시에, 혹은 전파 초기에 이 점을 소홀히 했기 때문일 것이다. 시의 내용도 개인의 순수한 생활체험이나 생활감정이라기보다는 당시 일부 사회 구성원들이 공유한 심리를 표현한 것이다.

또한 '고시'와 '악부'는 그 구분이 쉽지 않다. 육조(六朝)부터 당(唐)·송(宋)에 이르는 기록을 살펴보면 양자의 편목에 중복된 것이 적지 않다. 예를 들어 고시 <인생살이 백년을 채우지 못하네(生年不滿百)>는 악부 <서문행(西門行)>과 같다. 또한 고시 중의 구절이 악부시에 중복되어 나타난 경우가 많고, 악부처럼 음악에 배합되어 연창한 고시도 적지 않다. 따라서 고시는 전파과정에서 부단히 변화를 거쳐 사회의 보편적인 수요에 부응한 집단 창작이라는 특징을 갖게 되었다.

이런 측면에서 고시는 광의의 '민가'와 상통하는 점이 있다. 중국의 고대시가는 선진·양한 시대에는 민가 위주였고, 위진 이후에 이르러 시인 개인의 창작이 중심이었는데, '고시'가 양자 사이에서 과도적 역할을 담당했다고 하겠다.

사회가 동요하고 정치가 어지러웠던 동한 중·후기에 문사들은 정신적 지주를 잃고 인생의 가치와 출로를 찾기 어려워 힘들어 했다. 한대 초기 이래 반복적으로 읊은 인생무상에 대한 감상(感傷)은 그들의 마음에 강력하게 부각되어 '고시'의 중심 주제가 되었다. 이 주제에서 출발하여 비애를 기조로 한 규원(閨怨)·우정·상사(相思)·고향생각·떠돌이 관직생활 등의 내용이 전개되었다.

'고시십구수'를 대표로 하는 고시는 역대로 높은 평가를 받았다. 유협(劉勰)은 『문심조룡(文心雕龍)』에서 고시가 "오언시 중의 으뜸"이라고 했고, 종영(鐘嶸)은 『시품(詩品)』에서 "일자천금(一字千金)"이라고 했다. 이런 '고시'의 예술성취는 무엇보다도 감정의 진지함에 있다. 시에 표현되어 있는 인생이 비관적이긴 하지만 고통 속에 깃들어 있는 강렬한 생명의식과 개체의식은 당시 사회의 진실한 산물이었다.

고시는 민가의 기초 위에 세워져서 민가의 특징을 지니고 있는 문인 창작물이다. 따라서 언어가 자연스럽고 소박하면서도 세련되어 있고 개괄력이 강하다. 고시는 특히 경물의 묘사를 통해 감정을 서술하고 토로하였다. <초초견우성>을 예로 들어본다.

<迢迢牽牛星> **아득히 멀리 있는 견우성**

迢迢牽牛星,	아득히 멀리 있는 견우성
皎皎河漢女.	밝고 또렷이 빛나는 직녀성
纖纖擢素手,	희고 가냘픈 손을 살짝 내밀어
札札弄機杼.	찔꺼덕찔꺼덕 하며 베를 짠다.
終日不成章,	종일토록 천이 짜지지 않는 것은
泣涕零如雨.	눈물이 비처럼 떨어지기 때문이지.

河漢淸且淺,	은하는 물이 맑고 깊지 않으며
相去復幾許.	서로 떨어진 거리도 얼마 안 되건만
盈盈一水間,	찰랑찰랑 흐르는 물 하나를 사이에 두고
脈脈不得語.	서로 바라만 볼 뿐 목이 메어 말을 못한다.

이 시는 표면적으로 견우와 직녀가 은하수를 사이에 두고 떨어져 있어서 서로 만나지 못하는 슬픔과 고통을 노래한 것인데, 이를 빌려 남녀 간 이별의 정을 표현하였다. 더욱이 마지막 2구는 완곡하면서도 함축적이어서 정(情)과 경(景)이 융합되어 있다. 남녀 간 상사의 정을 노래한 고시를 한 수 더 들어본다.

〈行行重行行〉 가고 가고 또 가고 가네

行行重行行,	가고 가고 또 가고 가니
與君生別離.	그대와 생이별을 한다.
相去萬餘里,	서로 만리나 떨어져 있어
各在天一涯.	각각 하늘 한쪽 끝에 있다.
道路阻且長,	도로가 험하고도 머니
會面安可知.	만날 일을 어찌 알 수 있으리?
胡馬依北風,	북에서 온 호마는 북풍에 기대고
越鳥巢南枝.	남에서 온 월조는 남쪽 가지에 깃든다지.
相去日已遠,	서로의 거리가 날로 멀어져가니
衣帶日已緩.	허리띠가 날마다 더욱 느슨해진다.
浮雲蔽白日,	뜬 구름이 밝은 해를 가렸기에
遊子不顧返.	나그네는 돌아올 생각을 하지 않는다.
思君令人老,	그대 생각에 사람은 늙어가고
歲月忽已晩.	한 해는 빨리도 저문다.
棄捐勿復道,	버려두고 다시 말하지 말아야지
努力加餐飯.	부디 끼니나 거르지 마시기를!

이 시의 전반 8구는 고향을 멀리 떠난 남편이 집에 있는 아내를 생각하며 말한 것이고, 후반 8구는 고향 집에 있는 아내가 멀리 떨어져 있는 남편을 생각하며 말한 것이다. 함께 살아야 할 부부가 오랜 기간 멀리 떨어져 지낼 수밖에 없는 딱한 상황을 반복적인 영탄을 통해 호소함으로써 동란에 시달리던 당시의 어지러운 사회상을 핍진하게 반영하였다.

다음으로 덧없는 인생과 인정의 염량세태에 대한 탄식을 서술한 작품을 한 수 들어본다.

<西北有高樓> 서북쪽의 높은 누각

西北有高樓,	서북쪽에 높은 누각이 있는데
上與浮雲齊.	높기가 구름과 나란하다.
交疏結綺窗,	꽃무늬 격자가 비단처럼 연결된 창문
阿閣三重階.	높은 처마 누각은 겹겹의 3층 계단이로다.
上有弦歌聲,	위에서 들려오는 현악기와 노랫소리
音響一何悲.	그 소리가 어찌 그리 슬프던지.
誰能爲此曲,	누가 이런 곡을 연주할 수 있을까?
無乃杞梁妻.	기량의 아내 아니면 그럴 사람이 없다.
淸商隨風發,	청상곡이 바람 따라 울려 퍼지니
中曲正徘徊.	그 악곡 소리가 구성지게 감돈다.
一彈再三嘆,	한 번 연주에 두세 번 후렴을 넣으니
慷慨有餘哀.	강개한 곡조 속에 슬픔이 남아 있다.
不惜歌者苦,	노래하는 자의 수고는 아깝지 않지만
但傷知音稀.	다만 알아주는 이 드물어 가슴 아프다.
願爲雙鴻鵠,	바라건대 한 쌍의 큰 기러기가 되어
奮翅起高飛.	날개를 펼치고 높이 날아오르고 싶다.

이 시는 정치적으로 자신의 뜻을 펼치지 못하고 실의에 빠진 사

람이 높은 누각에서 울려 퍼지는 노래를 들으면서, 노래하는 자의 수고로움에 비해 그 노래를 진정으로 알아주는 사람이 없다는 것에 대한 아쉬움을 표현한 것으로, 인재를 알아보지 못하는 현실에 대한 안타까움과 불만을 토로한 것이다. 전체적으로 비유와 전고를 적절하게 사용했으며, 마지막 구절에서 정치적 비상을 바라는 마음을 '높이 날아오르는 큰 기러기'에게 기탁하여 문인시의 표현기법을 원숙하게 구사하였다.

고시는 형식·제재·언어풍격·표현기교 등 여러 방면에서 후대의 시가에 적지 않은 영향을 끼쳤다. 위진시대의 조비(曹丕)·조식(曹植)·육기(陸機) 등 중요 시인의 작품 속에서 '고시'의 흔적을 찾아볼 수 있으며, 그 이후 기나긴 역사에서 적지 않은 시인들이 끊임없이 '고시'에서 자양분을 섭취했으니, 오언시의 발전과정에서 '고시'는 핵심적인 지위를 차지했다고 할 수 있다.

제 3 장

위진남북조시(魏晉南北朝詩)

1. 개설

한말(漢末)의 대동란을 거친 후 건안(建安: 196-219) 후기에 들어 북방이 통일되고 경제가 회복되자 조조(曹操) 집단은 온갖 환난을 두루 경험하고 가슴에 큰 뜻을 품은 문인들을 업하(鄴下)에 끌어들여 오언고시가 약진하는 국면을 형성하였다. 건안 문인들의 시는 주로 한말(漢末) 동탁(董卓)의 난과 군벌 간의 혼전을 배경으로 하고 있다. 그들이 천하를 평정하고 청명한 정치를 동경하는 이상을 서술한 것은 조조가 천하를 통일해가는 과정에서 시대를 구원하고 공을 세울 가능성을 엿볼 수 있었기 때문이었다.

이것은 건안시(建安詩)의 번영이 사회가 분열과 동요로부터 상대적인 안정으로 향해가는 특수한 역사적 조건 하에서 나타난 것임을 설명해준다. 안정된 정치 국면이 문인들에게 창작에 종사할 수 있는 환경을 제공하였고, 문학에 대한 통치자의 애호와 제창이 재사(才士)와 문인들이 모일 수 있는 기회를 조성하여, 문화와 학식을 교류하고 예술기교를 연마하기에 유리하였으며 그에 따라 시가예술의 평균수준이 향상될 수 있었다. 따라서 사회의 안정이 문학의 흥성과 발달을 촉진했다고 볼 수 있다.

한(漢) 악부(樂府)와 한말(漢末)의 문인시는 사회문제의 반영과 인생의미의 탐색이라는 두 가지 기본 주제를 집중적으로 표현하였다. 건안문인들은 한 걸음 더 나아가 이 둘을 통일시켜 동한 문인들의 부정적이고 비관적인 인생관을 긍정적이고 낙관적인 인생관으로 바꾸어놓았다. 문학은 더 이상 경학의 부속물이 아니라 작가가 "명성을 직접 후세에 전할 수 있는 불멸의 위대한 일"이 되었다. 즉, 문학을 자각하는 시대가 시작된 것이다. 이로부터 공을 세워 대업을 이룩하겠다는 이상과 세상을 구원하겠다는 웅대한 뜻을 품고, 인생의 영원한 정신적 가치를 찾는 한편, 이상과 현실의 모순 속에서 시대와 사회의 현실을 반영하는 것이 진보적인 문인시의 흐름이 되었다.

건안문인들의 시는 악부민가의 영향을 바탕으로 정교하고 화려한 문인시의 길로 나아가기 시작했다. 이는 중국 고전시 발전사에서 하나의 중대한 전환점이었다. 이러한 정신이 나중에 완적(阮籍: 210-263)・좌사(左思: 250-305)・도연명(陶淵明: 365-427)・포조(鮑照: 412?-466) 등에게 그대로 계승되었다.

물론 상이한 시대의 상이한 작가들이 쓴 작품 속에서 건안풍골(建安風骨)은 또한 상이한 내용으로 표현되었다. 삼조(三曹: 조조曹操・조비曹丕・조식曹植)와 건안칠자(建安七子: 공융孔融・진림陳琳・왕찬王粲・서간徐幹・완우阮瑀・응창應瑒・유정劉楨), 완적과 혜강(嵇康), 도연명은 모두 신・구 왕조가 교체되는 시기에 활동하였다. 삼조와 칠자는 동란을 종결지어 천하를 통일하고 이상적인 정치를 펴는 것을 자신들의 사명으로 자부하여 시대의 운명을 장악한 주동적인 지위에 있었으므로, 그들의 시에 나타나는 기상과 기백은 다른 시대의 시인들과 비교가 되지 않을 정도로 뛰어나다.

그러나 완적・혜강・도연명은 군신(君臣)의 지위가 뒤바뀌는 시대에 생활하여 구왕조가 멸망하는 과정과, 왕위를 찬탈하려는 신정권의 야심을 목격하였다. 젊은 시절에 지녔던 건공입업(建功立業)의 이상은 완전히 무너지고 시대의 격변 속에서 자신의 위치를 찾을 수 없게 된 데다, 현실에 대한 회의 내지 철저한 부정으로 인해 그들의 시에는 강렬한 비판정신이 내재되어 있다. 각자가 처한 시대환경 속에서 명성과 지조를 보전하는 삶의 방법과 처세원칙을 찾은 것이 그들의 공통된 특징이다.

정시(正始: 240-248) 시기의 정치적 혼란과 현풍(玄風)의 영향 아래에서 완적과 혜강의 시에는 화와 복을 예측하기 어렵다는 우려와 흥망성쇠가 덧없다는 탄식이 섞여 있고, 인생에 대한 우려 속에 당시 사회의 모습이 다양하게 반영되어 있다. 도연명은 은거하면서 자연에 순응하며 살아가는 것이 참된 인생임을 깨닫고, 유가와 도가사상을 삶과 조화시키는 방향으로 개조하였다. 그는 진지하고 소박한 기풍은 사라지고 위선이 득세하는 사회를 부정하는 동시에, 그 자신이 오랜 기간 직접 농사를 지으며 모색한 삶의 길과 사회를 연계시켜 도화원(桃花源)이라는 이상사회를 탄생시켰다.

좌사와 포조는 태강(太康: 280-289)의 치세(治世)와 원가(元嘉: 424-453)의 치세라는 두 개의 짧은 안정기에서 생장하였으며 모두 한미한 가문 출신이다. 그들이 인생의 이상을 추구하는 과정에서 닥친 최대의 난관은 문벌사족제도(門閥士族制度)였다. 조비 때부터 확립된 구품관인법(九品官人法)은 서진(西晉) 시기에 정비되고 남북조시기에 이르러서는 더욱 확고해져 재능과 인품에 의해서가 아니라 오로지 문벌에 의거해서 관리를 등용하는 현상이 나타났다.

재능과 포부를 지닌 한미한 가문 출신 문인들은 이 불합리한 사회현실에 거세게 항의했다. 현실에 대한 그들의 비판은 회재불우(懷才不遇)의 감개와 울분 속에 포함되어 있는데, 주로 호족에 대한 멸시로 표출되었다. 그러나 그 중 좌사와 포조의 불평의 소리는 공교롭게도 문벌제가 아직 완전히 굳건해지지 않은 때에 나온 것이라는 점에서 주목할 만하다.

완적(阮籍)은 집중적으로 오언고시를 창작하면서 민가의 모방에서 진일보하여 민간의 표현예술을 흡수하고, 시가의 비흥(比興) ·

상징 수법을 발전시켜 오언고시가 길거리 가요의 수준에서 벗어나게 했다. 그 결과 오언시가 사언시를 대신하여 서정시의 주된 체재가 되었는데, 이때에 이르러 문인시는 기본적으로 민가를 학습하고 개조하는 단계에서 벗어나 문인이 자각적으로 창작하는 시기에 접어들었다.

그리고 부현(傅玄)・장화(張華)・육기(陸機)・반악(潘岳)・좌사(左思)・곽박(郭璞)・장협(張協)・유곤(劉琨) 등은 개인의 성격・기질과 생활경력에 근거하여 한(漢)・위(魏) 시가 개척한 행역(行役)・영사(詠史)・유선(遊仙)・규정(閨情) 등의 제재범위 안에서 모종의 내용을 선택하고 보충하여 그것이 사경(寫景)・서사(敍事)・서정(抒情) 등의 방면에서 깊고 세밀하게 발전하도록 함과 아울러 그것들을 영회(詠懷)의 전통과 결합시켜 후대 시가제재의 분류에 앞서 기초를 세웠다.

그들은 각종 제재의 기본적인 표현방법을 확립했다. 진(晉)・송(宋) 이후 저명한 시인들은 대부분 제재의 개척 방면에서 독창적인 성취가 있었다. 예를 들어 도연명의 전원시(田園詩)・사영운(謝靈運)의 산수시(山水詩)・포조(鮑照)의 변새시(邊塞詩) 등등이 있다. 이와 같은 제재는 후인들에 의해 끊임없이 모방되었다.

좌사의 불평은 물론 개인의 인생경력으로부터 나온 것이지만, 동시에 그와 같은 사회 사조를 반영하였다. 포조는 한미한 가문 출신의 유씨(劉氏) 일족이 권력을 장악하여 양진(兩晉)의 구 사족을 억압하는 시기를 만났기 때문에 한미한 가문 출신 인사도 권력의 핵심에 등용될 수 있다는 희망을 품을 수 있었고, 이것이 그로 하여금 시세를 타고 앞으로 나아갈 수 있다는 환상을 가지게 했다.

한편 사족제가 완전히 굳어진 동진(東晉)과 양(梁)・진(陳) 시기에는 오히려 불평의 소리를 들을 수 없었는데, 이것이 바로 다음과 같은 사실을 설명해준다. 어떤 사회제도에 대한 비판이 일단

문학작품 속에 반영된다는 것은 그와 같은 제도에 이미 모종의 변화가 발생했거나 적어도 해이해진 조짐이 나타났음을 의미한다. 완적·혜강·좌사·도연명·포조 등 우수한 작가들의 작품에서 찾아볼 수 있는 것은 현실에 대한 그들의 강렬한 불만과 부정이 원대한 인생 이상을 추구한 데에서 나온 것이며, 그것이 진취이건 은둔이건 방황이건 간에 모두가 인생의 의미에 대한 진지한 사고와 불후한 명성의 추구를 출발점으로 삼았다는 사실이다. 이것이 바로 건안풍골(建安風骨)의 기본정신이며, 진(晉)·송(宋) 이전 한위흥기(漢魏興寄)의 핵심내용이다.

건안풍골이 진(晉)·송(宋) 이후에 사라진 것은 문사들의 보편적인 정신면모 및 심리상태와 관련이 있다. 서진(西晉) 이후 문단을 독점한 것은 제왕·종실·귀족과 대사족(大士族)이었다. 사족 계층의 특권의식이 그들의 사상과 감정을 공허하고 빈곤하게 몰아갔다. 육기(陸機: 261-303)·사영운(謝靈運: 385-433)·왕융(王融: 467-493)과 같은 작가들이 인생무상의 감개를 서술하고 자신들의 고결한 절조를 토로했지만, 그것은 다만 그들이 신정권 하에서 받은 불이익으로 인해 나온 탄식에 불과했기 때문에 사람의 마음을 감동시키는 힘이 부족했다.

그런 반면에 사영운의 산수시는 처음으로 자연경물을 그 자체로 감상할 가치가 있는 예술대상으로 만들었다. 제(齊)·양(梁)에 이르러 사조(謝朓) 같은 시인에 의해 산수시는 다시 한 걸음 더 나아가 타향살이의 고달픔을 깃들여, 자연에 대한 사람들의 심경과 정서가 시가표현의 주된 내용이 되었고, 이것이 서정시를 객관 형상과 정감으로부터 미감을 추구하는 시대로 바뀌게 하였다.

한편 한미한 가문 출신 문인 중에서도 자신의 고립과 빈천으로 인해 불평의 소리를 발한 사람은 좌사(左思)·포조(鮑照) 등의 극소

수 작가에 불과했다. 즉 그것은 문인계층의 보편적인 외침이 되지 못했다. 육조(六朝)의 문벌제도가 갈수록 굳어진 것이 우선 중요한 원인이며, 빈번한 찬탈 및 문학에 대한 제왕의 애호가 한미한 가문 출신 문인들의 심리상태에 끼친 영향도 소홀히 할 수 없는 요인이다. 1년에 세 번씩이나 군주가 바뀌기도 한 시대였는지라 문인들은 찬탈과 혼란에 익숙해져서 감각이 무뎌져버렸다. 한미한 가문과 호족을 막론하고 모두들 더 이상 진지한 태도로 인생의 의미와 사회에 대한 책임을 생각하지 않고 개인의 영화(榮華)를 추구했으며, 다른 한편으로는 자신에게 닥칠 화를 두려워했다. 이 점이 대다수 문인들의 주된 사상적 모순이 되어, 어떤 이는 심지어 정치변란 속에서 부귀영화를 꾀하기도 했다.

남북조 문인들이 전반적으로 그와 같은 정신 상태에 빠져 있었고 육기와 사영운 식의 고민조차 없었으므로, 건안풍골의 계승은 입에 올릴 수가 없었다. 이것이 그들로 하여금 건안시의 음풍농월(吟風弄月) 방면의 내용을 단편적으로 발전시키도록 했으며, 아울러 그 속에서 인생의 의미를 탐색한 건안풍골의 핵심내용은 간과하여 진(晉)·송(宋) 이전에 사상과 감회의 서술에 치우쳤던 서정시를 교제와 오락의 수단으로 바꾸어버렸다. 그 결과 제왕을 모신 연회와 나들이 자리에서의 응조시(應詔詩) 및 신변잡사를 노래하고, 아름다운 자연 경관을 묘사하는 한정시(閑情詩)가 남북조 시가의 주류가 되었다.

이 시기에는 충절관념을 지닌 소수의 문인만이 왕조가 멸망한 후에 시대가 바뀐 슬픔과 고향에 대한 그리움을 표출한 작품을 일부 써내어 시대의 그림자를 어느 정도 반영할 수 있었는데, 유신(庾信)이 그 문인들 중의 대표이다. 이로부터 알 수 있듯이 양진남북조(兩晉南北朝)의 사회 정치가 문인들의 정신면모에 끼친 영향을 고찰해보면, 문벌사족제가 조성한 사회계층의 차별화와 고정화라는 특징을 고려하고, 상이한 시대에 다양한 작가가 이 사회현상에 대해 보여준 서로 다른 심리반응을 각 시대 치란(治亂) 변화의 구체적인 배경과 연계시켜야 그에 대한 전면적인 해석을 가할 수 있을 것이다.

건안풍골의 형성은 한(漢)·위(魏)로부터 성당(盛唐)에 이르기까지의 우수한 서정시를 위해 인생 의기(意氣)의 서사를 특징으로 하는 이상주의 전통을 확립해주었다. 그리고 그것의 쇠퇴는 육조(六朝)의 시가가 질보다 양이 앞서게 된 원인을 제공하였다. 그런 가운데서도 진(晉)·송(宋) 교체기에 출현한 남조 악부민가는 쉽고 유창한 당대(當代)의 구어를 사용하여 애정생활 중 한순간의 사념이나 원모(怨慕)·환락이나 고통 등의 정서를 포착하고 비흥·상징·쌍관어를 운용하여 단가(短歌)를 써냈는데, 정조(情調)가 구성지고 완약하며 경쾌하고 활발한 한편 인물배경과 사건 줄거리의 묘사가 없으며 수미(首尾)의 완결성을 따지지 않았다.

심약(沈約: 441-513)과 사조(謝朓: 464-499)를 대표로 하는 제(齊)·양(梁)의 문인들은 진(晉)·송(宋)의 시가 부자연스럽고 경직된 방향으로 치달을 때, 당대(當代)의 민가에서 제련해낸 새로운 시가언어를 사용해야 문인시가 새로운 생명을 얻을 수 있다고 생각했다.

남북 시풍의 융합은 남북조 시가 예술 방면에서 상호 흡수한 결과일 뿐만 아니라 사실상 한(漢)·진(晉) 시가와 제(齊)·양(梁) 시가가 성취한 것을 집성한 것이다. 남조와 북조는 서로 문학적 재능이 가장 뛰어난 사자를 파견하여 외교를 전개하였다. 일부의 남방 문인들이 전란 중에 북방으로 흘러들어갔고, 북위는 남음(南音)을 악부에 수입하였으며, 북조 악부민가는 남방에 전입되어 남북조 문학의 교류를 대대적으로 촉진시켰다. 남조와 북조의 시가예술 수준에 차이가 있는 점으로 미루어 볼 때 남조 문인들이 북방 민가를 흡수하는 능력이 북조 문인보다 분명히 뛰어났음을 알 수 있다. 변새(邊塞)의 제재가 사부시(思婦詩)와 결합된 것은 남조의 시인들이 남북의 시풍을 융합한 최초의 시도였다.

서위(西魏)·북주(北周) 시에 유신(庾信: 513-581)과 왕포(王褒)가 남에서 북으로 들어가 그들의 정교한 시가예술을 북방생활에 반영하고 고향 그리움을 서사하여, 북조의 시가가 단순히 남조의 시를 모방하는 단계에서 벗어나게 했다.

왕포는 한위 악부고제(樂府古題)와 제·양에서 유행한 영명체(永明體)를 채용하여 전통적인 유협(遊俠)과 변새(邊塞)의 제재를 표현하였다. 유신은 비흥(比興)을 잘 사용한 위(魏)·진(晉) 영사술회시(詠史述懷詩)의 기교에 제·양의 용전(用典)과 사경(寫景) 기교를 결합시키는 한편, 양(梁)·진(陳) 시가 지나치게 부드럽고 고운 쪽으로 편향된 것을 바로잡아 청신하면서도 원숙한 기본 풍격을 형성하여, 남북을 융합하고 한위육조 시가를 집대성했다. 따라서 이른바 남북 문풍의 교류와 융합은 사실상 남조문학이 북방의 자연환경과 생활토양 속에 뿌리를 내린 결과이며, 또한 한·진 문학과 제·양 문학이 상호 결합한 산물이다.

북주 후기와 수대(隋代) 시단에 출현한 맑고 고아한 시풍은 더욱 그와 같은 남북 융합의 보편성을 보여주었다. 북주와 수대 시인들이 대부분 재능이 부족했기 때문에 융합에 갇혀 창신에는 진전이 없는 과도 상태가 형성되었다. 그러나 유신·설도형(薛道衡) 등의 몇몇 시인들이 융합의 기초 위에서 장편오언배율(長篇五言排律)·칠언가행(七言歌行)·오칠언율절(五七言律絶) 등 신체시의 표현예술에 비약적 발전이 있게 하여 당시(唐詩)의 선구가 되었다.

이른바 근체시는 제·양의 시가 남조 악부민가의 학습을 통하여 전아하고 난삽한 진·송의 시풍을 변혁하고, 당대(當代)의 구어에서 청신하고 자연스런 시가어휘를 마련한 후, 양(梁)·진(陳) 시기에 다시금 아화(雅化)되고 내용·형식과 격조상에서 아름답고 화려한 문풍(文風)으로 변화해가는 과정을 거쳤다. 이 변화는 제(齊)·양(梁)에서 성당(盛唐)에 이르는 2백년 간 시가언어의 기본 풍모 및 표현예술 방면에서 몇몇 중요한 특징을 결정하는 역할을 했다.

2. 조씨(曹氏) 삼부자(三父子)

조조(曹操)와 조비(曹丕)·조식(曹植) 삼부자는 건안시대 정치의 중추이자 문단의 영수였다. 그들은 자신의 특수한 신분을 이용해 많은 문인들을 그러모아 일대의 문학 기풍을 열었다. 그 중에서 조식은 비록 정치적으로는 실패했지만 문학 방면의 성취는 가장 컸다. 그의 시는 여러 방면에서 위진남북조 시의 발전방향에 큰 영향을 끼쳤다.

조조의 부친 조숭(曹嵩)은 환관 조등(曹騰)의 양자로서 태위(太尉) 직에 오른 사람이었다. 이처럼 조조는 본래 고귀한 가문 출신이 아닌데다 시대 기풍의 영향을 받아서 전통적인 윤리 관념과 가치 기준의 속박을 받지 않았다. 정치적으로 그는 실질적인 효과를 중시하고 허례허식을 멸시하여 형명학(形名學)을 숭상하는 한편 법을 엄격히 적용하여 자신의 통치를 지켜나갔다. 그러나 일상생활에서는 호방하고 소탈하여 자신의 개성과 감정을 진솔하게 표현했다. 그의 문학창작은 바로 그의 이러한 사상과 성격을 그대로 반영한 것이다.

조조의 문학 성취는 우선 그의 시에 있다. 현존하는 그의 작품은 모두 음악에 맞추어 연창하는 악부가사로서 '상화가(相和歌)' 위주이다. 과거에 문인이 지은 악부가사는 대체로 제사 의식에 사용하는 '교묘가(郊廟歌)'에 국한되었고, '상화가'는 주로 민간에서 나왔다. 궁정과 관료들의 연회에서 이것을 오락으로 삼긴 했지만 상층의 문사들은 자신이 지어야 할 것으로 보지 않았다. 동한 후기에 채옹(蔡邕) 등이 소량의 가사를 남기긴 했지만 그것은 개별적인 현상이었다.

그런데 조조가 그와 같은 민간문학 형식을 애호한 것은 그가 상층 사회의 편견과 습관의 속박에서 벗어나 민가 형식을 이용하여 자신의 서정을 토로하고 싶다는 의사 표시였다. 그리고 조조의 영향 아래 조비와 조식 및 기타 건안시인들도 많은 수의 악부시를 썼다. 따라서 조조는 민간문학의 형식이었던 악부시가 문인문학의 중요한 형식으로 탈바꿈하는 과정에서 핵심역할을 수행했다고 볼 수 있다.

조조의 악부시는 한(漢) 악부민가를 바탕으로 삼았기 때문에 몇몇 작품은 자신의 삶을 쓰지 않고 민가에 흔히 보이는 제재를 답습했다. 예를 들어 <각동서문행(却東西門行)>은 출정 나간 나그네의 비애를 서술했고, <선재행(善哉行)>은 대언(代言)의 형식을 빌려 고아의 고통을 묘사했다. 현실을 반영한 민가는 대체로 중대한 정치 사건에 대해서는 언급한 것이 별로 없다.

그러나 걸출한 정치가이자 군사가였던 조조는 시야가 넓어서 그의 <해로(薤露)>·<호리행(蒿里行)> 등의 시는 한말(漢末)의 중대한 역사 사건을 직접 반영하여 민가의 한계를 뛰어넘었다. 조조의 인생에 대한 감회와 정치적 포부를 표현한 작품은 선명한 개성을 지녔다. <단가행(短歌行)>을 예로 들어본다.

對酒當歌,	술을 마주하고 노래를 부르니,
人生幾何?	한평생이 얼마나 되겠는가?
譬如朝露,	이를테면 아침이슬과 같아서,
去日苦多.	지난 세월에 고통이 많았다.
慨當以慷,	비분강개하여 노래 부르니,
幽思難忘.	가슴 속에 맺힌 일 잊을 수 없다.

何以解憂?	무엇으로 근심을 풀 수 있을까?
唯有杜康.	오직 술이 있을 뿐이다.
靑靑子衿,	푸르고 푸른 학생의 옷깃이,
悠悠我心.	오래 내 마음에 간직되어 있다.
但爲君故,	다만 그대를 잊지 못하여,
沈吟至今.	지금까지 나직이 읊조리고 있다.
呦呦鹿鳴,	메에메에 사슴들이 울며,
食野之苹.	들판의 다북쑥을 뜯고 있다.
我有嘉賓,	나에게 훌륭한 손님이 찾아와,
鼓瑟吹笙.	거문고를 타고 생황을 분다.
明明如月,	환하고 밝은 달 같은 것이,
何時可掇?	언제 그 운행을 멈출 수 있을까?
憂從中來,	가슴 속에서 솟는 근심 또한,
不可斷絶.	마찬가지로 그칠 줄 모른다.
越陌度阡,	이 길 저 길을 건너고 넘어,
枉用相存.	이곳에 왕림하여 안부를 물으니
契闊談讌,	만난 기쁨에 잔치를 열고서,
心念舊恩.	마음에 옛 정을 품고 담소한다.
月明星稀,	달빛 밝아 별빛 희미한데,
烏鵲南飛,	까마귀 남쪽으로 날아왔지만
繞樹三匝,	나무 주위를 빙빙 도니,
何枝可依?	어느 가지에 의탁할 수 있을까?
山不厭高,	산은 높기를 꺼리지 않고,
海不厭深.	바다는 깊기를 싫어하지 않는 법.
周公吐哺,	주공이 성심으로 선비를 대하자,
天下歸心.	천하가 마음으로 귀의하였다.

<단가행>은 연회에 사용되던 가사인데, 조조의 작품은 『악부시집(樂府詩集)』에 2수가 실려 있다. 이것은 제1수로, 먼저 쏜살같이

흘러가는 세월을 탄식하였고, 이어서 세상을 구할 현인을 갈망하는 심정을 토로했으며, 마지막으로 자신의 웅대한 뜻을 언급하였다. 전체적으로 작가의 드높은 기개와 어지러운 세상을 함께 구원할 현인을 찾겠다는 의지가 잘 표현되어 있다.

조조의 작품 중에는 유선시(遊仙詩)도 일부 있는데, 내용은 대체로 인생무상에 대한 느낌과 영생에 대한 환상을 표현하였다. 다만 예술 성취는 높지 않은 편이다.

조조는 난세의 영웅으로서 심미 정취도 일반 문인들과 달랐다. 그의 시는 화려한 언어를 구사한 것이 별로 없고 짜임새도 치밀하지 않은 편이지만 기세가 웅건하고 내용이 중후하며 토로한 감정이 비분강개하면서도 자유분방하여 선명한 개성을 지녔다. 악부가사는 그로부터 새로운 발전의 길로 나아갔다.

조비(曹丕)는 조조의 차남이다. 그는 부친이 다져놓은 기초 위에서 황제가 되어 국호를 위(魏)라고 했다. 조비는 박학다식하여 저술에 힘썼으며 문학창작을 중시했다. 그의 시를 살펴보면 악부시와 고시가 대략 절반씩을 차지한다. 그 중의 일부 작품은 민가의 제재를 차용하여 고향을 그리는 나그네와, 멀리 나가 있는 낭군을 그리워하는 아내의 감정을 잘 묘사했다. 언어도 민가의 특징을 지녀 통속적이고 유려하여 일반 민가에 비해 세련되어 보인다.

오언시 중에서는 〈잡시(雜詩)〉 2수의 풍격이 '고시십구수'에 근접하여 언사가 맑으면서도 아름답고 정이 깊다. 칠언시는 〈연가행(燕歌行)〉 2수가 특히 유명한데, 제2수를 들어본다.

秋風蕭瑟天氣涼,	가을바람 쓸쓸히 불어 날씨 서늘해지니
草木搖落露爲霜.	초목은 시들어 떨어지고 이슬이 서리된다.
群燕辭歸鵠南翔,	제비 무리 돌아가고 고니 남쪽으로 날아가
念君客遊多思腸.	타향살이하는 그대 그리워 슬픔이 솟는군요.

慊慊思歸戀故鄉,　　그대도 고향 그리워 우수에 싸여있을 텐데
君何淹留寄他方?　　어찌 타향에 그렇게 오래 머물러 있는 건가요?
賤妾煢煢守空房,　　소첩은 쓸쓸히 빈 방을 혼자 지키고 있어서
憂來思君不敢忘,　　그대 생각 잊을 수 없어 슬픔이 솟구치니
不覺淚下沾衣裳.　　나도 모르게 눈물이 흘러 옷을 적시는군요.
援琴鳴絃發淸商,　　가야금 가져다 줄 퉁기며 청상곡을 타지만
短歌微吟不能長.　　노랫가락이 빠르고 높아 계속할 수 없군요.
明月皎皎照我牀,　　밝은 달빛이 교교하게 제 침상을 비추고
星漢西流夜未央.　　은하수 서쪽으로 흐르며 밤은 깊었는데
牽牛織女遙相望,　　견우와 직녀는 멀리서 서로 바라만 보니
爾獨何辜限河梁?　　너희 둘만 어찌하여 다리 없인 못 만나는가?

이 시는 칠언시의 장점을 살려 음절이 조화롭고 온화하며 묘사
가 세밀하고 생동적이며 언어가 청신하면서도 유려하여, 가을밤
낭군 생각에 잠 못 이루는 여인의 심경을 성공적으로 표현하였다.
조비는 이 시를 통해 민가의 정신을 잃지 않으면서 자신만의 창조
를 이룩하여, 칠언시의 역사에 새로운 이정표를 세웠다.

조씨 삼부자의 시 중에서는 조비 시의 풍격이 민가에 가장 접근
해 있다. 그러나 그에게도 풍격이 다른 시가 일부 있다. <장성 밑
샘에서 말에게 물을 먹이며(飮馬長城窟行)>・<여양작(黎陽作)>・<광
릉에 이르러 말 위에서 짓다(至廣陵于馬上作)> 등은 군대생활을 서술
한 것인데, 조조의 시처럼 비장하지는 않지만 제법 기세가 있다.
또한 <부용지에서 짓다(芙蓉池作)>・<현무지(玄武池) 가에서 짓다(於
玄武陂作)> 등의 연유시(宴遊詩)는 조식의 시와 같이 화려한 경향이
있다. 이는 모두 건안시기의 문인시가 민가의 풍격에서 벗어났음
을 보여준다.

조식(曹植)은 조비의 동생인데, 진왕(陳王)에 봉해졌고 사후의 시

호가 '사(思)'여서 진사왕(陳思王)으로 칭해진다. 건안작가 중에서 조식의 작품이 가장 많이 남아있고, 당대 및 후대 문학에 대한 영향도 가장 커서 후인의 평가가 가장 높다.

조식의 생활과 창작은 220년 조비가 황제를 칭한 때를 경계로 두 시기로 나눌 수 있다. 전기와 후기의 작품은 내용과 풍격 모두에 분명한 차이가 있다. 조식은 어렸을 때 동란에 처하여 무참하게 파괴된 세상을 목격했기 때문에 이것이 그의 전기 작품에 깊은 영향을 끼쳤다. 그가 직접 사회의 동란을 묘사한 시는 <응씨를 전송하며(送應氏)>와 <태산양보행(泰山梁甫行)> 2편으로, 편수는 적지만 주목할 만하다.

조식의 전기 작품은 개인의 지향과 포부를 쓴 것이 훨씬 많다. 다음 시를 보자.

<白馬篇>	백마
白馬飾金羈,	백마는 금빛 재갈로 장식하고
連翩西北馳.	쉬지 않고 서북방으로 달려간다.
借問誰家子,	누구네 집 자식이냐고 물으니
幽并遊俠兒.	유주·병주 출신의 유협아란다.
少小去鄉邑,	어려서부터 고향을 떠나
揚聲沙漠垂.	사막의 변방에서 이름을 날렸다.
宿昔秉良弓,	언제나 좋은 활을 손에 쥐었는데
楛矢何參差.	호목 화살은 얼마나 날카로운가!
控弦破左的,	활을 당겨 왼쪽 과녁을 격파하고
右發摧月支.	오른쪽으로 월지 과녁을 뚫어버린다.
仰手接飛猱,	손을 들어 나는 원숭이를 맞아 쏘고
俯身散馬蹄.	몸을 굽혀 마제 과녁을 부숴버린다.
狡捷過猴猿,	교묘하고 민첩하기는 원숭이를 능가하고

勇剽若豹螭.	용맹하고 빠르기는 표범과 교룡 같다.
邊城多警急,	변방의 성채는 긴급한 상황이 많고
虜騎數遷移.	오랑캐 기병은 끊임없이 쳐들어온다.
羽檄從北來,	긴급을 알리는 문서가 북방에서 와
厲馬登高隄.	말을 채찍질하여 높은 둑에 오른다.
長驅蹈匈奴,	멀리 달려 흉노의 진영을 짓밟고
左顧凌鮮卑.	동으로 눈을 돌려 선비족을 깔아뭉갠다.
棄身鋒刃端,	날카로운 칼끝에 몸을 던지리니
性命安可懷.	어찌 생명을 아까워할 수 있으랴?
父母且不顧,	부모조차도 돌아볼 수 없거늘
何言子與妻.	처자식은 말해 무엇 하겠는가?
名編壯士籍,	이름이 장사의 명부에 올랐으니
不得中顧私.	안으로 개인의 일을 생각할 수 없다.
捐軀赴國難,	몸 바쳐 나라의 위난에 달려가니
視死忽如歸.	죽음을 그저 귀향과 같이 여긴다.

이 시는 악부 <잡곡가사(雜曲歌辭)·제슬행(齊瑟行)>에 속하며, 제목을 <유협편(遊俠篇)>이라고도 한다. 시인은 여기서 날래고 용맹하며 무예가 출중한 젊은 유협이 나라를 위해 국경을 지키면서 변방의 사막에서 이름을 날리는 모습을 묘사했다. 솜씨 좋고 민첩한 몸놀림과 남다른 애국정신을 지닌 형상은 시인 자신의 모습을 그려낸 것이라고 할 수 있다.

조식은 또한 자신의 정치적 포부를 이루기 위해 인재 등용에 공을 들였다. 다음 시를 보자.

<贈徐幹>　　서간께 드리다

驚風飄白日,	거센 바람이 중천의 태양에 불어 닥치니
忽然歸西山.	해는 갑자기 서산으로 돌아갔습니다.

圓景光未滿,	달은 아직 빛이 가득 차지 않았지만
衆星粲以繁.	뭇별들은 찬란하고도 많습니다.
志士營世業,	뜻있는 분은 가업을 경영하시고
小人亦不閑.	소인 또한 한가롭지 않습니다.
聊且夜行遊,	잠시 또 밤에 외출하여
遊彼雙闕間.	저 두 누관 사이를 돌아다닙니다.
文昌鬱雲興,	문창전은 구름 뚫고 서 있고
迎風高中天.	영풍관도 하늘 높이 솟아 있습니다.
春鳩鳴飛棟,	봄 비둘기는 높은 용마루 보에서 울고
流猋激櫺軒.	회오리바람은 복도에 불어 닥칩니다.
顧念蓬室士,	초가에 사는 선비를 생각해 보니
貧賤誠足憐.	진실로 그 가난함을 가련히 여길 만하군요.
薇藿弗充虛,	들완두와 콩잎으로는 허기를 채울 수 없고
皮褐猶不全.	짧은 가죽옷도 오히려 온전치 않으시겠죠.
忼慨有悲心,	슬픈 마음 가지고 격분하시어
興文自成篇.	글을 써내니 절로 한 편이 완성되었습니다.
寶棄怨何人,	보옥이 버려졌으니 누구를 원망하겠습니까?
和氏有其愆.	화씨에게 그 잘못이 있겠지요.
彈冠俟知己,	갓을 털려면 지기를 기다릴 것인데
知己誰不然.	지기 중에 누군들 그렇지 않겠습니까?
良田無晩歲,	좋은 밭에선 수확이 늦는 법 없고
膏澤多豐年.	윤택한 비 내리면 대부분 풍년입니다.
亮懷璵瑤美,	진정 아름다운 보옥을 품고 있다면
積久德逾宣.	오랜 시간 지나 덕은 더욱 드러나겠지요.
親交義在敦,	친밀한 사귐은 그 뜻이 격려에 있으니
申章復何言.	이 시를 드릴 뿐 다시 무슨 말을 하겠습니까?

이 작품은 조식이 건안칠자 중 한 사람인 서간(徐幹: 170~217)에
게 쓴 증시(贈詩)이다. 한(漢) 영제(靈帝: 168-188) 말기, 권문세족들

이 권력을 다툴 때 서간은 문을 걸어 잠그고 바깥세상과 소통하지 않았다. 조조는 가난하게 살고 있던 그를 불러들여 관직을 맡게 하였으나 병을 핑계로 끝내 응하지 않았다. 이 시는 서간이 속세를 멀리하고 가난하게 생활하고 있을 때 조식이 그에게 준 작품으로 추정되는데, 여기서 그는 서간에게 출사(出仕)를 권하며 자신에게 힘이 되어 줄 것을 바라는 마음을 표출하였다.

조식의 전기 시는 부유한 환경 속에서 조비와 함께 조조 밑의 문인들과 교유했기 때문에 연유시(宴遊詩)와 창화(唱和)·증답(贈答)의 작품도 적지 않게 썼다. 예를 들어 <공연(公宴)>·<태자 자리에 배석하여(侍太子坐)>·<투계(鬪鷄)> 등의 작품은 대체로 정조가 평화롭고 언어가 화려하여 귀족 티가 물씬 난다. 이런 시는 비록 심각한 내용을 담고 있지 않지만 일종의 문학현상이 되어 건안시대 시가 제재의 확대를 반영하고, 당시 사람들의 생활모습을 보여주었다. 동시에 문인 문학 집단의 출현에 따라 시가의 오락성과 사교 기능이 강화되었음을 반영한다.

조식의 후기 시는 조비 부자의 시기와 박해로 인해 비분과 고민에 싸여 작품의 내용과 풍격이 현저히 달라졌다. 많은 작품들이 자신의 운명에 대한 실망과 조비 정치집단에 대한 원망에 집중되었고, 압박 받는 고통과 자유생활에 대한 동경 및 자신의 생명이 굴욕과 무료 속에서 마감될 것이라는 예감에서 오는 비애로 충만했다.

조식의 몇몇 작품은 비흥(比興)과 상징의 수법을 사용하여 곡절 있게 내심의 불평과 애원을 반영하였다. 예를 들어 <미녀편(美女篇)>은 한대 악부민가 <맥상상(陌上桑)>의 형식을 모방하여 여주인공의 고귀하고 아름다운 자태를 묘사한 후, 자신의 뜻을 펼 수 없는 고통을 표현하였다. 여기서는 <칠애시(七哀詩)>를 들어본다.

明月照高樓,	밝은 달이 높은 누각을 비추자
流光正徘徊.	흐르는 빛이 이리저리 배회한다.
上有愁思婦,	그리움에 젖은 누각 위의 여인은
悲歎有餘哀.	비탄에 잠겨 슬픔이 넘친다.
借問歎者誰,	탄식하는 사람이 누구냐고 물으니
言是宕子妻.	떠나간 나그네의 아내라고 한다.
君行踰十年,	당신이 가신 지 10년도 넘었는데
孤妾常獨棲.	소첩만 외롭게 늘 혼자 지냈지요.
君若清路塵,	당신이 길 위의 가벼운 먼지라면
妾若濁水泥.	소첩은 탁한 물속의 진흙이랍니다.
浮沈各異勢,	각자 떠돌고 가라앉은 처지가 다르니
會合何時諧.	언제나 화목하게 만날 수 있을까요?
願爲西南風,	원컨대 이 몸 서남풍이 되어서
長逝入君懷.	먼 길을 가 당신 품에 안기렵니다.
君懷良不開,	당신 가슴이 끝내 열리지 않는다면
賤妾當何依.	천첩은 어디에 의지해야 할까요?

이 시는 규원(閨怨)의 내용을 다루고 있는데, 시인이 자신의 형인 조비와의 불화로 인한 감개를 기탁한 작품으로 보기도 한다. 유이(劉履)가 『선시보주(選詩補注)』에서 "조식은 문제와 한 어머니에서 태어난 형제인데도 지금은 부침의 처지가 달라 서로 가까이 지낼 수 없게 되었으므로 고첩(孤妾)으로 자신을 비유하였다"[10]라고 한 것을 참고할 만하다.

<우차편(吁嗟篇)>은 바람에 뿌리 뽑힌 쑥대가 사방으로 흩날리는 모습을 빌려 자신의 소망과 달리 이리저리 거처를 옮겨 다녀 친척과 만날 수 없는 비운을 표현하였다. 여기서 <야전황작행(野田黃雀行)>을 살펴보자.

---

10) "子建與文帝同母骨肉, 今乃浮沈異勢, 不相親與, 故以孤妾自喩."

<野田黃雀行> 들판의 누런 참새

高樹多悲風,	높은 나무는 바람 잘 날 없고
海水揚其波.	바다에는 언제나 파도가 인다.
利劍不在掌,	칼을 손에 쥐고 있지 않으니
結友何須多?	사귀려는 벗이 어찌 반드시 많겠는가?
不見籬間雀,	못 보았는가 울타리 사이의 참새가
見鷂自投羅?	매를 보고는 그물에 뛰어드는 것을?
羅家得雀喜,	그물 주인은 참새를 잡고 기뻐하지만
少年見雀悲.	소년은 참새를 보고서 슬퍼한다.
拔劍捎羅網,	칼을 뽑아 그물망을 찢어버리니
黃雀得飛飛.	참새는 자유롭게 훨훨 날아간다.
飛飛摩蒼天,	날아올라 창공 높이 솟구쳤다가
來下謝少年.	내려와 소년에게 감사를 전한다.

이 시는 송(宋) 곽무천(郭茂倩)의 『악부시집(樂府詩集)・상화가사(相和歌辭)・슬조곡(瑟調曲)』에 실려 있다. 조비는 조조의 뒤를 이어 황제가 된 후에 조식에 대한 탄압을 강화하여 그의 측근들을 제거하기 시작했다. 그런 상황에 처한 시인은 소년이 검을 뽑아 그물망을 찢어서 참새를 구한 이야기를 빌려서 위급한 처지에 빠진 측근들을 구해내지 못하는 참담한 심정을 토로하였다.

또한 격렬한 언어로 내심의 분개를 표현한 작품도 있는데, <백마왕 조표에게(贈白馬王彪)>가 그 대표작이다. 이 시는 황초(黃初) 4년(223)에 지어졌는데, 당시 여러 왕들이 관례에 따라 입조했다가 조창(曹彰)은 경성(京城)에서 폭사(暴死)했고, 조식과 조표(曹彪)는 자신의 봉지로 돌아가게 되었지만 도중에 명에 따라 함께 가지 못하고 각각 길을 달리하여 돌아갔다. 시는 모두 7장으로 구성되어 있는데, 여행길의 고생, 골육과 헤어져야 하는 슬픔, 인생에 대한 실망, 조비에 대한 원망, 감시자에 대한 저주, 활달함을 가장하며 나누는 형제간의 위로 등이 층층이 표현되어 사람을 감동시킨다.

조식 후기의 시에는 근본적으로 인생에 대해 회의하고 부정하는 내용도 있다. 이는 그가 인생의 가치를 추구하는 것을 포기할 수는 없지만 모순된 현실 속에서 해결의 가능성을 찾을 수 없었기 때문이다. 그러나 조식 전기 시가의 격앙된 기세와 후기 시가의 비애 정조는 근본적으로 상통하는 점이 있다. 건안 문인들이 자유의지와 생명 가치에 대한 열렬한 추구가 좌절되었을 때 그들의 비애는 강렬해질 수밖에 없었기 때문이다. 정시(正始) 문학의 기풍은 여기서 출발한다.

조식의 전·후기 시들은 상술한 것처럼 내용상 분명한 차이가 있지만 모두 감정이 넘쳐흐르고 선명한 개성 특징을 지니고 있다. 그는 일생의 창작실천을 통해서 문인의 예술 수양과 문인문학의 전통을 악부민가의 특징과 결합시켜 민가의 장점을 섭취하는 한편 민가의 단순하고 소박한 면모를 문인의 것으로 변모시키는 데 성공하였다.

3. 건안칠자(建安七子)와 채염(蔡琰)

조비가 『전론(典論)・논문(論文)』에서 당대의 문인들을 평론하며 특별히 공융(孔融)・진림(陳琳)・왕찬(王粲)・서간(徐幹)・완우(阮瑀)・응창(應瑒)・유정(劉楨)을 '칠자(七子)'로 칭했다. 이 7인은 모두 건안 시대의 중요한 문인인데, 그 중에서 공융의 상황이 다소 예외적이고 나머지 6인은 모두 조조에게 의탁했다. 그들은 조비・조식 형제와 밀접하게 문학을 교류하며 문학 집단을 형성했다.

왕찬은 자(字)가 중선(仲宣)이고, 산양(山陽) 고평(高平: 지금의 산동성 추현鄒縣 서남쪽) 사람이다. 그는 세족 출신이지만 난세를 당하여 떠돌이 생활을 면하지 못해 시사(時事)에 가슴 아파하고 불우함을 슬퍼한 작품이 많다. 유협(劉勰)은 『문심조룡(文心雕龍)』에서 그를 "칠자 중의 으뜸"이라고 추켜세웠다. 대표적인 시로 <칠애(七哀)> 2수가 있는데, 제1수는 전화의 참상을 읊었고, 제2수는 떠돌이생활 속에서 고향 그리는 마음을 썼다. 왕찬의 시는 대장(對仗)을 즐겨 사용하고 언어가 화려하다는 점에서 조식과 유사한 면이 있다.

유정은 자가 공간(公幹)이고, 동평(東平) 영양(寧陽: 지금의 산동성 수양현守陽縣) 사람이다. 그는 당시에 오언시로 유명했는데, 언어가 간결하고 기세를 중시했다. 그의 시는 대부분 개인의 정회를 서술하면서 고원한 지향을 표현하였다. <사촌 동생에게(贈從弟)> 3수가 대표적인 경우인데, 제2수를 들어본다.

亭亭山上松,	우뚝 솟은 산 위의 소나무
瑟瑟谷中風.	쏴아 부는 골짜기의 바람.
風聲一何盛,	바람소리 어찌 그리 세차고
松枝一何勁.	소나무 가지는 어찌 그리 굳센가?
冰霜正慘悽,	얼음과 서리가 혹독하게 찬데도
終歲常端正.	1년 내내 늘 단정하게 서 있다.
豈不罹凝寒,	어찌 엄동설한을 만나지 않겠느냐만
松柏有本性.	그것이 소나무와 측백의 본성이란다.

<사촌 동생에게> 3수는 모두 비흥(比興)의 기법을 사용하여 각각 마름과 말, 소나무, 봉황으로 사촌 동생을 비유했는데, 이는 찬미와 격려의 두 가지 뜻을 깃들인 것이다. 이로써 그가 자신을 굳게 지켜 외압으로 인해 본성을 잃지 않기를 희망하였다. 이는 사실상 시인 자신에 대한 말이기도 하다. 전체적으로 구성이 근엄하면서도 자연스럽고 언어가 소박하여 평담한 가운데 깊은 사려를 녹여 넣은 장점이 돋보인다.

진림은 자가 공장(孔璋)이고, 광릉(廣陵) 사양(射陽: 지금의 강소성 보응寶應) 사람이다. 완우는 자가 원유(元瑜)이고, 진류(陳留) 위지(尉氏: 지금의 하남성 개봉開封) 사람이다. 이들은 모두 조조의 장서기(掌書記)가 되어 당시 정부의 문서는 대부분 이 두 사람 손에서 나왔다. 이들은 악부시에 뛰어나, 진림에게는 대화 형식으로 진대(秦代)에 장성(長城) 축조에 끌려간 사람의 고통을 서술한 <장성 밑 샘에서 말에게 물을 먹이며(飮馬長城窟行)>가 있고, 완우에게는 계모의 학대를 견딜 수 없어 모친의 무덤 앞에서 슬피 우는 고아를 묘사한 <수레를 몰아 북곽 문을 나서며(駕出北郭門行)>가 있다. 두 편 모두 한대 악부민가를 모방하여 언어가 소박하고 고사성이 강하다.

서간은 당시에 부(賦)로 명성이 있었지만 전해지는 작품은 별로 없고, 『옥대신영(玉臺新詠)』에 실려 있는 <여인의 그리움(室思)> 시가 유명하다. 응창의 시는 현존하는 몇 편의 작품을 놓고 볼 때 특색이 별로 없다. 칠자 외에도 양수(楊修)·오질(吳質)·정의(丁儀)·무습(繆襲)·번흠(繁欽) 등이 당시에 문명(文名)이 있었지만 현재 전해지는 작품이 별로 없다.

건안문학은 통상 조조 삼부자와 그들 주위에 있었던 건안칠자의 창작을 가리키지만 그 외에도 주의를 기울일 만한 작가들이 있다. 한말(漢末)의 저명 문학가 채옹(蔡邕)의 딸 채염(蔡琰)은 주목할 만한 여류시인이다. 그녀는 어려서부터 부친의 예술교육을 받아서 문학과 음악 등 각 방면에서 뛰어난 재능을 발휘했다.

그러나 한말에 군벌들이 혼전하는 중에 동탁(董卓)의 군대에 끌려갔다가 남흉노(南匈奴)에 억류되어, 12년간 그곳에 체류하면서 두 아들을 낳았다. 결국 조조가 채옹에게 후사가 없음을 가엾이 여겨 그녀의 몸값을 지불하고 그녀를 데려와 동사(董祀)에게 재가시켰다. 그녀가 돌아온 후에 지은 <비분시(悲憤詩)>는 중국시사(詩史)상 최초의 자전체(自傳體) 장편 서사시(敍事詩)로 꼽힌다. 그 일부를 들어본다.

…………

邊荒與華異,	머나먼 변방 지역은 중원과 달라서
人俗少義理.	사람들 풍속에 의리가 별로 없다.
處所多霜雪,	거처하는 곳에 서리와 눈이 많고
胡風春夏起.	매서운 북풍이 봄여름에도 일어나
翩翩吹我衣,	펄럭펄럭 내 옷을 스치며 불어오면
肅肅入我耳.	소슬한 바람소리가 내 귀에 든다.
感時念父母,	이런 처지에서 부모를 생각하면
哀歎無窮已.	슬픔과 탄식이 그칠 줄 모른다.
有客從外來,	어쩌다 외지에서 손님이 찾아오면

聞之常歡喜.	소식을 듣고 언제나 기뻐했지만
迎問其消息,	맞이하여 그에게 고향 소식을 물으면
輒復非鄉里.	내 고향 사람이 아니어서 낙담했다.
邂逅徼時願,	평소의 소원이 뜻밖에 이루어져서
骨肉來迎己.	골육지친이 나를 데려가려 찾아왔다.
已得自解免,	자신은 포로생활에서 풀려나게 됐지만
當復棄兒子.	여기서 난 아이들을 두고 가야만 했다.
天屬綴人心,	천륜의 부모 자식은 마음이 이어졌건만
念別無會期.	이별을 생각하니 다시 만날 기약이 없다.
存亡永乖隔,	살아서도 죽어서도 영원한 이별이라
不忍與之辭.	차마 아이들과 작별할 수가 없다.
兒前抱我頸,	아이가 앞으로 나와 내 목을 끌어안고
問母欲何之?	묻는다 "어머니는 어디로 가려고 하시나요?
人言母當去,	사람들은 어머니가 가셔야 한다지만
豈復有還時?	떠나면 돌아오실 때가 있긴 하나요?
阿母常仁惻,	어머니는 늘 저희에게 인자하셨는데
今何更不慈?	지금은 어찌하여 더욱 몰인정하신가요?
我尚未成人,	저는 아직 성인이 되지 못했거늘
奈何不顧思?	어찌하여 제 생각은 하지 않나요?"
見此崩五內,	그 모습을 보니 오장육부가 찢어져
恍惚生狂癡.	정신이 멍한 것이 미칠 것만 같았다.
號泣手撫摩,	소리 내어 울면서 손으로 쓰다듬자니
當發復回疑.	출발할 때가 되자 다시 머뭇거려진다.
兼有同時輩,	아울러 함께 붙들려왔던 사람들이
相送告離別.	나를 전송하며 이별을 고한다.
慕我獨得歸,	나 홀로 돌아가게 된 것을 부러워하며
哀叫聲摧裂.	슬피 우는 소리가 내 가슴을 찢는다.
馬爲立踟躕,	말은 그 때문에 서서 머뭇거리고
車爲不轉轍.	수레는 그로 인해 바퀴가 구르지 못한다.

觀者皆歔欷,　　보는 사람들도 모두가 흐느껴 울고
行路亦嗚咽.　　길 가던 사람들도 따라서 오열한다.
……………

　이상은 세 단락으로 구성된 〈비분시〉의 제2단락으로 시인의 외
롭고 고달픈 이역 생활, 고향과 친족에 대한 그리움, 고향으로 돌
아갈 수 있음을 알게 되었을 때의 기쁨, 아이들을 데려가지 못하
는 비통한 심정 및 함께 끌려왔지만 함께 돌아가지 못하는 벗들과
의 쓰라린 이별 등을 서술하였다. 전체적인 작시 특징을 살펴보면
구조와 짜임새가 정밀하고, 언어가 고도의 표현력을 갖추고 있어
서 당시 오언시의 높은 수준을 보여준다.

4. 정시(正始) 시기의 시

정시(正始)는 위(魏) 폐제 조방(曹芳)의 연호이지만 '정시' 이후 서진(西晉) 건국까지의 문학 시기를 습관적으로 정시문학(正始文學)이라고 일컫는다. 이 시기의 문인으로는 이른바 '정시명사(正始名士)'와 '죽림명사(竹林名士)'가 유명하다. 전자의 대표인물은 하안(何晏)·왕필(王弼)·하후현(夏侯玄)이 있는데, 이들의 주된 성취는 철학 방면이다. 후자는 '죽림칠현(竹林七賢)'이라고도 칭하여 완적(阮籍)·혜강(嵇康)·산도(山濤)·왕융(王戎)·상수(向秀)·유영(劉伶)·완함(阮咸) 7인을 가리킨다. 이 중에서도 완적과 혜강의 성취가 가장 크다.

완적(210-263)은 자가 사종(嗣宗)이고, 진류(陳留) 위지(尉氏: 지금의 하남성 위지) 사람이다. 완우(阮瑀)의 아들이고, 『완사종집(阮嗣宗集)』이 있다. 완적은 노자(老子)와 장자(莊子)를 좋아했으며 얽매이는 것을 싫어하여 예법을 가볍게 여기고 유유자적한 생활을 했다. 만년에 보병교위(步兵校尉)를 지냈기 때문에 세인들은 '완보병(阮步兵)'이라고 칭했다. 완적은 젊었을 때 세상을 구원해보겠다는 의지가 있었지만, 조씨 집단과 사마씨 집단의 정치 투쟁이 격렬하여 사회가 극도로 혼란해지자 그는 뜻을 접고 술에 취해 광인 행세를 하며 사회 모순과 개인적 참화를 피해 나갈 수밖에 없었다.

완적의 작품 중에서 성취가 높은 것은 〈영회(詠懷)〉 시로, 오언시가 82수이고 사언시가 13수이다. 전자가 특히 유명하여 중국시사에서 높은 위상을 차지하고 있다. 이 시들은 그의 정치사상과 생활태도 등을 담고 있으며, 인생문제에 대한 고민을 반영하고 있다. 다만 그가 위험한 처지에 놓여 있었기 때문에, 은밀한 상징 언어를 사용하여 함축적으로 자신의 사상 감정을 표현할 수밖에 없었다. 다음 시를 보자.

〈詠懷〉(其三) **회포(제3수)**

嘉樹下成蹊,	좋은 나무 밑에는 길이 생기기 마련이니
東園桃與李.	동쪽 뜰에 있는 복숭아와 자두나무라네.
秋風吹飛藿,	가을바람에 콩잎이 흩날리는 때가 오면
零落從此始.	이제부터는 시들어 떨어지기 시작하지.
繁華有憔悴,	아름답고 무성하던 꽃이 말라비틀어지고
堂上生荊杞.	저택의 대청에도 가시나무가 자란다네.
驅馬舍之去,	이것들을 버리고 말을 몰아 달려가
去上西山趾.	수양산 기슭으로 가서 숨어버릴까?
一身不自保,	내 한 몸도 스스로 지키지 못하니
何況戀妻子.	하물며 어떻게 처자식을 돌보겠는가?
凝霜被野草,	된서리가 들판의 풀을 뒤덮었으니
歲暮亦云已.	이 한 해도 다시 저물었구나.

이 시에서 시인은 세상사에는 흥망성쇠가 있게 마련이어서 혼란한 시기에는 은거할 수밖에 없다는 생각을 토로하였다. 이 시에 대해 많은 사람들이 위(魏)·진(晉) 교체기의 정치상황을 암유(暗喩)한 것으로, 정직한 선비가 스스로를 지키기 어려운 우환을 표현한 작품으로 보았다. 그의 〈영회〉 시 한 수를 더 들어본다.

〈詠懷〉(其十五) **회포(제15수)**

| 昔年十四五, | 내 나이 열 네댓이었을 때 |
| 志尙好書詩. | 유가 경전에 뜻을 두었다. |

被褐懷珠玉,	거친 옷을 입었지만 이상은 높아서
顔閔相與期.	안연(顔淵)과 민자건(閔子騫)을 기약했었다.
開軒臨四野,	창문을 열어 사방 들판을 바라보고
登高望所思.	산에 올라 그리운 옛사람 생각한다.
丘墓蔽山岡,	올망졸망한 무덤이 언덕을 뒤덮어
萬代同一時.	만대에 걸쳐 한결같은 모습이로다.
千秋萬歲後,	천년이 흐르고 만년이 지난 뒤에
榮名安所之.	영광과 명예는 어디로 갈 것인가?
乃悟羨門子,	여기서 나는 선문자(羨門子)를 깨닫고는
噭噭今自嗤.	키득키득 이제 스스로 웃는다.

인간은 죽음이라는 종착역에 생각이 미치면 인생에 있어서의 모든 가치 있는 존재가 빛을 잃고 소년시절의 자부심은 단지 가슴 아픈 추억이 되어 인생무상을 느끼게 된다. '교교(噭噭)'하며 자조하는 시인의 마음에 과거는 단지 쓰라린 허상일 뿐이다. 따라서 이 시를 일관하는 어둡고 격렬한 감정은 세속적인 모든 가치가 허상일 뿐이라는 진리를 깨닫지 못했던 자신의 순진했던 과거에 대한 후회로부터 유발된 것이라고 하겠다.

〈영회〉 시의 핵심내용은 인생문제를 철학적으로 사고하고, 개인의 의지가 외부의 힘과 충돌하는 속에서 근본적으로 생명이 자유를 획득할 길이 없다는 명제에 집중되어 있다. 이런 면에서 '고시십구수' 및 건안시와 마찬가지로 〈영회〉 시도 인생무상에 대한 탄식을 반복적으로 토로하였다. 그러나 '고시십구수'는 현세의 향락을 추구하고 우정과 애정을 추구하는 것을 인생무상에서 벗어나는 수단으로 여겼고, 건안시는 불후한 공적의 추구를 유한한 생명을 연장하는 수단으로 보았다. 바꾸어 말하면 완적 이전의 시가는 자연의 제약을 인생이 자유롭지 못한 가장 중요한 원인으로 보고 사회생활 속에서 이를 벗어날 방법을 찾을 수 있다고 생각했다. 반면에 완적은 마찬가지로 자연이 인간에게 가하는 제약을 목도했지만 사회의 힘이 인생을 압박한다는 측면을 더욱 강조하였다.

중국 고대시의 발전과정에서 〈영회〉 시는 또한 중대한 변화를 가져왔다. 〈영회〉 시 이전에는 시가의 주체가 민가 및 민가의 기초 위에서 발전한 문인시로서 그 내용이 비교적 단순했고, 표현한 것도 대부분 구체적인 문제였다. 그런데 완적은 민가의 모방에서 완전히 벗어나 철학적 관조 방식을 시가에 도입한 동시에, 이를 교묘하게 예술형상과 결합시켜 시가가 넓은 시야를 갖게 했고 깊이 있는 내용을 담게 했다. 표현수단에 있어서도 주로 상징 수법을 사용하여 모호하고 다면적인 특징을 지니게 해서, 사람들이 시를 반복해서 음미하고 사색하도록 유도했다. 〈영회〉 시에 이르러 비로소 중국 고대 서정시가 중후하게 변모하게 된 것이다.

혜강(223-262)은 자가 숙야(叔夜)이고, 초군(譙郡) 질(銍: 지금의 안휘성 숙현宿縣 서쪽) 사람이다. 현존하는 그의 시는 50여 수인데, 4언시가 대부분이고 문학적 성취도 높다. 혜강 시의 성취는 완적에 미치지 못하지만 4언시는 나름대로의 특색이 있다. 〈증수재입군(贈秀才入軍)〉 18수는 그의 형 혜희(嵇喜)가 사마씨의 군막으로 들어가는 것을 전송하며 쓴 것으로, 낮부터 밤에 이르는 시간 순서에 따라 눈앞의 정경과 이별 후 상사의 정을 교묘하게 배합하였다. 이 작품은 격앙된 기세가 있어 사람들의 애호를 받았다. 여기서 제10수를 들어본다.

〈贈秀才入軍〉 군막으로 들어가는 형 혜수재께 드림

閑夜肅淸,　　　고요한 밤 차고 맑은데
朗月照軒.　　　밝은 달이 복도를 비춘다.

微風動袿,　　미풍이 옷자락을 스치고
組帳高褰.　　휘장을 높이 들어올린다.
旨酒盈樽,　　좋은 술이 술잔을 채웠건만
莫與交歡.　　더불어 즐거움 나눌 이 없다.
鳴琴在御,　　소리 좋은 금이 앞에 있지만
誰與鼓彈.　　연주해도 들어줄 사람이 없다.
仰慕同趣,　　취향이 같은 이를 앙모하니
其馨若蘭.　　그 향기가 난같이 은은하다.
佳人不在,　　그리운 사람 이곳에 없으니
能不永歎.　　나오는 탄식을 어쩔 수 없구나.

　이 시에서 시인은 고요한 밤에 그리움을 자아내는 밝은 달과 휘장을 들어 올리는 바람을 매개로 하여 형 혜희에 대한 사모의 정과 이별의 슬픔을 가슴 저미게 묘사하였다. 다시 제14수를 들어본다.

息徒蘭圃,　　난초 들판에서 병사들을 쉬게 하고
秣馬華山.　　화초 그득한 산에서 말을 먹인다.
流磻平皐,　　평원의 소택지에서 주살 돌을 던지고
垂綸長川.　　길게 뻗은 시내에서 낚시를 드리운다.
目送歸鴻,　　남쪽으로 돌아가는 기러기를 전송하며
手揮五弦.　　손으로 오현금(五弦琴)을 연주한다.
俯仰自得,　　언제 어디서나 스스로 터득함이 있고
遊心太玄.　　마음은 천지자연의 대도를 따라 노닌다.
嘉彼釣叟,　　훌륭하도다 저 낚시 드리운 노인이여
得魚忘筌.　　물고기를 얻고는 통발을 잊었구나.
郢人逝矣,　　초나라의 영(郢) 사람이 죽었으니
誰與盡言.　　누구와 더불어 속마음을 이야기하나?

이 시는 시인이 형 혜희의 행군을 상상하면서 그가 산수 자연 속에서 잠시 쉴 때 대도(大道)를 깨닫는 모습을 묘사하였다. 이 연작시는 혜강이 종군 나가는 형 혜희를 전송하기 위해 쓴 것이지만, 혜희의 종군 후 생활을 상상해 묘사함으로써 작가 자신의 인생정취를 표현하였다. 생기 넘치는 표현이 많으며 소탈하고 탈속적이어서 작가의 고원한 정회를 잘 나타냈다.

혜강에게는 또한 <유선시(遊仙詩)> 등의 5언시와 10수의 6언 영사시(詠史詩)가 있다. <유선시>는 속세를 멀리하려는 심정을 서사한 것이고, 영사시는 세상을 피해 자신만의 인생 이상을 즐긴 고인을 찬미한 것인데, 무미건조한 의론이 대부분이다. 혜강의 시를 전체적으로 살펴보면 4언시 방면에서 낡은 체재를 혁신한 성과를 거두었지만, 시를 통해 현리(玄理)를 말하기 좋아하여 진시(晉詩)의 번쇄한 기풍을 열기도 했다. 진송인(晉宋人)이 그를 '현언시(玄言詩)의 원조'라고 평가한 원인이 여기에 있다.

하안(何晏)도 정시 시기의 시인으로 주목할 만하다. 그의 <의고(擬古)> · <실제(失題)> 등은 완적 · 혜강과 마찬가지로 화복을 헤아리기 어려운 시대 상황을 반영했지만 그들과는 근본적으로 다른 인생태도를 견지했다. <실제>의 "그저 오늘을 즐길 뿐, 그 후는 알 바가 아니다"(且以樂今日, 其後非所知)에서 알 수 있듯이 눈앞의 것을 즐기는 그의 처세철학은 한대인의 급시행락(及時行樂)의 인생관이 위 · 진의 암흑시대에 재현된 것이다.

5. 서진(西晉)의 시

서기 265년에 사마염(司馬炎)이 위(魏) 왕조를 무너뜨리고 진(晉) 왕조를 세웠다. 건안문학과 정시문학은 모두 내면의 열정으로 가득 차 있는데 대부분의 작품이 생기가 넘치고 힘이 있다. 건안문인과 정시문인은 충돌과 저항 속에서 생활했기 때문에 건공입업(建功立業)을 추구했건, 압박을 받으며 고통에 몸부림쳤건 간에 모두 자아의지와 외부역량의 대립이 있었다고 할 수 있다.

그러나 서진 시기의 사회는 표면적으로 안정되었고 문인들의 이익 또한 통치 집단의 이익과 일치했으므로 그들의 생활에서는 충돌과 저항이 적어졌다. 그에 따라 문학도 느슨하고 평온해져서 인심을 격동시키는 힘이 부족했다. 물론 예외도 있다. 좌사(左思)와 유곤(劉琨)의 시는 충돌과 저항을 표현하여 이른바 '풍골(風骨)'이 있다고 평가된다. 그러나 이것이 서진문학의 주류는 아니다.

또한 서진의 시가에는 보편적인 의고의 경향이 있었다. 문인들은 『시경』의 각 편목 및 초사·한부(漢賦)·악부와 고시십구수 등을 고제(古題)로 간주하여 모방 작품을 썼는데, 그 목적은 자신의 재능을 과시하고 고인과 우열을 겨루어보려는 것이지, 고제를 빌려 자신의 감정을 서발하려는 것이 아니었다.

그렇다고 서진의 문단이 적막한 것은 아니었다. 작가의 수와 작품의 양 모두 전대(前代)를 훨씬 뛰어넘었다. 더욱이 시는 사대부의 생활에서 차지하는 비중이 높아져 상층 문사들 중에는 시를 쓰지 않은 사람이 거의 없었다. 오히려 정시 시기에는 시의 창작이 사회 상층에서 그렇게 보편적이지 않았다. 특히 주목할 점은 사경(寫景) 성분이 서진의 시에서 뚜렷하게 증가했을 뿐만 아니라 더욱 세밀하고 정교하게 묘사되었다.

이들의 작품은 웅대한 정회가 결핍되었지만 다른 측면에서는 오히려 감각이 예민하여 정확하게 경물의 특징을 포착해서 세밀하게 표현할 수 있었다. 이는 전인을 능가한 것으로 고시의 언어 표현 능력과 심미 가치를 향상시키는 데 중요한 공헌을 했다. 아울러 건안부터 서진까지 시가에서 사경 성분이 증가하고 표현력이 향상된 것은 산수시의 출현을 위한 요건을 제공해준 것이다.

서진 시기는 길지 않아서 주요작가들의 활동시기가 거의 같은데, 다만 중요 작품의 창작 시기에는 약간의 차이가 있다. 대체로 부현(傅玄)과 장화(張華)가 문학 활동을 시작한 것이 가장 이르다. 무제(武帝) 태강(太康) 시기와 혜제(惠帝) 원강(元康) 시기에 문학이 흥성하여 장화 외에도 이른바 삼장(三張: 장재張載·장협張協·장항張亢 형제), 이륙(二陸: 육기陸機·육운陸雲 형제), 양반(兩潘: 반악潘岳·반니潘尼 숙질), 일좌(一左: 좌사左思)의 칭호가 있었다. 유곤(劉琨)과 곽박(郭璞)의 주요 작품은 모두 서진 말년에 나왔다. 이들 중에서 육기와 반악에 대한 평가가 당시에 가장 높아서 서진문학을 대표했다. 좌사와 유곤은 반악·육기와 다른 풍모를 보여주었다.

부현(217-278)은 자가 휴혁(休奕)이고, 북지(北地) 이양(泥陽: 지금의 섬서성 동천시銅川市 동남쪽) 사람이다. 그는 음악에 정통했고, 현존하는 시가도 대부분 악부이다. 내용은 주로 한대 악부민가를 모방하여 남녀 간의 애정과 부녀의 불행을 서술했는데, 언어가 소박한 편이어서 서진에서 성행한 풍격과는 차이가 있다. 그의 시는 새로운 뜻이 별로 없고 감정의 표현도 강렬하지 않은 편이지만, <석사군(昔思君)>·<거요요(車遙遙)> 등은 비유가 교묘하며 언어가 완곡

하고 유장하다. 아래의 <예장행(豫章行)·고상편(苦相篇)>은 중남경
녀(重男輕女: 남자를 중시하고 여자를 경시함)의 습속이 여자에게 가한 고
통을 반영했다는 점에서 사회적 의의가 있다.

苦相身爲女,	고달픈 운명 받은 여자로 태어나서
卑陋難再陳.	비루한 삶을 두 번 진술하기 어렵다.
男兒當門戶,	남자는 집안의 권력을 장악하여
墮地自生神.	태어나면서부터 늠름하게 보인다.
雄心志四海,	웅지는 온 천하를 향해 펼치고
萬里望風塵.	만리에 걸쳐 바람과 먼지 일으킨다.
女育無欣愛,	여자로 태어나면 사랑 받지 못하고
不爲家所珍.	집에서 아끼는 존재가 되지 못한다.
長大逃深室,	성장하면 깊숙한 규방으로 숨어들어
藏頭羞見人.	얼굴을 감추고 남 보길 부끄러워한다.
垂淚適他鄕,	눈물을 흘리며 타향으로 시집가면
忽如雨絶雲.	갑자기 구름 떠난 빗방울같이 된다.
低頭和顔色,	고개를 숙이고 상냥한 낯빛을 짓고
素齒結朱脣.	다소곳이 붉은 입술 다물어야 한다.
跪拜無復數,	무릎 꿇어 절하기를 셀 수 없이 하고
婢妾如嚴賓.	계집종도 귀한 손님 모시듯 해야 한다.
情合同雲漢,	마음이 맞았을 땐 견우직녀와 같았고
葵藿仰陽春.	해바라기가 봄볕을 우러르는 듯했다.
心乖甚水火,	마음이 떠나자 불이 물을 싫어하듯 하여
百惡集其身.	모든 잘못이 여인의 몸에 집중된다.
玉顔隨年變,	아름다운 얼굴은 세월 따라 바뀌고
丈夫多好新.	낭군들은 대부분 새사람을 좋아한다.
昔爲形與影,	지난날엔 몸과 그림자처럼 따랐는데
今爲胡與秦.	지금은 오랑캐와 중국처럼 멀어졌다.
胡秦時相見,	오랑캐와 중국은 만날 때가 있지만
一絶逾參辰.	남편과 헤어지니 삼성과 진성보다 못하다.

<예장행>은 고악부(古樂府)의 곡조 명으로「상화가사(相和歌辭)·
청조곡(淸調曲)」에 속하고, <고상편>은 이 시의 제목이다. 이 시는
한 여인이 출생하여 장성한 후 시집가서 힘겹게 시집살이를 하다
가 남편에게 버림받아 쫓겨나는 전 과정을 묘사하였다. 이것은 절
대 다수의 부녀가 봉건가정에서 받고 있는 부당한 대우와 고통을
적나라하게 서술함으로써 당시의 남녀 불평등에 대해 강력하게 고
발한 것이다.

장화(232-300)는 자가 무선(茂先)이고, 범양(范陽) 방성(方城: 지금의
하북성 고안현固安縣 남쪽) 사람이다. 그는 박학다식하고 기담괴설을
좋아하여『박물지(博物志)』를 저술했는데, 지괴소설(志怪小說)류에 속
한다. 그의 시도 주로 남녀 간의 애정을 묘사했다. <정시(情詩)> 5
수와 <잡시(雜詩)> 3수가 대표작인데, 언어가 화려하고 대구를 사
용하여 격조가 유약한 편이다. 장화는 지위가 높고 일찍 명성을
이루어 그의 시가풍격은 당시 사람들에게 적지 않은 영향을 끼쳤
다. 여기서는 <정시> 제3수를 들어본다.

淸風動帷簾,	맑은 바람 불어 휘장 주렴 흔들리고
晨月照幽房.	새벽달이 그윽한 규방을 비추고 있다.
佳人處遐遠,	그리운 임이 아득히 먼 곳에 있으니
蘭室無容光.	난향 그윽한 규방도 빛을 잃고 말았다.
襟懷擁虛景,	가슴속에 다만 헛된 그림자를 안고
輕衾覆空牀.	가벼운 이불은 빈 침상을 덮고 있다.
居歡惜夜促,	즐거울 때는 밤이 짧은 것이 아쉽고
在戚怨宵長.	슬플 때는 밤이 길어서 원망스럽다.
撫枕獨嘯歎,	베개를 안고서 홀로 탄식하자니
感慨心內傷.	감개가 일어 마음속이 몹시 아프다.

이 시는 아내가 홀로 빈 방을 지키고 있으면서 멀리 떨어져 있는 남편을 그리워하는 마음을 묘사한 것이다. 묘사가 절실하고 핍진하여 읽는 이의 마음을 아프게 한다.

육기(261-303)는 자가 사형(士衡)이고, 오군(吳郡) 화정(華亭: 지금의 상해시 송강현松江縣) 사람이다. 동오(東吳)가 멸망한 후 육기는 동생 육운(陸雲)과 함께 문재(文才)를 인정받아 낙양으로 소환되어 북방 사대부들이 중시하는 인물이 되었다. 혜제(惠帝) 때 종실이 서로 다투자 그는 성도왕(成都王) 사마영(司馬穎)을 위해 대군을 이끌고 장사왕(長沙王) 사마예(司馬乂)를 토벌했지만 패하여 사마영에게 살해당했다. 『육사형집(陸士衡集)』이 있다.

육기는 시(詩)·문(文)·사(辭)에 모두 성취가 있다. 부체(賦體)의 문예비평 저작 <문부(文賦)>는 문체를 논한 명작인데, 그 형식도 전에는 없던 것이다. 그는 시가를 문인화하고 귀족화하는 데 일조하여 화려하고 우아한 시풍을 이끌었다. 그의 시는 대략 네 가지 특징이 있다.

첫째, 내용에 모의(模擬)가 많다. 육기는 적지 않은 악부시를 썼는데 대부분이 악부고제의 제의(題意)와 초기 가사를 모방해 쓴 것이어서 일부의 몇 편을 제외하면 그의 개인생활이 어떠했는지 알 수 없다. 또한 <의고시(擬古詩)> 12수는 각 편 원래의 내용에 따라 상이한 언어를 사용하여 거듭 쓴 것이다. 이 작품들은 온통 수사에 힘을 기울인 것이다. 둘째, 문사가 수식에 치우쳐 번다하다. 육기의 창작이 문학 재능을 과시하고 학문을 표방한다는 의식이 있었기 때문에 그렇게 되었을 것이다. 셋째, 언어가 화려하고 전아하다. 어휘의 선택에 색채와 성조를 중시하고 문어(文語)와 고서 속의 성구(成句)를 즐겨 사용하며 심혈을 기울여 수식했으므로 시가가 귀족문화의 특징을 뚜렷하게 지녔고, 동시에 가창에서 벗어나

열독하는 작품이 되었다. (육기의 악부시는 조식과 마찬가지로 음악에 배합
시키지 않았다.) 넷째, 대구(對句)를 즐겨 사용했다. 건안시는 대구의
사용이 큰 비중을 차지하지 않았는데, 육기의 시는 절반 이상을 차
지한 것이 많다. 이 네 가지 특징은 다른 서진 시인의 작품에서도
발견되는 것이어서 남조문학에 적지 않은 영향을 끼쳤다.

반악(247-300)은 자가 안인(安仁)이고, 형양(榮陽) 중모(中牟: 지금의
하남성 중모현 동쪽) 사람이다. 그는 관직으로 출세하는 데 열심이어
서 고관에게 잘보이려고 했기 때문에 인품에 문제가 있다고 비난
받았다. 그러나 관직이 뜻대로 되지 않아 고뇌가 많았고, 출세에
초연하고자 했지만 실행에 옮길 수 없었다. 결국 조왕(趙王) 사마
륜(司馬倫)에게 살해당했다. 그의 시는 비애의 감정을 잘 표현한 것
으로 유명했는데, 자신을 위해 썼을 뿐만 아니라 종종 다른 사람
을 대신하여 썼다. 대표적인 시로 <도망시(悼亡詩)> 3수가 있는데,
죽은 아내를 추도하여 지은 것이다.

좌사(250?-305?)는 자가 태충(太沖)이고, 임치(臨淄: 지금의 산동성 치
박淄博) 사람이다. 한미(寒微)한 가정 출신이지만 누이동생 좌분(左
芬)이 문재(文才)로 인해 무제(武帝)의 내궁(內宮)에 들어가자 그도
낙양으로 집을 옮겼다. 그로부터 관계에서 출세하고 싶었지만 문
벌제도의 벽에 가로막혀 비서랑(秘書郎)이라는 하위직에 그쳐야 했
다. 그는 결국 단념하고 마음의 불만을 담아 <영사시(詠史詩)> 8편
을 썼다.

영사(詠史)의 제재는 반고(班固)로부터 시작되어 건안 이후 작가
가 더욱 많아졌다. 좌사의 시는 옛일을 빌려 지금을 풍자하며 개
인의 회포를 서술했으니, 기존의 영사시에 변화를 가한 것이다. 그
는 또한 자신의 시에 건공입업을 갈망하는 마음을 담아내었다.
그의 <영사시>는 언어가 간결하고 번거로운 나열이 없으며, 대우

를 많이 쓰긴 했지만 구사가 자연스러워 서정성을 지니고 있다. 제2수를 들어본다.

鬱鬱澗底松,　시내 밑에 자리 잡은 울창한 소나무
離離山上苗.　산 위에 자리 잡은 축 늘어진 묘목.
以彼徑寸莖,　저 직경 한 치의 줄기를 지닌 것이
蔭此百尺條.　백 자나 되는 나무를 가리고 있다.
世冑躡高位,　세족의 자제들은 고위직에 오르지만
英俊沈下僚.　재능이 출중해도 하위직에 머무른다.
地勢使之然,　지세가 그들을 그렇게 만든 것이어서
由來非一朝.　그 유래는 하루아침에 된 것이 아니다.
金張藉舊業,　김씨와 장씨 가문은 조상의 공 덕분에
七葉珥漢貂.　7대에 걸쳐 고위 관직을 차지하였다.
馮公豈不偉,　풍당이 어찌 출중한 인재가 아니었으리?
白首不見招.　그런데도 백발이 되도록 중용되지 못했다.

　이 시는 먼저 시내 밑에 자리 잡은 거송(巨松)과 산 위에 자리 잡은 묘목의 극명한 대비를 통해 "상품에는 서족 출신이 없고, 하품에는 세족 출신이 없다"(上品無寒門, 下品無世族)의 현상과 실질을 폭로하였다. 시인은 이어서 서한(西漢)의 김일제(金日磾)와 장탕(張湯) 두 가문이 7대에 걸쳐 고관을 지낸 반면에, 풍당(馮唐)은 백발이 성성하도록 낭서(郎署)에 머물렀던 역사 사실을 언급하여 불합리한 현상의 역사적 근원을 밝혔다. 시 전체가 비흥·의론과 영사를 겸용하여 서진 사회제도의 고질병을 개괄하는 한편 서족 계층의 억울한 심정을 대변했다.
　장협은 자가 경양(景陽)이고, 안평(安平: 지금의 하북성에 속함) 사람이다. 잠시 관직에 몸을 담았지만 세상이 어지러운 것을 보고 은둔해버렸다. 장협 시는 언어가 화려하며, 경어(景語)를 많이 사용하고 세련되었으며, 사물의 묘사가 정교하여 육기와 비슷하다. 그러나 시 전체를 놓고 보면 장협의 시는 간결한 편으로 육기나 반악처럼 번다하지 않다. 현존하는 그의 작품은 주로 『문선』에 수록되어 있는 〈잡시(雜詩)〉 10수이다. 제1수를 들어본다.

秋夜凉風起,	가을밤에 서늘한 바람이 불어와
清氣蕩暄濁.	맑은 기운이 덥고 탁한 기운을 씻어냈다.
蜻蛚吟階下,	귀뚜라미는 섬돌 아래에서 울고
飛蛾拂明燭.	나방은 밝은 촛불을 스치며 난다.
君子從遠役,	낭군은 멀리 군역에 나가 있고
佳人守熒獨.	아내는 홀로 외로움을 달래고 있다.
離居幾何時,	떨어져 지낸 지 얼마나 되었을까?
鑽燧忽改木.	부싯돌용 나무가 어느새 바뀌었다.
房櫳無行跡,	방안에는 낭군의 자취 보이지 않고
庭草萋以綠.	뜰 안의 풀은 무성하고 푸르다.
青苔依空牆,	푸른 이끼는 빈 담장에 기대어 있고
蜘蛛網四屋.	거미는 집안 사방에 거미줄을 쳤다.
感物多所懷,	눈앞의 경물이 많은 상념을 일으켜
沈憂結心曲.	깊은 근심이 마음속에 응어리진다.

〈잡시〉 10수를 그의 생애와 연계해서 살펴보면 좌사의 영사시가 그렇듯이 영회(詠懷) 방식을 사용하여 자기 일생에 걸친 출사(出仕)와 은거(隱居)의 경과를 서술한 것이다. 그 첫 번째 시인 이 작품은 가을을 맞아 멀리 떠나 있는 남편을 그리워하는 아내의 고독과 그리움을 묘사했는데, 후반부에서 아내의 심리 묘사에 중점을 두어 표현의 각도가 이와 같은 제재를 다룬 한·위 고시와 다른 점을 보여주고 있다. 이런 점이 진시의 발전과정에서 장협이 이룩한 공헌이다.

서진이 멸망하고 동진이 들어서는 사이의 중요 작가로 유곤(劉琨)과 곽박(郭璞)이 있다. 유곤(270-318)은 자가 월석(越石)이고, 중산(中山) 위창(魏昌: 지금의 하북성 무극無極) 사람이다. 젊어서 노(老)·장(莊)을 좋아하고 청담(淸談)을 즐겼다. 그 후 나라가 멸망하는 변란을 겪고는 사회와 정권에 대한 책임을 의식하여 노자와 장자의 황당무계함을 질책했으니, 이는 시대가 조성한 사상의 변화였다. 회제(懷帝: 307-312)와 민제(愍帝: 313-316) 시기에 자사(刺史)와 대장군 등의 직책을 맡아 북방에서 여러 차례 강적에 대항하여 누차 패했지만 후회하지 않았다. 마지막에 그와 결맹한 유주자사(幽州刺史) 단필비(段匹磾)에게 살해되었다. 그는 나라가 겪은 아픔과 영웅 말로의 비애를 시로 표현하여 격앙강개하고 극도로 침통했으니, 선명한 시대 특색을 지녔다고 하겠다.

곽박(276-324)은 자가 경순(景純)이고, 하동(河東) 문희(聞喜: 지금의 산서성 문희현) 사람이다. 박학다식했지만 음양점복술을 좋아하여 그와 관련된 해괴한 전설이 많다. 서진 말기에 북방에 전란이 일자 곽박은 난을 피해 남하했다. 동진 원제(元帝) 때 저작랑(著作郎) 직을 맡았는데, 왕돈(王敦)의 모반을 막으려다가 피살당했다. 그의 대표작이라고 할 수 있는 <유선시(遊仙詩)>는 모두 14수인데, 10편만 온전히 남아있고 나머지는 일부분씩 전해진다.

유선시에는 신선세계를 추구하는 것 외에도 문학에 신기한 색채를 첨가하는 형식을 빌려 현실불만의 사상 정서를 표현한 것이 있다. 완적의 <영회시>는 여러 차례 유선을 언급하였고, 곽박도 완적을 계승하여 그의 시 속에는 노장사상과 도교 신선설이 혼합되어 세속 초월의 정신을 노래하며 환난을 두려워하고 피하려는 정서가 깃들어 있다. 다만 그의 사상은 완적처럼 심각하지 않고 감정도 완적처럼 강렬하지 않다. 그의 <유선시> 제1수를 보자.

京華遊俠窟,　　화려한 도읍 유협들의 소굴
山林隱遯棲.　　산의 숲속 은둔자의 보금자리.
朱門何足榮,　　화려한 저택이 어찌 영화로우리?
未若託蓬萊.　　봉래 섬에 의탁함만 못하리라.
臨源挹淸波,　　샘에 가 맑은 물을 떠 마시고
陵岡掇丹荑.　　언덕에 올라 지초 싹을 딴다.
靈谿可潛盤,　　깊은 계곡에 은거할 수 있으니
安事登雲梯.　　무엇 하러 벼슬길에 오르리오?
漆園有傲吏,　　칠원에는 장자라는 오만한 자 있었고
萊氏有逸妻.　　노래자에겐 고고한 아내가 있었다.
進則保龍見,　　출사하면 중용을 보장받겠지만
退爲觸藩羝.　　물러나려 하면 뜻대로 되지 않는다.
高蹈風塵外,　　속세 밖에서 고고하게 지내는 것이
長揖謝夷齊.　　굶어죽은 백이 숙제보다 훨씬 나으리.

곽박은 이 시에서 유선의 초탈을 통해 출사(出仕)와 세속의 부귀
영화를 부정했다. 다만 은일생활과 유선을 하나로 섞어놓아 그 취
지가 영회(詠懷)에 있음을 알 수 있다.

6. 도연명(陶淵明)

서진 말기에 중원이 전란에 휩싸이자 북방의 사족들은 분분히 남하했고 일반 민중들도 물밀듯이 따라왔다. 서진이 멸망한 후 서기 317년 건업(建業: 지금의 남경)을 지키고 있던 낭야왕(琅琊王) 사마예(司馬睿)가 황제를 칭한 이후의 왕조를 동진이라고 일컫는다.

도연명(365-427)은 자가 원량(元亮)이고(동진 멸망 후 '잠潛'으로 개명), 심양(潯陽) 시상(柴桑: 지금의 강서성 구강九江) 사람이다. 『도연명집』이 있다. 그의 증조부는 서진(西晉)의 도간(陶侃)이며, 외조부는 맹가(孟嘉)였다고 전한다. 29세 때 벼슬길에 올라 좨주(祭酒)가 되었지만 얼마 안 가서 사임했는데, 그 후 군벌항쟁의 세파에 밀리면서 진군참군(鎭軍參軍)·건위참군(建衛參軍) 등의 관직을 역임하였다. 항상 전원생활을 꿈꾸었던 그는 41세 때에 누이의 죽음을 구실로 하여 팽택현(彭澤縣)의 현령(縣令)을 그만둔 뒤 다시는 벼슬하지 않았고, 그때 <귀거래사(歸去來辭)>를 지었다. 전원에서 은거하며 농사를 지으며 여생을 보냈으며, 62세에 사망한 뒤 정절선생(靖節先生)이라고 일컬어졌다.

도연명의 문학창작은 시·산문·사부(辭賦) 등의 여러 방면에서 성취가 높았지만 후대에 가장 큰 영향을 끼친 것은 시이다. 그리고 그 중에서 대표성을 띤 것이 전원시이다. 도연명 전원시의 예술성은 전원생활에 대한 진실한 묘사 속에 자신의 인생과 사상을 깃들인 데 있다.

도연명의 사상은 노장철학을 핵심으로 하고 유(儒)·도(道) 양가를 취사선택해서 조화를 이루어 형성한 특수한 자연철학이다. 그의 마음속의 이상사회는 일종의 자연사회이다. 그는 종종 유가가 내세우는 순박하고 다툼 없는 상고시대와, 도가가 내세우는 소국과민(小國寡民)의 사회모형을 하나로 결합시킨 것을 이상세계로 삼아 노래했다. 그러나 그의 이상향인 도화원(桃花源)은 찾을 길이 없어서 순박한 농촌생활을 현실적 대안으로 삼을 수밖에 없었다. 그의 전원시는 현실을 있는 그대로 반영했다기보다는 이념적 요구에 따라 현실 소재를 가공 처리한 것이 적지 않다. 다음 시를 보자.

〈歸園田居〉(其一) 전원으로 돌아와(제1수)

少無適俗韻,	어려서부터 세속에 맞추는 기질 없었고
性本愛邱山.	천성이 본래 산과 언덕을 좋아했다.
誤落塵網中,	잘못하여 세속의 그물 속으로 떨어져
一去三十年.	어느새 13년 세월이 흘러가 버렸다.[11]
羈鳥戀舊林,	새장에 갇힌 새는 옛 숲을 그리워하고
池魚思故淵.	연못의 물고기는 옛 호수를 생각한다.
開荒南野際,	남녘의 들 가 황무지를 개간하고
守拙歸園田.	소박함 지키고자 전원으로 돌아왔다.
方宅十餘畝,	네모난 택지 10여 이랑에
草屋八九間.	여덟 칸 남짓한 초가를 지었다.
楡柳蔭後簷,	느릅나무와 버들은 뒤 처마에 그늘 드리우고
桃李羅堂前.	복숭아와 자두나무는 대청 앞에 늘어섰다.
曖曖遠人村,	사람 사는 마을은 저 멀리 아스라하고
依依墟里煙.	동네의 연기가 가물가물 피어오를 때
狗吠深巷中,	마을 깊숙한 곳에서는 개가 짖고
鷄鳴桑樹顚.	뽕나무 가지 끝에서는 닭이 운다.

---

11) 시인이 처음 주제주(州祭酒)가 된 때부터 팽택령을 사직할 때까지의 기간이 13년이므로, '30년'은 '13년(十三年)'을 잘못 쓴 것으로 보인다.

戶庭無塵雜,	집 안에는 세속의 잡된 일이 없고
虛室有餘閒.	빈 방에는 한가로움이 넘친다.
久在樊籠裏,	오랫동안 새장에 갇혀 있다가
復得返自然.	드디어 자연으로 돌아올 수 있었다.

진(晉) 안제(安帝) 의희(義熙) 원년(405) 11월에 도연명은 팽택령을 사직하고 전원으로 돌아와 은거하며 직접 농사를 지으며 살기 시작했다. 〈귀원전거〉 5수는 대략 그 이듬해에 지은 것인데, 전원생활의 유쾌한 심정, 궁벽한 시골에 거처하는 편안함, 노동의 즐거움과 수고로움, 은거생활에 대한 애호 등을 묘사했다.

그 첫 수인 이 작품은 전원생활의 운치를 표현하여 전원시인으로서의 면모를 잘 보여주었다. 전원시로 분류되는 도연명의 작품 중에는 전원생활의 고통을 묘사한 작품도 적지 않지만, 여기서는 그런 면모를 찾아볼 수 없고 시인의 평화롭고 안정된 심정이 돋보인다. 아무래도 전원으로 돌아온 지 얼마 되지 않아 벼슬살이의 속박에서 벗어난 해방감과 전원생활에 대한 기대가 충만해 있었기 때문일 것이다. 또한 이 작품에는 전원과 일체감을 느끼는 시인의 심리 상태가 잘 묘사되어 있다. 그 과정에서 시인의 이성과 감성이 하나로 융합되어 가는 광경을 관찰할 수 있는데, 시인의 시선도 그에 상응해 일정한 궤적을 그리고 있음을 볼 수 있다.

도연명의 전원시는 또한 동한 말 이래 문학이 집중적으로 관심을 기울인 문제, 즉 인생의 의미와 가치는 무엇인가와 생명은 어떻게 해탈을 얻을 수 있을까라는 문제를 다루었다. 이 문제는 〈형영신 3수(形影神三首)〉에 가장 잘 나타나 있다. 그는 사부의 대화체 형식을 빌려 먼저 '형(形: 육신)'을 통해 음주를 즐기며 모든 것을 잊는 인생태도('고시십구수'에 가깝다)를 제시하였고, 다음으로 '영(影: 임금 밑에 존재하면서 겸제천하兼濟天下를 추구하는 관리로서의 명예)'을 통해 출사하여 공을 세울 것을 강조하였다(건안문학에 가깝다).

이 양자 모두 도연명이 포기하기 어려운 것이었지만 도연명은
마지막으로 〈신석(神釋)〉을 통해 앞의 양자를 부정하여 매일 술에
취하는 것은 생명을 해칠 뿐이고, 선을 행해 명예를 구하는 것도
허울일 뿐이라고 여기고 다음과 같이 결론을 내렸다.

〈神釋〉	정신의 해명
大鈞無私力,	대자연의 조화에는 사사로운 작용 없이
萬理自森著.	온갖 이치가 저절로 성대하게 드러난다.
人爲三才中,	사람이 천지와 나란히 할 수 있는 것은
豈不以我故.	나 정신이 있기 때문이 아니겠는가.
與君雖異物,	그대들과 비록 다른 존재이긴 하지만
生而相依附.	태어나면서부터 서로 의지해 왔다.
結托旣喜同,	우리의 결합을 이미 함께 기뻐했으니
安得不相語.	서로 어찌 상관하지 않을 수 있겠는가.
三皇大聖人,	그 옛날의 삼황은 위대한 성인이지만
今復在何處.	지금은 그런데 어디에 있단 말인가.
彭祖愛永年,	8백 년을 산 팽조는 장수를 즐겼다지만
欲留不得住.	영원히 살고자 했어도 그럴 수 없었다.
老少同一死,	장수하건 요절하건 다 죽게 마련이고
賢愚無復數.	잘났건 못났건 누구나 부활의 운수는 없다.
日醉或能忘,	날마다 취하면 잊을 수 있을지는 모르나
將非促齡具.	어찌 죽음을 재촉하는 것이 아니겠는가.
立善常所欣,	선을 행하는 것은 언제나 기쁜 일이지만
誰當爲汝譽.	누가 나서서 그대를 칭찬해 주겠는가.
甚念傷吾生,	지나친 추구는 우리의 삶을 해칠 뿐이니
正宜委運去.	마땅히 자연에 맡겨서 살아가야 하리.
縱浪大化中,	자연의 조화 속에서 내키는 대로 지내며

不喜亦不懼.	기뻐하지도 않고 두려워하지도 않으리.
應盡便須盡,	죽어서 사라져야 한다면 죽어야 하리.
無復獨多慮.	더 이상 유별나게 많은 근심 하지 말게.

즉 자연으로 돌아가 생명 이외의 것을 의식적으로 추구하지 말지니, 그것이 바로 '해탈을 추구하지 않음으로써 도달할 수 있는 해탈'이라는 것이다. 자연철학의 이와 같은 함의는 그의 〈음주(飲酒)〉(제5수)에 아름다운 형상으로 표현되어 있다.

結廬在人境,	마을 안에 엮어놓은 오두막집이지만
而無車馬喧.	수레와 말의 시끄러운 소리가 없다.
問君何能爾,	그대에게 묻노니 "어떻게 그럴 수가 있나요?"
心遠地自偏.	"마음이 초연하니 사는 곳이 절로 외지다오."
採菊東籬下,	동쪽 울타리 아래에서 국화를 따다가
悠然見南山.	(허리를 펴니) 편안히 남산이 보인다.
山氣日夕佳,	산의 모습은 저녁 되어 아름다운데
飛鳥相與還.	새들도 함께 보금자리 찾아 돌아간다.
此中有眞意,	여기에 진실의 암시가 담겨 있어서
欲辨已忘言.	따져서 말하려다 이미 말을 잊었다.

수레와 말의 시끄러운 소리가 없다는 말은 시인이 속세의 일에 전혀 관심을 두지 않아 속세인(관리)들의 왕래가 없다는 말이다. 당시는 조정의 실권자들이 초야에 묻혀있는 현인을 발탁하여 중용하는 풍조가 있었기 때문에, 이를 역이용하려고 거짓으로 은둔하는 사람들이 적지 않았다(이를 '충은充隱'이라고 했다). 국화를 딴다는 말은 시인이 감상을 위해 국화를 한두 송이 꺾어 들었다는 말이 아니고, 바깥일을 마치고 저녁나절 집에 돌아와 집 안의 울타리 밑에 있는 국화 밭에서 국화를 수확하는 노동을 한다는 말이다.

'유연견남산(悠然見南山)'은 시인이 울타리 밑에서 국화를 수확하다가 허리가 아파서 잠시 쉬기 위해 허리를 펴니, 시인의 눈에 들어오는 남산의 모습이 편안하게 다가와 농사를 지으며 사는 전원생활의 즐거움과 보람이 느껴진다는 말이다. '비조상여환(飛鳥相與還)'은 시인이 날아가는 새를 보고 새들도 농부와 마찬가지로 저녁이 되니 하루 일과를 마치고 보금자리를 찾아 돌아가는 것으로 보인다는 말이다. 아침에 일어나 밖에 나가 일하고, 저녁이 되면 보금자리 찾아 돌아와 쉬는 노동생활이 자연의 섭리이며 가장 자연스럽고 보람 있는 삶임을 암시하고 있다.

이 시는 시인이 전원에 은거해 직접 농사를 지으며 자연을 벗삼아 살아가는 생활의 정취와 인생철학이 함축적으로 잘 표현되어 있다. 허신이 『설문해자』에서 '취(醉)'자를 "예의에 어그러짐이 없이 자신의 주량이 한계에 도달한 것"(卒其度量. 不至於亂也)이라고 풀이한 이래, 음주 행위는 서서히 고대 중국 지식인들에게 일상에서 벗어나 정신적인 면에 빠져드는 것으로 인식되었다.

그 후 위진(魏晉) 교체기에 사회가 극도로 혼란해지자 죽림칠현 중의 한 사람인 유영(劉伶)이 <주덕송(酒德頌)>을 지었는데, 그 이후 시인들은 종종 술 마시는 행위를 '암담한 현실과 개인적인 번민으로부터 벗어나는 수단'으로 서술했다. 도연명도 같은 생각을 지녔으므로 이 시의 제목을 <음주>라고 붙인 것이다.

결론적으로 도연명의 사회관과 인생관은 모두 '자연'을 핵심으로 한다. 그는 사회의 평화와 안녕을 바랐고, 경쟁과 허위가 없이 자급자족하는 생활을 원했으며, 서로 압박하고 해침이 없는 사회를 동경했다. 그가 추구한 인생은 순박하고 진솔하며 모든 것을 자연에 맡겨 외적인 추구가 없는 인생이었다. 그가 좋아한 생활환경은 조용하고 자연의 정취가 가득한 농촌이었다. 그의 전원시에는 그의 이상과 염원이 잘 표현되어 있지만, 그 배후에는 오히려 현실사회에 대한 증오와 불안, 인생무상에 대한 우환이 숨어 있다.

도연명에게는 직접적으로 현실정치를 언급하거나 내심의 강렬한 정서를 표현한 시도 몇 편 있다. 예를 들어 〈술주(述酒)〉 시는 다른 시와 달리 대량의 전고를 사용하여 회삽하게 써서 이해가 쉽지 않지만, 내용이 진(晉) 왕조가 송(宋) 왕조로 바뀌는 정치사건과 관련되어 있는 것은 분명하다. 또한 〈증양장사(贈羊長史)〉는 유유(劉裕)가 의희(義熙) 13년(417)에 북벌하여 장안(長安)을 격파한 것을 매우 기뻐하며 서술한 것으로, 선명한 민족 감정을 드러낸 것이다. 또한 〈영형가(詠荊軻)〉와 〈독산해경(讀山海經)〉 중의 일부는 실패에 굴하지 않은 몇몇 영웅의 형상에 대해 동정과 흠모를 표현하여 비분강개의 풍격을 지니고 있다. 다음 시를 보자.

〈詠荊軻〉	형가를 노래하며
燕丹善養士,	연 태자 단은 인재를 잘 양성했는데
志在報強嬴.	그의 뜻은 진왕에 복수하는 것이었다.
招集百夫良,	출중한 용사를 모집하던 중
歲暮得荊卿.	해가 바뀔 무렵에 형가를 얻었다.
君子死知己,	군자는 지기를 위해 죽는 법이라
提劍出燕京.	칼을 들고 연나라 서울을 나섰다.
素驥鳴廣陌,	하얀 준마는 큰길에서 울부짖고
慷慨送我行.	모두들 격앙되어 나를 전송하니
雄髮指危冠,	곤두선 머리칼에 관이 솟아오르고
猛氣衝長纓.	맹렬한 기세가 긴 갓끈을 찌른다.
飲餞易水上,	역수 가에서 한 잔 술로 전송할 때
四座列群英.	숱한 재사들이 자리에 둘러앉았다.
漸離擊悲筑,	고점리는 축으로 슬픈 곡 연주하고
宋意唱高聲.	송의는 목청을 돋우어 노래했다.

蕭蕭哀風逝,	쏴아 하고 쓸쓸하게 바람 불어와
淡淡寒波生.	출렁출렁 차가운 물결이 일어난다.
商音更流涕,	처량한 상음은 더욱 눈물짓게 하고
羽奏壯士驚.	비장한 우조는 장사를 격동시킨다.
心知去不歸,	이제 가면 돌아오지 못할 줄 알지만
且有後世名.	장차 후세에 이름을 남기게 되리라.
登車何時顧,	수레에 올라 고개 한 번 돌리지 않고
飛蓋入秦庭.	나는 듯이 진나라 조정으로 향했다.
凌厲越萬里,	힘차게 나아가 만리 길 뛰어넘고
逶迤過千城.	구불구불 천 개의 성을 지나갔다.
圖窮事自至,	지도가 다 펼쳐지자 일 벌어지니
豪主正怔營.	강력한 진왕도 놀라서 허둥대었다.
惜哉劍術疎,	애석하구나, 칼솜씨 미숙하여
奇功遂不成.	기이한 공을 결국 이루지 못했다.
其人雖已沒,	그 사람 비록 죽어 사라졌지만
千載有餘情.	천년토록 사람 마음을 격동시킨다.

이 시는 전설적인 자객 형가가 진왕(秦王)을 암살하려다가 실패한 것을 노래한 영사시(詠史詩)이다. 시의 분위기가 비분강개해 대체로 평담하다는 평가를 받는 도연명의 시로서는 좀 특이한 편에 속한다. 도연명과 형가의 성격을 비교해 보면 도연명은 기질이 강하기는 했지만 현실의 부조리에 대해서 정면 도전하지 않고 은거를 택하는 소극적인 태도를 취했다. 이에 비해 형가는 적극적인 태도로 대의를 위해 스스로 죽음을 택했다.

그러나 이 두 사람은 평생 대아(大我)와 소아(小我) 사이에서 갈등했다는 공통점을 지니고 있다. 목숨을 걸고 거사에 나선 형가의 심중에는 대의를 위하는 대아와 생명을 아끼고 싶은 소아 간에 갈등이 있었을 것이고, 도연명도 겸제천하의 포부와 함께 귀은으로 향하는 독선기신(獨善其身)의 희망 사이에서 갈등을 겪었을 것이다. 바로 이러한 공통점이 시인으로 하여금 형가에 대한 추모의 정을 깊게 했고, 형가의 운명에 대해 동류의식을 느끼게 했을 것이다.

도연명 시의 연원관계를 살펴보면 일면 완적을 계승한 면이 있다. 그 주된 표현은 내면 깊은 곳의 정감을 서술하고, 인생에 대한 탐색을 시도하고, 철학적 관조의 방식을 사용했으며, 아울러 연시(連詩)의 형식을 사용하였다. 다른 면에서 그의 시는 현언시(玄言詩)의 영향을 뚜렷하게 받았다. 이것은 그의 시에 현학(玄學)의 어휘가 적지 않게 들어있고, 그의 평담한 언어 풍격도 현언시와 일치하며, 더욱 중요한 것은 사람과 자연의 관계에 대한 이해에 나타나 있다.

완적의 시에서는 자연의 영원함과 인생의 유한함이 대조되면서 사람이 자연 앞에서 심한 압박을 느낀다. 그러나 동진의 현언시에서는 자연에 대한 사람의 깨달음과 추구로 바뀌었고, 도연명에 이르러서는 자연 귀화의 관념이 더욱 명확하게 제시되었으며, 사람과 자연의 통일과 조화에 대한 의식이 독특한 의경을 구성하는 결정적 요소가 되었다. 물론 도연명의 시는 추상적 언어가 아닌 예술 형상을 통해 인생철학을 표현하고자 했으므로 무미건조한 현언시와는 근본적으로 다르다.

고전시의 발전 과정에서 도연명의 중대한 공헌은 그가 새로운 심미영역과 예술경계를 연 것이다. 일반 현언시인들도 자연을 통찰하여 철리(哲理)를 체득하는 데 주의를 기울였고, 그로부터 산수시의 맹아가 나왔지만 도연명처럼 지극히 평범한 농촌으로 시선을 돌린 사람은 없었다. 도연명의 붓 아래에서 농촌생활과 전원풍광은 처음으로 중요한 심미대상이 되었고, 후인들을 위해 독특한 시세계를 열어주었다. 그는 농사를 통한 노동을 자연의 생활방식으로 보았고, 노동하는 생활에 아름다움이 들어있다는 가치관을 읊었으니, 이 또한 주목할 만한 발견이다.

전인(前人)들이 이미 평가했듯이 도연명 시의 예술특징은 소박·자연·진솔이라고 할 수 있다. 그러나 이는 결코 민가의 영향을 받은 풍격이 아니라 시인이 의식적으로 미학을 추구한 결과이다. 근본적으로 이 또한 도연명의 자연철학이 결정한 것이다. 그가 보기에 인위적이고 번거로운 예의는 사회의 자연성을 파괴하고, 조작적인 행위는 인성의 자연성을 파괴한다. 마찬가지로 시인이 겉으로 드러난 형식상의 미를 과도하게 추구하는 것은 감정의 자연성을 파괴할 것이기 때문에 그는 농염한 색채, 과장된 어조, 심오한 어휘와 생소한 전고를 거의 사용하지 않았다. 그의 시는 감정이 충만하지만 강렬하고 격정적인 표현은 드물며, 냉정한 철학적 사유를 통해 맑고 고원한 의경을 창출하였다. 이런 미학 경계는 이전에 없던 것이고, 도달하기 쉽지 않다는 점에서 의의가 있다.

도연명은 여러 방면에서 후대에 영향을 끼쳤다. 남조 시기에 그는 품행이 고결한 은사로 간주되었지만 문학창작은 높은 평가를 받지 못했다. 당시의 사회가 보편적으로 화려한 문풍을 추숭했는데, 도연명의 시는 소박하고 평담한 것이어서 당시의 독자들에게 받아들여지기 어려웠을 것이다. 그러다 당대(唐代)에 들어선 후에는 상황이 바뀌었다. 이백과 두보 등은 심미 취미가 도연명과 같지 않아서 그들이 도연명을 존중하는 문학 선배로 직접 거론하지는 않았다.[12]

---

12) 이백은 도연명과 그의 시를 직접 언급하지는 않았지만 〈장진주(將進酒)〉의 "예부터 성현들은 모두가 적막했는데, 술 마시던 사람만 그 이름을 남겼다지"(古來聖賢皆寂寞, 惟有飮者留其名) 등에서 볼 수 있듯이 '음주행위'에 대한 그의 생각은 기본적으로 도연명과 일치하며, 〈산중문답(山中問答)〉 시 등에서 도연명의 흔적을 엿볼 수 있다.

그러나 왕유(王維)·맹호연(孟浩然)·저광희(儲光羲)·위응물(韋應物) 등의 시인은 비록 늘 도연명을 언급한 것은 아니지만 그들의 예술풍격은 도연명 시의 영향을 받은 것이 분명하다. 당시(唐詩)의 주도적인 풍격은 수사의 아름다움과 격정을 결합한 것이어서 도연명 시의 정신과는 그 모습이 다르다. 따라서 도연명 시의 영향은 범위가 그다지 넓지 않았다. 그러다가 송대에 이르러 도연명은 비로소 보편적으로 추앙받기 시작했다. 송대의 사회 분위기가 당대와는 크게 달라서, 시의 격정과 낭만정신이 감퇴하고 이성을 중시하는 방향으로 전환되었기 때문이다.

　도연명 개인의 인격이 고상하다는 것은 주지의 사실이지만 그렇다고 해서 그가 사회에 대해 무관심한 것은 아니었다. 다만 그의 문학창작이 주력한 것은 모순을 회피하고 세속을 초탈하여 현실의 고통을 잊는 것이었다. 건안문학의 진취정신과 정시문학의 비극의식은 모두 현실의 사회관계 속에서 사람의 자유의지를 실현하고자 한 것이었다. 그와 달리 도연명은 자연철학을 내세워 '사회 속에서 사람이 누리는 자유'라는 근본적인 문제를 비껴갔다.

　그 결과 후대의 문인들은 사회의 압박에 반항하기 어려울 때면 도연명에 생각이 미쳐 그의 인생관을 통해 문제를 해결하고 사회의 압박을 정면으로 돌파하려고 하지 않았다. 그럼으로써 정신적으로나 도덕적으로 스스로를 위로하고 직접적인 저항 속에서 겪게 될 위험을 피했다. 도연명이 당대보다 송대에 더욱 문인들의 추숭을 받은 원인은 여러 가지가 있겠지만, 당대와 송대의 사회 환경이 다르고 문인들의 정신상태가 다른 것이 결정적 요인이었다고 할 수 있을 것이다.

7. 남북조 악부민가

위(魏)·진(晉) 이래 문인들이 대량으로 한대의 악부시를 모방해 지으면서 악부시가 점차 상투화되었는데, 남북조 악부민가가 등장하면서 시단에 새로운 전환기를 마련해주었다. 북조가 선비족(鮮卑族)의 통치를 받으면서 남조와 북조가 장기간 대치하는 국면이 전개되어 생활풍습과 자연환경의 차이가 커짐에 따라 남북조 민가의 내용과 정조도 크게 달랐다. 그러나 그것들은 모두 짧고 발랄한 형식과 말처럼 분명한 언어 및 짙으면서도 참신한 서정 풍격을 만들어내었다. 이것이 남북조 내지 당대 시가의 발전에 직접적으로 영향을 끼쳤다.

7. 1 남조 악부민가

남조 악부민가의 제작 시기는 주로 진(晉)·송(宋) 두 시대이다. 이들 중의 일부는 송 곽무천(郭茂倩)이 편찬한 『악부시집』의 「잡곡가사(雜曲歌辭)」에 수록되어 있고, 대부분은 「청상곡사(清商曲辭)」에 보존되어 있다. 한대에는 평조(平調)·청조(清調)·슬조(瑟調)가 있어서 청상삼조(清商三調)라고 불렀는데, 초조(楚調)·측조(側調)와 함께 통틀어 상화조(相和調)라고 칭했다. 현존하는 청상곡사를 살펴보면 그 중 일부 가곡에는 한 악부 구사(舊辭)와 위·진의 옛 시구가 섞여있긴 하지만 절대 다수는 진·송 시기에 제작된 새로운 곡사이다. 이들은 대체로 오성가(吳聲歌)·서곡가(西曲歌)와 신현가(神弦歌)

의 세 종류로 나뉜다. 이 중에서 오성(吳聲)은 약 330수 정도이고, 서곡은 약 135수 정도이며, 신현가는 18수에 불과하다.

위·진 이후 유학이 시들해지고 현학이 흥기함에 따라 사족들은 보편적으로 세속에 구애받지 않는 방달한 기풍을 숭상했다. 그에 따라 악부를 통해 풍속과 정치의 득실을 관찰하는 관념이 사족들에게 부정되었고, 그들이 민가를 수집하는 것은 마음껏 성색(聲色)을 즐기기 위해서였다. 그런 연유로 청상곡사에 보존되어 있는 민가는 정가(情歌) 일색이고 심지어 색정적인 요소를 지닌 것도 있다. 사회문제를 직접적으로 반영한 가요들은 악부에서 제외되는 지경이었다.

남조 악부민가는 사회문제를 반영하는 깊이와 넓이에서 한 악부민가에 훨씬 못 미치지만, 민간에서 나온 작품들은 애정의 노래 속에 당시 사회생활의 면모와 백성들의 희로애락을 반영하여 소박하고 참신한 분위기를 풍긴다. 〈나가탄(那呵灘)〉 6수 중에서 남녀의 증답으로 이루어진 제4수와 제5수를 보자.

聞歡下揚州,　　낭군이 양주로 가신다는 말을 듣고
相送江津灣.　　강진만에서 낭군을 전송해 드렸지.
願得篙櫓折,　　원컨대 상앗대와 노가 부러져서
交郎到頭還.　　낭군이 뱃머리 돌려 돌아오시기를! (제4수)

篙折當更覓,　　상앗대 부러지면 다시 찾아야 하고
櫓折當更安.　　노가 부러지면 다시 바꿔야 하리라.
各自是官人,　　각자가 공무를 맡아 떠나는 것이니
那得到頭還.　　어찌 뱃머리 돌려 돌아올 수 있으리! (제5수)

여인은 떠나는 낭군을 붙잡아 둘 수 없자 노가 부러져서 낭군이 돌아올 수밖에 없게 되기를 소망하는 천진한 환상을 노래했고, 남편은 공무로 떠나는 몸인지라 무슨 일이 있어도 가야만 하는 어쩔수 없는 처지임을 하소연했다. 남녀 간의 애정을 노래한 것이지만 자신의 거취를 뜻대로 정할 수 없는 처지의 안타까움을 엿볼 수 있다.

남녀의 지위가 평등하지 않은 봉건사회에서 애정에 대한 여인의 갈망이 종종 남자의 변덕과 배신으로 좌절되는 일이 적지 않았다. 다음의 <자야가(子夜歌)>는 그런 상황을 노래한 것이다.

儂作北辰星,	저는 북극성이 되어서
千年無轉移.	천년토록 옮겨감이 없는데
歡行白日心,	임은 마음이 해와 같아서
朝東暮還西.	아침엔 동쪽에 있다가 저녁엔 서쪽으로 옮겨가지요.

남자에 대한 변함없는 애정을 지닌 여인이 자신을 북극성에 비유하고, 자신과는 달리 마음이 변하는 남자를 동쪽에 있다가 서쪽으로 가는 해에 비유한 것이 그럴듯하면서 참신하다. 여인의 임에 대한 애틋한 그리움을 노래한 <자야가>를 한 수 더 들어본다.

夜長不得眠,	긴긴 밤 잠 못 이뤄하는데
明月何灼灼.	달빛은 어찌 저리 밝을까?
想聞散喚聲,	임이 부르는 소리 희미하게 들은 것 같아
虛應空中諾.	부질없이 허공에 대고 "예!"하고 대답한다.

곽무천(郭茂倩)의 『악부시집』에 <자야가> 42수가 실려 있는데, 모두가 애정가요이다. 민간의 애정가요는 여인의 임 그리는 마음과 애모의 정을 주요 제재로 삼고 있는데, 앞의 2수도 그렇다. 이 시들은 언어가 통속적이고 명쾌하여 함축미는 떨어지지만 자연스

럽고 상상이 풍부하며 구상이 정교하여 민가의 생동적인 특징이 잘 나타나 있다.

남조 악부민가 중의 신현가(神弦歌)는 초사 <구가(九歌)>의 제신곡(祭神曲)과 비슷하다. 오(吳)·월(越)의 풍속은 본래 귀신에게 제사지내는 것을 좋아하여 그 명목이 번잡했는데, 남조에 이르러서도 그 기풍이 수그러들지 않았다. 귀신에게 제사지낼 때는 통상 아름답고 가무에 능한 무녀(巫女)를 썼으니, 신현곡은 무녀들이 귀신을 즐겁게 하는 가곡이었을 것이다. 그 가곡들은 <구가>와 같은 낭만적인 상상과 신비한 색채는 별로 없고 그 대신 인간생활을 내용으로 삼았다.

예를 들어 <백석랑곡(白石郎曲)> "쌓인 돌은 옥같이 희고, 늘어선 소나무는 비취처럼 푸르다. 잘 생긴 그 사나이 홀로 빼어나, 세상에 둘도 없다네"(積石如玉, 列松如翠. 郎艷獨絶, 世無其二)와 <청계소고곡(青溪小姑曲)> "대문을 열면 맑은 물이 흐르고, 그 옆에 다리가 있네. 아가씨가 거처하는 곳은, 낭군 없이 혼자라네"(開門白水, 側近橋梁. 小姑所居, 獨處無郎) 두 곡을 보면 <백석랑곡>은 여인이 남자 귀신을 좋아하는 곡으로 백석랑이 처한 환경을 묘사하여 청려하면서 약간의 신비감을 띠고 있고, <청계소고곡>은 남자가 여자 귀신을 좋아하는 곡으로 민간 여인의 거처를 묘사하였다.

「잡곡가사(雜曲歌辭)」에 서정 장시 <서주곡(西洲曲)> 한 수가 수록되어 있다. 이 시는 작가가 누구인지 알려져 있지 않은데, 아마도 문인의 가공을 거친 민간 작품일 것이다. 모두 32구로 이루어진 이 시는 예술상 남조 악부민가의 최고 성취를 대표한다. 주요 내용은 한 여인의 이별 후 그리움인데, 봄부터 가을까지 끊어질 듯 이어질 듯하게 연결되어 줄거리가 명확치 않기 때문에 역대로 이설이 분분하다. 아무튼 이 장시는 쌍관어의 운용과 세밀한 표정

묘사·간결하고 교묘한 경치 묘사를 특징으로 하여 한 폭의 아름
다운 화면을 구성했다.

7. 2 북조 악부민가

북조 악부민가는 주로 5호16국에서 북위(北魏) 시기에 제작되었
고, 대부분 『횡취곡사(橫吹曲辭)』의 「양고각횡취곡(梁鼓角橫吹曲)」에 보
존되어 있다. 횡취곡은 군대의 말 위에서 연주하는 음악이어서 한
대 이래 고취악(鼓吹樂)과 함께 모두 고취서(鼓吹署)에 귀속되었다.
고취악에는 퉁소와 피리가 있어서 조회와 도로에서 사용되었고,
횡취악에는 북과 호각이 있어서 행군에 사용되었으며 변방의 장수
에게 하사되었다. 가사는 주로 선비족 등 북방민족의 민가에서 채
록한 것이다.
북가(北歌)는 애초에 대부분 선비족 등의 이민족 언어가 사용되
어 비록 그 중의 일부가 당대에까지 전해졌지만 독해가 불가능한
상태였다. 현존하는 북가는 한어(漢語)를 사용한 것인데, 주로 이민
족 언어와 한어 모두에 능한 선비인이나 한인들이 번역한 것이다.
그 외에도 북위(北魏)의 효문제(孝文帝)가 한화정책을 시행하여 북위
에서 제작된 일부 민가는 직접 한어를 사용하여 창작했다. 남북조
에서 사자를 통해 문화교류를 진행했을 때, 이 북가들이 남조의
제(齊)·양(梁)으로 전해져서 양(梁) 악부로 보존되었기 때문에 진
(陳)의 승려 지장(智匠)은 『고금악록(古今樂錄)』에서 이를 '양고각횡취
곡(梁鼓角橫吹曲)'이라고 칭했다.
현존하는 북조 악부민가는 모두 60여 수이다. 수량은 많지 않지
만 사회를 반영한 깊이와 넓이는 남조 악부민가를 훨씬 능가한다.
5호16국부터 북위가 북중국을 통일한 때까지의 시기는 중국 북방

의 역사에서 가장 혼란스런 시대였다. 여러 이민족 귀족들 간의
다툼과 통치자에 대한 백성들의 투쟁이 복잡하게 얽혀서 그로 인
한 참상이 오랜 기간 지속되었다. 다음 〈기유가(企喩歌)〉를 보자.

男兒可憐蟲,	남아는 가엾은 존재여서
出門懷死憂.	문을 나서면 죽는 근심을 품는다.
尸喪峽谷中,	협곡에서 죽어 시체로 버려지면
白骨無人收.	그 백골조차 거두는 사람이 없다.

이 시를 통해 알 수 있듯이 당시의 수많은 남아들은 죽음의 공
포에 시달리며 살아야 했고, 죽어도 백골이 되도록 묻히지 못하는
경우가 많았다. 각 민족의 통치자들은 자신들의 이익을 위해서 백
성을 전쟁터로 내몰아 민족 간의 혼전이 끊임없이 진행되었을 뿐
만 아니라, 심지어 동족과 형제지간에도 갈라져 서로 적이 되는
형국이 전개되기도 했다. 다음 시를 보자.

〈隔谷歌〉	격곡가
兄在城中弟在外,	형은 성 안에 있고 동생은 밖에 있는데
弓無弦, 箭無栝,	활에는 시위가 없고, 화살에는 도지개가 없으며
食糧乏盡若爲活?	식량은 바닥이 났으니 어떻게 살 수 있나?
救我來, 救我來!	나를 구해다오, 나를 구해다오!
兄爲俘虜受困辱,	형은 포로가 되어 곤욕을 치르는데
骨露力疲食不足.	뼈 드러나고 지친데다 먹을 것이 없다.
弟爲官吏馬食粟,	동생은 관리라 말조차 곡식을 먹는데
何惜錢刀來我贖.	어찌 돈을 아껴 날 풀어주러 오지 않는가?

이 시는 포위된 성 안에 갇혀 굶주림에 시달리다 포로가 된 사

병이, 죽음에 임해 성 밖의 적군으로 있는 형제에게 구원해 줄 것을 호소하는 모진 상황을 노래한 것이다. 민가는 이 전형적인 사례를 통해 의롭지 못한 전쟁이 동족상잔뿐만 아니라 형제 사이도 적으로 갈라놓는 비참한 상황을 폭로하였다.

북조 악부민가에는 전쟁의 참상을 고발한 것 외에 소수이긴 하지만 빈부 대립의 사회본질을 언급한 작품도 있다. 다음 시를 보자.

<雀勞利歌辭> **참새의 고달픈 노동**

雨雪霏霏雀勞利,   눈은 펄펄 내리는데 참새의 노동 고달프다.
長嘴飽滿短嘴飢.   긴 부리는 배부르지만 짧은 부리는 굶주린다.

눈이 펄펄 내리는 추운 겨울날, 먹이를 찾아 헤매는 참새를 비유로 하여 수단 좋은 박탈자의 탐욕스런 수탈로 인해 일반 백성들이 굶주리는 사실을 예리하게 폭로하였다.

용맹한 여인의 모습을 통해 종족의 강성함을 노래한 다음 시를 보자.

<李波小妹歌> **이파의 누이동생**

李波小妹字雍容,   이파의 누이동생은 자(字)가 옹용인데
褰裳逐馬如卷蓬,   치마 걷어붙이고 말 달리는 것이 질풍 같고
左射右射必疊雙,   왼쪽 오른쪽 쏘면 반드시 쌍으로 맞춘다.
婦女尙如此,   부녀자도 이처럼 무예가 출중하니
男子安可逢.   남자들을 어떻게 대적할 수 있으리!

이파(李波)는 당시 한 민간 무장세력 집단 중의 수령이었다. 그들은 봉건 사회질서에 대항하여 가렴주구를 피해 도망친 백성들을 받아들여 관군의 진압에 맞서 싸웠다. 이 시는 이파의 누이동생을

전면에 내세워 그녀의 무용을 통해 이파 집단의 역량을 찬미한 것인데, 비유가 생동적이고 묘사력이 뛰어나 북조 악부민가의 명편에 속한다.

대략 북조 후기에 제작된 <목란시(木蘭詩)>는 북조 악부민가의 최고성취를 대표하여 <공작동남비(孔雀東南飛)>와 함께 민가 중의 '쌍벽'으로 칭송되고 있다. 시는 모두 두 수인데, 제1수는 잡언체로 진(陳)의 승려 지장(智匠)이 편찬한 『고금악록(古今樂錄)』에 수록된 것이 처음이다. 시 안에 구절의 길이가 일정한 대우구가 섞여 있어서 당조(唐調)와 유사하지만 시 전체의 풍격과 내용으로 볼 때 북조의 민간 작품으로 볼 수밖에 없다. 제2수는 오언체인데, 잡언체 시에 의거하여 개작한 것이며 사상과 예술 성취 모두 잡언체에 미치지 못한다.

잡언 <목란시>는 전기(傳奇) 식의 서사시이다. 이 시는 소녀 목란이 아버지를 대신하여 종군한 영웅적 사적을 노래한 것인데, 그녀의 여성으로서 종군에 나선 비범한 기개와 큰 공을 세우고도 포상을 사양하고 집으로 돌아온 고귀한 품격을 찬미하여 평화롭고 안정된 생활을 갈구하는 백성들의 소망을 반영하였다.

남북조 악부민가는 참신하고 명쾌한 풍격과 생동적이고 발랄한 구어로써 진시(晉詩)의 전아하고 상투적인 언어와 현언시의 무미건조한 풍격을 타파하여 남북조 시가의 언어와 풍격의 변혁에 핵심적인 역할을 했다. 제(齊)·양(梁)의 문인들은 남북조 악부민가를 모방하는 과정 속에서 민가의 정신을 왜곡한 면도 있지만 양진(兩晉) 이래 갈수록 상투화된 언어를 새롭게 변화시킬 수 있었다.

남북조 악부민가는 서정 소시라는 새로운 체재를 창조하여 그것이 오·칠언절구의 원류가 되었다. 제(齊) 시인 사조(謝朓)의 신체소시는 바로 남조 악부민가의 학습을 통해 나온 것이다. 북조 민가의 강건하고 맑은 기질은 수(隋)·당(唐) 변새시(邊塞詩)에 직접적인 영향을 끼쳤다. 성당(盛唐)에 이르러 악부절구는 가장 특색 있는 시가 형식으로 발전하여 이백(李白)은 청상소악부(淸商小樂府)를 학습하여 독보적인 성취를 거두었고, 남북조 민가가 운용한 비흥(比興)·쌍관(雙關)·배구(排句) 등의 예술기법은 후세의 시인들에게 깊은 영향을 끼쳤다.

8. 유송(劉宋)의 시

남조 송대(宋代)의 대표 작가로는 사영운(謝靈運)·안연지(顔延之)·포조(鮑照) 등을 꼽을 수 있다. 이 시기 문학의 두드러진 현상은 제재상으로 동진 후기 문학의 추세를 계승함으로써 현언시(玄言詩)의 기풍에서 벗어나 산수문학의 새로운 사조를 연 것인데, 그 중심에 사영운이 있다. 언어와 수사의 측면에서 보면 사영운과 안연지는 조식으로부터 육기(陸機)와 장협(張協)에 이르는 전통을 계승하여 문사의 전아하고 화려함과 사물 표현의 정교함을 추구하면서 대장을 대폭 사용하였다.

포조는 사영운에 근접한 일면이 있는가 하면 그가 새로 개척한 영역도 있다. 그것은 주로 그의 악부체가 민가의 특징을 섭취하여 아름답고 천속하면서도 웅방(雄放)한 풍격을 조성하여 제(齊)·양(梁) 문학의 형성에 큰 영향을 끼쳤다는 점이다. 총괄해서 보면 동진 시기에 현학(玄學)이 문학에 스며들어 무미건조한 현상이 나타났었는데, 이 시기에 이르러 철저하게 전환되었다.

사영운(385-433)은 조적(祖籍)이 진군(陳郡) 양하(陽夏: 지금의 하남성 태강太康 부근)이다. 그는 동진의 으뜸가는 세족 출신으로 조부 사현(謝玄)은 비수(淝水)의 전투를 승리로 이끈 장군이다. 세습으로 강락공(康樂公)에 봉해졌지만 유유(劉裕)가 송(宋)을 세운 후 작위가 현후(縣侯)로 강등되었고, 영가(永嘉) 태수로 쫓겨났다. 송 문제(文帝) 때 임천내사(臨川內史)에 임명되었지만 탄핵을 받아 광주(廣州)로 좌천되었다. 그곳에서 모반의 고변을 받아 사형에 처해졌다. 『사강락

집(謝康樂集)』이 있다.

생전에 별로 알려지지 않았던 도연명과 달리 사영운은 특수한 사회적 지위와 출중한 재능으로 귀족 취미의 언어 풍격과 참신한 내용을 담아 현언시로부터 산수시로의 전환을 완성했다. 산수시에서 사영운은 자연경물에 대한 남다른 감수성으로 사물을 포착하여 아름다운 의상(意象)을 표현하는 데 성공했다. 다음 시를 보자.

〈登池上樓〉　　못가의 누각에 올라

潛虯媚幽姿,	심연의 규룡은 숨어있는 자태가 아름답고
飛鴻響遠音.	하늘의 기러기는 그 소리가 멀리 울린다.
薄霄愧雲浮,	하늘에 다가가자니 구름 위의 기러기에 부끄럽고
栖川怍淵沉.	물가에 깃들자니 못에 잠겨있는 규룡에 부끄럽다.
進德智所拙,	덕행을 늘리자니 지혜가 모자라고
退耕力不任.	물러나 밭을 갈자니 힘이 부친다.
徇祿及窮海,	봉급을 좇아 궁벽한 바닷가에 이르러서는
臥痾對空林.	몸져누워 낙엽 진 텅 빈 숲을 대하고 있다.
衾枕昧節候,	침상에 누워 계절의 변화를 모르고 있다가
褰開暫窺臨.	창문을 열고 잠시 내려다보았다.
傾耳聆波瀾,	귀를 기울여 물결 소리를 듣고
擧目眺嶇嶔.	눈을 들어 높은 산을 바라본다.
初景革緒風,	봄빛이 남은 찬바람을 물리치고
新陽改故陰.	봄볕이 남은 겨울을 바꾸어놓아
池塘生春草,	못가에는 파릇파릇 봄풀이 움트고
園柳變鳴禽.	동산의 버들엔 우는 새가 바뀌었다.
祁祁傷豳歌,	〈빈풍(豳風)・칠월(七月)〉의 노랫소리 슬프고
萋萋感楚吟.	〈초은사(招隱士)〉의 초가(楚歌)가 나를 상심케 한다.
索居易永久,	홀로 지내니 세월이 길게 느껴지고
離群難處心.	무리를 떠나니 마음이 안정되지 않는다.

持操豈獨古,　절조를 지킨 것이 어찌 옛사람뿐이리오?
無悶徵在今.　지금의 나도 번민 없이 지내지 않는가!

　사영운은 18세 때 문음(門蔭)에 의해 강락공(康樂公)에 봉해졌지만 그 후 정치적으로 뜻을 펴지 못하고, 영초(永初) 3년(422)에는 수도에서 축출되어 멀리 떨어진 영가군(永嘉郡)의 태수가 되었다. 부임한 지 얼마 되지 않아 병석에 누워 외롭게 그해 겨울을 지낸 후 이듬해 봄에 병석에서 일어나 누각에 올라 멀리 바라보면서 자신의 심경을 읊은 것이 이 시이다.

　시인은 이 시의 전반부에서 관계(官界)에서의 실의에 대한 불만을 토로하였고, 중반부에서는 생명력 넘치는 초봄의 경물을 묘사하였으며, 후반부에서는 관계를 떠나 은둔하겠다는 결심을 서술하였다. 전체적으로 대장(對仗)과 전고(典故)가 많이 사용되어 난해한 것이 결점이긴 하지만 경물의 특징을 잘 포착하여 선명한 예술형상을 만들어낸 표현기교가 돋보인다. 특히 중간의 "지당생춘초(池塘生春草), 원류변명금(園柳變鳴禽)" 두 구는 인구에 회자되는 명구로 알려져 있는데, 포착하기 쉽지 않은 초봄의 작은 변화를 간명하게 표현한 것이 뛰어나다. 그러나 그와 같은 자연스럽고 산뜻한 구절은 사영운 시에 많지 않고, 애써 다듬어 훌륭한 묘사가 된 구절이 훨씬 많다.

　사영운 시의 의경(意境)은 대체로 유심(幽深)·명려(明麗)·고초(孤峭)의 특징을 갖추고 있다. 더욱이 그가 묘사한 산세(山勢)는 멀리 나지막하게 보이는 모습은 극히 드물고, 가파른 봉우리가 중첩되어 있어 동선이 날카롭고 웅장하게 보이는 모습이 대부분이다. 여기에는 그의 개성과 작시 때의 심경이 영향을 미쳤을 것이다. 그의 산수시 거의 전부가 정치적으로 실의했을 때 쓴 것이기 때문이다. 사영운은 산수의 감상을 통해 현실의 압박을 잊으려고 했지만,

세상이 자신과 같은 현자를 알아주지 않는 고독과 고민으로 인해 세속을 초탈하겠다는 마음을 완강하게 시에 표현한 것으로 보인다. 따라서 그의 산수시에는 대체로 외면의 평정과 내면의 불만이 결합되어 나타난다. 다음 시를 보자.

<七里瀨>　　**칠리뢰**

羈心積秋晨,	나그네 수심이 가을 새벽에 쌓였는데
晨積展遊眺.	새벽에 쌓인 수심을 안고 유람을 시작한다.
孤客傷逝湍,	외로운 길손이라 흘러가는 물살에 마음 상하고
徒旅苦奔峭.	도보 여행자이기에 가파른 강 언덕에 괴롭다.
石淺水潺湲,	바위 얕아서 물이 졸졸 흐르고
日落山照曜.	햇볕이 내리쬐어 산이 환하게 밝아진다.
荒林紛沃若,	황량한 숲은 잎들이 어지러이 우거져 있고
哀禽相叫嘯.	서글픈 날짐승들은 서로 지저귀며 부른다.
遭物悼遷斥,	경물을 보노라니 쫓겨난 신세 서글퍼지지만
存期得要妙.	은거의 기약 마음에 두니 오묘한 이치를 얻었음이라.
旣秉上皇心,	태고 때 임금의 소박한 마음을 파악했으니
豈屑末代誚.	말세의 비난을 어찌 돌아보겠는가?
目睹嚴子瀨,	눈은 엄자릉의 여울을 바라보며
想屬任公釣.	생각은 임공자의 낚시에 맡기나니.
誰謂古今殊,	고금이 다르다고 그 누가 말하리?
異代可同調.	세대는 달라도 흥취는 같으리라!

이 시는 사영운이 영초(永初) 3년(422) 7월에 영가군으로 내려가던 도중 동려현(桐廬縣)에 있는 칠리뢰를 지나며 지은 것이다. 시인은 먼저 좌천되어 여행길에 나선 외로운 나그네의 서글픈 심정을 서술하였다. 인생무상을 연상시키는 냇물과 여행을 힘들게 하는 험한 지형, 슬픔을 증폭시키는 황량한 숲과 날짐승의 울음소리를

묘사하여 좌천당한 자의 심정이 암울한 것임을 드러내면서도, 곧이어 옛 현자들의 발자취를 좇아 속세에 대한 미련을 떨치고 은거의 흥취를 누리겠다고 다짐하고 있다. 그러나 전체적으로 보면 이 작품에는 시인의 외면의 평정 속에 내면의 불만이 감추어져 있음을 쉽게 알 수 있다.

언어 방면에서 사영운 시의 결점을 들어보면 첫째 나열이 과도하고, 둘째 대장이 판에 박은 듯하여 생동감이 없고, 셋째 전고와 어려운 문자를 사용하여 난해한 곳이 많다. 또 하나의 분명한 결점은 대부분의 시가 전반부는 유람의 경위와 산수풍광을 쓰고, 마지막에 가서는 노장철학이나 불교철학을 동원하는 것이 상투화되어 현언시의 흔적이 여전히 남아 있는 것이다. 그는 도연명과 달리 철학적 이치를 형상 속에 용해시키지 못하였고, 그가 시에서 표현한 세속의 영화와 명예의 초탈은 그의 성격이나 실제 모습과 부합하지 않는 점이 많아 억지인 듯한 인상을 주기도 한다.

사영운의 산수시는 도연명의 전원시에 비해 외부세계에 대한 관심이 풍부하고 삶의 활력도 강렬한 편이다. 그 외에도 사영운은 시가언어의 표현기교 방면에서 중요한 공헌이 있다. 그가 선도한 산수시파는 중국 고전시가 속에서 가장 중요한 유파 중의 하나이다. 그러므로 그의 시는 일반적으로 예술 경계의 측면에서 도연명의 수준에 도달하지 못했다고 평가되지만 남북조에서 당대 시가에 이르는 실제 영향을 살펴보면 확실히 도연명을 능가한다. 이 점은 중국시사를 이해하는 데 소홀히 할 수 없는 것이다.

안연지(384-456)는 자가 연년(延年)이고, 낭야(琅玡) 임기(臨沂: 지금의 산동성 임기) 사람이다. 일찍이 진(晉)에서 관직을 지냈고, 송(宋)으로 들어와서도 지위가 광록대부(光祿大夫)에 이르렀으므로 안광록으로 칭해지기도 한다. 그는 술을 좋아하고 소탈했으며 권력자에게 아부하려 들지 않았다. 현존하는 안연지 시의 대부분은 응수(應酬)와 창화의 작품 및 의고악부(擬古樂府)인데, 이런 종류의 시는 학문과 재능을 과시하는 것으로 안연지의 성과가 두드러졌던 것 같다.

그의 시는 언어가 난해하고 늘어놓는 것을 좋아하고 수식을 중시하며 전고와 대장 사용을 좋아했기 때문에, 빽빽하고 화려한 풍격을 형성하여 포조(鮑照)는 그것을 풍자하여 "비단 수를 늘어놓은 것 같고, 또한 채색화가 눈에 가득하다"[13]라고 했다. 이는 육기(陸機)와 반악(潘岳) 이래 시가의 수사화 경향이 극도로 발전한 것이다.

그러나 감정이 비교적 강렬한 경우에는 다른 면모를 보였다. 동진 말기에 안연지는 사신이 되어 북방으로 갔다. 왕래하는 도중에 <북쪽 낙양으로 사신 가며(北使洛)>와 <돌아오다 양성에 이르러(還至梁城作)> 2수를 지었는데, 여전히 문사의 운용이 어렵고 전아하긴 했지만 나열과 축적의 폐단 없이 북방의 파괴된 모습을 묘사하면서 참담한 심정을 토로하여 심금을 울렸다. <오군영(五君詠)> 또한 색다른 시이다. '죽림칠현(竹林七賢)' 중에서 산도(山濤)와 왕융(王戎)을 제외한 5인을 읊었는데(두 사람은 진晉 왕실에 협조하여 부귀를 얻었다), 사실은 자신의 흉금을 서술한 것으로 문사가 질박하면서도 세련되어 절실하고 힘이 있다.

포조(405-466)는 자가 명원(明遠)이고, 조적(祖籍)이 상당(上黨: 지금의 산서성 장치長治)인데 나중에 동해(東海: 지금의 강소성 담성郯城 서남쪽)로 이주했다. 그는 사영운·안연지와 함께 '원가삼대가(元嘉三大家)'로 칭해지지만 인생경력과 문학창작은 두 사람과 사뭇 다르다. 포조는 한미한 집안 출신으로 20여 세에 임천왕(臨川王) 유의경(劉義慶)의 문하에서 시를 바친 것이 인정을 받아 왕국시랑(王國侍郎)으

---

13) "若鋪錦列繡, 亦雕繪滿眼."(『宋書』本傳)

로 발탁되었다. 그 후 태학박사(太學博士)와 현령(縣令) 등의 하급관리를 지냈다. 최후에는 임해왕(臨海王) 유자욱(劉子頊)의 참군(參軍)이 되었는데, 그가 거병하여 반란했다가 실패하는 바람에 전란속에서 죽었다. 세인들은 그로 인해 그를 포참군(鮑參軍)이라고 칭한다. 『포참군집』이 있다.

포조 시의 가치는 갈수록 후인들의 중시를 받아 유송(劉宋) 시대에 성취가 가장 큰 작가로 평가 받기에 이르렀다. 포조의 인생경력은 사족 문벌제도에 대한 저항과 회재불우의 비극으로 점철되어 있다. 이전에 좌사(左思)도 시가로 문벌제도에 대한 불만을 토로했지만 결국 귀은(歸隱)의 길을 걸었다. 그러나 포조는 좌사와 달랐다. 그는 성격이 강렬하고 포부가 큰 사람이어서 부귀영화와 급시행락 및 건공입업 등의 목표를 조금도 주저 없이 추구했으며, 자신은 그런 목적을 달성할 재능이 있다고 생각했다. 그러다가 그의노력이 사회현실의 압제와 편견에 부딪히면 마음에 파란이 일어세상에 대해 분노를 토했다. 이것이 포조의 작품이 지니는 독특한풍격을 이해하는 열쇠이다.

포조의 시는 크게 오언고체와 악부체 두 종류로 나눌 수 있다.오언고체는 대체로 여행을 기술하고 증답과 수창(酬唱)을 한 작품으로, 모종의 특정한 경력에서 나왔다. 악부체의 경우는 이와 다르다. 일부는 악부의 제의(題意)를 따라 쓴 것이고 일부는 인생경력중의 감개를 쓴 것인데, 모두 인생과 사회에서 보편적인 의의를지닌 문제를 다루었다. 포조 시의 특출한 성취는 악부체에 있는데,이 시들은 문사의 사용이 사람을 각성시키고 색조가 진하고 절주가 분방하며, 감정의 격동과 긴장이 나타나서 전에 없던 자극적인모습을 띠고 있다.

포조의 악부시 중에는 <대당상가행(代堂上歌行)>처럼 향락생활의 추구를 노래한 작품도 있지만, 내심의 불평과 울분을 쏟아낸 작품이 훨씬 더 많다. 그는 종종 자신의 체험을 사회 전체로 확장시켜서 귀족이 권력을 농단하고 부귀영화를 독점하는 현상에 대해 강력하게 항의를 제기했으며, 보통사람의 불행한 운명을 반영하였다. 이것이 포조의 시로 하여금 남조의 다른 시인에게서 찾아보기 힘든 사회적 의미를 지니게 했다.

예를 들어 〈빈천한 자의 쓰디쓴 슬픔을 대신 읊다(代貧賤苦愁行)〉에서 그는 빈천한 자의 가난과 곤경을 여러 각도에서 묘사한 다음에, 그렇게 사느니 차라리 죽는 것이 낫다고 절규했다. 〈대동무음(代東武吟)〉에서 그는 의고(擬古)의 형식을 빌려 한대(漢代)의 한 사병이 젊어서 종군했다가 늙어서 돌아왔으니 구사일생이라고는 하지만, 그가 세운 공적에 대해 아무런 보상도 받지 못해 처량하고 고달픈 모습을 그렸다. 〈의고(擬古)〉는 오언고시에 속하지만 풍격은 악부체에 속한다. 다음 시를 보자.

〈擬古〉(其六)　　의고(제6수)

束薪幽篁裏,	컴컴한 대숲에서 땔나무를 묶고
刈黍寒澗陰.	추운 골짝 응달에서 기장을 벤다.
朔風傷我肌,	삭풍은 칼날처럼 내 살을 에고
號鳥驚思心.	우짖는 새는 슬픈 마음 놀라게 한다.
歲暮井賦訖,	세모에 농지세를 다 내었건만
程課相追尋.	각종 세금 내라고 줄줄이 독촉한다.
田租送函谷,	토지세를 함곡관에 실어 보내고
獸藁輸上林.	짐승 먹을 꼴을 상림원에 수송한다.
河渭氷未開,	황하와 위수의 얼음은 녹지 않았고
關隴雪正深.	관중과 농산에 쌓인 눈 여전히 깊다.
笞擊官有罰,	관원은 매질을 해대며 처벌하고

呵辱吏見侵.　관리는 꾸짖으면서 모욕을 준다.
不謂乘軒意,　높은 관직의 포부를 간직한 이 몸이
伏櫪還至今.　여태 마구간에 엎드려 있을 줄이야!

이 시에서 포조는 자신의 체험을 바탕으로 하여 곤궁한 생활과, 포부를 펴지 못하는 슬픔과 한을 토로하였다. 열악한 농사 환경과 가혹한 세금, 관리들의 혹독한 세금 독촉 등 당시의 사회가 안고 있는 여러 가지 문제를 실제에 근거하여 폭로하고 있어서 사회시로서의 가치가 높다.

포조는 또한 의식적으로 변새시를 쓴 남조 최초의 시인이다. 그 시들이 반드시 당시에 실제로 발생한 전쟁을 반영한 것은 아니지만 그의 창작의식을 놓고 볼 때, 주로 전쟁과 변새의 풍광과 군대 생활 등 인심을 격동시키는 내용을 통해 고도로 긴장되고 자극적이고 웅장한 시정(詩情)을 추구하였다. 이 또한 포조의 성격과 심미취미가 반영된 것이다. 그 후 양(梁)·진(陳)의 시인들이 보편적으로 변새 제재의 독특한 심미 가치를 중시한 것은 포조의 영향과 무관하지 않다. 다음 시를 보자.

<代出自薊北門行> 계의 북문을 나서며

羽檄起邊亭,　변방에서 날아드는 다급한 격문
烽火入咸陽.　수도로 몰려오는 끝없는 봉화.
征騎屯廣武,　광무현에 기병을 주둔시키고
分兵救朔方.　삭방군에 보병을 구원 보낸다.
嚴秋筋竿勁,　가을이면 더욱 군센 적군의 무기
虜陣精且强.　날래고 용맹스런 오랑캐 진영.
天子按劍怒,　천자는 칼 잡고 불같이 진노하고
使者遙相望.　사신은 행렬이 끝없이 이어져 있다.

雁行緣石徑,	병사들은 기러기 행렬로 돌길을 지나가고
魚貫度飛梁.	물고기처럼 대오 지어 구름다리 건넌다.
簫鼓流漢思,	고향 생각 흐르는 병사들 노래
旌甲被胡霜.	북녘 서리 뒤덮인 정기와 갑옷.
疾風沖塞起,	질풍이 변방 땅에 휘몰아쳐서
砂礫自飄揚.	모래자갈 뒤섞여 날아다닌다.
馬毛縮如蝟,	뻣뻣이 언 말의 털은 고슴도치요
角弓不可張.	얼어서 굳은 각궁은 당길 수 없다.
時危見臣節,	위기라야 신하의 절개를 보고
世亂識忠良.	난세라야 충신을 안다고 했지.
投軀報明主,	목숨 바쳐 성군에게 보답을 하고
身死爲國殤.	이 몸은 죽어가서 순국자 되리.

이 시는 변경의 경보, 천자의 파병, 변새의 혹한, 전투의 고통과 목숨 바쳐 나라에 충성하겠다는 결심을 단계적으로 읊은 포조의 대표적인 변새시(邊塞詩)이다. 포조는 변새 생활의 경험 없이 사료와 이전 시인들의 시편에 묘사된 변방의 모습을 충실히 참고하고, 거기에 자신의 상상을 가미하여 이와 같이 변새 풍경을 묘사했다. 이 시는 표면적으로는 국가의 비상시기에 목숨을 초개와 같이 버리고 순국하려는 장렬한 애국 정서가 충만한 작품이지만, 그 행간에는 거짓 '충량(忠良)'들로만 채워져 평소 대책 없이 지내다가 긴급 상황이 닥치자 허둥거릴 수밖에 없는 조정에 대한 신랄한 풍자가 담겨 있다. 당시의 시로서는 드물게 비분강개를 특징으로 하는 이른바 '건안풍골'을 느낄 수 있는 작품이다.

포조의 악부시는 주로 한(漢)·위(魏)의 옛 제목을 이용하여 개조한 것이지만 〈오가(吳歌)〉 3수와 〈채릉가(采菱歌)〉 3수처럼 남방 민가의 작품을 모의한 것도 일부 있다. 이전에도 시의 체제와 언어풍격상 남방의 민가를 모방한 시인이 있었지만 오성(吳聲) 서곡(西曲)의 가명(歌名)을 명확하게 표방한 것으로는 이것들이 제일 처음이다. 그로부터 문인창작에 대한 남방 민가의 영향이 심화되고 있음을 확인할 수 있다.

중국시사에서 포조의 악부시는 매우 중요한 의의를 지닌다. 건안시기 조식(曹植)과 왕찬(王粲) 등의 악부시에 이미 아화(雅化)의 경향이 나타나기 시작했지만 총체적으로는 아직 마을 노래의 수준에서 벗어나지 못했다. 그 후 육기·반악·사영운·안연지 등의 저명 시인 모두가 전아한 방향으로 이를 발전시켜 악부시는 점점 활기를 상실했는데, 포조가 새로운 전환을 일구어 냈다. 그는 한위 악부의 질박하고 강건한 특색과 남방 민가의 화려하고 천속한 특징을 결합시키고, 문인의 우아한 문사를 부가하여 언어풍격 상 새로운 특징을 구현했다.

더욱 중요한 것은 그가 시에 강렬한 격정을 주입하여 경물의 묘사와 인물의 묘사를 막론하고 모두 선명한 주관 감정색채를 지니게 함으로써 악부시가 다시금 약동하는 생기를 지니게 했다. 특히 86수의 악부시에 현실주의적 경향이 많이 나타나는데, 이것이 포조 시의 가장 두드러지는 특징이다. 그 후 양대(梁代)의 시인이 아(雅)와 속(俗)의 결합을 추구한 것은 포조 시가예술의 한 단면을 계승한 것이다. 또한 그의 역량이 풍부하고 격정이 넘치며 자아형상이 선명한 특징이 당대(唐代) 이백·두보 등의 대시인에게도 영향을 끼쳤다.

이 밖에도 그의 칠언시 30여 수가 전해지는데, 구마다 압운하던 것을 격구압운(隔句押韻)으로 전환한 점 등에서 근체 7언시의 형성에 크게 기여했다. 다음 시를 보자.

\<擬行路難\>(其一)   \<행로난\>을 본떠서(제1수)

奉君金巵之美酒,	그대에게 바칩니다 황금 잔의 좋은 술
瑇瑁玉匣之雕琴.	대모 장식 옥 상자 속 아름다운 거문고
七綵芙蓉之羽帳,	일곱 색깔 연꽃을 아로새긴 새 깃 휘장
九華蒲萄之錦衾.	아홉 빛깔 포도를 수놓은 비단 이불.
紅顔零落歲將暮,	붉은 얼굴 시들시들 한 해도 저물어가고
寒光宛轉時欲沈.	차가운 빛 뉘엿뉘엿 하루도 끝나가오.
願君裁悲且減思,	그대여 슬픔일랑 훌훌 털어버리고
聽我抵節行路吟.	장단 맞춰 부르는 내 \<행로난\> 들어보오.
不見柏梁銅雀上,	백량대와 동작대 위의 성대한 연회
寧聞古時清吹音.	그 옛날 맑은 노래 어찌 다시 듣겠소.

우선 이 시의 압운 방식을 보면 일운도저(一韻到底)의 격구압운으로 되어 있어서 칠언율시의 압운 방식과 같다. (다만 칠언율시는 수구입운首句入韻이 보통인데, 이 시는 수구입운하지 않았다.) \<행로난\>은 한대(漢代)부터 지어진 악부시의 제목으로 세상살이의 고달픔과 이별의 슬픔 등이 주 내용이다. 포조의 \<의행로난\>은 \<행로난\>을 본떠지은 것이지만 현존하는 이 제목의 작품으로는 포조의 것이 가장 이르다. 모두 19수가 남아 있으며, 포조의 대표작으로 꼽힌다.

전체 내용은 서시(序詩)격인 이 시에서 인생살이의 고달픔을 잊자는 것으로 발단을 연 후, 규원(閨怨)·회재불우·인생무상·행역의 고통을 노래한 뒤에 제19수에서 체념적인 자위로 끝내고 있다. 내용으로 볼 때 이 연작시는 시인이 세상살이의 갖가지 어려움을 겪고 난 후인 중년 무렵에 지었을 것이다.

포조의 비(非) 악부류 오언고시는 총체적으로 사영운을 대표로 하는 주류와 풍격이 접근해 있어서 문사가 전아하고 조탁이 심한 편이다. 그 중에서 여행을 기술한 작품은 경물 묘사의 성분이 많아서 전적으로 산수를 묘사한 것은 아니지만 실제로는 산수시의 일종이라고 할 수 있다. 다만 그의 작품에서는 이미 현언시의 철리적 특색이 사라졌다. 사물 묘사의 정교함과 깊이에 있어서는 포조가 사영운만 못하지만 기세는 더 웅건하다. 그것은 주로 그가 움직이는 경물을 묘사하여 시의 의상(意象)을 만듦으로써 분명하게 주관적 색채를 지니도록 했기 때문이다.

9. 제(齊)·양(梁)·진(陳)의 시

제(齊) 시기의 가장 중요한 문학현상은 영명체(永明體)의 출현과
염체시(艶體詩)의 등장이다. 영명(永明)은 제(齊) 무제(武帝: 483-493)
의 연호이다. 당시에 무제의 차남 경릉왕(竟陵王) 소자량(蕭子良)을
중심으로 방대한 문학 집단이 형성되었다. 그 중의 저명한 인물은
소연(蕭衍)·심약(沈約)·사조(謝朓)·왕융(王融)·소침(蕭琛)·범운(范
雲)·임방(任昉)·육수(陸倕) 8인으로 '경릉팔우(竟陵八友)'라고 불린
다. 팔우 중의 심약과 성운학자(聲韻學者) 주옹(周顒)이 사성(四聲)의
학문을 문학창작에 운용하여 사성팔병설(四聲八病說)을 제창했다.

사조·왕융·범운 등도 이 신체시의 창작에 적극적으로 참여하
여 고체시가 격률시로 바뀌는 전환 시기에 핵심적인 역할을 했다.
영명 신체시의 성률은 대략 오언시의 2구를 기본단위로 하여 1구
안에서 기본적으로 두 글자마다 평측을 교차시키고, 1연(聯)의 2구
(출구出句와 대구對句)는 서로 평측을 대립시키는 것이다. 그리고 평
두(平頭)·상미(上尾) 등 성운상의 여덟 가지 결점을 피하라고 요구
했다. 그러나 '팔병(八病)'의 규정이 지나치게 가혹하여 당시 사람
들이 그대로 준수하기 어려웠고, 후대의 율시도 '팔병'을 기피하지
않았다.

사성팔병을 따지는 것 외에도 영명체는 몇몇 창작상의 습관이
있었다. 이를테면 편폭의 장단은 명확한 규정이 있지는 않았지만
통상 10구 정도였다. 이로부터 발전하여 8구를 1수로 하는 율시의
정격이 형성되었다. 또한 수련(首聯)과 미련(尾聯)을 제외한 중간 연

(聯)들은 대부분 대장(對仗)을 사용했는데, 이것도 후대 율시의 정격이 되었다. 성률의 운용은 우선 오언시에 한정되었다. 대략 진대(陳代)에 이르러 오언율시가 기본적으로 성숙되었고, 그 후 당인(唐人)들이 이것을 더욱 세밀하게 다듬어 정형화시켰다. 칠언시의 율화는 주로 당대(唐代)에 완성되었다.

성률론의 제창과 운용의 직접적인 원인은 당시에는 시가 이미 가창에서 멀어졌기 때문에 언어 자체에서 음악미를 추구할 필요가 있게 되었다는 데 있다. 그리고 음악성의 추구로 인해 "좋은 시는 탄환처럼 아름답게 흘러간다"14)는 심미 관념이 제기되었다. 이것이 진(晉)·송(宋) 이래 문인시의 언어를 지나치게 어렵고 껄끄러운 폐단에서 벗어나게 하여 참신하고 매끄럽게 바꾸었다. 어렵고 껄끄러운 언어는 성률상의 요구에는 부합하더라도 낭송하는 데에는 방해가 되기 때문에 유창하게 이끌어가고자 하는 실제 목적을 달성할 수 없었다.

또한 신체시는 편폭에 제한이 있었기 때문에 과거처럼 마음껏 나열하고 재능과 학문을 과시하는 작법이 허용되지 않았다. 이런 기풍이 유행하다 보니 꼭 신체시가 아니더라도 번잡하여 조리가 없는 작시방법이 점차 사라지고 맑고 세련된 작품이 많아졌다. 이 야말로 의미 있는 변화로, 양(梁)·진(陳) 및 당대(唐代) 시가의 언어풍격에 대단히 중요한 영향을 끼쳤다.

사조(464-499)는 자가 현휘(玄暉)이고, 진군(陳郡) 양하(陽夏: 지금의 하남성 태강太康) 사람이다. 그는 사영운과 함께 산수시에 뛰어나 후인들은 이 두 사람을 '대소사(大小謝)'로 병칭하기도 했다. 사조는 영명 초에 출사하여 경릉왕 소자량의 저택에 자주 출입하면서 '경릉팔우' 중의 한 사람이 되었는데, 문학으로 명성이 매우 높았다.

---

14) "好詩圓美流轉如彈丸"(『南史·王筠傳』)

나중에 그는 소요광(蕭遙光)의 음모를 폭로하려다 모함에 걸려 하옥되어 죽었다. 『사선성집(謝宣城集)』이 있다.

사조는 세족 출신이어서 벼슬길이 순조롭긴 했지만 당시 정치 현실이 워낙 험악하여 겁이 많고 소심했다. 그는 사영운과 달리 야심과 자존감이 부족하여 일 처리에 우유부단했고 자신의 안위만 돌보았다. 사조의 이러한 성격 때문에 시에 표현된 감정도 대부분 당황과 슬픔이고, 경물의 묘사도 대체로 맑고 고운 편이어서 강렬한 격정이 나타나지 않고 자극적인 색채와 약동하는 형상이 거의 없다.

영명 전기에 사조는 주로 건강(建康: 지금의 남경南京)에서 활동하며 유연(遊宴)과 수창(酬唱)의 작품을 썼다. 예를 들어 <동전 유람 (遊東田)> 같은 시는 경물의 묘사가 뛰어나다. 그는 특히 보통의 경물 속에서 신선하고 감동적인 미감을 발견하고 맑고 아름다운 의상을 만들어서 독자들이 친밀하게 그것을 느끼도록 했다. 작시 방법에서 그는 사영운처럼 유람 과정을 일일이 기술하는 대신에 눈에 들어오는 것을 가지고 구를 만들고 마음 가는 대로 나열했으며, 자연경물에 대해 훨씬 많이 선택하고 가다듬어 새롭게 안배했기 때문에 과거 문인시에 흔히 보이는 장황하고 번잡한 폐단에서 벗어날 수 있었다. 그가 사용한 언어는 세련되면서도 천근하여 이해하기 쉬웠다. 그렇게 해서 그는 자신이 제시한 "좋은 시는 탄환처럼 아름답게 흘러간다"는 목적에 도달할 수 있었다.

영명 11년(493) 이후에 사조가 지은 시는 벼슬살이의 우환을 담은 것이 많다. 똑같이 경물의 묘사에 뛰어나긴 했지만 사경(寫景)과 서정(抒情)의 결합이 전보다 밀접해졌고 내용도 더 풍부해졌다. 그의 시 한 수를 예로 들어본다.

<之宣城郡出新林浦向板橋>
선성군에 가려고 신림포를 나와서 판교를 향해 가다가

江路西南永,	강의 뱃길은 서남으로 길게 이어지고
歸流東北騖.	돌아가는 물은 동북으로 거세게 흐른다.
天際識歸舟,	하늘 저편에 돌아오는 배가 보이고
雲中辨江樹.	구름 사이로 강변 나무를 알아보겠다.
旅思倦搖搖,	나그네 생각 권태롭고 불안하지만
孤遊昔已屢.	외로운 여행은 지난날 누차 겪었다.
旣歡懷祿情,	관리로 봉급을 받을 수 있어 기쁘고
復協滄洲趣.	또한 멀리 은거하게 되어 반갑다.
囂塵自玆隔,	이제 시끄러운 속세와 격리되었으니
賞心于此遇.	나의 이 같은 처지에 마음이 즐겁다.
雖無玄豹姿,	비록 검은 표범의 자태는 없지만
終隱南山霧.	끝까지 남산의 안개 속에 은거하리라.

　이 시는 사조가 선성 태수로 부임하는 도중에 지은 것인데, 내용상 두 부분으로 나눌 수 있다. 앞부분은 "구름 사이로 강변 나무를 알아보겠다"(제4구)까지로 배를 타고 가면서 본 광경을 묘사하였고, 뒷부분에서는 부임하는 도중에 생각한 것을 서술하였다. 사조의 산수시는 사영운의 산수시를 계승했지만 이를 더욱 발전시킨 측면이 있다. 눈에 들어오는 광경의 특징을 포착하여 서정(抒情)에 연결시킴으로써 정경융합(情景融合)의 면모를 보여주었다. 이 시도 그의 장점이 잘 나타나 있는데, 다만 가구(佳句)가 중간에 돌출해 있고(天際識歸舟. 雲中辨江樹), 후반에 들어 기력이 떨어진다는 문제점이 있다.

　사조는 또한 적지 않은 악부시를 썼다. 그의 악부시는 문인의 소양을 발휘하여 속된 풍격에서 벗어나 언어가 쉬우면서도 정교하고 뜻이 명료하면서도 완곡하다. 더욱이 5언 4구의 소시(小詩)는 원래 남조 민가의 보편적인 형식이어서 과거 문인들에게도 그것을 모방한 작품이 있었는데, 그야말로 그저 모방일 뿐이었다. 그러다 사조에 이르러서는 민가와 다른 특징을 갖게 되어 문인의 신체시가 되었으니 이것이 바로 후대의 오언절구이다.

엄우(嚴羽)가 『창랑시화(滄浪詩話)』에서 "사조의 시는 이미 전편(全篇)이 당인(唐人)의 것과 같다"[15]라고 말했듯이 그의 시는 성률의 요소 외에도 시가 언어가 장기적인 탐색과 연마를 거쳐 성숙해졌다. 사영운과 안연지의 시에서는 결점이 있는 시구와 군더더기를 쉽게 찾아볼 수 있지만, 사조의 시에서는 그런 것을 찾기 쉽지 않다. 사조 시의 청신하고 자연스런 면모는 그의 장점이며, 이백도 여러 번 그에 대해 찬탄을 표했다.

양대(梁代)에 이르러 칠언시는 활기차게 발전하기 시작했다. 칠언시는 오언시에 비해 여유롭고 음악감이 풍부하기 때문에 부드러우면서도 완곡한 특징이 있다. 전에는 포조를 제외하면 이 형식에 특별히 주의를 기울인 사람이 거의 없었다. 그러다 양대에 이르러서 칠언시의 작가가 10여 인이나 되고 작품의 수량도 100편이 넘게 되었다. 그렇게 하여 칠언시의 진영이 확대되었고, 오언시와 어깨를 겨룰 수 있는 중요한 형식이 되었다.

양대의 칠언시는 포조의 작품과 다른 면이 있다. 잡언이라 하더라도 구식(句式)의 조합에 규율이 있어서 포조의 〈행로난(行路難)〉처럼 절주에 변화가 많지 않고 대부분이 제언체(齊言體)이다. 그 안에서 편폭이 길고 격구압운을 하고 몇 구마다 환운하는 음악감 풍부한 칠언가행이 탄생했다(오균吳均의 〈행로난〉, 소역蕭繹·왕포王褒의 〈연가행燕歌行〉 등). 이것이 후에 진(陳)·수(隋) 및 당인(唐人)이 상용하

---

15) "謝朓之詩, 已有全篇似唐人者."(『滄浪詩話·詩評』)

는 형식이 되어 노조린(盧照隣)의 <장안에서 옛일을 생각하며(長安古意)>와 장약허(張若虛)의 <봄 강의 꽃피고 달 밝은 밤(春江花月夜)> 등이 모두 여기서 나왔다.

칠언가행은 통상 대우(對偶)를 중시하지 않지만 시편에 따라서는 오언시를 표준으로 삼아 8구를 1편으로 하고 대장(對仗)에 신경을 썼는데(소강蕭綱과 유신庾信의 <오야제嗚夜啼> 등), 이것이 칠언율시 최초의 형식을 형성하였다. 이런 연유로 청(淸) 유희재(劉熙載)는 『예개(藝槪)』에서 유신의 <오야제>(양梁에서 지은 시)를 "당의 칠언율시를 열었다"라고 평가했다. 이 외에도 양대에는 수많은 7언 4구의 단시(短詩)가 출현했는데, 이는 후대의 칠언절구와 연원 관계가 있다. 따라서 양대는 칠언시의 발전에서 대단히 중요한 시대라고 할 수 있다.

양대 문인의 문학관은 실제로 시가의 표준을 중심으로 삼았으므로 당시의 사부(辭賦)도 시화(詩化)의 경향이 있었다. 더욱이 일부 서정소부(抒情小賦)는 대량으로 5·7언 시구를 섞어 썼는데, 때로는 절반을 넘는 경우도 있었다. 장편의 칠언가행도 왕왕 사부의 나열 수법을 사용하여 시와 부가 상호 삼투하는 현상이 나타났다. 이것이 초당(初唐)과 성당(盛唐)의 칠언가행을 특징짓는 데 큰 영향을 끼쳤다.

소연(蕭衍: 464-549)은 양(梁) 무제(武帝)로, 자가 숙달(叔達)이고 남란릉(南蘭陵: 지금의 강소성 상주常州 서북쪽) 사람이다. 제나라 종실의 일원인데, 제(齊)의 내란을 틈타 군대를 일으켜 제위를 탈취했다. 만년에 동위(東魏)에서 귀순한 대장 후경(侯景)이 반란을 일으켜 도성이 함락되자, 유폐되어 굶어죽었다. 소연은 제나라 때 '경릉팔우(竟陵八友)'의 일원으로서 황제가 된 뒤에도 문학을 계속 애호했다. 그는 음악에 정통했고 민가를 좋아했다. 현존하는 시는 90여 수인데, 절반 이상이 악부시이고 그 대부분은 남조 민가를 모방한 것이다. 모방작 외에도 서곡(西曲)에 의거해서 〈양양답동제(襄陽蹋銅蹄)〉·〈강남상운악(江南上雲樂)〉·〈강남농(江南弄)〉 등의 신곡을 제작했다. 악부시를 제외한 소연의 기타 시편도 민가의 풍격을 모방한 것이다. 그는 황제라는 지위에 있으면서 그처럼 민가를 좋아했으므로 양대 시풍의 변화에 중요한 작용을 했을 것이다.

소강(蕭綱: 503-551)은 간문제(簡文帝)로 자가 세찬(世纘)이고 무제의 셋째 아들이다. 형 소통(蕭統)이 죽은 후 태자가 되었지만 후경이 반란을 일으켜 무제가 죽자 2년 동안 괴뢰 황제 노릇을 하다가 피살되었다. 소강이 창도한 궁체문학(宮體文學)은 양(梁)·진(陳)·수(隋)와 초당(初唐)을 풍미했을 뿐만 아니라 만당(晚唐)·오대(五代) 및 그 후의 시와 사(詞)에 계속해서 흔적을 남겼으므로 궁체시에 대한 후인의 평가가 어떻든 간에 그 존재를 소홀히 할 수는 없다.

이른바 '궁체'는 우선 시가를 가리켜 말한 것이다. '궁(宮)'은 바로 태자의 동궁(東宮)을 가리킨다. 소강이 태자가 되었을 때 그를 둘러싸고 동궁의 속료들이 주요 성원이면서 영향력이 큰 문학 집단이 형성되었는데, 그들의 일부 시가 전적으로 남녀 간의 정(전통적인 규원閨怨 제재를 포괄하여) 및 여인의 용모, 행동거지, 정태, 생활 환경과 사용하는 기물 등등을 묘사하여 현저한 특징이 나타났기 때문에 '궁체시'라고 일컬어졌다. 동시에 궁체시도 특정한 언어 풍격을 형성했는데, 주로 언어가 농염하고 묘사가 세밀하며 음악성이 강했다.

오언시는 보편적으로 성률의 조화에 주력하여 영명 신체시를 발전시켰고, 칠언시는 경쾌하고 매끄러워 민가의 풍격을 갖추었다. 시가 외에 그들의 일부 사부(辭賦)도 상술한 특징을 갖추고 있어서 '궁체부(宮體賦)'로 칭해지기도 했다. 후인들이 '궁체'라는 개념을 사용한 것은 그다지 엄격하지 않아서 때로는 내용과 풍격 두 면을 함께 가리켰고, 때로는 그 중의 한 면만을 지칭하였다. 소강 등의 문학 집단 외에도 소역(蕭繹)의 문학 집단과 소자현(蕭子顯) 등도 유사한 창작이 있으므로 그들을 모두 넓은 의미에서 궁체파에 귀속시킬 수 있다.

궁체시는 당시 궁정 내부의 무절제한 생활을 반영한 것이라고 여겨지기도 한다. 그러나 제왕의 후궁 속 사생활은 그다지 중요한 문제가 아니다. 일반적인 봉건 도덕 기준으로 소강과 그 문학 집단에 속한 중요 인물들을 살펴보면 그들의 생활태도는 적어도 특별히 질책할 만한 것이 없다. 따라서 그보다는 당시의 문학 배경에서 원인을 찾아야 할 것이다. 『양서(梁書)・서리전(徐摛傳)』(서리는 소강의 스승임)에서는 '궁체'의 명칭 유래에 대해 "서리의 문장은 새로운 변화를 좋아하여 옛 체재에 구속되지 않았다. 문체가 변하면 태자궁(太子宮)은 모두 그것을 배웠으니, 궁체의 호칭은 이로부터 시작되었다"16)라고 하였다.

소역(蕭繹: 508-554)은 양(梁) 원제(元帝: 552-554)로 자가 세성(世誠)이고 무제의 일곱째 아들이다. 상동왕(湘東王)에 봉해져 강릉(江陵)을 지키고 있다가 후경(侯景)의 난을 평정하고 황제가 되었지만 서위(西魏) 군대가 강릉을 격파했을 때 피살되었다. 그의 문학 관념과 창작풍격은 모두 소강과 비슷하다. 칠언악부 <연가행(燕歌行)>은 음절이 유창하여 양대의 칠언악부 중에서 대표성을 지닌다.

이 시는 궁체 풍격의 작품이기도 하다. 전편(全篇)이 5소절로 나누어지는데, 첫 1절이 6구인 것을 제외하면 나머지는 모두 4구에 한 번씩 환운하면서 환운할 때 첫 구에도 압운하여 가지런한 가운데 변화를 주어 시가의 음악미를 증가시켰다. 후세에 4구에 한 번

---

16) "摛文好爲新變, 不拘舊體. 文體旣變, 春坊盡學之, 宮體之號, 由斯而起."

씩 환운하는 장편 가행의 격식은 양대의 이런 부류의 시에서 비롯
되었다.

심약(沈約: 441-513)은 자가 휴문(休文)이고, 오흥(吳興) 무강(武康:
지금의 절강성 덕청德淸 무강진武康鎮) 사람이다. 소연이 제나라를 찬탈
할 때 그를 도와서 양나라를 건립한 후 관직이 상서령(尙書令)에
이르렀다. 그는 저술이 풍부하여 시문사부(詩文辭賦) 외에도 『송서
(宋書)』·『사성보(四聲譜)』 등이 있다.

제(齊)·양(梁) 문학에서 심약은 기풍을 선도한 인물이었는데, 그
것은 여러 방면에서 나타났다. 첫째, 그는 제(齊) 영명(永明) 시대에
'경릉팔우'의 핵심인물로서 성률론의 주요 창도자이자 '신체시(新體
詩)'의 주요 실천자였다. 둘째, 그는 이해하기 쉬운 시가 언어를 사
용할 것과 아속(雅俗) 결합에 주의를 기울일 것을 제창하였다. 셋
째, 그의 시가에는 민가를 모방한 작품이 많다. 이들 작품 중에는
10여 수의 칠언시와 여러 수의 염정시가 있어서 궁체시풍의 형성
에도 직접적인 영향을 끼쳤다. 넷째, 양대(梁代)에 시와 부가 상호
삼투한 현상도 심약과 관계가 있다. 그의 <민쇠초부(愍衰草賦)>와
<천연수조응조부(天淵水鳥應詔賦)>는 모두 대량으로 시구를 사용하
여 새로운 변화를 보여주었다.

심약은 문단뿐만 아니라 정치적 지위도 높아서 문학사 방면에서
큰 역할을 했다. 그는 또한 인재의 발탁에 힘을 기울여서 유협(劉
勰)이 『문심조룡(文心雕龍)』을 쓰고는 심약에게 그 책을 바쳤는데,
심약이 높이 평가한 덕분에 그것이 널리 알려지게 되었다.

강엄(江淹: 444-505)은 자가 문통(文通)이고, 제양(濟陽) 고성(考城:
지금의 하남성 난고蘭考) 사람이다. 그는 어려서 고아가 되어 집안이
가난했지만 문학을 좋아하여 명성이 있었다. 송대(宋代)에 관직에
들어가긴 했지만 여러 왕의 막부를 전전했으므로 뜻을 이루지 못

했다. 소도성(蕭道成: 제齊 고조高祖)이 집정한 후 제 왕조를 건립하면서 인정을 받아 점차 현달했다. 나중에 다시 소연(蕭衍)에 의탁하여 양조(梁朝)에서 관직이 금자광록대부(金紫光祿大夫)에 이르렀다. 역사에 전해지기로는 그가 만년에 재능이 감퇴했다고 하는데, 부귀영화를 누려서 창작에 격정이 결핍되었기 때문일 것이다. 현존하는 그의 시문은 기본적으로 모두 송대(宋代)와 제대(齊代)에 지은 것이다. 『강문통집(江文通集)』이 있다.

강엄의 시는 모의(模擬)에 뛰어난 것으로 이름이 났다. 그의 문집 중에서 전인(前人)을 모방했다고 표명한 것으로는 <완적(阮籍)공을 본받아 지은 시 12수(效阮公詩十二首)>·<위 문제를 모방하여(學魏文帝)>·<잡체 30수(雜體三十首)> 등이 있다. <잡체 30수>의 의도는 시 앞의 자서(自序)에 의하면 하나의 격식을 고수하는 일부 시인들의 태도에 반대하여 한(漢)·위(魏) 이래 여러 명가의 풍격을 학습하여 오언시의 원류를 추적함으로써 두루 널리 섭취하고자 시도한 것이다. 그 중 대다수는 내용·체제·용사(用辭) 등의 여러 방면에서 확실히 전인(前人)을 모방한 것이다. 특히 조비(曹丕)·조식(曹植)·왕찬(王粲)·유정(劉楨)·완적(阮籍)을 모의한 몇 편은 거의 원작과 혼동될 정도이다. 이로부터 그가 전인의 작품을 파악하고 연구하는 데 매우 공을 들였음을 알 수 있다.

그러나 모의는 결국 창작을 대신할 수 없었다. 그가 자신의 생활을 서술한 작품은 사경(寫景)이건 서정이건 간에 모두 깊이 있고 웅장한 필력이 부족했고, 초사와 고시 중의 어휘를 섞어 써서 갈피를 잡을 수 없고 확정할 수 없는 감상(感傷)을 즐겨 썼다. 그는 또한 남조(南朝)의 저명한 부(賦) 작가이기도 해서 <한부(恨賦)>와 <별부(別賦)>가 그의 손에서 나왔다.

하손(何遜: ?-518)은 자가 중언(仲言)이고, 동해(東海) 담(郯: 지금의 산동성 담성郯城) 사람이다. 그는 일찍이 오균(吳均)과 함께 양(梁) 무제(武帝)의 총애를 받았지만 오래지 않아 뜻을 잃었다. 일생 동안 주로 문재(文才)에 힘입어 여러 왕의 막료로 지내다가 여릉왕(廬陵王) 소속(蕭續)의 기실(記室)로 죽었다. 『하기실집(何記室集)』이 있다. 하손은 현재 90여 수의 시가 전하는데, 염체시의 특징을 분명히 지닌 시가 일부 있다. 예를 들어 <영무(詠舞)> 시는 무녀의 미묘한 정태를 묘사하면서 말미에 암시의 뜻을 두었다. 하손이 죽었을 때 소강이 16세였으므로 이 시는 물론 궁체시 성행 이전에 쓴 것이다. 이로부터 알 수 있듯이 여성의 아름다움을 묘사하고 염정의 내용을 표현하는 것은 제(齊)·양(梁) 시대의 보편적 추세였다.

하손의 시에서 가장 주요한 내용은 기려(羈旅)와 수답(酬答)인데, 양자가 하나로 결합되어 나타나기도 했다. 이 작품들은 사경과 서정에 뛰어나고 성률을 중시했으며 문사가 청신하여 사조(謝朓)의 풍치가 있다. 그러나 사조와 비교해보면 하손의 시는 언어의 단련에 더 공을 들였다. 사조의 시가 언어의 표현이 자연스러운 데 뛰어난다면, 하손의 시는 수사가 세련되고 정교한 데 뛰어나다.17) 사경 방면에서 하손은 서정과의 밀접한 결합에 더욱 주의를 기울였다. 사조의 시에서는 단순히 자연 경물을 감상의 대상으로 삼아 묘사한 반면에, 하손의 시에서는 경물과 주관적 정서가 하나로 융합되어 서정의 요구에 부응했다. 다음 시를 보자.

<邊城思>   변방 성에서 솟구치는 그리움

柳黃未吐葉,   버들빛 노래 아직 잎을 토해내지 못했고
水綠半含苔.   물빛 파래 반쯤 이끼를 머금고 있다.

---

17) 당대(唐代)의 이백이 사조를 편애하고, 두보가 하손을 편애하는 차이를 보인 데서도 하손과 사조의 차이를 엿볼 수 있다.

春色邊城動,　봄빛이 변방 성에서 움트고 있어
客思故鄉來.　나그네 그리움이 고향에서 찾아온다.

이 시는 앞의 세 구에서 변방 성에 찾아드는 봄 경치를 묘사한 다음에 그로 인해 촉발된 나그네의 그리움을 쓴 짧은 시인데, 구식의 짜임새와 대장이 정교할 뿐만 아니라 '토(吐)'·'함(含)'·'동(動)'·'래(來)' 등의 동사 활용이 참신하면서도 당시(唐詩) 풍이어서 하손의 시가 언어와 성률 및 의상(意象)의 선택과 서정의 배합 방면에서 이미 당시(唐詩)의 풍격에 접근해 있음을 알 수 있다.

오균(吳均: 469-520)은 자가 숙상(叔庠)이고, 오흥(吳興) 고장(故鄣: 지금의 절강성 안길安吉 서북쪽) 사람이다. 한미한 집안 출신이어서 일생 하급관리에 머물렀다. 사학(史學)을 좋아하여 만년에 통사(通史) 편찬을 명 받았으나 완성하지 못하고 죽었다. 오균은 양대(梁代)에 하손과 이름을 나란히 했지만 두 사람의 시가 풍격은 서로 달랐다. 오균의 오언시는 언어가 질박한 편이고 대장의 정교함에 힘쓰지 않았으며 웅건한 기세를 추구했다. 구법(句法)과 격조는 한(漢)·위(魏) 고풍(古風)에 접근하여 당시에 독자적인 풍격을 보였다. 그의 시를 한 수 들어본다.

＜贈王桂陽＞　왕계양께

松生數寸時,　소나무 키가 몇 치에 불과할 때는
遂爲草所沒.　결국 잡초에 파묻히고 만다.
未見籠雲心,　구름을 모아들이는 마음을 보지 못했으니
誰知負霜骨?　누가 서리를 짊어지는 뼈대를 알까?
弱幹可摧殘,　가지가 약할 땐 부러뜨릴 수 있고
纖莖易凌忽.　줄기가 가늘 땐 업신여기기 쉽다.
何當數千尺,　언제나 수천 자의 소나무로 자라나
爲君覆明月?　임금님 위해 명월을 감쌀 수 있을까?

이 시는 시인이 자신의 포부와 지향을 표명한 것이다. 시인은 어린 소나무와 다 자란 소나무의 대비를 통해 상징적 수단을 운용하여 지금은 자신이 어린 소나무와 같아서 뭇 사람의 업신여김을 받지만, 큰 소나무와 같은 굳세고 정직한 자질과 원대한 포부를 지니고 있으니 언젠가는 잡초 위에 우뚝 솟아 나라를 위해 큰일을 하겠다는 희망을 피력하였다.

그는 또한 변새시(邊塞詩)가 적지 않은데, 이는 그의 언어 풍격이 '변새'라는 제재와 어울렸기 때문일 것이다. 이 외에도 오균에게는 7언 〈행로난(行路難)〉 5수가 있다. 이 시들은 기본적으로 환운의 제언체(齊言體)에 속하여 소강(蕭綱)·소역(蕭繹) 등의 칠언가행과 유사한 양대의 신체시에 속한다.

진대의 주요 작가는 대부분 양대에 창작활동을 시작했으며 양대의 몇몇 중요한 문학 집단과 관계가 있었기 때문에, 진대 문학은 기본적으로 양대 문학의 노선을 따라서 발전한 것이라고 할 수 있다. 양나라에서 진나라로 들어간 서릉(徐陵)·음갱(陰鏗)·장정견(張正見)·강총(江總)과 양나라에서 북조(北朝)로 가게 되어 거주한 유신(庾信)·왕포(王褒) 등은 서로 다른 지역에 살았지만 시대는 같아서, 그들은 공동으로 남북조문학이 당대문학으로 향하는 과도기에서 중요한 역할을 담당했다.

진대에 특히 진(陳) 후주(後主)의 궁정문학 집단에서는 궁체문학이 여전히 성행했다. 이 시기에는 궁체시의 일반적인 병폐가 더욱 두드러져서 언어가 더욱 기염(綺艷)해졌으며, 묘사는 더욱 노골화되어 진정한 생명 열정이 결핍되었다.

시가의 형식 방면에서 칠언가행은 계속해서 흥성의 기세를 유지했다. 체제는 일반적으로 양대의 작품보다 길어졌고, 환운도 더욱 규칙적이 되었다. 오언시는 보편적으로 율화(律化)되었고, 대장과 성률의 운용도 전보다 엄격해졌다. 장정견의 시에 대한 평가는 줄곧 그다지 높지 않았지만 격률이 엄정한 오언시를 대량으로 창작했다는 점에서 주목할 만하다.

또한 음갱도 대표성을 지닌 시인이다. 당대에 규정된 격률을 가지고 그들의 시를 가늠해보면 맞지 않는 부분이 있긴 하지만 양자의 차이는 결코 크지 않다. 제(齊)의 영명(永明) 시대부터 시작된 시가의 율화 과정은 진대에 이르러 일부 시인의 창작에서 이미 거의 완성되었다. 내용의 표현 방면에서 진대의 오언시도 간결과 집중과 치밀한 구성을 추구했다. 비록 북조에 거주한 유신과 왕포처럼 분명하지는 않았지만 전체적인 추세는 일치한다.

진대의 가장 저명한 작가로는 '일대문종(一代文宗)'의 칭호가 있는 서릉(徐陵)을 꼽는다. 서릉(507-583)은 자가 효목(孝穆)이고, 동해(東海) 담(郯: 지금의 산동성 담성郯城) 사람이다. 젊었을 때 부친 서리(徐摛)와 함께 소강(蕭綱)의 문하에 출입하여 궁체문학 집단의 한 핵심인물이 되었다. 전적으로 염정시를 수록한 『옥대신영(玉臺新詠)』은 그가 소강의 명을 받들어 편성한 것이다. 그는 또한 유신(庾信)과 함께 '서(徐)·유(庾)'로 병칭되어 '서유체'는 한때 궁체의 대명사가 되기도 했다. 진나라에 들어가서는 이부상서(吏部尙書)·상서좌복야(尙書左僕射)·태자소부(太子少傅) 등의 요직을 역임했다. 『서효목집(徐孝穆集)』이 있다.

서릉의 현전하는 시가는 대략 40여 편이다. 그 중에서 궁체에 속하는 것은 양대에 지은 <봉화영무(奉和詠舞)> 등 외에도 진대에 지은 <잡곡(雜曲)>이 있다. 이것은 칠언가행인데, 내용은 진 후주의 총비 장려화(張麗華)의 미모를 찬미한 것이다. 형식을 보면 4구에 한 번씩 환운하면서 평운과 측운을 번갈아 썼다. 이는 양대의 가행에 비해 더욱 조화롭고 완곡한 것이어서 초당(初唐) 가행의 기

본 격식을 다졌다. 궁체시 외에도 서릉에게는 다른 내용의 작품이
일부 있는데, 그 중에서 비교적 볼만 한 것이 악부 제목으로 쓴
〈계의 북문을 나서며(出自薊北門行)〉·〈농두수(隴頭水)〉·〈관산월(關
山月)〉 등의 변새시이다.

후주는 망나니 황제였지만 제법 문재(文才)가 있었다. 그가 지은
염시(艷詩)는 후인들의 비난을 받았는데, 특히 〈옥수후정화(玉樹後庭
花)〉는 '망국지음(亡國之音)'으로 일컬어졌다. 그러나 그가 민가를
모방해 지은 소시(小詩)는 오히려 청신하고 매끄러운 편이다.

강총(江總: 519-594)은 자가 총지(總持)이고, 제양(濟陽) 고성(考城:
지금의 하남성 난고蘭考) 사람이다. 그는 양조(梁朝)에서 출사하여 태자
중사인(太子中舍人)을 지냈고, 진(陳)에 들어와서도 후주의 총애를
받아 관직이 상서령(尚書令)에 이르렀다. 강총의 현존하는 작품 중
에서 칠언가행이 근 20수에 달하는데, 그 중의 〈완전가(宛轉歌)〉는
38구에 달하여 남조의 칠언가행 중에서 가장 장편에 속하며, 그
속에서 양(梁)·진(陳) 칠언가행의 변천과정을 살펴볼 수 있다.

내용 방면에서 보면 강총의 칠언시는 대부분 염정시에 속하고,
전통적인 민가 제재의 작품이 적지 않다. 강총의 오언시에도 몇
편의 가작이 있다. 특히 진나라가 망한 후 수나라에서 관직에 있
을 때 지은 절구 〈장안에서 양주로 귀환하여 9월 9일 미산정으로
가 운을 나누어 짓다(于長安歸還揚州九月九日行薇山亭賦韻)〉는 고향 그
리는 마음을 쓴 것으로, 언어는 간결하지만 의미심장하고 기개가
깊다.

10. 북조(北朝)의 시

북조 문인시의 발전은 기본적으로 북조가 남조의 문화를 받아들여 발전한 과정과 밀접한 관계가 있다. 북조의 문인시는 남조에서 북조로 들어간 일부 시인들이 남조의 문학을 북조에 이식한 결과 단순한 모방에서 벗어나 자신의 특색을 형성하게 되었으므로, 북조시의 발전은 남북의 문풍이 융합하는 과정 속에서 이루어졌다.

북조에서 생장한 시인은 많지 않고 남아 있는 작품도 별로 없다. 다만 동진(東晉)의 장군 온교(溫嶠)의 후예로 북조에서 생장한 온자승(溫子升: 495-546)을 꼽을 수 있는데, 그의 작품도 남조의 시를 모방한 것이 대부분이다. 오히려 남조에서 북조로 들어간 유신(庾信: 513-581)과 왕포(王褒) 등이 북조시의 발전에 공헌하였다. 그들은 양조(梁朝) 시기에 이미 남북 시풍의 융합을 시도했었다.

그들이 남조에서 북조로 들어간 후에는 남조의 정교한 예술기교를 북방의 생활 정조와 결합시켜서 신세에 대한 감상(感傷)과 고향에 대한 그리움 및 조국을 등지고 적지에서 벼슬을 살아야 했던 난감한 처지를 표현하여, 감정이 침통하고 음조가 격렬하면서도 처량하다. 더욱이 유신은 한·위·육조 예술의 성과를 바탕으로 자신의 세계를 구축하여 남북 시풍 융합의 핵심 역할을 수행했고, 당시(唐詩)의 발전에도 적지 않은 영향을 끼쳤다.

유신은 자가 자산(子山)이고 남양(南陽) 신야(新野: 지금의 하남성 신야현) 사람이다. 그의 일생은 555년, 양(梁) 원제(元帝)의 강릉(江陵) 패전을 경계로 전후 두 시기로 나눌 수 있다. 전기에 그는 부친

유견오(庾肩吾)와 함께 양조(梁朝)에서 벼슬을 지냈다. 양 무제는 그를 높이 평가하여 종종 외교의 중책을 맡겨서 누차 사신으로 동위(東魏)와 서위(西魏)를 왕래했기 때문에 북조에 문명(文名)이 알려졌다. 그러나 그가 양 원제 승성(承聖) 3년(555)에 왕명을 받고 서위로 사신 나갔다가, 위군(魏軍)의 남침으로 강릉이 함락되는 바람에 장안(長安)에 억류되어, 어쩔 수 없이 서위와 북주(北周)에서 벼슬을 살았다. 그 이후로 그의 생활과 사상은 큰 변화를 겪었다.

유신의 후기 시는 그의 신세와 맞물려 망국의 슬픔과 고향에 대한 그리움이 주된 내용을 이룬다. 그는 남조에서 습득한 성색(聲色)을 따지고 대우와 용전에 뛰어난 기교를 동원하여 웅장하지만 스산한 전쟁 분위기와, 광활하고 쓸쓸한 북방의 정경 및 질박한 변방 생활을 묘사했다. 그 결과 그의 시는 강건하고 호방한 기골과 쓸쓸하고 비장한 의경을 형성하여 남북 문풍의 교류와 융합에 크게 공헌하였다. 그의 <의영회(擬詠懷)> 27수는 영사(詠史)·술회(述懷)·용전(用典)·사경(寫景)·비흥(比興) 등의 표현수법을 결합하여 자신 일생의 회고를 통해 피눈물이 고이는 시대상을 그려내었다. 여기서 제7수를 들어본다.

楡關斷音信,	유관에는 소식이 끊어지고
漢使絶經過.	한의 사신도 지나가지 않는다.
胡笳落淚曲,	피리 소리는 눈물 흘리는 곡조
羌笛斷腸歌.	퉁소 소리는 애끊는 노래로다.
纖腰減束素,	가는 허리에 맨 띠 더욱 줄었고
別淚損橫波.	이별의 눈물에 눈망울 상했다.
恨心終不歇,	원망의 마음 끝내 그치지 않고
紅顔無復多.	홍안은 갈수록 사라져 버렸다.
枯木期塡海,	고목은 바다 메꾸길 기다리고
靑山望斷河.	청산은 황하 가로막길 바란다.

이 시는 제·양 사부시(思婦詩)의 표현 예술을 흡수하여 남방과 소식이 단절된 것으로 인한 고통을 반복적으로 토로하였다. 마지막에서 '정위전해(精衛塡海)'와 '거령벽산(巨靈擘山)'의 전고를 사용하여 실현 불가능한 소망을 표현하는 한편, 바다를 메꿀 수 없고 황하를 가로막을 수 없듯이 어찌할 수 없는 한(恨)을 서술하였다. 전체적으로 예술기교가 뛰어나고 전달하는 내용에 호소력이 넘치는 명작이라고 하겠다.

유신에게는 짧은 시도 몇 수 있는데, 표현한 감정이 강렬하여 진지하고 감동적인 예술경계를 보여주었다. 다음 시를 보자.

〈重別周尙書〉 주상서와 다시 이별하며

陽關萬里道,   양관은 만리 머나먼 길이라
不見一人歸.   돌아가는 사람 보이지 않는다.
唯有河邊雁,   오직 강가의 기러기만이
秋來南向飛.   가을 오니 남쪽으로 날아간다.

이 시에서 시인은 가을이 되어도 남쪽으로 돌아갈 수 없는 자신의 처지를 변방의 나그네에 빗대어 장안에 억류되어 있는 슬픔과 한을 기탁하였다.

유신은 근체시 형식의 발전에도 적지 않게 공헌했다. 그는 시를 더욱 율화되고 변려화되도록 해서 구수(句數)·장법(章法)·대장(對仗)·성률(聲律) 방면에서 당대 근체시의 선구적 역할을 했다. 유신이 거둔 성취는 한·위·육조 시가예술을 집대성한 것이며, 중국의 시가가 육조로부터 당대로 향해 가는 발전과정 속에서 앞길을 열어준 중심 역할을 수행한 것이다.

유신 이외에도 북조 시인 왕포(王褒: 513?-576)와 노사도(盧思道:

530?-582)도 남북 시풍의 융합에 이바지하였다. 왕포는 자가 자연 (子淵)이고 낭야(琅琊) 임기(臨沂: 지금의 산동성 임기) 사람이다. 원래 양조(梁朝)의 중신(重臣)이었으나 위(魏)가 강릉을 함락하자 원제(元 帝)를 따라 항복했다. 장안으로 가서 북방에 억류되어 유신과 마찬 가지로 중용되었지만 끝내 남쪽으로 돌아오지 못했다. 왕포는 유 신에 비해 고향생각이 절실하지 않은 편이었고, 후기에 들어서서 는 도교와 불교에 심취하여 여생을 보내 정서도 소극적이었다.

왕포가 양조(梁朝)에서 지은 <연가행(燕歌行)>은 유신의 <연가 행>과 마찬가지로 남북 시풍의 융합을 시도한 것이다. 이 시는 변 방인의 상상과 규중의 정경을 대조시켜가며 그리움을 표현했는데, 약간 번잡하게 느껴지긴 하지만 시상의 전환이 자연스러운 장점이 있다.

왕포의 악부시는 대부분 한·위 악부 고제(古題)와 제·양에서 유행한 영명체(永明體)를 사용하여 전통적인 유협과 변새 제재를 표현했다. 또한 그의 악부시는 대부분 전편에 걸쳐 대우를 사용하 여 고시와 별 차이가 없게 되었기에, 독창성이 부족하고 사의(詞 意)가 복잡하다는 결점이 있다.

왕포는 유신과 같이 처지의 절실한 아픔을 표현하지 않아 깊은 감동을 주는 작품이 많지 않지만, 북조로 들어간 후 나그네의 슬 픔과 고향 그리움을 쓴 <도하북(渡河北)>은 진정성이 돋보이는 시 이다.

<渡河北>	**황하 북쪽으로 건너가며**
秋風吹木葉,	가을바람이 나뭇잎에 부니
還似洞庭波.	동정호에 물결 이는 듯하다.
常山臨代郡,	상산은 대군을 굽어보고 있는데

亭障繞黃河.	초소와 보루가 황하를 둘러쌌다.
心悲異方樂,	이국의 음악에 마음 슬프고
腸斷隴頭歌.	농두가 소리에 애가 끊긴다.
薄暮臨征馬,	저물녘 길 떠날 말에 오르니
失道北山阿.	북녘 산아에서 길을 잃었다.

왕포는 양나라 멸망 후 처음으로 황하를 건너면서 이 시를 지었을 것이다. 가을바람에 낙엽이 지고 황하에 이는 물결을 바라보면서 시인은 동정호에 있는 것 같은 착각에 빠진다. 그러나 대군(代郡)의 상산관과 황하 가의 방어 공사는 그를 잠시의 착각에서 벗어나게 한다. 환상과 현실의 대비와 북방의 음악은 그의 마음을 슬프게 하고 만다. 마지막 두 구는 연상과 상징이 깊어서 시의 맛을 더욱 풍부하게 한다.

노사도는 자가 자행(子行)이고 범양(范陽: 지금의 하북성 탁주涿州) 사람이다. 젊어서 북제(北齊)에 출사했으며 오언시에 능했다. 북주(北周)가 제나라를 멸망시킨 후에는 장안으로 들어가 산기시랑(散騎侍郎)을 지냈다. 노사도의 시는 악부와 고시로 나눌 수 있는데, 이 둘의 풍격이 전혀 다르다. 악부시는 기염(綺艷)한 시풍을 지닌 제(齊)시의 영향을 받아 일부 유선시와 연유시(宴遊詩)를 제외하면 대부분 남조의 염정시를 모방한 것이다. 그는 북방에서 생장했지만 이 시들은 남방의 풍미를 지녔는데, 그와 같은 바탕이 그의 유일한 가작 <종군행(從軍行)>을 쓸 수 있게 했을 것이다. <종군행>은 본래 악부고제인데, 노사도는 이것을 칠언가행으로 확충해 썼다. 시 전체가 단숨에 내달리면서도 전절이 많고 내용이 쓸쓸한 가운데 면면한 정이 깊어서, 강건한 기세 속에 부드럽고 완곡한 정조가 숨어 있다.

노사도의 고시는 대부분 증별(贈別)·응수(應酬)와 영물(詠物)인데,

내용에 새로운 뜻이 별로 없다. 다만 해 저무는 푸른 산과 평야 멀리 펼쳐져 있는 봉우리와 저녁 안개 피어나는 쓸쓸한 정원 등의 황량한 경물을 잘 묘사했다. 또한 그가 북주에서 양휴지(陽休之)·안지추(顏之推) 등과 함께 지은 <매미 우는 소리를 들으며(聽鳴蟬篇)>는 5언과 7언이 섞여 있는 장편 고시로서 초당(初唐) 노조린(盧照隣)과 낙빈왕(駱賓王)의 장편 고시와 가행을 선도하는 역할을 했다.

제 4 장

수(隋)·당(唐)의 시

1. 개설

수공(隋公) 양견(楊堅)이 서기 581년에 북주(北周)의 정제(靜帝: 579-580)를 퇴위시키고 정권을 탈취하여 수(隋) 왕조를 세웠고, 589년에는 남조의 진(陳)을 멸망시켜 남북을 통일했다. 수대의 정치와 문화는 문제(文帝: 581-604)와 양제(煬帝: 605-616)의 통치방식이 크게 달라서 큰 차이가 나타났다. 검소한 생활을 강조했던 문제와는 달리 양제는 즉위 후 사치를 일삼아서 이것이 당시의 문풍에도 영향을 끼쳤다.

수 왕조의 시인들은 각기 내원이 달라서 북제(北齊)와 양(梁)·진(陳)에서 온 시인들은 대부분 가볍고 고운 특징을 지닌 반면에 북주(北周)에서 온 시인들은 소박한 편이었다. 게다가 문제와 양제 두 시기의 문풍이 달랐기 때문에 수시(隋詩)는 풍격이 잡다한 과도기적 모습을 띨 수밖에 없었다. 이 시기 시의 평균 수준을 놓고 볼 때 북제(北齊) 때의 시에 비해서는 향상된 점이 있지만 내용과 예술기교 모두 구태를 벗지 못하여 참신한 면이 없고 생기가 부족하다.

제(齊)·양(梁) 이래 각종 문체의 변려화(駢儷化) 경향에 따라 시가에서도 대우를 사용하는 기풍이 부단히 발전하여 수대에 이르러서는 거의 시와 부(賦)가 구분되지 않는 지경에까지 이르렀다. 대량으로 대우를 사용하는 기풍은 수대 고시(古詩)의 번잡하고 장황한 병폐를 초래했지만 이것이 본래 나열의 특징이 있는 가행에 적용되어 언어가 화려하고 기세가 유창하며 뜻이 다채로운 쪽으로 발전했다. 수대와 초당에서 대우 위주의 장편 가행이 신속하게 발전한 것은 시의 변려화와 부(賦)의 시화가 낳은 결과이다. 그러나 전체적으로 수시(隋詩)는 일부 가작을 제외하면 대부분이 전인(前人)의 어휘를 약간 변형시켜 배열하고 조합한 것에 불과하다.

수시(隋詩)의 과도기적 상태는 한편으로는 제·양 시풍의 깊은 영향을 받은 것이고, 다른 한편으로는 수 왕조 초기의 질박한 문풍으로의 개혁을 거친 후에 북조 시의 맑고 굳센 기풍과 서진(西晉) 시의 아정(雅正)한 경향이 융합된 결과이다. 이것이 초당 시가의 풍모를 형성하는 데 일정 정도 기여했지만 양소(楊素: ?-606)와 설도형(薛道衡: 540-609) 등을 제외하면 대부분의 수대 시인은 재능이 부족하고 사상과 감정이 빈곤해서, 결과적으로 융합에 갇혀 있고 변화와 창조 방면에서는 이룬 것이 별로 없다.

당대에 들어와 시는 초당(初唐)에서 성당(盛唐)을 향해 나아가며 자각적인 혁신의 과정을 거쳤다. 사람들은 전대(前代) 시가에 대한 결산과 평가를 통해 점차 건안(建安) 시가의 풍골(風骨)을 학습하고 제(齊)·양(梁)의 문풍(文風)을 비판할 필요성을 인식하였고, 성당(盛唐)에 들어서는 건안풍골과 제·양의 표현미를 결합시킨다는 공통된 인식이 형성되었다. 성당의 시가가 육조(六朝)의 시풍에서 벗어나 문질겸비(文質兼備)의 이상적인 풍모를 형성한 것은 이 혁신의 과정과 밀접한 관계가 있다.

당(唐) 왕조가 건립됨으로써 400여 년간의 사회 혼란이 종식되자 문인들은 육조(六朝)와 수(隋)가 망한 교훈을 되새겨 정치와 문풍의 개혁에 착수하였다. 그들은 진지한 내용과 강건한 풍골이 결핍된 제·양의 곱고 화려한 문풍을 바로잡는 데 많은 노력을 기울였다. 그러나 당 태종(太宗)과 정관(貞觀: 627-649)의 중신(重臣)들은 이에 대해 대부분 관용과 변증의 태도를 취하여 문예가 정치에 영

향을 끼친다는 사실을 과도하게 강조하는 전통적 편견을 바로잡고
자 하였다. 더욱이 그 당시는 제·양 이후로 누적된 아름답고 화
려한 문풍의 위세가 수그러들지 않았고, 태종 자신이 남조(南朝)
문화를 애호하여 많은 제량체(齊梁體) 시를 지었기 때문에 제·양
의 유풍(遺風)을 청산하는 데 실패하고 말았다.

또한 당시의 문인들도 왕정(王政)의 찬미와 칭송을 아음(雅音)으
로 생각하고, 아음은 반드시 전아해야 한다는 유가(儒家)의 전통
관념에서 벗어나지 못했기 때문에 이론적으로 당시(唐詩)의 형성에
중요한 사상적 기반이 된 건안정신(建安精神)을 경시하거나 부정하
였다. 그 결과 내용적으로 태평성대를 가송(歌頌)하면서 대우(對偶)
와 화려한 표현에 심혈을 기울인 상관체(上官體)가 용삭(龍朔:
661-663) 연간에 출현하였다. 이와 같이 당초(唐初)의 군신(君臣)은
내용의 개조를 통해 이전의 문풍을 개혁하려고 했지만, 태평성대
와 왕정을 찬양하고 군주에게 권면하는 내용의 시들이 정치와 교
화라는 목적 아래 지어졌기 때문에 이후의 시에 나타나는 건안풍
골을 창작 속에 담아내지 못했다.

상관의(上官儀)가 측천무후(則天武侯)에게 죽임을 당한 후 상관체
를 "기세와 풍골이 모두 사라지고, 강건함을 찾아볼 수 없다"[18]고
비판하고, 창작을 통해 현실 속 삶의 내용과 원대한 이상을 표현
함으로써 건안정신을 계승한 초당사걸(初唐四傑)에 의해서 당시는
혁신의 첫발을 내딛게 된다. 그들의 시를 읽어보면 정관(貞觀) 시
기 이래 세상과 시대를 바로잡고 구하려는 의지를 노래하고, 위업
과 공덕을 찬미하며, 교만과 광영에의 안주를 경계하는 내용이 담
겨 있음을 알 수 있다. 이런 시들이 궁정문학과 다른 점은 환상과
열정, 그리고 "성명(聖明)이 펼쳐지는 시대에 초야에 묻혀 지내는

---

18) "骨氣都盡, 剛健不聞."(楊炯, 『王勃集·序』)

것"을 달가워하지 않는 참여정신과 그것이 실현되지 못했을 때의 불평이 터져 나왔다는 것인데, 이러한 기세와 풍골이야말로 초당 (初唐) 시풍 변화의 핵심이다.

그러나 그들은 이것이 굴원(屈原)과 송옥(宋玉)으로부터 시작되어 건안의 문인들에 이르기까지 줄곧 계승되었던 풍아(風雅)의 정신이라는 것은 깨닫지 못했다. 왕발(王勃)에게 올바른 문장이란 도덕 교화를 선양할 수 있고, 정치 사회에 도움을 주는 공용성을 지녀야 했다. 따라서 그는 공자(孔子)가 죽은 후 문풍이 쇠미해지기 시작하여 굴원으로부터 남조 말에 이르기까지를 화려하고 무절제한 문풍이 성행한 시기로 간주하고 그 문학적 가치를 모두 부정했으니, 그가 건안정신의 실질적 내용을 인식할 수 없었던 것은 당연한 일이었다. 이 점이 초당사걸의 창작과 이론 사이의 모순이며 한계였다. 그러나 그들의 시가는 이론의 모순과 한계에도 불구하고 창작을 통해 건안문학의 전통을 계승하여 뛰어난 성과를 거두었다.

초당사걸 이후 당시의 형성과정에서 중요한 역할을 담당했던 사람으로 진자앙(陳子昻)을 꼽을 수 있다. 그는 문학정신에서 건안의 풍골과 제·양 문풍(文風)의 차이점을 구별하여 초당사걸이 극복하지 못했던 이론과 창작 사이의 모순을 해결할 수 있었다. 그는 당초(唐初)의 상관체(上官體)로부터 문장사우(文章四友: 두심언杜審言·이교李嶠·최융崔融·소미도蘇味道)와 심전기(沈佺期)·송지문(宋之問)에 이르기까지 꾸준히 발전해온 궁정의 형식주의 문풍을 비판하였고, 찬미와 풍자라는 유가(儒家)의 풍아관(風雅觀)을 탈피하여 한(漢)·위(魏)의 풍골(風骨)과 흥기(興寄)를 시에 담아내야 한다고 주장했다.

그는 한·위 풍골과 흥기야말로 세상과 시대를 구하고자 하는 삶의 이상을 담고 있다고 생각하고 세상과 시대에 대한 구원을 자신의 사명으로 삼았다. 그는 삶의 의미에 대한 탐색을 이상적 정치를 이루어내고자 하는 강렬한 추구로 구체화하는 한편, 현실에 대한 보다 분명한 인식 하에 관직에 나서거나 물러서거나 늘 절조를 지키고자 했다.

　진자앙은 비록 시가의 내용 면에서 복고 속의 혁신을 실현했다고 할 수 있지만, 미적 형식의 측면에서는 그렇지 못했다. 그는 아름답고 화려한 수식을 중시하는 제·양의 글쓰기를 비판하여, 그 결과 제·양 이후 시가의 예술적 형식에 나타난 새로운 변화를 무시하였다. 그의 〈감우(感遇)〉 38수는 완적(阮籍)의 〈영회(詠懷)〉를 모방하여 내용적으로는 인생의 참뜻과 시대적 사명을 탐색하고, 형식적으로는 비유에 이치를 담아내는 비흥(比興)과 상징의 수법을 사용했는데, 그러면서 그는 예술 형식에서도 한·위 시대로 되돌아갈 것을 주장했다. 이 방면에서 그의 복고는 비유를 통해 이치를 논하고 감정을 실어내는 표현방식을 회생시키는 것이었는데, 그의 창작실천을 통해 볼 때 이것은 그다지 큰 개혁의 의미를 지닐 수 없었다.

　교연(皎然)이 「복고통변체(復古通變體)」에서 "진자앙의 시는 복고가 많고 변화가 적지만, 심전기와 송지문의 시는 복고가 적고 변화가 많다"[19]라고 지적한 것처럼 계승과 혁신의 관계를 깊이 있게 파악하고 실천하여 시가의 내용과 형식을 유기적으로 결합시켜 당시를 완성도 높은 단계로 끌어올리는 것은 성당 시인들의 등장을 기다려야 했다.

　당시의 형식면에서 율체의 완성에 기여한 것은 문장사우와 심전기·송지문 등의 궁정시인들이었다. 그들은 제·양 이래 꾸준히 지속되어온 시가 성률에 대한 탐색과 초당사걸의 작시 경험을 바

---

19) "陳子昂復多而變小, 沈·宋復小而變多."

탕으로 율시 격률의 정형화를 실현함으로써 후대의 작가들이 따를
수 있는 규범을 제공했다. 이로부터 고체시(古體詩)와 근체시(近體
詩)라는 유형에 비로소 명확한 구별이 생겨났고, 그에 따라 시가의
체제가 더욱 풍부하고 다양해질 수 있었다.

진자앙 이후 초(初)·성당(盛唐) 교체기에 당시의 형성과정에서
중요한 역할을 한 사람으로 장열(張說)과 장구령(張九齡)이 있다.

장열은 진자앙과 동시대인으로서 주로 측천무후 후기부터 현종
(玄宗) 전기까지 정계(政界)와 문단(文壇)에서 활약했는데, 성당의 많
은 문인들이 흠모했던 문단의 영수였다고 할 수 있다. 그는 굴원
(屈原)·송옥(宋玉) 이래의 역대 문학에 대해 전체적으로 긍정적인
태도를 지녔고, 왕발(王勃)·양형(楊炯)·진자앙 등의 혁신의 공을
인정하면서도 그들의 편협한 면을 경계하였다.

그는 시를 지을 때 문채와 풍골을 똑같이 중시하고, 전아(典雅)
와 자미(滋味)를 함께 고려하고, 내용과 풍격의 다양화를 고취했으
며, 성당의 시가가 '천연장려(天然壯麗)' 위주의 심미 이상을 지녀야
한다고 주장했다. 이렇듯 그는 진자앙보다 명쾌하게 풍골(風骨)·
풍아(風雅)의 함의와 예술혁신의 표상에 대해 설명할 수 있었으며,
충실한 창작실천을 통해 건안정신을 발휘했다.

장구령은 정치와 문학 방면에서 장열과 뜻을 같이하여, 가의(賈
誼)·사마상여(司馬相如)·조식(曹植)·왕찬(王粲) 등이 풍아(風雅)를 어
그러뜨렸다고 생각하는 왕발·양형 등의 편파적인 관념에 반대하
였다. 장구령의 〈감우(感遇)〉 12수는 관직에서 물러나 홀로 지내면
서 자신의 절조를 지키는 한편, 적막한 자신의 처지를 달갑게 여
기지 않는 현사(賢士)의 회한을 서술하는 것이 중심 의도이다. 따
라서 그가 말하는 '시름과 그리움[愁思]'·'원망과 비판[怨刺]'이라
는 것이 주로 벼슬길에 나아가는 것과 물러나는 것에 대한 지식

인의 감각을 말하는 것임을 알 수 있다.

이렇게 벼슬에 나아가거나 물러나는 것에 대한 절조 있는 원칙, 현실에 안주하지 않겠다는 의기를 노래했다는 점에서 장구령은 성당시의 풍아와 흥기에 중요한 내용을 부가하였다.

장열과 장구령에 뒤이어 등장한 성당의 시인들은 실제 창작에서 큰 성과를 거둠으로써 시가의 내용과 형식에서 이중의 혁신을 이루어냈다. 그들은 인생의 의기를 노래하는 것과 태평성대에 대한 가송을 통합시킴으로써 대아(大雅)와 송(頌)의 노래를 건안의 풍골과 연결시키는 데 성공하였고, 사상과 예술 방면에서의 복고와 혁신을 깊이 있게 탐구하여 새로운 발전을 이룩했으며, 한(漢)·위(魏)의 강건한 풍격을 남조의 문풍에 융합시켜 성당의 소리로 바꿈으로써 장려하고 웅대하면서도 평이하고 자연스러운 이상적인 시가 풍모를 만들어 내었다.

그들이 이러한 성과를 올릴 수 있었던 것은 진자앙·장열·장구령 등의 문학 사상과 성취를 계승하는 한편, 개원(開元)의 태평성세가 불러일으킨 새로운 시대정신이 그들에게 도량이 넓고 포부가 원대하며 꿈과 자신감이 가득한 공통의 심성과 풍모를 갖게 했기 때문이다.

그 결과 성당 시가의 강건한 풍격은 공훈과 업적을 세우는 영웅의 기백을 핵심으로 했고, 그것은 일상생활에서의 여러 가지 감정을 서술하는 데서도 드러났다. 그들이 시로 표현한 것이 산림에 은거하는 세속을 초월한 심정이건, 외지로 가 객지생활을 하면서 느끼는 이별의 슬픔이건 간에 그 속에는 언제나 곤궁이나 현달에 개의치 않는 절조 등과 같은 고매한 정신적 경지를 찬미하는 감정이 포함되어 있다.

또한 성당 문인들의 예술 관념이 매우 유연했기 때문에, 그들은 진자앙이 제·양의 시문에 대해 지나치게 까다로운 기준을 적용했던 편향을 이론적으로 바로잡고, 남조의 풍부한 형상 묘사 속에서 한·위의 풍골과 성령(性靈)을 표현해내었다. 그들은 제·양 이래로 객관적인 미감 속에서 곧바로 흥취를 찾던 표현방식을 계승하였고, 동시에 한 걸음 더 나아가 주관과 객관의 통일을 요구하여 "형상을 구함에 마음이 그 경계로 들어가고, 정기가 사물에 모이니 마음을 따라 사물을 얻는다"[20]고 강조하였다.

따라서 성당 시인들이 감회와 뜻을 표현할 때는 대부분 형상에서 자연스럽게 흥기(興寄)의 내용을 이끌어내었으며, 진자앙의 <감우>와 같이 형상을 통해 의미를 설명하는 비유방식을 채용하는 일은 매우 드물었다.

성당의 시단에서 사람들이 주목할 만한 두 갈래 시파가 있었는데, 그 중 하나가 고적(高適)·잠삼(岑參)·이기(李沂)·왕창령(王昌齡)으로 대표되는 변새시파(邊塞詩派)이고, 다른 하나는 왕유(王維)·맹호연(孟浩然)·저광희(儲光羲)·상건(常建) 등으로 대표되는 산수전원시파(山水田園詩派)이다.

변새시파는 변새와 전쟁을 제재로 묘사했던 포조(鮑照)와 북조 시인들의 영향을 받아 이를 확대시켰다. 그들의 시는 공을 세우겠다는 흉금과 강개한 의기가 결합되어 광활한 기상과 비장한 정조가 두드러지게 표현되었다.

산수전원시파는 전원생활의 애환과 삶을 파헤친 도연명(陶淵明)과, 산수 그 자체를 미적 대상으로 삼아 묘사한 사영운(謝靈運)의 전통을 결합했다. 그들은 물러나 은둔하겠다는 생각과 한적한 정회를 많이 표현했는데, 색채는 맑고 담박했으며 의경은 깊고 그윽

---

20) "搜求於象, 心入於境. 神會於物, 因心而得." 胡震亨의 『唐音癸籤』에 인용된 王昌齡의 말이다.

했다. 형식면에서 변새시파는 대부분 칠언가행이나 칠언절구를 채택했고, 산수전원시파는 오언고시와 오언율시 및 오언절구를 자주 사용하였다.

성당의 정상에 우뚝 솟은 시인으로 이백(李白)을 꼽지 않을 수 없다. 그는 호방한 기백과 비범한 재능을 지닌데다 기존질서에 대한 반항정신이 강렬하여 당대 최고의 시를 써낼 수 있었다. 세상사에 마음을 쏟으면서 개성의 자유를 추구했던 당시 한사(寒士)들의 정신이 이백을 통해 가장 잘 표출되었다. 그는 고전시가의 언지술회(言志述懷: 뜻과 생각을 말함) 기능과 서정사경(抒情寫景: 감정과 경물을 서사함) 기교를 한 단계 더 높이 끌어올려 이전 시대를 집대성하면서 후대의 시인들을 위해 새로운 가능성을 열어주었다. 안사(安史)의 난 이후의 당시는 이와 같은 성과와 창신(創新)의 길을 따라 전개되었다.

755년에 일어난 안사의 난은 당 왕조의 성세(盛世)를 마감하고 시대를 가르는 전환점이 되었다. 이 엄청난 사건은 현종 말년의 어리석음과 안록산(安祿山)의 야욕 때문에 발생했다기보다는 당대 사회 내부에 잠재되어 있던 여러 가지 모순이 상호 작용하여 한꺼번에 터진 것으로 보아야 할 것이다.

이러한 사회 변혁의 배경 아래에서 시가의 방향도 언지술회(言志述懷)에서 감사사의(感事寫意: 사건으로 인해 감정이 촉발되어 마음속의 생각을 씀)로 전환되었다. 이것은 당시가 주관과 객관의 융합으로부터 주관과 객관의 분리로 방향을 바꾸었다는 뜻이기도 해서 개인과 사회의 상호 협력과 조화가 더 이상 유지되지 못하고 깨졌음을 반영한 것이다.

안사의 난 시기의 시는 두보(杜甫)를 대표로 꼽을 수 있는데, 그는 성당의 시풍을 새롭게 변화시킨 위대한 시인이다. 두보는 이백과 나이가 11살밖에 차이가 나지 않지만 이백의 주된 활동 시기는 안사의 난 이전으로 그의 시가 풍격은 그때 이미 기본적인 형태를 갖춘 반면에, 두보는 변란의 전후시기를 모두 거치긴 했지만 가장 성숙한 시는 대부분 안사의 난 이후에 지어졌다.

두보는 우선 감사사의(感事寫意)의 효능을 크게 발양시켰고, 당시의 사회 현상을 서사하는 과정에서 그는 언제나 억압 받는 하층 백성을 주인공으로 내세워 그들의 비참한 처지와 고통의 심경을 적나라하게 보여주었다. 그는 일반 백성들의 형상을 시를 통해 부각시켰고, 사실적으로 그들의 사상과 감정을 알린 최초의 시인이다. 그는 이와 같은 작시 활동을 통해 문학이 사회를 형상화하는 깊이와 넓이를 증대시켰을 뿐만 아니라, 그 시대의 전형적인 인물이나 역사주제 및 심미 취향에 혁신을 일으켰다. 그는 또한 형상의 구성과 예술 풍격 방면에서 새로운 시도를 선보였으며, 서사와 의론의 요소를 시에 대량으로 첨가했다. 총괄적으로 두보 시의 새로운 변화는 전통 시가의 관념과 작법을 총체적으로 개혁한 것이다.

대종(代宗)이 즉위한 후 안사의 난은 마침내 평정되었지만 왕조가 파국으로 치닫는 것을 구할 능력은 부족하여 잠시 쉬면서 시간을 벌 수밖에 없었다. 그에 따라 대력(大曆: 766-779) 초부터 정원(貞元: 785-804) 중엽까지 당 왕조는 일시적인 안정기였고, 시가 창작도 과도기적 단계에 처했다. 당시를 대표하는 유장경(劉長卿)이나 대력십재자(大曆十才子) 같은 시인들은 대부분 변란 전의 생활에 대한 좋은 추억을 지니고 있었으므로, 시가 창작에서 성당과 두보를 계승하려고 했지만 시대정신 자체가 위축되었던 탓에 성당의 웅장하고 광활한 기상을 재현할 수 없었다. 따라서 그들은 왕유와 맹호연의 청담한 시풍을 추종했지만, 그들의 고요하면서도 생기가 충만한 경계에는 도달하지 못했다.

한편 노륜(盧綸)과 이익(李益) 같은 일부 작가들이 변새를 제재로 시를 쓰기도 했지만 성당과 비교하면 아무래도 언사를 애써 꾸몄고 기세가 촉급함을 면치 못했다. 전체적으로 살펴볼 때 국가를 뒤흔든 전란의 여파로 인해 안일을 바라는 심리 상태에서 성당의 국면을 회복하고자 했지만 메아리에 그치고 만 것 등이 대력 시단을 성당에서 만당으로 향하는 과도기적 성격으로 규정짓게 했다.

한 가지 언급할 것은 대력십재자와 창작 노선을 달리했던 원결(元結)의 시이다. 그는 강렬한 현실성이라는 점에서 두보에 근접했으며, 백성의 질고를 고발하고 시정(時政)을 풍자하는 자각적 의식은 두보를 능가할 정도였다. 그는 여러 각도에서 사회문제를 다루었던 까닭에 원진(元稹)·백거이(白居易)·장적(張籍)·왕건(王建)의 풍유시를 계발할 수 있었다. 그러나 사실의 기록에 주력하다 보니 두보 시에 보이는 서정성은 감소되고 말았다. 한편 그는 고졸(古拙)을 지향하여 때때로 난삽하고 생경한 언어를 사용했는데, 그런 점이 한유(韓愈)와 맹교(孟郊) 일파의 시풍을 이끌어내기도 했다.

원결 이후 고황(顧況)·융욱(戎昱)·대숙륜(戴叔倫) 등도 민생질고를 반영한 시를 썼고, 고황을 비롯한 오중(吳中) 시인들은 오(吳) 지방의 민가와 남조 원가(元嘉) 시의 장점을 흡수하는 한편 세심한 사고로써 기험함을 만들어내고, 세속과 조화하여 참된 의취(意趣)를 추구하여 원화(元和) 시가의 창작 방법을 개척했다.

이 시기의 걸출한 시인 위응물(韋應物)은 대력십재자나 원결·고황 등의 유파를 초월할 수 있었다. 그의 전원·산수시는 도연명과 왕유·맹호연의 뒤를 이어 고아하고 담박했으며, 악부가행은 두보·원결에 근접하여 풍유의 뜻을 지녔지만 이 두 부류의 작품이 위응물의 시에서 풍격의 융화와 통일을 이루지는 못했다.

대력 이후에 당 왕조는 어느 정도 원기를 회복하여 9세기 초 정원(貞元)·원화(元和: 806-820) 연간에 이르러서는 자구책을 강구한 조정의 노력에 힘입어 영정(永貞) 혁신과 원화(元和)의 번진 토벌 등이 시행되었다. 영정 혁신은 결국 실패로 끝났지만 일부 진보적 시인들의 사상과 창작에 끼친 영향은 오래도록 지속되어 당시의 시단에서 시의 '감사사의(感事寫意)' 기능이 크게 발전했다. 두보에게서 확립되고 원결과 고황을 거쳐 이어내려오던 시사 풍자의 전통은 백거이·원진·이신(李紳)·장적·왕건 등과 같은 시인들의 신제(新題)·고제(古題) 악부와 기타 풍유시에 이르러 전면적인 발전을 보였다.

그 중에서도 백거이의 풍유시는 전인의 성과를 종합하고 개선하여 시가 내용의 줄거리를 증강시켜 서사의 완성도를 높였고, 평이하고 유창한 언어와 원활하고 발랄한 음절을 동원하여 독자를 감동의 세계로 끌어들이는 데 성공하였다. 또한 원화 시인들은 '감사사의'의 범위를 확대시켜 원진은 <연창궁사(連昌宮詞)>에서 역사 사실에 대한 감회를 썼고, 백거이는 <장한가(長恨歌)>와 <비파행(琵琶行)>에서 고사(故事)를 부연했으며, 유우석(劉禹錫)과 유종원(柳宗元)의 우언체 시는 사물을 기탁했다.

중당 시가의 감사(感事) 전통이 주로 장적·왕건·원진·백거이 등에 의해 발휘되었다면 사의(寫意) 정신은 한유·맹교·노동(盧仝)·이하(李賀)·가도(賈島) 같은 시인들에게서 빛을 발했다. 한맹시파(韓孟詩派)는 기험(奇險)을 숭상했고, 원백시파(元白詩派)는 평이함을 숭상하여 두 시파 간에 큰 차이점이 있지만 근저에는 공통의 뿌리가 있다.

원백시파의 평이한 작풍이 당시의 정치를 비판하려는 필요에서 나온 것과 같이, 한맹시파의 기험한 풍조 역시 현실인생에 대한 불만에서 나온 것이므로 양자 모두 사회 개혁의 추세에서 비롯된 산물이다. 왜냐하면 시가 영역에서 신기함을 추구하고 험괴함을 좇는 것도 일종의 '불평즉명'(不平則鳴: (사물은) 평정을 잃으면 운다)의 반영이기 때문이다. 다만 전자는 불만으로 인하여 시폐를 폭로하고 민생에 관심을 기울이는 방향으로 나아갔고, 후자는 불만으로 인하여 가슴속의 불평을 기이한 생각과 환상의 경지로 전환했다는 차이가 있을 뿐이다.

당 왕조가 점차 해체되는 정치 형세를 보임에 따라 당 후기의 시가창작도 통일이란 중심을 잃게 되었다. 그에 따라 당시의 시단도 어지러운 국면에 접어들었고, 시풍의 번잡함은 시인의 창조력 감퇴와 연관되어 이 시기는 이상은(李商隱)이나 두목(杜牧) 같은 소수의 명가(名家)를 제외하면 대다수의 시인들이 전대 시풍의 추종자 역할에 만족해야 했다. 그래도 만당시의 기본적인 추세는 형식미에 대한 집착이었다. 이상은과 온정균(溫庭筠) 등이 언어가 화려하고 성정이 유려하며 필치가 세밀하고 함의에 곡절이 있어서 이 방면의 본보기가 되었다.

중당 후기 시인 이하(李賀)가 개창한 냉염(冷艶)한 시경(詩境)이 이 시기에 크게 빛을 발하여 두목·이상은·온정균 등이 모두 이하를 추종했지만 이상은과 온정균은 이하 시의 분방한 기세와 자유로운 사색에는 깊이 빠져들지 않았으며, 이하 시의 비애와 염려(艶麗) 취향에 치중하여 이를 발전시켰다.

그런 한편 주관적 내성(內省)의 울타리에서 벗어나 사회현실을 직시하면서 시대의 모순과 동란을 보여주는 데 주력한 시인들도 있었다. 피일휴(皮日休)의 <정악부(正樂府)>와 위장(韋莊)의 <진부음(秦婦吟)>과 나은(羅隱)·두순학(杜荀鶴)의 정치풍자시들은 만당 대동란 시기의 역사 기록이 되었다. 이들의 예술 풍격은 백거이의 천속을 따르기도 하고, 원결의 간고(簡古: 간명하면서 고아함)를 좇기도 했는데, 대부분 질박하면서도 평이한 것을 중시했기 때문에 이상은·온정균 등과는 판이한 모습을 보여주었다.

그러나 당 말기의 전란과 쇠망해가는 생활환경에 처하여 그들의 시에는 당 중기 풍유시에 표현된 우렁찬 기세가 결여되었다. 그들은 어디를 보아도 희망을 찾을 수 없었기 때문에 국운의 재건에 대한 환상조차 품을 수 없었다. 그 결과 자신들이 처한 현실에 등을 돌리고, 자신의 세계에 침잠하는 경향이 다시 대두할 수밖에 없었다. 가도(賈島)가 당시 사람들의 마음에 우상으로 떠오른 것은 이와 같은 시대 배경 탓이다. 가도 시의 냉담하고 편벽한 의경과 고음(苦吟: 반복해서 음영하며 고심해서 퇴고함)의 작풍이 당말·오대(五代)에 융성했던 것은 결코 우연이 아니다.

성당의 시인들이 능동적으로 실천의 주체가 되어 자신이 처한 사회와 생활을 느끼고 표현했다면, 중당의 시인들은 관조와 사유의 주체가 되어 사회와 생활을 관찰하고 비평하며 자신의 불편한 심기를 드러내었다. 만당의 시인들은 외부에 등을 돌리고 내면의 성찰에 치중하여 자신의 심령활동과 예술 창조에 주력했다고 말할 수 있다. 이런 현상은 사회와 개인의 관계가 통일에서 분열로 방향을 전환한 결과이다.

2. 전기 - 성장기

수 왕조의 짧은 치세가 끝나고 당 왕조로 들어왔지만 초기의 긴 기간 동안 시가는 뚜렷한 진보가 없었다. 육조시 고유의 병폐가 치유되지 않았을 뿐만 아니라 시가 창작의 중심이 궁정에 있었고, 그 내용도 대체로 가공송덕(歌功頌德)이나 언어유희에 있었기 때문에 자유로운 서정이 위축되는 결과를 가져왔다.

그러나 시가의 표현형식 방면에서는 당초(唐初)의 궁정시인들이 축적된 전대의 경험을 정리하고 발전시켜 풍부하고 원숙한 모습을 갖추게 했으니 당시(唐詩)에 대한 공헌이 적지 않다. 또한 시대의 발전에 따라 새로 등장한 시인들은 이미 생기를 잃고 진부해진 시풍에 갈수록 불만을 느껴 변혁을 강렬하게 소망하였다. 시가의 창작도 그에 따라 점차 궁정의 울타리에서 벗어나 새로운 기풍을 열어나갔다.

당 현종(玄宗) 개원(開元: 713-741)·천보(天寶: 742-755) 연간부터 '안사(安史)의 난'이 일어나기 전까지는 당대 사회가 고도로 번영하고 예술적 분위기가 팽배했던 시대였다. 당시(唐詩)는 100여 년의 준비와 숙성을 거쳐 이 시기에 이르러 마침내 전성기를 맞았다. 이 시기에 위대한 시인 이백(李白)을 비롯하여 왕유(王維)·맹호연(孟浩然)·왕창령(王昌齡)·고적(高適)·잠삼(岑參) 등 뛰어난 성과를 거둔 우수한 시인이 여럿 배출되었다. 정열적이고 자유분방하며 농후한 낭만 기질을 지닌 것이 성당시의 주요 특징이다.

2. 1 초기의 궁정시인

당 초기의 통치자들은 문예에 대해 관용의 태도를 견지하여 태
종 이세민(李世民)도 문학이 정교(政敎)에 효용이 있다고 생각했다.
그는 양(梁) 무제(武帝) 부자·진(陳) 후주·수 양제(煬帝) 등의 전대
(前代) 제왕들이 문학적 재능이 있었음에도 국가를 관리할 줄 몰랐
던 것에 대해 크게 불만스러워했지만, 웅대한 재략을 갖춘 황제로
서 문예는 정치와 직접적인 인과 관계가 없음을 알고 있어서 '망
국지음(亡國之音)' 따위의 허튼소리를 믿지 않았다.

태종은 또한 문예 방면에 상당한 조예가 있어서 예술가의 입장
에서 문학을 감상할 줄 알았다. 그는 직접 쓴 『진서(晉書)·육기전
론(陸機傳論)』에서 육기의 '언어와 수사가 다채롭고 아름다운'(文藻宏
麗) 창작을 칭찬했다. 이런 정치적 환경이 문학의 흥성을 직접 일
으키지는 못했지만 적어도 좋은 여건을 제공해주었다.

당 초기에는 태종뿐만 아니라 고종(高宗)·무후(武后)·중종(中宗)
등도 문예를 애호하고 후원했다. 당 제국의 번영을 구가하기 위해
서 그들은 널리 문사(文士)를 불러 모으고, 유서(類書)를 편찬하고
시를 짓고 창화했다. 그로 인해 앞뒤로 몇몇 궁정문인 집단이 출
현했다. 태종 때의 우세남(虞世南)과 허경종(許敬宗), 고종 때의 상관
의(上官儀), 무후 때의 문장사우(文章四友: 이교李嶠·두심언杜審言·소미도
蘇味道·최융崔融), 중종 때의 송지문(宋之問)과 심전기(沈佺期) 등이 대
표적인 시인들이다.

이 궁정문인들이 지은 시의 내용도 가공송덕(歌功頌德)과 궁원유
연(宮苑遊宴)에서 벗어나지 않아 사상과 감정을 깊이 있게 표현할
수 없었다. 남조와 수대(隋代)의 궁정시와 비교해서 '아정(雅正)'으
로 돌아가긴 했지만 그로 인해 생기가 없어졌다. 그렇다고 해도

초당의 궁정시는 일종의 예술기풍을 유지한 데 의의가 있으며, 시가 체제의 건설에 적극적인 공헌이 있었다.

초당의 궁정시인이 예술 방면에서 추구한 것은 화려하고 아름다운 장식적인 풍격이었다. 그들이 중점을 둔 것은 대우(對偶)의 수사기교였는데, 나중에는 성조 상의 기술을 보탰고, 최종적으로 대우와 성운(聲韻)의 기술을 결합하여 형식 방면에서 율시의 완성을 추진했다. 일찍이 제(齊)·양(梁) 시기의 시단에서 이미 대우설과 성병설(聲病說)이 출현했지만 전자는 조략(粗略)에서 벗어나지 못했고, 후자는 번쇄함에 빠져서 양자가 각기 따로 놀았다. 북조 후기 및 진(陳)·수(隋)의 시인들에 이르러 오언시의 율화가 진전되어 일부 시편은 이미 당인(唐人)의 격률 규정에 부합했지만 이론적으로 새로운 결론을 제기하지 못했고, 몇몇 문제('점출'의 규칙 등)는 아직 완전히 해결되지 않았다. 칠언시의 율화는 더 미흡한 단계에 처해 있었다.

당 초기의 상관의는 '육대(六對)'·'팔대(八對)'의 설을 제시했는데, 유협(劉勰)이 제시한 '사대(事對)'·'언대(言對)'·'정대(正對)'·'반대(反對)'에 다시 '쌍성대(雙聲對)'·'첩운대(疊韻對)'·'선대(扇對)' 등을 보탠 것으로, 원래는 사의(詞義)의 대우에 국한되어 있던 것을 자음(字音)과 구법(句法)의 대우까지 확대시킨 것이다. 조금 뒤의 원긍(元兢)은 자형(字形)과 사의(詞義)의 대우를 제시했을 뿐만 아니라 조성삼술(調聲三術)을 제시하여 성률과 대우를 긴밀하게 결합하는 새로운 노력을 시도했다.

무후부터 중종 신룡(神龍: 705-706)·경룡(景龍: 707-709) 연간에 궁정시인들의 붓 아래에서 평측이 조화롭고 점대(黏對)의 규칙이 잘 들어맞는 합률(合律)의 시편이 대량으로 제작되어 오·칠언율시가 형식상 성숙되었음을 보여주었다. 율시 형식의 완성 과정에서 궁정문인들이 규범화와 기풍의 영도 작용을 일으켰다고 말할 수 있다. 그 중에서도 두심언·송지문과 심전기 세 사람의 성취가 가장 뛰어났다.

두심언(645-708)은 자가 필간(必簡)이며, 현존하는 시는 주로 오언율시이고 칠언율시도 약간 있다. 그의 시는 격률이 엄정하고 필력이 웅건하여 오언율시와 칠언율시를 막론하고 모두 율격에 맞아 실점(失黏)을 범한 곳이 없다. 그가 무후 천수(天授: 690-691) 초에 지은 오언배율 <이사진 대부의 '명 받들어 하동 위무사로 가며' 시에 화답하여(和李大夫嗣眞奉使存撫河東)>는 길이가 40운(韻)에 달하는데도 실점한 곳이 하나도 없어 당시 사람들의 존중을 받았다. 그가 강음(江陰)에 있을 때 쓴 <진릉현승 육씨의 '이른 봄나들이'에 화답하여(和晉陵陸丞早春遊望)> 시를 보자.

獨有宦遊人,　　홀로 타향에서 벼슬 사는 사람 있는데
偏驚物候新.　　계절 따라 경물의 새로움에 크게 놀란다.
雲霞出海曙,　　구름과 놀이 바다에 출현하며 날이 밝아오고
梅柳渡江春.　　매화와 버들이 강을 건너며 봄이 온다.
淑氣催黃鳥,　　온화한 기운이 꾀꼬리의 지저귐을 재촉하고
晴光轉綠蘋.　　맑은 봄빛이 마름을 푸르게 바꾸어놓는다.
忽聞歌古調,　　홀연히 고상한 시 읊조리는 것을 들으니
歸思欲沾巾.　　고향생각에 눈물이 수건을 적시려 한다.

이 시는 이른 봄의 희열 속에서 벗이 지은 시에 촉발된 고향생각을 묘사했는데, 이른 봄 강남의 분위기를 참신하고 수려하게 그려내었다. 이 시는 고향 그리는 마음을 묘사한 것이지만 그 속에 일종의 심후한 감정 기조가 있다. 그와 같은 기조가 수려한 경계 속에 녹아들어간 것이 아마도 명대의 호응린(胡應麟)으로 하여금

"초당(初唐)의 오언율시 중에서 〈진릉현승 육씨의 '이른 봄나들이'에 화답하여〉 시가 제일이다"[21]라고 평가하게 했을 것이다.

송지문(?-712)과 심전기(?-713)는 주로 무후와 중종 시기에 활동했는데, 특히 중종 신룡·경룡 연간에 그들은 모두 수문관학사(修文館學士) 신분으로 궁정의 문회(文會)에 빈번히 출입하며 궁정문단을 주도했다. 심전기와 송지문의 주요 공헌은 율시의 체제를 완성하고 율시의 영향력을 확대시킨 것이다. 그들은 율시의 창작에 힘을 기울여 오·칠언 근체시의 형식 규범을 완성했다. 그들은 오율 중의 어색한 병폐를 제거했고, 한 걸음 더 나아가 칠언가행체의 율화 과정을 추진하여 비교적 엄격한 칠언율시의 모습을 갖추도록 하였다.

심전기는 일찍이 무후 시기에 이미 실점(失黏)이 전혀 없는 칠언율시를 썼고, 그의 여러 수에 달하는 칠언율시는 규범에 맞는다는 면에서 궁정시인 중의 으뜸이라고 할만 했다. 제(齊) 영명(永明) 이래 200여 년이 지나서 중국 고전시의 격률화 과정이 마침내 완성된 것이다.

심전기와 송지문 이후 갈수록 많은 사람들이 율시의 규범을 받아들였다. 궁정의 울타리를 벗어나 그 기풍이 성행함에 따라 심·송이 생활 실감을 그와 같은 율체시에 주입함과 동시에 그들도 정교하고 감동적인 작품을 써낼 수 있었다. 심전기의 시 한 수를 예로 들어본다.

〈雜詩四首〉(其四) 잡시 4수(제4수)

| 聞道黃龍戍, | 듣자니 황룡에서의 수자리는 |
| 頻年不解兵. | 해를 거듭해도 군대를 물리지 않는다네. |

---

21) 胡應麟, 『詩藪·內編』 卷4.

可憐閨裏月,　　안타깝구나 규방에서 함께 보던 달이
長在漢家營.　　한나라 병영에 떠 있은 지 얼마이던가!
少婦今春意,　　젊은 아내는 지금 춘정에 몸을 떨고
良人昨夜情.　　병영의 남편은 간밤의 그리움에 사무친다.
誰能將旗鼓,　　누가 능히 군대를 거느리고 가서
一爲取龍城.　　일거에 흉노의 용성을 점령할 수 있을까?

　심전기의 <잡시 4수>는 변방에서 수자리하는 병사의 아내가 남편을 그리워하고 전쟁을 원망하는 내용을 담은 작품으로, 심전기 시의 명편에 속한다. 당 태종이 정관(貞觀) 19년(645)에 군사를 일으켜 고구려에 침공한 이래 고종조(高宗朝)에 이르기까지 동북지역의 전쟁이 끊이지 않았으니, 이것이 <잡시 4수>의 탄생 배경이다. 이 시는 변방에 나가 있는 병사와 그를 기다리는 아내를 대비시키며 그들의 고통을 묘사하는 한편, 하루 빨리 적을 격파하여 그들이 고통에서 벗어날 것을 소망하였다. 다시 송지문의 시를 한 수 들어본다.

<渡漢江>　　**한강을 건너며**

嶺外音書斷,　　고개 너머의 소식은 끊겼는데
經冬復歷春.　　겨울이 가고 다시 봄을 지내게 되었다.
近鄕情更怯,　　고향이 가까워지니 마음 더욱 초조해져서
不敢問來人.　　다가온 사람에게 감히 묻지도 못한다.

　이 시는 서신의 왕래조차 끊어진 채 오랫동안 타향살이를 하고 나서 마침내 고향으로 돌아가게 되어 고향을 눈앞에 둔 사람의 벅찬 심정을 평범한 시어로 기대와 설렘이라는 감정 표현을 통해 실감나게 표현하였다.

초기의 궁정시인들은 시가의 형식 방면에서 중요한 공헌을 했고 가끔 감동적인 가작을 썼지만, 총체적인 면모를 보면 화려한 형식 속에 정조(情調)상의 밋밋함을 노출하여 궁정문학의 한계를 보여주었다.

2. 2 초당사걸(初唐四傑)

궁정문인들이 시가를 태평성대를 장식하는 수단으로 간주하고 있을 때, 시단에는 변혁을 시도하는 신진 시인들이 등장했다. 그들은 의기투합하여 시가 다시금 인생을 가창하는 기능을 갖게 하고 새로운 시대 풍모를 펼쳐서, 당시는 이로부터 진정한 전기(轉機)를 마련하였다. 그들이 바로 '초당사걸'로 칭해지는 노조린(盧照隣: 637?-680?) · 낙빈왕(駱賓王: 약 640-684) · 왕발(王勃: 650-676) · 양형(楊炯: 650-692) 네 사람이다.

이들은 고종과 무후 시기에 활동했다. 노조린과 낙빈왕은 왕발과 양형보다 대략 10여 세 정도 위다. 이들에 앞서서 시단에는 궁정시풍에 합류하지 않은 시인이 있었는데 이를테면 태종 정관(貞觀) 연간의 왕적(王績: 585-644)을 들 수 있다. 그는 수(隋) · 당(唐) 교체기에 변고가 잦을 것을 예감하여 출사의 뜻을 접고 은둔생활 속에서 도화원(桃花源) 식의 이상을 추구했다. 촌락생활을 노래한 그의 몇몇 시편은 언어가 질박하고 수식에 힘쓰지 않아 궁정시와는 전혀 다른 특색을 보여주었다. 다만 왕적은 당시에 한 고립된 존재였고, 그 시의 풍격도 주로 도연명을 계승한 것이어서 사걸과 같은 새로운 기풍을 개척하지는 못했다.

초당사걸은 모두 재기발랄한 젊은 천재였지만 벼슬길에서는 불우하여 뜻을 이루지 못했다. 네 사람 중에서 양형만 관직이 현령에 이르렀을 뿐이다. 그들의 인생경력이 시대의 특징과 맞물려 그들의 사상 성격과 문학창작에 깊은 영향을 끼쳤다. 그들은 처음 시단에 등장했을 때 고금을 내려다보는 예기와 용기를 표현했다. 그들의 강렬한 자신감은 물론 그들이 처한 시대가 불러일으킨 것이고, 그들의 시는 사회 중하층 인물이 장기간 억압되어 온 자아의식과 기대감을 표현한 것이다. 그들은 여기서 출발하여 자신들의 문학을 전개해 나갔다.

사걸은 시문으로 함께 세상에 이름을 떨쳤을 뿐만 아니라 서로 호응하여 자각적인 의식을 가지고 문학 기풍을 개혁했다. 그들의 공격 대상은 당대의 궁정문학이었다. 양형이 『왕발집·서』에서 "일찍이 용삭 초년의 문단 변체가 미세한 배치와 수식을 다투어 기세와 풍골이 모두 사라지고 강건함을 찾아볼 수 없게 되었다"[22]라고 비판한 데서 그들의 기본적인 태도를 엿볼 수 있다.

여기서 용삭 초년의 '문단 변체'는 고종 용삭 연간의 상관의(上官儀)를 대표로 하는 궁정시풍(즉 상관체上官體)을 가리키는데, 그 특징은 수사와 장식의 아름다움에 힘을 기울이고 시가의 격정과 생기는 결핍된 것이다. 이것은 궁정시풍의 보편적인 병폐이기도 하다.

사걸은 시의 주제와 제재를 새롭게 개척하여 시가 태평성대를 칭송하고 오락을 돕는 장식적 역할에서 벗어나, 광활한 시대생활로 향하고 현실의 인생감각을 사용하여 시 중의 맑고 엄숙한 자아를 회복하게 했다. 그들은 빈한한 선비로서의 불만을 지니고 상층의 귀족사회를 비판하면서 귀족사회의 질서가 영속되는 것을 부정했다.

노조린과 낙빈왕은 장편 가행 〈장안고의(長安古意)〉와 〈제경편(帝京篇)〉을 썼는데, 이 시들은 비록 제경(帝京)의 풍물과 귀족들의

---

22) "嘗以龍削初載, 文場變體, 爭構纖微, 競爲雕琢. 骨氣都盡, 剛健不聞."

사치스럽고 방탕한 생활방식에 대해 제(齊)·양(梁) 이래 가행의 특징을 발휘하여 한껏 나열했지만, 그 안에 담겨 있는 사상 감정은 전혀 다른 것이었다. <장안고의>는 끊임없이 요동치는 우주 속에서 부귀영화는 순간적으로 덧없이 사라지는 것인데다가 그와 같은 극도의 사치생활은 또 수많은 사람들의 빈곤 위에 벌여 놓은 것이어서 참으로 가증스런 것이라는 숨은 뜻을 지니고 있다.

한편 그들은 세상을 구원하고 공업(功業)을 세우는 인생의 이상과 열정을 지니고서, 시에 드높고 웅대한 사상 감정과 의기를 주입했다. 노조린의 <영사 4수(詠史四首)>, 낙빈왕의 <고의를 영회하여 배시랑께 올림(詠懷古意上裵侍郞)>, 양형의 <종군행(從軍行)> 등의 기개 높은 풍모는 건안시(建安詩)와 비슷한 면이 있지만 담고 있는 시대의 내용은 다르다. 그들은 시의 시야를 넓혀서 궁정으로부터 산야와 변새로 향하게 했으며, 그 결과 시는 더욱 풍부한 감정을 담아낼 수 있게 되었다. 특히 낙빈왕의 몇몇 변새시는 생활 속의 사실감이 풍부하여 당대 변새시의 서막을 열었다.

유희와 응수에 치우친 전인들의 제재에도 그들은 인생의 열정을 주입하여 자아의 개성을 표현했다. 이를테면 영물시는 매우 오랜 기간 동안 주로 문인들의 문자 유희적 성격이 강했는데, 사걸에 이르러서는 왕왕 사물에 감개를 기탁하여 시인의 선명한 개성을 엿볼 수 있게 하였다. 낙빈왕의 <재옥영선(在獄詠蟬)>을 예로 들어 본다.

<在獄詠蟬>　**감옥에서 매미를 읊다**

西陸蟬聲唱,	가을이라 매미 소리 더욱 처량하여
南冠客思侵.	옥에 갇힌 남쪽 사람 시름에 잠겼다.
那堪玄鬢影,	어찌 견딜까 검은 머리의 매미가

來對白頭吟.	백발의 나에게 울어대는 저 슬픈 소리를.
露重飛難進,	이슬 무거워 이제는 날 수도 없는 신세
風多響易沉.	바람 거세어 울음소리조차 잦아든다.
無人信高潔,	너의 고결함을 믿는 이 없으니
誰爲表予心.	누가 날 위해 이 마음을 드러내주리!

당 고종 의봉(儀鳳) 3년(678)에 시어사(侍御史)로 있던 낙빈왕은 정사와 관련하여 상소문을 올렸다가 무후의 노여움을 사서 뇌물 수수·부정축재의 죄목으로 장안의 감옥에 갇히게 되었다. 이 시는 시인이 감옥에 갇혀 있으면서 가을바람 불고 이슬이 내리는 쌀쌀한 때에 감옥 창살 밖 홰나무 가지에서 힘없이 울고 있는 매미를 자신의 처지에 견주어 읊은 것인데, 연상의 범위가 넓어 오늘날의 독자들에게도 깊은 공감을 불러일으킨다.

초당사걸은 시가를 창작하면서 크게 분발하여 내용을 개척하고 충실히 했을 뿐만 아니라 형식의 창신과 완성에도 기여했다. 그들은 새로운 장법(章法)과 절주를 통해 새로운 정서를 표현하고 시가 언어가 현실생활에 접근할 수 있도록 노력했다. 대체적으로 말해서 노조린과 낙빈왕은 오·칠언 장편을 즐겨 지어서 그 공이 칠언가행체에 있고, 왕발과 양형은 오언율시와 절구에서 성과가 있었다.

칠언가행은 본래 양(梁)·진(陳) 이래 칠언고시와 변부(駢賦)가 서로 영향을 끼치고 삼투작용을 일으켜 탄생한 것으로, 육조 악부 중의 선련(蟬聯) 구식과 근체의 대우와 성률을 받아들여 점차 정교하고 세련되고 완곡한 풍격 특징을 갖게 되었다. 노조린과 낙빈왕은 그와 같은 시체(詩體)의 장점을 창조적으로 발휘하여 서정성을 강화하고 표현력을 풍부하게 했다.

예를 들어 노조린의 〈장안고의〉는 장법 방면에서 여러 가지 사물과 사실을 풍부하게 나열한 다음에 서정 의론으로 끝을 맺었고,

구법 방면에서는 변행(駢行)을 위주로 하면서 산행(散行)을 곁들였다. 또 용운(用韻) 방면에서는 주로 네 구에 한 번씩 환운하면서 평운과 측운을 교대로 써서 절주를 명쾌하게 했고, 용어 방면에서는 대량의 첩자(疊字)와 첩사(疊詞)를 운용했을 뿐만 아니라 왕왕 속어와 허사를 사용하여 어조를 강화했다.

〈長安古意〉	장안에서 옛일을 생각하며
長安大道連狹斜,	장안의 대로는 좁은 골목이 무수히 이어져 있고
靑牛白馬七香車.	청우와 백마가 끄는 칠향거가 쉴 새 없이 지나간다.
玉輦縱橫過主第,	귀인의 옥 수레가 종횡으로 공주의 저택 방문하고
金鞭洛繹向侯家.	황금채찍 든 이들이 잇달아 왕후의 저택으로 향한다.
龍銜寶蓋承朝日,	기둥의 용이 문 수레덮개는 아침 해에 빛나고
鳳吐流蘇帶晚霞.	봉 부리가 토해 내는 오색 술은 저녁놀을 띠고 있다.
百丈遊絲爭繞樹,	길게 늘어져 날리는 유사는 다투어 나무를 둘러싸고
一群嬌鳥共啼花.	한 무리의 아름다운 새가 함께 꽃 속에서 지저귄다.
啼花戲蝶千門側,	새 울고 나비 날아다니는 수많은 대궐 문 곁에는
碧樹銀臺萬種色.	푸른 나무 사이로 은빛 누대가 형형색색 빛난다.
複道交窗作合歡,	누각을 잇는 복도의 격자 창문은 합환무늬 이루고
雙闕連甍垂鳳翼.	두 망루는 용마루가 잇닿아 봉황 날개를 드리웠다.
梁家畫閣天中起,	귀족 저택의 채색 누각은 하늘로 우뚝 솟아 있고
漢帝金莖雲外直.	한 무제가 세운 금빛 기둥이 구름 위로 솟아 있다.
樓前相望不相知,	누각 앞에서 위아래로 바라보아도 서로 모르고
陌上相逢詎相識.	길거리에서 만나도 어찌 서로를 알 수 있으랴?
借問吹簫向紫煙,	퉁소를 불며 자색 구름 향해 날아간 이 누구인가?
曾經學舞度芳年.	일찍이 가무 배우며 꽃다운 날을 보낸 여인이란다.
得成比目何辭死,	비목어같이 지낼 수 있다면 어찌 죽음을 사양하랴?
願作鴛鴦不羨仙.	원앙 한 쌍이 될 수 있다면 신선도 부럽지 않으리.
比目鴛鴦眞可羨,	비목어와 한 쌍의 원앙은 참으로 부러워할 만하니

雙去雙來君不見.
生憎帳額繡孤鸞,
好取門簾帖雙燕.
雙燕雙飛繞畫梁,
羅幃翠被鬱金香.
片片行雲著蟬鬢,
纖纖初月上鴉黃.
鴉黃粉白車中出,
含嬌含態情非一.
妖童寶馬鐵連錢,
娼婦盤龍金屈膝.
御史府中烏夜啼,
廷尉門前雀欲栖.
隱隱朱城臨玉道,
遙遙翠幰沒金堤.
夾彈飛鷹杜陵北,
探丸借客渭橋西.
俱邀俠客芙蓉劍,
共宿娼家桃李蹊.
娼家日暮紫羅裙,
清歌一囀口氛氳.
北堂夜夜人如月,
南陌朝朝騎似雲.
南陌北堂連北里,
五劇三條控三市.
弱柳青槐拂地垂,
佳氣紅塵暗天起.
漢代金吾千騎來,
翡翠屠蘇鸚鵡杯.

짝지어 오고 가는 것을 그대는 보지 못했는가?
가장 미운 것은 휘장 입구에 수놓은 외로운 난새
문 주렴에는 즐겨 한 쌍의 제비장식을 붙여놓는다.
제비는 쌍쌍이 날아다니며 채색 들보를 맴돌고
비단 휘장과 비취 이불에는 울금향이 배어 있다.
매미 날개 머리는 하늘에 떠가는 조각구름 같고
이마에 칠한 아황은 가느다란 초승달처럼 보인다.
곱게 단장한 가기와 무녀가 수레 안에서 나오니
교태를 머금은 표정이 각양각색으로 아리땁다.
곱게 화장한 가동이 탄 것은 철련전 무늬의 보마
가기와 무녀가 탄 것은 용무늬의 황금빛 수레.
어사대부의 관저 안에서는 까마귀가 밤에 울고
사법관의 관청 문 앞에는 참새가 깃들려고 한다.
보일 듯 말 듯 붉은 성벽은 옥도에 임해 있고
아득히 푸른 수레 휘장은 금빛 둑으로 사라진다.
두릉 북쪽에서 탄환 끼고 매를 날리며 사냥하고
위교 서쪽에서 제비를 뽑아 청부 살인을 한다.
건달들이 함께 모여 부용검을 차고 일을 행하고
복사꽃 길 따라 기생집으로 가서 함께 묵는다.
기생들은 해가 지자 붉은 비단 치마를 입고서
맑은 노래 구성지게 부르니 입에서 향기가 풍긴다.
밤마다 북당의 여인들은 아름답기가 달덩이 같고
아침마다 남쪽 거리에는 말 탄 손님이 구름 같다.
남쪽 길과 북당은 북리에 이어져 있어서
종횡으로 도로가 사통오달이라 장보기가 편하다.
하늘거리는 버들과 홰나무가 늘어져 땅을 스치고
열띤 분위기에 홍진이 일어 하늘을 어둡게 한다.
한대의 금위군 집금오 천 명이 말을 타고 와서
비취빛 도소(屠蘇) 미주를 앵무배에 따라 마시니

羅襦寶帶爲君解,　　비단저고리와 아름다운 허리띠를 그대 위해 풀고
燕歌趙舞爲君開.　　연(燕)과 조(趙)의 멋진 가무를 그대 위해 펼친다.
別有豪華稱將相,　　따로 장군과 재상을 호언장담하는 사람들이
轉日回天不相讓.　　황제의 마음을 돌리는 데 양보할 줄 모른다.
意氣由來排灌夫,　　그로부터 비롯된 의기가 관부(灌夫)를 밀쳐내고
專權判不容蕭相.　　전권을 휘둘러 소망지(蕭望之)를 용납하지 않는다.
專權意氣本豪雄　　전권과 의기는 본래 세도가의 것이니
靑虯紫燕坐春風.　　청룡마와 자연류(紫燕騮)를 타고 봄바람에 우쭐댄다.
自言歌舞長千載,　　스스로 가무가 천년을 지속하리라 말하고
自謂驕奢凌五公.　　부귀영화가 다섯 세도가를 능가한다고 한다.
節物風光不相待,　　계절 따라 만물과 풍광은 머물러 있지 않아
桑田碧海須臾改.　　상전이 벽해로 바뀌는 것도 순식간의 일이다.
昔時金階白玉堂,　　지난날 금빛 계단과 백옥의 호화로운 저택이
卽今唯見靑松在.　　지금은 모두 사라지고 푸른 소나무만 보인다.
寂寂寥寥揚子居,　　적막하고 쓸쓸했던 양웅(揚雄)의 거처에는
年年歲歲一床書.　　세월이 흘러가도 서가의 책뿐이로다.
獨有南山桂花發,　　오직 종남산에 계수나무 꽃이 피어나
飛來飛去襲人裾.　　바람에 흩날리며 내 옷깃에 떨어진다.

　이 시는 대략 당(唐) 고종(高宗) 함형(咸亨) 4년(673) 가을에 지어
졌다. 시인은 건봉(乾封) 2년(667)에 천거를 받아 장안에 들어왔지
만 임용되지 못하고 파촉(巴蜀)으로 돌아갔다. 함형 원년(670)에 관
직을 그만두었고, 함형 4년에 풍질(風疾)을 치료하기 위해 다시 장
안으로 와서 태백산(太白山)에 거주하였는데, 이 시는 그때 지어졌
을 것이다. 시 전체는 대략 네 부분으로 나눌 수 있다. 먼저 장안
귀족들의 호화로운 향락생활을 묘사하였고, 다음으로 장안에 거주
하는 각양각색의 인물들이 어떻게 밤 생활을 방탕하게 보내는가를
묘사한 뒤, 고위 귀족들이 암투를 벌여 권력을 차지하지만 오래가

지 못함을 서술하였고, 마지막으로 자신을 양웅(揚雄)에 견주어 귀은(歸隱)의 뜻을 밝혔다.

노조린은 이 시에서 한대 장안의 번화했던 모습 및 귀족 관료들의 방탕과 사치를 묘사함으로써 당시의 지배계층을 비판하였다. 그가 비록 제·양의 화려한 언어 구사에서 벗어나지 못하긴 했지만 힘과 기세가 뛰어나고 묘사가 생동적이며, 변화무쌍한 인생사를 서술함으로써 흥망성쇠에 대한 감회를 불러일으켜 주었으며, 옛일을 통해 현실을 풍자하고 비판하는 회고시의 참모습을 보여주었다.

낙빈왕의 가행은 또한 한대(漢代) 대부(大賦)의 필법을 가미하여 규모와 용량에서 사람들의 이목을 새롭게 하는 장관을 연출했다. 그의 <제경편(帝京篇)>과 <주석편(疇昔篇)>은 200여 구에 달하는 장편인데, 전자는 경도(京都) 대부(大賦)의 체제에 속하고 후자는 기행과 술지(述志)를 종합한 부(賦) 체제에 속한다. 부(賦)의 필법을 시에 활용하는 것은 기세를 확장할 수 있을 뿐만 아니라 그 속에 자연히 격동하는 사상 감정과 다채로운 문채와 신운(神韻)이 깃들게 할 수 있었다. 칠언가행은 노조린과 낙빈왕의 손을 거쳐 이백(李白)·이기(李頎)·고적(高適)·잠삼(岑參) 등이 즐겨 사용한 형식이 되었으니 그 개척의 공을 가볍게 여길 수 없다.

왕발과 양형의 현존하는 시는 주로 오언율시와 절구인데, 다만 왕발에게는 칠언율시가 한 수 있다. 이것은 동시대의 문장사우와 비슷하지만 약간 뒤의 심전기·송지문과는 다른데, 이는 칠언율시의 성숙이 오언율시보다 늦었음을 증명해준다. 왕발과 양형은 노조린과 낙빈왕에 비해 시가 언어가 깔끔하고 세련되어 육조 이래의 다채롭고 화려한 기풍이 그들에 이르러 맑고 매끄럽게 바뀌었다. 왕발의 오언율시를 한 수 들어본다.

<送杜少府之任蜀州>　촉주로 부임하는 두소부를 전송하며

城闕輔三秦,　　삼진이 보위하는 장안의 성곽 궁궐
風煙望五津.　　바람 안개 아득한 오진을 바라본다.
與君離別意,　　그대와 이곳에서 지금 헤어지지만
同是宦遊人.　　다 같이 객지에서 벼슬사는 처지.
海內存知己,　　이 세상에 마음 알아주는 이 있으면
天涯若比鄰.　　하늘 끝이 이웃에 붙어 있는 것 같으리.
無爲在岐路,　　이제 우리 갈라서야 하는 길목에 섰지만
兒女共沾巾.　　아이처럼 손수건에 눈물 적시지 마세나.

이 시는 왕발이 장안에 있을 때 촉주로 부임하는 친구를 송별하며 지은 것이다. 시인은 여기서 이별의 슬픔을 토로하는 대신, 친구를 아끼는 자신의 마음을 표현함으로써 그의 넓은 흉금과 호매한 풍도를 잘 나타내었다. 특히 제 5, 6구는 우정의 소중함을 표현한 명구(名句)로 알려져 있는데, 삼국(三國) 위(魏)의 시인 조식(曹植)이 <증백마왕표(贈白馬王彪)>에서 "대장부가 천하에 뜻을 두니 만리가 이웃 같으며, 사랑하고 아끼는 마음이 변치 않는다면 멀리 있어도 그 정분은 날로 친밀해진다"23)라고 한 것과 뜻이 통한다.

또한 왕발의 오언절구는 정(情)과 경(景)이 융합하고 용어가 쉽고 정운(情韻)이 풍부하여 심입천출(深入淺出)의 언어풍격을 이루었다. 종합적으로 초당사걸은 강건과 기질을 중시하는 창작실천을 통하여 시단에 새로운 해방의 길을 열었다고 평가할 수 있다.

---

23) "丈夫志四海, 萬里猶比隣. 恩愛苟不虧, 在遠分日親."

2. 3 진자앙(陳子昻)과 장약허(張若虛)

진자앙(661-702)은 자가 백옥(伯玉)이고 사홍(射洪: 지금의 사천성 사홍현) 사람이다. 그의 활동기간은 주로 측천무후 시기로, 사걸 중의 왕발·양형보다 약간 늦다. 진자앙은 집안이 부호였고 젊었을 때 협객이어서 성정이 호쾌했다. 24세에 진사가 되어 관직이 우습유(右拾遺)에 이르렀는데, 여러 차례 상서하여 정치를 논했고 시폐를 진술했다. 무유의(武攸宜) 군을 따라 거란에 출격했지만 서로 의견이 맞지 않아 결국 해직되어 고향으로 돌아갔다. 거기서 현령 단간(段簡)의 무함으로 투옥되었다가 울분을 품고 죽었다. 『진백옥집(陳伯玉集)』이 있다.

당 초기부터 진자앙에 이르는 수십 년 동안 사람들은 줄곧 새로운 문학사조의 도래를 외쳤지만 문제의 관건을 파악하지 못했다. 위징(魏徵)은 남북문학의 장점을 합친다는 목표를 제시했지만 문학의 변혁이 주로 기존 풍격의 조화와 종합에 있다고 여겼으니 이는 사정을 너무 간단히 본 것이다. 초당사걸이 등장하여 시단의 침묵을 깨고 당시(唐詩) 변혁의 서막을 열어 당시의 궁정시풍을 날카롭게 비판했지만 몇몇 중대한 문제에 대한 이론의 표명에서는 진부함을 면치 못했다.

이를테면 왕발은 「상이부배시랑계(上吏部裴侍郎啓)」에서 굴원(屈原)과 송옥(宋玉)을 '경박의 시원'이라고 비판했다. 따라서 그들이 제시한 처방은 "『구구(九丘)』와 『삼분(三墳)』에 진력하고 『예(禮)』와 『악(樂)』에서 원류를 찾는다"(『왕발집·서』)는 진부한 말일 뿐이었다. 이것은 자신들의 창작 실제에서 벗어난 소리일 뿐만 아니라 아무런 실천 의미가 없는 공허한 설교에 불과했다.

진자앙의 관점도 편파적인 데가 없는 것은 아니지만 대체로는 시대의 요구에 부응하여 명석하고 투철한 이론을 제시했다. 그는 「좌사 동방규에게 보낸 '수죽시' 한 편과 서문(與東方左史虯修竹篇序)」에서 다음과 같이 말했다.

> 문학의 우수한 전통이 쇠퇴한 지 5백 년이 되었다. 한(漢)·위(魏)의 풍골(風骨)이 진(晉)·송대(宋代)에는 전해지지 않게 되었으나 문헌이 남아있어 그것을 증명할 수 있다. 내가 한가할 때 제(齊)·양대(梁代)의 시를 살펴본 적이 있는데, 미사여구와 전고의 다용을 다투어 흥기(興寄)가 완전히 끊어졌으니, 언제나 그 때문에 길게 탄식하며 옛사람들을 마음속으로 사모하였고, 후대로 갈수록 퇴폐해져서 시가창작의 우수한 전통이 출현하지 못할까보아 늘 불안하였다. 어제 해삼(解三)의 집에서 명공(明公) 동방규(東方虯)의 〈영고동편(詠孤桐篇)〉을 보았는데, 기개가 드러나고 소리와 감정이 드날리어 빛나고 깨끗하며 악기의 소리가 나는 듯하였다. 마침내 그는 마음을 씻고 눈을 밝혀서 마음속 깊은 곳의 울분을 토로한 것이다. 뜻밖에도 위대(魏代) 정시(正始) 시기의 음률을 다시 여기서 보게 되었으니, 건안 연간의 작가들로 하여금 서로 바라보며 웃게 할 수 있을 듯하였다.

이전의 5백 년 동안 "문학의 우수한 전통이 쇠퇴했다"고 말한 것은 전대 문학에 대한 당대인의 일반적인 견해를 답습한 것이다. 제·양 간의 시를 결산하여 "미사여구와 전고의 다용을 다투어 흥기(興寄)가 완전히 끊어졌다"고 말한 것도 전체를 포괄한 것이 아니다. 그러나 우리가 반드시 주목해야 할 부분이 있다.

문학의 변혁을 추구할 때 사람들은 언제나 전대 문학에 대해 예리한 비판 내지 부정을 하게 되는데, 그 참된 가치는 객관적이고 공평한 역사적 평가를 제공하는 데 있는 것이 아니라 현실 속의 문제를 직시하고 전대 문학의 병폐와 부족한 점을 들춰내어 문학 발전의 새로운 방향을 제시하는 데 있다. 이 점에서 보면 진자앙의 글은 당시 발전사에서 매우 중요한 역할을 담당했다.

첫째, 그는 전대 시풍에 대한 비판에서 교화의 측면에 천착하지 않고 주로 시가 자체의 심미 특징을 고려했다. 이른바 '흥기'는 비흥(比興)의 표현수법과 사상 감정의 기탁(寄托)을 가리킨다. 이것을 진자앙의 창작 면모와 연계시켜보면 중대한 인생문제와 사회문제에 대한 강렬한 관심과, 그로부터 격발된 열렬한 정감으로 해석할 수 있다. "미사여구와 전고의 다용을 다투어 흥기가 완전히 끊어졌다"고 한 말이 남조 시가를 전반적으로 개괄한 것은 아니지만 수사의 화려함을 지나치게 추구하고 사람의 마음을 감동시키는 생명력이 결여된 남조 귀족문학의 편향을 확실하게 지적했다. 이것은 '망국지음(亡國之音)' 류의 간단한 지적보다 합리적인 것으로, 이때 진자앙이 직접 겨냥한 대상은 주로 당초의 궁정시풍이었다.

그와 같은 병폐를 바로잡는 방법으로서 진자앙은 종경(宗經)과 명도(明道)의 유가적 문학관을 제시하지 않고, 시가 발전의 역사적 관점에서 건안・정시 문학을 전범으로 삼아 '한위풍골(漢魏風骨)'이라는 구호를 분명하게 제시했다. 삼조(三曹)와 칠자(七子)를 대표로 하는 건안문학은 변란의 시대에 기개 높은 시를 읊었고, 완적과 혜강을 대표로 하는 정시문학은 우환 속에서 불굴의 인격을 추구했다. 양자의 정조는 둘 다 영웅의 기질을 갖추었다는 점에서 상통하는 면이 있다.

진자앙이 '한위풍골'을 표방한 것은 문학 속의 영웅 기질을 회복하고 발양시킴으로써 시의 나약한 경향을 바로잡기 위한 것이었다. 그러나 그것은 결코 단순한 복고가 아니라 시대정신에 부응하는 새로운 소리를 내기 위한 것이었다. 진자앙 본인의 시가 가장 좋은 본보기라고 할 수 있다.

진자앙의 시에 일관되게 나타나는 것은 새로운 인격 이상에 대한 외침과 형상화이다. 그의 대표작 〈감우(感遇)〉 38수와 〈계구에서 고적을 유람하며 노장용 거사에게(薊丘覽古贈盧居士藏用)〉 7수를 보면 기본적으로 강렬한 자아의식과 진취정신을 띠고 있고, 정치·도덕·운명 등 근본 문제에 대한 관조와 사고가 들어있다. 초당사걸의 시에 이미 시대의 특징을 지닌 인생 이상이 반영되어 있다면, 진자앙에 이르러서는 그 이상이 더욱 승화되고 충실해져서 숭고미를 갖추게 되었다.

　위(魏)·진(晉) 이래 개성의식의 각성과 성장에 따라 진자앙은 공훈을 추구할 때에도 자신을 군권(君權)의 부속품으로 여기지 않고 지위에 걸맞게 존중해줄 것을 요구하여 유가적 이상을 견지했다. 따라서 적극적으로 사회와 정치에 관여하고 권력자에 대한 강렬한 반항의식으로 당시 정치의 병폐를 폭로한 것이 진자앙 시의 특징이기도 하다. 다음 시를 보자.

<感遇>(其十九)　살아가며 보고 느낀 것(제19수)

聖人不利己,	성인은 자신을 이롭게 하지 않고
憂濟在元元.	백성 구제에 정성을 쏟으셨다.
黃屋非堯意,	황금빛 수레도 요임금의 마음에 없었으니
瑤臺安可論.	화려한 누대를 어찌 논할 수 있으랴.
吾聞西方化,	내가 듣건대 서방에서 온 불교는
清淨道彌敦.	청정한 법도를 더욱 중시했다지.
奈何窮金玉,	어찌하여 금과 옥을 소진하면서
雕刻以爲尊.	채색과 장식을 존귀하게 여기는가.
雲構山林盡,	산림을 다 베어 높은 불당을 세우고
瑤圖珠翠煩.	수많은 주옥으로 불탑을 장식하는가.
鬼功尚未可,	그것은 귀신의 힘으로도 안 되었는데
人力安能存.	사람의 힘으로 어떻게 할 수 있으리.
夸愚適增累,	백성에 대한 과시는 우환만 키울 뿐
矜智道逾昏.	거짓된 재주는 정치를 더욱 혼란시킨다.

측천무후는 자신을 황제라고 칭할 즈음에 여론을 조작하기 위해
불사(佛事)를 크게 일으켰다. 수공(垂拱) 4년(688)에는 높이가 294자
에 달하는 명당[만상신궁(萬象神宮)]을 세웠고, 천책만세(天冊萬歲) 원
년(695)에는 승려 회의(懷義)를 시켜 협저대상(夾紵大象)을 만들고
명당 북쪽에 천당을 세워 그것을 보존케 했다. 그러나 천당은 세운
지 얼마 안 되어 바람에 무너졌고, 중건 후 다시 명당과 함께 화재
로 소실되었다. 진자앙은 이 일련의 사건들을 언급하며 당시 통치
자의 어리석음과 그로 인해 빚어진 백성의 고통을 폭로하고 비판
했다.

진자앙의 〈감우〉 시는 시인 자신의 모습을 그려내기도 했다. 다
음 시를 보자.

〈感遇〉(其十一)　　살아가며 보고 느낀 것(제11수)

吾愛鬼谷子,	나는 귀곡자 선생을 사랑하나니
青溪無垢氛.	청계산엔 더럽고 탁한 기운이 없다.
囊括經世道,	세상 다스릴 방도를 품에 지녔으면서
遺身在白雲.	흰 구름 사이에 몸을 맡기고 있다.
七雄方龍鬬,	칠웅이 용과 호랑이처럼 싸우고 있어
天下亂無君.	천하는 어지러워 주군이 없다.
浮榮不足貴,	헛된 영화는 존귀하다고 할 수 없어
遵養晦時文.	도를 좇아 덕을 기르고 숨어서 때를 기다린다.
舒之彌宇宙,	그가 덕을 펼치면 우주에 가득 차고
卷之不盈分.	그것을 말면 한 손아귀에도 차지 않는다.
豈圖山木壽,	어찌 산속의 나무처럼 장수하고
空與糜鹿群.	부질없이 사슴과 어울리기를 꾀하랴?

이 시는 진(晉) 곽박(郭璞)의 〈유선시(遊仙詩)〉(靑溪千餘仞)를 변화

시킨 것으로, 귀곡자라는 인물을 통하여 일반적인 은사와는 다른 은사의 모습을 묘사하였다. 즉, 그는 세상을 다스릴 방도를 지니고 있지만 헛된 영화를 멸시하여 은거하면서 덕을 기르며 크게 쓰일 수 있는 때를 기다리고 있는 사람이다. 진자앙은 이 시의 마지막에서 귀곡자를 자신에 비유하여 "어찌 산속의 나무처럼 장수하고, 부질없이 사슴과 어울리기를 꾀하랴?"라고 선언하였다.

한편 진자앙의 시는 치우친 면도 있다. 그의 작품은 한위 오언 고체 위주이고 칠언시는 거의 없으며 율시의 수량도 얼마 되지 않는다. 아마도 칠언시와 율시의 전신인 영명체(永明體)는 남조가 흥성했을 때 흥기한 체식이어서 그가 얼마간은 이를 의식적으로 회피한 것 같다. 또한 그의 대표작 〈감우〉 시는 멀리 완적의 〈영회〉 시를 계승했고, 작법의 측면에서도 완적의 시처럼 의론이 과다하여 때로는 무미건조한 결점이 드러난다.

그러나 시가의 발전은 어느 한쪽으로의 치우침 없이 곧은길로만 나아갈 수는 없다. 남조 시가의 다방면에 걸친 성취는 이미 당대 시인들에 의해 견고하게 계승되었다. 진자앙의 역할은 역사의 계기를 포착하여 이론과 창작 두 방면에서 당시에 새로운 생명력을 불어넣고 남조의 시가와 당 초기 궁정시풍의 병폐를 치유한 것이다. 그는 자신의 사명을 완성하여 문학 방면뿐만 아니라 광의의 정신 방면에서 성당(盛唐)의 시풍을 열었고 후대의 존경을 받았다.

한편 이 시기에는 당시의 낭만 기질이 날로 강화되어 유희이(劉希夷)와 장약허(張若虛) 등이 청춘을 찬미하고 생명을 갈망하는 시를 썼다. 유희이는 사걸 중의 노조린과 낙빈왕보다 약간 늦고 진자앙보다는 조금 빠르다. 그의 시는 '상춘(賞春)'과 '석춘(惜春)'의 작품이 많은데, 그 시들의 기조는 더 이상 귀족사회의 부귀영화가

오래 지속될 수 없다는 데 대한 야유와 비판이 아니라 자신의 청
춘에 대한 미련과 동경이었다. 그의 대표작 <대비백두옹(代悲白頭
翁)>에 이 점이 잘 나타나 있다.

이와 같은 청춘의 정조는 장약허에 이르러 '석춘'으로부터 일변
하여 봄에 대한 강렬한 송가로 바뀌고 아울러 우주와 아름다운 인
생에 대한 정열적인 예찬이 융합되어 있다. 장약허의 다음 시를
보자.

<春江花月夜>	봄 강의 꽃피고 달 밝은 밤
春江潮水連海平,	봄 강의 넘치는 물이 바다까지 잇닿아
海上明月共潮生.	해상의 밝은 달이 물결과 함께 떠오른다.
灩灩隨波千萬里,	물결 따라 천리 만리 은빛 반짝이니
何處春江無月明.	그 어느 강물엔들 밝은 달빛 없으리?
江流宛轉繞芳甸,	굽이굽이 강물은 푸른 들판을 감돌고
月照花林皆似霰.	달빛 받은 꽃들은 모두가 눈송이 같다.
空裏流霜不覺飛,	하늘에서 서리 내려와 흐르는 듯하고
汀上白沙看不見.	모래섬의 흰 모래도 따로 구분할 수 없다.
江天一色無纖塵,	강물과 하늘 한빛 되어 티끌 하나 없는데
皎皎空中孤月輪.	공중에는 밝고 둥근 달이 외로이 걸려 있다.
江畔何人初見月,	강가에서 저 달을 처음 본 이는 누구이며
江月何年初照人.	저 달은 언제 처음으로 사람을 비추었을까?
人生代代無窮已,	사람은 태어나 대대로 끝없이 이어지고
江月年年只相似.	강의 달은 해마다 그저 서로 같을 뿐이다.
不知江月待何人,	모르겠구나 저 달이 누구를 기다리는지
但見長江送流水.	다만 보이는 건 끝없는 강 따라 흘러가는 물.
白雲一片去悠悠,	하늘엔 흰 구름 한 조각이 유유히 떠가고
靑楓浦上不勝愁.	단풍 푸른 포구에서 슬픔을 견딜 수 없다.
誰家今夜扁舟子,	오늘밤 일엽편주를 띄운 이는 누구인가?

何處相思明月樓.	달 밝은 누각에서 그리움에 젖은 이 누구인가?
可憐樓上月裴回,	가련하게도 누각 위의 달이 배회하면서
應照離人妝鏡臺.	멀리 떨어져 있는 그녀의 경대를 비추리라.
玉戶簾中卷不去,	규방의 주렴을 걷어도 달은 떠나지 않고
搗衣砧上拂還來.	다듬잇돌 위에서 떨쳐내도 다시 찾아온다.
此時相望不相聞,	지금 함께 바라보면서도 소식 전할 길 없어
願逐月華流照君.	달빛 따라 흘러가서 임을 비출 수 있기를!
鴻雁長飛光不度,	멀리 나는 기러기는 이 달빛 전하지 못하고
魚龍潛躍水成文.	물고기도 뛰어올라 수면에 물결만 낼 뿐이다.
昨夜閑潭夢落花,	어젯밤 고요한 물가에 꽃 지는 꿈꾸었는데
可憐春半不還家.	가련케도 봄은 가는데 집에 돌아오지 못한다.
江水流春去欲盡,	강물 따라 흐르는 봄은 벌써 다 가려 하고
江潭落月復西斜.	강물에 잠긴 달도 다시 서쪽으로 기운다.
斜月沈沈藏海霧,	기운 달은 깊숙이 바다 안개 속에 숨고
碣石瀟湘無限路.	갈석산에서 소상까지 길은 끝이 없구나.
不知乘月幾人歸,	몇이나 달빛 타고 집에 돌아갈 수 있을까?
落月搖情滿江樹.	지는 달빛 강 숲에 가득 차 내 마음 흔든다.

이 시는 곱고 선명한 형상과 경쾌한 절주로 아름다운 자연경치,
시인의 사색과 그리움 등이 교차되며 한 폭의 수채화를 그려내었
다. 시인은 여기서 무한과 유한, 영원한 우주와 순간을 살다 사라
지는 인생, 봄경치의 아름다움과 이별한 사람의 슬픔 등을 절묘한
균형 속에 묘사하였다. 따라서 이 시가 궁체시(宮體詩)의 구제(舊題)
를 사용하긴 했지만 궁체시의 협소한 제재와 풍격을 뛰어넘어 성
당(盛唐) 시인 특유의 정신미를 미리 구현했다는 평가를 받고 있다.

유희이와 장약허의 시는 남조 악부시의 영양을 섭취하여 풍격이
밝고 아름다우며, 주로 한위 고시(古詩)에서 취한 진자앙의 시와는
매우 다르다. 당시가 초당에서 성당으로 넘어가는 마지막 단계에

서 진자앙은 강건한 격조가 뛰어나고, 유희이와 장약허는 운치가 뛰어나다. 그들의 출현은 시단이 건안 이래 남북조시대에 이르기까지의 예술경험에 대해 전면적인 지양과 발전이 있었음을 의미한다. 당시(唐詩)는 바로 이런 과정을 거쳐 자연스럽게 절정에 도달했다.

2. 4 장열(張說)과 장구령(張九齡)

초당 이래 문학 변혁의 주 역량은 사회 지위가 높지 않은 일군의 문인에게서 나왔다. 그러나 그들의 성공은 선견지명을 지닌 몇몇 고관들의 지원과 격려에 힘입은 바가 크다. 이를테면 고종의 중신 설원초(薛元超)는 양형(楊炯)을 숭문관학사(崇文館學士)로 천거했고, 개원 전기에 시인 재상이었던 장열과 장구령은 초당 시단의 응제(應制) 기풍을 전환시키는 데 중요한 역할을 담당했다. 그들의 시는 신분과 지위로 인해 종종 군주에 대한 충성을 표명하기도 했지만 동시에 그 속에는 인생의 가치를 추구하는 열정이 포함되어 있기 때문에 허식뿐인 궁정문학의 구태에서 벗어나 사람의 마음을 움직이는 생명력을 지닐 수 있었다. 그들이 실천한 모범적이고 우수한 시인들에 대한 지원과 격려는 당시의 변혁과 발전을 위한 굳건한 토대가 되었다.

장열(667-730)은 자가 도제(道濟)이고, 현종 때 중서령(中書令)을 맡았으며 연국공(燕國公)에 봉해졌다. 현종은 숭유복고(崇儒復古)를 표방하긴 했지만 문예에 대한 취미와 소양이 깊었기 때문에 문학에 대한 태도와 역할을 살펴보면 그가 수식에 전념하는 경향에 제동을 걸었음을 알 수 있다. 그런데 장열은 현종이 신임한 대신이었으므로 황제의 의지를 적극적으로 실천할 수 있었다. 개원 13년(725)에 현종은 여정서원(麗正書院)을 집현서원(集賢書院)으로 개칭하고 규모를 확대하여 장열을 책임자로 임명했다. 그 자리에 있으면서 장열은 장구령과 왕한(王翰) 등 수많은 저명문사들을 끌어들였으니 사실상 성당 전기 시단의 영수였다고 할 수 있다. 『장연공집(張燕公集)』이 있다.

장열의 시는 주로 왕업(王業)에 대한 포부를 서술했는데, 언어는 질박한 편이지만 거친 곳도 더러 있어서 예술 성취가 아주 높은 편은 아니다. 그러나 시에 자신만만하고 호방한 정조가 충만하여 비범한 정치가의 풍도가 나타난다. 그가 좌천되어 악주(岳州: 지금의 악양岳陽)에 머문 기간에 쓴 시에도 후진을 아끼는 정치가의 풍도가 나타난다. 다음 시를 보자.

<送梁六自洞庭山作> 양육을 전송하며 동정산에서 짓다

巴陵一望洞庭秋, 파릉에서 가을빛에 물든 동정호를 바라보니
日見孤峰水上浮. 날마다 물 위에 떠있는 외로운 봉우리가 보인다.
聞道神仙不可接, 듣자니 신선은 근접할 수 없다고 하는데
心隨湖水共悠悠. 마음은 호수를 따라 함께 끝없이 흘러간다.

양육(梁六)은 시인의 친구 담주(潭州: 지금의 호남성 장사長沙) 자사(刺史) 양지미(梁知微)로, 당시 악주를 거쳐 조정으로 들어가는 길이었다. 동정산(洞庭山: 군산君山)이 파릉 근처에 있었으므로 제목에서 "동정산에서 짓다"라고 하였다. 이 시는 송별의 뜻이 직접 드러나지 않아 흥상(興象)을 통해 음미해야 한다는 점에서 칠언절구 분야에서 초당으로부터 성당으로 진입한 이정표적 작품이라고 할 수 있다.

장구령(678-740)은 자가 자수(子壽)이고, 곡강(曲江: 지금의 광동성 소관韶關) 사람이다. 그는 장열에 의해 발탁된 인재로, 장열이 죽은

후 개원 22년(734)에 현종을 보좌하는 재상이 되었다. 그는 개원 성세의 마지막 명재상이어서 많은 사람들의 존경을 받았으며, 왕유와 두보 등도 그를 칭송하는 시를 남겼다. 맹호연(孟浩然)을 형주부(荊州府) 막료로 불러들이고, 왕유를 우습유(右拾遺)로 발탁한 사람도 그였다. 그는 장열의 뒤를 이어 고관이면서 사람들의 존경을 받은 문단의 영수였다. 『곡강집(曲江集)』이 있다.

장구령의 시는 창작정신의 측면에서 장열과 일맥상통하는 점이 있다. 그는 왕업의 기상이 충만한 장열의 시를 높이 평가했고, 그 자신의 시에도 그런 면모가 드러난다. 그러나 공훈에 대한 포부를 구가하는 데 중점을 둔 장열의 시와는 달리 장구령의 시는 궁달의 진퇴 속에서 고결한 인격 이상을 표현하는 데 주력하였다. 이임보(李林甫)에게 배척당해 재상 직에서 물러난 후 그러한 태도가 더욱 선명해졌다. 그는 한편으로 사회정치에 뛰어들기를 바라고 경국(經國)의 대업과 불후의 성사(盛事)를 추구했지만, 다른 한편으로는 초탈의 태도를 견지하면서 출사와 은일의 모순을 조화롭게 통일하여 출세를 위해 자신의 뜻을 굽히고 세상에 영합하길 원치 않았다.

장구령의 예를 통해 알 수 있듯이 공명의 추구와 자유로운 인생에 대한 갈망이 성당시의 두 가지 주요 노선이었다. 예술 표현 방면에서 장구령의 시는 흉금을 직접 서술한 장열과 달리 흥기(興寄) 위주여서 완곡하고 함축적이다. 예를 들어 그의 〈감우(感遇)〉 12수는 방초(芳草)와 미인의 형상을 빌려 자신이 지키고자 하는 고상한 품격을 서사했다.

장구령은 청풍명월의 강산과 고고하고 맑은 흉금의 결합을 즐겨 표현했다. 다음 시를 보자.

<望月懷遠>　　**달밤에 임 그리며**

海上生明月,　　바다 위로 밝은 달이 떠오르니
天涯共此時.　　하늘 저쪽에서 이 달을 함께 보겠지.
情人怨遙夜,　　사랑에 빠진 사람 긴 밤을 원망하며
竟夕起相思.　　이 밤이 다하도록 임 그리워한다.
滅燭憐光滿,　　촛불 끄니 방안 가득한 달빛이 고와
披衣覺露滋.　　걸쳐 입고 나가니 이슬이 젖어온다.
不堪盈手贈,　　이 달빛 손에 가득 담아 보내드릴 수 없어
還寢夢佳期.　　침실로 돌아가 임 만나는 꿈을 꾸리라.

　이 시는 시인이 여성 화자가 되어 그 당시 멀리 떨어져 있는
남편에 대한 그리움을 표현한 것인데, 멀리 떨어져 있는 두 사람
을 연결해주는 달의 이미지를 빌려 그리움을 호소력 있게 전달
하였다. 평자에 따라서는 이 시를 정치적 은유를 담고 있는 시로
보기도 한다. 그럴 경우 먼 곳에 있는 임은 황제를 뜻하게 되고,
자신의 정치적 이상이 좌절되어 시련을 겪는 중에 황제에 대한
그리움을 표현한 것이 되겠다.
　이 시에 나타난 맑고 아름다운 야경에는 완곡하고 깊은 정감
이 곳곳에 배어 있어 경어(景語)와 정어(情語)를 구분하기 어려울
정도로 정(情)과 경(景)이 잘 융합되어 있다.

2. 5 맹호연(孟浩然)과 왕유(王維)

　맹호연(689-740)은 양양(襄陽: 지금의 호북성 양양) 사람이고, 주로
개원 연간에 활동했다. 그는 당대에서 처음으로 산수시에 힘을 쏟
은 시인이다. 현존하는 그의 시는 200여 수로 대부분이 그가 이곳

저곳을 유람하면서 쓴 산수시인데, 고향 일대의 만산(萬山)·현산(峴山)·녹문산(鹿門山)에 올랐을 때 쓴 작품도 있고, 전원과 농촌에 거주하면서 쓴 생활시도 일부 있다.

산수 경물은 남조 시가의 가장 중요한 제재로, 장기간에 걸친 발전을 통해 현저한 성취가 있었다. 맹호연에 이르러 산수시는 다시 새로운 경계에 들어섰다. 시 속에서 정과 경의 관계가 상호 보완적일 뿐만 아니라 밀접하게 결합되어 있다. 시의 의경은 일체의 불필요하고 부조화한 성분을 제거하여 단순하고 명쾌하게 보이며, 시의 구조도 잘 짜여 있다.

맹호연 산수시의 의경은 대부분 생기 가득한 고요함을 지니고 있다. 다음 시를 보자.

<宿建德江>　**건덕강에 묵으며**

移舟泊煙渚,　노 저어 안개 자욱한 물가에 배를 대니
日暮客愁新.　날이 저물어 나그네 시름 솟아오른다.
野曠天低樹,　들판 드넓어 하늘이 나무 아래 있고
江淸月近人.　강물 맑아서 달이 바로 곁에 와 있다.

이 시는 전편을 통해 시인의 고독감이 짙게 드러난다. 혼자 배를 타고 정처 없이 떠돌아다니는 나그네가 날이 저물어 안개 피어오르는 물가에 배를 대니 자연히 피로감과 함께 고독감이 엄습했을 것이다. 게다가 드넓은 벌판이라 시야가 탁 트여 하늘이 낮게 깔려 있고, 강물이 맑고 잔잔하여 강물에 비친 달이 바로 옆에 있는 듯이 느껴지니 광대무변한 자연 속에 나 혼자 뿐이라는 고독감을 더욱 실감했을 것이다. 특히 마지막 두 구절은 눈앞에 펼쳐진 경치의 묘사 속에 시인의 심정을 녹여 넣고 있어서 정경융합(情景

融合)의 표현기교를 엿볼 수 있다.

맹호연은 시체(詩體)의 운용 방면에서도 왕왕 고유의 형식적 제한을 벗어나 읊으면 색다른 맛이 있다. 예를 들어 <배 안에서 새벽에 바라보다(舟中曉望)> 시는 평측 성률은 오언율시의 격식에 들어맞지만 중간의 두 연(聯)에 대장을 쓰지 않아 고시 같기도 하고 율시 같기도 하다.

또 <밤에 녹문산으로 돌아오며(夜歸鹿門山歌)>는 가행체이지만 전체에 걸쳐 밤에 돌아오는 노정을 써내려갔을 뿐 나열에 힘쓰지 않았고, 언어가 간명한 근체시의 특징을 운용한 한편, 가행체의 선련구법(蟬聯句法)을 활용하여 읊으면 행운유수(行雲流水)의 묘함이 있다. 이와 같이 고체와 근체의 격식을 자유롭게 활용한 것도 맹호연 시의 창조적 표현의 하나이다. 다음 시를 보자.

<春曉>　　봄날 아침

春眠不覺曉,　　봄잠이라 날 밝는 줄 몰랐는데
處處聞啼鳥.　　여기저기서 새가 지저귄다.
夜來風雨聲,　　밤새 비바람소리 들려오던데
花落知多少.　　꽃잎이 얼마나 떨어졌을까?

이 시는 봄날 아침의 정경과 봄을 아끼는 시인의 마음을 담담한 필치로 엮어놓은 고체절구(古體絶句)이다. 형식을 살펴보면 측성운을 사용했고 점(黏)의 규칙에서 벗어나긴 했지만, 각 연(聯)의 출구(出句)와 대구(對句)가 근체시의 평측 격식을 사용하고 있어서 낭송이 매끄럽다.

시인은 노곤한 봄잠에서 어렴풋이 깨어나 아침 새가 지저귀는 것을 듣고, 다시 시간을 거슬러 올라가 밤새 잠결에 들었던 비바람소리를 기억해내고, 그 비바람에 떨어졌을 봄꽃에 생각이 미쳐 그에 대한 아쉬움을 짙게 표현했다. 봄날의 밤과 아침의 정경을 절묘하게 시인 자신과 관계 지으면서 압축적으로 표현했으며, 무의식과 의식의 반전을 통해 봄이 인간에게 주는 특징적인 상황을 포착한 점이 돋보인다.

왕유(701-760)는 자가 마힐(摩詰)이고, 태원(太原) 기(祁: 지금의 산서성 기현) 사람이다. 그는 문화가 융성한 성당의 시대적 배경 하에서 나온 다재다능한 작가이다. 그는 음악에 정통하여 젊어서 태악승(大樂丞)이 되었고, 서예에서는 초서와 예서에 능했으며, 회화에 각별한 재능이 있어서 후인들이 그를 남종화(南宗畵)의 비조로 받들기도 했다. 그의 문학창작은 이와 같이 전반적인 예술 수양 위에 세워진 것이어서 성취가 매우 높다. 『왕우승집(王右丞集)』이 있다.

왕유 시의 풍격과 정조는 전기와 후기에 뚜렷한 차이가 있다. 그 변화는 개원(開元)·천보(天寶) 연간의 정치 형세와 깊은 관련이 있다. 전기에 그는 적극적이고 진취적인 인생태도를 바탕으로 기세가 드높고 호방하며 기백이 충만한 시를 썼다. 예를 들어 그는 <불우영(不遇詠)>에서 자신의 뜻을 서술했고, <소년행(少年行)>에서는 젊은이의 의기에 대해 열렬히 예찬했다. 또한 <이문가(夷門歌)>·<서시영(西施詠)>·<낙양여아행(洛陽女兒行)> 등의 시에서 빈한한 선비의 정치적 요구와 뜻을 이루지 못한 불평을 반복적으로 서술했다.

개원 말년에 장구령(張九齡)이 재상 직에서 물러나고 이임보(李林甫)가 대신 들어서자 정치적 위기가 닥쳐왔다. 이에 왕유는 종전의 태도를 바꾸어 반(半) 은둔의 생활방식을 정신상의 귀착지로 삼고 불교에 심취했다. 그런 연유로 왕유의 후기 시는 산수에 정을 기탁하는 방향으로 나아가고 사회 정치와는 거리를 두었다. 그렇다고 해도 왕유의 시와 성당 시대는 낭만기질이라는 문화적 분위기의 측면에서 일치된 점이 있었다.

왕유는 산림 속에서 자신의 인격을 수양하고 세속에 영합하지 않는 인생 이상을 견지했으며, 자연의 아름다움을 애호했다. 그는 선종(禪宗)의 깨달음을 체현하고 그윽하고 고요한 느낌을 주는 시와 함께, 삶의 흥취가 있고 선명하고 깨끗한 의경을 지닌 시를 써냈다. 그러다 안사의 난이 발생하자 왕유는 압박에 못 이겨 위직(僞職)을 맡았는데, 그로 인해 나중에 조정의 견책을 받았다. 이 사건으로 그는 의기소침해져서 참선에 몰두했고, 이때부터 시가 창작은 시들해졌다.

성당에 이르러 시는 이미 여러 체제가 두루 갖추어져서 왕유는 각종 시체(詩體)에서 모두 뛰어난 재능을 보여주었다. <낙제하여 고향으로 돌아가는 기무잠을 전송하며(送綦毋潛落第還鄕)>·<위수의 농촌 풍경(渭川田家)> 등의 오언고시, <가을 저녁 산속 거처에서(山居秋暝)>·<사냥을 보며(觀獵)>·<사신으로 변새에 이르러(使至塞上)>·<종남산(終南山)>·<한수에서 멀리 굽어보며(漢江臨眺)> 등의 오언율시, <망천집(輞川集)> 20수·<시냇가에서 우는 새(鳥鳴澗)> 등의 오언절구는 모두 사람들이 좋아하는 명편이다.

칠언절구 <사신이 되어 안서로 떠나는 원이를 전송하며(送元二使安西)>와 <이주가(伊州歌)>는 당시의 이원(梨園) 악공들이 널리 전창(傳唱)한 것이고, 칠언율시 <장맛비 속의 망천장(積雨輞川莊作)>은 후인들이 당시 중의 압권이라고 칭송한 것이며, <최부와 함께 현제에 답하다(同崔傅答賢弟)>는 칠언가행의 새로운 국면을 연 것으로 용왕매진하는 청춘의 분위기가 넘쳐흐른다. 이밖에 그가 쓴 육언시·잡언체 악부와 초사체 등도 심후한 조예를 갖추고 있어서, 왕유는 그야말로 성당시대에 각종 시체가 도달한 성취에서 전형적인 모습을 보여주었다고 할 수 있다. 다음 시를 보자.

<山居秋暝>　**가을 저녁 산속 거처에서**

空山新雨後,　　인적 없는 산 비가 막 갠 뒤에
天氣晚來秋.　　저녁이 되자 가을기운 완연하다.
明月松間照,　　밝은 달빛이 솔 사이로 비쳐들고
清泉石上流.　　맑은 샘물이 바위 위를 흘러간다.
竹喧歸浣女,　　대숲 왁자하니 빨래하던 여인들 돌아오는가 보고
蓮動下漁舟.　　연잎 흔들리니 고깃배가 내려가는가 보다.
隨意春芳歇,　　자연의 섭리에 따라 봄풀은 시들었어도
王孫自可留.　　은사(隱士)가 그런대로 머물 만하다.

　이 시는 산중에서의 생활을 묘사한 것인데, 소식(蘇軾)이 왕유의 시를 가리켜 "시 속에 그림이 있다"라고 말했듯이, 이 시도 한 폭의 그림을 연상시킨다. 함련은 평범한 소재를 써서 고원한 의경을 이루어냈고, 경련은 시인의 섬세한 관찰과 뛰어난 표현력을 보여주었다. 미련에서 시인은 봄풀이 시든 가을 산의 모습을 통해 자신의 처지를 암시하면서 은거에의 의지를 표명하였다.

　후세에 가장 큰 영향을 끼친 왕유의 시는 산수전원시라고 하겠다. 그가 이 방면에서 보여준 창조성과 재능은 남다른 면이 있다. 똑같이 혼연일체의 의경을 추구했어도 도연명과 맹호연의 사경시는 담백한 필묵으로 뜻에 따라 윤색하는 표현수법을 즐겨 사용했는데, 왕유는 구도와 배치를 감안하여 그에 맞는 언어와 색깔을 입혀서 회화의 수법으로 맑고 아름다운 미감을 전달했다. 물론 시는 그림과 다른 예술 영역에 속하여 시각 형상의 묘사에만 머물러 있을 수는 없다. 왕유의 시가 경물을 묘사한 것을 보면 관찰이 세밀하고 감수성이 예민할 뿐만 아니라, 미묘한 심리를 잘 표현하여 회화가 도달할 수 없는 특수효과를 전달하고 있다.

　왕유는 대자연 속 만물의 동정에 세심한 주의를 기울이는 한편,

자연의 유심한 곳에 침잠하여 생명의 존재를 인식하고 느껴서 그것을 언어로 표현하였다. 이렇게 써낸 작품은 설리(說理)의 문자를 사용하지 않았는데도 오묘한 이치를 담고 있다는 느낌을 주어 자연스러우면서도 참신한 맛을 느끼게 한다. 다음 작품을 보자.

<鹿柴>　　　　**사슴 울짱**

空山不見人,　　적막한 산에 사람은 보이지 않고
但聞人語響.　　사람의 말소리만 들릴 뿐인데
返景入深林,　　석양빛이 깊은 숲속에 들어와
復照靑苔上.　　다시 푸른 이끼 위를 비춘다.

이 시는 왕유가 망천(輞川)에서 생활할 때 쓴 작품으로 사슴 울짱의 한가하고 적막한 모습을 묘사한 것인데, 전체적으로 싸늘한 색조를 띠는 중에 석양빛이라는 한 점의 따뜻한 색조를 집어넣어 대조 속의 조화를 이룩함으로써 한 폭의 산수화를 보는 듯하다. 산림은 그로 인해 더욱 그윽하고 조용하게 보이면서도 생명력이 느껴진다.

당시에 왕유와 맹호연의 풍격에 접근해 있는 사람으로 기무잠(綦毋潛)·조영(祖詠)·저광희(儲光羲)·배적(裴迪)과 상건(常建) 등이 있다. 이들은 성당 시대에 생활하면서 각기 다른 방향으로 이상을 추구했지만 그들이 읊은 시의 중심에 은일생활이 있었고, 산림과 절을 제재로 그윽하고 고요한 정취를 표현한 시를 많이 썼다. 먼저 조영의 시를 예로 들어본다.

<終南望餘雪> 종남산에 쌓인 눈을 바라보며

終南陰嶺秀,　　높이 솟은 종남산 북쪽 산마루
積雪浮雲端.　　눈에 덮여 구름 위에 떠 있다.
林表明霽色,　　숲 위로 하늘은 맑게 개었지만
城中增暮寒.　　성 안은 저녁 한기 한결 더하다.

이 시는 시인이 장안성에서 멀리 눈 쌓인 종남산의 북쪽 산마루
를 바라보면서 눈앞에 펼쳐진 저녁나절의 광경과, 그로 인해 촉발
된 백성에 대한 염려를 표출한 작품이다. 속어에 "서리가 내리기
전에 차고, 눈이 내린 뒤에 춥다"(霜前冷. 雪後寒), "눈이 내릴 때는
춥지 않지만, 눈이 녹을 때는 춥다"(下雪不冷. 化雪冷)라는 말이 있고,
또 나은(羅隱)은 <설시(雪詩)>에서 "장안에 가난한 자들이 있으니,
상서로움이 많지 않으리"(長安有貧者, 爲瑞不宜多)라고 하였다.

시인이 제 3, 4구에서 말한 것은 바로 이런 점에 착안한 것으로,
저녁 무렵 눈이 그치고 맑게 갠 하늘과, 그로 인해 한결 더 썰렁
하게 느껴지는 성 안 날씨를 서술함으로써 장안에 거주하는 빈자
(貧者)들에 대한 관심과 애정을 표현하였다.

『당시기사(唐詩紀事)』에 보면 이 시는 조영이 과거에 응시했을
때 육운율시(六韻律詩) 12구(句)를 지어야 했음에도 이 4구만 지어
제출하자 그 까닭을 물은 사람에게 "이것으로 할 말을 다 했기 때
문이오"라고 대답했다고 한다. 이로부터 그가 얼마나 의흥(意興)을
중시했는지 알 수 있다.

상건은 개원 연간에 진사가 되었지만 벼슬길은 순탄하지 않았
다. 그의 시는 두 종류로 구분되는데, 하나는 전쟁의 참상을 반영
한 것이고, 다른 하나는 현실에 대한 불만과 은일생활에서의 구도
(求道)를 동경한 것이다. 그의 시를 한 수 들어본다.

<題破山寺後禪院> **파산사 뒤의 암자**

清晨入古寺,	이른 아침 오래된 절에 찾아드니
初日照高林.	아침햇살이 주위의 숲을 비춘다.
竹徑通幽處,	대나무 길이 그윽한 곳으로 통하고
禪房花木深.	선방 둘레엔 꽃과 나무 우거져 있다.
山光悅鳥性,	산 빛이 새들의 심성을 즐겁게 하고
潭影空人心,	못에 비친 광경이 사람 마음을 비운다.
萬籟此俱寂,	이 세상 모든 소리 일시에 멎은 듯한데
惟餘鐘磬音.	오직 종소리 편경소리 여운이 감돈다.

이 시에서 시인은 이른 아침 오래된 절의 선원(禪院)을 찾아가는 과정에서 자신이 목격한 것을 서술하고 있는데, 사원 주변의 맑고 그윽한 정취와 시인의 경건한 마음이 잘 표현되어 있다. 특히 마지막 연에서 이 세상 모든 소리가 일시에 멎은 듯 고요한데 절 뒤에 위치한 선방(禪房)에서 예불의식을 행하며 치는 종과 편경의 여운만이 들려온다고 한 것은 정적을 한 차원 높게 전달해주는 것으로, 선원의 분위기를 한결 더 실감나게 하고 있다.

2. 6 왕지환(王之渙)과 왕창령(王昌齡)

성당의 시단에는 비록 사회적 지위는 낮지만 시명(詩名)이 높은 일군의 시인들이 있다. 그들은 벼슬길에서는 불우한 편이었지만 기세 높은 시대정신이 그들의 시정(詩情)에 격동하여 창조적 재능이 분출되어 나오게 했다. 그들은 사용한 제재에 각기 치중한 면이 다르고 형식상에서도 각기 뛰어난 점이 다르지만 모두가 시경(詩境)을 개척하여 새로운 국면을 열 수 있었다. 왕지환·왕창령·이기(李頎)

와 최호(崔顥)가 그 중에서 연배가 빠른 대표적 시인이라고 할 수 있다.

왕지환(688-742)은 자가 계릉(季凌)이고, 강주(絳州: 지금의 산서성 신강新絳) 사람이다. 그는 뜻이 크고 재능이 뛰어났지만 주부(主簿)·현위(縣尉) 등의 말단 관직에 머물러 있다가 강직한 성격 탓에 관직을 떠나 천보(天寶) 원년 죽을 때까지 은둔생활을 했다. 현존하는 왕지환의 시는 6수에 불과하지만 모두 절구 중의 명품이다. 다음 시를 보자.

<登鸛雀樓> **관작루에 올라**

白日依山盡,	하얀 태양은 산에 다가가며 기울어가고
黃河入海流.	누런 강물은 바다에 들어가려고 흐른다.
欲窮千里目,	천리 먼 곳을 눈으로 다 보고자 하여
更上一層樓.	다시 오른다, 한 층 더 높이 누각을.

이 시는 전편(全篇)이 대장(對仗)을 이루고 있다. 상하·색채·동정(動靜)·완급의 대조와 '진(盡)'과 '류(流)'에 포함되어 있는 '소멸해가는 것'·'사라져가는 것'에 대한 느낌 속에서 서서히 서쪽으로 가라앉는 백일(白日)과, 도도히 동쪽으로 흘러가는 황하(黃河) 사이에 자연의 광활함이 펼쳐진다. 이렇게 제1, 2구에 나타난 확대 이미지 가운데 누각이 등장하여 확대 인식의 중점을 형성한다. 그리고 이것은 동시에 독자에의 초대석이기도 하다. 독자는 누각 앞에 펼쳐진 대자연의 광대한 넓이를 마음속에 그리고, 한층 더 높이 올라가는 시인의 발자국 소리를 귀로 들으며 그 장엄한 순간에 초대받은 두근거림을 느낄 수 있을 것이다.

왕창령(698-757)은 자가 소백(少伯)이고, 경조(京兆) 만년(萬年: 지금의 섬서성 서안시) 사람이다. 집안이 빈한했지만 개원 15년(727)에 진사에 급제하여 비서성 교서랑(校書郎)에 임명되었다. 그는 일생 동안 두 번이나 척박하고 황량한 곳으로 좌천되었고, 안사의 난이 일어나자 난을 피해 강회(江淮) 일대로 갔다가, 호주자사(濠州刺史) 여구효(閭丘曉)에게 살해되었다. 『왕창령집(王昌齡集)』이 있다.

왕창령은 성당시대에 명성을 떨쳤던 시인이다. 그는 당시의 거의 모든 저명한 시인들과 교유하여, 맹호연·이백·잠삼·상건 등이 모두 그에게 준 시가 있다. 은번(殷璠)은 『하악영령집(河岳英靈集)』에서 그를 강건한 풍격을 체현한 대표적 시인으로 들고 그의 시를 '중흥고작(中興高作)'으로 높이 평가하여 선록한 수량도 전집에서 으뜸이다. 왕창령의 시를 제재별로 보면 크게 변새시·규정시(閨情詩)와 송별시로 나눌 수 있다.

왕창령의 변새시는 예술적 개괄력이 높아서 그 착안점이 왕왕 구체적인 전사(戰事)에 있지 않고, 변새의 전쟁을 역사 현상으로 간주하여 시각을 달리하며 깊이 있게 사고함으로써 심원한 내용과 열정을 담아 생명력 넘치는 작품을 써냈으니, 이는 육조 이래의 변새시가 주로 악부 구제를 가지고 부연하는 방식에서 벗어난 것이다. 그의 시를 한 수 들어본다.

<從軍行>(其四)　　**종군의 노래**(제4수)

靑海長雲暗雪山,　　끝없이 펼쳐진 청해의 구름에 설산은 어둑한데
孤城遙望玉門關.　　외로운 성에서 멀리 옥문관을 바라본다.
黃沙百戰穿金甲,　　계속되는 전투에서 황사가 무쇠갑옷 뚫는다 해도
不破樓蘭終不還.　　누란을 격파하지 않고는 끝내 돌아가지 않으리라.

왕창령의 <종군행>은 모두 7수로 원정 나간 병사의 힘겨운 생활을 주제로 읊은 악부시(樂府詩)의 제명(題名)이다. 시인은 이 시에

서 주변 환경과 등장인물의 조화와 통일을 통해 나라를 위해 몸을
바친 병사의 감정과 의지를 감동적으로 그려내는 데 성공하였다.

　왕창령의 변새시에는 또한 깊은 역사의식이 표현되어 있다. 다
음 시를 보자.

　　〈出塞〉　　　　　**변경으로 나가서**

　　秦時明月漢時關,　　진나라 때의 밝은 달 한나라 때의 관문
　　萬里長征人未還.　　만리 멀리 출정 나간 군인들 돌아오지 못했다.
　　但使盧城飛將在,　　다만 노성에 비장군 같은 사람 있게 했다면
　　不敎胡馬度陰山.　　오랑캐 군마가 음산을 넘지 못하게 했을 텐데.

　왕창령의 이 시는 역대로 칠언절구의 압권으로 알려져 왔다. 무
엇보다도 첫 구절이 이 시의 모호성을 증대시켜 독자를 다양한 상
상의 세계로 끌어들이기 때문이다. 또한 마지막 두 구절은 단순한
소망을 평이하게 서술한 듯하지만, 현재 당나라에 비장군(飛將軍:
西漢의 명장 李廣) 같은 장수가 없음과, 그런 사람이 등용되지 못하는
현실에 대한 비판이 숨어 있고, 그로 인한 이민족의 침략과 전쟁
으로 오랜 세월 동안 수많은 군인들이 출정했다가 돌아오지 못한
것에 대한 안타까움이 배어 있어 여운이 짙다.

　왕창령은 규정시를 쓸 때 신흥 형식에 속하는 칠언절구로 오래
된 제재를 처리하여 사람들의 이목을 새롭게 했다. 그는 사람의
감정과 자태를 잘 포착하여 양자를 한 곳으로 집중시켜 독자들의
공감을 불러일으키는 데 뛰어났다. 다음 시를 보자.

<閨怨>	**젊은 아낙의 회한**
閨中少婦不知愁,	규방의 젊은 아낙 슬픔을 모르고서
春日凝裝上翠樓.	봄날 한껏 단장하고 누각에 올랐다.
忽見陌頭柳色新,	길거리의 버들 빛 새로운 걸 보고서
悔敎夫婿覓封侯.	제 낭군 벼슬 찾아 보낸 것 후회한다.

봄이 되면 천지간에 생기가 돌고 만물이 기지개를 켠다. 그리고 산야는 신록으로 새롭게 단장한다. 규방에 갇혀 지내던 젊은 아낙이 곱게 옷을 차려입고 누각에 오른 것은 마음속에 봄기운이 번져 왔기 때문일 것이다. 버드나무에 물이 오르고, 연둣빛 가지가 봄바람에 하늘거리는 것을 보고 아낙은 문득 먼 곳으로 벼슬 찾아 떠난 남편이 그리워졌을 것이다. 이 시는 봄날 젊은 아낙의 동태와 심리 변화를 일상 언어로 산뜻하게 표현한 작품이다.

왕창령의 송별시도 특색이 있다. 그는 특히 '달'과 '비'를 주요 의상으로 삼아 아련한 이별의 슬픔 속에서 마음에 각인되는 우정을 표현해냈다. <부용루에서 신점을 전송하며(芙蓉樓送辛漸)> 시가 송별시의 명편인데, 경물의 묘사 속에 감정을 교묘하게 이입시켜 벗을 보내는 처절한 심정이 잘 나타나 있다.

왕창령은 특히 칠언절구에 뛰어났다. 절구는 본래 남조 5언 4구의 악부 단가에서 변화된 것이라 오언절구의 성숙이 빠른 편이다. 칠언절구의 출현은 조금 늦어서 초당 시기에 우연히 가작이 나타나기 했지만 수량이 많지 않은데다 기풍이 성숙되지 않았고, 아직 체재가 완성되지 않아서 칠언가행이나 칠언율시를 일부 잘라서 만든 것 같은 작품도 있었다. 왕창령은 칠언절구의 창작에 힘을 쏟아 시단에서 독립된 지위를 얻게 하는 데 공헌한 시인 중의 하나이다.

그의 칠언절구는 70여 수에 이르는데, 이는 대략 그의 현존하는 시가의 5분의 2에 해당된다. 명대의 왕세정(王世貞)과 호응린(胡應麟)은 왕창령과 이백의 칠언절구를 함께 들어 칭찬하였고, 청대의 왕부지(王夫之)는 심지어 그의 시를 당인(唐人) 칠언절구 중의 으뜸이라고 추켜세웠다. 이런 주장의 타당성 여부는 차치하더라도 왕창령의 칠언절구가 당시의 발전과정에서 중요한 위상을 차지하고 있음은 분명하다.

2. 7 이기(李頎)와 최호(崔顥)

왕지환과 왕창령이 절구에서 뛰어난 성과를 거두었다면 이기와 최호 등은 고시(古詩)와 가행(歌行)으로 유명하다. 이기(690-754)는 조군(趙郡: 지금의 하북성 조현趙縣) 사람이다. 약 개원 22년경 진사에 급제하여 천보(天寶) 중에 신향현위(新鄕縣尉)가 되었으나 나중에 그만두고 고향으로 돌아갔다. 『이기집(李頎集)』이 있다.

이기는 칠언고시에 뛰어났다. 현존하는 그의 변새시는 수량이 많지 않지만 경계(境界)가 고원하고 격조가 비장하여 왕창령과 비슷한 점이 적지 않다. 다만 왕창령은 절구가 많고 표현이 함축적인 편인데, 이기는 가행이 많고 표현이 분방한 편이다.

예를 들어 그의 <고의(古意)>를 보면 시의 주지(主旨)는 왕창령의 <종군행(從軍行)>(제1수)와 일치하지만 이기의 시는 동작성과 희극성이 더욱 풍부하고, 시에 "군대가 흘리는 눈물이 비와 같다"(三軍淚如雨)의 집단 형상을 사용하여 고향 그리는 마음을 절실하게 표현하였다. 여기서는 그의 <고종군행(古從軍行)>을 들어본다.

白日登山望烽火,	낮에는 산에 올라 봉화를 살피고
黃昏飮馬傍交河.	황혼에는 교하에서 말에게 물을 먹인다.
行人刁斗風沙暗,	몰아치는 모래 어둑한데 병영엔 조두 소리
公主琵琶幽怨多.	공주를 울린 비파 소리엔 깊은 원망 그득하다.
野雲萬里無城郭,	끝없이 뻗은 들판 구름 아래로 성곽은 없고
雨雪紛紛連大漠.	눈비만 어지러이 드넓은 사막에 이어져 있다.
胡雁哀鳴夜夜飛,	이국의 기러기가 슬피 울며 밤마다 날고
胡兒眼淚雙雙落.	이국 건아의 눈에선 두 줄기 눈물이 떨어진다.
聞道玉門猶被遮,	듣자니 옥문관은 여전히 막혀 있어서
應將性命逐輕車.	목숨 바쳐 장군을 따르는 수밖에 없다.
年年戰骨埋荒外,	해마다 전사의 뼈가 변방에 묻힌 대가로
空見蒲桃入漢家.	포도가 한 황실로 들어가는 것만 보인다.

이 시에서 이기는 화친과 교전이 반복되는 역사 현상에 주목하여 한족과 이민족 사이에 누적된 원한과 적대감을 제기하고, 마지막으로 비판의 예봉을 사욕을 채우기 위해 백성의 생명을 가볍게 여기는 통치자에게로 향했다. 이 시 중간에 '이국 건아'에 대해서도 깊은 동정을 표시한 것은 당시에서 흔히 볼 수 없는 것으로, 중국 변새시의 사상 경계를 한층 드높여준 것이다.

최호(704-754)는 변주(汴州: 지금의 하남성 개봉시開封市) 사람으로, 개원(開元) 10년경에 진사가 되었으며 젊었을 때 강남 일대를 두루 돌아다녔고, 상서사훈원외랑(尙書司勛員外郞)까지 지냈다. 그는 당시에 이미 명성이 높아서 독고급(獨孤及)은 『황보공집(皇甫公集)·서(序)』에서 "심전기와 송지문이 죽고 나서 다시 최호와 왕유가 개원·천보 연간에 우뚝 일어났다"라고 하였다.

그의 칠언가행 중에는 노조린과 낙빈왕의 나열과 수식의 길을 계승하여 백거이의 <장한가>와 원진의 <연창궁사(連昌宮詞)>의 길을 열어준 것도 있고, 그 수법을 근체에 활용하여 쓴 <황학루(黃鶴樓)> 같은 시도 있다. 그의 <황학루>를 예로 들어본다.

昔人已乘黃鶴去,　　옛 선인은 이미 황학 타고 떠났고
此地空餘黃鶴樓.　　이곳에는 그저 황학루만 남아있다.
黃鶴一去不復返,　　황학은 떠난 후 다시는 돌아오지 않고
白雲千載空悠悠.　　흰 구름만 천년토록 여전히 떠있다.
晴川歷歷漢陽樹,　　맑은 날 수면에는 한양의 나무들 뚜렷하고
芳草萋萋鸚鵡洲.　　향기로운 봄풀은 앵무주에 무성하다.
日暮鄉關何處是,　　해는 저무는데 고향은 어디에 있는가?
煙波江上使人愁.　　강물에 안개 서려 사람을 시름겹게 한다.

이 시는 시인이 황학루에 올라 멀리 고향 쪽을 바라보며 솟구치는 향수(鄉愁)를 적은 것인데, 언어가 자연스럽고 기상이 커서 절창(絶唱)으로 알려져 있다. 엄우(嚴羽)가 『창랑시화(滄浪詩話)』에서 "당인의 칠언율시는 최호의 <황학루>를 으뜸으로 쳐야 한다"24)라고 말한 것이 유명하다. 특히 앞의 4구는 율시의 격률에서 벗어나 평측(平仄)과 대장(對仗)이 고풍(古風)인데다 '황학(黃鶴)'이라는 단어가 세 번씩이나 겹쳐 나와 일종의 파격을 이루고 있는데도 전혀 부자연스럽지 않고 기세가 활달하다. 황학을 타고 유유히 자신이 원하는 곳으로 갔을 선인(仙人)과 타향에 얽매여 있는 자신과의 대비를 통해 고향을 그리워하는 나그네의 심정을 강렬하게 표현했다.

---

24) "唐人七言律詩, 當以崔顥<黃鶴樓>爲第一."

2. 8 고적(高適)과 잠삼(岑參)

당(唐)·송(宋) 이래 고적과 잠삼은 늘 병칭되는 시인이었다. 이 두 사람은 시풍이 비슷하여 모두 강건한 풍격으로 유명하고 병영에 몸을 담았으며, 고시에 뛰어났고 더욱이 칠언고시의 형식을 사용하여 변새의 제재를 읊었으며 시에 감격과 불평이 충만해 있다.

고적(700-765)은 자가 달부(達夫)이고, 발해(渤海) 수현(蓨縣: 지금의 하북성 경현景縣) 사람이다. 그는 일생의 경력이 풍부해서 젊었을 때는 고생하며 이리저리 떠돌았으나 안사의 난이 발생한 후 현종을 알현하여 간의대부(諫議大夫)를 제수 받았고, 숙종(肅宗)의 명을 받아 영왕(永王) 인(璘)을 토벌했으며, 대종(代宗) 즉위 후에는 이부시랑(吏部侍郞)·형부시랑(刑部侍郞) 등을 역임했다. 『고상시집(高常侍集)』이 있다.

고적의 자유분방하고 호탕한 기질과 무인으로서의 경력이 그의 창작에 반영되어 그의 시는 웅건하고 심후한 특색을 지니게 되었다. 젊었을 때는 오랫동안 사회의 중하류층에서 생활했기 때문에 현실 문제를 수없이 목도하고 그에 대한 관심을 시로 표현하였다. 이를테면 그가 묘사한 농촌은 맹호연과 왕유 식의 목가적 분위기가 충만한 농촌이 아니라 불행과 고통을 짊어진 세계였다. 예를 들어 <동평로에서 홍수를 만나(東平路中遇大水)>나 <장맛비 속에서 방사 형제에게 부침(苦雨寄房四昆季)>과 같이 백성을 동정하고 그들을 위해 일하겠다는 의지를 피력한 시편은 동시대의 시에는 거의 보이지 않는다.

고적은 고체시에 능했고, 특히 칠언고시에 뛰어났다. 그의 고시는 장열의 영향을 받은 것이 많다. 이를테면 장열에게 <오군영(五君詠)>이 있고 고적에게는 <삼군영(三君詠)>이 있는데, 두 시는 모두 당대에 공을 세운 인물을 가영한 오언고시이다.

또한 장열의 <업도인(鄴都引)>은 칠언고시 중의 명편인데, 고적도 칠언고시로 <고대량행(古大梁行)>을 써서 장열의 뒤를 이었다. 다만 고적의 칠언가행은 초당사걸 이래 가행의 체제를 이어받았을 뿐만 아니라, 한위 고시의 간명하고 강건한 특색을 흡수하여 기세가 웅혼하고 활달하다. 다음 시를 보자.

<邯鄲少年行>	한단 소년을 노래함
邯鄲城南遊俠子,	한단성 남쪽의 귀공자 건달들은
自矜生長邯鄲裏.	한단에서 생장한 것을 스스로 뻐겼다.
千場縱博家仍富,	수많은 도박장을 누벼도 집은 여전히 부유하고
幾度報讎身不死.	몇 번이나 원수를 갚아도 몸은 죽지 않았다.
宅中歌笑日紛紛,	집안은 노래와 웃음소리로 날마다 왁자하고
門外車馬如雲屯.	문밖에는 수레와 말이 구름처럼 모여들었다.
未知肝膽向誰是,	속내를 누구에게 쏟아야 할지 알지 못하여
令人却憶平原君.	사람들로 하여금 오히려 평원군을 생각게 한다.
君不見今人交態薄,	그대는 못 보았는가, 지금 사람들의 야박한 교제를
黃金用盡還疏索.	돈이 다 떨어지면 다시 멀어지고 마는 것을!
以玆感歎辭舊遊,	이 때문에 탄식하며 옛 사귐을 그만두었고
更於時事無所求.	더욱이 요즘의 세상사에 바랄 것이 없어졌다.
且與少年飮美酒,	그저 젊은이들과 맛있는 술이나 마시면서
往來射獵西山頭.	서산마루 오가며 사냥이나 할 수밖에 없구나.

이 시는 악부(樂府) 잡곡가사(雜曲歌辭)에 속한다. 시인은 여기서 한단에 사는 귀공자 건달들이 살아가는 모습과 그들의 행태를 고발하는 한편 경박한 세태를 풍자하였다.

잠삼(715-770)은 강릉(江陵: 지금의 호북성 잠강潛江) 사람이다.[25] 그는 30세에 과거 급제하여 병조참군(兵曹參軍)에 임명되었고, 나중에 가주자사(嘉州刺史)를 지냈다. 『잠가주시집(岑嘉州詩集)』이 있다. 그의 경력을 살펴보면 젊었을 때 장안에 들어가 관직을 구했으나 뜻을 이루지 못했고, 하위직을 맡았다가 그만두고 종군한 점 등이 고적과 비슷하다.

성당 변새시 중의 우렁차고 낙관적인 작품은 대개 개원 연간에 지어졌다. 왕유의 시는 개원 10년(722) 전후와 개원 27년(739) 양주(涼州)의 군막으로 갔을 때 지어졌고, 최호의 시는 개원 18년(730)부터 천보 3년(744)까지 하동(河東) 대주(代州)의 군막에 있을 때 지어졌고, 왕창령의 시는 개원 중기 이전에 지어졌고, 왕지환의 시는 천보 원년(742) 이전에 지어졌다.

천보 연간은 통치 집단이 변경을 개방하기 위해 무력을 남용하여 좋지 않은 결과를 낳았기 때문에 시인들은 비판적인 태도를 취했는데, 두보의 <병거행(兵車行)>이 대표적인 예이다. 잠삼이 두 번 변경으로 나간 것은 천보 후기지만 그 당시 서역지구는 아직 변경의 개방 정책이 파급되지 않아 이민족과 화목하게 지냈기 때문에 그의 시가는 낙관 정신이 충만해 있었다.

기이한 것을 좋아하는 잠삼 시의 특징은 출새(出塞) 이후 더욱 발전했다. 그는 아름다운 필치로 이역 정조를 띤 신선한 사물이나 특이한 풍광을 즐겨 묘사하여 변새시의 경계를 확장했다. 그는 또한 상정(常情)을 벗어난 기이한 상상력을 발휘하여 호매한 정회를 서술해서 다채롭고 역동적인 시를 만들어냈다. 다음 시를 보자.

---

25) '岑參'은 우리말로 '잠삼'이라고도 읽고 '잠참'이라고도 읽는다. 그의 자(字)가 전해지지 않아 이름이 무슨 뜻인지 알 수 없기 때문이다. 중국에서도 '參'을 '참치(參差)'의 뜻으로 새겨 'cen'으로 읽기도 하고 '삼성(參星)'의 뜻으로 새겨 'shen'으로 읽기도 한다.

<銀山磧西館>　　**은산적 서관에서**

銀山磧口風似箭,　　은산적 어귀에 바람은 화살처럼 꽂히고
鐵門關西月如練.　　철문관 서쪽 달빛은 비단같이 환하다.
雙雙愁淚沾馬毛,　　두 줄기 근심의 눈물이 말 등을 적시는데
颯颯胡沙迸人面.　　변방의 모래바람은 얼굴을 세차게 때린다.
丈夫三十未富貴,　　대장부 서른이 되었어도 부귀를 얻지 못했으니
安能終日守筆硯.　　어찌 종일토록 지필묵만 만지고 있으리!

　이 시에서 은산적과 철문관은 당나라 때의 서쪽 변방으로 지금
의 신강성(新疆省)에 있는 지명(地名)이다. 시인은 여기서 변경의 고
통스럽고 힘겨운 생활이 계속되어도 공명을 이루고 말겠다는 의지
를 강렬하게 표출하였다.

　잠삼 시가의 용운과 절주도 남다른 특색이 있다. 그는 시의 내
용에 따라 선율의 변화를 추구하여 다채로운 절주 속에서 성률과
감정이 함께 뛰어난 미감을 만들어냈다. 그의 <양주관에서 여러
판관과 밤에 모여(涼州館中與諸判官夜集)>・<접시꽃 노래(蜀葵花歌)>・
<위원외 댁 화수의 노래(韋員外家花樹歌)>・<군대를 이끌고 서쪽으
로 출정하는 봉대부를 윤대가로 전송하며(輪臺歌奉送封大夫出師西征)>
등의 시를 읽어보면 자주 환운(換韻)을 하고 운위(韻位)가 빽빽하여
그와 같은 절주와 대범하고 도약적인 창작정신이 표리를 이루어
시를 더욱 다채롭고 신기롭게 해주었다.

　잠삼은 주변의 경물을 묘사할 때도 남다른 관찰력과 예민한 감
수성으로 변화의 요체를 포착하여 표현하고자 하는 내용에 신선하
고 깊은 느낌을 부여했다. 다음 시를 보자.

<山房春事>　　　**산에서의 봄맞이**

梁園日暮亂飛鴉,　　　양원에 해 저무니 까마귀 어지러이 날고
極目蕭條三兩家.　　　눈에 들어오는 것은 두세 채 쓸쓸한 집.
庭樹不知人去盡,　　　뜰의 나무는 사람들 다 떠난 줄 모르고
春來還發舊時花.　　　봄 되니 예전의 그 꽃을 또다시 피운다.

<산방춘사> 시는 2수가 있는데, 이것은 제1수이다. 시인은 이
시 전편을 통하여 산 위에서 바라다본 정경만을 묘사했지만, 변한
것과 변하지 않은 것의 선명한 대비를 통해 인생무상의 감회를 짙
게 곁들여놓았다. 정경융합(情景融合)의 좋은 예라고 할 수 있다.

2. 9 이백(李白)

이백(701-762)의 시는 성당시대의 정신과 풍모를 가장 집중적으
로 체현했다고 할 수 있다. 그의 시는 그가 지닌 청춘의 열정, 해
방을 쟁취한 왕성한 정신, 적극적이고 낭만적인 이상, 강렬한 개성
색채 등이 함께 융합되어 중국 고대시사에서 드물게 보는 시세계
를 창출했다.

이백은 자가 태백(太白)이고 원적(原籍)이 농서(隴西) 성기(成紀: 지
금의 감숙성 진안秦安)로, 중앙아시아 서역의 쇄엽성(碎葉城: 지금의 키르
키스탄 경내에 있음)에서 태어나 5세 전후에 가족이 면주(綿州) 창륭
(昌隆: 지금의 사천성 강유江油)으로 이주했다. 그의 부친 이객(李客: '객
客'은 외래자에 대한 칭호였을 가능성이 큼)은 집안 형편이 넉넉한데다 벼
슬을 구하지 않았기 때문에 아마도 거상(巨商)이었을 것으로 추측
된다.

이백은 청소년 시기를 촉 지역에서 칼을 차고 협객 노릇을 하며

지냈고, 도교에 심취했다고 한다. 청년시절부터 방랑생활을 즐겼던 그는 42세 때 현종의 인정을 받아 잠시 한림공봉(翰林供奉)을 지냈지만 자유분방한 성격이 화근이 되어 장안에서 쫓겨나 이곳저곳을 떠돌아다니다가 영왕(永王)의 반란사건에 연루되어 유배생활을 하기도 했다. 그 뒤 사면되어 친척 이양빙(李陽冰)에게 가서 의지하다가 62세로 병사했다. 그는 당대 낭만파 시인의 제일인자로 안사의 난 이전 당시의 정신을 집대성했다는 평가를 받고 있다. 그는 자유분방한 시상을 표현하기에 적합한 오·칠언가행에서 특히 좋은 성과를 거두었지만 악부시와 고시 및 절구에서도 당대 최고의 수준을 보여주었다. 『이태백집(李太白集)』이 있다.

이백의 시는 성당(盛唐)의 기상을 대표한다. 그는 일생 동안 천진한 마음으로 이상적인 인생을 구가하였고, 민감한 감수성으로 현실을 파악하면서도 현실에 만족하지 않았고, 생활의 급류에 뛰어들었으면서도 고난을 초월했고, 도도한 자세로 자신의 가치를 실현하려고 했다. 그의 시는 성당시의 영웅주의적 예술주제를 발전시켰다.

그가 당시의 복잡한 권력구조 속에서 자신의 포부를 펼 수 있는 정치적 능력을 지니지는 못했지만, 시인으로서의 포부와 신념은 장쾌한 인생을 추구하며 시를 짓는 기반이 되었다. 그는 수많은 고대 영웅들 속에서 역량을 섭취하고 현실의 이상을 역사에 투영하여 그로부터 자신의 시세계에 영웅 성격의 인물 형상을 세웠다.

예를 들어 이백은 <양보음(梁甫吟)>에서 태공망(太公望)과 역이기(酈食其)를 찬양했고, <고풍(古風)>(제10수)에서 노중련(魯仲連)을 가송했으며, 안사의 난이 일어나자 <맹호행(猛虎行)>에서 자신을 장량(張良)과 한신(韓信)에 견주었고, <영왕동순가(永王東巡歌)>에서는 자신을 사안(謝安)에 견주었다. 그러면서도 그는 <옥진공주 관사의

장맛비(玉眞公主館苦雨)〉·〈위자춘 비서께 드림(贈韋秘書子春)〉 등의
시에서 나라를 위해 공을 세운 후 부귀와 명예에 연연하지 않고
은거하여 자유롭게 살겠다고 다짐했다.

그러나 이백은 현실 속에서 여러 가지 문제에 부딪치며 좌절과
고독을 느끼게 되자 부패한 정치를 비판하기도 하고 대담하게 반
항의 자세를 보이기도 했다. 이를테면 그는 〈꿈속에서 천모산을
유람하다 이별시를 지어 주다(夢遊天姥吟留別)〉 시의 마지막에서 "어
찌 머리 숙이고 허리 굽혀 권세가를 섬겨서 내 마음을 불편하게
할 수 있으리!"26)라고 외쳤다. 다시 이백의 고독감을 절실하게 토
로한 다음 시를 보자.

〈獨坐敬亭山〉 **홀로 경정산에 앉아**

衆鳥高飛盡,　　새들은 높이 다 날아가 버리고
孤雲獨去閑.　　외로운 구름 홀로 한적하게 떠간다.
相看兩不厭,　　서로 바라보아도 둘 다 싫증나지 않는 건
只有敬亭山.　　오직 경정산 너뿐이로구나.

이 시는 이백이 천보(天寶) 12년(753) 가을 선주(宣州)에 갔을 때
지은 것으로, 그가 정치적으로 좌절하고 장안(長安)을 떠난 지 10
년의 세월이 지난 후이다. 오랜 떠돌이생활은 시인에게 세태의 염
량(炎涼)을 실컷 맛보게 하여 그는 현실에 대한 불만과 이 세상에
혼자뿐이라는 고독감을 뼈저리게 느꼈을 것이다.

따라서 시인은 겉으로 산을 사랑하는 마음을 표현하고 있지만,
이면에는 현실에서 좌절한 고독감이 짙게 배어있다. 첫 두 구는
'비진(飛盡)'과 '거한(去閑)'의 동적인 묘사를 통해 정적과 고독을

---

26) "安能摧眉折腰事權貴, 使我不得開心顔."

느끼게 해주고, 마지막의 두 구는 의인화 기법을 사용하여 산의 '유정(有情)'을 통해 인간의 '무정(無情)'을 선명하게 부각시켰다.

이백이 자신의 절망과 고독을 낭만적으로 승화시킨 작품을 한 수 더 들어본다.

〈月下獨酌四首〉(其一)　　**달빛 아래 홀로 술 마시며 4수(제1수)**

花間一壺酒,	꽃밭 가운데 술항아리 놓여 있지만
獨酌無相親.	함께할 친구 없어 혼자 마신다.
擧杯邀明月,	술잔 들어 밝은 달 모셔 오니
對影成三人.	그림자까지 셋이 모인 셈이다.
月旣不解飮,	그러나 달은 술을 마실 줄 모르고
影徒隨我身.	그림자는 그저 내 몸을 따를 뿐이다.
暫伴月將影,	그래도 잠시 달과 그림자를 데리고
行樂須及春.	이 봄 가기 전에 즐겨나 보리로다.
我歌月徘徊,	내가 노래 부르니 달이 서성이고
我舞影零亂.	춤을 추니 그림자 덩달아 어른거린다.
醒時同交歡,	깨어 있을 때는 함께 즐기지만
醉後各分散.	취한 뒤에는 제각기 흩어지겠지.
永結無情遊,	정에 얽매이지 않는 우정 길이 맺어
相期邈雲漢.	아득한 은하수에서 다시 만나세.

달과 술의 시인 이백의 면모가 잘 드러나 있는 작품이다. 시의 요지는 세상에 자신을 알아주는 사람이 없음을 한탄하며 고독감을 토로한 것이지만, 꽃밭에서 달빛 아래 혼자 술을 마시며 달과 그림자를 끌어들여 함께 즐긴다고 하고, 그들과 우정을 맺어 미래를 기약하는 것으로 끝을 맺고 있다. 이와 같은 표현은 여유가 있어 오히려 독자로 하여금 시인의 고독감을 더욱 처절하게 느끼도록 하고 있는데, 이는 이백의 독특한 표현기법이다.

이백은 인생에 대한 애정이 낭만적으로 부각된 시를 여러 수 남겼다. 다음 시를 보자.

<山中問答>　　**산속에 사는 이유**

問余何意棲碧山,　　무슨 생각으로 이 산속에 사느냐고요?
笑而不答心自閑.　　글쎄올시다 그냥 웃을 수밖에요.
桃花流水窅然去,　　물 따라 복사꽃잎 아득히 흘러가니
別有天地非人間.　　이곳이 바로 딴 세상, 속세가 아니라오.

이 시는 대답하기 쉽지 않은 질문으로 시작하여 갑작스런 느낌을 주는데, 그에 대한 대답 또한 엉뚱하면서도 재치와 여유가 묻어난다. "웃으며 대답하지 않는다"(笑而不答)와 "마음이 절로 한가하다"(心自閑)가 각각 별개의 의미를 지니면서도 하나로 엮이면서 독특한 분위기를 자아내고 있다. 시인은 대답하기가 궁색해서 대답하지 않는 것이 아니라 그 반대의 심경을 역설적으로 표현하고 있다. 이 표현법은 도연명(陶淵明) <음주(飮酒)>(제5수) 시의 의경(意境)을 빌려온 것이다.

그리고 이어지는 제3, 4구에서 시인은 벽산 아래 도화암 주변의 정경을 묘사함으로써 질문에 대한 구체적인 답변을 한다. 이 또한 도연명 <도화원기(桃花源記)>에 묘사된 '도원경(桃源境)'을 염두에 둔 표현으로 보인다. 전체적으로 시인이 여유 있게 살아가는 모습과 풍도가 짧은 편폭 속에 압축적으로 표현되어 있다.

이와 같이 이백은 대자연에 대해 애정을 갖고서 예민한 감수성으로 자신의 개성을 자연 경물에 녹여 넣어 이상적인 색채를 가미할 수 있었다. 그는 호걸의 기풍을 지니고 있으면서도 단순하고 고결한 심경을 추구하여 이러한 두 측면이 산수의 의경에도 반영되어 있다. 이를 토대로 그의 시를 분석해보면 두 가지 유형으로 나뉜다. 하나는 기세가 드높은 산천의 장대하고 아름다운 의경 속에서 장쾌한 심사를 서술한 것이고, 다른 하나는 깨끗하고 수려한 의경 속에서 티 없이 맑은 천진한 정회를 표현한 것이다.

또한 그의 산수시에 나타난 자연은 있는 그대로의 모습을 묘사한 것이라기보다는 시인의 개성에 따라 개조되고 이상화된 것이라고 할 수 있다. 그는 전체적인 기세나 분위기를 파악하여 그 순간에 솟구치는 감흥을 표현하는 데 주력하고, 구체적이고 세부적인 묘사를 생략했으며 심지어는 경물을 바라보는 시각이 전이되는 순서조차 염두에 두지 않았다.

이백은 자유로운 사상과 평민 취향의 개성으로 사회생활 중의 각종 인정미를 깊이 있게 파악하여 시로 표현할 수 있었다. 예를 들면 <자야오가(子夜吳歌)>처럼 평화로운 생활에 대한 동경의 마음을 표현한 것도 있고, <추포가(秋浦歌)>처럼 노동하며 사는 것에 대한 찬미의 정을 표현한 것도 있으며, <야좌음(夜坐吟)>처럼 남녀 간의 의기투합하는 애정을 노래한 것도 있다.

중국문학사에서 육조(六朝)부터 수(隋)·당(唐)까지는 심미 관념에 중대한 변화가 발생한 시기였다. 조비(曹丕)가 이미 "글은 기세가 중심이다"(文以氣爲主)라고 했고, 종영(鐘嶸)도 "자연스럽고 뜻이 빼어날 것"(自然英旨)을 제창했지만 특정한 역사 조건으로 인해 육조의 예술취미는 전아(典雅)와 수식으로 치우쳐 있었다. 그러다 성당에 이르러 시가 주체적인 의흥(意興)의 발현과 자연스러운 표현을 목표로 삼으면서 전인(前人)의 심미 이상이 비로소 충분히 체현될 수 있었다. 이백은 바로 이 방면에서 집대성적인 대표라고 할 수 있다.

명대(明代)의 왕세정(王世貞)은 『예원치언(藝苑巵言)』에서 "기를 주로 하고, 자연을 종주로 한다"27)라는 말로 이백 시의 전체 모습을 개괄했는데, 타당한 지적이다. 이백 시는 바로 이 점이 예술형상·서정방식과 시가언어 등의 각 방면에 구현되어 그만의 독특하고 선명한 예술 개성을 형성하였다.

이백은 형상을 포착하는 능력이 뛰어났지만 간혹 그의 시정(詩情)이 걷잡을 수 없이 피어올라 일반적인 형상으로 표현해낼 수 없을 때는 상상력과 환상을 동원하여 예술적 변형을 시도하였다. 이를테면 그는 왕왕 현실 속 사물의 대소와 다소나 경중의 비례 관계를 무시하고 형체 규모의 변형을 통해 강렬한 예술효과를 얻었다.〔〈결말자(結襪子)〉·〈강상음(江上吟)〉 등을 보라.〕 그의 사경시(寫景詩)도 종종 공간방위의 한계를 벗어나서 천상과 지하 및 사면팔방을 임의로 안배하고 공간의 변형을 통해 시인의 넓은 흉금을 표현하였다.

그 예로 〈횡강사(橫江詞)〉 6수를 들 수 있다. 이 시는 본래 '횡강'(지금의 안휘성 화현和縣에 있음)이라는 지점에 착안한 것이지만 그의 시각은 그 지점에 국한하지 않고 갑자기 멀리 강녕성(江寧城) 밖의 와관각(瓦官閣)으로 가는가 하면, 심지어 와관각보다 더욱 먼 삼산(三山)으로 갔다가, 다시 갑자기 당도(當涂) 서남 30리에 있는 천문(天門)으로 갔다가, 갑자기 다시 전당강(錢塘江)의 조수를 언급했다.

창작의 과정에서 이백의 감정은 쏟아져 나오는 거센 물결처럼 도도히 흘러갔다. 이에 따라 시체(詩體)의 선택상 제한이 많은 율시의 운용을 적게 하고, 종횡으로 치닫고 마음대로 서사하기에 편한 악부체 위주의 고시와 칠언가행을 선호했다. 그리고 그런 시체도 이백의 손에서 전인보다 더욱 자유분방해졌다. 예를 들어 〈촉도난(蜀道難)〉은 장단이 일정치 않은 잡언을 대량으로 운용하여 구

---

27) "以氣爲主, 以自然爲宗."

식의 변화를 통해 시인의 격정을 조금씩 고조시켰다. 그가 쓴 악부시는 전체 시가의 4분의 1 정도로 당대 시인 중에서 으뜸이다.

그가 솜씨를 한껏 발휘한 칠언가행은 그 연원이 악부에 있다. 그리고 당대의 악부에 사용된 절구도 이백이 자유롭게 운용한 것이다. 이는 이백의 시가 가요로서의 특징을 지녔음을 말해주는 것으로, 시가언어를 신선하고 활발한 생활언어 속에서 충실하고 풍부하게 한 것이다. 악부시는 초당 이래 큰 발전을 이룩하지 못했는데, 이백은 소박하고 번성한 한위 악부와 청신하고 명려한 육조 악부를 융합하여 준일한 재기로 신선한 시가언어를 창조했다. 다음 시를 보자.

〈將進酒〉	술 한 잔 받으시게
君不見	그대는 보지 못했는가?
黃河之水天上來,	황하의 물이 천상에서 내려와
奔流到海不復回.	바다로 흘러가면 다시 돌아오지 못하는 것을.
君不見	그대는 보지 못했는가?
高堂明鏡悲白髮,	저택의 밝은 거울 앞에서 백발을 슬퍼하니
朝如青絲暮成雪.	아침에 검었던 머리가 저녁에는 눈빛이 되었다.
人生得意須盡歡,	사람살이에 마음이 흡족하면 한껏 즐겨야 하니
莫使金樽空對月.	금빛 술통을 달빛 아래 버려두어서는 안 된다.
天生我材必有用,	하늘이 우리를 내신 것은 쓸모가 있어서이니
千金散盡還復來.	천금이 다 흩어져도 다시 돌아오기 마련이지.
烹羊宰牛且爲樂,	양 삶고 소를 잡아 우선 즐길지어니
會須一飮三百杯.	한 번 마셨다 하면 3백 잔은 들이켜야 한다.
岑夫子, 丹丘生,	잠부자여, 단구생이여
進酒君莫停.	술 한 잔 권하니 멈추질랑 마시게.
與君歌一曲,	그대들 위해 노래 한 곡 부를 테니
請君爲我傾耳聽.	나를 위해 귀 기울여 들어주시게.

鐘鼓饌玉不足貴,	좋은 음악 맛있는 음식도 귀할 것이 없으니
但願長醉不用醒.	다만 길이 취하여 깨어나지나 말기를!
古來聖賢皆寂寞,	예부터 성현들은 모두가 적막했는데
惟有飮者留其名.	술 마시던 사람만 그 이름을 남겼다.
陳王昔時宴平樂,	진왕은 그 옛날 평락관에서 잔치 벌였을 때
斗酒十千恣歡謔.	한 말에 만 냥 술로 마음껏 즐겼었다지.
主人何爲言少錢,	주인이 어찌 돈이 모자란다고 하겠는가?
徑須沽取對君酌.	얼른 술 사와서 그대들과 한 잔 하리.
五花馬, 千金裘.	여기 오화마 있고 천금구도 있으니
呼兒將出換美酒,	아이 시켜 내다가 좋은 술과 바꿔와
與爾同銷萬古愁.	우리 함께 만고의 슬픔을 녹여 보세나.

〈장진주〉는 일종의 권주가로, 제목의 본래 뜻도 술을 권한다는 것이다. 이백은 장안에서 쫓겨난 지 7년째 되는 해(752 : 천보天寶 11년)에 잠훈과 함께 숭산에 은거하고 있는 친구 원단구를 찾아가 오랜만에 셋이 함께 모이게 되었다. 친한 벗과 만난 기쁨이야 대단히 컸겠지만 당시 세 사람의 처지가 모두 곤궁한 상태였으므로 값싼 술조차 흡족하게 마실 형편이 못 되었을 것이다. 따라서 이백은 이와 같은 권주가를 지어 스스로를 위로하는 한편 자신의 처지에 대한 강한 불만과 그로 인한 울분과 격정을 강렬하게 표출하였다.

이 시에서 "예부터 성현들은 모두가 적막했는데, 술 마시던 사람만 그 이름을 남겼다"는 말을 통해, 공자(孔子) 같은 성현도 당시의 통치자들이 그를 알아주지 않아 높은 뜻을 펴지 못하였으니 적막하게 살았다고 할 수 있는데, 술을 마시는 행위는 죽림칠현(竹林七賢) 중의 한 사람인 유영(劉伶)이 〈주덕송(酒德頌)〉을 지은 이후 '암담한 현실과 개인의 번민으로부터 벗어나는 수단'으로 인식되었음을 알 수 있다.

따라서 술을 마신다는 것은 세상을 구할 재능과 포부를 지니고 있으면서도 그 뜻을 펴지 못한 사람이 가슴속에 쌓인 울분을 털어 낸다는 상징적인 뜻을 갖게 되었다. 그래서 성현의 재능과 포부를 지닌 사람이 뜻을 펴지 못해 가슴 속에 울분이 쌓이게 되면 그것을 표출하기 위해 저서나 문학작품을 남기게 되고, 그것을 통해 이름을 후세에 남기게 된다는 말이다. 이백은 여기서 그 예로 진왕(陳王) 조식(曹植)을 들었다.

　그의 시가언어는 악부민가에서 가져오거나 변화시킨 것이 많지만 그렇다고 악부민가의 범위에 국한된 것은 아니었다. 사실상 그는 또한 전대 문인시가의 정화를 광범위하게 섭취하여 통속적이면서도 세련되고, 명랑하면서도 함축적이고, 청신하고 명려한 풍격 특색을 형성하였다. 그의 '자연'은 수식을 제거하여 분명한 것일 뿐만 아니라, 언어는 쉽지만 정이 깊어 풍부한 맛을 갖춘 것이다.

3. 중기 ─ 전변기

위진남북조부터 성당에 이르기까지 시가의 발전은 연속성을 지니고 꾸준히 진행되었다. 창조성이 풍부한 당대 문화의 생명력은 중당에 이르러서도 유지되었다. 그러나 당 현종 천보 14년(755)에 안사의 난이 일어나 당 왕조가 신속히 쇠락의 길로 접어들면서 시단에도 중대한 변화가 발생했다.

중당 시가 예술풍격의 다양화와 각종 상이한 풍격 간의 차이는 성당시에 비해 사람들에게 준 인상은 더욱 강렬한 것이라고 할 수 있다. 언어의 표현형식에 대한 중당 시인의 관심도 성당 시인들보다 깊다. 두보의 "시어가 사람들을 놀라게 하지 못한다면 죽어서도 그만두지 않으리"28)라는 불굴의 의지로부터 이하(李賀)의 심혈을 기울인 시구 찾기와, 가도(賈島)의 고음(苦吟)에 이르기까지 시인들은 공전의 노력을 기울였다.

3. 1 두보(杜甫)

두보(712-770)는 이백과 함께 줄곧 당시의 두 거봉으로서 당시의 세계를 양분한 시인으로 알려져 왔다. 이백과 두보의 연령 차이는 11세로, 두 사람 모두 당 왕조의 전성시대와 쇠락의 길로 들어선 안사의 난을 경험했다. 그러나 그들의 창작은 근본적으로 다른 점이 있다. 이백 시의 주도적인 풍격은 당 왕조가 가장 빛나던

---

28) "語不驚人死不休."(〈江上値水如海勢聊短述〉)

시기에 형성되어 개인 정회의 서술이 중심이었고, 자유로운 인생에 대한 갈망과 추구를 읊은 것이 현저한 특징이었다.

이에 반해 두보 시의 주도적인 풍격은 안사의 난 직전에 형성되기 시작하여 그 후 수십 년 동안 천하가 와해되는 고난 속에서 성장했다. 그런 연유로 자신감에 차 있고 낭만색채가 풍부했던 종전의 시가 정조는 두보에 이르러 중단되고 말았다. 두보는 피눈물을 흘리는 대지를 응시하며 시대의 면모와 내심의 비애를 충실히 묘사했다. 이와 같이 사회 속으로 깊이 들어가 정치와 민생의 고통에 관심을 갖고 사실(寫實)을 중시하는 창작경향과, 이에서 비롯된 언어 표현형식 방면의 변화는 당시의 내용과 풍격이 크게 전환되었음을 나타낼 뿐만 아니라 중당 이후 송대에 이르는 시가의 발전에도 깊은 영향을 끼쳤다.

다만 성당시의 몇몇 중요한 특징은 두보의 시가창작에도 그대로 나타났다. 그의 시에서 격정은 억제를 받긴 했지만 여전히 그 존재를 느낄 수 있고, 웅장미 역시 두보가 애호하는 바였다. 시사와 정치에 관한 그의 시는 대체로 진실한 감정을 표현한 것이지, 사회의 공리를 목적으로 한 것이 아니었다. 그런 측면에서 두보와 성당 문화는 깊은 관련이 있다.

두보는 자가 자미(子美)이고 공현(鞏縣: 지금의 하남성 공의鞏義)에서 태어났다. 그는 진조(晉朝) 두예(杜預)의 13세손인데, 두예가 경조(京兆) 두릉(杜陵) 사람이었기 때문에 스스로 두릉야로(杜陵野老)라고 칭하기도 했다. 조부가 측천무후 때의 시인 두심언(杜審言)이고, 부친 두한(杜閑)은 봉천(奉天: 지금의 섬서성에 속함) 현령을 지냈다. 그는 천보(天寶) 11년 현종에게 <삼대예부(三大禮賦)>를 헌상하여 하서위(河西尉)에 임명되었으나 부임하지 않았고, 뒤에 솔부참군(率府參軍)이 되었다. 안록산의 난이 일어나 장안이 함락된 후 숙종을 봉상(鳳

翔)에서 알현하고 좌습유(左拾遺)가 되었다. 그 후 성도(成都)에서 잠시 엄무(嚴武)의 후원 아래 생활하기도 했는데, 엄무가 죽자 다시 장강 일대를 유랑하다 대력(大曆) 5년(770)에 59세의 나이로 병사했다.

두보는 당대 사회시의 개척자로 그의 시는 '시사(詩史)'라고 불린다. 그는 유가적이고 현실주의적인 사상의 소유자여서 안사의 난으로 인해 도탄에 빠진 백성의 참상이 그의 시 정신을 격발시켜 침울비장(沈鬱悲壯)한 시를 많이 썼다. 시율의 구속을 싫어했던 이백과 달리 그는 시율을 지키면서도 치밀하게 시를 구성하여 칠언율시가 그에 의해 비로소 본격적인 면모를 갖추게 되었다. 또한 표현기교 면에서도 그는 중국 고전시의 새로운 지평을 열어 이후 시작의 전범이 되었다. 『두공부집(杜工部集)』이 있다.

두보의 초기 작품은 남아 있는 것이 많지 않다. 이 시기의 시는 시대의 기풍과 합치되어 자신에 차 있고 영웅주의적 경향을 띠고 있어서 그의 후기 작품과 확연히 구분된다. <방병조의 호마(房兵曹胡馬)>·<매 그림(畵鷹)>·<태산을 바라보며(望嶽)> 등의 시를 보면 웅지가 피어오르는 그의 정신 면모를 엿볼 수 있다. 그 후 사회현실이 점점 고난 속으로 빠져 들어가면서 두보의 시도 침통해지기 시작했지만 초기 시가의 장쾌한 기세는 계속되었다.

<병거행(兵車行)>의 창작은 두보 시의 전환을 상징한다. 이로부터 형성된 두보의 시가창작을 관통하는 사상 내용 방면의 특징을 정리해보면 사실을 있는 그대로 쓰겠다는 엄숙한 태도, 통치 집단의 부패현상에 대한 준엄한 비판, 백성의 고통에 대한 깊은 동정, 국가와 민족의 운명에 대한 우려의 네 가지가 있다. 당시 중에 <병거행>처럼 엄숙하게 현실을 직시하고 심각한 비판정신을 지닌 작품이 전에는 별로 없었다.

그 후 조금 뒤에 쓴 <경성에서 봉선으로 가다가 회고시 5백 자를 읊다(自京赴奉先詠懷五百字)>에서 두보의 비판정신은 더욱 발전했다. 왕조와 군주에 대한 자신의 충성은 바뀔 수 없는 천성임을 밝히고는, 동시에 여산(驪山)의 행궁(行宮)에서 질탕한 향락에 빠져 있는 군신(君臣)들을 질타했다.

두보에게 합리적인 정치는 통치자와 백성 간의 화합이었다. 군주는 백성을 사랑하고 보호하여 백성이 편안하게 살 수 있게 하고, 백성은 군주에게 충성해야 한다. 그러나 실제로 이것은 공상에 불과했다. 이러한 괴리로 인해 엄숙하게 현실을 대면했을 때 그는 곤혹스럽지 않을 수 없었다. 두보의 명편 '삼리(三吏)'와 '삼별(三別)'이 이에 대한 좋은 예이다.

이 시들은 건원(乾元) 2년(759) 두보가 화주(華州)에서 낙양(洛陽)으로 갈 때 지어졌다. 그 전에 당군(唐軍)은 업성(鄴城)에서 안록산 반군을 포위 공격하다가 크게 패하여 형세가 위급해졌다. 당군은 낙양과 동관(潼關) 일대를 지키기 위해 민간에서 결사적으로 장정을 차출하면서 미성년과 노인조차 잡아들였다. 두보는 서사시의 형식으로 자신이 직접 목도한 비참한 광경을 서술했다. 여기서 한 수를 들어본다.

<石壕吏>	석호의 관리
暮投石壕村,	날 저물어 석호촌에 묵게 되었는데
有吏夜捉人.	관리가 밤에 사람을 징발하러 왔다.
老翁踰牆走,	할아버지는 담을 넘어 달아나고
老婦出門看.	할머니가 나와서 대문 열고 살핀다.
吏呼一何怒,	관리의 호통은 어찌 그리 노기등등할까?
婦啼一何苦.	할머니의 흐느낌은 어찌 그리 고통스러울까?
聽婦前致詞,	할머니가 나서서 하는 말을 들어보니

三男鄴城戌.	"아들 셋이 업성 전투에 출전하였지요.
一男附書至,	한 아들이 편지를 부쳐 왔는데
二男新戰死.	두 아들이 최근에 전사했다고 하였소.
存者且偸生,	산 사람이야 구차하게나마 살아가겠지만
死者長已矣.	죽은 사람은 이제 영영 그만이지요.
室中更無人,	집안에 더는 남자라곤 없고
惟有乳下孫.	오직 젖먹이 손자가 있을 뿐이라오.
孫有母未去,	손자 어미가 아직 떠나지 않았는데
出入無完裙.	출입할 때 입을 변변한 옷이 없지요.
老嫗力雖衰,	늙은 몸이라 쇠약하기는 하지만
請從吏夜歸.	나리 따라 오늘 밤이라도 떠나지요.
急應河陽役,	급한 대로 하양의 전역(戰役)에 응하여
猶得備晨炊.	그럭저럭 새벽밥을 지을 수 있겠지요."
夜久語聲絶,	밤이 깊어지자 말소리는 끊어지고
如聞泣幽咽.	숨죽여 흐느끼는 소리 들은 듯하다.
天明登前途,	날이 밝아 다시 장도에 올랐을 때
獨與老翁別.	할아버지 한 사람과만 작별하였다.

이 시는 두보가 석호촌에서 관리들이 병력을 보충하기 위해 민간인을 닥치는 대로 잡아가는 참극을 목격하고 쓴 것인데, 희극적인 기법을 사용하여 독자들을 더욱 가슴 아프게 한다. 법대로라면 부녀자는 원래 전역(戰役)에 징발하지 않아야 한다. 이 시에서 할머니가 대문을 열고 관리를 맞이하여 집안의 상황을 설명한 것은 끌려가는 것을 면하기 위해서였을 것이다.

그런데 관리는 할머니의 설명을 듣고 나서도 빈손으로 돌아가면 안 되었는지 놀랍게도 할머니를 끌고 가고 말았다. 시의 대부분을 집안 상황을 설명하는 할머니의 대화로 처리한 것이 당시 백성들의 비참한 상황을 더욱 생생하게 전달해주고 있다.

두보는 만년에 들어 나라의 형세는 더욱 악화되고, 자신의 처지도 갈수록 힘들어져서 군벌과 관료의 횡포와 부패에 대해 태도가 더욱 준엄하고 비판적이 되었다. <병거행>과 '삼리'·'삼별'같이 세밀하게 묘사한 작품은 드물게 되었지만, <초당(草堂)>·<삼절구(三絶句)> 등에서 확인할 수 있듯이 고도의 개괄적인 시가언어로 보여준 사실은 사람의 마음을 감동시키는 힘이 있다.

두보는 한 시대의 관찰자요 기록자일 뿐만 아니라 그의 체험 자체에 동시대의 고난이 뒤얽혀 있었다. 사람들은 그의 시편 속에서 한 성실하고 정의감과 동정심이 많은 시인을 만날 수 있고, 그가 정처 없는 떠돌이생활 속에서 얼마나 고난과 위험을 겪고 우환을 맛보았는지 알 수 있다. 동란의 시대를 산 사람들에게 두보의 시는 각별한 감동을 주기도 한다. 다음 시를 예로 들어본다.

<月夜>　　　**달밤**

今夜鄜州月,	오늘밤 부주에 뜬 밝은 달을
閨中只獨看.	규방에서 혼자 바라보고 있겠지.
遙憐小兒女,	멀리서 어린아이들이 보고 싶은데
未解憶長安.	장안 그리는 어미 마음은 모르겠지.
香霧雲鬟濕,	밤안개에 구름 같은 머리 젖어들고
清輝玉臂寒.	맑은 달빛에 옥 같은 팔 서늘하겠지.
何時倚虛幌,	어느 때에나 얇은 휘장에 둘이 기대어
雙照淚痕乾?	달빛이 눈물자국 마른 우리를 비추어 줄까?

이 시는 숙종(肅宗) 지덕(至德) 원년(756) 가을(8월. 숙종은 7월에 즉위하였음) 두보가 안록산(安祿山) 반군에 의해 장안에 억류되어 있을 때 부주에 두고 온 아내를 생각하며 쓴 것인데, 아내에 대한 간절한 그리움을 감동적으로 표현하였다. 특히 마지막 두 구절에서 외

로움과 그리움에 젖어 하염없이 눈물 흘리는 현재의 모습을 직접 서술하는 대신, 언젠가 우리 부부가 재회하는 날이 오면 저 달빛을 보면서도 더 이상 눈물을 흘리지 않게 될 것이라고 표현하여 독자의 심금을 더욱 울리고 있다.

두보는 개인의 운명을 시대의 고난과 결합시켰기 때문에, 종종 자신의 경험과 처지를 통해 똑같이 고통을 겪고 있을 수많은 사람들을 연상하며 동정을 표시하고 사회적 책임감을 통감하곤 했다. 예를 들어 그는 <경성에서 봉선으로 가다가 회고시 5백 자를 읊다(自京赴奉先詠懷五百字)>에서 굶어죽은 자신의 막내아들로 인한 슬픔을 적고 나서, 자신의 가족은 그래도 아직 조세와 병역을 면제받는 특권을 누리고 있지만, 생업을 잃었거나 먼 곳에서 병역에 종사하는 일반 민중들을 생각하니 근심을 가눌 수 없다고 하였다.

또 <초가가 가을바람에 파괴되어(茅屋爲秋風所破歌)>에서는 자신의 초가가 거센 비바람에 파괴되어 가족들이 추위에 떨어야 했던 경험으로부터 "어떻게 하면 천 칸 만 칸 넓은 집을 지어, 이 세상 빈한한 사람 온통 감싸서 환한 얼굴로, 비바람 몰아쳐도 태산처럼 끄떡없을 수 있을까? 아! 언제나 눈앞에 그런 집이 우뚝 솟을 수 있을까? 내 집이야 무너져서 얼어 죽어도 마다하지 않으리"29)라고 하여 일반 민중에 대한 관심과 애정을 토로하였다.

두보의 시에 당시의 정치·사회 문제와 관련된 것만 있는 것은 물론 아니다. 그가 시의 제재로 사용한 것은 매우 광범위하여 산수풍광과 자연경물을 묘사한 시도 그의 시집에서 차지하는 비중이 작지 않다. 두보는 일생동안 여러 지역을 돌아다니며 아름다운 산천을 보고는 고난 속의 위안으로 삼아 그 아름다움을 시로 표현하

---

29) "安得廣廈千萬間, 大庇天下寒士俱歡顔, 風雨不動安如山? 嗚呼! 何時眼前突兀見此屋, 吾廬獨破受凍死亦足."

였다.

여러 가지 면에서 두보는 이백과 마찬가지로 창조성이 풍부한 시인이지만, 이백의 시가 천연스럽고 표일하여 모방하기 어려운 데 비해, 두보의 시는 퇴고를 거듭하며 고심한 결과여서 사람들이 본받을 수 있었다. 따라서 후인에 대한 영향의 측면에서 보면 이백보다 두보가 더 많은 영향을 끼쳤다고 말할 수 있다.

두보의 시는 유형이 많고 풍격도 변화가 풍부한데, 그 원인은 크게 두 가지이다. 하나는 두보 시의 응용범위가 대단히 넓다는 점이다. 그는 시로 서사와 서정뿐만 아니라 인물의 전기와 서신·기행·정론·시문평 등 거의 다루지 않은 분야가 없다. 또 하나는 전대 시가에 대한 두보의 태도가 너그러운 편이어서 "본받을 스승이 많을수록 좋다"고 주장하였다.30) 이를테면 두보는 남조 시에 대해 비판적인 태도를 보인 적이 있긴 하지만 이백처럼 "건안시대 이래 문풍이 기려(綺麗)에 치우쳐 진귀하기에 부족하다"31)라고 하진 않았고, 유신(庾信)·하손(何遜) 등의 육조 시인들에 대해 성심껏 인정하고 그 장점을 섭취하여 자신의 창작을 풍요롭게 했다.

두보는 각종 시가 형식의 운용에 뛰어났다. 그의 5·7언 율시와 5·7언 고체시는 당대에 모두 최고봉이었다. 칠언절구는 이백과 왕창령만큼 걸출한 평가를 받지 못했지만 스스로 일가를 이루었다. 다만 오언절구는 수량도 많지 않고 성취도 상대적으로 크지 않은 편이다. 시의 형식면에서 두보가 중국시사에 공헌한 것을 정리해보면 다음과 같다.

하나는 오언고체의 형식으로 쓴 자서전적인 시로, 〈경성에서 봉선으로 가다가 회고시 5백 자를 읊다(自京赴奉先詠懷五百字)〉와 〈북

---

30) "轉益多師是汝師."(〈戱爲六絶句〉(其六))
31) "自從建安來, 綺麗不足珍."(〈古風〉(其一))

정(北征)>이 대표작이다. 이 부류의 시는 대부분 편폭이 길고, 사경(寫景)·서사(敍事)·서정(抒情)과 의론이 융합된 경우가 많아 다층적인 내용을 담아낼 수 있었다. 이 부류의 시는 사부체(辭賦體)에서 변화되어 나온 것으로, 산문 성분을 지니고 있다. 송대 시의 "문장으로 시를 짓는"(以文爲詩) 경향은 두보가 지은 이런 시의 영향을 받았을 것이다.

또 하나는 <병거행(兵車行)>·<여인행(麗人行)>·'삼리(三吏)'·'삼별(三別)'을 대표로 하는 5·7언 고체의 서사시이다. 이 부류의 시는 사실상 고대 악부민가에 그 기원을 두고 있지만 두보는 악부고제(古題)의 차용이라는 전통적인 관례를 따르지 않고 자신이 담아낸 내용에 따라 제목을 명명하여 더욱 현실을 있는 그대로 반영하고 생동감 있게 표현할 수 있었다. 그 창작경향이 직접적으로 원진(元稹)과 백거이(白居易)의 신악부(新樂府)를 이끌었으니 공헌이 작지 않다.

세 번째 부류는 칠언율시이다. 이 방면에서 두보의 성취는 중국 시가예술에 크게 공헌한 것이다. 두보 이전에 칠언율시는 주로 궁정의 응제와 창화에 사용되어 내용이 빈약하고 시어도 평범하고 무기력했으며, 가작이 많지 않았다. 그러다 두보에 이르러 성률 면에서 칠언율시가 성숙되었을 뿐만 아니라 시가 형식에 내포되어 있는 가능성이 충분히 발전되었다. 칠언율시는 오언율시와 마찬가지로 고정된 시형이지만 두보는 그것이 오언율시보다 구절의 길이가 조금 더 길다는 점을 이용하여 보다 큰 용량을 담아낼 수 있게 했고, 언어의 절주 방면에서 여러 가지 다양한 변화를 가능하게 했다. 그 결과 칠언율시는 독특한 예술 표현력을 지닌 시형이 되었다. 그의 명작 <추흥 8수(秋興八首)> 중의 한 수를 들어본다.

<秋興八首>(其一)　　가을을 맞아 심경을 토로하다 8수(제1수)

玉露凋傷楓樹林,　　옥 이슬 차가워 단풍 숲 시드니
巫山巫峽氣蕭森.　　무산 무협에 가을기운 쓸쓸하다.
江間波浪兼天湧,　　강 물결은 하늘에 합쳐질 듯 용솟음치고
塞上風雲接地陰.　　변새의 풍운은 땅에 닿을 듯 어둑하다.
叢菊兩開他日淚,　　국화더미 두 차례 피어나니 지난날이 눈물겹고
孤舟一繫故園心.　　외로운 배 줄곧 묶여 있어 고향생각 간절하다.
寒衣處處催刀尺,　　겨울옷 만드느라 곳곳이 가위 자 바삐 놀리고
白帝城高急暮砧.　　저물녘 백제성 저 높이 다듬이 소리 급하다.

<추흥 8수>는 연작시(連作詩)로 두보가 기주(夔州)에 있을 때 지었으며, 두보 칠언율시의 대표작이기도 하다. 이것은 시인이 만년에 고심하여 지은 시로서 원숙한 격률을 보여주는 동시에, 내용적으로도 한 편 한 편이 독립성을 유지하면서 동시에 8수 전체가 합쳐져서 더 큰 하나의 전체를 이루고 있다. 첫째 수는 전체 시의 서곡과 같은 것으로서 타향에서 가을을 맞아 솟구치는 서글픈 심경을 농도 짙게 그려내고 있는데, 이것이 8수 전체의 분위기를 주도하고 있다.

두보의 시어 운용은 두 가지로 표현된다. 하나는 구식과 어휘가 특별하지 않지만 정확하고 호소력 있기 때문에 사람들에게 강렬한 느낌을 주는 것이고, 또 하나는 <광문관 박사 정건을 모시고 하장군의 산림을 유람하다(陪鄭廣文遊何將軍山林)>의 "푸르게 늘어진 것은 바람에 굽은 죽순, 붉게 터진 것은 비에 살진 매화"(綠垂風折笋, 紅綻雨肥梅)처럼 평범하지 않은 언어와 수사 수법을 사용하여 신선하고 생동적인 형상을 만들어낸 것이다.

두보 시의 예술풍격은 다양한데, 가장 두드러진 것으로 역대의 평론가들이 공인한 것은 '침울돈좌(沈鬱頓挫)'이다. '침울'은 주로 의

경(意境)이 넓고 장대하며 감정이 깊고 오래 가는 것이고, '돈좌'는 주로 언어와 운율에 곡절과 힘이 있어서 평범하게 흘러가지 않고, 감정에 맡겨 분방하지도 않은 것이다. 그런 특징이 형성된 근본 원인은 두보가 시에서 표현하려는 인생 감정이 강렬하면서도 이성의 절제를 받는 데 있다. 그의 생각은 종종 복잡하고 마음이 모순적이기 때문에 그는 마땅하고 적절한 표현방법을 찾아야 했다. 그 결과 형성된 것이 '침울돈좌'의 풍격이다. 다음 시를 보자.

<江漢>   **장강과 한수**

江漢思歸客,   장강과 한수에서 고향 그리는 나그네
乾坤一腐儒.   하늘과 땅 사이에 한 케케묵은 선비.
片雲天共遠,   조각구름은 나처럼 하늘 저 멀리 있고
永夜月同孤.   기나긴 밤에 나는 달과 함께 외롭다.
落日心猶壯,   해 저물어가니 마음 외려 꿋꿋해지고,
秋風病欲蘇.   가을바람에 병이 다시 나아질 듯하다.
古來存老馬,   예로부터 늙은 말을 내치지 않았으니
不必取長途.   먼 길 달릴 능력만 취하는 것은 아니리.

이 시는 대력(大曆) 3년(768) 두보가 56세 되던 해 강릉(江陵)에서 지은 것이다. 그는 젊은 날 자신의 포부를 실현하기 위해 끊임없이 분투노력했지만 여러 차례 좌절과 실패를 겪어야만 했다. 이제 그는 늙고 병들어 심신이 지쳤지만 그럼에도 불구하고 다시금 떨쳐 일어나 보겠다는 희망과 의지를 감동적으로 표현하였다.

이 시는 특히 수련에서 명사사조(名詞詞組)만을 나열하여 연결어를 독자가 보충해 넣어야 하고, 함련에서 생략과 도치의 두 가지 독법(讀法)이 가능하도록 하여 독자가 시에 참여할 수 있는 폭을 넓혀놓았다.[32] 두보 만년의 원숙한 표현기교를 엿볼 수 있게 해주

는 작품이다.

두보는 이전의 중국시를 집대성하여 후인에게 새로운 길을 열어
준 시인으로 평가받는다. 그가 전인(前人)의 경험을 슬기롭게 정리
했고, 동시에 창조정신을 유감없이 발휘하여 후대의 시인들과 시
파(詩派)를 위해 계발작용을 했다는 것은 그의 위대한 공로이다.

3. 2 대력(大曆)·정원(貞元) 시기의 시인

'안사의 난'이 지나간 뒤에 남은 것이라고는 곳곳의 참상과 황
량함뿐이었다. 그리고 바로 이 시기에 왕유·이백·두보 등의 시
인들이 잇달아 세상을 떠나서 당 대종(代宗) 대력(766-779) 연간과
덕종(德宗) 정원(785-804) 연간의 시단에는 유장경(劉長卿)·고황(顧
況)·위응물(韋應物) 및 '대력십재자(大曆十才子)'로 칭해지는 일군의
시인들이 있었다. 이들 중의 대다수가 성당시대에 청춘시기를 보
냈고, 또한 안사의 난과 전란 뒤의 파괴되고 피폐해진 광경을 목
도한 사람들이다. 시대의 쇠락이 그들의 마음에 엄청난 상실감을
안겨주어 그들은 많은 고통을 느꼈다.

한편으로 성당시대에 양성된 참여의 열정과 사대부가 전통적으
로 지니고 있던 세상과 백성을 구원하겠다는 사상이 개원·천보
성세(盛世)에 대한 추억의 정과 혼합되어 그들은 여전히 사회에 관
심을 갖고 자신의 포부와 이상을 실현하려고 하였다. 그러나 다른
한편으로는 고통스런 현실과 사대부들의 '독선기신(獨善其身)' 관념
및 유약한 성격이 시인들로 하여금 어지러운 세상에서 벗어나길

---

32) "片雲天共遠"은 "片雲共天遠"의 도치로 볼 수도 있고, "片雲天共我遠"의 생략
으로 볼 수도 있다. 마찬가지로 "永夜月同孤"는 "永夜同月孤"의 도치로 볼 수
도 있고, "永夜月同我孤"의 생략으로 볼 수도 있다.

희망하고 실망 속에서 심리적 안정을 찾고자 하였다.

이 두 가지 중 후자가 이 시기 문인 사대부들의 주류 사조였기 때문에 불교와 도교가 날이 갈수록 시인들의 마음을 사로잡았다. 그와 같은 시대의 기풍과 인생 정취가 그들의 심미 정취에 영향을 끼쳐서 대력·정원 시기에 대량의 시가 산수 자연의 조용하고 그윽하며 청정한 환경을 묘사함으로써 인생의 느낌과 내심의 슬픔을 표현하였다.

유장경(709-780)은 자가 문방(文房)이고, 하간(河間: 지금의 하북성 하간) 사람이다. 개원 연간에 진사가 되었고, 덕종(德宗) 때 수주자사(隨州刺史)를 지냈다. 그는 자존심이 강하고 강직하여 종종 미움을 받아 누차 좌천되는 고초를 겪었다. 『유수주집(劉隨州集)』이 있다.

불우한 인생을 살았기 때문인지 유장경의 시에는 종종 일종의 고통과 방황이 나타난다. 게다가 안사의 난 같은 시대 변란을 겪었기 때문에 그는 종종 일종의 의기소침한 정서에 빠지곤 하였다. 그는 사회에서 자신의 이상을 실현할 희망을 찾을 수 없었기 때문에 그저 자신의 불행을 한탄하고 인생의 슬픔을 토로할 수밖에 없었다. 그런 처지에서 그는 불교에 경도되어 그 속에서 마음의 위안을 찾으려 했다. 그는 당시의 저명한 시승(詩僧)인 교연(皎然)·영철(靈澈)과 교유하면서 창화와 응수(應酬)의 시를 썼는데, 그 내용을 보면 현실의 고통과 산림 은거에의 소망을 담은 것이 많다.

유장경의 시는 창작기교 면에서 눈여겨 볼만 한 점이 있다. 사회에 대한 실망과 좌절이 그를 자연에 다가가게 해준 결과 그는 자연을 세밀하게 관찰하고 체험할 수 있었고, 따라서 그 내용을 표현하는 언어기교에 대해 더욱 정확하고 성숙한 이해를 할 수 있었기 때문에 매력적인 예술 표현력을 발휘할 수 있었다. <영철 스님을 전송하며(送靈澈上人)>·<눈을 만나 부용산 주인댁에 묵다(逢雪

〉 등의 시를 읽어보면 색채・음성과 자연경물이 혼연
일체가 되어 있음을 알 수 있다. 세련된 언어구사와 풍부한 의상
을 조성했다는 점에서 그의 시는 사영운(謝靈運)과 사조(謝朓)의 풍
미가 있다. 다음 시를 보자.

〈尋南溪常山道人隱居〉 상산도인의 남계 은거지를 찾아

一路經行處,	지나다니시는 한 가닥 구도의 길
莓苔見履痕.	이끼 위에는 신발자국이 보인다.
白雲依靜渚,	흰 구름은 고요한 물가에 기대어 있고
芳草閉閒門.	방초는 인적 없는 대문을 가리고 있다.
過雨看松色,	비가 지나간 뒤의 솔빛을 바라보며
隨山到水源.	산 따라 가다보니 물길 끝에 이르렀다.
溪花與禪意,	시냇가 꽃이 청정한 마음을 일깨워주어
相對亦忘言.	마주하고 있자니 그만 말을 잊었다.

시인이 상산도인을 찾아간 목적은 아마도 도인에게서 인생의 참
된 뜻을 가르침 받고자 하는 데 있었을 것이다. 그래서 도인의 집
가까이에서 그의 자취를 확인하고는 곧 만날 수 있으리라는 기대
감에 마음이 설렜을 것이다. 그러나 대문은 굳게 닫혀 있고, 오랫
동안 사람의 왕래가 없었던지 문 앞에는 잡초가 무성하다. 도인을
만나지 못한 시인은 주변을 좀 더 돌아볼 생각으로 산길 따라 계
곡으로 들어섰는데, 그만 거기서 시냇가 꽃을 대하며 자신이 이곳
을 찾아온 본래의 목적을 이루게 된다. 구도(求道)의 길은 결국 자
기 자신 속에 있다는 평범한 진리를 자연스런 표현 속에 녹여 넣
었다고 하겠다.

그러나 유장경의 시를 전체적으로 살펴보면 단조롭게 시구가 중
복된 결함을 발견할 수 있다. 이를테면 '희끗희끗한 머리(華髮)'・

'석양(夕照)' 따위의 의상(意象)과 '청(靑)'·'백(白)' 등의 색채가 자주 나온다. 그렇게 된 것은 생각은 예리하지만 재능이 궁색하기 때문이기도 하겠지만 그보다는 생활범위와 시야가 좁았기 때문일 것이다.

유장경과 시풍이 가까운 사람들로 '대력십재자(大曆十才子)'로 불리는 일군의 시인이 있다. 이들은 일반적으로 전기(錢起)·노륜(盧綸)·길중부(吉中孚)·한굉(韓翃)·사공서(司空曙)·묘발(苗發)·최동(崔峒)·경위(耿湋)·하후심(夏侯審)·이단(李端)을 가리키는데, 여기에 낭사원(郎士元)·황보염(皇甫冉)·황보증(皇甫曾)을 보태어 대력·정원 연간에 시풍이 비슷한 시인 집단으로 꼽는다.

전체적으로 볼 때 이들의 시에는 크게 두 가지 특징이 있다. 하나는 내용이 단일한 편이어서 대부분이 자연 산수를 빌려 개인 내심에서 느낀 것을 표현하였다. 그들도 기세가 호매하고 풍골이 굳센 시를 쓰기도 했지만 그들 자신이 직접 변새로 가 종군했던 것은 아닌지라 참선을 좋아하고 산수 자연 속에서 마음의 평정을 추구하여 고통을 없애고자 했다. 따라서 그들 시의 감정 기조는 의기소침하고 감상적이어서 외부로 향하는 진취적인 용기가 결여되어 있는 편이며, 성당 시가의 고양되고 드넓은 기상과는 다른 면모를 보여준다.

또 하나는 예술 방면에서 육조(특히 사영운과 사조) 시풍으로 회귀하려는 경향이 있었다. 이 시인들은 대부분 사영운과 사조를 추앙했는데, 그 까닭은 두 사람의 시에 산수 자연을 묘사한 구절이 맑고 아름다우며 정교하여 이들이 그것을 학습하고자 했기 때문이다. 그러나 문자 형식의 지나친 추구는 내용의 빈약과 시 전체 통일감의 결여를 초래했다. 그리하여 그들의 오언율시는 종종 수련과 미련이 투박하여 중간의 두 연(聯)이 청려하지만 앞뒤와 그다지 관계가 없어 보이는 단점을 갖게 되었다. 여기서 전기의 시를 한 수 들어본다.

<省試湘靈鼓瑟>　진사 시험 제목 '상수의 영령이 슬을 타다'

善鼓雲和瑟,	운화슬을 잘 탄다고 들었다
常聞帝子靈.	상수의 신령이 된 아황과 여영.
馮夷空自舞,	풍이는 덩달아서 춤을 추는데
楚客不堪聽.	초객은 차마 듣지를 못한다.
苦調淒金石,	애처로운 가락은 금석 악기보다 슬프고
清音入杳冥.	맑은 소리는 아득한 하늘에 든다.
蒼梧來怨慕,	창오에서 달려와 원망과 애모에 사무치고
白芷動芳馨.	백지도 감동하여 향기를 내뿜는다.
流水傳湘浦,	흐르는 물은 그 소리를 상포로 전하고
悲風過洞庭.	바람도 슬퍼서 동정호를 지나간다.
曲終人不見,	곡조 끝나니 사람은 보이지 않고
江上數峰青.	강 건너 푸른 산봉우리만 눈에 든다.

이 시는 성시(省試)를 볼 때 시험관이 제시한 제목과 운자(韻字)를 받아서 지은 이른바 시첩시(試帖詩)이다. 일반적으로 시첩시는 제약이 엄격하고 시험 장소에서 제한된 시간 내에 완성해야 하므로 좋은 작품을 써내기가 매우 어려우나, 전기의 이 시는 드물게 보이는 가작으로 유명하다. 시인은 상고시대의 신화적 소재를 제목으로 받고 나서 6운 12구의 엄격한 시첩시의 제약을 잘 지키면서도 풍부한 상상력을 발휘하여, 순임금과 그의 두 아내 아황과 여영의 애달픈 사랑과 그들의 애처로운 연주를 호소력 있게 그려내었다.

특히 마지막 2구는 환상세계에서 현실로 돌아와 눈앞의 경물을 묘사한 것인데, 자연의 영원함을 통해 순간을 살다 스러지는 인간의 모습이 강하게 부각되어 있다. 더구나 '사람은 보이지 않는다 (人不見)'를 통해 그가 음악을 듣는 동안 얼마나 생생하게 상령(湘靈)을 대했던가를 알 수 있다. 사실을 말하자면 그는 애초부터 상령을 본 것이 아니고 그들의 연주 소리만 들은 것이 아닌가!

유장경과 함께 나름대로의 특징을 갖춘 시인으로 고황(顧況)을 들 수 있다. 고황(725-814)은 자가 포옹(逋翁)이고, 해염(海鹽: 지금의 절강성 해녕海寧) 사람이다. 지덕(至德) 2년(757)에 진사가 되어 절도판관(節度判官)과 저작좌랑(著作佐郎)을 역임했다. 그는 성격이 오만한 편이라 벼슬길에서 시련을 맛보았고, 만년에는 모산(茅山)에 살며 화양진일(華陽眞逸)이라 자호하였다. 『화양집(華陽集)』이 있다.

고황은 민간의 질고에 관심을 가지고 사회현실을 반영한 시를 썼다. 예를 들어 <건(囝: 어린애)> 시는 민중(閩中: 지금의 복건성 일대) 노예의 고난을 반영한 것이다. 그러나 그런 것이 고황 시의 주류는 아니며, 자신의 생활에 대한 주관적인 감정을 서술한 시가 훨씬 많다. 그는 성격이 오만하고 고집이 세서 여러 차례 배척을 받았기 때문에 그의 심경은 고통스런 것이었다. 그의 <비가(悲歌)>를 보면 하늘에 오르려 해도 오를 수 없고, 물을 건너려 해도 다리가 없고, 산에 오르려 하면 길이 험하고, 물을 기르려 해도 우물이 멀다는 네 가지 비유를 들어 자신의 고통과 비애를 형용하였다.

그러나 그는 유장경이나 대력십재자와 달리 산수 자연을 벗하며 고통을 마음속에서 용해하여 마음의 평정을 획득했다. 또한 그는 도교 귀신설의 영향을 받아서 왕왕 신출귀몰하는 상상을 빌려 자신의 인생감개를 서술하고 인생의 이상을 기탁했다. 따라서 그의 시는 초사(楚辭)와 유선시(遊仙詩)의 전통을 계승하여 왕왕 환상의 경계와 약동하는 언어 속에서 자신의 느낌을 서술했다.

고황은 개성이 호방한데다 회화와 음악에 능하고 재기가 넘쳐서, 재기로 시를 짓는 경향이 있었다. 그는 또한 학습을 게을리 하지 않아 한편으로는 전대 시인의 기세가 넓고 고양된 풍격과 육조의 아름답고 정교한 수사를 섭취하고, 다른 한편으로는 강남 민가의 자연스럽고 청신하며 격식이 다채로운 언어풍격을 받아들이고, 여기에 유선시의 신기한 색채를 가미하여 특히 고체 가행에서 자신의 특색을 형성했다. 그의 시를 한 수 들어본다.

〈行路難〉	가는 길의 험난함
君不見,	그대는 알리라,
擔雪塞井空用力,	눈으로 우물을 메우면 헛수고이고
炊砂作飯豈堪食.	모래로 밥을 지으면 그것을 어찌 먹으리.
一生肝膽向人盡,	일생 동안 간과 쓸개 다 내어주어도
相識不如不相識.	아는 사람이 모르는 사람만 못하다.
冬青樹上掛凌霄,	동청수 위에 능소화가 걸려 있어도
歲晏花凋樹不凋.	한 해가 저물면 꽃은 시들어도
	나무는 시들지 않는다.
凡物各自有根本,	모든 사물은 제각기 근본이 있어서
種禾終不生豆苗.	벼를 심으면 끝내 콩 싹은 나지 않는다.
行路難, 行路難,	가는 길이 험난하구나, 가는 길이 험난해!
何處是平道.	어디가 평평한 길이란 말인가?
中心無事當富貴,	마음속이 무사하면 그것이 부귀한 것인데
今日看君顏色好.	오늘 그대를 보니 안색이 좋구려.

〈행로난〉은 고악부곡(古樂府曲) 이름으로 『악부시집・잡곡가사』에 실려 있다. 권70의 서(序)에 『악부해제(樂府解題)』를 인용하여 "〈행로난〉은 세상사의 험난함과 이별의 슬픔 등을 갖추어 말한 것인데, 대부분 '君不見'을 첫머리로 한다"라고 하였다. 이 시도

그 예를 충실히 따른 것인데, 시인은 여기서 여러 가지 비유를 들어가며 세상사가 아무리 험난해도 마음을 편하게 갖고 늘 푸른 동청수처럼 지조를 지키며 살 것을 권하였다.

대력·정원 연간의 시단에서 위응물(韋應物)을 언급하지 않을 수 없다. 위응물(737-789)은 경조(京兆) 만년(萬年: 지금의 섬서성 서안) 사람으로, 강주자사(江州刺史)와 소주자사(蘇州刺史) 등을 역임했다. 『위소주집(韋蘇州集)』이 있다. 고황·유장경과 달리 그는 귀족 출신인데다 벼슬길도 순조로운 편이었다. 비록 불(佛)·도(道) 사상의 영향을 받아 담백하고 탈세속적인 생활을 흠모했지만 고관의 신분이고 생활에 여유가 있어서, 전통적인 가치 관념이 강하고 자신의 사회적 역할과 책임에 주의를 기울였다. 그리하여 그는 <휴양감회(睢陽感懷)>·<광덕 연간에 낙양에서 짓다(廣德中洛陽作)>·<시지군(始至郡)>·<하빙가(夏冰歌)>·<채옥행(采玉行)> 등 국가의 안위와 사회의 치란 및 백성들의 질고를 다룬 시도 썼다.

한편 위응물은 관가에서 공문과 씨름하며 전원과 산림을 꿈꾸었다. 그는 승려와 참선을 논하거나 다른 시인들과 창화하며 마음의 평정을 찾으려 했다. 이에 따라 그는 종종 시에서 은일과 산수 전원을 묘사했고, 담백하고 여유로운 인생에 대한 동경을 표현했다.

그는 도연명을 흠모하여 <농가를 보며(觀田家)>·<오이를 심으며(種瓜)> 등 도연명의 백묘(白描) 수법을 모방한 전원시를 쓰기도 했다. 이런 시들은 언어가 청신하고 소박하다는 점에서 도연명 시의 풍미가 있다. 그러나 위응물은 결국 도연명처럼 마음이 향촌생활에 대한 애정과 관직생활에 대한 혐오로 가득 차 있는 것은 아니었기 때문에, 그의 시에는 도연명 시에서 느낄 수 있는 전원에 대한 친밀감과 자연스럽고 진실한 맛은 부족하다.

위응물의 시에는 도연명의 청신하고 소박한 면도 있지만 사영운과 사조의 정교하고 화려한 면도 있어서 그의 시에서 종종 세심한 수식을 통해 곱고 전아한 색채미와 음악미를 갖춘 가구(佳句)를 찾아볼 수 있다. 그는 대자연에 대한 관찰과 체험이 대력십재자보다 깊고 세밀하여 높은 심미 능력과 감상 수준을 기초로 하여 시어를 운용했기 때문에 정과 경이 혼연일체로 융합된 시를 써낼 수 있었다. 다음 시를 보자.

<滁州西澗>	저주의 서쪽 시냇가에서
獨憐幽草澗邊生,	시냇가의 어린 풀에 유독 마음이 끌리는데
上有黃鸝深樹鳴.	머리 위에선 꾀꼬리가 나무 속에서 운다.
春潮帶雨晚來急,	봄 물결이 비에 불어 석양녘 흐름 세찬데
野渡無人舟自橫.	나루터엔 사람 없고 배만 가로 놓여있다.

이 시는 위응물이 덕종(德宗) 건중(建中) 2년(781) 저주자사(滁州刺史)로 나가 있을 때 지은 것이다. 이 시는 표면적으로는 저주(滁州) 서간(西澗) 주변의 경물을 객관적으로 묘사한 것이다. 그런데 비로 인해 불어난 시냇물이 세차게 흘러 내려가면 물가에 자라고 있는 어린 풀은 물에 잠겨 죽을지도 모르고, 사공 없이 나루터에 묶여 있는 배도 세찬 물에 닻줄이 풀어지거나 끊어져 휩쓸려 내려갈 수도 있다. 더구나 위기의 어린 풀을 안전한 나무 위에서 아름답게 지저귀는 꾀꼬리와 대비시킴으로써 그와 같은 느낌은 더욱 강하게 전달된다.

따라서 이 시는 시인의 암울한 처지를 정경의 묘사 속에 숨겨 놓은 것으로 볼 수도 있다. 그렇다면 이 시는 비유를 통해 시인의 신세지감을 기탁한 시가 된다.

중당의 대력·정원 연간은 상대적으로 당시(唐詩)의 침체기라고 말할 수 있다. 이 시기에는 대시인이 출현하지 않았고, 시가의 성취도 두드러진 것이 없었다. 그렇지만 이 시기의 시가창작은 원화(元和) 연간 새로운 전성기의 출현과 내재적인 연관이 있다. 몇몇 현상은 당시에는 두드러진 것이 아니었는데, 이를테면 이속(俚俗)한 언어를 시에 들이고 기이한 상상을 발휘하고, 의식적으로 광범하게 시경·초사 이래 각종 앞 시대의 풍격을 섭취한 것 등은 원화 연간의 시에 대해 계발의 의의가 있다.

따라서 원화 시기 시가의 주요 성취를 대표하는 창작으로서 한유(韓愈)와 이하(李賀)의 기발하면서도 아름다운 가행과, 원진(元稹)·백거이(白居易)의 평이하면서도 유창한 악부와, 유우석(劉禹錫)·유종원(柳宗元)의 정취가 충만한 민가체와 맑고 고운 칠언율시 같은 것은 대체로 모두 대력·정원 연간의 시인들의 시 속에서 모종의 연관을 찾을 수 있다. 또한 이 시기의 규격화된 오언율시가 결점이 적지 않지만, 청려하고 정교한 언어풍격을 추구한 데에는 일정한 성취가 있었다. 나중에 가도(賈島)와 요합(姚合)의 원숙하고 정교한 오언율시는 바로 이것을 계승하여 발전시킨 것이다.

3. 3 맹교(孟郊)·한유(韓愈)·가도(賈島)·이하(李賀)

맹교와 한유 등의 시풍을 언급할 때 일반적으로 강건하고 험괴하다고 하지만 그들의 풍격이 완전히 일치하는 것은 아니다. 그런데도 그렇게 뭉뚱그려 평가하는 것은 그들이 모두 예술 방면에서 창신을 추구하고 과거에 흔히 사용하지 않던 내용과 구식과 의상을 채용했기 때문이다. 조익(趙翼)이 『구북시화(甌北詩話)』에서 한유에 대해 "이미 이백과 두보가 앞에 있기에 온 힘을 다해 변화시켜 내려 해도 끝내 작은 길 하나도 열 수 없었다. 다만 두보의 기험한 면은 그래도 더 길을 내고 넓힐 수 있었기 때문에, 한눈에 가름 잡아 이로부터 산을 가르고 길을 열어 스스로 일가를 이루려고 하였다"33)라고 평가한 것은 바로 그 점을 지적한 것이다.

이것이 다는 아니지만 주목할 만한 것이 있다. 첫째, 대력·정원 시대의 단조로운 내용·중복된 의상·원숙한 형식·협소한 풍격의 시가 오히려 시풍의 변혁을 촉진했다. 둘째, 당시가 장기간의 발전을 통해 큰 성취를 이룬 후 새로운 시대의 시인들이 더욱 광범하게 전대 시가의 전통 속에서 영양을 섭취하고 새로움을 추구하여 변혁을 꾀하기 시작했다. 셋째, 이때 성행하기 시작한 '연구(聯句)'와 장시(長詩)의 기풍이 시인들로 하여금 신기함과 정교함을 다투게 했다.

연구(聯句)에서는 동운(同韻)으로 압운하기 위해 벽자(僻字)와 생소한 글자의 사용이 불가피해졌고, 장시(長詩)에서는 중복을 피하기 위해 새로운 의상(意象)의 발굴이 필요했다. 따라서 이 시기의 시인들은 정(正)·반(反) 양면으로 대력·정원 시풍에서 계발을 얻어 고대시가의 영양을 섭취하고 새로운 형식과 언어와 의경을 발굴하여 자신의 새로운 풍격을 마련했다.

맹교(751-814)는 이 일군의 시인들 중에서 연장자에 속한다. 자는 동야(東野)이고, 무강(武康: 지금의 절강성 덕청德淸) 사람이다. 그는 46세가 되어서야 진사에 급제하여 하급관리를 지내다가 원화(元和) 9년(814)에 죽었다. 『맹동야시집(孟東野詩集)』이 있다.

사람들은 맹교와 한유를 병칭하여 '한맹시파(韓孟詩派)'라고 부르는데, 그들이 주로 옛것을 숭상하고 기이한 것을 좋아했으며 고체시를 많이 썼기 때문이다. 다만 맹교가 구식이 짧은 오언고체시를

---

33) "李杜已在前, 縱極力變化, 終不能再開一徑. 惟少陵奇險處, 尙有可推擴, 故一眼覷定, 欲從此鬮山開道, 自成一家."(제3장)

많이 썼고, 시어를 다듬었지만 화려함을 추구하지 않아 고졸(古拙)한 가운데 기이함을 깃들였다면, 한유는 칠언고체시에 특색이 있으며 기세가 웅건하고 기괴하면서도 아름답다.

두 사람의 시는 모두 힘이 있는데, 한유의 힘이 자유분방한 편이라면 맹교의 힘은 안으로 수렴되어 있다. 맹교는 한·위·육조의 오언고시 전통을 학습하여 대력·정원 시인들에 비해 한·위의 풍골에 더욱 다가갔지만, 한유와 이하에 비해서는 대력·정원 시풍의 흔적을 많이 찾아볼 수 있다.

내용 방면에서 맹교의 시는 대력·정원 시대의 협소한 제재 범위를 뛰어넘었다. 맹교 시의 주선율은 중·하층 문사들의 곤궁과 그에 대한 원망의 정서지만, 그것은 그의 고난에 찬 생활경력에 기인한 것이다. 그러나 그는 자신의 불우한 운명을 통해 고통스런 사회를 목도하고 그것을 시에 반영하였다. 예를 들어 <추운 땅 백성의 노래(寒地百姓吟)>는 부자와 빈자의 불평등을 날카롭게 파헤친 것이다.

맹교에게는 가족애를 묘사한 시가 몇 편 있다. 이를테면 <결애(結愛)>는 부부간의 사랑을 묘사한 것이고, <갓 태어난 아들이 요절하여(杏殤)>는 부자간의 사랑을 묘사한 것이고, <유자음(遊子吟)>은 모자간의 사랑을 묘사한 것인데, 이런 제재는 오랫동안 시인들이 소홀히 했던 것이다. 여기서는 <유자음>을 보기로 한다.

<遊子吟>　　**집 떠나는 아들의 노래**

慈母手中線,　　자애로운 어머니 손에 든 침선으로
遊子身上衣.　　길 떠날 아들이 입을 옷을 만들었다.
臨行密密縫,　　떠나기에 앞서 촘촘히 꿰매는 것은
意恐遲遲歸.　　귀향이 늦을까 걱정하신 때문이리라.

誰言寸草心,　　누가 말하리 한 치의 풀 같은 마음으로

報得三春暉.　　봄빛처럼 따사로운 어머니 마음에 보답할 수 있다고.

　이 시는 어머니의 자애로운 마음을 읊은 것이다. 시인이 스스로 "어머니를 율수 가에서 맞이하면서 지었다"[34]라고 주를 달았는데, 이를 통해 그가 율양현위(溧陽縣尉)로 부임했을 때(덕종 정원 16년(800) 또는 그 다음해) 지은 것임을 알 수 있다. 율양은 지금의 강소성(江蘇省) 의흥현(宜興縣) 서쪽의 지명이다. 셋째 구의 '밀밀(密密)'과 넷째 구의 '지지(遲遲)'는 어머니의 마음과 아들의 마음을 대비시켜 보여주고, 마지막 두 구에서 '촌초심(寸草心)'과 '삼춘휘(三春暉)'를 대비시켜 '어머니의 자애'라는 시의 주지를 뚜렷하게 전달해주고 있다.

　예술 수법 면에서 맹교의 시에는 이전의 시에 없던 새로운 특징이 나타났는데, 바로 기험(奇險)하고 난삽한 것이다. 이것은 한편 그의 애써 정교함을 추구하고 깊이 생각하여 가다듬는 노력과 관계가 있고, 다른 한편 그의 우울하고 의기소침한 정서와 관계가 있을 것이다.

　그의 시풍에 대해서는 역대로 평가가 서로 엇갈려 한유와 이고(李翶)는 그를 크게 칭찬하였고, 원호문(元好問)과 소식(蘇軾)은 그를 폄하하였다. 다만 그를 지금의 관점에서 보면 맹교가 시어를 독창적으로 운용했다는 것은 부인할 수 없는 사실일 것이다. 물론 맹교에게 평이하고 소박한 시도 있지만 당시에는 그다지 주목을 받지 못했다. 오히려 기험하고 난삽한 풍격의 시가 내용과 언어 면에서 원화 연간 시가창작의 새로운 변화와 특징을 보여주었다. 그리고 기험으로 치달은 시풍은 한유에게서 더욱 발전된 모습을 보

---

34) "迎母溧上作."

였다.

한유(768-824)는 자가 퇴지(退之)이고, 하양(河陽: 지금의 하남성 맹현 孟縣) 사람이다. 선조가 하남성 창려(昌黎)에서 살았기 때문에 창려 선생이라고 칭해지며, 시호는 문공(文公)이다. 덕종(德宗) 정원(貞元) 8년(792)에 진사가 되었고, 벼슬이 이부시랑(吏部侍郞)에까지 이르렀다. 그러나 헌종(憲宗)이 불골(佛骨)을 맞아들이는 것을 반대하다 남방의 조주자사(潮州刺史)로 좌천된 적도 있다. 그는 고문을 잘 써 당송팔대가의 한 사람으로 꼽히지만 시에 있어서도 탁월한 점이 있다. 그는 고전시의 새로운 길을 모색하고자 기이한 시어를 사용하였고, 시구에 있어서도 자법(字法)과 구법(句法)의 변화를 시도하였다. 그로 인해 시가 기험해졌고 압운한 산문 같다는 평을 듣기도 했지만 후에 송시가 당시와 다른 면모를 갖추는 데 일조했다. 『창려선생집(昌黎先生集)』이 있다.

중당에서 한유의 위상은 대단히 높아서 뛰어난 시문 작품을 썼을 뿐만 아니라 문단의 영수로서 수많은 문인들과 교유하며 지원을 아끼지 않았다. 그래서 주변에 뜻을 같이하고 풍격이 비슷한 문인들이 많이 모여들었다. 그는 자신보다 연장자인 맹교를 크게 칭찬했을 뿐만 아니라 자신보다 젊은 가도(賈島)를 발탁했으며, 천재시인 이하(李賀)를 격려하고 지원했다. 그밖에도 그는 황보식(皇甫湜)·노동(盧仝)·번종사(樊宗師)·유차(劉叉)·이고(李翶) 등과 친밀하게 교유했다.

한유 시의 첫 번째 특징은 기세가 뛰어나다는 것이다. 대력·정원 이래 시인들은 개인의 협소한 감상(感傷)과 슬픔의 서사에 치우쳐 있어서 그들이 묘사한 자연경물도 그와 같은 감정 색채에 머물렀다. 또 관찰은 세밀했지만 상상력이 부족하여 기세가 단조롭고 빈약했다. 그러나 한유의 시는 웅대한 기백과 풍부한 상상력으로 시단의 섬세하고 나약한 모습을 바꾸어 놓았다. 예를 들어 <남산시(南山詩)>는 종남산(終南山)의 전모를 묘사하며 사계 및 외세와 내경을 51개의 '혹(或)'자를 연용하여 힘찬 기세로 웅장하고 기이하게 그려놓았다.

한유 시의 두 번째 특징은 의식적으로 전대 시가의 상투적인 언어와 격식에서 벗어나 언어와 의상(意象)에서 새롭고 기이한 것을 추구한 것이다. 그는 심지어 생소하고 입에 껄끄럽거나 기괴한 것도 피하지 않았다. 예를 들어 <영정행(永貞行)>의 "여우가 울부짖고 올빼미가 시끄럽게 운다"(狐鳴梟噪)나 <범양으로 돌아가는 무본 스님을 전송하며(送無本師歸範陽)>의 "여러 귀신이 큰 어둠에 갇혀 있다"(衆鬼囚大幽)와 같이 과거에 사람들이 두려워하거나 추악하게 여긴 사물을 시의 소재로 삼아 시의 변혁을 이끌었다. 다음 시를 보자.

<落齒>	빠지는 이빨
去年落一牙,	작년에 어금니 한 개가 빠지더니
今年落一齒.	금년에는 앞니 한 개가 빠졌다.
俄然落六七,	잠깐 사이에 예닐곱 개가 빠지니
落勢殊未已.	빠지는 추세가 정말 멈출 줄 모른다.
餘存皆動搖,	그나마 남은 것들도 모두 흔들리니
盡落應始止.	몽땅 다 빠져야 비로소 그치겠지.
憶初落一時,	이빨이 처음 빠졌을 때를 돌아보면
但念豁可恥.	그저 뻥 뚫린 틈새가 부끄러웠지만
及至落二三,	두세 개가 잇달아 빠지고 나니
始憂衰卽死.	노쇠하여 죽을까봐 걱정되었다.
每一將落時,	이빨 하나가 빠지려 할 때마다
懍懍恒在己.	깜짝 놀라 벌벌 떨며 두려워했다.

叉牙妨食物,　　이빨이 듬성듬성하니 먹기 불편하고
顚倒怯漱水.　　양치질할 땐 겁이 나서 고개를 돌린다.
終焉捨我落,　　그래도 결국은 나를 버리고 빠질 테니
意與崩山比.　　추세는 산이 무너지는 것에 비견된다.
今來落旣熟,　　지금은 이빨 빠지는 것에 익숙해져서
見落空相似.　　빠지는 것을 보아도 그러려니 한다.
餘存二十餘,　　아직 20여 개의 이빨이 남아있지만
次第知落矣.　　언젠가는 차례로 다 빠져버리겠지.
儻常歲落一,　　만일 한 해에 한 개씩 빠진다면
自足支兩紀.　　앞으로 20여 년은 족히 지탱하겠지.
如其落並空,　　한꺼번에 남김없이 빠진다고 해도
與漸亦同指.　　점차 빠지는 것과 다를 것이 없다.
人言齒之落,　　사람들은 말하지 이가 빠지는 것은
壽命理難恃.　　수명을 장담할 수 없게 된 것이라고.
我言生有涯,　　나는 말하련다 생명에는 끝이 있어서
長短俱死爾.　　장수건 단명이건 다 죽게 마련이라고.
人言齒之豁,　　사람들은 말하지 이가 빠져 뻥 뚫리면
左右驚諦視.　　주위 사람들이 놀라 자세히 보게 된다고.
我言莊周云,　　나는 말하련다 장자가 일찍이 말했었지
木雁各有喜.　　나무와 거위에 나름대로의 기쁨이 있다고.
語訛默固好,　　발음이 샌다면 침묵하는 것이 본디 좋고
嚼廢輭還美.　　씹을 수 없으면 연한 것이 더 맛있다고.
因歌遂成詩,　　그러니 노래 부르며 마침내 시를 지어
持用詫妻子.　　가져가서 아내와 자식들에게 자랑하련다.

　　이 시는 한유가 중년에 접어들며 이가 하나둘 계속해서 빠지자
그것을 진술하면서도 해학적으로 노래한 것이다. 이가 처음 빠졌
을 때의 낭패감과 부끄러움으로부터 시작하여, 이가 여러 개 빠졌
을 때 느끼는 노쇠감과 죽음에의 두려움에 이르기까지 시인은 실

제로 있을법한 이야기를 사실적으로 서술하고 나서, 마지막으로 장자(莊子)적 초탈을 보여줌으로써 시를 마무리하였다. 생소하고 입에 올리기 어려운 소재를 통해 그의 성정을 잘 보여준 작품이라고 하겠다.

한유 시의 세 번째 특징은 규칙에 조리가 있고 절주가 조화롭고 구식에 짜임새가 있던 시가 형식에 파격을 주어 이를 느슨하게 변형시켜 놓은 것이다. 그는 종종 산문과 변부(駢賦)의 구법을 시에 끌어들여 시구를 다채롭고 변화가 풍부하게 했다.

한유 시에 대한 역대의 평가에는 칭송과 비판이 섞여 있지만 그럼에도 그가 독특한 풍격을 지닌 당대의 대시인임에는 틀림이 없다. 그가 힘찬 기세, 풍부한 상상, 그리고 참신한 언어로 쓴 시는 과거에 없었던 새로운 풍격을 지녔다. 그는 의식적으로 신기함을 추구하긴 했지만 새로운 의상(意象)과 형식을 시도했으며, 그 속에 독특한 개성과 체험을 용해시켰기 때문에 그의 시는 운미와 생동감을 지닐 수 있었다. 다음 시를 보자.

〈左遷至藍關示姪孫湘〉
좌천 길에 남관에 이르러 종손(從孫) 상(湘)에게

一封朝奏九重天,　　아침에 한 통 글을 황제께 올렸다가
夕貶潮州路八千.　　저녁에 8천 리 길 조주로 좌천되었다.
欲爲聖明除弊事,　　임금님 위해 나쁜 일을 없애려 했을 뿐
肯將衰朽惜殘年.　　어찌 늙은 몸으로 남은 세월을 아끼리?
雲橫秦嶺家何在,　　구름은 진령에 걸렸는데 집은 어디일까?
雪擁藍關馬不前.　　눈이 남관을 덮어 말은 나아가질 못한다.
知汝遠來應有意,　　멀리서 따라온 것은 뜻이 있어서일 테니
好收吾骨瘴江邊.　　내 뼈를 장기 서린 강가에서 잘 거두어다오.

원화(元和) 14년(819) 정월에 헌종(憲宗)은 봉상(鳳翔)의 법문사(法門寺)에서 불골(佛骨)을 맞아들여 대궐 안에서 공양하려고 하였다. 이에 당시 형부시랑(刑部侍郎)이었던 한유는 황제에게 상주문(上奏文)을 바쳐 그 폐단을 극력 간하였다. 그러나 그것이 황제의 노여움을 사서 조주자사(潮州刺史)로 좌천되고 말았다.

이 시는 시인이 조주로 가는 도중에 조카 한노성(韓老成)의 아들 한상(韓湘)에게 써준 것인데, 서사(敍事)·사경(寫景)과 서정(抒情)이 유기적으로 결합되어 있으며, 웅혼(雄渾)한 기세와 침울(沈鬱)한 정서가 어우러져 비장미(悲壯美)를 조성해주고 있어서 한유 칠언율시 중의 가작으로 손꼽힌다.

그러나 또 다른 측면에서 보면 한유의 시는 후대에 좋지 않은 길을 열어주기도 했다. 첫째, 그는 벽자와 난삽한 단어를 즐겨 사용하여 신기하다는 효과를 거둘 수는 있었지만 그것이 지나쳐 가독성을 떨어뜨리고 전체 의경의 통일성을 저해시키기도 했다. 아울러 후대 시인들이 시의 정감 표현 기능을 소홀히 하고 학문으로 시를 쓰는 경향을 야기하기도 했다. 둘째, 그가 의식적으로 구식을 변화시키고 의론을 담아 문장을 쓰듯이 시를 지었기 때문에 때때로 시 자체의 운미(韻味)와 격률을 소홀히 했다.

당시에 한유 주위의 시인들 중 장적(張籍)을 제외한 다른 시인들, 이를테면 황보식(皇甫湜)·노동(盧仝)·번종사(樊宗師)·유차(劉叉)·가도(賈島)·이하(李賀) 등은 시가의 언어·형식과 풍격 면에서 한유·맹교와 어느 정도는 같거나 비슷했다. 이들 중에서 가도가 만당(晩唐)의 기풍을 열었고 이하가 자신의 독특한 기치를 세운 것을 제외하면 나머지 시인들은 모두 괴이하고 난삽한 시풍으로 명성이 있었다.

노동의 시는 구식이 가지런하지 않아 마치 고문(古文) 같지만 상

상과 비유가 기괴했다. 더욱이 번종사는 난해와 회삽의 대표라고
할 수 있다. 전하는 바에 따르면 그에게 원래 769편의 시가 있었
는데 결국 <촉면주월왕루시(蜀綿州越王樓詩)> 한 편만 남았다고 한
다. 이 시는 억지로 읽어낼 수는 있지만 그 서문은 독해할 수 있
는 사람조차 거의 없었으니 감상은 말할 것도 없었다.

　황보식은 시보다는 고문(古文)에 능했다. 그래서 현존하는 그의
시 몇 편을 살펴보면 <오계석에 쓰다(題浯溪石)>·<출세편(出世篇)>
의 문자는 모두 산문과 같아서 절주감이 결핍되어 있다. 유차는
상술한 시인들보다 조금 나아서 한유와 비슷했다. 전하는 바에 의
하면 그가 자신의 <얼음 기둥(冰柱)>·<눈 수레(雪車)> 두 시를 한
유에게 보였다고 하는데, 구식의 장단이 일정치 않고 상상이 기이
했다고 한다.

　가도(779-843)는 자가 낭선(浪仙)이고, 범양(范陽: 지금의 하북성 탁현
涿縣) 사람이다. 젊어서 승려가 되어 법명이 무본(無本)이었는데, 나
중에 환속하여 진사 시험에 응했으나 합격하지 못했다. 장강주부
(長江主簿) 등의 하급 관직을 지냈고, 『장강집(長江集)』이 있다.

　가도는 진지하게 퇴고해가며 시를 짓는 습관이 있었고, 누차 과
거시험에 낙방하여 일생 곤궁하게 살았다. 이 점은 그의 시가 내
용과 언어 방면에서 특색을 형성한 원인이 되었다. 그가 뜻을 이
루지 못하고 곤궁하게 살았기에 그의 시는 쓸쓸하고 우울한 언사
가 수시로 사용되었지만, 청빈한 생활 속에서 조용하고 안정된 심
적 경계를 위해 산수를 찾아 마음을 기탁하고 위안을 받기도 했
다. 다음 시를 보자.

＜尋隱者不遇＞ 만나지 못한 은자

松下問童子,	소나무 아래서 동자에게 물었더니
言師採藥去.	하는 말 "스승은 약초 캐러 가셨어요.
只在此山中,	이 산 속에 계시기는 하시지만
雲深不知處.	구름 깊어 어딘 줄은 모르겠습니다."

이 시는 시인이 은자를 만나러 가서 쓴 것으로 문답체로 되어 있는데, 동자의 대답 속에 은자의 모습이 잘 형상화 되었다. 또한 동자의 대답으로 시가 끝나고 말아 시인이 그 대답을 듣고 어떻게 반응했는지 여운이 남는다. 시인이 은자를 찾아간 목적이 진리를 구하는 데 있는 것이라면 시인은 동자의 대답을 듣고 진리의 속성 또한 "이 산 속에 있기는 하지만 구름 깊어 어딘 줄은 모른다"와 같은 것은 아닐까라고 생각했을지도 모른다.

진지하게 퇴고해가며 시를 짓는 습관은 언어와 형식 두 방면에서 가도의 시를 정교하게 만들어주었다. 그는 한유의 인정을 받은 시인답게 이 면에서 두 사람은 공통점이 있었다. 다만 가도가 노력을 기울인 방향은 한유와 달랐다. 그는 일면 대력·정원 시인들처럼 주로 정형의 격률형식 안에서 정밀하게 가다듬었고 오언율시를 즐겨 썼다.

그는 세심하게 정감과 경물이 합일된 의상(意象)의 표현에 힘썼으며, 음성과 색채와 감정효과를 지닌 동사나 형용사를 선택하여 대장(對仗)이 정교하고 운율이 조화로운 시구를 만들어냈다. 그의 노력 덕분에 오언율시는 새로이 발전하여 의상(意象)의 선택과 절주의 안배 등에서 더 이상 거친 성분이 없게 되었다. 또한 중간 대장의 두 연(聯)은 더욱 공들여 다듬었기 때문에 정교하고 아름다워졌다. 이 점에서 그는 대력·정원 시인들보다 고명했다.

요합(姚合)은 가도와 함께 중당 시풍이 만당 시풍으로 전환되는데 중추적인 역할을 담당해서 후인들은 종종 이 두 사람을 병칭한다. 그는 섬주(陝州: 지금의 하남성 섬현陝縣) 사람으로 원화(元和) 11년(816)에 진사가 되어 무공주부(武功主簿)를 지냈기 때문에 '요무공(姚武功)'으로 불리지만 그 후 항주자사(杭州刺史)와 비서소감(秘書少監) 등의 고관을 역임했다. 『요소감시집(姚少監詩集)』이 있다.

요합은 왕유(王維)·조영(祖詠) 및 대력·정원 시인과 시승(詩僧)들의 시를 엮은 『극현집(極玄集)』을 내면서 그들을 '시가사조수(詩家射雕手: 출중한 재능을 지닌 시인)'라고 칭했다. 그 자신의 시도 왕유와 대력십재자 및 몇몇 시승의 유파 풍격을 계승하여 맑고 그윽한 내용과 정교한 언어 및 격식화한 오언율시를 특색으로 했다. 그러나 그의 마음속에는 입신출세의 욕구가 있었기 때문에 그것이 좌절되었을 때의 아픔과 슬픔이 시로 표현되기도 했다. 그와 같은 아픔과 슬픔 및 한적과 화평의 추구가 산수 의상(意象)에 반영된 것이 요합 시의 두 가지 주조(主調)였다.

가도와 요합의 시는 원화시대 한유 등이 추구했던 시풍 개조라는 주류를 벗어나서 내용상 개인의 고독하고 처량한 심경을 서술하고, 한적하고 담박한 정취를 표현하는 좁은 길로 들어섰고, 예술 방면에서는 오언율시를 위주로 격률을 따지고 자구의 정교함과 청려함을 중시하는 방향으로 나아갔다. 이와 같은 시풍은 만당과 송초의 시인들에게 적지 않은 영향을 끼쳤다.

한유 주위의 시인 중에서 예술성취가 가장 높은 사람은 이하(李賀)일 것이다. 이하(790-816)는 자가 장길(長吉)이고 복창(福昌: 지금의 하남성 의양宜陽)에서 태어났다. 그는 조숙한 천재이자 불행한 시인이기도 했다. 그의 부친은 현령을 지냈지만 그는 부친의 이름 '진숙(晉肅)'이 '진사(進士)'와 발음이 비슷하다고 해서 진사 시험에 참가하지 못하고 봉례랑(奉禮郎)이라는 하급관리를 지냈을 뿐이어서 27세에 울분을 품고 죽었다. 『이장길가시(李長吉歌詩)』가 있다.

회재불우(懷才不遇)는 이하의 시에서도 중요한 주제 중 하나였다. 그도 현실 속에서 여러 번 좌절을 겪은 후 짧은 생명과 덧없이 흘러가는 세월이 주는 비애를 통렬하게 느껴야 했다. 따라서 그와 같은 생명과 이상이라는 두 주제가 이하 시의 주선율이 되었다. 그는 생명과 이상에 대한 우울과 고통을 마음에 간직하고 그것을 곱씹으며 시에 표현했다. 다음 시를 보자.

<秋來>　　　**가을을 맞이하여**

桐風驚心壯士苦,　오동잎에 부는 바람에 장부의 마음 괴로운데
衰燈絡緯啼寒素.　희미한 등불 아래 베짱이는 울면서 베를 짠다.
誰看青簡一編書,　누구일까 죽간에 적은 이 시집을 읽어주어
不遣花蟲粉空蠹.　좀벌레에게 먹혀 가루가 되게 하지 않을 이가.
思牽今夜腸應直,　서글픈 생각에 오늘 밤 창자마저 뻣뻣해지는데
雨冷香魂吊書客.　찬 비 속에 아름다운 혼이 이 시인을 위로한다.
秋墳鬼唱鮑家詩,　가을 무덤 속에서 그 혼들도 포조 시를 노래하며
恨血千年土中碧.　원한의 피가 천년토록 땅속에서 푸르리라.

이 시는 시인이 가을밤에 느낀 고독감과 허무감을 토로한 것인데, 그렇다고 미래에 대한 희망마저 버린 것은 아니다. 옛날부터 위대한 문학작품이 당시에 제대로 평가 받지 못하고 사장되었고, 나의 시 또한 그럴 것이라는 허무감이 기본적으로 깔려 있어서 전체적으로 처량하고 침울한 분위기를 띠고 있지만, 마지막 구절은 미래에 대한 기대와 희망을 잃지 않은 것으로 볼 수 있다. 이하의 독창적인 시상(詩想) 전개와 표현수법이 돋보이는 작품이다.

이하는 때때로 고통에서 벗어날 희망을 허무하고 아련한 천상과

귀신세계에 기탁하기도 했다. 그의 유명한 〈천상요(天上謠)〉·〈몽천(夢天)〉·〈요화악(瑤華樂)〉·〈상운악(上雲樂)〉은 모두 그와 같은 심정과 환상을 묘사한 것이다. 여기서는 〈몽천〉을 들어본다.

〈夢天〉	꿈에 하늘에서
老兎寒蟾泣天色,	늙은 토끼와 추운 두꺼비가 우는 듯한 하늘빛
雲樓半開壁斜白.	구름누각 반쯤 열리자 벽 사이로 비치는 흰 달빛.
玉輪軋露濕團光,	옥 바퀴 이슬 위를 구르자 둥근 빛 젖어드는데
鸞佩相逢桂香陌.	계수나무 꽃향기 피어나는 길에서 선녀를 만났다.
黃塵淸水三山下,	누런 먼지 맑은 물뿐인 삼신산 아래의 인간세상
更變千年如走馬.	변화의 천년 세월도 달리는 말처럼 순식간의 일.
遙望齊州九點煙,	멀리서 바라보니 중국 땅은 아홉 점의 먼지이고
一泓海水杯中瀉.	넓은 바다도 쏟아낸 한 잔의 물에 불과하구나.

이 시에서 시인은 하늘과 달과 인간 세상에 대한 무한한 상상력을 펼쳐 보이고 있다. 이 시의 전반부는 시인이 땅에서 올려다본 하늘과 달의 모습과 하늘에 올라 달나라로 진입하는 과정을 묘사하였고, 후반부는 달에서 바라본 인간 세상의 시간과 공간이 얼마나 허무하리만큼 짧고 좁은가를 말하였다. 시인의 이와 같은 기발한 상상은 암담한 현실과 개인의 번민으로 인해 소진되어가는 자신을 위로하는 하나의 방편이었다. 이것은 현실을 초월함으로써 현실을 비판하는 독특한 표현수법이기도 하다.

이렇게 그의 시에서 우리가 목격하게 되는 것은 운명 앞에서 심적 고통을 느끼는 청년 시인이다. 개인의 운명에서 출발하여 인간을 억압하는 자연과 사회를 체험하고 그것에 저항하는 것이 이하 시의 주요 내용이었다. 다음 시를 보자.

<李憑箜篌引>　이빙의 공후 연주

吳絲蜀桐張高秋,　오의 실과 촉의 오동으로 하늘 높은 가을에 소리 베푸니
空山凝雲頹不流.　적막한 산에 엉긴 구름 낮게 드리워 흐르지 않는다.
江娥啼竹素女愁,　상비(湘妃)가 대나무에 눈물 뿌리고 소녀가 시름겨운 것은
李憑中國彈箜篌.　이빙이 수도 장안에서 공후를 타기 때문이라.
崑山玉碎鳳凰叫,　곤륜산의 옥이 부서지듯 맑고 봉황이 울 듯 아름다우며
芙蓉泣露香蘭笑.　연꽃이 이슬눈물 흘리고 향기로운 난초 미소 짓는 듯
十二門前融冷光,　장안의 열두 성문 앞에 차가운 달빛 녹아들고
二十三絲動紫皇.　스물 세 현은 옥황상제조차 감동시키는구나.
女媧煉石補天處,　여와가 돌을 다듬어 하늘을 보수한 곳에
石破天驚逗秋雨.　돌이 깨지니 하늘이 놀라 가을비를 일으켰다.
夢入神山教神嫗,　꿈속에서 신령스러운 산에 들어 신선노파를 가르치니
老魚跳波瘦蛟舞.　늙은 물고기 물결 위로 튀어오르고 파리한 교룡도 춤춘다.
吳質不眠倚桂樹,　달나라의 오질은 잠 못 이루며 계수나무에 기대었고
露脚斜飛濕寒兎.　이슬방울 비스듬히 날아 추위에 떠는 옥토끼를 적신다.

이 시는 이하가 장안에서 봉례랑(奉禮郞)으로 있을 때 이빙의 공후 연주를 듣고 그녀의 뛰어난 솜씨를 묘사한 것이다. 그는 예민한 감각과 기발한 상상을 동원하여 소리를 형상화함으로써 독자들이 이빙의 공후 연주를 보고 듣고 느낄 수 있도록 하였다.

그러나 이 작품은 그런 표면적인 내용 외에 왕숙문(王叔文) 등이 주도한 영정혁신(永貞革新)이 실패로 돌아간 것이 안타까워 시인이 그 과정과 결과를 기탁한 것으로 보기도 한다. 그런 측면에서 이 시를 다시 읽으면 제5·6구에서 '곤산옥(崑山玉)'은 얻기 어려운 인재를 뜻하는 '곤산편옥(崑山片玉)'에서 나온 말이고 '옥쇄(玉碎)'는 이상이나 정의를 위해 죽는 것을 뜻하여 '곤산옥쇄(崑山玉碎)'는 사악한 정치를 개혁하기 위해 '영정혁신'에 참여한 개혁파 인물을 암시하는 것으로 볼 수 있고, '봉황규(鳳凰叫)'도 개혁파의 인재들

이 혁신을 시작했다는 뜻으로 받아들일 수 있으며, '부용(芙蓉)'과 '향란(香蘭)'은 혁신을 지지하고 동참한 사람들이라고 이해할 수 있다.

제7·8구는 정치의 중심지인 장안에서 순종(順宗)이 정치개혁의 뜻을 밝히자 도성 사람들이 동조하고 하늘도 감동했다는 말로 읽을 수 있다. 제 9·10구는 순종과 개혁파 인물들이 정치혁신을 완수하기도 전에 기득권 세력에 의해 개혁이 좌절되었음을 암시한 것이다. 제11·12구는 순종의 총애를 받은 우소용(牛昭容)이 순종의 뜻을 받들었으나 개혁의 꿈이 4개월 만에 수포로 돌아갔음과, 그 배경에 절도사 위고(韋皐)와 환관 구문진(俱文珍) 같은 노회한 기득권 세력이 있음을 언급한 것이다. 마지막 2구는 '영정혁신'이 결국 실패로 돌아가 유우석(劉禹錫)·유종원(柳宗元) 같은 혁신파 인물들이 두 손을 놓고 좌천되어 박해 받는 것을 암시한 것으로 볼 수도 있다.[35)]

한유와 마찬가지로 이하도 상상력이 뛰어난 사람이지만 두 사람에게는 명백하게 다른 점이 있다. 한유의 상상은 형상이 기이하고 다채롭고 화려하지만 인력으로 추구한 흔적이 분명하다. 반면에 이하의 상상은 천재의 환상에 가까워서 보통사람의 사유로는 진입하기 어려운 것이다. 그런 기이하거나 황당한 환상이 이하 시의 첫 번째 예술특징이다.

또한 한유와 마찬가지로 이하도 언어와 의상의 참신함에 주의를 기울였는데, 이것이 그의 시가예술의 두 번째 특징이다. 한유는 고자(古字)와 벽자를 많이 사용했고, 이하는 범상치 않은 조합으로 특수효과를 얻었다. 한유 시의 의상(意象)은 사람들에게 역량의 진동

---

35) 錢仲聯, 『李賀年譜會箋』 참고. 전중련은 이 시 외에도 이하에게 영정혁신을 반영한 작품이 여러 수 있다고 보았다.

을 느끼게 하고, 이하는 사람들에게 심리적 자극을 주었다. 억울하고 고통스런 심경은 이하가 참신한 의상을 찾을 때 '노(老)'·'사(死)'·'수(瘦)'·'고(枯)'·'경(硬)' 등과 같은 암울한 어휘를 자주 사용하게 했다.

그러나 이하는 동시에 생명에 대한 욕망이 강렬한 시인이기도 해서 순수한 어둠과 적막을 피하고 황량한 중에 다채로운 색채를 찾았고, 죽음과 적막 속에서 생명의 활동을 표현하였다. 그리하여 짙은 어둠과 곱고 아름다움, 쇠잔과 놀람, 어둡고 차가움과 화려하고 아름다움이 함께 이하 시 의상의 특수한 미감을 구성했다.

이하 시 예술의 세 번째 특징은 구상의 도약성이 매우 큰 것이다. 보통사람의 시는 생각의 맥락이 연결되어 있어서 쉽게 따라갈 수 있는 데 반해, 이하의 시는 기이한 예술사유의 특징을 드러낸다. 그의 시는 생각의 흐름에 변화가 심해서 의기소침했다가 흥분하기도 하고, 하늘로 솟구쳤다가 땅으로 기어들어가기도 해서 그 차이가 매우 크다.

이상의 세 가지 특징은 다시 하나의 큰 특징으로 귀결된다. 이하의 시는 앞선 사람들보다 내심의 정서와 감각 및 환상을 표현하는 데 주력했지만, 객관 사물의 고유한 특징과 이성적 논리를 소홀히 하여 사람들에게 익숙한 사유방식을 교란시켰다. 그 결과 그는 중국 시에 새로운 경계를 열어주었다. 물론 이하의 시에도 결함이 있다. 하나는 시를 회삽하고 어지럽게 써서 그 함의를 포착하기 어렵게 한 작품이 일부 있다는 것이고, 또 하나는 그가 간혹 개인의 협소하고 왜곡된 심경에 빠져 있어서 그로 인해 시가의 정서가 어둡고 가라앉아 보이기 때문에 높은 곳으로 향하는 정신적 힘이 결핍되었다는 것이다.

3. 4 원진(元稹)과 백거이(白居易)

　한유·맹교 등과 거의 같은 시기에 다른 방향에서 새로운 시의
조류를 일으킨 일군의 시인들이 있었다. 그 현저한 특징은 신제
악부(新題樂府)의 형식으로 사회문제를 반영하고, 정치의 폐단에 일
침을 놓아 실질적인 효과를 기대했다는 것이다. 동시에 예술표현
면에서 이 시인들은 평이한 언어와 자연스런 맥락에 힘을 기울여
시의 가독성을 높이고자 했다. 이들 중 장적(張籍)·왕건(王建)·원
진(元稹)·백거이(白居易)·이신(李紳) 등이 중심인물인데, 후인들은 이
들의 새로운 경향을 '신악부운동(新樂府運動)'이라고 불렀다.

　일찍이 안사의 난을 겪으면서 두보가 악부 풍격의 시를 써서 현
실에 일침을 가했는데, 〈병거행(兵車行)〉·〈여인행(麗人行)〉 등은
고제(古題)를 벗어나서 사건에 따라 제목을 붙였으니 이것이 이미
일종의 신제악부지만 아직 '신악부'의 관념이 명확하게 제기되지
는 않았다. 대력·정원 연간에 고황(顧況)도 통속적인 언어를 운용
하여 현실의 사회문제를 반영한 시를 썼고, 정원 말부터 원화 초
에 장적·왕건·원진·백거이·이신 등이 잇달아 벼슬길에 들어
섰다.

　신진관원이 된 그들은 정치적 열정과 적극적인 자기표현의 소망
을 지니고 있었는데, 원화 초에 헌종(憲宗)이 정치에 의욕을 보여
서 그들을 고무시켰다. 따라서 그들은 서로 창화하고 호응하며 열
정적으로 시가를 통해 자신의 정치주장을 펴고 심각한 사회문제를
반영하여 시가를 유력한 정치도구로 사용하고자 했다. 그들 중 장
적과 왕건이 가장 먼저 그와 같은 시 창작에 종사했고, '신악부'
개념의 형성은 이신(李紳)의 〈악부신제(樂府新題)〉 20수에서 비롯되

었다. 그 시들은 비록 실전되기는 했지만 알려진 제목을 통해 내용의 특징을 추정할 수 있다. 이신의 창작이 원진과 백거이의 열렬한 호응을 일으켜 특히 백거이의 <신악부> 50수가 이 새로운 조류의 대표작이 되었고, 그 절정기가 원화 4년(809) 전후로 그다지 길게 가지는 않았다. 물론 이들은 신제악부 외에도 다른 유형의 작품을 많이 썼으며 성취도 각기 다르다.

장적(768-830)은 자가 문창(文昌)이고 소주(蘇州) 사람으로, 정원 15년(799)에 진사가 되어 국자사업(國子司業) 등을 지냈다. 『장사업집(張司業集)』이 있다. 그는 교유범위가 넓어서 한유 중심의 시인 집단과 백거이를 중심으로 하는 시인 집단 모두와 밀접한 관계를 유지했다. 그 자신이 여러 시체(詩體)를 배웠다고 말했듯이 <성남(城南)>처럼 한(韓)·맹(孟)에 가까운 작품도 있고, <강가 여관에 묵다(宿江店)>·<삽계의 서정에서 저물녘에 바라보며(霅溪西亭晚望)>처럼 대력십재자 시풍에 가까운 작품도 있고, <야로가(野老歌)>·<폐택행(廢宅行)>과 같은 현실을 반영하고 통속적이면서 명쾌한 악부시도 있다.

백거이가 <장적의 고악부를 읽고(讀張籍古樂府)>에서 "특히 악부시에 뛰어나 온 세대에 맞설 자가 거의 없다"라고 칭찬했듯이 그의 악부시는 제재가 광범하여 하층 백성의 고달픈 생활을 묘사한 작품도 적지 않게 있는데, 특히 <야로가(野老歌)>·<축촉사(促促詞)>·<산두록(山頭鹿)> 등은 관부의 과도한 세금이 조성한 핍박을 폭로하였고, <동도행(董逃行)>·<정부원(征婦怨)> 등은 전쟁이 백성들에게 가져온 고통을 묘사하였고, <흰 악어의 비명(白鼉鳴)>은 백성들이 오랜 가뭄에 시달리며 비를 갈구하는 상황을 그렸다.

여기서는 <동도행>을 들어본다.

<董逃行>　　　　동도행

洛陽城頭火瞳瞳,	낙양성 꼭대기에 불길이 이글이글
亂兵燒我天子宮.	반란군이 우리 황제의 궁궐을 불사른다.
宮城南面有深山,	궁성의 남쪽에 깊은 산이 있어서
盡將老幼藏其間.	모두 노인과 아이들 데리고 그 속에 숨었다.
重巖爲屋橡爲食,	겹쳐진 바위를 집 삼고 도토리가 식량이며
丁男夜行候消息..	젊은이들은 밤이면 나가서 소식을 정탐한다.
聞道官軍猶掠人,	듣자니 관군들이 여전히 노략질을 일삼아
舊里如今歸未得.	전에 살던 곳으로 지금도 돌아갈 수 없다.
董逃行,	<동도행> 노래를 상기해보면
漢家幾時重太平.	우리나라가 언제 다시 태평해질 수 있을까?

　<동도가(董逃歌)>는 원래 한말(漢末)의 동요인데, 시인은 이것을
빌려 안록산(安祿山)의 반란이 백성들에게 가져온 막대한 고통을
반영하였다. 난리의 주범은 안록산 반란군이지만 나중에는 오히려
봉상청(封常淸)의 관군이 더욱 백성들을 괴롭히는 도적이 되고 만
현실을 고발하였다. 당시의 관군이 규율이 무너지고 무질서가 도
처에서 자행되는 암흑상을 선명한 묘사를 통해 비판한 것이 이 작
품의 특징이다.

　왕건(767-830)은 자가 중초(仲初)이고, 허주(許州: 지금의 하남성 허창
許昌) 사람이다. 장적과 친구인데, 나이도 비슷하고 경력도 대체로
같아서 섬주사마(陝州司馬) 등을 지냈다. 『왕사마집(王司馬集)』이 있
다. 그는 시풍이 장적과 비슷하여 악부시도 현실에 일침을 가하고
민생의 질고를 반영한 것이 많다. 예를 들어 <수운행(水運行)>은
흉년에도 과도한 세금을 거두어 가는 관부의 식량운반선의 모습을
그렸고, <창문을 마주하고 베 짜기(當窓織)>는 가난한 집의 여인이
죽어라 베를 짜도 정작 자신은 새옷을 입어보지도 못하는 비참한

상황을 폭로했다.

왕건의 악부시는 장적과 비교해서 언어가 통속적이고 평이한 점과 구조의 전개면에서 유사하지만 장적의 시가 절주의 변환에서 변화가 풍부한 편이고, 왕건의 악부시는 직설적이고 소박한 서술 뒤에 약간의 의미 깊은 구절을 덧붙여 주제를 부각시키는 데 뛰어났다. 다음 시를 보자.

〈望夫石〉	망부석
望夫處,	낭군을 보내며 바라보던 곳
江悠悠.	강물은 지금도 유유히 흐른다.
化爲石,	기다리다 결국 돌덩이로 변하고 말아
不回頭.	머리 돌려 다른 곳을 바라보지 않는다.
山頭日日風復雨,	산꼭대기에 날마다 비바람 몰아치는데
行人歸來石應語.	낭군이 돌아오면 돌이 다시 말을 하리라.

'망부석' 고사는 군대에 징발되어 집을 떠난 남편을 기다리다 돌덩이로 변한 아내의 슬픈 이야기이다. 시인은 여기서 26자의 짧은 편폭을 사용하여 남편을 기다리는 여인의 애정과 한을 묘사하였다. 마지막 구절은 독자로 하여금 무엇이 이 두 사람을 갈라놓았을까 생각하게 하여 강한 여운을 남긴다.

그밖에 왕건은 또한 궁녀의 생활을 묘사한 〈궁사 1백수(宮詞一百首)〉로 유명하다. 이 시들은 궁중의 화려한 생활을 정교하고 아름답게 묘사하여 몇몇 잘된 것은 사람들에게 깊은 인상을 주었다.

장적과 왕건의 시는 원진과 백거이 전에 대력·정원 시풍과 다른 또 하나의 새로운 변화를 가져왔다. 그 후 그들은 다시 원진과 백거이를 대표로 하는 새로운 조류의 성원이 되었다. 장적과 왕건이 원진·백거이와 다른 점은 선명한 이론 주장을 제시하지 않았

고, 그 창작도 악부 고제(古題)를 연용한 것이 많은 편이며, 현실정
치에 대한 비판도 그렇게 두드러지지 않았기 때문에 이른바 '신악
부'의 특징이 아직 분명히 드러나지 않았다는 것이다. 시단의 새로
운 조류는 원진과 백거이가 대량으로 신제악부를 창작하고, 아울
러 시는 "군주와 신하와 백성과 사물과 일을 위해 지어야지, 글을
위해 짓지 않는다"36)는 강령을 제시하면서 비로소 진정으로 형성
되었다고 할 수 있다.

원진(779-831)은 자가 미지(微之)이고, 하남(河南: 지금의 하남성 낙
양) 사람이다. 감찰어사를 지내다가 환관의 노여움을 사 좌천되었
지만 뒤늦게 벼슬길이 순조로워져서 장경(長慶) 2년(822)에 단기간
동안 재상직〔工部尚書同平章事〕을 맡기도 했다. 『원씨장경집(元氏長慶
集)』이 있다.

원화 4년(809)에 원진은 이신(李紳)이 지은 〈악부신제〉 20수를
보고는 깊이 느낀 바가 있어서 그 중에서 특별히 현실의 병폐를
다룬 시를 뽑아 〈이신 교서랑의 '신제악부 12수'에 화답하여(和李校
書新題樂府十二首)〉를 창작했다. 이를테면 〈상양백발인(上陽白髮人)〉에
서 그는 민간의 여인이 구중궁궐에 갇혀서 헛되이 청춘을 보내는
상황을 묘사했고, 〈화원경(華原磬)〉에서는 두 가지 악기의 대비를
통해 군주가 정성(正聲)과 사성(邪聲)을 구분하지 못해 천하의 대란
을 야기했음을 은유하였다.

이 시들은 국가의 운명에 대한 사대부의 우환의식을 반영했다.
다만 이 시들은 이념을 앞세워 쓴 것이어서 예술상 거친 면이 있
고, 의론이 많아 형상이 결핍되어 생동감이 떨어지는 단점을 지
녔다. 오히려 그 후에 쓴 〈죽부(竹部)〉·〈직부사(織婦詞)〉 등의 몇
몇 악부시들이 다소간 진실한 감정을 다루었고 언어도 간결하여

---

36) "爲君爲臣爲民爲物爲事而作, 不爲文而作."(白居易,『新樂府·序』)

호평을 받았다.

한편 원진은 일찍이 궁중 사람들이 '원재자(元才子)'라고 부를 만큼 궁궐 안에서 사람들이 그의 시를 읊었는데, 그 시들은 대체로 곱고 아름다운 소시(小詩)로 그가 심혈을 기울여 창작했기 때문에 감정의 표현이 세밀하고 의상(意象)과 색채가 밝고 고와서 특색이 있다. 또한 원진은 대력·정원 시풍의 영향을 깊게 받은 편이어서, 세밀한 언어기교를 운용하여 내심의 섬세하고 완곡한 정감을 표현했다. 특히 <견비회(遣悲懷)> 3수 같은 도망시(悼亡詩)가 유명하다.

상술한 소시 외에도 원진은 장편배율(長篇排律)을 여러 편 썼다. 그는 16세에 벌써 1천 자에 달하는 <곡강 노인을 대신한 백운 시(代曲江老人百韻)>를 썼고, 백거이 등과 친하게 교유하며 서로 창화하면서 재능을 다투어 장편배율을 많이 썼다. 그런데 이런 시들은 압운한 문자를 나열한 것일 뿐인 경우가 많아 감동을 담아내지는 못했지만, 시적 재능을 과시할 수 있어서 당시에 많은 호응을 얻어 일종의 기풍을 조성했다. 곱고 아름다운 소시와 장황하게 늘어놓는 장편배율이 원화 시기에 한때를 풍미하여 사람들은 이를 '원화체(元和體)' 시라고 불렀다. 다음 시를 보자.

<連昌宮詞>　　　연창궁사

....

明年十月東都破,	이듬해 시월에는 동도 낙양이 격파되었고
御路猶存祿山過.	황제의 길이 남아 있지만 안록산이 지나갔습니다.
驅令供頓不敢藏,	숙식을 제공하라 윽박지르니 감히 감추지 못하고
萬姓無聲淚潛墮.	백성들은 소리도 못 내고 눈물만 떨어뜨렸습니다.
兩京定後六七年,	장안과 낙양이 수복된 지 6, 7년이 지나서
却尋家舍行宮前.	행궁 앞에 있던 옛집을 다시 찾았습니다.
莊園燒盡有枯井,	장원은 완전히 소실되고 우물은 말라붙어

行宮門閉樹宛然.   행궁의 대문은 닫히고 나무만 그대로였습니다.[37)]

爾後相傳六皇帝,   그 후 전해지기로는 여섯 황제께서

不到離宮門久閉.   행궁에 납시지 않아 문이 오래 잠겨있었습니다.

往來年少說長安,   오가는 젊은이들이 말하기를 장안에

玄武樓成花蕚廢.   현무루가 세워지고 화악루가 없어졌답니다.

去年敕使因硏竹,   작년에 칙명으로 관리가 대나무를 베러 왔기에

偶値門開暫相逐.   우연히 문이 열린 틈에 잠시 따라 들어갔습니다.

荊榛櫛比塞池塘,   가시나무가 즐비하게 늘어서 연못을 막았고

狐兎驕癡緣樹木.   여우와 토끼가 교만한지 멍청한지 수목 사이를 돌아다녔습니다.

······················

당시에는 백거이의 〈장한가(長恨歌)〉·〈비파행(琵琶行)〉과 원진의 〈연창궁사〉를 원화체라고 칭했다. 원화체 시는 대략 고구(古句)가 조금 많고, 네 구에 한 번씩 환운하는 것과 평운과 측운을 번갈아 쓰는 등 규칙에 약간 융통성이 있기는 하다. 그렇지만 대부분을 입률한 것은 일반적인 시와 마찬가지이다. 계속해서 전운해 내려가면 시를 길게 늘일 수 있기 때문에 장편의 서사시(敘事詩)에 적당했다. 이 시는 모두 90구에 달하는 장편서사시로 늙은 궁인의 대화 형식을 빌려 당 현종의 사치와 실정을 비판한 내용인데, 구성이 치밀하고 묘사가 세밀하며 우의(寓意)가 뚜렷하여 원진의 명편으로 평가받는다.

백거이(772-846)는 자가 낙천(樂天)이고, 하규(下邽: 지금의 섬서성 위남渭南) 사람이다. 덕종(德宗) 정원(貞元) 16년(800)에 진사가 되어 한림학사(翰林學士)·좌습유(左拾遺) 등을 지냈지만 헌종(憲宗) 원화(元和) 10년(815)에 재상 무원형(武元衡)의 살해사건에 대해 올린 상소

---

37) 텍스트에는 '閉'가 '闔'로 되어 있는데, 誤字이다.

로 인해 강주사마(江州司馬)로 좌천되었다. 만년에 비서감(秘書監)·하남윤(河南尹)·형부상서(刑部尚書) 등을 역임했다. 그는 젊었을 때 문학작품이 사회를 변화시킬 만한 실용적 가치가 있어야 한다고 생각하여 시로 시정(時政)을 살피고 인정을 선도하고자 했다. 이러한 공용의 목적을 달성하기 위하여 평이하고 통속적이면서도 사회상을 반영하는 내용의 시를 썼다. 그의 이런 문학관을 잘 반영한 시로 <신악부(新樂府)> 50수와 <진중음(秦中吟)> 10수를 들 수 있다.

그러나 이것은 시인으로서의 그가 우리들에게 보여준 모습의 일부분에 불과하다. 그는 인생의 이상을 세워 그 실현을 향해 매진하는 삶을 살았다기보다는 자신의 삶 자체를 사랑하며 일상생활을 음미하고 즐긴 시인이라고 할 수 있다. 그래서 그는 시시콜콜하고 자질구레한 생활 속의 개인적인 느낌과 경험을 거리낌 없이 솔직하게 시에 담기도 했다. 『백씨장경집(白氏長慶集)』이 있다.

백거이는 시가에 대한 견해가 원화 초년에 형성되어 그가 원진과 함께 당대의 일을 곱씹어 따져가며 쓴 『책림(策林)』의 한 편인 「시를 수집하여 시정을 살피는 데 보탠다(采詩以補察時政)」에서 시의 기능과 작용을 계통적으로 언급했다. 그리고 원화 4년(809)에 쓴 『신악부·서』에서 그는 시를 "군주와 신하와 백성과 사물과 일을 위해 짓는 것이지, 글을 위해 짓는 것이 아니다"라고 명확하게 제시했다. 그의 최종 목표는 이와 같은 작시 행위를 통해 군주를 보좌하여 선량한 정치질서와 사회풍속을 실현하는 것이었다.

백거이의 시가이론은 대체로 한유(漢儒)의 시설(詩說)을 부연한 것이지 새로운 견해랄 것은 별로 없다. 그의 시가이론을 부정적인 측면에서 보면 그는 완전히 시가의 기능을 정치와 교화에 대한 작용으로 간주하고, 종속성과 도구성을 강조하여 시가의 자유서정 의의를 소홀히 했으며, 심미기능과 오락기능도 무시하여 시가에 엄격한 제한을 가했다.

이 이론은 같은 시기에 한유(韓愈)가 산문의 영역에서 창도한 '고문운동(古文運動)'의 이론과 함께 윤리 본위의 유가 문학관이 장기에 걸쳐 냉대를 받은 후 새로운 역사 조건에서 다시 일어난 것이다. 이런 이론의 피할 수 없는 병폐는 정치 이념에서 비롯된 창작을 낳는 것이다. 다만 그런 이론이 당시에는 긍정할 만한 점이 있었다. 그 당시 많은 시인들이 원·백에 호응하여 사회를 반영하고 민생의 질고를 비판한 시를 써서 다수의 사람들이 사회의 부조리와 폐단이 무엇인지 알게 되었다.

백거이의 사회시를 두보의 사회시와 비교해보면 현실 비판의 예리함은 백거이가 두보에 비해 손색이 없다. 그러나 시가예술 방면에서 말하면 두보의 시는 대부분 실제 생활에서 체험한 것이어서 강력한 감화력을 지녔는데, 백거이의 시는 반드시 그렇지는 않았다. 그가 정치적 목적을 위해 시를 쓰는 과정에서 그 목적이 그의 실제 생활과 밀접하게 결합되어 열정이 내포되었을 때는 매우 감동적이었다. 이를테면 <신풍의 팔 부러진 노인(新豊折臂翁)> 등의 작품은 원진의 작품에서는 찾아볼 수 없는 감화력이 있다. 그러나 일부 작품은 원진과 마찬가지로 설교적인 면이 많아 사람을 감동시키는 힘이 부족하다. 다음 시를 보자.

<杜陵叟>	두릉의 노인
杜陵叟, 杜陵居,	두릉의 노인이 두릉에 살면서
歲種薄田一頃餘.	해마다 척박한 밭 백 이랑에 농사짓는다.
三月無雨旱風起,	3월에 비는 없고 마른 바람 일더니
麥苗不秀多黃死.	보리 싹 패지 못한 채 대부분 말라죽었고
九月降霜秋早寒,	9월에는 서리 내리고 일찍 추위가 닥쳐
禾穗未熟皆靑乾.	이삭이 여물기도 전에 파란 채 말라버렸다.

長吏明知不申破,	관리는 훤히 알면서도 상부에 보고하지 않고
急斂暴徵求考課.	세금 급히 거두어 실적만 올리려고 한다.
典桑賣地納官租,	뽕밭을 잡히고 땅을 팔아 세금 냈으니
明年衣食將何如.	내년의 옷과 먹을 것 어떻게 해결하나?
剝我身上帛,	내 몸에 걸친 옷을 벗겨 가고
奪我口中粟.	내 입 안의 곡식을 빼앗아갔다.
虐人害物卽豺狼,	사람을 학대하고 재물을 해치면 바로 승냥이
何必鉤爪鋸牙食人肉.	어찌 날카로운 발톱과 이빨로 인육을 먹어야만 하랴?
不知何人奏皇帝,	누군지는 몰라도 이 사정을 황제께 상주하니
帝心惻隱知人弊.	민폐를 아신 황제께서 측은히 여기시고
白麻紙上書德音,	백마지에 은혜로운 말씀을 적으시어
京畿盡放今年稅.	경기 지역은 금년 세금을 모두 면제해주셨다.
昨日里胥方到門,	어제서야 고을 아전이 문 앞에 나타나
手持尺牒榜鄕村.	손에 공문을 들고 와서 마을에 내걸었다.
十家租稅九家畢,	열 집에 아홉 집은 이미 세금을 다 내었으니
虛受吾君蠲免恩.	우리 임금님의 면세 은혜 헛 받은 게 되었다.

이 시는 백거이의 신악부 중 제30수로, 그의 풍유시 중에서 대표작으로 꼽힌다. 『자치통감(自治通鑑)』에 의하면 원화(元和) 3년 겨울부터 이듬해에 이르기까지 가뭄이 계속되어 이강(李絳)과 백거이 등이 가뭄 피해지역 농민들의 세금을 감면해줄 것을 상주했다고 한다. 이 시는 당시의 그런 상황 속에서 농민들의 고통과 그것을 뻔히 알면서도 승진을 위해 오히려 농민의 고통을 가중시키는 지방 관리들의 횡포를 고발한 것인데, 중앙정부와 지방 관리 사이의 엇박자가 절묘하게 포착되었다.

한편 백거이는 모순된 성격의 소유자였다. 그는 현실에 관심을 갖고 민생질고에 동정심을 표현했지만, 다른 한편으로는 자기 몸을 아껴서 누차 정치적 좌절을 겪으면서 현실참여의 열정이 사그

라들었다. 원화 6년(811) 모친상으로 인해 고향으로 돌아간 후에는
'풍유시(諷諭詩)'는 거의 쓰지 않게 되었고, 한적시(閑適詩)를 많이
썼다.

원화 10년(815) 강주사마(江州司馬)로 좌천된 후 유명한 「여원구
서(與元九書)」를 써서 자신의 문학관점을 결산했지만 그것은 전(前)
시기 창작의 확인에 불과했다. 그리고 그 후 다시는 그와 같은 문
학 주장을 실천하지 않았다. 현실참여에 대한 소극적인 태도는 갈
수록 그를 참선을 통해 슬픔을 달래는 방향으로 몰아넣어 한적한
생활이 백거이 후기 시의 주요 내용이 되었다.

백거이의 한적시는 후대 사대부들에게 큰 영향을 끼쳤다. 그것
이 중국 사대부들의 심리에 부합되었을 뿐만 아니라 맥락이 자연
스럽고 언어가 유창하여 독자들에게 쉽게 친밀감을 안겨주었기 때
문이다. 백거이는 도연명을 추숭하여 위수(渭水) 가에 퇴거했을 때
<도잠체를 본받아 쓴 시 16수(效陶潛體詩十六首)>를 썼고, 강주에 있
을 때는 도연명의 옛집을 수시로 방문했다.

그러나 백거이의 한적시도 자연스럽고 담백한 풍격을 추구했지
만 도연명 시처럼 고박(古朴)하지는 않았고 오히려 밝고 고왔으며,
도연명 시처럼 혼후(渾厚)하지 않았고 오히려 설리적 취향과 유창
한 언어를 사용하였다. 다음 시를 보자.

<大林寺桃花>　　대림사의 복사꽃

人間四月芳菲盡,　　사람 사는 마을엔 4월이라 꽃이 다 졌는데
山寺桃花始盛開.　　산사에는 복사꽃이 이제야 활짝 피었다.
長恨春歸無覓處,　　봄이 돌아간 곳 찾을 길 없어 안타까웠는데
不知轉入此中來.　　그 봄이 이곳으로 옮겨온 줄 나는 몰랐어라.

이 시는 속세 마을과 산중의 기온에 차이가 있어서 꽃이 피는 시기가 다르다는 것을 포착한 시인의 관찰력이 돋보이는 한편, 시인이 그만큼 봄을 아끼고 있다는 것을 정감 있게 표현하였다. 봄이 옮겨가는 행적을 애타게 뒤쫓는 시인의 마음을 통해 우리는 그것을 확인할 수 있다. 마을에서 잃어버린 봄을 산중의 절에 와서 다시 찾고 기뻐하는 시인의 모습이 눈에 선하다. 그의 한적시 한 수를 더 들어본다.

<問劉十九>　　**여보게 한 잔 어떠신가**

綠螘新醅酒,	뽀글뽀글 새 술이 이제 막 익었고
紅泥小火爐.	작은 화로에 숯불도 피워 놓았네.
晚來天欲雪,	날이 저물며 눈이 내릴 것 같으니
能飮一杯無.	여보게 함께 술 한 잔 어떠신가?

이 시는 백거이가 강주사마(江州司馬)로 좌천되어 있을 때 지은 것인데, '유십구(劉十九)'가 누구인지는 분명치 않다. 해 저물녘 잔뜩 찌푸린 하늘에서는 곧 눈이라도 쏟아질 것 같은데, 마침 술이 잘 익었고, 화로에 숯불도 빨갛게 달아올랐으니, 와서 같이 한 잔 하지 않겠느냐고 완곡하게 초대의 뜻을 담은 작품이다. 시인들 사이에 오가는 일종의 초청장이라고 할 수 있다.

백거이는 자신의 시를 분류하여 풍유시와 한적시 외에 '감상(感傷)' 한 종류를 더 두었는데, 그 중의 <장한가>와 <비파행>은 백거이 시의 예술성취를 대표한다. <장한가>는 원화 원년(806)에 지어졌다. 진홍(陳鴻)의 「장한가전」에 의하면 백거이가 <장한가>를 쓴 목적은 "뛰어난 미인을 경계하고 화근을 막아 후세에 전한다"는 것이었으니, 이 또한 '풍유'의 뜻을 지녔다고 할 수 있다. 본래

<장한가>는 양귀비의 입궁부터 안사의 난까지 모두 군주가 여색을 탐하여 국정을 그르친 것을 풍자한 것이었다. 그러나 그 의도가 철저하게 진행되지는 못했다.

백거이는 당 현종과 양귀비의 애정 비극을 서술할 때 동정의 태도를 품고서 곡진한 구성과 언어를 사용하여, 그 비극을 애절하고 감동적으로 만들어 두 가지 주제가 뒤얽히는 현상이 나타났다. 그로 인해 <장한가>가 독자에게 주는 인상은 뛰어난 미인을 경계하라는 도덕 교훈이라기보다는 사무치는 애정에 대한 깊은 감동이었다. 이렇게 된 데에는 백거이 자신의 애정 편력이 영향을 끼쳤을 가능성이 있다. 다음 시를 보자.

<感情>	정을 느껴서
中庭曬服翫,	뜰에다 옷가지며 장신구를 말리다 보니
忽見故鄕履.	고향에서 가져온 헌 신발이 눈에 뜨인다.
昔贈我者誰,	지난날 내게 준 사람을 생각해보니
東隣嬋娟子.	이웃에 사는 아름다운 아가씨였다.
因思贈時語,	내게 주면서 하던 말이 떠오른다.
特用結終始.	"꼭 이 신발이 다 닳도록 신어주세요.
永願如履綦,	영원히 이 신발의 두 끈처럼
雙行復雙止.	함께 걷고 함께 멈추길 원합니다."
自吾謫江郡,	나는 이곳 강주로 좌천되면서
飄蕩三千里.	3천리 길을 이리저리 떠돌았다.
爲感長情人,	그래도 다정한 그녀에게 감격하여
提携同到此.	이곳까지 함께 가지고 왔다.
今朝一惆悵,	오늘 아침 그리움에 어찌나 슬프던지
反覆看未已.	손에 들고 거듭 바라보며 놓을 수 없었다.
人隻履猶雙,	지금 사람은 혼자지만 신은 두 짝인데
何曾得相似.	우리 두 사람 이 신발 같은 적 언제였던가?

可嗟復可惜,	아아, 신발이여 가엾기도 하구나.
錦表繡爲裏.	속에 수를 놓고 겉에 비단을 입힌 신발이
況經梅雨來,	오랜 장마 기간을 거치고 나니
色暗花草死.	빛이 바래고 화초 무늬는 사라져버렸다.

이 시는 백거이가 강주(江州: 지금의 강서성 구강시九江市)사마(司馬)로 좌천된 이듬해(816년, 45세)에 지은 작품으로, 그가 결혼한 지 8년 후에 지은 것이다. 그가 읊은 빛바랜 낡은 신발은 젊은 시절 그를 사랑했던 여인 상령(湘靈)이 그에게 정표로 준 것이다. 백거이 또한 그녀를 너무나도 사랑하여 그녀와 결혼하길 원했지만 부모의 반대로 결국 뜻을 이루지 못했다. 그의 결혼이 당시로서는 보기 드물게 늦어진 것도(37세 때 양씨楊氏와 결혼) 다 그녀 때문이었다.

그런 연유로 백거이는 그녀가 준 신발을 결혼 후에도 소중히 간직하고 있다가 유배지까지 가져온 것이다. 오랜 세월 탓에 빛이 바래고 장마의 습기로 인해 곰팡이가 핀 신발을 바라보며, 백거이는 가슴 아픈 옛 사랑을 잊을 수 없어서 그리움에 가슴이 저미었을 것이다. 그가 이런 치정(癡情)을 지닌 사람이었기에 전설처럼 입에서 입으로 전해 내려오는 당 현종과 양귀비의 비극적 사랑을 읊은 〈장한가〉를 써낼 수 있었겠지만(35세에 지었음), 아마도 그가 가장 아낀 애정시(감상시)는 바로 이 작품이었을 것이다.

원화 11년(816)에 지은 〈비파행〉은 자신의 굴곡진 생애를 가슴 아파하며 쓴 서정서사시이다. 이 시는 시인이 가을밤, 강주(江州) 심양강(潯陽江) 가에서 손님을 배웅하는 장면으로 시작된다. 그런 그가 비파 소리를 듣고 연주하는 여인을 만나길 청한다. 비파 연주를 마친 후 여인은 자신의 신세를 하소연한다. 원래 그 여인은 백거이와 마찬가지로 경도(京都)에서 왔고, 지금의 처량한 처지도 같아서 시인은 동병상련(同病相憐)의 마음으로 깊이 감동한다. 마지막으로 애상에 잠긴 여인이 다시 한 곡을 연주하니 소리가 처량하고 애절하여 똑같이 감상에 젖은 시인도 하염없이 눈물을 흘린다.

〈장한가〉와 함께 〈비파행〉이 크게 인기를 얻게 된 데에는 여러 가지 이유가 있지만 한 가지 특기할 것은 음악 절주의 변화를 묘사함으로써 교묘하게 정서의 기복을 표현한 점이다. 특히 마지막 부분에서 묘사한 음악에 절주감이 있을 뿐만 아니라 시가언어와 화면의 변환에도 절주감을 부여하였다. 그와 같은 절묘한 처리가 변화감과 절주감을 함께 느끼게 해주었다. 이밖에도 백거이의 감상시는 줄거리에 기복이 있으면서도 매끄럽게 흘러갈 뿐만 아니라, 언어가 분명하고 쉽게 이해될 수 있어서 이것이 백거이 시의 주요 특징이 되었다.

장적·왕건·원진·백거이 등의 악부시 창작을 핵심으로 하는 새로운 조류는 사회 정치 문제에 대한 깊은 관심과, 평이하고 통속적인 언어로 과거 한때의 협소한 시가내용과 수식에 치우쳤던 언어습관을 돌파하여 시가의 표현영역과 언어 선택의 폭을 확장시킬 수 있었다.

그러나 이 새로운 사조는 시가의 정치 의의를 지나치게 강조한 결과 이념화되어 또 다른 병폐를 초래하기도 했다. 봉건 전제가 갈수록 심해지고 인간 개성에 대한 억압이 커져가는 환경에서, 문인의 진실한 감정은 외부와 내면의 이중압력을 받았다. 그리하여 개인의 이상과 욕구는 숨어들어가고, 유가의 윤리 관념이 시가를 지배하게 되었다. 백거이 등의 시인은 정치 이념에 충실한 시 외에도 현실생활 속에서 격발된 열정을 감동적으로 시에 담을 수 있었지만, 일부 졸렬한 모방자들이 단순히 시를 이념의 도구로 삼아 격정이라곤 없는 설교문자를 늘어놓는 방향으로 흘러가고 말았다.

3. 5 유우석(劉禹錫)과 유종원(柳宗元)

유우석(772-842)은 자가 몽득(夢得)이고, 낙양(洛陽) 사람이다. 정원(貞元) 9년(793)에 유종원과 함께 진사가 되어 감찰어사(監察御史)에 임명되었다. 그는 유종원과 함께 왕숙문(王叔文)의 정치개혁에 동참했지만 왕숙문이 실각하자 낭주사마(朗州司馬)로 좌천되었다. 후에 연주(連州)·화주(和州) 등의 자사를 지냈으며 검교예부상서(檢校禮部尙書)를 역임했다. 만년에는 낙양에서 백거이와 가깝게 지내며 작시 활동을 했다. 그의 시는 풍격이 통속적이면서도 청신했고, 민요의 정조와 언어를 잘 이용하였다. 『유몽득문집(劉夢得文集)』이 있다.

유우석은 어려서 부친을 따라 가흥(嘉興)에 살면서 강남의 저명한 선승(禪僧) 겸 시승(詩僧)인 교연(皎然)과 영철(靈澈)을 종종 찾아가 시를 배웠다. 이 두 시승의 시가 주장은 심혈을 기울여 시어를 선택하고 다듬어서 자연스럽게 만들 것과, 시인의 주관 심경 및 심미 관조를 중시하라는 것이었다. 이런 견해는 한편으로는 대력(大曆)·정원(貞元) 시풍의 영향을 받은 것이고, 다른 한편으로는 '마음'을 중시하는 불교사상의 영향을 받은 것이다. 이런 연유로 유우석도 단련과 수식을 통해 시어를 정교하면서도 자연스럽게 만드는 것을 중시하고 생소하고 편벽한 글자의 사용을 반대했으며, 아울러 주체적 관조와 명상을 중시했다.

유우석의 영사시(詠史詩)는 간결한 문자와 엄선된 의상(意象)을 사용하여 상전벽해 같은 변화를 일별한 후의 심사숙고를 표현했는데, <서새산회고(西塞山懷古)>·<오의항(烏衣巷)>·<석두성(石頭城)>·<촉선주묘(蜀先主廟)> 등의 명편은 그 속에 매우 깊은 감개가 담겨있다. <오의항> 한 수를 예로 들어본다.

<烏衣巷>　　　**오의 골목**

朱雀橋邊野草花,　　주작교 주변에 피어난 들풀과 들꽃
烏衣巷口夕陽斜.　　오의항 어구에 석양이 비쳐든다.
舊時王謝堂前燕,　　옛날 왕씨와 사씨의 저택에 날던 제비
飛入尋常百姓家.　　지금은 평범한 백성의 집에 날아든다.

이 시는 <금릉 5제(金陵五題)> 중의 제2수이다. 늦은 봄 석양이 비치는 고도(古都)의 거리에 서서 지금은 사라지고 없는 옛날의 영화를 상상하며 지은 것인데, 첫 두 구절은 황폐해진 지금의 오의항 주변 모습을 묘사하여 영고성쇠(榮枯盛衰)의 무상함을 표현하였고, 마지막 두 구에서는 예나 지금이나 변함없이 날아다니는 제비를 통해 화려했을 옛 모습과 지금의 영락한 현실을 연결시켜 역사의 전변에 대한 무상함을 느끼게 해주고 있다.

유우석의 산수시 또한 대력·정원 시인의 협소한 흉금과 처량한 기상에서 벗어나, 공간상의 실제 거리를 뛰어넘어 허(虛)와 실(實)이 뒤섞인 광활한 모습을 묘사했다. <동정호를 바라보며(望洞庭)> 같은 시를 보면 고요하면서도 생동적인 산수 묘사 속에 시인의 주관 정감을 녹여 넣어 일종의 아늑하고 평화로운 분위기를 연출하였다.

한편 유우석은 영정혁신(永貞革新)에 적극적으로 참여했던 사람인 만큼 사회 속에서 인생의 이상을 실현하고 싶어 했다. 그는 성격이 강직한 편이어서 불교의 영향을 받긴 했지만 후기의 백거이와 달리 시에서 종종 고양되고 낙관적인 정신을 표현했다. 다음 시를 보자.

<秋詞>　　　　　가을 노래

自古逢秋悲寂寥,　　예부터 사람들 가을이면 쓸쓸해하는데
我言秋日勝春朝.　　내사 가을의 햇볕이 봄날보다 좋다네.
晴空一鶴排雲上,　　해맑은 하늘에서 학 한 마리 구름 제치고
便引詩情到碧霄.　　마음의 시정 끌고 푸름 속으로 날아오른다.

사람들이 봄을 좋아하는 것에 반하여 시인은 가을을 사랑한다. 그 까닭은 그의 마음속에 자라는 시정(詩情)을 푸른 하늘 저 높은 곳까지 끌고 올라가는 학이 있기 때문이다. 유우석 시의 특징은 이와 같이 함축적인 내용과 낙관적이고 고양된 감정의 표현에 있는데, 이 시 속에 그 특징이 잘 나타나 있다.

이밖에도 유우석에게는 민가의 영향을 받아 쓴 시들이 있다. 교연(皎然)과 영철(靈澈) 등이 민가가 흥성한 오(吳) 지역에 살았고, 그들이 볼 때 민가가 자연스럽고 소박하여 언어의 극치였기 때문에 그들은 민가의 특색을 흡수하여 시를 썼다. 그것이 유우석에게 영향을 끼쳤을 것이고, 그 또한 여러 차례 남방으로 좌천되어 갔었는데 그곳도 민가가 성행한 곳이었으므로 유우석은 종종 민가를 수집하여 그 격조를 학습했을 것이다. 예를 들어 <백로아(白鷺兒)>·<죽지사(竹枝詞)>·<양류지사(楊柳枝詞)> 등의 작품은 모두 소박하고 자연스러우면서도 참신하여 민가 특유의 분위기를 담고 있다.

유종원(773-819)은 자가 자후(子厚)이고, 하동(河東) 해(解: 지금의 산서성 운성運城) 사람이다. 정원 9년(793)에 유우석과 함께 진사가 되었고, 교서랑(校書郎), 감찰어사(監察御史) 등을 역임했지만 왕숙문(王叔文)의 정치개혁에 참가했다가 실패하자 영주사마(永州司馬)로 좌천되었다. 후에 유주자사(柳州刺史)로 옮겼다가 그곳에서 죽었다. 그는 당송팔대가의 한 사람으로서 고문을 잘 썼고 시 또한 특색이

있다. 그의 시는 자연경물의 묘사에 뛰어났으며 풍격이 청신하다.
『유하동집(柳河東集)』이 있다.

유종원이 남긴 시는 100여 수에 불과하지만 평가는 역대로 매우
높아서, 이를테면 송대의 소식(蘇軾)은 그를 위응물(韋應物)의 위에
두었다. 그의 시는 간결하면서도 함축의 깊이가 있고, 자연스럽고
소박한 언어 속에 심원한 사상 감정을 녹여 넣었다. 다음 시를
보자.

<江雪>	눈 내리는 강
千山鳥飛絶,	첩첩산중에 새의 자취 끊겼고
萬徑人踪滅.	길마다 사람들 종적 감추었는데
孤舟蓑笠翁,	외로운 배 도롱이 삿갓 쓴 노인
獨釣寒江雪.	눈 내리는 강에서 혼자 낚시 드리우고 있다.

이 시는 유종원이 영정(永貞) 연간의 개혁 시도가 실패로 돌아간
뒤 영주사마(永州司馬)로 좌천되어 있던 시기에 지은 것으로, 그의
대표적인 산수시(山水詩)이다. 한 폭의 산수화를 연상시키는 이 작
품은 천지를 하얗게 뒤덮으며 내리는 눈 속에서 홀로 배를 띄우고
낚싯대를 드리우고 있는 어부의 모습을 통해, 당시 시인의 고독하
고 쓸쓸한 신세와 심정을 형상적으로 표현하였다.

이와 같은 유종원 시의 특색이 형성된 원인으로는 첫째, 승려와
의 교유를 들 수 있다. 그는 어려서부터 불교를 좋아하여 믿게 되
었는데, 그가 좌천된 영주(永州)와 유주(柳州)는 선풍(禪風)이 성행한
곳이었다. 마침 그의 시 대부분이 좌천된 이후에 지어진 것이어서
정치적 실패에 따른 자신의 복잡한 심경을 그대로 표현하지 않고,
속세를 벗어나 선승의 담박한 심경을 추구하려고 노력했다. 둘째,

영주와 유주의 수려한 산수가 그의 시에 영향을 끼쳤다. 10여 년
간 그는 아름답고 한적한 산수 속에 생활하면서 자연에 친밀감을
갖게 되었고, 특히 정치적으로 타격을 입어 심정이 억압된 상황에
서 아름다운 산수로부터 마음의 위안을 얻었다.

그러나 유종원은 결국 현실 정치와 자신의 신세를 잊고 지낸 것
은 아니어서, 실패의 비분과 좌천의 비애가 시종 그의 마음을 떠
나지 않아 그와 같은 심정이 한적의 추구와 맞물려 시에 표현되었
다. 다음 시를 보자.

<溪居>   시냇가에 살며

久爲簪組累,   오랫동안 관직에 얽매여 살다가
幸此南夷謫.   요행히 남쪽 미개한 땅으로 귀양을 왔다.
閑依農圃鄰,   한가롭게 농사짓는 이웃에 의지하니
偶似山林客.   어쩌다 산림 속의 은자같이 되었다.
曉耕翻露草,   새벽에는 밭 갈며 이슬 맺힌 풀 엎고
夜榜響溪石.   저녁에는 배 저어 바위가 소리를 낸다.
來往不逢人,   오며 가며 사람 만나는 일 없어
長歌楚天碧.   목 놓아 노래 부르니 남녘 하늘 푸르다.

이 시도 유종원이 원화(元和) 원년(806) 영주사마로 좌천되어 우
계(愚溪)에 살 때 지은 것이다. 따라서 표면적으로는 우계에서의
한적한 생활을 묘사하였지만, 그 속에는 시인의 고독과 울분이 짙
게 담겨 있다. 심덕잠(沈德潛)은 『당시별재(唐詩別裁)』(권4)에서 "(유종
원이) 우계에서 지은 시들은 험난하고 곤궁한 처지에 놓여 잔잔하
고 담백한 소리를 낸 것인데, 원망하지 않는 것 같지만 원망이 담
겨 있고, 원망하는 것 같지만 원망하지 않고 있어서, 행간과 언외
에서 때때로 그의 마음을 이해하게 된다"[38]라고 하였다.

유우석과 유종원의 시는 한유와 맹교 및 이하를 대표로 하는 시인 집단 및 원진과 백거이를 대표로 하는 시인 집단처럼 현저한 창신의 특징을 지니고 있지는 않지만, 시의 함의를 확장하고 심화시킨 면에서 뛰어난 성취를 거두었다.

---

38) "愚溪諸詠, 處連蹇困厄之境, 發淸夷淡泊之音, 不怨而怨, 怨而不怨, 行間言外, 時或遇之."

4. 후기 — 쇠퇴기

중국문학사에서 말하는 만당 시기는 문종(文宗) 대화(大和: 827-835)
이후의 약 80년 동안으로, 이 시기가 당시의 후기이자 쇠퇴기이다.
중·만당 과도시기에 시단은 잠시 쓸쓸했지만 문종 개성(開成:
836-840) 연간에 두목(杜牧)과 이상은(李商隱) 등의 우수한 시인들이
등장하여 다시금 당시의 새로운 국면을 열었다.

4. 1 두목(杜牧)과 허혼(許渾)

두목(803-852)은 자가 목지(牧之)이고 호가 번천(樊川)이며, 경조
(京兆) 만년(萬年: 지금의 섬서성 서안) 사람이다. 26세 때 진사가 되어
황주자사(黃州刺史)와 중서사인(中書舍人) 등을 역임하였다. 그는 오
랜 기간 체류했던 강남의 아름다운 풍광과 향락적인 도시생활을
즐겨 시로 썼다. 그리고 그러한 시에 화려하고 염정적인 색채를
깃들여 화류문학의 신기원을 이루었다는 평을 받았다. 그러나 다
른 한편으로는 호매한 시풍에 우국의 정서를 담은 작품도 적지 않
게 남겼으며, 특히 역사 사실에 자신의 감개를 기탁하여 쓴 영사
시나 영회시는 또 다른 성취를 보여준다. 『번천문집(樊川文集)』이
있다.

두목이 옛일을 회고하며 현실에 가슴아파한 것은 사회에 대한
책임감과 이상 실현의 포부가 담긴 표현이지만, 시대의 쇠락과 자
신의 신세가 나락으로 떨어졌을 때 그는 종종 곤경에서 벗어나고

자 한적한 생활과 고요한 심경을 추구했다. 다음 시를 보자.

<九日齊山登高>　　**중양절에 제산에 올라**

江涵秋影雁初飛,	강에는 가을이 잠기고 기러기 떠나가는데
與客携壺上翠微.	객과 함께 술병 들고 푸른 산에 올라갔다.
人世難逢開口笑,	세상엔 입 벌리고 웃을 일 만나기 어려워
菊花須挿滿頭歸.	머리 가득히 국화 꽂고 돌아가야 하리라.
但將酩酊酬佳節,	그저 술에 취하여 중양가절에 보답해야지
不用登臨怨落暉.	산수를 벗 삼다 석양을 원망해선 안 되리.
古往今來只如此,	예나 지금이나 오로지 이와 같았거늘
牛山何必獨沾衣.	무엇하러 우산에서 홀로 옷깃을 적시리?

이 시는 두목이 무종(武宗) 회창(會昌) 연간(841-846)에 지주자사(池州刺史)로 있을 때 지은 것이다. 타향에서 중양절을 맞아 객과 함께 제산에 오른 시인은 자신의 인생을 돌아보며 감회가 많았을 것이다. 시인은 덧없는 인생으로 인한 비애에 젖어들었다가 결국 좌절과 한탄에서 벗어나 달관하고자 하는 의지를 표명하였다. 이 시의 저변에 비애감이 깔려 있기는 하지만 시인은 그대로 주저앉지 않고 극복하려는 적극적인 면모를 보여준다. 마지막 구에 나타난 달관에의 의지가 허무주의를 바탕으로 한 것인지, 아니면 인생의 유한함과 한계를 인정하고 그것을 관조함으로써 생의 의미를 찾고자 하는 적극적인 노력인지는 생각해볼 일이다.

두목은 유구한 역사 속에서 현실문제와 개인의 운명을 바라보았고, 성격도 호쾌하고 시원스러웠기 때문에 지난 일에 감개하고 현실을 비판하건, 자연을 묘사하고 회포를 서사하건, 모두 우울함 속에서도 기세가 드높고 준일한 기품을 드러내어 유우석과 비슷한 면이 있다. 다음 시를 보자.

<山行>　　　　　산행

遠上寒山石徑斜,　　　쓸쓸한 산 경사진 돌길 한참을 오르니
白雲生處有人家.　　　흰 구름 피어나는 곳에 인가가 보인다.
停車坐愛楓林晚,　　　저물녘 단풍 숲 좋아 수레를 멈췄더니
霜葉紅於二月花.　　　서리 맞은 잎이 2월의 봄꽃보다 붉구나.

이 시는 단풍이 곱게 든 늦가을에 산행을 하면서 눈에 들어오는
경치를 묘사한 것인데, 깊고 색채가 선명한 산림추색도(山林秋色圖)
를 펼쳐주는 한편, 자연을 사랑하는 시인의 마음과 여유를 한껏
느끼게 해준다. 한편 두목은 정이 깊은 사람이기도 해서 감동적인
애정시를 여러 편 남겼다. 다음 시를 보자.

<贈別>　　　　　그대를 떠나며

娉娉嫋嫋十三餘,　　　예쁘고 가냘픈 열세 살 남짓의 그대
豆蔻梢頭二月初.　　　가지 끝에 맺혀있는 2월 초의 두구화.
春風十里揚州路,　　　10리 양주 길에 봄바람 불어올 때
卷上珠簾總不如.　　　주렴 걷어보아도 모두 그대만 못했지.

두목은 문종(文宗) 대화(大和) 7년(833)에 양주(揚州)로 가 회남절
도사(淮南節度使) 우승유(牛僧孺) 밑에서 회남절도추관(淮南節度推官)으
로 있다가 2년 뒤 감찰어사(監察御史)로 승진하여 양주를 떠나 장안
으로 가게 되었다. 이 시는 2수 중 제1수로 그가 양주를 떠나면서
자신이 좋아했던 기녀에게 이별의 정표로 써준 것인데, 상대방 여
인의 아름답고 청순한 자태와, 그녀에 대한 자신의 애틋한 정을
간결하면서도 함축적으로 표현하였다. 총체적으로 두목은 명려한
의상과 준일한 격조에 덧붙여 특유의 역사감이 형성한 깊고 넓은
시야를 통해 시의 특수한 경계를 형성할 수 있었다.

허혼(許渾)은 두목과 친구 사이여서 두목의 시집에 허혼의 시가 여러 편 잘못 수록되기도 했다. 그 점에서 보면 허혼의 시풍이 두목과 비슷하리라고 생각하기 쉽고 후세의 평가에도 그런 견해가 있다. 그러나 기실 두 사람의 시풍에는 현저한 차이가 있다.

허혼은 두목과 같은 현실에 대한 자각이 없었고, 또한 그처럼 강건하고 명랑한 성격을 지니고 있지 않아서 사회에서 도피하여 한적을 추구하는 사상이 그의 시에 두드러지게 나타난다. 따라서 그도 영사시를 여러 편 썼지만 정서는 더욱 의기소침하고 세월의 변천을 한탄하여 독자들에게 암울한 느낌을 준다. 바로 그런 연유로 그에게는 소극적 정서를 담은 한적시가 많다. 예술의 측면에서 보면 그가 반복적으로 개인의 형편을 영탄하고 한적한 생활을 묘사했기 때문에, 내용이 단조롭고 기교가 숙련되어 있긴 하지만 의경의 중복이 많다. 다음 시를 보자.

<早秋>　　　　초가을

遙夜泛淸瑟,　　기나긴 밤 들려오는 맑은 거문고소리
西風生翠蘿.　　가을바람에 푸른 여라 덩굴 돋아난다.
殘螢棲玉露,　　사그라지는 반딧불에 이슬이 맺히고
早雁拂金河.　　때 이른 기러기 은하수 스치고 날아간다.
高樹曉還密,　　높다란 나무들은 새벽에 한결 빽빽하고
遠山晴更多.　　먼 산들은 날이 개어 더욱 많아 보인다.
淮南一葉下,　　회남왕 유안이 낙엽 하나에 놀랐듯이
自覺老煙波.　　이 몸도 강호에서 쓸쓸히 늙어 가누나.

이 시는 가을밤, 잠을 이루지 못하는 나그네가 은하수를 건너 남쪽으로 날아가는 기러기를 바라보며 강호에서 늙어가는 신세지감을 묘사한 것인데, 주변의 경물과 시인의 정조가 암울하여 독자의 마음을 쓸쓸하게 만들고 있다.

4. 2 이상은(李商隱)과 온정균(溫庭筠)

만당시는 이상은이 그 대표라고 말할 수 있다. 그가 성당과 중당 이후 당시의 새로운 경계를 열었기 때문이다. 그 내용을 정리하면 첫째, 시대의 성쇠 변화를 따라 시인의 심리가 활달하고 명랑한 데서 침잠하고 섬세하게 바뀌었고, 시의 정감이 은밀하게 바뀌었고, 기세도 확장에서 수렴으로 바뀌었다. 둘째, 시가 기교의 발전에 따라 언어가 갈수록 수식적이고 정밀하게 바뀌었고, 구조도 치밀하고 정세하게 바뀌었다. 셋째, 문인 사대부들의 생활이 축소되고 현실에 대한 실망이 깊어짐에 따라 시의 내용이 주로 내심의 체험을 탐색하는 것으로 바뀌었다. 이런 전변이 기개에 있어서는 쇠미했다는 느낌을 지울 수 없지만, 시가 발전의 방향에서 보면 새로운 세계를 연 측면도 있다. 예술 방면에서는 근체시의 언어기교가 정밀해졌고, 감정의 표현방식이 우회적이고 함축적이 되었고, 구조의 배치가 수렴하며 감돌게 되었으며, 의경이 깊고 몽롱하게 변했다.

이상은(812-858)은 자가 의산(義山)이고 호는 옥계생(玉谿生)이며, 회주(懷州) 하내(河內: 지금의 하남성 심양현沁陽縣) 사람이다. 그는 영호초(令狐楚) 부자의 사랑을 받아 개성(開成) 2년(837)에 진사가 되었지만, 그 후 영호초와 당파를 달리하는 왕무원(王茂元)의 사위가 되었기 때문에 당쟁의 와중에서 불우한 인생을 보냈다. 그의 시는 낭만적 색채가 농후하고 언어가 아름답지만 왕왕 지나치게 전고를 사용하고 표현을 회삽하게 하여 난해하다는 평을 받는다. 그의 애정시는 중국 애정시의 백미로 꼽히며, 영사시(詠史詩)도 특징이 있다. 북송 초기의 서곤체(西崑體) 시인들에게 직접적인 영향을 끼쳤다. 『이의산시집(李義山詩集)』이 있다.

이상은의 사상은 반전통의 경향이 있는데, 특히 문학에서 유가의 통치 권력에 반대했다. 그는 문학에서 가장 중요한 것이 개인의 생생한 사상 감정이라고 생각했는데, 그런 관점은 당대에서 드물게 보이는 것이어서 그 시의 특징을 형성하는 밑바탕이 되었다.

이상은은 다른 보통의 사대부들과 마찬가지로 관리가 되어 세상을 구하겠다는 이상을 품고 현실 정치에 정열적으로 대처했다. 그가 쓴 여러 편의 정치시는 진정성이 담겨 있어서 공리 관념에서 출발한 시인들의 작품보다 훨씬 격정적이다.

예를 들어 대화(大和) 9년(835) 감로지변(甘露之變) 발생 후 그는 〈유감 2수(有感二首)〉·〈중유감(重有感)〉을 써서 환관 주살의 실패를 애석해했고, 옛일을 빌려 현실을 풍자한 〈남조(南朝)〉·〈제궁사(齊宮詞)〉·〈수궁(隋宮)〉 등의 시를 통해 군주의 잘못된 처신을 비판했고, 〈한비(韓碑)〉·〈군대를 따라 동쪽으로 가며(隨師東)〉 등의 시를 써서 번진의 할거를 질책했다. 그러나 사회의 쇠락과 개인의 불운으로 인해 그는 크게 실망하고 분개하여 회재불우(懷才不遇)의 탄식을 시로 표현하기도 했다.

개인생활 면에서 이상은은 감정에 충실한 사람이었다. 전하는 바에 의하면 그는 젊은 시절에 한 여도사(女道士)와의 비련(悲戀)이 있었고, 결혼 후에는 아내와 애정이 깊었지만 그녀도 그가 39세 때 죽고 말았다. 그런 연유로 그의 마음속에는 애정으로 인한 고통이 매우 깊었을 것이다.

정치상의 실의와 애정상의 비애로 인해 이상은은 늘 감상적이고 억울한 정서에 사로잡혔고, 그런 감정기조가 그의 심미정취에 영향을 끼쳤다. 이상은의 풍격을 대표할 수 있는 시들을 살펴보면 그가 육조(六朝) 변문의 용전(用典)이 정교하고 면밀한 특징을 흡수했고, 두보 근체시의 음률 방면의 성취와 한유와 이하 등의 기발하고 참신한 장점을 학습했음을 알 수 있다.

그는 자신의 감정기조 및 심미정취와 예술의 독창성을 추구하는 기질로 인해 그는 전인(前人)의 장점과 특징을 융합하여 자신의 독특한 풍격을 형성했다. 그는 정밀하고 화려한 언어, 함축적이고 변화 있는 표현방식, 감돌며 되풀이 되는 구조를 사용하여 몽롱하고 유심한 의경을 구성하는 데 뛰어나 심령 깊은 곳의 정서와 느낌을 표현했다. 그의 무제시 속에 그와 같은 특징이 현저하게 드러나 있다.

이상은의 시는 의상(意象), 구조, 의경(意境)이 모두 대단히 독특하다. 우선 그의 저명한 칠언율시 <금슬(錦瑟)>에서 볼 수 있듯이 그는 전고의 사용을 즐기고 감정의 표현력이 풍부하며 의상의 포착에 뛰어나다.

<錦瑟>	지난 세월
錦瑟無端五十絃,	금슬은 웬일인지 50줄로 되어 있어
一絃一柱思華年.	한 줄 탈 때마다 꽃다운 시절 생각난다.
莊生曉夢迷蝴蝶,	장자는 새벽 꿈속에서 나비인 줄 알았고
望帝春心託杜鵑.	망제는 춘심을 못이겨 두견이 되었다지.
滄海月明珠有淚,	창해에 달 밝으면 진주에 눈물빛 흐르고
藍田日暖玉生煙.	남전에 날 따뜻하면 옥 연기가 솟아난다.
此情可待成追憶,	이 상념들이 추억되기를 어찌 기다리리?
只是當時已惘然.	그 당시에 이미 견딜 수 없는 것이었는데!

이 시는 수구(首句)의 첫 두 글자를 제목으로 삼았는데, 이는 이상은의 시에 종종 나타나는 것으로서 무제(無題)라는 제목과 마찬

가지이다. 이 시는 많은 전고를 사용하고 있어서 그 해석이 각양 각색이다. 사람에 따라 도망시(悼亡詩)로 보기도 하고, 그의 불행했 던 정치경력을 암시한 것으로 보기도 하고, 자신의 지나온 일생에 대한 추억을 담아놓은 것으로 보기도 한다. 그만큼 이 시는 암시 성이 풍부하여 해석의 여지가 많고 풍부한 연상이 가능하여 그 점 이 이 시의 매력이기도 하다.

이상은의 전체 작품을 통해 볼 때 이 시 속에서 그가 추도한 대 상은 그가 청춘시절에 사랑했고, 나중에 상강(湘江)에 빠져 죽은 여도사(女道士)일 가능성이 크다. 시인은 오랜 세월이 흐른 뒤 지난 날 겪었던 애정비극을 떠올리며 적절한 전고와 고사를 동원하여 자신의 한과 감회를 아련하고 애틋하게 서술해 놓았을 것이다.

그가 전고를 포함한 각종 의상(意象)을 사용할 때는 모두 세심한 선택을 거쳤다. 한편 그 의상들은 대부분 색채가 아름답거나 신비 하여 그 자체로 일정한 미감을 지니고 있어서 현란한 시각효과를 드러내고, 다른 한편 그 의상들은 <금슬> 속의 전고들처럼 대부분 일정한 애수·방황·감상 등의 감정 색채를 담고 있다. 이 외에도 이상은은 감각이 처량하고 슬픔을 자아내는 달·이슬·가랑비·석 양 등의 경물을 시에 자주 등장시켰다.

다음으로 이상은의 시는 구조 방면에서 성당과 중당 시인들에 비해 집중적이면서 세밀하다. 성당과 중당 시의 구조는 대개 평행 식이거나 점층식이어서 경계가 탁 트여 있지만, 이상은의 시는 우 회하고 곡절을 거듭하는 식이다. 그래서 시 전체가 음영하는 것이 대개 한 가지 정서인데도 상이한 각도에서 중첩되고 겹쳐서 사람 이 깊은 골짜기를 배회하는 듯하다. 이와 같이 시각의 변화를 이 용한 감돌며 되풀이되는 구조는 그의 칠언절구 <야우기북(夜雨寄 北)>에서 교묘하게 사용되었다.

<夜雨寄北>　　　　　**밤비 내리는 날 북녘의 그대에게**

君問歸期未有期,　　돌아올 날 언제냐고 묻지만 아직 기약 없고
巴山夜雨漲秋池.　　파산에 밤비 내려 가을 연못물이 불었다오.
何當共剪西窓燭,　　언제나 함께 서쪽 창가에서 촛불심지 자르며
卻話巴山夜雨時.　　다시 파산의 밤비 이야기를 할 수 있을까?

　이 시는 이상은이 북녘의 아내에게 부친 것일 수도 있고, 친구
에게 부친 것일 수도 있다. 대상이 누구이건 간에 쓸쓸한 타향에
서 비 내리는 밤 고향을 그리워하는 시인의 마음이 독자의 폐부를
찌른다. 근체시임에도 불구하고 '귀기(歸期)'와 '파산야우(巴山夜雨)'
가 중복 출현하는 파격이 나타나지만 오히려 그것이 현재의 처지
와 미래의 희망을 강렬하게 대비시켜주어 시인의 심경을 효과적으
로 전달해주고 있다.

　이상은의 시는 의경이 몽롱한 작품이 많아서 이것이 현저한 특
징을 구성한다. 그 원인을 살펴보면 그의 특수한 경력이 마음의
억압을 가져왔고, 밖으로 공개하기 어려운 연애 사건 등이 그의
시를 그런 방향으로 몰고 갔을 것이다. 다음 시를 보자.

<無題>　　　　　**무제**

相見時難別亦難,　　어렵게 만난 만큼 헤어지기도 힘든데
東風無力百花殘.　　봄바람 무력해져 온갖 꽃들 시들었다.
春蠶到死絲方盡,　　봄누에는 죽어야만 실 토하길 그치고
臘炬成灰淚始乾.　　촛불은 재가 되어서야 눈물 마르리라.
曉鏡但愁雲鬢改,　　아침에 거울 보면 머리 세는 것 슬프고
夜吟應覺月光寒.　　밤에 읊조리면 달빛 차가움 느끼리라.
蓬山此去無多路,　　봉래산은 여기서 길이 멀지 않으니
靑鳥殷勤爲探看.　　파랑새야 넌지시 날 위해 가보려무나.

이 시는 남녀 간의 이별과 그로 인한 고통 및 그리움을 묘사한 것인데, 참신하고 절묘한 비유와 암시를 통해 견디기 힘든 이별의 고통, 바래지 않는 사랑의 추억, 죽기 전에는 어쩔 수 없는 그리움 등이 절실하게 그려져 있어 독자의 심금을 울리고 있다. 특히 함련의 "춘잠도사사방진(春蠶到死絲方盡), 납거성회루시건(臘炬成灰淚始乾)"은 일종의 언어유희(pun)에 속하지만, 절실한 그리움에 대한 연상 작용이 풍부하여 지금도 이별의 고통과 그리움에 눈물 흘리는 중국의 젊은이들이 즐겨 인용하는 구절이다.

시는 결국 일종의 예술 창조 활동이어서 예술 특색이 시인의 의식적인 추구와 불가분의 관계에 놓여 있다. 이상은의 몽롱한 시들이 이해하기 쉽진 않지만 감화력이 강해서 사람들의 광범한 애호를 받았으니, 그의 시에 진실한 예술 생명력이 있음을 알 수 있다. 그와 같은 특수효과는 주로 다음의 몇 가지 요인으로 구성된다.

첫째, 이상은의 시가 표현하는 내용은 다른 일반적인 시들과 다르다. 그는 시로 구체적인 인물과 사건을 기술하거나 단순명료한 희로애락의 감정을 직접 서술하지 않고 내심의 심층 체험을 집중적으로 표현했는데, 그 체험은 왕왕 다방면에 걸친 것이고 유동적인 것이어서 때로는 자신도 포착하기 어려운 것이기 때문에 상징 수법으로 인상을 표현할 수밖에 없어서 몽롱한 의경을 조성하게 되었다.

둘째, 이상은의 시는 감상적이고 적막한 의경을 구성할 때 곱고 기이한 색채의 자연스럽지 않은 의상을 사용하여, 이것이 몽롱함 속에서 자극성을 지닌 광채를 발할 뿐만 아니라 생명에 대한 강렬한 욕망으로 나타난다.

셋째, 그의 시경(詩境)은 통상 전경(全景) 식의 소묘거나 몇 가지 상관된 의상의 평면적인 조합이 아니라, 서로 관련성이 없어 보이는 정교한 상징을 여러 방면에서 종합하여 내용이 복잡한 다면의 경계를 구성한다. 이런 시는 기세가 축소되는 대신 내함이 확대되어 독자들의 적극적인 참여와 연상을 유도한다.

이상은의 창작은 시가 명백한 사실을 표현해야 하는 것이 아니라 몽롱한 형태로 복잡한 내심의 정서를 표현할 수도 있다는 것을 입증했다. 또한 근체시 중에서도 칠언율시가 그에 의해 더욱 성숙해졌다. 반복해서 감돌고 중첩된 구조와 세련되고 응축된 상징성 의상이 글자수가 제한되고 격률이 엄격한 근체시와 잘 부합되었기 때문이다.

이상은과 '온(溫)·이(李)'로 병칭된 온정균(溫庭筠)은 자가 비경(飛卿)이고 태원(太原: 지금의 산서성 태원) 사람이다. 그의 몇몇 근체시는 이상은과 비슷하다. 그도 전고의 사용에 능하고 색채를 잘 다루고 의상이 정교하고 구조도 중첩되며 감돌아 색채미와 형식미를 갖추고 있으며, 감상적이고 애달픈 시를 쓰기도 했다. 그러나 자세히 음미해보면 두 사람의 시에는 적지 않은 차이가 있음을 알 수 있다. 이상은은 애정과 이상에 대한 추구가 집요해서 그로 인해 그의 마음은 고통을 안고 있고, 그런 고통이 시로 표출되어 의상 속에 담겨 있기 때문에 심원하고 유장한 맛이 있지만, 온정균의 시는 상대적으로 노골적이어서 완곡하게 감도는 운미가 부족하며, 시의 언어도 이상은에 비해 분명하여 깊은 맛이 적고 사용한 의상도 외재하는 것에 대한 구체적인 묘사에 치우쳐 있다.

온정균의 악부가행체 시는 한유와 이하의 영향을 받아서 의상의 신기함과 색채가 화려한 언어에 공을 들였지만 창조성이 부족하다. 그러나 그의 일부 오언 근체시는 자연경물에 대한 관찰이 세밀하고 의상을 잘 포착하여 청신하고 간결한 언어로 정경이 융합한 화면을 만들어낼 수 있었다. 다음 시를 보자.

<商山早行>　　**상산의 새벽 길**

晨起動征鐸,　　새벽에 일어나 말방울 울리며 길 떠나니
客行悲故鄉.　　나그네 신세 처량하여 고향 그립다.
雞聲茅店月,　　여인숙 위에 달 떠있고 닭 이제 우는데
人迹板橋霜.　　다리에 서리 그대로 있어 발자국이 찍힌다.
槲葉落山路,　　산길에는 떡갈나무 잎이 떨어져 내리고
枳花明驛牆.　　역참의 담을 두른 탱자나무 꽃이 환하다.
因思杜陵夢,　　간밤에 꿈에서 본 내 고향 두릉
鳧雁滿回塘.　　연못 가득히 오리와 기러기 떼 떠 있겠지.

이 시는 온정균이 장안을 떠나 남쪽으로 갈 때 상산(商山)을 지
나면서 지은 것이다. 산골의 초라한 여인숙에서 하룻밤을 묵고 다
음날 새벽 일찍 다시 길을 나서니 먼동이 트지 않아 여인숙 지붕
위로 달이 아직 떠 있는데, 새벽닭 우는 소리가 그제야 들리고, 봄
이긴 하지만 날씨가 쌀쌀하여 밤에 내린 서리가 나무다리에 그대
로 남아 있어 시인의 발자국이 고스란히 찍힌다. 전체적으로 새벽
에 길 떠나는 나그네의 쓸쓸한 모습이 잘 묘사되어 있을 뿐만 아
니라 나그네의 마음 상태가 그대로 전달되고 있다.

특히 이 시의 함련에 대해 송(宋) 매요신(梅堯臣)은 가도(賈島)
<저물녘에 산촌을 지나며(暮過山村)>의 "알 수 없는 새가 광야에서
울고, 날이 저물어가 행인을 두렵게 한다"(怪禽啼曠野, 落日恐行人)와
함께 나그넷길의 고달픔을 언외(言外)에 잘 드러냈다고 평가하였다.

전체적으로 온정균의 시는 예술 감각이 뛰어나 미감을 자아내긴
하지만 개성 특징이 뚜렷하지 않고 내용도 단조로운 편이다. 그의
주된 성취는 시보다 사(詞)의 창작에 있다.

4. 3 만당(晩唐)의 기타 시인들

두목·이상은과 활동시기가 비슷한 만당 시인으로 마대(馬戴)·고비웅(顧非熊)·옹도(雍陶)·유득인(劉得仁)·설봉(薛逢)·이빈(李頻)·방간(方幹)·이군옥(李群玉)·조하(趙嘏) 등이 있다. 이들은 경력이 서로 다르고 사용한 언어와 형식 및 풍격도 차이가 있다. 하지만 대체로 보아 그들은 모두 오·칠언율시에 솜씨를 발휘했고 내용도 대부분 산수 자연을 묘사하며 왕왕 한가하고 유유자적한 정회를 표현했고 경계도 좁은 편이었는데, 의상의 포착과 자구의 조탁 및 절주의 파악에서는 특색이 있었다. 이 시인들은 비록 특출한 성취를 거두지는 못했으나 인원수가 많고 현존하는 작품도 적지 않다.

중당의 대력십재자 이래 적지 않은 시인들이 세심하게 자구를 조탁하는 방법으로 오언율시를 사용하여 자연 산수를 묘사하며 나그네의 정회와 퇴은(退隱)의 사념을 표현했다. 그중에서 가도와 요합의 오언율시가 가장 원숙한 편이었다. 비록 경계가 협소하긴 했지만 형식과 용어에 뛰어난 점이 있어서 오언율시의 창작에 성숙한 체계를 제공하였다. 그런 종류의 시가 표현한 내용과 정조는 만당 사대부의 구미에 들어맞았고 그 체계도 파악하기 쉬운 편이었다. 그런 연유로 두목과 이상은 등의 시인이 새로운 국면을 열었음에도 대부분의 만당 시인들은 여전히 가도와 요합이 제시한 길을 좋아했다.

그들 중의 적지 않은 사람들이 직접적으로 가도와 요합의 영향을 받았다. 예를 들어 마대는 본래 가도와 요합의 시우(詩友)였고, 이빈은 요합의 사위였으며, 유득인·고비웅·옹도도 가도·요합과 창화하며 교유했고, 이동(李洞)은 가도를 '불(佛)'이라고 칭하며 가도의 동상을 주조해놓고 신처럼 모셨다고 한다.

그 영향으로 그들의 오언율시는 특히 중간의 4구가 자구의 선택과 배치에 뛰어났고 대장이 정교하며 성률이 조화로운 장점을 지녔다. 다만 그들은 경계가 협소하고 기상이 소슬하며, 처량하고 적막한 의상의 사용을 좋아했다. 그들은 또한 특히 '시안(詩眼)', 즉 명사성 의상과 연결되는 동사·형용사의 사용에 주의를 기울였다.

그러나 그들에게는 가도·요합과 다른 점도 있었다. 가도와 요합은 고심하며 애써 시를 지었고, 회삽한 사어를 사용하여 고달픈 심경을 써서 청신하고 고요한 중에 참신하면서도 호소력을 지닌 데 비해, 그들은 대부분 담백하고 평이한 길을 걸었다.

그들 중에서 조하(趙嘏: 약 806-852 이후)와 이군옥(李群玉: 약 813-861)이 그래도 주목할 만하다. 조하는 자가 승우(承祐)이고 산양(山陽: 지금의 강소성 회안淮安) 사람이며, 회창(會昌) 4년(844)에 진사가 되었다. 그는 칠언시에서 솜씨를 발휘했지만 시풍은 두목·이상은과 달랐다. 산수를 묘사하고, 사람을 맞고 보내며, 나그넷길의 고달픔을 토로하고, 승려나 도사와의 만남 등을 언급하는 것이 그의 시에 흔히 보이는 주제인데, 그 속에서 그는 처량한 인생감개를 세밀하게 서술했고, 전고의 사용 없이 소탈하고 유창하게 썼다. 다음 시를 보자.

<江樓書感>　　**강가의 누각에서 감회를 쓰다**

獨上江樓思渺然,　　홀로 강가 누각에 오르니 그리움 끝이 없어
月光如水水如天.　　달빛이 강물처럼 흐르고 강물은 하늘 같다.
同來望月人何處,　　함께 와서 달 바라보던 이 지금은 어디에?
風景依稀似去年.　　풍경은 여전히 지난해 같은데.

이 시는 시인이 홀로 강가 누각에 올라 달을 바라보며 지금은

어디에 있는지 알지 못하는 사람에 대한 그리움을 토로한 것이다. 언어가 자연스럽고 소탈하지만 구성이 탄탄하고 감정 표현에 깊이가 있어서 만당시의 개인지향적 특색이 잘 드러나 있다.

이군옥은 자가 문산(文山)이고 풍주(澧州: 지금의 호남성 풍현) 사람이다. 그는 다른 대다수의 시인들과 마찬가지로 말단관리를 지냈을 뿐이어서 우울하게 지내면서 늘 출세를 향한 충동이 있었다. 그의 시도 제재와 정감면에서 다른 시인들과 별로 다른 것이 없었지만 의상이 비교적 넉넉하고 고우며, 색채가 선명하고 풍격이 부드럽고 완약하다. 그의 몇몇 오·칠언절구는 남조 민가의 풍미가 있지만 구성이 협소하고 궁색해서 이 역시 만당시의 추세였다. 다음 시를 보자.

<引水行>   물을 끌어대는 노래

一條寒玉走秋泉,   한 줄기 찬 대통이 가을 샘에 연결되어
引出深蘿洞口煙.   등라와 동굴에서 연무가 솟으며 물이 나온다.
十里暗流聲不斷,   10리 길 눈에 안 보여도 소리는 끊임이 없어
行人頭上過潺湲.   행인의 머리 위를 졸졸거리며 지나간다.

이 시는 그 당시 백성들이 식수와 관개용수를 해결하기 위해 샘에 대통을 연결해서 물을 끌어댄 지혜와, 그들이 설치한 대통을 통해 물이 흘러가는 모습을 묘사한 것이다. 소재가 참신하고 묘사가 생동적이어서 이군옥의 명편에 속한다.

당 왕조 말기에 접어들어 온 나라가 전화에 휩싸이자 그 시기에 활동한 시인들은 당 왕조에 대해 완전히 신뢰를 상실하고 현실에 대한 불만과 앞날에 대한 절망으로 가득 찼다. 따라서 그들의 시에 표현된 것은 기본적으로 세상에 대한 분노, 말세에 처한 애상

과 의기소침한 정서에서 오는 자조와 자위였다. 이 시기에 비교적 성취가 큰 시인으로 나은(羅隱)·두순학(杜荀鶴)·피일휴(皮日休)·위장(韋莊)·한악(韓偓) 등을 꼽을 수 있다.

나은(833-909)은 근체시가 수량도 많고 볼만하지만 고체시는 섬약하여 볼만한 것이 별로 없다. 그의 근체시 중에서 <벌(蜂)>·<버들(柳)>·<눈(雪)>처럼 사물을 빌려 세상사에 대한 관심과 불편한 심기를 토로한 칠언절구가 후인들의 관심을 끌었다. 다음 시를 보자.

<雪>	눈
盡道豊年瑞,	모두들 풍년을 기약하는 서설이라 하지만
豊年事若何.	정작 풍년이 들어도 상황이 어찌되는가?
長安有貧者,	장안에 있는 가난한 사람들에게는
爲瑞不宜多.	상서로움이 의당 많지 않으리라.

이 시는 나은이 겨울에 눈이 내리는 것을 보고 유발된 감개를 서술한 것으로, 추위와 배고픔에 고생하는 빈자들에 대한 동정심을 표현하였다. 똑같이 장안에 거주하는 빈자들에 대한 관심과 애정을 표현한 조영(祖詠)의 <종남산에 쌓인 눈을 바라보며(終南望餘雪)>와 의경이 비슷하다.

나은의 칠언율시는 쇠망하는 세상에 대한 감상(感傷)을 쓴 것이 많은데, 음조가 유장하여 호소력이 있다. 그러나 그는 일찍이 황소(黃巢)가 주도한 농민반란을 비판하고, 황제와 관료들의 몰락을 안타까워하는 내용을 담은 시를 써서 후인으로부터 지주계급의 입장에 갇혀 있다는 비판을 받기도 했다.

두순학(846-907)은 솔직하고 용감하게 민생의 질고를 묘사하여 백성에 대한 깊은 동정을 나타냈는데, 사회현상에 대한 예리한 관찰이 동시대의 다른 시인들보다 뛰어났다. 다음 시를 보자.

<春宮怨> **봄날 궁녀의 한**

早被嬋娟誤,　　일찍이 아름다운 용모 때문에 잘못 뽑혀서
欲粧臨鏡慵.　　거울 앞에서 화장할 마음이 내키지 않는다.
承恩不在貌,　　임금님 은총이 용모에 달려 있지 않으니
敎妾若爲容.　　소첩더러 어떻게 예쁘게 화장하란 말인가?
風暖鳥聲碎,　　바람 따뜻하여 새는 끊임없이 지저귀고
日高花影重.　　해 높으니 꽃은 그림자가 수없이 겹친다.
年年越溪女,　　지난날 해마다 월계의 여인들과
相憶采芙蓉.　　함께 부용을 따던 추억이 새롭다.

이 시는 따뜻하고 청명한 봄날, 고독 속에 쓸쓸히 지내는 젊은
궁녀의 한을 묘사한 것이다. 시인은 궁녀의 용모가 아무리 예뻐도
임금의 눈에 들어 은총을 받는 것은 별도의 일이라고 지적하며,
자신도 재능이 출중하지만 인정을 받지 못하는 서러움을 기탁했다.

그 당시의 근체시는 대략 세 부류로 나눌 수 있다. 방간(方干)과
이빈(李頻)처럼 가도(賈島)·요합(姚合)을 추종한 부류와, 오융(吳融)
과 한악(韓偓)처럼 이상은(李商隱)·온정균(溫庭筠)을 따른 부류와, 두
순학처럼 장적(張籍)·백거이(白居易)를 계승한 부류인데, 앞에서 든
시를 통해 확인할 수 있듯이 두순학의 근체시는 언어가 통속적이
고 명료하여 백거이의 풍격이 있다.

피일휴(834?-883?)는 4백여 수의 시를 남기고 있는데, <정악부
10편(正樂府十篇)> 등의 시는 현실을 반영하고 통치계층을 풍자하
여 중당(中唐) 신악부운동의 영향을 받았을 것이다. 다음 시를 보자.

<汴河懷古>　　　**변하에서 옛일을 회고하며**

盡道隋亡爲此河,　　모두들 수나라 멸망이 이 운하 때문이라지만
至今千里賴通波.　　지금까지 남북 천리가 그 덕에 물길이 통한다.
若無水殿龍舟事,　　양제가 물 궁전과 용주를 띄운 일이 없었다면
共禹論功不較多.　　그 공을 논할 때 우임금보다 못하지 않았으리.

이 시는 시인이 나라를 멸망으로 몰아넣은 수 양제(煬帝)를, 일
종의 번안법(翻案法)을 사용하여 비판한 것이다. 역사 사실에 대한
의론 위주여서 형상사유와 정운(情韻) 등의 방면에서 이상은의 <수
궁(隋宮)>에 못 미치지만, 시의 구성과 수법이 참신하여 만당의 영
사회고시(詠史懷古詩) 중에서는 가작에 속한다.

위장(836-910)은 당 말기의 시인 중에서 성취가 큰 시인으로 시
절에 대한 상심, 고향 그리움, 옛일에 대한 감개가 함께 교차되어
나타나는 것이 그의 시에서 가장 중요한 주제였다. 그의 영사시(詠
史詩)도 대부분 당 왕조가 멸망해가는 현실을 직시하며 옛일을 빌려
당면한 현실을 가슴 아파하는 비애로 충만해 있다. 다음 시를 보자.

<臺城>　　　**대성**

江雨霏霏江草齊,　　강에 비는 부슬부슬 내리고
　　　　　　　　풀은 파랗게 펼쳐져 있는데
六朝如夢鳥空啼.　　육조의 화려했던 모습 꿈만 같고
　　　　　　　　새들은 부질없이 운다.
無情最是臺城柳,　　가장 무정한 것은 대성의 버드나무들
依舊煙籠十里堤.　　여전히 10리 길 제방에서 안개에 덮여 있다.

이 시는 중당 시기에 이미 황폐해진 육조의 고적 대성을 추모하
며 시인이 처한 가슴 아픈 현실을 기탁한 것인데, 대성에 대한 직

접적이고 구체적인 서술 대신 몽환적인 정조와 분위기를 통해 독자들이 시인의 느낌을 공유할 수 있게 한 표현 수법이 음미할 만하다.

위장의 가장 유명한 시 〈진부음(秦婦吟)〉은 황소(黃巢) 반란군이 장안으로 쳐들어온 후 야기된 처참한 상황을 '진부(秦婦)'의 입을 통해 반영한 장편 서사시로, 전체 글자수가 1,666자에 달한다. 이 시에서 시인은 황소 반란군을 증오하고 적대시하는 입장을 취했지만 그 사건이 당 왕조의 정치 중심에 가한 강력한 충격을 객관적으로 반영하여 당시 통치자들의 부패와 무능을 여실히 폭로할 수 있었다.

한악(844-923)은 소종(昭宗) 밑에서 한림학사로 재직할 때에는 궁정생활을 묘사하고 황제의 은총에 대한 감격의 정을 서술한 시를 주로 썼다. 그러다 주전충(朱全忠)의 배척을 받아 복주사마(濮州司馬)로 좌천된 후에는 지난날을 그리워하며 쓸쓸히 지내는 감개를 토로했다. 다음 시를 보자.

〈春盡〉	사라지는 봄
惜春連日醉昏昏,	가는 봄이 아쉬워 연일 정신없이 취하니
醒後衣裳見酒痕.	술이 깬 후 옷에는 술 자국이 보인다.
細水浮花歸別澗,	꽃잎 떠가는 세류는 다른 시냇물로 돌아가고
斷雲含雨入孤村.	비를 머금은 조각구름은 외로운 마을로 든다.
人閑易有芳時恨,	사람이 한가하면 쉽게 봄의 한에 빠져들고
地逈難招自古魂.	편벽한 곳이라 옛사람의 혼을 부르기도 어렵다.
慙愧流鶯相厚意,	부끄럽구나 꾀꼬리가 나에게 후의를 품고
清晨猶爲到西園.	새벽에 나를 위해 서원으로 와주었으니.

이 시는 한악이 만년에 들어 가족을 이끌고 남안(南安)의 왕심지(王審知)에게 의탁해 지낼 때 사라지는 봄을 빌려 자신의 신세지감

을 읊은 것이다. 멀고 외진 타향에서 아무 희망도 없이 적막하게 지내다보니 꾀꼬리 소리를 들으면서도 일부러 나를 찾아준 후의에 보답할 길이 없어 오히려 부끄럽다는 절규가 독자의 폐부를 찌른다.

　사람들이 종종 언급하는 한악의 『향렴집(香奩集)』은 그 자신이 "아름답고 고운 것으로 뜻을 얻은 것"[39]이라고 언급했듯이 규중의 염정과 여인들의 복식과 자태를 묘사한 것이고, 더러는 적나라하게 색정을 묘사한 것도 있어서 남조(南朝) 궁체시의 범위를 벗어나지 못했다.

---

39) "以綺麗得意者."(『玉山樵人集』附「香奩集自序」)

| 제 5 장 |

송시(宋詩)

1. 개설

오대(五代) 후주(後周)의 뒤를 이어받은 송의 태조 조광윤(趙匡胤)은 재위 17년 동안에 남방에서 독립해 있던 남당(南唐)을 비롯하여 촉(蜀)·남한(南漢) 등 6국을 평정하였고, 그의 뒤를 이은 아우 태종은 북방에 잔존해 있던 북한(北漢)과 남방의 양자강 어구에 있던 오월(吳越)을 멸망시켜 당대(唐代) 말엽 이래 오랫동안 분열되어 있던 중국을 재통일했다.

중국의 봉건사회가 점차 후기로 넘어가던 시기에 역사의 전면에 등장한 송 왕조(960-1279)는 다시 북송(北宋, 960-1127)과 남송(南宋, 1127-1279)의 두 시기로 나누어진다. 북송은 변경(汴京: 지금의 하남성河南省 개봉시開封市)을 수도로 하여 10세기 중엽에 일어나, 대체로 중국의 전 국토를 통일하였으며 12세기 초엽까지 160여 년 동안 존속했는데, 대략 한국의 고려(高麗) 4대 임금 광종(光宗: 950-975) 시기부터 16대 임금 예종(睿宗: 1106-1122) 시기까지에 해당한다. 당시 만주를 근거지로 한 거란족은 일찍이 나라를 건립하여 국호를 요(遼)라고 했으며 시종 북송과 적대관계를 유지하였다.

그러나 북송을 더 굴욕적이게 한 것은 요의 영토가 이른바 연운16주(燕雲十六州), 즉 지금의 북경이 포함된 하북성 북부 및 산서성 북부를 포괄한 것이다. 북송 중엽에 이르러서는 탕구트족의 국가인 서하(西夏)가 서쪽에서 일어나 송 왕조에게 큰 위협이 되었다. 비록 이와 같은 정세였지만, 공고한 중앙집권제도로 나라 안은 대체로 평안하여 태평의 상태를 유지한 편이다.

중앙집권으로 대변되는 송초의 제도 개혁은 그 속내를 들여다보면 군인은 혁명을 일으키고 싶어 하고, 문관은 오직(汚職)을 하고 싶어 한다는 기본적인 인식을 바탕으로 그 폐해를 방지하는 데 중점을 둔 것이라고 할 수 있다. 그러나 그런 제도 하에서는 군인도 정치가도 뛰어난 공적을 세우기 어렵다. 남송의 주희(朱熹)는 북송의 정치를 비판하여 의론만 많고 실적이 적다고 했지만 오히려 자유로운 언론이 허용되었다는 점에서 송대 사회의 진보성을 인정할 수 있다.

과거제도를 새롭게 정비하여 지식인의 관계(官界) 진출을 늘리고, 숭문억무(崇文抑武) 정책을 통해 지식인을 우대하는 한편, 태조가 직접 사대부 및 상서자(上書者)를 주륙(誅戮)하지 않겠다고 서약하는 등의 조처는 송대 지식인의 사기를 크게 진작시켰다. 따라서 그들은 국가와 사회에 대한 남다른 사명의식을 지니고 자신들의 사상 감정을 폭넓게 글로 표현할 수 있었다.

송시는 이와 같은 배경 하에 당시(唐詩)의 빛나는 성과를 계승하는 데 그치지 않고 자신의 독특한 시세계를 이룩하여 중국시를 한 단계 발전시킬 수 있었다. 우선 송대는 당대에 비해 시인의 수와 작품 수가 크게 증가하였다. 1998년 북경대학 고문헌연구소에서 발간을 완료한 『전송시(全宋詩)』에는 9,300여 시인의 작품 27만여 수가 수록되어 있고, 그 외에도 '보편(補編)'이 있어서 그 수는 더 늘어날 전망이다. 청(淸)의 강희제(康熙帝) 때 칙찬(勅撰)된 『전당시(全唐詩)』에 수록된 시인과 작품 수가 각각 2,300여 명과 48,900여 수인 것과 비교해보면 그 차이를 쉽게 알 수 있다.

작가 개인들의 시를 놓고 보더라도, 육유(陸游)가 남긴 시는 1만 수에 가까우며, 양만리(楊萬里)는 4천여 수이고, 소식(蘇軾)은 3천 수인데, 이러한 숫자는 당대 시인에게 거의 없는 일이다. 또한 매요신(梅堯臣)은 2,900여 수, 왕안석(王安石)은 1,600여 수, 황정견(黃庭堅)

은 1,500여 수의 시를 남기고 있는데, 이런 정도도 당대의 시인 가운데에는 드물다. 당대의 시인 중 가장 다작한 이로는 백거이(白居易)를 꼽는데, 그 역시 3천여 수에 불과하고, 두보(杜甫)는 1,400여 수, 이백(李白)은 900여 수이며, 왕유(王維)·한유(韓愈) 등 다른 시인들은 모두 천 수 이하로 그보다 못하다.

그러나 송인의 문학은 당인의 그것처럼 시에 집중되어 있지 않았다. '당시송문(唐詩宋文)'이라는 속칭에서 알 수 있듯이 송대는 산문이 크게 발달한 시대였다. 당송팔대가(唐宋八大家) 중 한유(韓愈)와 유종원(柳宗元) 두 사람만이 당대에 속하고, 나머지 구양수(歐陽修)·소순(蘇洵)·소식(蘇軾)·소철(蘇轍)·왕안석(王安石)·증공(曾鞏) 여섯 사람은 송대인이라는 사실만으로도 송대 산문의 성취를 가늠할 수 있다.

이처럼 송인이 당인과 달리 시 외에도 산문의 창작에 정력을 기울였음은 부인할 수 없는 사실이다. 송시의 대가인 구양수·왕안석·소식 등은 동시에 '고문(古文)'의 대가이기도 했다. 그러나 그런 사실이 결코 그들이 시를 소홀히 했다는 것을 의미하지는 않는다. 그들은 여전히 운율을 지닌 시야말로 최고의 예술표현이라고 생각했다.

송인에게는 시 외에도 '사(詞)'라는 운문 형식이 있었다. 이는 기존의 가보(歌譜)에 근거해 전사(塡寫)하여 완성하는 가사로 구의 장단이 일정하지 않아서, 전체를 오언 또는 칠언의 구로 엄격히 규정하는 시와는 큰 차이가 있다. 사는 당대에 싹터 송대에 성행했는데 작가의 수도 적지 않았다. 구양수·왕안석·소식·육유 등 대부분의 송대 시인들은 모두 사를 지어 왕왕 각 시인의 전집 안에 부록으로 수록되어 있다.

사는 원래 섬세하고 완약한 감정을 표현하는 데 사용된 일종의 시가(詩歌) 유형이었다. 그런데 송대에는 사가 발전하는 과정에서 형식과 내용이 갈수록 복잡하게 변하였다. 또한 북송의 유영(柳永)·주방언(周邦彦) 및 남송의 신기질(辛棄疾)·오문영(吳文英)과 같은 전문적으로 사를 지은 작가도 나타났다.

'사'의 본격적인 유행이 송대에 일어난 현상이었기 때문에 근래 문학사가들의 중시를 받긴 했지만, 기본적으로 사는 일종의 정교한 서정소조(抒情小調)였다. 송인들은 가장 중요한 사상과 감정을 여전히 시에 의탁했지 사에 의탁하지 않았다. 따라서 송대 운문문학의 주류는 시종일관 시였다고 말할 수 있다. 이는 송대 자체의 인식이었으며 현재의 객관적 판단이기도 하다. 사실 창작의 수량을 가지고 말해도 사는 시에 훨씬 못 미친다. 당규장(唐圭璋)이 편찬한 『전송사(全宋詞)』에 수록된 작가와 작품 수는 1,331명 19,900여 수에 불과하여 송시의 그것에 비할 바가 되지 못한다.

또한 송대에는 회화예술이 매우 발달했다. 당·오대 회화의 기초 위에 송대의 산수화조화(山水花鳥畵)와 인물화는 모두 새로운 성과를 냈다. 전문화가가 많았을 뿐 아니라 적지 않은 문인들 역시 회화를 좋아하여 그림을 감상하고 그렸다. 그에 따라 제화시(題畵詩)가 전대의 성취를 기초로 새로운 발전을 보였으니, 이러한 점이 송시에 새로운 영역을 열어 주었다. 뿐만 아니라 회화의 발달은 송시의 의경미(意境美) 창조에도 큰 영향을 끼쳤다. 어떤 시들, 특히 적지 않은 절구 소시들은 화의(畵意)가 농후하며 의경이 매우 아름다운데, 이들은 시이자 그림으로서 시정(詩情)과 화의(畵意)가 함께 충만해 있다.

이밖에도 송대에는 시가평론의 새로운 형식, 즉 시화(詩話)가 대량으로 나타났다. 시화를 쓰는 이들의 심미적 관점, 문학적 관점, 도덕적 관점 그리고 정치적 태도가 서로 달랐기 때문에 작가와 작

품을 평론하고 창작의 득실을 품평하는 것을 통해 자연히 송시의
발전에 서로 다른 영향을 주었다.

　북송 초기의 시단(詩壇)을 전체적으로 조망해보면 가장 먼저 백
체(白體) 시가 태조(太祖)와 태종(太宗) 시기에 유행했고, 태종 후기
부터 진종(眞宗) 시기 사이에 만당체(晚唐體) 시가 유행했으며, 진종
경덕(景德) 연간(1004-1007)에 서곤체(西崑體) 시가 흥기하여 그 위세
가 인종조(仁宗朝)까지 이르렀다. 이 세 시파 중에서 시기적으로 가
장 이른 백체시는 주로 백거이(白居易)의 평이하고 밋밋한 창화시
풍(唱和詩風)을 본받은 것인데, 그 성행은 당시 송 왕조의 정책과
깊은 연관을 맺고 있다.
　송 태조 조광윤(趙匡胤)은 건국 이후 통일 왕조로서의 기틀을 다
지기 위하여 강력한 숭문억무(崇文抑武) 정책을 실시하였고, 그 일
환으로 문신들이 시가를 통해 태평성대를 장식해주길 바랐다. 이
에 태조는 근신(近臣)에게 "오대(五代)의 전란시기에도 시인이 있었
거늘 이제 태평을 누린 지 오래되었는데 어찌 시인이 없겠는가?"40)
라고 말하여 관료들의 작시활동을 독려하였고, 태종도 직접 시가
창작에 힘써 기회 있을 때마다 자신이 지은 시를 보여주며 대신들
의 창화를 유도했다.
　이에 따라 관리들에게 창화는 중요한 교제 수단이 되었고, 이를
통해 자신의 벼슬길이 트이도록 할 수도 있었기 때문에 그들은 창
화를 지식인이 반드시 갖추어야 할 교양으로 간주하고 그 연마에
힘썼다. 그 결과 당대(唐代)에 다량의 창화시를 제작했던 원진·백
거이의 원화체(元和體)가 학습의 모범이 되었고, 창화시풍의 광범한
유행은 궁정과 관가뿐만 아니라 민간에도 그 세력이 미쳐서 시의

---

40) "五代干戈之際, 猶有詩人, 今太平日久, 豈無之也?"(『古今詩話』)

수증(酬贈)과 창화가 당시 시가창작 중의 한 중요한 내용이자 특징이 되었다.

백체 시의 대표적 인물은 왕우칭(王禹偁)이라고 할 수 있다. 그는 시를 교제와 응수의 수단으로 삼은 창화시에서 출발하여 시로써 사회현실을 반영하고 비판하는 풍유시로 발전했을 뿐만 아니라, 거기서 한 걸음 더 나아가 두보 시의 학습을 통해 시가 예술의 새로운 경지를 추구하였다. 일찍이 오지진(吳之振)은 『송시초(宋詩鈔)·소축집초서(小畜集鈔序)』에서 "왕우칭이 홀로 송의 기풍을 여니, 이에 구양수가 그 유풍을 계승하였다. 구양수의 시는 그 웅심(雄深)함에서 왕우칭보다 뛰어났지만 왕우칭이 본디 그 발단이었다. 목수(穆修)와 윤수(尹洙)가 다른 사람들이 고문을 짓지 않을 때 고문을 지은 사람이라면 왕우칭은 다른 사람들이 두보 시를 짓지 않을 때 두보 시를 지은 사람이다"41)라고 평가하여 그가 구양수를 중심으로 전개된 송대 시가혁신운동에 계발작용이 있었음을 시사하였다.

왕우칭은 이처럼 나중에 북송의 시단을 주도했던 구양수·소식·황정견 같은 시인들에 의해 그 업적을 인정받긴 했지만 그가 쓴 새로운 경향의 시들이 당시의 시단에 새로운 바람을 일으키지는 못했다. 그렇게 된 이유는 여러 가지가 있겠지만 우선 이 방면의 시들이 그가 남긴 시 전체에서 차지하는 비중이 얼마 되지 않아 문단에 큰 반향을 일으키기에 부족했고, 당시는 송 왕조의 통치 집단이 시를 통해 태평성대를 장식해주길 요구하고 있었던 때라 왕우칭의 새로운 경향에 주목하는 이가 많지 않았던 것 등을 꼽을 수 있을 것이다.

그 결과 당시의 시단에서 왕우칭이 시도한 새로운 경향은 새로

---

41) "元之獨開有宋風氣, 于是歐陽文忠得以承流接響. 文忠之詩, 雄深過于元之, 然元之固其濫觴矣. 穆修·尹洙爲古文于人所不爲之時, 元之則爲杜詩于人所不爲之時者也."

운 기풍으로 정착되지 못하고, 한때를 풍미했던 백체 시는 만당체 시인들에게 자신들의 자리를 넘겨주고 말았다. 그들은 자구의 단련과 정교한 구상에 힘써 천속하고 투박한 백체 말류의 병폐를 바로잡고자 노력했다.

당시 백체 말류의 평이하고 천속한 시풍에 불만을 품은 일부 시인들은, 정교한 구상과 자구(字句)의 단련에 뚜렷한 성취를 보여주었던 만당(晚唐)의 시에서 돌파구를 찾아 백체 말류의 시를 대체하였다. 이와 같은 관점에서 볼 때 만당체 시와 서곤체 시가 백체 시를 대신하여 흥기한 것은 시대의 새로운 요구에 부응하여 시가 예술의 형식미를 중시한 것이다. 그러나 이것은 새로운 시풍의 모색이라기보다는 종전에 성행했던 만당시로의 복귀였다.

만당의 불안한 정치는 사회를 동요시켰고, 그 결과 당시의 문인들은 전대와 달리 관계로의 진출을 꺼리게 되었다. 만당 전기에 시인들은 전대의 기풍을 어느 정도 이어받아 조정에 대한 희망을 잃지 않고 참여의식을 지니고 있었지만 혹독한 현실 앞에서 실망과 좌절을 맛보아야 했다. 만당 후기에 이르러서는 조정에 대한 시인들의 태도가 더욱 소극적이 되어 어두운 현실에 대한 그들의 불만이 냉담한 태도와 피세(避世)의 행위로 나타나, 그들의 시가 창작도 대부분 개인생활이라는 협소한 범위로 축소되고 말았다.

당시의 이와 같은 사회적 여건과 환경이 만당 시인들로 하여금 가도 시의 청고(淸苦)한 풍격과 협소한 경계를 선호하게 하여 결과적으로 만당(晚唐)·오대(五代) 및 송초인(宋初人)의 눈에는 가도의 시가 만당시를 대표하는 것이 되었다.

이와 같이 송초에 백체 시를 대신하여 만당시를 학습한 사람들은 가도와 요합의 시풍을 본받아 만당체 시파를 이루었는데, 그 대표적인 작가로는 반랑(潘閬)·위야(魏野)·임포(林逋)·구승(九僧)과 구준(寇準) 등을 들 수 있다. 이들은 오언율시를 즐겨 짓고 전고를 사용하지 않으면서 간결하고 산뜻한 표현과 정밀한 구상에 힘써, 백체 말류의 천속하고 평이한 시풍을 바로잡는 데 어느 정도 성과를 거둘 수 있었다. 사실상 그들에게는 사람의 마음에 스며드는 가구(佳句)가 적지 않고 대장(對仗)의 사용에도 뛰어난 솜씨를 발휘하였다.

그러나 그들은 대체로 생활상의 경험이 풍부하지 않고 의경(意境)이 협소하여 작고 섬세한 기교로 경물을 묘사하거나 맑고 그윽한 개인의 성정을 서술하는 데 주력했다. 이 때문에 표현범위가 협소하고, 변화가 다채롭지 못하다는 비난을 감수할 수밖에 없었다. 그 결과 만당체 시는 이상은의 작법을 본받아 풍부하고 아름다운 언어와 화려한 조직을 특징으로 하는 서곤체 시의 발흥 후에는 그 기세가 꺾일 수밖에 없었다.

이와 같은 상황에서 등장한 서곤체 시는 송초의 창화 시풍을 계승하면서도 백체 말류의 지속에 제동을 거는 한편, 동시기의 만당체 시풍에 대해서도 의도적인 변혁을 꾀하였다. 서곤체 시의 형성은 『서곤수창집(西崑酬唱集)』을 그 근간으로 하는 만큼 송초의 백체 시풍과 만당체 시풍을 계승하여 이를 발전시킨 면이 있고, 작품의 제재 내용에서도 백체 시를 이어받은 흔적을 살펴볼 수 있긴 하지만, 시대정신의 새로운 요구와 문인 심미 취미의 변화라는 배경 하에서 서곤체 창화시의 표현 형식과 예술 풍격은 백체 시·만당체 시와 전혀 다른 길을 걷게 되었다.

양억(楊億)·유균(劉筠)·전유연(錢惟演) 등의 서곤체 시인이 백체 시 말류의 천속함과 만당체 시의 편협성을 극복하고자 노력하면서 모범으로 삼았던 것은, 주로 음절이 아름답고 낭랑하며 언어가 정교한 이상은(李商隱)의 시였다.

이상은의 시는 그들의 학자적인 취향과 심미 이상에 들어맞았다. 그들은 이상은의 시로부터 강렬한 심리적 공명과 예술적 매력을 느꼈다. 섭몽득(葉夢得)은 『석림시화(石林詩話)』에서 "양억과 유균은 모두 당언겸(唐彦謙) 시를 좋아하여 전고를 정교하게 하고 대우(對偶)를 치밀하게 구사하였다"42)라고 하며 그들이 당언겸 시의 장점도 받아들였음을 시사하였다. 이상은과 당언겸은 모두 만당의 시인이며, 그 중에서도 이상은은 성취가 큰 시인으로서 나름대로 두보 시의 침울박대(沈鬱博大)한 장점을 섭취하려고 애썼다. 반면에 서곤체 시인들은 그 방면에 힘을 쏟지 않았다.

또한 이상은의 시와 비교해서도 서곤체 시는 이상은 시의 외형을 갖추긴 했지만 세련된 언어와 적절한 전고 속에 감추어져 있는 진실한 감정은 결핍되어 보이는 경우가 많아 결국 그것이 서곤체 시의 한계가 되고 말았다. 서곤체 시인들은 하루 종일 비각에서 서적과 씨름하다보니 서적을 통한 지식과 수양이 높아 송초 백체시와 만당체 시의 한계를 극복하고 당시 시단의 혁신을 꾀하여 어느 정도 성취를 거둔 것이 사실이지만, 한편 앞에서 지적한 것과 같은 한계 때문에 구양수 등에 의한 혁신을 다시금 맞이해야 했다.

북송 중기에 들어와 송시는 새로운 길을 모색하게 되었다. 시가혁신으로 대변되는 이 새로운 모색은 중당(中唐)의 신악부운동(新樂府運動)을 직접 계승한 문학복고운동으로서, 이를 통해 송시는 당시와는 다른 독자적인 모습을 갖추게 된다. 이 시가혁신을 주도한 사람으로는 구양수(歐陽修)·매요신(梅堯臣)·소순흠(蘇舜欽) 등을 꼽을 수 있지만 그들에 앞서서 범중엄(范仲淹)이 시가혁신의 정신적 발판을 마련해주었고, 또한 시가혁신의 과정에서 그들이 담당한 역할도 조금씩 달랐다고 할 수 있다.

---

42) "楊大年·劉子儀皆喜唐彦謙詩, 以其用事精巧, 對偶親切."(卷中)

즉 매요신과 소순흠은 각기 개성을 달리하며 송시의 새로운 면모를 보여주는 시를 써서 창작실천을 통해 시가혁신에 공헌하였고 구양수는 시론(詩論)을 주도하였다. 구양수는 북송의 새로운 시풍을 형성해나가는 과정 속에서 중당의 신악부운동과 고문운동(古文運動)의 이론적 성과를 계승하여 자신의 시론을 발전시키는 한편, 이를 창작실천과 결합시켜 북송의 시가혁신을 이끌었다.

구양수는 북송 초기에 서서히 대두하기 시작한 국가와 사회에 대한 사대부들의 책임의식에 부응하여 한유(韓愈)의 명도관념(明道觀念)에 수정을 가해 '도(道)'를 행하는 자는 천하의 일을 걱정해야 한다는 책임감을 부여하고 아울러 그것을 복고의 근본 목적으로 삼았다. 그는 고도(古道)의 부흥을 정치개혁의 실천과 밀접하게 연계시켜 정치의 혁신을 통해 문풍의 개혁을 완성해야 한다고 주장했다. 따라서 사회현실에 관심을 갖고 천하의 일을 걱정하여 백성의 질고를 반영하고 사악한 사회현상에 분개하는 것을 문학의 주된 직능으로 삼아 시도(詩道)에서 풍(風)·소(騷)의 정통지위를 확립하고, 아름답지만 내용이 없는 아(雅)·송(頌)에 반대한 것이 구양수가 주도한 시가혁신의 기본 내용이라고 할 수 있다.

구양수가 그의 시론을 통해 교정의 대상으로 삼은 것은 송초(宋初)의 만당체 시와 서곤체 시만이 아니었다. 그는 진종(眞宗)·인종조(仁宗朝)에 태평성대를 가영했던 안수(晏殊)·송기(宋祁) 등의 송성(頌聲)도 비판의 대상으로 삼아 화평한 때의 시문도 사회현실을 반영하고 비판해야 한다는 주장을 제기하여 당대(唐代)의 문인들이 강조했던 "세상이 잘 다스려지면 찬양하고, 세상이 혼란하면 원망한다"는 관념을 크게 발전시켰다. 그렇다고 구양수의 시론이 내용의 강조에만 중점을 둔 것은 아니었다.

그는 문학의 예술미 창조 문제를 깊이 있게 탐구하여 내용의 진실성과 함께 형식기교의 가치를 인정했다. 그는 각종 형식은 모두 도(道)를 위해 쓰임이 있으며 독립해서 존재할 이유와 가치를 지니고 있다고 주장했다. 그는 또한 시가 내용과 형식에서 모두 형상미와 함축미를 지닌 새로운 의경(意境)을 창조해야 한다고 강조하였고, 제재와 풍격의 다양성을 인정하여 송시의 독자적인 성격 형성에 크게 이바지하였다.

이와 같이 구양수의 시론은 북송 중기 이후 송시의 새로운 성격 형성에 이바지하였고, 북송 시문혁신의 이론적 근거가 되었다. 구양수가 영도한 시문혁신이 결실을 맺을 수 있었던 것은 무엇보다도 그가 소순흠·매요신 등과 함께 성공적인 시문 창작을 통해 자신의 이론을 실천했기 때문이다.

송대 학술문화의 가장 큰 특징은 이학(理學)이라고 하는 신유학(新儒學)의 흥성에 있다고 할 수 있다. 이학은 유가(儒家)의 전통을 이어받았지만 이전의 유학(儒學)과는 다른 면모를 지니고 있다. 전통적인 유학은 경세치용(經世致用)과 정치 사회적인 질서나 윤리 등의 외적 측면에 치우친 반면, 이학은 상대적으로 개인적인 심성 수양이나 도덕성의 함양 같은 내적 측면에 치우쳐 있다. 북송 이학가의 문학관은 그들의 사상체계와 밀접한 관계에 있으므로 자연히 이들의 문학관에는 내적 측면이 강조되어 있다.

따라서 문학의 현실참여보다는 '문이재도(文以載道)'의 입장에 서서 도(道)를 중시하고 문(文)을 경시하는 경향을 보이고 있지만, 시문(詩文)을 중시했던 송대의 시대상황 속에서 이학가들도 왕왕 시의 형식을 빌려 의리를 논술하고 성정을 표현하였다. 그에 따라 이학시파는 송시의 의론화(議論化)·철리화(哲理化) 과정에서 일정 정도의 영향력을 행사했으며 송시의 다양한 세계에서 자신만의 독특한 영역을 구축할 수 있었다.

북송 중기의 시단에서 한 가지 특기할 만한 사실은 이론성과 자료성을 겸비한 필기체의 저작인 시화(詩話)가 등장한 것이다. 구양수의 『육일시화(六一詩話)』가 나온 이래 시화 저작이 크게 성행하여 그 기풍이 청대까지 이어지면서 시가 이론과 비평의 중추적인 역할을 담당했다.

북송 후기에 들어 송시는 절정기를 맞이하게 된다. 이 시기의 중심 시인은 왕안석(王安石)·소식(蘇軾)·황정견(黃庭堅) 등이다. 먼저 왕안석은 독자적으로 청신한 시 세계를 구축했으며, 소식과 황정견은 구양수와 매요신의 정신을 이어 받아 송시 특유의 세계를 구현해냈다. 그리고 황정견의 추종자인 진사도가 이에 동참했다. 이들 중 왕안석과 소식은 모두 과거 시험의 주관자였던 구양수에 의해 선발되었으며, 신법의 시행 과정에서 서로 정적(政敵)관계에 있기는 했으나, 문학적으로는 같은 노선을 걸으며 송초의 당시(唐詩) 추종적 경향을 극복하고 자신의 개성과 역량을 통해 당시와는 다른 송시의 특징을 완성했다.

특히 소식의 천재적 문예 사상은 자유로운 가운데 시대사상을 대표할 진수가 녹아 있어, 주류 시인들의 정신적 샘물이 되어 주었다. 각고와 단련의 자세로 시작에 임한 황정견은 점철성금(點鐵成金)론 등 학시(學詩)의 규범을 마련하였으며, 남송 초 강서시파(江西詩派)는 이를 시론으로 만들며 한 시대를 풍미했다.

왕안석은 소식·황정견·진사도와 정치적 입장은 달랐으나, 송시의 특징 형성 면에서는 일정한 유사성을 보이며 송시 형성 과정에 동참하였다. 다만 왕안석은 소식과 달리 문하에 시인들을 거느리고 문학적 영향력을 구체화시키지 못했다는 점에서 대부분의 주류 시인들과 구별된다. 내용적으로 왕안석 시의 특색은 자신의 강한 개성을 녹여 넣은 데 있음을 알 수 있다.

한편 왕안석 시학의 특징은 의론적 경향, 엄정한 전고의 사용, 자구의 단련(鍛鍊), 시구와 시의의 점화(點化) 등으로서, 이후 이러한 점들은 황정견이나 강서시파 등에 의해 적절히 수용되었다. 왕안석의 시는 법도 가운데 청신한 풍격을 자아내고, 기교면에서 고도의 예술적 숙련을 구사하였다. 이러한 경향은 만년으로 갈수록 두드러져서 청신과 초연으로 요약되는 독자적 영롱함이 느껴진다. 물론 황정견의 시에도 탈속적 고고함은 엿보이지만, 도학적 자세에 묻혀 영롱한 아름다움은 보이지 않는다. 즉 왕안석 시의 청신·고고함은 그가 송대 시인의 정신을 구현하면서도 당시의 아름다움을 놓치지 않았다는 점에서 주목된다.

청대 조익(趙翼)이 "문장으로 시를 짓는 수법은 한유에서 시작되었고 소식에 이르러 그 문사가 더욱 호방해졌으니 달리 새로운 국면을 열어 일대의 장관을 이루었다"[43]라고 평가했듯이 소식은 송시의 성격 형성에 결정적인 역할을 맡았던 사람이다. 그는 우선 자신의 파란만장한 인생 경험과 제물론(齊物論)적 세계관·순환철학 등의 폭넓은 사상 체계를 바탕으로 산문성과 설리성(說理性) 등의 송시적 특징이 잘 나타난 시를 썼다.

부연하면 당시의 사회가 지닌 갖가지 부조리한 면과 그로 인해 고통 받는 백성들의 생활상을 통찰하고, 세속적인 것에서 초연해지고자 하는 초월적 인생관을 깃들이고, 오랫동안 각지를 돌아다니며 본 조국의 경물과 인정을 제재로 하여 시를 썼으며, 전고의 적절한 활용과 의인법·비유법 등의 수사기교를 동원하여 시를 쓴 것이 소식 시의 특징이라고 하겠다.

황정견은 사상적으로 유(儒)·도(道)·선(禪) 3가 사상의 융합 과

---

43) "以文爲詩, 自昌黎始; 至東坡益大放厥詞, 別開生面, 成一代之大觀"(『甌北詩話』卷5)

정에서 드러난 자기 존중의 도학자적 문인 의식이 근저에 짙게 깔린 가운데, 두보와 소식을 통해 시학적 접근의 틀을 마련했다. 그와 같은 시적 경향은 사실상 구양수·매요신·소순흠 이래의 연장선상에서 심화된 것이다. 특히 소식과 황정견에게는 송시의 특징으로 들 수 있는 두 가지 특징이 드러난다. 즉 형식면에서는 고시와 차운·화답시의 대폭적인 증가가 있었고, 내용적으로는 의론성의 강화인데, 이는 장르사적 측면에서 중국시의 용도와 의미상의 새로운 국면 전환이기도 하다.

황정견은 소문사학사(蘇門四學士) 중의 한 사람이기는 했지만 시의 구현 면에서는 재성(才性)과 기질이 달랐기 때문에 황정견의 시학 체계는 소식과는 다른 방식으로 나타났다. 송대 시학의 가장 중요한 요소인 학시적(學詩的) 접근을 시도했다는 점이 그것이다. 그는 이속위아(以俗爲雅)·이고위신(以古爲新) 및 환골탈태(換骨奪胎)의 점화론을 추구하는 한편 구법(句法)과 요율(拗律) 및 산문구와 험괴한 시어 등을 새롭게 시도했다.

그는 또한 굳건한 자기 존중의 탈속적 풍격에서 우러나는 읽기 어렵고 딱딱한 수경(瘦硬)한 미의식을 체현했으며, 화론과 선학의 소양에 힘입은 오입(悟入)과 운미(韻味) 등의 영감을 중시했다. 이상의 요인들로 인해 송시는 황정견에 의해 보다 확고한 문학적 성과와 풍격의 일신을 가져왔으며 송시적 특징 형성에 크게 기여하였다.

이들 세 시인 외에 언급할만한 사람으로 진사도(陳師道)가 있다. 진사도는 경제·사회적 활동 영역이 협소했던 탓에 소식과 황정견만큼 문학세계의 폭이 넓거나 힘찬 기세가 느껴지지는 않는다. 그의 시에 묻어나는 침울한 색채는 불우했던 그의 생활환경과 관계가 깊다. 그러나 그는 여러 가지 현실적 제약에도 불구하고 애써 노력해 시구를 찾는 진지한 학시(學詩) 자세로 시 창작에 몰두했다.

이러한 학시(學詩)의 중시는 후대의 진여의(陳與義)·양만리(楊萬里)와 강서시파 시인들의 창작론에 큰 힘을 실어주었다. 더욱이 그의 내향적 성격은 송대 지성의 방향과 맥을 같이하여 사색의 색채를 띠며 원숙하면서도 평담한 기풍의 시를 짓게 했다. 이상과 같은 학시 전통의 수립과 사색적 경향은 송시를 특징짓는 중요한 요소가 되었다.

예술 수법 면에서 보면 그 역시 황정견과 마찬가지로 두보를 모범으로 삼았으나 거의 구법과 조구(造句) 방면에 치우쳤으며, 오히려 황정견의 벽전(僻典)·용운·구법 등을 배워 그와 가까운 편이다. 따라서 그가 말했던 자연스런 '공(工)'과 '기(奇)'론은 물론이고 점화론(點化論)이나 간약(簡約)한 표현 속에 많은 의미를 담는다는 '어소이의광(語少而意廣)'론, 그리고 흔적 없는 조탁론의 이론 주장에 비해 시적 성취는 다소 미흡한 것으로 평가된다. 그 결과 경우에 따라서는 점화가 지나쳐 시의가 순조롭지 않거나 문리가 막히는 폐단을 드러내기도 했다. 이 점은 진사도 시의 약점으로 지적되기도 하지만 서정적이고 정경융합 중심의 당시와는 다른 송시의 형성에 일정한 작용을 한 것도 사실이다.

소식의 동생 소철(蘇轍) 및 소식 문하의 학사들은 거의 같은 시기에 서로 교감하며 우호적으로 시 창작에 종사했다. 서로 학시(學詩)의 태도로 창화(唱和)하는 가운데 소식과 황정견의 영향을 받으며 창작에 임했다는 공통점을 지니고 있긴 하지만, 한편 서로 다른 독자적 영역을 개척하여 기풍도 조금씩 달랐다. 진사도는 엄정한 도학자적 탈속성을 지니고서 시어의 활용을 통한 새로운 조경(造境)과 구법의 창출에 몰두했으며, 장뇌(張耒)는 활달한 기상으로 현실적 대상들을 일필휘지로 평이하게 서술했다.

진관(秦觀)은 여성적 필치로 엄정하게 자구를 따지며 아름다운 의경을 창출하고자 노력했고, 조보지(晁補之)는 기험(奇險)한 시경의 개척에 힘쓴 점에서 황정견 쪽에 가깝다. 이들 소식을 중심으로 한 일군의 시인들은 각기 나름의 개성과 색깔을 지니고 독자적 시경(詩境)을 개척하며 송시의 전성기에 나름대로의 역할을 담당하였다.

황정견의 시풍을 본받은 강서시파는 두보를 추존하고 황정견을 배웠지만 그들의 시적 지향이 모두 같지는 않았고, 시풍 또한 차이가 있으며, 강서(江西) 사람들로만 이루어진 것도 아니었다. 따라서 '강서시파'라는 명칭은 두보를 조종으로 삼으며 대체로 황정견·진사도 등의 시적 경향과 방향을 같이했던 시인들을 일컫는 것으로 보아 무방할 것이다. 그러면서도 그들이 중국시사에서 일정한 지위를 지닐 수 있었던 것은 그들이 송시의 대표적 특징인 학시(學詩)의 태도·구법(句法)의 강구·전고의 활용 등의 전통을 이어 받았기 때문일 것이다.

특히 그들의 전범이었던 황정견이 송시적 특징 구현의 대표자라는 점에서 결국 강서시파가 송시화(宋詩化) 과정의 대표적 시사(詩社)로 일컬어진 점은 인정된다. 다만 그들의 시적 성취가 두드러지지 못했다는 점에서 학시(學詩)의 부정적 측면을 드러냈다.

남송 초기의 시단은 기본적으로 북송의 황정견을 종사(宗師)로 한 강서시파 시인인 여본중(呂本中)과 증기(曾幾) 등에 이어 진여의(陳與義)가 활약한 시기이다. 여본중은 젊었을 때 '강서시사종파도(江西詩社宗派圖)'를 만든 사람이지만 남도(南渡) 이후 시구를 조탁하는 구습에 불만을 품고 창신의 길을 걸어 유명한 '활법(活法)'을 제창했으며, 증기는 황정견의 계승자로 자처한 사람이지만 여본중의 '활법'을 받아들여 독자적으로 청신하고 활발한 시풍을 형성한 사람이다. 그의 시풍은 육유(陸游)와 양만리(楊萬里) 등에게 영향을 끼쳐 남송 중기시를 위해 길을 제시한 공로가 있다고 평가된다.

진여의(陳與義)는 두보와 황정견을 배운 점에서는 동시대의 다른 시인들과 마찬가지였지만, 황정견의 생경한 풍격을 벗어나 평담과 비장의 풍격을 지향했다. 그는 천재성에 의거한 소식 시의 학습보다는 일정한 규율을 지향한 황정견을 추종한 많은 강서시인들의 폐단에 대해서도 객관적 시각을 유지하며, 소식과 황정견의 결합을 시도하려 했다는 점에서 지향과 성취의 독자성을 보여주었다.

남송 중기는 시인들이 강렬한 변화의식을 가지고 각자 새로운 시 세계를 나름대로 추구한 시기였다. 그들은 두 가지 방면에서 전대의 성과를 계승하고 세 가지 방면에서 상이한 노선을 결합하여 새로운 변화를 일으켰다.

남송 중기시의 계승으로는 우선 강서시파의 영향을 꼽을 수 있다. 중흥사대가로 불리는 육유·범성대(范成大)·양만리·우무(尤袤)는 각기 처음에는 시법과 표현기교 면에서 강서시파를 학습하였다. 그러나 나중에 가서 그들의 시는 강서시파와 노선을 달리했으므로 이것은 계승과 변화의 관계이다. 두 번째로 남송 초의 여본중·증기·진여의 등이 강서시파의 폐단을 바로잡고자 한 것을 계승하였다. 남송 중기의 시인들은 이들의 유려하고 경쾌한 표현특색을 더욱 완숙하게 구사했을 뿐만 아니라, 내용의 현실성 면에서도 그들보다 훨씬 더 폭을 넓혔다.

남송 중기시의 결합은 세 가지 측면에서 지적할 수 있다. 첫 번째 결합은 시내공부(詩內工夫)와 시외공부(詩外工夫)의 결합이다. 이전에는 시법(詩法)을 중시했었는데 현실을 강조하게 되었고, 이전에는 시리(詩理)를 중시했었는데 시흥(詩興)을 강조하게 된 것이 양자의 결합을 통한 변화이다.

두 번째 결합은 소식과 황정견 시의 결합이다. 북송 후기에 소식과 황정견이 출현한 후 시단은 두 사람을 각각 추종하는 파로 나누어져 대립 양상을 보였다. 이에 남송 초기의 여본중과 진여의 등은 이러한 시단의 분파와 대립 상황을 해소하고자 했는데, 남송 중기의 시인들은 창작을 통하여 이 두 사람의 시를 함께 학습함으로써 이러한 주장을 실천하였다.

세 번째 결합은 당시와 송시의 결합이다. 강서시파가 여러 폐단을 노출하자 뒤에 나타난 시인들은 당시를 통하여 이것을 바로잡고자 하였다. 호응린(胡應麟)이 양만리와 범성대는 송시를 교정하기 위해 당시를 지었다고 한 것이 바로 이 점을 지적한 것이다.(『시수 詩藪』 외편 권5)

남송 중기 시인들은 당시의 학습을 통하여 서정성을 회복하였다. 방회(方回)는 육유의 시를 평하면서 그가 비록 남송 초의 강서시파 시인 증기(曾幾)로부터 시를 배웠지만 나중에는 강서격(江西格)은 어쩌다가 하나둘 쓰는 정도였고 그보다는 성당·중당·만당의 시격(詩格)을 운용했으며, 호방(豪放)과 애상(哀傷)의 표현은 증기의 시에는 없는 것들이라고 하였다. 양만리는 초기에 강서시파를 공부했다가 나중에 만당의 절구를 학습했으며, 범성대 시의 주요 특징은 만당의 위완(委婉)과 강서시파의 고초(高峭)를 하나로 결합한 데에 있다. 이것은 송시 중심에서 당시의 학습을 통해 당시와 송시를 결합한 결과라고 할 수 있다.

이상에서 살핀 특색과 성취로 인하여 남송 중기 시는 송시사(宋詩史) 전체에서 북송 후기와 더불어 송시의 황금시기로 평가받는다. 북송 후기시가 당시에서 송시의 완성으로 변모를 이룬 데에 그 성취가 있다면, 남송 중기는 송시에서 다시 당시로 나아가 양자의 결합을 통한 변화를 이룬 데에 그 성취가 있다.

남송 후기 시는 대략 송(宋)이 금(金)을 쳤다가 패배를 당하고 송·금 사이에 가정화의(嘉定和議)가 이루어지는 1208년에서 송이 원(元)에 의해 멸망을 당하는 1279년까지의 기간이다. 중기시의 대표작가 중의 한 사람인 육유(陸游)가 죽음으로써 이른바 '중흥사대가'의 시대는 막을 내리고 이어서 후기의 시인들이 등장하는데, 이들은 크게 강호시인(江湖詩人)과 유민시인(遺民詩人)으로 나눌 수 있다.

강호시인의 '강호'란 '조정(朝廷)'에 상대되는 의미로 민간(民間)을 지칭한다. 남송 후기에는 재야(在野)의 시인들이 많이 활동하고 있었다. 임안(臨安: 지금의 항주杭州)의 서적상(書籍商)이자 시인인 진기(陳起)가 문인묵객(文人墨客)들과 교류하기를 좋아하여 이들의 시를 모아 보경(寶慶) 초(1225)에 『강호집(江湖集)』이란 이름으로 출판하였다. 남송의 강호시인들은 구성원의 숫자라든가 분포 지역의 광범함, 그리고 시단에서 발휘한 영향력으로 볼 때 송대에서는 강서시파(江西詩派)에 비견되는 큰 시인집단이었다.

이렇게 많은 강호시인들이 등장하게 된 데는 사회 문화적인 배경이 있다. 즉, 중원(中原)이 금나라에 의해 함락되자 송나라 황실은 남쪽으로 옮겨오고 많은 지식인들도 고향을 떠났는데, 당시 정치는 혼란하고 관리들은 넘쳐흘러 벼슬길에 나가기가 쉽지 않았다. 이에 생활 터전을 잃은 그들은 점차 곤궁해지면서 자신의 재주와 학문에 기대어 삶을 모색할 수밖에 없어서 '알객(謁客)'이라 불리는 신분으로 부귀한 사람을 찾아 도처를 떠돌며 호구지책을 찾는 강호의 시인이 되지 않을 수 없었다.

강호시인의 뒤를 이어 나타나 송시의 마지막을 장식한 시인들이 바로 유민시인이다. 남송은 몽고족이 세운 원(元)나라의 침략을 받아 결국 1279년에 멸망을 당하게 되는데, 시단에는 이러한 동란의 시기를 살면서 고국의 멸망을 슬퍼하는 비통한 심정을 노래한 시인들, 이른바 유민시인이 등장하였다. 이 시기에도 시단에는 강서시파의 시인들이 존재하여 상요이천(上饒二泉)이라 불리는 조번(趙蕃)과 한표(韓淲) 등이 있었으나 두드러진 성취는 거두지 못하였다.

　송시가 남송 후기에 이르면 이전의 소식·황정견·육유와 같은 대시인은 더 이상 나타나지 않고 시단에는 군소 평민시인들이 주축이 되어 활동했다. 그러나 청대의 전조망(全祖望)이 송대의 시 역사상 일어난 네 차례의 변화 가운데 두 번이 영가사령(永嘉四靈)을 비롯한 강호시인과 송말의 유민시인이라고 지적한 데에서 엿볼 수 있듯이 이들이 송시의 발전사에서 차지하는 위치와 의의는 주목할 가치가 있다.

2. 북송(北宋) 초기의 시

북송 초기 시는 송 왕조가 시작된 태조(太祖) 원년(960)부터 제 3대 황제 진종(眞宗) 말년(1021)까지의 60여 년간을 말한다. 이때 의 시단(詩壇)을 전체적으로 조망해보면 가장 먼저 백체(白體) 시 가 태조(960-975)·태종(太宗: 976-997) 때에 유행하였고, 태종 후 기부터 진종(998-1022) 시기 사이에 만당체(晚唐體) 시가 유행했으 며 진종 경덕(景德) 연간(1004-1007)에 서곤체(西崑體) 시가 홍기하 여 그 위세가 인종조(仁宗朝: 1023-1063)까지 이르렀다.

2. 1 백체(白體) 시

북송 초기에는 시인들이 가장 먼저 백거이의 시체(詩體)를 모방 하는 것이 기풍을 이루었다. 백체 시의 중심인물로는 이방(李昉)· 서현(徐鉉)·서개(徐鍇)·왕기(王奇)·왕우칭(王禹偁)의 다섯 사람을 꼽 을 수 있는데, 그 중 서현과 왕우칭이 대표이다.

서현(917-992)은 자가 정신(鼎臣)이고 광릉(廣陵: 지금의 강소성 양주 揚州) 사람이다. 그는 본래 남당(南唐) 말년의 중신이었다. 그 당시 남당은 송 왕조의 압박을 받고 있어서 그의 처지도 곤란하였다. 나중에 이후주(李後主)를 따라 송에 항복하여 산기상시(散騎常侍) 등 의 직책을 맡았지만 언행을 신중히 하지 않을 수 없었고 심정도 시종 억압되어 있었다. 그는 고통을 해소하기 위해 산수를 찾아 마음의 평정을 구했고, 불도(佛道)에서 해탈을 구하거나 교유와 술

자리를 통해 슬픔을 달래며 마음의 안정을 유지할 수밖에 없었다. 『기성집(騎省集)』이 있다.

서현의 시는 대부분 적막 속에 슬픈 감정을 지니고 있는데, 그는 그와 같은 감정을 담백하게 묘사했으며, 언어도 맑고 자연스러워서 어색한 곳이 없다. 다음 시를 보자.

<送王四十五歸東都>
왕씨네 마흔다섯째가 동도로 돌아가는 것을 전송하며

海內兵方起,	천하에 마침 전쟁이 일어나니
離筵淚易垂.	이별 자리에서 눈물이 쉽게 흘러내린다.
憐君負米去,	효도하러 떠나는 그대가 자랑스럽지만
惜此落花時.	지금 꽃 떨어지는 시절이라 아쉽구려.
想憶看來信,	그리워지면 보내준 편지를 보며
相寬指後期.	그것을 위안삼아 훗날을 기약하세.
殷勤手中柳,	깊은 정 담아 버들을 꺾어 드리니
此是向南枝.	이것은 남쪽으로 난 가지라오.

서현은 남당에서 벼슬살이 할 때 한 세도가의 미움을 사 "상부의 승인을 거치지 않고 제멋대로 주살한다"는 죄명을 얻어 서주(舒州: 지금의 안휘安徽 잠산현潛山縣)로 좌천되었다. 그 후 요주(饒州: 지금의 강서江西 파양현波陽縣)로 옮겨갔다가 오래지 않아 다시 수도로 소환되었는데, 이 시는 그가 수도로 소환된 후에 지은 것이다. 그는 소박하고 담담한 필치로 친구간의 정과 이별의 아쉬움을 써 내려가는 한편, 권면과 위안을 담아놓고 있어서 잔잔한 감동을 주고 있다.

서현은 강남에서 성장한 관계로 민가 풍의 <유지사(柳枝辭)> 몇 수를 쓰기도 했는데, 민가처럼 소박하고 천속하지는 않지만 언어는 쉽고 분명한 편이다.

백거이의 후기 시는 청담한 언어로 온화하고 한적한 심정을 표현했는데, 북송 초에 백체를 숭상한 시인들도 그런 경향을 따랐다. 이를테면 두 번이나 재상에 임명되었던 이방(李昉)이 그런 경우로, 그는 한담한 필법을 마음 가는 대로 구사하여 초조하거나 고민하는 심경을 드러내지 않았다. 그러나 서현의 경우는 이와 달라서 그도 마음의 평정을 위해 노력하고 고민을 떨쳐버리려고 했지만 내심은 실의에 차 있고 암울하여 그런 심경이 경우에 따라 드러날 때도 있었다. 또한 서현은 문자학자이자 음운학자이기도 해서 그가 시를 쓸 때는 성률·자구와 의상의 선택에 공을 들여 정교하고 세밀한 면을 보이기도 했다.

송초에 백거이의 시풍을 배운 시인들 중에서 가장 중요하면서도 백체에 속박되지 않고 자신의 특색을 일군 사람은 왕우칭이다. 왕우칭(954-1001)은 제주(濟州) 거야(鉅野: 지금의 산동성에 속함) 사람으로 자는 원지(元之)이다. 태평흥국(太平興國) 8년(983)에 진사가 되어 우습유(右拾遺), 한림학사지제고(翰林學士知制誥) 등을 역임했다. 북송 초기의 시는 대부분 천속하고 평이하여 현실성이 결여되어 있었는데, 왕우칭은 이러한 기풍을 만회하려고 하였다. 그는 두보와 백거이의 시를 제창했으며, 백거이를 본받은 북송의 유명한 시인 가운데서—다른 시인은 소식과 장뇌(張耒)—그는 최초이었고 또한 가장 깊게 영향을 받았다. 『소축집(小畜集)』이 있다.

왕우칭은 사대부의 사회적 책임감과 양심에서 우러난 사회시를 여러 편 썼다. 예를 들어 그가 변경(汴京)에서 간관(諫官)을 맡고 있을 때 쓴 〈대설(對雪)〉은 엄동설한 속에서 고생하는 민중의 고통과 간관으로서의 책임을 제대로 해내지 못하고 있는 자신을 질책하는 내용을 쓴 것이며, 상주(商州)로 좌천 가 있을 때 쓴 〈유랑민들을 생각하며(感流亡)〉는 가뭄으로 인해 고향을 버리고 떠도는 빈민들의 고통을 묘사한 것이다. 그의 〈대설(對雪)〉을 예로 들어본다.

〈對雪〉　　　　눈을 대하고

帝鄕歲云暮,	서울의 거리도 한 해가 저무는데
衡門晝長閉.	누추한 집 대문은 온종일 닫혀 있다.
五日免常參,	닷새에 한 번 가야 하는 조회도 면제되고
三館無公事.	관공서에도 공무가 없어서
讀書夜臥遲,	밤이 이슥하도록 책을 읽다가
多成日高睡.	늦잠을 자는 일이 많아졌다.
睡起毛骨寒,	잠에서 깨어나니 오싹 추위가 느껴져
窓牖瓊花墜.	살펴보니 창 밖에 하얀 눈꽃이 떨어진다.
披衣出戶看,	옷을 걸치고 문 밖으로 나와 보니
飄飄滿天地.	흩날리는 눈발이 천지에 가득하다.
豈敢患貧居,	어찌 감히 가난한 살림을 걱정하리,
聊將賀豊歲.	오직 풍년이 들기만을 바랄 뿐이다.
月俸雖無餘,	월급은 비록 넉넉하지 않지만
晨炊且相繼.	아침이 되면 그럭저럭 밥을 지을 수 있다.
薪芻未缺供,	땔감과 목초도 떨어지지 않고
酒肴亦能備.	술과 안주도 장만할 수 있다.
數杯奉親老,	몇 잔은 부모님께 올리고
一酌均兄弟.	형제들도 한 잔씩 마실 수 있다.
妻子不飢寒,	처와 자식들 춥거나 배고프지 않고
相聚歌時瑞.	함께 모여 시절의 상서로움을 노래한다.
因思河朔民,	계제에 황하 북쪽의 백성들 생각해보면
輪挽供邊鄙.	변방에 식량 나르려고 수레를 끈다.
車重數十斛,	수레엔 수십 가마가 실려 무겁기만 한데
路遙數百里.	길은 아득히 수백 리를 가야 한다.
羸蹄凍不行,	파리한 발굽은 얼어서 나아가지 못하고
死轍冰難曳.	수레바퀴는 얼어붙어 끌기조차 어렵다.

夜來何處宿,　　밤에는 또 어디서 묵을까?
闃寂荒陂裏.　　쓸쓸하고 황량한 산비탈이겠지.
又思邊塞兵,　　또한 변방의 병사들을 생각해보면
荷戈御胡騎.　　창을 메고 오랑캐 기병을 막고 있겠지.
城上卓旌旗,　　성 위에 깃발을 우뚝 세우고
樓中望烽燧.　　망루에서 봉화를 바라보리라.
弓勁添氣力,　　있는 힘을 다해 강궁을 당기면
甲寒侵骨髓.　　갑옷 속으론 한기가 골수에 스며들리라.
今日何處行,　　오늘은 어디로 가는가?
牢落窮沙際.　　쓸쓸한 사막 끝을 헤매겠지.
自念亦何人,　　생각해보면 나는 또 어떤 사람인가?
偸安得如是.　　눈앞의 안일만을 탐한 것이 이와 같다.
深爲蒼生蠹,　　참으로 백성들의 좀벌레가 되어
仍尸諫官位.　　간관의 자리만 차고앉아 봉급을 축낸다.
褰諤無一言,　　솔직하게 바른 말 한마디도 못하니
豈得爲直士.　　어찌 올곧은 관리가 될 수 있으리?
褒貶無一詞,　　선악의 포폄에 대해 한마디도 못하니
豈得爲良史.　　어찌 훌륭한 사관이 될 수 있으리?
不耕一畝田,　　한 뙈기의 밭도 경작하지 않고
不持一隻矢.　　화살 하나 제대로 쏠 줄 모르면서
多慚富人術,　　부끄럽게도 백성을 부유하게 할 줄 모르고
且乏安邊議.　　변방을 안정시킬 방책도 없다.
空作對雪吟,　　부질없이 〈대설〉 시를 지어 읊어
勤勤謝知己.　　삼가 친구들에게 사죄할 뿐이다.

이 시는 왕우칭 최초의 풍유시로서 단공(端拱) 원년(988) 우정언
직사관(右正言直史館)으로 재직할 때 지은 것이다. 시인은 큰눈을 대
하며 촉발된 감정을 부체(賦體)를 사용하여 써 내려갔는데, 감정이
진지하고 언어가 통절하다. 이는 북송사회가 당면한 현실에 대한

시인의 관심사를 표현한 것이다. 이와 같은 풍유시는 다른 백체 시인들에게서는 쉽게 찾아볼 수 없는 것으로, 이러한 면이 점차 그를 다른 백체 시인들과 구별 짓게 하였다.

그러나 비슷한 내용을 다룬 두보나 백거이의 시에 비해 독자들을 감동시키는 힘이 떨어지는 것은 나름대로의 이유가 있다. 첫째, 두보나 백거이의 우수한 작품에 비해 왕우칭은 자신이 동정을 표시한 대상의 심정에 대한 이해가 깊지 않아 형상 묘사가 겉도는 경우가 있고, 둘째, 시의 후반부에서 자신으로 귀결할 때 강한 자책의 표현이 나오는데 이것이 사실상 시의 중심역할을 떠맡고 있으며, 셋째, 예술의 측면에서 의미 전달에 대한 욕망이 지나쳐서 감정 이입이 자연스럽지 않다. 따라서 이런 종류의 시가 나름대로 귀중한 면이 있긴 하지만 결함 또한 분명한데, 이것이 송대 사회시에 보편적으로 나타나는 경향이자 결점이 되었다.

왕우칭 시가예술의 조예를 가장 잘 반영한 것은 산수 경물을 묘사하고 내면의 정회를 서술한 작품이다. 다음 시를 보자.

<村行>   시골길

馬穿山徑菊初黃,   말 타고 산길에 접어드니 들국화 노랗게 피어있고
信馬悠悠野興長.   말 가는 대로 맡기니 야외의 흥취가 마냥 새롭다.
萬壑有聲含晚籟,   골짜기마다 가을 저무는 소리가 들리고
數峰無語立斜陽.   봉우리는 말없이 석양 속에 우뚝 서있다.
棠梨葉落胭脂色,   팥배나무 잎은 연지 빛으로 물들어 떨어지고
蕎麥花開白雪香.   메밀꽃은 흰 눈처럼 피어나 향기롭다.
何事吟餘忽惆悵,   어인 일인가, 읊고 나니 홀연히 슬퍼지는 건
村橋原樹似吾鄕.   시골 다리와 들판 나무가 내 고향 닮았다.

이 시는 왕우칭이 순화(淳化) 3년(992) 가을 좌천지 상주(商州)에

서 지은 것이다. 시인은 이 시에서 가을날 황혼 때의 아름다운 경치를 생동감 있게 묘사한 뒤, 미련(尾聯)에서 "시골 다리와 들판 나무가 내 고향 닮았다"라고 토로하여 좌천 생활에 대한 권태와 고향으로 돌아가고픈 마음을 더욱 절실하게 전달할 수 있었다. 특히 함련 대구의 "봉우리는 말없이 석양 속에 우뚝 서있다"는 의인화 수법으로 자연경물을 묘사하여 생동감을 부여했는데, 이런 묘사법은 당대(唐代)에는 많지 않다가 왕우칭 이후에 점차 많아진 것이어서 주목할 만하다.

왕우칭은 또한 두보 시의 특징을 흡수하기도 했다. 그의 두보에 대한 평가는 매우 주목할 만하다. 이전에 두보를 추앙한 사람들은 모두 그가 집대성하여 과거 작가들의 장점을 종합했다고 말했다. 그런데 왕우칭은 두보의 "낡은 것을 밀어내고 새것을 만들어낸"(推陳出新) 점을 중시했다. 그는 <긴긴 날 중함에게 보내는 편지(日長簡仲咸)> 시에서, 당시로서는 매우 독창적인 말로 두보가 시의 영역을 새롭게 개척한 것을 칭송하여 "두보의 시집은 시의 세계를 새로 열었다"(子美集開詩世界)라고 하였다.

그의 <신추즉사(新秋卽事)> 같은 시를 보면 근엄하면서도 개합(開合)이 변화로운 구조, 기복이 큰 격률, 정교한 대장, 정과 경의 절묘한 배합 등이 모두 두보 시와 비슷하다. 다만 전형적인 두보 시에 비해 묵직한 힘과 기상이 떨어진다.

또 다른 측면에서 살펴보면 왕우칭은 백거이의 세속에 구애받지 않은 면을 흠모했지만, 백거이 후기의 유유자적함을 배우지 못해 떨쳐버릴 수 없는 고뇌를 지니고 살았고, 두보의 사람됨을 경모했지만 두보의 집착과 격정은 본받지 못하여 결국 그의 시풍도 두 사람 사이에서 방황하게 되었다.

2. 2 만당체(晩唐體) 시

북송 초년에 백체는 많은 사람들이 좋아한 시가 풍격이었지만 그 말류가 평이하고 밋밋한 폐단에 빠지자 일군의 시인들이 만당의 시풍을 계승하여, 참신하고 섬세하게 자연의 경물을 묘사하고, 사대부의 실의와 슬픔 또는 한적한 정취를 표현하는 데 주력했다.

만당의 시단을 세분하자면 피일휴(皮日休)·두순학(杜荀鶴)·육구몽(陸龜蒙) 등을 대표로 하는 사실시풍(寫實詩風)과, 이상은(李商隱)·온정균(溫庭筠)·한악(韓偓) 등을 대표로 하는 염정시풍(艶情詩風)과 가도(賈島)·요합(姚合)을 종주로 하는 청고시풍(淸苦詩風) 등으로 나눌 수 있는데, 이 중에서 만당체 시인들이 본받은 것은 가도·요합을 종주로 하는 청고시풍이었다. 그 중심인물은 임포(林逋)·위야(魏野)·구준(寇准)·반랑(潘閬)과 구승(九僧: 회주希晝·보섬保暹·문조文兆·행조行肇·간장簡長·유봉惟鳳·혜숭惠崇·우소宇昭·회고懷古)이다. 이들 중 구준은 고관이지만 나머지는 대부분 산림에 은둔한 처사와 승려였다.

이 일군의 시인 중에서 가장 유명한 사람은 임포이다. 그의 시는 자신이 처한 환경과 생활을 기반으로 하여 담백한 필치로 눈앞의 경물과 한적한 생활모습을 묘사한 것이 주류를 이루고 있는데, 대체로 풍격이 청담하고 의취가 고원(高遠)하다. 다음 시를 보자.

<山村冬暮> **산촌의 겨울 저녁**

衡茅林麓下,　　산기슭 아래의 누추한 초가에도
春氣已微茫.　　봄기운이 희미하게 찾아들었다.
雪竹低寒翠,　　눈 덮인 대나무도 밑에서 푸름이 돌고
風梅落晩香.　　바람에 떨어지는 매화에선 향기가 풍겨온다.

樵期多獨往,	나무하러 홀로 가는 날이 많고
茶事不全忙.	차잎 가꾸는 일도 전적으로 바쁜 건 아니다.
雙鷺有時起,	백로 한 쌍이 때때로 날갯짓하며
橫飛過野塘.	들판의 못을 가로질러 날아간다.

임포는 영물시(詠物詩)에서도 뛰어난 성과를 거두었다. 그의 대표작 한 수를 보자.

<山園小梅>	**동산의 작은 매화**
衆芳搖落獨喧姸,	모든 꽃 다 졌는데 홀로 곱게 피어나
占盡風情向小園.	작은 동산의 아름다운 풍광을 독차지했다.
疏影橫斜水淸淺,	맑은 개울물 위로 희미한 그림자 드리우고
暗香浮動月黃昏.	그윽한 향기는 황혼의 달빛 속에 번져온다.
霜禽欲下先偸眼,	하얀 새는 내려앉기 전에 눈길 먼저 주고
粉蝶如知合斷魂.	흰나비도 안다면 넋을 잃고 감탄하리.
幸有微吟可相狎,	다행히 시 읊으며 서로 친할 수 있으니
不須檀板共金尊.	노래판과 술자리가 무슨 소용 있으랴!

매화를 노래한 이 시에서는 표현의 신선함과 함께 작가의 호젓하고 고아한 정취를 느낄 수 있다. 특히 이 시의 함련 "맑은 개울물 위로 희미한 그림자 드리우고, 그윽한 향기는 황혼의 달빛 속에 번져온다"는 매화의 예술 특징을 잘 포착하여 역대로 전송(傳誦)되는 명구(名句)이다. 남송(南宋)의 사인(詞人) 강기(姜夔)는 매화를 읊은 사를 지어 <암향(暗香)>·<소영(疏影)>이라고 명명(命名)하기도 했다.

만당체 시가 지니고 있는 또 하나의 특징은 백체 말류의 천속하고 평이한 시풍을 바꾸는 데 뜻을 두었으면서도, 전고의 사용을 중시한 서곤체 시인들과는 달리 전고를 사용하지 않고 정밀한 구상과 간결한 표현에 힘쓴 것이다. 양신(楊愼)이 일찍이 그들의 시를 평하여 "또한 전고의 사용을 기피하여 그것을 '점귀부(點鬼簿: 귀신을 점검하는 명부. 시에서 고인古人의 성명을 남용하거나 전고를 늘어놓는 행태를 비꼬아 붙인 이름)'라고 일렀으며, 오직 눈앞의 경물을 취하여 그것을 깊이 사고하였다"[44]라고 한 것은 만당체시의 특징을 잘 요약한 말이다. 반랑의 다음 시를 보자.

<九華山>　　　**구화산**

將齊華嶽猶多六,　　화악에 비해서는 여섯 봉우리가 더 많고
若並巫山又缺三.　　무산에 비해서는 세 봉우리가 적다.
好是雨餘江上望,　　비 그친 뒤 강가에서 바라보는 모습이 아름다워
白雲堆裏潑濃藍.　　흰 구름 쌓인 속에서 짙은 푸름을 뿜어낸다.

반랑은 이 시에서 구화산의 모습을 생동감 있게 묘사하였다. 처음 두 구에서 이 산의 모습을 화악·무산과 비교하여 연상시킨 뒤 세 번째 구에서 이 산의 모습이 가장 아름답게 보이는 때와 지점을 언급하여 산의 모습을 자연스럽게 그려내었으며, 마지막 구에서 '뿜어낸다'는 말을 통해 그림으로는 묘사해낼 수 없는 동적인 모습을 강렬하게 표현해내었다.

북송 초기에 가도를 추종한 이 일부 시인들은 후대의 송시가 언어 방면에서 신기함을 좋아하는 경향에 일정한 영향을 끼쳤다. 그들은 작시의 동기가 무엇이든 주변의 경물 묘사에 뛰어났으며 그속에 자신의 생활감정을 자연스럽게 깃들여놓았다. 그들이 정교한 구상과 섬세한 표현에 힘쓰면서 전고의 사용을 기피한 것은, 만당

---

44) "又忌用事, 謂之點歸簿, 惟搜眼前景而深刻思之."(『升庵詩話·晚唐兩詩派』)

체 시를 백체 시나 서곤체 시와 구별 짓게 하는 중요한 특징이라고 할 수 있다. 그러나 총체적으로 볼 때 의상(意象)이 단조롭고 형식이 판에 박은 듯하며 시에 표현된 정감이 한적·광일(曠逸)·우수 등에 치우쳐 있어서 색채가 천편일률적이라는 결점이 있다.

2. 3 서곤체(西崑體) 시

송초에는 당말의 이상은이 추구한 시가 풍격을 모방한 사람들도 있었다. 진종(眞宗) 시기에 이르러 양억(楊億: 974-1021)·유균(劉筠: 971-1031)·전유연(錢惟演: 977-1034)을 중심으로 하는 일군의 관각(館閣)시인들이 대량으로 언어가 화려하고 대장이 정교한 시를 써서 서로 창화·응수하여 이런 시풍이 더욱 유행하게 되었다. 그 결과 대중상부(大中祥符) 2년(1009)에 양억이 그 시들을 모아『서곤수창집(西崑酬唱集)』으로 엮은 후 '서곤체(西崑體)'라고 칭해진 시풍이 사회에서 더욱 성행하게 되었다.

『서곤수창집』에 수록된 시 250수의 내용을 전체적으로 살펴보면 당시 사회의 어두운 면을 직접적으로 폭로하거나 비판한 작품은 별로 없고, 자신들의 궁정생활과 관련지어 북송 왕조의 태평성대를 장식하고 미화한 작품들이 주류를 이루고 있어서, 당시 비각(秘閣)에 몸담고 있던 궁정 관료들의 창화시라는 한계를 극명하게 보여주고 있는 듯하다. 실제로 그들은 생활 범위가 좁았던 까닭에 시를 통한 사회 현실의 반영이 깊고 넓지 못하였다. 반면에 그들은 당시 조정의 내막에 대해서 누구보다도 잘 알고 있었으므로, 그들의 시를 자세히 읽어보면 암시적 수법을 사용하여 최고통치자에 대한 비판과, 조국의 앞날에 대한 우려 및 이와 관련된 자신들의 감개를 깃들인 내용이 적지 않다는 것을 발견하게 된다.

서곤체 시인들은 만당 오대에서 북송 초에 이르는 시풍에 대해 일정한 충격을 가했다. 그 시기에 백체를 익힌 자들은 속되고 밋밋하다는 폐단이 있었는데, 서곤체는 상대적으로 정밀하고 함축적인 장점이 있었고, 가도·요합의 체를 익힌 사람들은 세밀하고 작은 기교에 매달린 폐단이 있었는데, 서곤체는 상대적으로 풍성하고 탁 트였다는 장점이 있었다. 더구나 서곤체 시인들의 작품은 일반 비평가들이 지적하듯이 내용이 공허한 것만은 아니었다.

이를테면 유균과 양억 등 7명의 관각대신이 <한무(漢武)>라는 제목으로 주고받은 시는 한무고사(漢武故事)를 빌려 당시의 황제 진종(眞宗)을 비판한 것이다. 그 시들은 많은 전고를 사용하여 풍부한 내용을 담고 있고, 언어의 구사와 조직의 세밀함 등에서 높은 예술기교를 보여준 작품이다. 양억의 작품을 예로 들어본다.

<南朝>	남조
五鼓端門漏滴稀,	다섯 번 북소리가 궁전 문에 울리면 물시계 소리 그쳐가고
夜籤聲斷翠華飛.	새벽을 알리는 댓개비 소리에 이어 화려한 수레 나간다.
繁星曉埠聞鷄度,	별 반짝이는 새벽에 닭 울음소리 들으며 봇둑을 지나고
細雨春場射雉歸.	봄비 내리는 사냥터에서 꿩을 잡아 돌아온다.
步試金蓮波濺襪,	금 연꽃 위를 걸으니 버선 걸음 사뿐하고
歌翻玉樹涕霑衣.	<옥수후정화>를 노래 부르니 눈물이 옷을 적신다.
龍盤王氣終三百,	용이 서렸던 제왕의 기운도 3백 년으로 끝나고
猶得澄瀾對敵扉.	맑은 물결만이 열려진 사립문을 대하고 있다.

이 시는 양억이 남조 군주의 방탕한 생활로 인해 야기된 왕조의

멸망을 언급함으로써, 당시 어려운 국제 정세 속에서도 무절제한 생활을 영위했던 송 진종에게 역사가 남긴 교훈을 일깨우려 했다고 볼 수 있다.

서곤체 시인들은 이상은을 본받아 언어의 함축미에 유의하면서 전고를 다양하게 구사하며, 독자에게 낭송하는 즐거움과 함께 풍부한 연상 작용을 자아내려고 노력했다. 전유연의 시를 한 수 들어본다.

<無題>　　　　　　**무제**

誤語成疑意已傷,　　말 잘못한 것이 의심을 사 마음 이미 상했으니
春山低斂翠眉長.　　봄 산 같은 길고 푸른 눈썹을 낮게 찌푸렸다.
鄂君繡被朝猶掩,　　악군은 아침에 수놓은 이불로 가려주었건만
荀令熏爐冷自香.　　순령의 향로는 식어도 향내가 나는구나.
有恨豈因燕鳳去,　　원망이 어찌 연봉이 떠나갔기 때문이리오.
無言寧爲息侯亡.　　침묵이 어찌 식후가 죽었기 때문이리오.
合歡不驗丁香結,　　합환은 효험이 없고 정향 열매도 응결되어 있어
祗得凄涼對燭房.　　처량히 빈 방의 촛불만 마주하고 있다.

이 시의 제목을 보면 전유연이 이상은의 <무제> 시를 본받아 지었음을 알 수 있다. 이상은의 시에서와 마찬가지로 이 시에서도 개인적인 감개나 깊은 기탁 같은 것은 찾아보기 어렵지만, 표현수법에 있어서는 구성이 치밀하고 조형이 뛰어나 형식미의 아름다움을 느낄 수 있다.

그러나 이상은의 시는 참으로 배우기 어려운 것이었다. 그것은 우선적으로 상당한 문화 소양이 있어야 파악할 수 있고, 그의 심각한 사상·치열한 정감 및 고통의 경력이 담긴 긴장감은 보통사람이 모방할 수 있는 것이 아니다. 『서곤수창집』 중에도 가작이

있긴 하지만 이상은의 시와 비교하면 진실한 감정이 부족해 동등
하게 평가하기 어렵다.

다음으로 서곤체는 시문혁신을 주장하는 사람들에게 집중 공격
을 받았는데, 이에는 여러 가지 원인이 있다. 먼저 서곤체는 큰 결
점을 지니고 있음에도 조정 관각시인의 손에서 나온 것이라 사회
에 미친 영향이 특히 커서, 문풍의 혁신을 주장하는 사람들이 우
선적으로 이에 대처해야 했다. 다른 한편으로 서곤체는 사실상 짙
은 귀족 취미를 지니고 있는데, 이것이 송대 사회의 특징과 융합
할 수 없었다. 서곤체는 서로 간에 창화하며 즐기는 오락성을 띤
것인데, 이는 날로 강화된 도통문학관(道統文學觀)에는 저촉되는 것
이었다.

서곤체 시의 형성이 『서곤수창집(西崑酬唱集)』을 그 근간으로 하
고 있는 만큼 '서곤수창'에 참여하지는 않았지만 시풍이 그 연장
선상에 있는 시인들은 서곤체 시인들과 구분하여 '후서곤체' 시인
으로 부르는 것이 적절해 보인다. 이들은 서곤체 시를 충실히 계
승하고 있으면서도 진종조 후기부터 인종조에 걸쳐 행해진 시풍
변화의 한 부분을 담당하였다.

'후서곤체' 시인은 주로 안수(晏殊) · 송상(宋庠) · 송기(宋祁) · 호숙
(胡宿) 등을 포괄하는데, 청(淸) 왕사정(王士禎)은 이들 외에도 문언
박(文彦博)과 조변(趙抃)을 포함시켜야 한다고 생각했다. 서곤체 시
의 연장선상에 있는 후서곤체 시인들은 시어의 선택과 전고의 사
용 및 시체(詩體)의 운용 등에서 서곤체 시인들과 다른 면모를 보
여주었지만, 태평성대에 대한 칭송이 대부분이고 사회의 어두운
면을 풍자 · 비판하는 시가 너무도 부족했다.

송기의 시를 한 수 들어본다.

<落花二首>(其一) 낙화 2수(제1수)

墮素翻紅各自傷,   흰 꽃 붉은 꽃 흩날려 떨어져 스스로를 상하게 하니
青樓煙雨忍相望.   청루에서 안개비 속에 차마 바라볼 수가 없다.
將飛更作回風舞,   낙화는 흩날리다 다시 회풍무(回風舞)를 추고
已落猶成半面妝.   땅에 떨어진 후에도 반면장(半面妝)을 하였다.
滄海客歸珠迸淚,   창해의 객 돌아가니 진주에선 눈물이 솟아 흐르고
章臺人去骨遺香.   장대 사람 가버린 뒤에도 꽃잎엔 향기 남아있다.
可能無意傳雙蝶,   어찌 쌍쌍의 나비를 불러들일 마음이 없으랴만
盡付芳心與蜜房.   꽃술 속의 꿀을 모두 벌집에 주어버린 뒤란다.

이 시는 영물시로서 고달픈 인생행로 속에서 고군분투하는 독자
들에게 사랑 받아온 작품이다. 감정이 침울하고 기탁이 깊어서 진
정작(陳廷焯)이 『백우재사화(白雨齋詞話)』에서 말한 "드러날 듯 말 듯
하면서 반복하여 얽히고 설켜 끝내 한마디로 설파할 수 없도록 해
야 한다"45)의 경지를 보여준다. 그러나 이러한 경향은 국가와 사
회에 대한 책임의식을 지니고 정치의 혁신과 함께 문풍의 변혁을
꾀했던 신흥 사대부들의 불만을 사서, 시단은 결국 새로운 시기로
접어들게 되었다.

---

45) "必若隱若現, 欲露不露, 反復纏綿, 終不許一語道破."

3. 북송 중기의 시

북송 중기 시는 송 왕조의 제4대 황제 인종(仁宗)이 재위한 1023
년부터 1063년까지의 40여 년간을 말한다. 이 시기에 들어와 송시
는 새로운 길을 모색하게 되었다. 시가혁신으로 일컬어지는 이 새
로운 모색은 중당(中唐)의 신악부운동(新樂府運動)을 직접 계승한 문
학복고운동으로서, 이를 통해 송시는 당시와는 다른 독자적인 모
습을 갖추게 된다.

이 시가혁신을 주도한 사람으로는 구양수(歐陽修)·매요신(梅堯臣)·
소순흠(蘇舜欽) 등을 꼽을 수 있지만 그들에 앞서서 범중엄(范仲淹)
이 시가혁신의 정신적 발판을 마련해주었고, 또한 시가혁신의 과
정에서 그들이 담당한 역할도 조금씩 달랐다. 즉 매요신과 소순흠
은 각기 개성을 달리하며 송시의 새로운 면모를 보여주는 시를 써
서 창작실천을 통해 시가혁신에 공헌하였고, 구양수는 시론을 주
도하였다. 구양수는 북송의 새로운 시풍을 형성해나가는 과정 속
에서 중당의 신악부운동과 고문운동(古文運動)의 이론적 성과를 계
승하여 자신의 시론을 발전시키는 한편 이를 창작 실천과 결합시
켜 북송 시가 혁신의 기틀을 마련하였다.

3. 1 범중엄(范仲淹)

범중엄(989-1052)은 송 인종(仁宗) 시절 경력신정(慶曆新政)을 주도
한 명신(名臣)으로 알려져 있다. 그는 기본적으로 문학과 정치의

연관성을 강조하며 문장이 교화의 내용을 담아야 한다고 주장하면서, 문장의 수식작용도 소홀히 하지 않았다.

범중엄의 시를 살펴보면 고체시가 80여 수, 근체시(율시와 절구)가 210여 수 정도여서 송대의 다른 문인과 비교해서는 시를 많이 남기지 않은 편이다. 이를 내용별로 살펴보면 민생의 질고를 반영하고 충군애민의 사상을 피력한 정치적 내용을 담은 시가 있고, 이 외에 자신의 마음가짐을 토로한 작품, 조국의 명산대천(名山大川)과 명승고적을 가영한 작품, 민간의 풍속을 묘사한 작품 등이 있다.

범중엄의 시를 전체적으로 보면 충군애민의 사상을 피력한 작품이 큰 비중을 차지하고 있다. 그의 유명한 선언인 "천하 백성들이 근심하기 전에 먼저 근심하고, 천하 백성들이 즐거워한 후에 즐거워한다"[46]는 말을 통해 우리는 그가 얼마나 충군애민에 몰두한 정치가였는가를 알 수 있다. 다음 시를 보자.

<野色>   들판의 희뿌연 기운

非煙亦非霧,   연기도 아니고 안개도 아닌 것이
冪冪映樓臺.   짙게 누대를 가리고 있다.
白鳥忽點破,   백조가 갑자기 점같이 날아오르고
殘陽還照開.   석양은 여전히 헤치고 비쳐든다.
肯隨芳草歇,   그 기운 방초 따라 머물지도 않고
疑逐遠帆來.   멀리서 돛배 좇아온 것만 같다.
誰會山公意,   누가 알리오 산공의 마음속을
登高醉始回.   높이 올라 취해야 돌아오는 마음을.

이 시는 해가 저물어 갈 무렵의 자연 경관과 그것을 애호하는 시인의 마음을 표현하는 한편, 당시 시인이 처해 있는 긴장된 상

---

46) "先天下之憂而憂, 後天下之樂而樂."(『范文正公集』卷7「岳陽樓記」)

황을 간접적으로 묘사하면서 충군애민의 사상을 피력한 것이다. 시인은 여기서 산간의 예를 빌려 서하의 침략에 맞서 변방을 지키고 있는 지휘관으로서의 자신의 책임을 암시하는 한편, 적과의 싸움에서 반드시 승리를 거두겠다는 의지와 용기를 표명하였다. 그의 시를 한 수 더 들어본다.

<江上漁者> **강 위의 어부**

江上往來人,   강가에서 오고가는 사람들
但愛鱸魚美.   그저 농어 맛 즐길 뿐이다.
君看一葉舟,   그대 보시게 조각배에 의지하고
出沒風波裏.   풍파 속에 출몰하는 저 어부를!

이 시는 어부들의 고난과 위험에 찬 생활 모습을 여유 있는 사람들과 대비시켜 그린 것이다. 당 이신(李紳)의 <농민을 가엾어 하며(憫農)> 시, "누가 알리오 소반에 놓인 밥, 낟알마다 농민의 노고가 배어있음을!"[47]을 연상시키는 이 시는 어부들에 대한 세심한 관찰에서 나온 시인의 관심과 애정을 단적으로 보여주고 있다.

범중엄의 문학관은 당시 복고를 기치로 하여 문풍의 개혁에 앞장섰던 두 문인집단, 즉 초기에 산동(山東) 태산(泰山)에서 활약한 석개(石介)·손복(孫復)의 무리와 천성(天聖: 1023-1031)·명도(明道: 1032-1033) 연간에 하남(河南) 낙양(洛陽)에서 활동한 윤수·구양수·매요신·소순흠 등의 지지를 받았다. 그러나 범중엄의 중도(重道) 경향은 결과적으로 시문이 풍속교화에 끼치는 작용을 지나치게 강조했기 때문에 필연적으로 정풍(正風)·아송(雅頌)·경전(經典)이 왕도정치의 근본이라는 유가의 전통 관념에 집착하게 되었다.

---

47) "誰知盤中餐, 粒粒皆辛苦."

이 점이 그의 시에도 그대로 반영되어 요·순과 삼대(三代)의 치를 찬미하고 충군애민의 사상을 피력하거나 자신의 고결한 마음가짐을 토로한 작품이 많고, 민생의 질고를 반영한 작품은 애민의 견지에서 고난에 찬 그들의 생활을 동정하고 있지만 그들을 그렇게 만든 통치 집단의 무능과 부패에 대해서는 별로 언급이 없어 구양수·매요신·소순흠 등의 사회시와 다르다.

그의 이와 같은 경향은 오로지 상고시대 삼황의 도를 드높여 이야기하고 요·순 시대의 덕을 찬미하면서, 현실과는 동떨어진 공허한 소리만을 일삼은 '태학체(太學體)'가 대두하게 된 빌미를 제공하였고, 이것이 구양수 등의 비판을 불러일으켜 결과적으로 시문혁신이 추동되었다.

3. 2 매요신(梅堯臣)과 소순흠(蘇舜欽)

북송 초에 삼체시(三體詩)가 유행한 것은 사실상 당시(唐詩)의 연장이라고 할 수 있지만, 시대의 진전에 따라 당시의 풍격을 유지하기 어렵게 되었다. 그리하여 시가의 변화는 범중엄의 경력(慶曆) 혁신과 함께 불가피하게 되었다. 이에 매요신이 앞장서서 새로운 기치를 내세우고 소순흠이 호응한 결과, 백거이와 한유 시의 몇몇 특징을 흡수하고 당시(當時)의 사회 문화에 순응하여 시의 제재·감정 표현과 언어형식 등 각 방면에서 새로운 시도를 하였다. 아울러 구양수(歐陽修)가 이들을 힘껏 내세우고 시론을 주도하여 시단에 영향력을 행사하니 이로부터 송시의 새로운 길이 열렸다.

매요신(1002-1060)은 선성(宣城: 지금의 안휘성에 속함) 사람으로 자가 성유(聖兪)이다. 매요신은 뜻이 애매모호하고 말도 회삽한 서곤체 시를 반대하고 '평담(平淡)'을 주장하여 명성이 매우 높았으며,

후대에 커다란 영향을 끼쳤다. 그는 백성들의 고통에 대해 깊이 체득하였고 사용한 언어 또한 소박했는데, 살펴보면 고시(古詩)는 한유(韓愈)·맹교(孟郊)와 백거이로부터 약간의 수법들을 배웠고, 오 언율시는 왕유(王維)와 맹호연(孟浩然)에게서 깨우침을 얻었다.

그는 실질이 없고 합당하지 않은 언어 습관을 바로잡고자 했다. 그는 매번 둔하고 무거우며 건조하여 전혀 시 같지도 않은 어휘를 사용하여 자질구레하고 더러워서 시에 넣지 않는 사물, 예를 들면 회식한 후의 복통 설사라든가, 화장실에 가서 구더기를 본다든가, 차를 마시고 뱃속이 꾸르륵거린다든가 하는 것들을 시에 묘사하였 다. 구양수·소순흠 등과 함께 시가혁신을 주도하여 이후 송시의 형성에 큰 영향을 끼쳤다. 『완릉선생집(宛陵先生集)』이 있다.

매요신은 젊은 시절에 서곤파 시인들과 관계가 밀접했지만 시의 풍격은 그들과 달라서 나중에는 의식적으로 다른 길을 갔다. 그는 우선 『시경』 이래의 문학이 사회에 관심을 갖고 현실을 비판한 전 통을 강조하며 시가 중의 오락과 유희의 경향을 경계했다. 다음 시를 보자.

<答裵送序意>	배욱(裵煜)이 서를 지어 보내준 뜻에 답함
我於詩言豈徒爾,	내가 시에서 말한 것이 어찌 헛된 것일 뿐이리?
因事激風成小篇.	일에 따라 풍자하는 마음 일으켜 작은 글 이룬 것.
辭雖淺陋頗克苦,	말 비록 천박하고 비루하지만 자못 애를 썼으니
未到二雅未忍捐.	이아에 미치지 못하면 차마 내놓지 못하였다.
安取唐季二三子,	어찌 당 말기의 두서너 시인들을 취하여
區區物象磨窮年.	구구한 사물의 형상을 평생토록 연마하리.

이와 같은 그의 시관(詩觀)은 자연 그로 하여금 사회현실과 함께 생활주변에 대하여 관심을 갖게 하고 사실적인 묘사에 힘쓰게 하

였다. 이로 인해 그는 종전의 시와는 다른 독창적인 시 세계를 구축해 나갔다. 그의 시에 보이는 제재의 다양성과 서술적이고 산문화된 묘사방식 등은 모두 그에 이르러 새롭게 본격적으로 형성된 경향으로서 혁신적 성격을 잘 나타내주고 있다. 다음 시를 보자.

<陶者>　　기와 굽는 이

陶盡門前土,　문 앞의 흙이 다 없어지도록 기와를 만들어도
屋上無片瓦.　자기 집 지붕에는 기왓조각 하나 없는데.
十指不霑泥,　열 손가락에 흙 한 점 묻히지 않는 사람은
鱗鱗居大廈.　비늘처럼 기와 정연한 저택에 살고 있다.

이 시는 경우(景祐) 3년(1036)에 쓴 시로서, 내용은 고통 받는 기층 민중들의 생활에 초점이 맞추어져 있다. 실제 생산 활동에 종사하면서도 자신이 만든 생산품에서 소외되어 있는 일반 민중과, 아무런 노동 없이 이를 향유하는 지배계층을 호오(好惡)의 감정 판단을 배제시킨 채 단순 비교나열의 형식을 취하여 서술함으로써 오히려 그 모순과 불합리함을 극대화시키는 효과를 거두었다.

당시의 시가 문자유희에 빠져 있고 사조(辭藻)와 형식미의 추구에 편중되어 있는 기풍 속에서, 매요신의 창작은 시의 엄숙성을 회복하고 중요한 제재로 전향하는 데 긍정적인 작용을 일으켰다. 그러나 송대 정치시의 일반적인 결함이 그의 시에도 여전히 나타난다. 다음 시를 보자.

<汝墳貧女>　여분의 가난한 집 딸

汝墳貧家女,　여분의 가난한 집 딸
行哭音悽愴.　걸으며 우는 소리 처참하다.

自言有老父,	스스로 말하길 "늙은 아버지 계신데
孤獨無丁壯.	젊은 남자는 없고 혼자이셔요.
郡吏來何暴,	군(郡)의 관리 어찌나 포악한지
縣官不敢抗.	현(縣)의 관리는 항의도 못하지요.
督遣勿稽留,	꾸물대지 말고 전장에 나가라고 다그쳐서
龍鍾去携杖.	쇠약한 몸으로 지팡이 짚고 떠나셨지요.
勤勤囑四隣,	삼가 주위의 이웃에게 부탁하며
幸願相依傍.	서로 의지할 수 있기를 바라셨지요.
適聞閭里歸,	때마침 마을로 돌아오는 사람이 있다고 하여
問訊疑猶强.	의심스럽지만 버티고 계시냐고 물어보니
果然寒雨中,	결국 차가운 비를 맞으며
僵死壤河上.	양하 가에서 얼어 죽으셨답니다.
弱質無以託,	이 몸 약질인데다 의탁할 곳 없어
橫尸無以葬.	버려진 시체 장사지낼 방법이 없답니다.
生女不如男,	딸을 낳아야 아들만 못하니
雖存何所當.	살아있다 한들 무슨 쓸모가 있겠어요?
拊膺呼蒼天,	가슴을 치며 하늘에 외칩니다
生死將奈向.	삶과 죽음을 앞으로 어찌할까요?"

이 시는 매요신이 강정(康定) 원년(1040)에 쓴 작품이다. 징병되어 끌려가 죽은 늙은 부친의 사정을 호소하는 가난한 집 딸의 목소리를 빌려 당시 일반 민중의 고통을 폭로한 작품이지만 시인의 자아형상이나 '빈녀'의 형상을 찾아볼 수 없다. 마지막 4구에서 비분의 정서를 표현하려고 시도하긴 했지만 그 언어는 개념화되고 일반화된 것일 뿐이다. 이처럼 시인이 사건의 서술에 주력하면서 정치적 관념을 전달하면 시의 감화력은 약화될 수밖에 없다.

물론 정치 제재는 매요신 시의 일부분에 불과하다. 그의 시는 내용이 광범하고 의식적으로 각종의 자연경물·생활모습과 인생경력을 개척하고, 앞사람들이 주의를 기울이지 않았던 제재를 찾거나 앞사람들이 다루었던 제재를 새롭게 바꾸었는데, 이 또한 송시가 신기함을 추구하고 낡은 것을 피하는 기풍을 열어서 송시가 당시의 울타리를 벗어나는 데 일조했다.

매요신 시의 예술 풍격에 대해 구양수는 일찍이 '고경(古硬)' 또는 '평담(平淡)'이라고 말했다. 이른바 '고경(古硬)'의 일면은 주로 한유 시의 풍격을 본받은 것이다. 매요신의 시는 생경하고 괴벽한 문자·어둡고 음울한 색채와 공포와 황량감을 띤 의상을 상용하여 환각성을 띠거나 일상적이지 않은 의미의 시경(詩境)을 구성했다. 그가 한유 시를 배운 목적은 만당·오대 이래 시의 닳아빠져 생기를 잃은 폐해를 바로잡고 웅건한 아름다움을 추구하는 것이었다.

그러나 그가 쓴 시는 겉모습이 한유의 시에 근접하긴 했지만 그다지 성공적이지 못했다. 왜냐하면 한유의 시는 표면적으로 괴이하고 생경할 뿐만 아니라 그 속에 내포된 웅건하고 호방한 힘은 사실상 당인의 넉넉하고 호방한 성격이 반영된 것인데, 그것을 송인은 표면적으로 배우지 못했다. 오히려 그의 평이하고 자연스런 시에 때때로 삽입된 딱딱하고 괴이한 시구가 독특한 효과를 자아냈다.

그는 일찍이 "시를 짓는 것은 고금이 따로 없고, 오직 평담하게 만드는 것이 어렵다"[48]라고 말했는데, 그의 '평담'은 격정의 표현·짙은 색채와 기발한 자구를 피하고 자연스럽고 평담한 의취를 추구하는 것이었다. 다음 시를 보자.

---

48) "作詩無古今, 唯造平淡難."(〈讀邵不疑學士詩卷杜挺之忽來因出示之且伏高致輒書一時之語以奉呈〉)

〈魯山山行〉　노산의 산길

適與野情愜,　마침 자연을 사랑하는 내 마음에 맞는다

千山高復低.　높고 낮은 수많은 산들.

好峰隨處改,　아름다운 봉우리는 곳에 따라 바뀌고

幽徑獨行迷.　그윽한 오솔길은 홀로 가다 잃겠다.

霜落熊升樹,　서리 내린 나무 위로 곰이 기어오르고

林空鹿飮溪.　고요한 숲에서 사슴은 개울물을 마신다.

人家在何許,　인가는 어디쯤 있는 것일까?

雲外一聲鷄.　구름 저편에서 닭 울음소리 들린다.

이 시 역시 시인이 강정(康定) 원년(1040)에 지은 것이다. 방회 (方回)가 『영규율수(瀛奎律髓)』에서 이 시를 평하여 "매요신의 이 시 는 미구(尾句)가 자연스러우며 곰·사슴이 나오는 연(聯)은 사람들 이 모두 그 공교함을 칭찬하고 있으나 그 앞의 연이 더욱 그윽하 고 맛이 있다"[49]라고 평했듯이 이 시에는 매요신 시의 청신하고 자연스러우면서 평담한 풍격이 잘 나타나 있다.

풍격이 '고경(古硬)'이건 '평담'이건 간에, 또한 고체건 근체건 간 에 매요신의 시는 산문화의 경향을 띠고 있다. 그의 산문화 경향 은 다음과 같은 몇 가지 효과를 거두었다. 첫째, 시구가 오랜 기간 에 걸쳐 점차 고유의 조합 형식을 형성하여 산문화된 시구가 일종 의 '낯선 느낌'과 '놀라운 느낌'을 얻게 했고 또한 더욱 자유로운 표현을 가능하게 했다. 둘째, 서곤체 시의 수식이 화려하고 의상 (意象)이 밀집되어 현란할 뿐 내용이 빈약한 결점을 극복하고, 허 사의 사용과 어법에 부합하는 구식과 시어의 확대를 통해 독자들 이 보다 쉽게 시의 내용에 접근하고 음미할 수 있도록 했다.

매요신의 시는 때때로 '고경(古硬)'하여 씹어내기 어렵고, '평담'

---

49) "聖兪此詩, 尾句自然, 熊鹿一聯人皆稱其工, 然前聯尤幽而有味."(卷4)

하여 운치가 부족하며, 산문화된 시구는 더러 시 같지 않고, 몇몇 추악하거나 더러운 사물을 시어로 사용한 것은 그의 결점이지만 유극장(劉克莊)이 『후촌시화(後村詩話)』에서 "본 왕조의 시는 오직 매요신이 길을 처음 개척한 창시자이다"[50]라고 말했듯이 그는 결국 여러 방면에서 송시의 길을 열어준 사람이어서 후대에 큰 영향을 끼쳤다.

소순흠(1008-1048)은 재주(梓州) 동산(桐山: 지금의 사천성 중강현中江縣) 사람이지만 개봉(開封)으로 이주하였고 자는 자미(子美)이다. 그는 구양수·매요신 등과 함께 송초에 유행했던 삼체시(三體詩)에서 벗어나 송시의 새로운 기풍을 여는 데 앞장선 사람이다. 이들 중 구양수는 중당(中唐)의 신악부운동(新樂府運動)과 고문운동(古文運動)의 이론적 성과를 계승하여 송대 시문혁신의 이론적 바탕을 제공하는 한편, 이를 자신의 작품과 결합시켜 시문혁신을 주도하였고, 소순흠과 매요신은 각기 개성을 달리하며 창작실천을 통해 시문혁신에 공헌하였다.

소순흠은 두보와 백거이의 현실주의 창작방법을 받아들여 이를 계승 발전시켰고, 이백 시의 낭만적인 정신과 표현수법을 배워서 시가창작에 적용했으며, 한유 시의 웅혼하고 분방한 면을 활용했지만 한유 시에 나타나는 생소한 어휘는 사용하지 않았다. 소순흠은 이와 같이 전인(前人)의 진보적인 주장을 계승하여 자기화 함으로써 북송시의 성격 형성에 이바지할 수 있었다. 『소학사문집(蘇學士文集)』이 있다.

시의 정치작용에 대한 인식 면에서 소순흠은 매요신과 일치했지만 성격이 호방하고 활달하여 벼슬길에서 적극적이고 진취적인 욕망을 펼쳤다. 따라서 그의 시는 종종 준엄한 현실 문제를 다루었

---

50) "本朝詩唯宛陵爲開山祖師."

다. 다음 시를 보자.

<慶州敗>　　**경주에서의 패전**

無戰王者師,　　"싸우지 않는 것은 제왕의 군대이고,
有備軍之志.　　대비해두는 것은 군대의 존재 이유이다."
天下承平數十年,　　천하가 안정된 지 수십 년 되니
此語雖存人所棄.　　이 말은 존재하지만 사람들 이미 버렸다.
今歲西戎背世盟,　　금년에 서쪽 오랑캐가 오랜 맹약 저버리고
直隨秋風寇邊城.　　곧장 가을바람 따라 변방의 성을 노략질했다.
屠殺熟戶燒障堡,　　이민족 백성을 도살하고 요새를 불태우며
十萬馳騁山嶽傾.　　10만의 군대가 내달리니 산악이 기우는 듯하다.
國家防塞今有誰,　　나라의 변방을 지키는 이 지금 누구인가?
官爲承制乳臭兒.　　승제 관직의 젖비린내 나는 어린아이란다.
酣觴大嚼乃事業,　　먹고 마시며 즐기는 것이 일이었으니
何嘗識會兵之機.　　그가 언제 용병술을 익혔으리요?
符移火急蒐卒乘,　　징집의 칙명을 받고 화급히 군대를 모아
意謂就戮如縛尸.　　시체를 결박하듯 적군을 무찌를 기세였다.
未成一軍已出戰,　　군대가 제대로 편성되기도 전에 출전하여
驅逐急使緣嶮巇.　　병사를 몰아 급히 험준한 산을 오르게 했다.
馬肥甲重士飽喘,　　말은 살찌고 갑옷 무거워 병사들 헐떡이니
雖有弓劍何所施.　　활과 칼 있다지만 어떻게 쏘고 휘두를까?
連顚自欲墮深谷,　　험하고 고달파 깊은 계곡으로 떨어지려 하니
虜騎笑指聲嘻嘻.　　오랑캐 기병들이 손가락질하며 비웃는다.
一麾發伏鴈行出,　　명령이 떨어지자 매복했던 병사들 정연히 뛰쳐나와
山下掩截成重圍.　　산 아래를 차단하고 겹겹이 포위하였다.
我軍免胄乞死所,　　우리 병사들 투구 벗어던지고 살려 달라 애걸하고
承制面縛交涕洟.　　장수는 결박당하여 눈물 콧물이 줄줄 흐른다.
遂巡下令藝者全,　　포로들 어쩔 줄 몰라할 때 기예 있는 자
　　　　　　　　살려준다고 하니

爭獻小技歌且吹.　　앞다투어 작은 기예 바치며 노래 부르고 나팔 분다.
其餘則劓放之去,　　그 나머지 코 베고 귀 벤 후 놓아주니
東走矢液皆淋漓.　　도망치며 똥오줌 싼 것이 줄줄 흐른다.
首無耳準若怪獸,　　얼굴에 귀와 코 없으니 괴상한 짐승 같건만
不自媿恥猶生歸.　　수치스러운 줄 모르고 살아 돌아온 것만 감지덕지한다.
守者沮氣陷者苦,　　수비하는 자 기 꺾이고 함락 당한 자 고통 받는 것은
盡由主將之所爲.　　모두가 장수의 소행에서 비롯된 것이다.
地機不見欲僥勝,　　요충지를 모르고서 요행만 바란 결과
羞辱中國堪傷悲.　　나라를 욕되게 하였으니 참으로 애통하다.

경주는 지금의 감숙성(甘肅省) 경양현(慶陽縣)이다. 이 시는 경우 (景祐) 원년(1034) 송나라 군대가 서하와의 전투에서 패한 참상을 묘사한 것인데, 시인은 송나라 군사들의 비참한 모습을 묘사하면 서, 패전의 책임이 무능한 장수와 사람을 제대로 쓸 줄 모르는 조 정의 통치자에게 있다고 비판하였다.

이런 시는 정서가 격앙되어 이백의 풍격에 가깝지만 의기의 고 양 면에서는 이백에 뒤떨어진다. 시의 언어예술 방면에서 소순흠 도 매요신과 마찬가지로 새로운 의상과 구법(句法)을 사용하여 낡 고 익숙한 국면을 타파하려고 노력했다. 그의 시에서도 산문화된 구절과 생경하고 난삽한 어휘와 기이한 의상을 종종 찾아볼 수 있다.

그러나 두 사람의 장점이 다르듯이 시풍도 차이가 있어서 구양 수가 두 사람의 시풍을 논한 다음 시를 보자.

〈水谷夜行寄子美聖兪〉
수곡에서 밤길을 가다 소순흠과 매요신에게

緬懷京師友,　　멀리 수도에 있는 벗들을 생각하니

文酒邈高會.	성대했던 글과 술의 모임이 아득하다.
其間蘇與梅,	그 중에 소순흠과 매요신
二子可畏愛.	두 사람은 두려우면서 사랑스럽다.
篇章富縱橫,	그들의 글은 종횡무진으로 풍부하여
聲價相磨蓋.	그 명성 서로 우열을 가릴 수 없다.
子美氣尤雄,	소순흠은 기개가 더욱 웅건하여
萬竅號一噫.	온갖 구멍에서 일제히 소리를 내는 듯하다.
有時肆顚狂,	때로는 마구 미친 듯이
醉墨洒滂霈.	붓을 휘둘러 좍좍 써내려간다.
譬如千里馬,	비유하자면 천리마와 같아서
已發不可殺.	한 번 내달리면 늦출 수가 없다.
盈前盡珠璣,	앞에 가득 놓인 것 모두가 주옥이어서
一一難束汰.	일일이 취사선택할 수가 없다.
梅翁事淸切,	매요신은 맑고 절실함을 일삼아
石齒漱寒瀨.	계곡의 돌들이 찬 여울물에 씻기는 듯하다.
作詩三十年,	30년 동안 시를 지어서
視我猶後輩.	나를 보기를 후배처럼 본다.
文詞愈淸新,	시어는 더욱 맑고 새로워
心意雖老大.	마음과 뜻이 늙어가면서도 크기만 하다.
譬如妖韶女,	비유하자면 아리따운 여인과 같아서
老自有餘態.	늙어도 여전히 그 자태가 남아있다.
近詩尤古硬,	근래의 시는 더욱 예스럽고 딱딱하여
咀嚼苦難嘬.	씹어도 먹어내기가 무척 어렵다.
初如食橄欖,	감람을 씹는 듯이 처음에는 힘들지만
眞味久愈在.	오랠수록 참맛이 입 안에 남아있다.
蘇豪以氣轢,	소순흠은 호방하여 기세로 압도하니
擧世徒驚駭.	온 세상이 그저 놀랄 뿐이다.
梅窮獨我知,	매요신의 곤궁함은 나만이 아니
古貨今難賣.	옛 물건을 지금은 팔아먹기 어렵다.

二子雙鳳凰,	두 사람은 한 쌍의 봉황과 같아서
百鳥之嘉瑞.	온갖 새들 중의 상서로운 것이지만
雲煙一翺翔,	구름과 안개를 뚫고 비상하려 하면
羽翮一摧鍛.	날개가 꺾이고 잘리고 만다.
安得相從遊,	어찌하면 그들과 함께 어울려서
終日鳴嘰嘰.	종일토록 시를 주고받을 수 있을까?

소순흠 시의 자유분방하고 탁 트인 기상은 매요신의 시에서 찾아 보기 쉽지 않고, 마찬가지로 매요신 시의 정세하고 깊으며 함축적 인 특징을 소순흠의 시에서는 찾아보기 쉽지 않다. 소순흠 시의 약 점은 때때로 감정을 털어놓는 것만 고려하고 감정의 표현방식과 언 어에 내재하는 장력을 다듬는 데는 소홀하여 거칠게 보이는 것이다.

그렇긴 하지만 소순흠에게는 매우 정치하게 쓴 소시(小詩)도 있 다. 다음 시를 보자.

〈淮中晩泊犢頭〉
회하 여행 중 날이 저물어 독두에 배를 대고

春陰垂野草青青,	봄 구름 들판을 뒤덮고 풀은 파릇파릇한데
時有幽花一樹明.	때마침 그늘 속에 꽃 피어 온 나무가 환하다.
晩泊孤舟古祠下,	해 저물어 외로운 배를 옛 사당 아래 대고
滿川風雨看潮生.	온 들판 비바람 속에서 밀려드는 조수를 바라본다.

이 시는 소순흠이 경력(慶曆) 5년(1045) 봄, 진주원(進奏院) 폐지 (廢紙) 사건으로 정적들의 모함을 받아 삭탈관직 당한 후 소주(蘇 州)로 남하하던 중에 지은 것이다. 그는 여기서 자신의 인생을 되 돌아보며 어려운 환경과 여건 속에서도 지조를 지켜나가는 선비의 기상을 언급한 다음에, 자신은 그 꿋꿋한 의지가 꽃피우면 그로

인해 온 나무가 환하게 되리라는 신념과 희망을 갖고 살아왔음을 말하였다. 그러나 결국 운명 앞에서 무기력할 수밖에 없는 인간을 '거대한 조수 앞의 외로운 배'에 비유하여 자신에게 닥친 정치적 시련을 암시하였다.

진연(陳衍)은 『송시정화록(宋詩精華錄)』에서 이 시의 마지막 구를 평하여 "위응물(韋應物) <저주서간(滁州西澗)> 시의 '봄 강물 비에 불어 석양녘 흐름이 세차다'(春潮帶雨晚來急)를 보라. 기세가 그것을 뛰어넘는다"라고 평가하였고, 유극장(劉克莊)도 이 시를 일컬어 "위응물과 흡사하다"[51]라고 하였다. 이처럼 시인 자신의 체험을 바탕으로 시의 맥락을 세밀하게 구성하는 것이 송시의 한 특징으로 정착되었다.

3. 3 구양수(歐陽修)

북송의 시문혁신은 범중엄이 단초를 연 이후 구양수가 매요신·소순흠 등과 함께 송시의 새로운 기풍을 진작시켰다고 할 수 있다. 그것은 일면 사상 통제의 강화라는 시대문화에 순응한 것이고, 다른 일면 문학의 새로운 발판과 예술풍격을 찾는 것이었다.

구양수(1007-1072)는 길수(吉水: 지금의 강서성에 속함) 사람으로 자가 영숙(永叔)이고 호가 취옹(醉翁)인데, 만년에는 호를 육일거사(六一居士)라고 하였다. 그는 당시 공인된 문단의 영수로, 송조(宋朝)에 들어서서 산문·시·사의 각 부문에서 모두 뛰어난 성취를 이루었던 첫 번째 작가이다. 매요신과 소순흠은 그에게 계몽적인 역할을 했지만, 언어에 대한 이해와 음절에 대한 감성은 구양수가 그들보

---

51) "極似韋蘇州."(『後村詩話』卷2)

다 낫다. 그는 이백과 한유의 영향을 깊이 받아, 한편으로는 당인(唐人)이 정해놓은 형식을 보존하고, 다른 한편으로는 그 형식들이 탄력을 갖게 하여 비교적 하고 싶은 말을 다 하면서도, 다리를 잘라 신발에 맞추듯 내용을 희생하지도 않고, 시의 정제한 체재를 잃지 않으면서 산문과 같이 흐르는 듯하면서 맑고 깨끗한 풍격을 구현할 수 있기를 원했다.

"산문으로 시를 짓는다"(以文爲詩)는 점에서 그는 왕안석(王安石)·소식(蘇軾) 등에게 초석을 놓았고, 동시에 소옹(邵雍)·서적(徐積) 등과 같은 도학자에게도 단서를 열어주었다. 이 도학자들은 흔히 시체(詩體)를 가지고 철학·사학 심지어는 천문·수리를 말하였고, 게다가 내용이 시율(詩律)의 제한을 받는다고 생각하여 한 걸음 더 산문화하였는데, 그들이 그려낸 것은 형식이 정제되고 구속된 시를 벗어난 것이 아니라, 서적(徐積)의 근 2천 자에 달하는 <대하(大河)> 시처럼 압운되고 중첩된 산문을 벗어나지 못했다. 『구양문충공집(歐陽文忠公集)』이 있다.

구양수가 북송 시문혁신의 영수 지위를 차지한 데에는 여러 가지 원인이 있다. 우선 그 시문혁신은 송 왕조의 사상·문화 건설의 일부분으로서, 당시 정치 방면의 개혁과 서로 관련되어 있으며 정권에 의지하여 위에서부터 아래로 추진된 것이다. 일찍이 천성(天聖: 1023-1031) 연간에 범중엄(范仲淹)이 고도(古道)의 부흥을 주장했고, 조정에서도 몇 차례 조서를 내려 정치적 목적으로 문풍개혁의 문제를 제기했다. 인종(仁宗)은 그때 조서를 내려 문인들이 내용 없이 화려하기만 한 문장을 지어서는 안 된다고 강조하는 한편 학자들이 힘써 선성(先聖)의 도를 밝힐 것을 주문했는데, 이런 변혁을 영도할 적임자가 바로 구양수였다.

다음으로 당시의 문인 집단 속에서 구양수는 강한 호소력을 지니고 있었다. 그가 정치활동을 하면서 드러낸 인격은 도덕적인 절조를 중시하는 사대부들의 존중을 받았고, 그 또한 자신이 지공거(知貢擧)의 지위에 있으면서 인재를 발탁하고 천거했다. 당시 거의 모든 저명한 문학가들이 모두 구양수의 도움을 받았기 때문에 그를 중심으로 하는 문학 집단이 형성되어 영향력을 확대하고 그들의 주장을 펼칠 수 있었다.

예를 들어 매요신과 소순흠 두 사람은 명성과 지위가 대단하지 않았지만 구양수가 시단의 종주로 대하여 그들의 명망이 크게 높아졌다. 증공(曾鞏)이 과거에 낙방했을 때 구양수가 그에게 서(序)를 써서 전별하자 사람들이 그를 괄목상대하게 되었고, 나중에 구양수가 지공거가 되었을 때 그를 진사로 선발했다.

구양수는 왕안석(王安石)을 두 번이나 천거하였고, 증시(贈詩)에서 그를 대단히 높게 평가하였다. 삼소(三蘇) 중에서 소순(蘇洵)은 무명의 평민 신분이었는데, 구양수의 추천을 받아 이름이 전국에 알려졌고, 소식과 소철(蘇轍)은 구양수가 지공거로 있을 때 선발되었는데, 특히 소식은 그의 아낌없는 칭찬을 받았다. 봉건시대의 문인이자 정치가로서 구양수의 안목과 함양은 확실히 뛰어난 것이었다.

또 한 가지 직접적이고도 중요한 요인이 있다. 구양수는 상당히 높은 문학수양을 지니고 있어서 시가·산문·사의 창작 방면에 특출한 성취가 있을 뿐만 아니라 당시의 여러 가지 조건을 감안할 때 그는 합리적이고 조화로우며 포용성이 풍부한 문학주장을 폈다. 북송 건국 이래 개성을 제약하는 유가 윤리 관념의 강화로 인해 문학 방면에서 도학(道學)으로 문학을 통제하는 이론이 급격히 성장해서 북송 초기 서곤체를 대표로 하는 문학기풍의 일부 폐단을 언급하긴 했지만 문학의 활기에 대해서는 다른 방향에서 더욱 강력한 억제력을 행사했다.

여기서 구양수의 태도는 한편으로 주도적 지위를 차지하고 있는 문학사상에 대해 원칙적인 찬동을 표시하며 문학에 대한 도학의 결정 작용을 인정하여 석개(石介)·윤수(尹洙) 등에게 존중을 표시했고, 다른 한편으로 지나치게 과격한 주장에 반대의 뜻을 표명했다.

몇몇 구체적인 문제에서 구양수의 태도는 더욱 합리적이었다. 이를테면 서곤체에 대해 그는 좋은 평가를 내리기도 하여 양억(楊億)을 "참으로 일대의 문호이다"52)라고 칭찬했으며, 서곤 시인에 대한 석개의 극단적인 태도를 비판하기도 했다. 또한 변체문(騈體文)에 대해서도 그는 "시문(변체문)이 내용의 알맹이 없이 수사에만 치우쳐 있다고 말하지만 그 공 또한 독보적인 가치가 있다"53)라고 하여 공평한 주장을 폈다. 그는 변체문의 결점이 형식의 엄격한 제한으로 인해 논리와 서술이 불분명하고 순조롭지 않은 것이라고 생각했다.

그러므로 구양수가 영도한 문학혁신은 서곤체와 변체문을 반대한 일면이 있긴 하지만 그 핵심문제는 어떻게 하면 문학이 사회질서를 건립하는 데 더욱 적극적이고 실제적인 작용을 하는가였다. 그 기본적인 전제 하에서 그들은 문학의 존재를 옹호하고, 동시에 예술창작 활동으로서 문학이 지니는 가치를 옹호했다.

구양수는 한유를 존중하고 본받았지만 괴벽하고 난삽한 방향으로 치닫는 문학 기풍은 배척했다. 그가 한유를 존중한 것은 주로 '고문(古文)'의 제창과 한유의 문학주장을 발양하는 것에 착안한 것이고, 한유의 기발하고 호방하며 험괴한 풍격은 좋아하지 않았다. 더욱이 한유의 문장 풍격은 송대의 문화 기풍 및 송인의 의젓하고

---

52) "眞一代之文豪也."(『歸田錄』)
53) "時文雖曰浮巧, 其爲功亦不易也."(「與荊南樂秀才書」)

근엄한 성격에 부합하기 어려웠을 것이다. 따라서 구양수 등이 창도한 '고문(古文)'은 당인(唐人)과는 다른 길을 가야 했다.

당시에 이른바 '태학체(太學體: 국자학에서 유행한 문체)'가 있었는데, 그 대표 인물이 유기(劉幾)였다. 태학체의 면모는 이미 찾아볼 수 없게 되었지만 『몽계필담(夢溪筆談)』이 인용한 일부 구절을 보면 한유와 그 주변 문인의 괴벽한 말에 비해서는 그다지 기이하게 보이지 않을 정도이다. 그러나 구양수는 소박하고 유창한 문풍을 제창하기 위해 가우(嘉祐) 2년(1057) 과거를 주관했을 때 유기의 문장을 처음부터 끝까지 붉은 붓으로 지워버렸다.

이것이 과거 수험생들의 분노를 사서 떼로 몰려들어 소란을 피우고 심지어는 대로에서 구양수의 말을 가로막고 항의했지만 구양수는 동요하지 않고 결국 수험생들의 학습방향을 바꾸어놓았다. 과거시험의 문장은 선비들 일생의 전도와 깊은 관계가 있기 때문에 일반 사회의 문장풍격에 대한 영향이 심대할 수밖에 없었다.

구양수를 영수로 하는 문학집단의 노력을 통해 북송 중엽의 문학 혁신은 마침내 성공을 거두고 그로부터 시와 문 두 방면에서 송대 문학의 기본풍격이 확립되었다. 이는 물론 간단히 개괄하기 어렵지만 크게 보아 문장은 산체(散體) 위주이면서 변체(駢體)와 융합한 것이니 사실상 변체와 산체의 대립을 종결짓고, 문자는 쉽고 유창한 것을 따르고, 절주는 완곡하고 여유 있으면서 격렬한 표현을 피하는 것이었다. 시는 감정의 표현이 약화되고, 반영하고 있는 심리 상태는 평온한 편이며 색채와 의상(意象)이 소담한 편이지만, 사물에 대한 관찰과 체험은 전인들보다 세밀하여 전체적으로 이지(理智)를 중시하는 특징을 지녔는데, 특히 고체시에서 산문화된 서술과 설리(說理) 성분이 큰 비중을 차지하게 되었다.

이 문학혁신에 대한 평가에는 복잡한 사정이 있다. 개요를 말하면 한편으로 그것은 사대부 집단이 창도한 사상 문화 변혁의 일부분으로, 위로부터 아래로 내려간 정치 의의를 지닌 행동이어서 문학의 자유로운 발전에 제약을 주었다. 하지만 다른 한편으로 그것은 극단적인 도학가의 주장을 효과적으로 억제하고 시대의 제한된 조건 하에서 새로운 특색을 배태하여 중국문학의 총체적인 면모를 풍부하게 했다. 그리고 역사상의 각종 문학운동과 마찬가지로 작가의 실제 창작이 결코 그들 이론의 그림자에 뒤덮이지는 않았다.

구양수 본인의 시가창작은 당시에도 본보기가 되었다. <식조민(食糟民)>·<답주안포황시(答朱案捕蝗詩)> 등은 모두 구체적인 사회문제를 다루며 자신의 견해를 진술하거나 내심의 도덕적 자책을 표현했다. 다음 시를 보자.

<食糟民>	**지게미를 먹는 백성**
田家種糯官釀酒,	농민이 심은 찹쌀로 관청에서 술을 빚으면서
榷利秋毫升與斗.	전매 이익은 되와 말 조금도 늦춤이 없다.
酒沽得錢糟棄物,	술을 팔아 돈을 벌고 지게미는 버리는데
大屋經年堆欲朽.	큰 집에 해를 묵혀 쌓아두어 썩으려 한다.
酒醅瀺灂如沸湯,	술 빚을 땐 보글거림이 끓는 물 같고
東風來吹酒甕香.	동풍이 불면 술독이 향기롭다.
累累罌與瓶,	항아리와 병 첩첩이 쌓여 있어
惟恐不得嘗.	다만 맛보지 못할까 걱정이로다.
官沽味濃村酒薄,	관청의 술은 맛이 진하고 촌 술은 묽어서
日飲官酒誠可樂.	날마다 관청의 술 마시면 참으로 즐겁다.
又見田中種糯人,	한편 밭에서 찰벼를 심는 사람들을 보면
釜無糜粥度冬春.	솥에 죽도 없이 겨울과 봄을 지낸다.
還來就官買糟食,	도리어 관청에 가 지게미를 사서 먹는데
官吏散糟以爲德.	관리는 지게미 뿌리는 것을 덕으로 여긴다.

嗟彼官吏者,	아아, 저 관리들이여!
其職稱長民.	그들의 직책은 백성을 거느리는 것이라면서
衣食不蠶耕,	양잠을 않고도 옷을 입고
	밭 갈지 않고도 밥을 먹으며
所學義與仁.	배운 것은 의로움과 인자함이란다.
仁當養人義適宜,	인자하면 백성을 기르고
	의롭다면 옳은 일을 해야 하며
言可聞達力可施.	언로는 조정에 통할 수 있고 시행할 힘이 있건만
上不能寬國之利,	위로는 나라의 이익을 넓히지 못하고
下不能飽民之饑.	아래로는 굶주린 백성들을 배불리 먹일 수 없다.
我飮酒, 爾食糟,	나는 술을 마시고, 당신들은 지게미를 먹으니
爾雖不我責,	당신들이 나를 질책하지 않는다 해도
我責何由逃.	나의 책임을 어떻게 피하리오!

구양수는 이 시에서 조정이 백성과 이익을 다투는 현실을 비판하고, 헐벗은 백성들의 고통을 돌아보지 않는 관리들을 질책하는 한편, 자신도 관청의 혜택을 받으면서 관리로서의 책임을 다하지 못하고 있다고 자책하였다. 이와 같이 백성에 대한 연민과 관리에 대한 질책에서 한 걸음 더 나아가 한 사람의 관리로서 책임을 다하지 못하고 있는 자신을 책망하는 표현수법은 드물게 보이는 것으로 구상의 참신성이 엿보인다. 그의 정치시는 수량이 많지 않은데, 그 이유는 아마도 그가 비중이 큰 정치가여서 일반 문인들처럼 시로 자신의 마음을 표현하는 데 급급하지 않았기 때문일 것이다.

구양수 시 가운데 일부 고체 장편은 의론을 펴고 사건을 늘어놓기 좋아하여 산문화의 경향이 강하다. 그런 시는 신기한 면모로 시의 상투화된 체제를 타파하는 역할을 했지만 예술의 측면에서 보면 그다지 시취(詩趣)를 찾을 수 없다. 그러나 근체 위주의 짧은 시들은 쉽고 자연스런 언어로 정과 경을 서사하면서도 섬세하게 다듬고 의미의 맥락이 완벽하여 절실하고 유창한 풍격을 지녔다.
다음 시를 보자.

<戱答元珍>　　　　정보신에게 장난삼아 답하여

春風疑不到天涯,　　봄바람이 하늘 끝까지는 이르지 않았는지
二月山城未見花.　　2월인데도 산성에 꽃핀 것을 보지 못했다.
殘雪壓枝猶有橘,　　남은 눈이 가지를 누르고 있는데도
　　　　　　　　　노란 귤이 보이고
凍雷驚筍欲抽芽.　　초봄의 우렛소리에 죽순이 놀랐는지
　　　　　　　　　싹이 트려 한다.

夜聞歸雁生鄕思,　　밤에 듣는 기러기 울음소리에 고향생각 일고
病入新年感物華.　　병중에 새해 맞으니 경물에 대한 느낌이 다르다.
曾是洛陽花下客,　　일찍이 낙양성에서 꽃 속의 나그네였으니
野芳雖晚不須嗟.　　들꽃이 늦는다 해도 한탄할 필요 없으리.

　　인종(仁宗) 경우(景祐) 3년(1036) 5월에 구양수는 협주(峽州) 이릉
(夷陵) 현령으로 좌천되었는데, 이듬해 친구인 정보신(丁寶臣: 자가 원
진元珍이다)이 <꽃필 때의 장맛비(花時久雨)> 시를 써 보내자 구양수
가 이 시로 답한 것이다. 제목에 '희(戱)'라 함은 자기가 쓴 것이
장난에 불과하다는 말이지만, 사실 그의 정치상 실의를 의미한다.
당인(唐人)의 율시는 병렬의 의상(意象)과 단속적이거나 도약적인
연결을 많이 사용한 반면에 구양수는 8구의 시를 유동적이면서도
연관된 절주로 구성하려고 노력했는데, 이것은 당시 이후의 새로
운 노선이었다.
　　구양수의 시론은 북송 중기 이후 송시의 새로운 성격 형성에 이
바지하였고, 북송 시문혁신운동의 이론적 근거가 되었다. 구양수가
영도한 시문혁신이 결실을 맺을 수 있었던 원인으로 가장 중요한

것은, 그가 소순흠·매요신 등과 함께 성공적인 시문 창작으로 자신의 이론을 실천했다는 점이다. 그는 문장이 치(治)·란(亂)과 연계되어 있다고 큰소리치지 않았고, 창작의 각도에서 문(文)과 도(道)의 관계를 논하는 데 치중하여 자신의 시문을 일대 문풍의 개혁을 위해 모범으로 삼았다.

그가 사회시를 통해 보여준 '시로써 정치를 논하는 수법'이 송시의 산문화를 재촉하였을 뿐만 아니라, 그러한 작품들 속에는 그의 강직하고 호매한 기개와 깊고 날카로운 통찰력이 담겨있어서 당시에 커다란 반향을 일으킬 수 있었다. 그는 또한 시의 제재를 다양화하여 시의 표현범위를 넓혔으며, 서술의 관점과 방법을 확대하여 송시의 시야를 넓히는 데 기여하였다. 우리가 송시의 특징이라고 알고 있는 것의 대부분이 구양수의 시에서 발견되고 있는 것을 통해 그의 시론과 시가 송시사에서 차지하고 있는 비중을 가늠해볼 수 있다.

3. 4 소옹(邵雍)

송대는 이학(理學)이 성행했던 시대였는데, 독특한 시론에 입각한 시를 써서 송대 이학가 시의 단초를 연 사람이 소옹(1011-1077)으로 자는 요부(堯夫)이다. 그는 직접 농사를 지어 겨우 의식을 자급할 수 있었지만 자신의 거처를 안락와(安樂窩)라고 이름 짓고 안락선생(安樂先生)이라고 자호하였다. 아침에 일어나면 향을 피우고 좌선하고, 황혼에는 술 서너 사발을 마셔서 얼큰해지면 그만두었고, 흥이 나면 시를 읊조리며 즐기는 은사생활을 했다.

소옹의 시론은 유가사상의 기초 위에서 노장사상을 흡수하여 형성된 것이다. 그가 제창한 '명교의 즐거움'은 문학의 교화작용을 중시한 유가사상이고, '관물의 즐거움'은 감정의 세계를 초월하여 물아제일(物我齊一)을 주장한 노장사상이다. 이와 같이 삼강오상(三綱五常)을 자연의 도로 승화시키고 도덕설교를 자연의 미로 끌어들여 유가사상에 도가사상을 가미한 독특한 사상체계를 세운 것이 이학의 특징이라고 할 수 있는데, 소옹은 자신의 시론과 시에서 이 점을 잘 보여주고 있다.

소옹의 <수미음(首尾吟)> 135수는 시의 기능에 대하여 설파한 것이 주 내용이다. 그는 이 시들 속에서 기능 이론을 전개하면서 시의 정의를 보이거나 특질을 언급하였다. 다음에 제1수를 예로 들어본다.

堯夫非是愛吟詩,	요부는 시 읊기를 좋아하는 것이 아니다.
爲見聖賢興有時.	성현이 일어날 때가 있음을 보았을 때
日月星辰堯則了,	해와 달과 별의 운행규칙을 요임금이 정하고
江河淮濟禹平之.	장강과 황하와 회하와 제수를 우임금이 다스렸다.
皇王帝伯經褒貶,	옛 성왕들의 시비선악에 대한 평정을 거쳤지만
雪月風花未品題.	눈과 달과 바람과 꽃은 아직 감상하지 못했다.
豈謂古人無闕典,	어찌 고인에게 한스런 일이 없다고 하겠는가?
堯夫非是愛吟詩.	요부는 시 읊기를 좋아하는 것이 아니다.

소옹은 이 시에서 재도(載道)의 기능을 설파하면서 공통적으로 시에 '자락(自樂)'과 '관물지락(觀物之樂)'을 표현하는 기능이 있음을 말하여 그의 시론을 담고 있다. 다시 <논시음(論詩吟)> 시를 보자.

何故謂之詩,	무엇 때문에 그것을 시라고 하는가?
詩者言其志.	시가 뜻을 말하는 것이어서란다.
旣用言成章,	말을 사용하여 글을 이루고
遂道心中事.	마음속의 일을 표현한다.

不止鍊其辭,	문사를 다듬는 데 그치지 않고
抑亦鍊其意.	또한 뜻을 다듬어간다.
鍊辭得奇句,	문사를 다듬어 멋진 구절을 얻고
鍊意得餘味.	뜻을 다듬어 여운의 맛을 얻는다.

　여기서 소옹은 시의 작용이 '언지(言志)'에 있음을 분명히 하였고, 좋은 시를 짓기 위해서는 문사와 뜻의 연마에 힘써야 한다고 말하여 내용과 함께 수사의 중요성을 천명하기도 하였다. 그는 이학가 시론의 창시자로서 "시는 지(志)를 표현하는 것이며, 본성을 현시하는 것"이라는 자신의 시론이 구체적으로 어떻게 창작될 수 있는가를 보여줌으로써 후대 이학가 시에 지대한 영향을 끼쳤을 뿐만 아니라 송시사에서 독자적인 영역을 구축할 수 있었다.

4. 북송 후기의 시

북송 후기 시는 대체로 송 인종(仁宗) 말년인 1063년부터 여진족이 세운 금(金)나라에 의해 '정강(靖康)의 변'이 일어나 북송의 시대가 막을 내린 1126년까지의 60년 동안을 말하는데, 당시와는 다른 송시의 성격을 형성하는 데 이론과 창작 방면에서 초석을 놓은 구양수·매요신·소순흠 등의 중기 시를 이어받아 왕안석(王安石)·소식(蘇軾)·황정견(黃庭堅)·진사도(陳師道) 등이 등장하여 송시의 황금기를 구가하였다.

4. 1 왕안석(王安石)

왕안석(1021-1086)은 임천(臨川: 지금의 강서성江西省 무주撫州) 사람으로 자는 개보(介甫)이다. 그가 정치 방면에서 감행한 새로운 조처들은 시행과정상의 문제점 때문에 동시대와 후세 사람들의 적대감을 불러일으켰다. 그러나 그들 역시 그의 문학적인 성취, 특히 그의 시를 높이 평가했다. 그는 구양수에 비하여 해박했으며 수사기교에 더욱 치중했기 때문에, 재기가 번뜩이는 언어를 구사하고 참신한 내용을 표현했다. 그러나 이 점은 이후 송시의 형식주의(형식미를 추구하고 운율미를 추구하는 태도)를 싹틔우기도 했다.

왕왕 그의 시는 어휘와 전고를 자랑하는 유희거리였으며 학문을 측정하는 시험문제 같았다. 그는 전고를 빌려다 눈앞의 사실을 말하였고, 흔히 보지는 못했으나 출처가 있는 것 혹은 보기에는 참신하나 사실은 진부한 언어로써 일상적으로 사용하는 언어들을 대신하였다. 더욱이 '육경(六經)'과 '사사(四史)'에 나오는 것처럼 유래가 멀고 불교의 경전이나 도가(道家)의 서적처럼 출처가 편벽될수록 그는 재주를 유감없이 발휘할 수 있었다. 전체적으로 볼 때 그의 시에 나타나는 주된 정서는 자부심을 토대로 한 개성이고, 그는 시의 언어가 일상적인 언어와 같지 않다는 인식을 바탕으로 작시에 임했다. 『왕임천집(王臨川集)』과 『임천집습유(臨川集拾遺)』가 있다.

왕안석은 청년시대에 정치적 포부가 커서 태평 재상을 자부하였고, 나중에는 완강한 태도로 정치 투쟁에 몰입했으니 그의 이상은 문학가보다는 정치가가 되는 것이었다. 그가 30여 세에 구양수를 회견했을 때 구양수가 증시(贈詩)에서 그를 이백과 한유 같은 문학가에 비견하자 그는 답시에서 오히려 "훗날 맹자를 엿볼 수 있다면 종신토록 어찌 감히 한유 공을 바라겠습니까?"라고 대답했다고 한다. 그가 보기에 한유는 문인의 경향이 지나쳤던 것이다. 문학에 대한 그의 견해 또한 실용의 기능을 강조한 것이었다. 그런 관점은 당시 문학사조의 중심 조류와 일치하는 것이다. 다만 왕안석이 말한 실용은 실제적인 사회 작용 방면에 편중된 것이라서 도덕설교에 편중된 도학가의 것과는 달랐다.

왕안석의 시 중에서 일부 작품은 직접적으로 현실사회 문제를 반영한 것이다. 예를 들어 <감사(感事)>・<겸병(兼幷)>・<하북민(河北民)> 등의 작품은 대부분 그가 지방관으로 있을 때 지은 것으로, 당시 정치에 대한 비판과 정치 이상을 표현했다. 또한 <상앙(商鞅)>・<맹자(孟子)>・<가생(賈生)>・<강기(强起)> 같은 작품에서는 옛 일을 빌려 지금을 비유하는 방법이나 제목을 빌려 발휘하는 방법으로 작가의 정치관념 또는 인생관념을 표명했다. 다음 시를 보자.

<强起>　　　**억지로 일어나서**

寒堂耿不寐,	차가운 방에서 근심에 잠 못 이뤄 하는데
轆轆聞車聲.	덜컹덜컹 수레 소리가 들려온다.
不知誰家兒,	뉘 집 자식인지 몰라도
先我霜上行.	나보다 먼저 서리 밟으며 가는구나.
歎息夜未央,	아직 밤인데 싶어 한숨 쉬다가
呼燈置前楹.	기둥 앞에 등불을 밝혀 두라 하였다.
推枕强欲起,	베개를 밀치고 억지로 일어나려다
問知星正明.	물어보니 아직 별빛이 한창이란다.
昧旦聖所勉,	캄캄한 아침을 맞으려고 성현들은 힘썼고
齊詩有鷄鳴.	<제시(齊詩)>엔 <계명(鷄鳴)>이란 시도 있었다.
嗟予以竊食,	하지만 난 이미 끼니나 훔쳐먹고 사는 신세
更覺負平生.	평생의 꿈을 저버리고 있음을 다시 깨닫게 된다.

이 시는 왕안석이 불우했던 시절의 어느 날 밤에 쓴 작품으로 그의 처지와 심경이 잘 나타나 있다. 당시 시인은 인종(仁宗) 황제 말년에 겪은 정치적 침체와 부진으로 말미암아 이미 상당히 의기 소침해 있었고, 게다가 부인과 아들이 모두 병이 들어 그 병간호 때문에 잠을 설치거나 아예 잠을 못 자는 경우가 많았다.

그러던 중 어느 날 밤 갑자기 바깥 거리 쪽에서 들려오는 수레 소리를 들었다. 뉘 집 젊은이인지는 몰라도 시인보다 훨씬 일찍 집을 나서서 벌써 서리 내린 길을 달려가고 있는 것이다. 날이 아 직 밝지도 않았는데 그처럼 고생을 해야 하니 실로 가슴 뭉클해져 탄식이 나온다. 그래서 시인은 하인을 불러 등불을 가져다 기둥 앞의 책상에 갖다 두게 한다. 그리고 난 뒤 베개를 밀치고 억지로 혼자 일어나 보려고 한다. 그러나 시간을 물어보고서야 비로소 별 들이 아직도 하늘에서 반짝이고 있음을 알게 된다. 사실, 고대의 성현들은 항상 날이 밝기 전에 일어나 하루의 일을 시작해야 한다고 스스로를 채찍질했다. 그래서 『시경·제풍(齊風)』에 아침 일찍 일어나 열심히 일하는 습관을 칭찬하는 <계명(鷄鳴)>이란 시가 있는 게 아니겠는가?

그러나 지금 세상에 이러한 미덕을 실천하는 사람은 그저 몇몇 젊은이만이 있을 뿐이다. 그러면 시인 자신은 어떠한가? 그저 봉급에 의지하여 살면서 한 가지 일도 제대로 한 것이 없다. 가슴에 손을 얹고 반성해 보면, 도둑질을 한 거나 다름없으니 정말로 슬퍼하고 한탄해야 할 일이다. 지난날 나라를 위하고 백성을 위하려는 그 웅대한 의지는 지금 어디에 있는가? 생각하면 할수록 평생토록 지녀온 자신의 정치적 이상을 저버린 듯 느껴져 헛되이 서글픔만 더할 뿐이다.

매요신·소순흠·구양수 등이 한유를 존숭하거나 본받은 것과 달리 왕안석은 두보를 존중했으며, 아울러 중·만당 시의 장점을 흡수했다. 두보가 송대에 점차 드높게 중시를 받고 송시가 점차 두보의 방향으로 기운 것은 왕안석을 기점으로 한다고 말할 수 있다. 이런 기초 위에서 그의 시는 언어가 세련되고 원숙하며 의경이 청려하고 함축적인 것을 특징으로 하는 풍격을 형성했다.

왕안석의 시는 언어의 단련에 매우 노력을 기울였으며, 흔적을 남기지 않고 전인의 어휘와 의상을 잘 변화시켜 사용했다. 다음 시를 보자.

<書湖陰先生壁二首>(其一) **호음선생 댁 벽에 쓰다 2수(제1수)**

茅簷長掃靜無苔,	띠 지붕 처마 밑 늘 쓸어 이끼 한 점 없고
花木成畦手自栽.	꽃나무 구획 지은 듯 손수 심어 놓았다.
一水護田將綠繞,	냇물 한 줄기 밭을 감싸 초록빛 둘러 나가고
兩山排闥送靑來.	양쪽 산들은 대문 밀치고 푸른빛 보내온다.

호음선생(湖陰先生)은 양덕봉(楊德逢)의 호이다. 그는 왕안석이 금릉(金陵: 지금의 강소성 남경) 자금산(紫金山) 모퉁이에 살 때의 이웃인데, 몸소 농사를 지으며 사는 은사(隱士)였다. 왕안석은 금릉에 있을 때 호음선생과 자주 왕래했었다.

이 시는 호음선생 집의 담에 쓴 것으로, 호음선생의 성품과 함께 초여름 전원의 경치가 매우 생동감 있게 묘사되어 있다. 특히 3구와 4구의 '호전(護田)'과 '배달(排闥)'은 모두 『한서(漢書)』에서 따온 말이지만, 독자들이 그 내력을 모르더라도 뜻을 이해하고 시를 감상하는 데 아무런 지장을 주지 않고 있어서, 중국 고대 수사학의 '용사(用事)'에 대한 최고의 요구에 부합된다고 하겠다.

왕안석의 시는 왕왕 사영운(謝靈運) 및 중·만당 시의 청려한 풍치를 지녀서 황정견(黃庭堅)은 그것을 가리켜 "아름답고 대단히 정밀하여 세속에서 벗어나 있다"[54]라고 했다. 사실상 이런 종류의 왕안석 시는 모종의 고독과 청고한 의미를 지니고 있지만 그가 이에 대해 강하게 표현하기를 원치 않아서 마음의 평정을 유지했기 때문에 비교적 조화롭게 언어를 사용하였다.

두보 만년의 시는 〈등고(登高)〉에서 볼 수 있듯이 종종 자아의 형상을 고독하고 쓸쓸한 가을 분위기 속에 놓고 마음의 우수를 표현했는데, 왕안석의 〈기채천계(寄蔡天啓)〉 같은 시도 그와 비슷하며 심지어 성률의 멈춤과 바뀜도 유사한 면이 많다. 다만 왕안석은 다소 담백하게 처리하여 광활한 배경으로 정서의 확장을 조성하는 것을 피했으며, 동시에 정서의 구체적인 내함을 설명하거나 암시하는 것을 회피했다. 그로 인해 사람들에게 일종의 쓸쓸하고 처량하며 뚜렷하게 알 수 없는 슬픈 정회를 남길 수 있었다.

---

54) 『冷齋夜話』 "(荊公暮年作小詩,) 雅麗精絶, 脫去流俗."(胡仔, 『苕溪漁隱叢話』 前集 卷35에서 인용)

그와 같은 시경(詩境)을 조성한 원인은 두 가지 측면에서 볼 수 있다. 한편으로 왕안석은 개성이 강해서 일생동안 풍파 속에서 좌절을 겪었을 때 내심의 불평을 어떻게든 토로해야 했을 것이다. 다른 한편으로 그의 인생체험이 매우 복잡해서 분명하게 밝히기 쉽지 않고, 이지를 중시하는 송대의 문화 분위기 속에서 중요한 정치적 지위를 지녔던 인물이다 보니 시에서 개인의 감정을 강렬하게 표현하면 유치한 과장으로 인식될 우려가 있었기 때문에, 감정을 억제하고 함축적이고 온건한 방식으로 표현하는 것을 선택했을 것이다. 다음 시를 보자.

〈登寶公塔〉	보공탑에 오르며
倦童疲馬放松門,	지친 동자와 지친 말을 송문에 놓아두고
自把長筇倚石根.	홀로 대지팡이 짚고 올라 돌담에 기댄다.
江月轉空爲白晝,	강 위의 달은 하늘을 빙글 돌아 대낮같이 비추고
嶺雲分暝與黃昏.	재 너머 구름은 어둠을 갈라 저녁 빛과 함께한다.
鼠搖岑寂聲隨起,	생쥐는 정적을 깨며 쉬지 않고 바스락대고
鴉矯荒寒影對翻.	까마귀는 추운 달빛 속에 짝지어 날아간다.
當此不知誰客主,	누가 객이고 주인인지 모를 이때에
道人忘我我忘言.	스님은 나를 잊고 나는 말을 잊는다.

보공탑은 양나라 때 고승 보지(寶誌)를 기린 탑이다. 이 시는 시인이 정림사(定林寺)에 은거할 때 황혼 무렵 동복과 말을 놓아두고, 홀로 보공탑에 올라 저녁 경치를 감상한 경물시이다. 표면적으로 명암 대조의 수법과 정교한 대장을 사용하여 뛰어난 수사 기교를 느끼게 하지만, 시인은 그 속에 자신의 우수 어린 정회를 깃들여 놓았다.

요컨대 송대의 시인 중에서 왕안석의 시는 정감의 내함과 표현이 이미 평담에서 벗어나 농후한 쪽으로 방향을 전환했다. 청려하고 함축적인 의경을 통해 시인 내심의 숨겨진 고통을 느낄 수 있게 된 것이다.

왕안석은 해박한 학식과 원숙한 언어기교, 함축적이고 정교한 풍격으로 송시 중의 한 체를 건립하여, 나중에 황정견을 영수로 하는 강서시파가 그의 영향을 적지 않게 받았다. 그들의 재학(才學)을 위주로 하는 시적 경향은 왕안석과도 관계가 있다.

4. 2 소식(蘇軾)

북송의 문학혁신 과정에서 구양수가 중추적인 인물이었다면 소식은 그 문학혁신의 최고 성취를 대표하는 인물이라고 할 수 있다. 소식이 그와 같은 성취를 거둘 수 있었던 것은 그의 창작이 문학혁신이 추구한 문화이상과 심미취향을 체현했을 뿐만 아니라, 그가 다른 작가들에 비해 더 웅대한 재능과 심후한 기교를 지녔기 때문이고, 더욱 중요한 것은 그의 창작이 여러 방면에서 문학혁신의 기본 종지를 뛰어넘었기 때문이다.

소식(1036-1101)은 미주(眉州) 미산(眉山: 지금의 사천성 미산) 사람으로 자가 자첨(子瞻)이고 호가 동파거사(東坡居士)이다. 그는 아버지 소순(蘇洵: 1009-1066), 동생 소철(蘇轍: 1039-1112)과 더불어 당송팔대고문가(唐宋八大古文家)로 꼽힐 만큼 뛰어난 문장가였을 뿐만 아니라, 황정견(黃庭堅)과 더불어 '소황(蘇黃)'으로 병칭될 만큼 송대 시단의 영수이기도 했다. 사(詞)에 있어서도 중국문학사상 최고의 호방사인(豪放詞人)으로 꼽히고, 서예에 있어서도 북송사대가(北宋四大家)로 꼽히는 등, 각종 문예 분야에서 모두 중추적인 역할을 한 희대의 천재 예술가였다.

그러나 정치적으로는 불의를 용납하지 못하고 바른 말을 서슴지 않았기 때문에 정적들의 미움을 받아, 중간에 잠시 중서사인(中書舍人)·한림학사지제고(翰林學士知制誥)·한림학사승지(翰林學士承旨)·병부상서(兵部尙書)·예부상서(禮部尙書) 등의 중앙관직을 지내기도 했지만, 일생의 대부분을 지방관으로 전전했으며 황주(黃州: 지금의 호북성 황주)·혜주(惠州: 지금의 광동성 혜주)·담주(儋州: 지금의 해남성 담현) 등지에서 좌천생활을 한 기간만 해도 20년이 넘는다. 그의 시는 아름다운 문사를 갈고 닦기보다는 진실한 감정을 자연스럽게 표출하는 데 더 가치를 두었고, 그 결과 인생문제나 사회문제를 철학적으로 승화시킨 작품이 주류를 이룬다. 『소동파전집(蘇東坡全集)』·『소식시집(蘇軾詩集)』 등의 시문집에 3천 수에 이르는 많은 시가 전해진다.

벼슬길에 오른 대다수 송대 시인들과 마찬가지로 소식의 시에도 민생의 질고를 반영하고 관리의 횡포를 폭로한 작품들이 있다. 그 중에는 특수한 정치적 배경을 지닌 작품도 있는데, 예를 들어 <오중에서 농사짓는 여인의 탄식(吳中田婦嘆)>과 <산촌 5절(山村五絶)> 등은 왕안석 변법의 폐해를 지적한 것이다. 앞의 시를 예로 든다.

<吳中田婦嘆>　　　　**오중에서 농사짓는 여인의 탄식**

今年粳稻熟苦遲,　　올해는 벼가 어찌나 더디 익는지

庶見霜風來幾時.　　서릿바람이 곧 불어 닥칠 것만 같았지요.

霜風來時雨如瀉,　　서릿바람 불어 올 때 비가 쏟아져

杷頭出鹵鎌生衣.　　고무래는 곰팡이 슬고 낫은 녹슬었지요.

眼枯淚盡雨不盡,　　눈물샘이 말라붙도록 비는 그치질 않아

忍見黃穗臥靑泥.　　논바닥에 쓰러진 누런 이삭을 차마 볼 수 없었지요.

茅苫一月隴上宿,　　한 달을 거적 치고 논 두둑에서 지내다가

天晴穫稻隨車歸.　　날이 개자 벼 베어 수레에 싣고 돌아왔지요.

汗流肩賴載入市,	땀 흘리며 멍든 어깨로 시장에 지고 갔지만
價賤乞與如糠粞.	값이 헐값이라 구걸하듯 싸라기 값으로 팔았지요.
賣牛納稅折屋炊,	소 팔아 세금 내고 집 뜯어 밥을 지으면서도
慮淺不及明年飢.	생각이 짧아 내년에 굶을 건 생각지 못하지요.
官今要錢不要米,	요즘은 관아에서 돈만 받고 쌀은 받지 않으니
西北萬里招羌兒.	서북 만리 강족(羌族)에게 주어 달래려는 게지요.
龔黃滿朝人更苦,	공수와 황패 같은 신하 가득해도
	백성은 갈수록 힘드니
不如却作河伯婦.	차라리 하백(河伯)의 아내가 되는 게 낫겠어요.

이 시는 오랜 장마로 인해 추수를 망친 상황인데, 관아에서 세
금을 곡식으로 받지 않고 현금만 받는 바람에 그나마도 곡식을 헐
값에 팔아야 하는 농촌의 현실을 폭로하고 있다. 그 결과 현금 통
화의 부족 현상이 갈수록 심해졌는데, 이는 명백하게 신법의 부작
용이었다. 더구나 조정에서는 농촌에서 가혹하게 거둔 세금을 서
북 변방의 강족을 회유하는 자금으로 사용했으니, 소식은 신법의
난맥상을 백성들의 현실 생활로부터 끄집어내어 고발한 것이다.
결국 소식은 이와 같은 사회비판 시로 인해 신법파의 서단(舒亶)
등에 의해 '오대시안(烏臺詩案)'의 필화(筆禍)를 겪게 된다.

소식에게는 민간의 노동과 생활정경을 묘사한 시도 있는데, 매
우 독창적인 느낌을 준다. 예를 들어 <석탄(石炭)>은 서주(徐州) 사
람들이 석탄을 캐는 열띤 장면을 묘사한 것이고, <앙마가(秧馬歌)>55)
는 신식 농기구의 장점을 찬양한 것이고, <박라현 향적사 유람(遊
博羅香積寺)>은 절 옆의 계곡 물을 물레방아를 돌리는 데 사용할 수
있을 것이라고 상상한 것으로 제재가 모두 참신하다. 예전에 이백
(李白)이 야간에 제련하는 광경을 묘사한 시를 썼던 것을 제외하면

---

55) '秧馬'는 농부들이 모내기할 때 말처럼 타고 앉아 일하는 농기구이다.

미천하고 평범한 생활내용을 다룬 시인이 없었는데, 소식이 그와 같이 새로운 정취와 의미를 시에 담을 수 있었던 것은 그가 백성들의 생활에 관심을 기울였던 것과 관계가 있으며, 또한 불가에서 말하는 "평상심이 도이다"(平常心是道)라는 관념과 관계가 있다.

소식의 시 중에서 양이 가장 많고 사람들이 가장 좋아하는 것은 일상생활과 자연경물의 묘사를 통해 인생의 정회를 서술한 작품이다. 그 중에는 노장사상과 불교사상의 시공을 초월한 관조를 통해 속세의 인생을 이해한 작품들이 있는데, 시의 내함이 심후하고 넉넉하며 활달한 인생태도를 표현했다. 다음 시를 보자.

〈和子由澠池懷舊〉 자유의 '면지회구' 시에 화답하여

人生到處知何似,	살아가며 자취를 남기는 건 무엇과 같을까?
應似飛鴻踏雪泥.	날아가는 기러기가 눈밭에 내려앉는 것 같으리.
泥上偶然留指爪,	눈밭 위에 어쩌다가 발자국을 남기지만
鴻飛那復計東西.	날아가 버린 뒤엔 어찌 다시 그 자국을 찾으리?
老僧已死成新塔,	늙은 중은 이미 죽어 사리탑이 새로 서고
壞壁無由見舊題.	낡은 벽은 허물어져 글씨가 간 데 없다.
往日崎嶇還記否,	그대는 기구했던 지난날을 아직 기억하는지?
路長人困蹇驢嘶.	길이 멀어 사람은 지치고 나귀는 절뚝대며 울어댔었지.

소식은 개봉부시(開封府試)에 참여하기 위하여 동생 소철과 함께 아버지 소순(蘇洵)을 따라 개봉으로 가던 가우(嘉祐) 원년(1056). 면지현(澠池縣)에 있는 한 절에서 묵은 적이 있었다. 그로부터 5년 뒤인 가우 6년 겨울에 소식은 봉상부첨판(鳳翔府簽判)으로 부임하기 위하여 면지를 거쳐 섬서성(陝西省)으로 들어가고 있었다. 이때 동생 소철이 〈면지의 일을 생각하며 자첨 형에게 보낸다(懷澠池寄子瞻

兒)〉라는 시를 부쳐 보내자 소식이 그 시에 화답하여 이 시를 지었다.

5년의 세월이 지나긴 했지만 시인이 다시 면지의 절을 찾아갔을 때, 그새 벌써 그 절의 주지로 있었던 봉한화상(奉閑和尙)은 죽고 자신들이 시를 써두었던 벽은 허물어져 흔적조차 찾을 수 없게 되었다. 사람이 살아가며 자취를 남기는 것이 얼마나 허망한 것인가를 절실히 깨달은 시인은 그것이 마치 기러기가 쌓인 눈 위에 발자국을 남기는 것과 같다고 비유함으로써56) 앞으로 살아가며 그런 것(즉 명성)에 집착하지 않겠다는 결의를 간접적으로 표현하였다.

그렇다면 우리는 무엇을 위해 살아야 하는 것일까? 우리 삶의 목적은 무엇일까? 시인의 뇌리에는 자연히 이런 문제가 떠올랐을 것이다. 더구나 당시 시인은 26세의 젊은 나이에 관리가 되어 임지로 가는 도중이었다. 시인은 직접적으로 무엇을 위해 살겠다고 표현하는 대신 5년 전 과거를 보기 위해 부친과 두 형제가 고향 사천(四川)의 미산(眉山)을 떠나 개봉(開封)으로 향하던 때를 회고하였다.

시에서는 그 당시 함께 고생했던 일을 떠올리는 데 그쳤지만 미루어 짐작컨대 긴 여행길에서 그들은 "우리가 무엇 때문에 이 고생을 하는지, 과거에 합격하여 관리가 된다면 무엇을 위해 어떻게 살아야 좋을지" 등등을 이야기하며 밤을 지새운 날이 적지 않았을 것이다.

실제로 소식은 이 시를 쓰기 바로 전인 가우 6년 11월에 〈신축년 11월 19일 정주 서문 밖에서 자유와 작별하고 말 위에서 시 한 편을 써서 그에게 부치다(辛丑十一月十九日, 既與子由別於鄭州西門之外, 馬

---

56) 기러기가 가을에 남쪽으로 내려가다 쌓인 눈 위에 내려앉아 발자국을 남기지만, 이듬해 봄에 다시 북상하며 그곳을 찾아도 눈이 녹아 그 흔적을 찾을 수 없다는 말이다.

上賦詩一篇寄之)> 시를 써서 소철에게 주었는데, 그 시의 마지막 부분에서 "싸늘한 등불 아래 마주 앉아서, 밤비 소리 들으며 옛일 이야기할 날 언제이려나? 우리 한시라도 이 말을 잊지 말고, 아무쪼록 높은 벼슬 좋아하지 말기를"[57]이라고 하였다.

이렇듯 소식 형제는 "우리가 과거시험을 보기 위해 고생을 마다 않고 개봉으로 가고 있지만, 그 목적은 백성을 위하는 데 있지 우리의 출세와 부귀영화에 있지 않다"고 거듭 다짐했을 것이다. 시인은 이 시의 마지막에서 바로 그 다짐을 간접적으로 일깨우며, 출세에 연연하지 말고 백성을 위하는 좋은 관리가 되자는 결심을 토로했을 것이다. 그의 시 한 수를 더 들어본다.

<寒食雨>　　**한식날의 비**

自我來黃州,	내가 황주에 온 뒤로
已過三寒食.	벌써 세 번째 한식을 지내게 되었다.
年年欲惜春,	해마다 봄을 아끼고 싶었으나
春去不容惜.	봄은 가버리며 아끼는 것을 허용치 않는다.
今年又苦雨,	올해도 오래도록 궂은비 내려
兩月秋蕭瑟.	두 달이나 가을처럼 쌀쌀하였다.
臥聞海棠花,	누워서 빗소리 들으니 해당화가
泥汚燕脂雪.	연지 빛 꽃잎으로 진흙탕을 눈처럼 뒤덮었겠지.
暗中偸負去,	어둠 속에서 몰래 지고 가버렸으니
夜半眞有力.	밤중에 참으로 힘센 자가 있었나 보다.
何殊病少年,	무엇이 다르랴, 병든 젊은이가
病起頭已白	병에서 일어나니 머리 이미 센 것과.

이 작품은 소식이 오대시안(烏臺詩案)으로 인해 죄를 얻고 황주

57) "寒燈相對記疇昔, 夜雨何時聽蕭瑟. 君知此意不可忘, 愼勿苦愛高官職."

(黃州)로 좌천되어 간 후, 그곳에서 세 번째로 지내게 된 한식날 (1082년)에 봄비를 대하고 쓴 시이다. 굳은비를 맞고 떨어지는 해당화에 대한 묘사 속에서 작가 자신의 신세와 처지에 대한 감상을 엿볼 수 있다. <한식우>는 모두 2수로 이루어져 있는데, 이 시는 그 중 제1수에 해당한다.

소식은 황주에 온 후 종기와 눈병·천식 등을 앓았으며, 오른쪽 눈은 거의 실명된 상태였다고 한다. 이와 같이 병들고 날로 몸이 쇠약해져 가는 상황에서 직접 황무지를 개간하고 농사를 지어야만 하는 생활은 정녕 소식에게 고달프고 힘겨웠을 것이다. 그러나 이 시에서는 그러한 고통이나 서글픔이 '격정적인 울분'이나 '눈물짓는 슬픔' 등으로 표현되어 있지 않다. 비교적 은근한 필치를 사용하여 자신의 처지와 신세, 인생에 대한 감상을 나타내고 있다.

제3-6구에서는 봄이 지나가는 것에 대한 서운한 감정을 표현하였다. 화창하고 맑은 봄 날씨가 계속된다 해도 봄이 짧게 지나가 버리는 것을 아쉬워할 텐데, 2, 3월 두 달간 굳은비가 내려 가을처럼 쌀쌀한 날씨가 계속되어 앞으로 얼마 남지 않은 봄날이 이대로 그냥 사라져 버리는 것은 아닌가 하는 안타까움이 더 짙었을 것이다. 실제로 황주 지방은 봄에 비가 많이 내리고 흐린 날씨가 계속되는 곳이었다고 한다.

제7·8구에서는 방에 누워 창밖에 내리는 빗소리를 들으며 그 소리만 듣고도 해당화의 연지같이 붉은 꽃잎이 떨어지는 것을 눈에 보듯이 느끼고 있는 시인의 모습을 상상할 수 있다. 병중에 있던 중년의 시인은 한밤중 빗소리에 더욱 잠 못 이루고 깨어있었던 듯하다. 여기서 굳은비를 못견디고 진흙땅에 떨어진 해당화는 권신(權臣)들의 모함으로 인해 곤란한 처지로 전락한 시인 자신의 신세를 비유한 것으로 볼 수도 있을 것이다.

바로 뒤에 나오는 제9·10구에서는 해당화 꽃잎이 떨어지고 봄이 가버린 것을 『장자』에 나오는 구절의 의미를 빌려, "밤중에 참으로 힘센 자가 있어, 어둠 속에서 몰래 지고 간 것인가 보다"라고 읊고 있다. 그러나 시인의 상념 속에 정작 사라진 것은 봄이 상징하고 있는 인생일 수도 있다. 이 구절에서 시인은 붙들어 둘 수 없는 것이 세월임을 암시하고 있으며, 마치 세월을 도둑맞은 것처럼 표현하고 있다.

제11·12구에서는 비를 맞아 꽃이 지고 향기도 사라져버리는 자연현상과, 병든 젊은이가 오랫동안 앓고 난 후 일어나 보니 머리가 이미 하얗게 세어 버린 상황을 묘하게 대비시키고 있다. 이러한 것은 둘 다 인간의 힘으로 막을 수 없는 현상이다. 여기서 시인은 현재 자신이 처한 현실이 힘겨운 것이긴 하지만, 세월이란 결국 빨리 지나가버리는 것이어서 고통스런 시간도 지나고 보면 짧은 순간에 불과한 것일 테니, 지금 겪는 인고의 세월을 너무 고통스러워하거나 힘들어하지 말자는 긍정적인 태도를 보여주고 있다. 중년을 넘어서 인생을 살만큼 살아낸, 그리고 정적(政敵)들의 모함으로 좌절과 고통을 경험한 후에 얻은 시인의 초탈한 태도와 인생관을 엿볼 수 있는 부분이다.

시인은 마지막 구절에서 탄식의 어조를 보이고는 있으나 결코 격앙되거나 극도의 슬픔과 비탄에 매몰되지는 않는다. 오히려 지나치게 감정에 치우친 표현 등은 절제되고, 인생에 대해 어느 정도 달관한 듯한 모습을 보이고 있다. 그러면서도 이 시를 읽는 독자들이 시인의 내면에 깔려있는 실의와 슬픔을 조용히 만날 수 있게 했다.

설리(說理)를 좋아하는 것이 송시의 보편적인 현상이 되면서 적지 않은 작품이 그로 인해 무미건조하게 변했지만, 소식의 시는 사람들에게 그와 같은 느낌을 별로 주지 않는다. 위에서 예로 든 것과 같은 우수한 작품은 내함이 심후할 뿐만 아니라 시의 정취도 부족하지 않다. 그것은 주로 소식이 구체적인 환경·경력과 경물 속에서 사색하여 철리(哲理)를 서정 및 사경(寫景)과 하나로 융합하고, 풍부한 재능으로 적절한 비유를 통해 철리를 표현하는 데 뛰어났기 때문이다. 중국 고대의 시인 중에서 그와 같은 철리시를 쓸 수 있는 사람은 결코 많지 않았다.

세계 만물이 부단히 유전(流轉)하고 변화한다는 관점으로 인생을 바라보며, 불행한 운명이 가져온 비애를 극복하는 것은 한편으로 소식 시의 비장감과 강개 격앙의 힘을 약화시켰지만, 다른 한편으로는 생활에 대해 낙관적이고 활달한 태도를 품고 수시로 생활 속의 생기 넘치고 정취가 풍부한 사물을 발견할 수 있게 했다. 그렇게 쓴 시들은 철리의 성분을 지니지 않았어도 사실상 소식의 인생철학을 배경으로 하고 있다. 다음 시를 보자.

〈出潁口初見淮山是日至壽州〉
영구를 떠난 후 비로소 회산이 보이니 오늘 수주에 도착하겠다

我行日夜向江海,	밤낮으로 강과 바다 향해 달리니
楓葉蘆花秋興長.	단풍잎 갈대꽃에 가을의 홍취가 이어진다.
平淮忽迷天遠近,	회수는 하늘과 맞닿아 원근을 알 수 없는데
靑山久與船低昻.	청산은 계속 배와 함께 오르락내리락한다.
壽州已見白石塔,	수주의 하얀 석탑 이미 저만치 보이는데
短棹未轉黃茅岡.	노 짧아 아직 황모강을 돌아들지 못하였다.
波平風軟望不到,	물결 잔잔하고 바람 약해 도착 늦어지니
故人久立烟蒼茫.	옛 친구 자욱한 안개 속에 마냥 서있겠다.

이 시는 희녕(熙寧) 4년(1071) 10월, 그가 36세 때 막 변경(汴京)

을 떠나 항주통판(杭州通判)으로 부임하던 길에 지은 것이다. 첫머리에서 그는 눈에 가득한 단풍과 갈대꽃 만발한 가을빛에 몰입해서 끊임없이 가을의 흥취를 느끼며, 밤낮으로 배를 타고 '강해(江海)'로의 지루한 여정을 계속하고 있다. 여기서 시인은 이미 인생이 중단 없이 지속되는 기나긴 유랑임을 암시하고 있다.

계속해서 고요한 회수(淮水)가 하늘과 맞닿아 어슴푸레 멀어졌다 가까워졌다 하는 풍경을 묘사하고 있는데, 마치 인생의 일면을 상징하는 듯하다. 양쪽 물가 너머의 푸른 산이 높아졌다 낮아졌다 하는 것이 마치 배가 물 위에서 위아래로 요동하는 것에 따라 오르락내리락하는 듯한데, 이것은 인생의 불안정함에 대한 그럴듯한 비유라고 할 수 있다. 또한 이러한 불안정함은 현재에 국한되는 것이 아니라 끊임없이 지속적으로 다가올 수 있는 것이다. 수주(壽州)는 이미 시야에 들어오고 높이 솟은 하얀 석탑이 보이지만 도착하려면 아직 황모강(黃茅岡)을 돌아야만 한다.

바람이 부드럽고 물결도 잔잔한 날이라 배를 타고 있어도 편안하긴 했지만 바람이 약해서 오히려 제때 목적지에 도달할 수 없는 것이 한 가지 아쉬운 일이었다. (이 또한 우리의 인생을 비유하고 있다.) 마중 나올 옛 친구를 생각하면 어스름이 짙게 깔린 가운데 서 있으면서 기다림에 안절부절못하고 있을 것이다. 그러나 조만간 결국 수주에 도착하게 될 것이다. 그때에는 오랜만에 친구를 다시 만나 마주 앉아 흉금을 털어놓고 이야기하는 즐거움을 누릴 수 있을 것이다. 이 시의 끝부분에서 소식은 또한 미래에 대한 기대를 잊지 않았다.

활달하고 호방한 흉금으로 비애와 근심에 대처하는 복잡한 마음을 이해해야 소식의 진면목을 알 수 있을 것이다. 편폭이 긴 편인 칠언고체시 중에는 〈금산사 유람(遊金山寺)〉과 같이 소식 성격의 호방한 면을 표현한 작품이 많다.

전인(前人)이 소식 시를 평가한 것을 보면 '영묘(靈妙)'·'공묘(空妙)' 등으로 감탄한 것을 볼 수 있다. '묘(妙)'는 소식 시 특유의 흥취여서 종종 신선하고 독특한 느낌, 교묘하면서도 적절한 비유, 의표를 찌르는 연상 등으로 표현되었다.

예를 들어 <자유의 '면지회구' 시에 화답하여(和子由澠池懷舊)>에서는 '눈밭 위의 기러기 발자국'(雪泥鴻爪)으로 인생을 비유하였고, <전안도가 건계차(建溪茶)와 함께 부쳐온 시에 화답하여(和錢安道寄惠建茶)>에서는 일부 역사인물의 성격을 사용하여 차맛을 비유했으며, <호수 가에서 술을 마시는데 맑다가 비가 내려(飮湖上初晴後雨)> 시에서는 서시(西施)의 자태를 빌려 서호(西湖)의 아름다움을 표현하였다. 이 시를 예로 든다.

水光瀲灩晴方好,　　물빛이 반짝반짝 날씨 맑아 좋았는데
山色空濛雨亦奇.　　산색이 어둑어둑 비가 내려도 멋지다.
欲把西湖比西子,　　서호를 서시(西施)에 비유해보자면
淡妝濃抹總相宜.　　엷은 화장 짙은 분 어떻게 해도 멋있다.

이 시는 두 수 중의 제2수이다. 서호를 서시(西施)에 비겨 그 전천후적 아름다움을 묘사한 시인데, 갠 날과 비오는 날의 서호 가 정경을 아름다운 여인의 화장이 짙고 옅은 것으로 비유한 것에 묘미가 있다. 항주의 서호는 바로 소식의 이 시로 인해 '서시호〔西子湖〕'란 별칭을 얻게 되었다.

결구(結構) 방면에서 소식은 매요신·소순흠·구양수 이래 송대 시인들이 의맥(意脈)의 관통을 중시하는 특징을 계승하여, 시의 구성을 주체의 정서변화를 맥락으로 하거나, 주체가 느낀 시간의 흐름·경물의 전이를 맥락으로 하여 문리(文理)가 자연스럽다. 다만 그의 시는 전인(前人)에 비해 융통성이 있고 유동성이 강하여, 왕왕 변화가 풍부하면서도 정서의 표현이 극진하다.

소식은 이론적으로 자연스럽고 평담한 시어를 가장 선호했다. 그는 도연명에 대해 숭배에 가까운 마음을 지녀서 도연명 시의 성취가 다른 모든 시인들 위에 있다고 생각했다. 이것은 어느 정도 담백하고 고원한 정신 상태를 추구한다는 의미를 내포한다. 그러나 소식의 성격은 결국 활달한 편이어서 비교적 평담한 작품을 일부 쓰긴 했지만 그와 같은 경계에 머물러 있을 수는 없었다.

그에게는 활기가 넘치고 색채가 선명한 시가 많이 있다. 이를테면 〈백보홍(百步洪)〉 시에서 소식은 네 구절을 쓰는 동안 단숨에 일곱 가지 형상을 사용하여 빠르게 용솟음치는 물의 흐름을 비유했는데, 매우 화려하고 풍성해 보인다.58) 기세가 웅장하고 표현이 다채롭고 전고가 있고 아름다운 수사가 있다면 소박하고 평담한 풍격이라고 할 수는 없다. 따라서 소식은 일정 정도 송시의 지나치게 평담하고 메마른 일면을 보완했다고 할 수 있다.

소식도 시를 통해 의론을 펼치길 좋아했다. 그의 고체 장편에서 그런 현상이 두드러지지만 율시나 절구에서도 종종 문제를 토론하고 감상을 토로했다. 그밖에도 소식은 재능과 학문이 대단하여 때때로 전고를 지나치게 빽빽하게 사용하여 독자를 놀라게 했다.

송시는 구양수와 매요신 등이 토대를 마련했다면, 이들을 이어 왕안석과 소식에서 힘을 발휘하기 시작하였고, 특히 소식의 각종 창의적 문학 예술론은 황정견에 의해 크게 발양광대(發揚廣大)되어

---

58) 有如兎走鷹隼落,　　토끼가 뛰어가자 송골매가 덮치는 듯
　　駿馬下注千丈坡.　　천 길의 내리막에 준마가 달려가는 듯
　　斷弦離柱箭脫手,　　현이 끊어져 안주(雁柱)를 벗어나고
　　　　　　　　　　　　화살이 시위에서 날아가는 듯
　　飛電過隙珠翻荷.　　문틈으로 번개가 지나가고 연잎에 물방울이
　　　　　　　　　　　　굴러가는 듯하다.

후대 강서시파의 금과옥조가 되었으니, 소식의 시론이 송대 시학에 미친 영향은 폭과 깊이에서 결정적이었다.

4. 3 황정견(黃庭堅)·진사도(陳師道)와 강서시파(江西詩派)

소식이 구양수의 뒤를 이어 문단의 새로운 영수로 등장했지만 그도 똑같이 문단의 신인을 발굴하고 제휴하는 데 노력하였다. 황정견·조보지(晁補之)·진관(秦觀)·장뇌(張耒) 네 사람은 모두 소식의 칭찬과 추천을 통해 세상에 이름이 알려져서 '소문사학사(蘇門四學士)'로 불렸다.

또한 소식의 동생 소철(蘇轍)과 공문중(孔文仲)·공무중(孔武仲)·공평중(孔平仲) 삼형제와 당경(唐庚)·이지의(李之儀)·진사도(陳師道) 등도 모두 직접 또는 간접으로 소식 문학의 영향을 받았다. 북송 후기에 이들 소식 문하의 인물들이 문학의 영역에서 가장 큰 세력이 되었지만 소식은 문학에서 하나의 풍격에 안주하지 않았고 천하 문풍의 종사로 자처하지 않았기 때문에 이 일군의 사람들도 종지(宗旨)가 선명한 문학 집단을 구성하지는 않았다.

소식 문하의 인물 중에서 성취가 가장 높고 영향이 가장 컸던 사람은 황정견이다. 황정견과 강서시파를 언급하기 전에 다른 시인들에 대해 간단히 설명해 보자. 진관은 사(詞)로 저명하지만 시도 썼다. 그의 시가 반영한 생활 면모는 좁은 편이며 풍격도 유완(柔婉)하지만, 경물에 대한 관찰이 섬세하며 언어가 정밀하고 유려하여 전인들은 흔히 그의 시를 사에 비견했다. 다음 시를 보자.

<春日五首>(其二) 봄날 5수(제2수)

一夕輕雷落萬絲,	저녁에 가볍게 천둥치고 만 가닥 비가 내리더니
霽光浮瓦碧參差.	날 개이자 햇빛이 푸른 기와에 영롱하다.
有情芍藥含春淚,	다정한 작약은 봄의 눈물방울을 머금고
無力薔薇臥曉枝.	연약한 장미는 새벽 가지에 누워 있다.

이 시는 진관이 철종(哲宗) 원우(元祐) 연간(1086-1093)에 변경(汴京)에서 지은 것으로, 간밤의 비를 말끔히 벗고 아침햇살을 맞이한 봄 정원의 모습을 묘사하였다. 시인은 의인화 수법으로 봄의 화초에게 연약하고 다정다감한 성격을 부여하여, 작약과 장미가 간밤의 천둥소리와 가는 비에도 견디지 못하는 것으로 표현하였다. 이와 같은 유약미를 그려낸 섬세한 표현기교 때문에 원호문(元好問)이 이 시에 대해 '여랑시(女郎詩)'라고 품평했을 것이다.[59]

공평중의 시풍은 소식과 비슷한 면이 있어서 인생 태도를 공유했을 뿐만 아니라, 소식의 산문화 필법과 의론을 좋아하는 습관을 배워서 일종의 광활하고 고원한 경계를 추구하였다. 장뇌는 비교적 백거이와 장적(張籍)으로 소급해 올라갈 수 있어서 평이하고 소박한 언어로 민간의 질고를 반영하고 사회 현실을 비판한 시를 적지 않게 남겼다. 다만 장뇌의 정치시는 주로 그의 정치 관념과 절실하지 않은 인생관을 서술한 것이어서 형상성과 감화력이 풍부한 작품은 많지 않다.

소식 문하의 시인들 중에서 황정견의 경우는 상술한 시인들과 조금 다르다. 그도 '소문사학사'의 일원이긴 했지만 동시에 소식과 함께 '소(蘇)·황(黃)'으로 병칭되어 송시 사상 새롭게 종파를 열고 후대에 크게 영향을 끼친 대가가 되었다.

---

59) 元好問, <論詩三十首>(其24).

황정견(1045-1105)은 홍주(洪州) 분녕(分寧: 지금의 강서성 수수修水) 사람으로 자가 노직(魯直)이고 호가 산곡도인(山谷道人) 또는 부옹(涪翁)이다. 23세에 진사에 급제하여 관직에 나아갔으나 신구 당쟁의 여파로 좌절을 겪고 좌천되는 등 평생 동안 뜻을 이루지 못했다. 그는 "한 글자라도 유래가 없는 것이 없다"(無一字無來處)고 생각한 두보(杜甫)의 시를 높이 평가하여 시를 지으려면 먼저 전인들의 글을 많이 읽은 뒤에 전인의 구절을 적절하게 변형하여 참신하고 기발한 자신의 구절로 만들어야 한다며 '점철성금(點鐵成金)'·'환골탈태(換骨奪胎)' 등의 창작방법론을 주장했다.

그의 이러한 주장은 송대 시인들에게 큰 영향을 끼쳐 마침내 강서시파를 열었다. 그러나 그는 시의 풍간작용(諷諫作用)을 인정하지 않았던 만큼 1천 수 가량 되는 그의 시는 개인적인 정감을 토로한 것이 대다수를 차지하고 사회문제를 다룬 것은 극소수에 불과하다. 그의 시풍은 일반적으로 기이하고 딱딱한 것으로 평가된다. 『산곡집(山谷集)』이 있다.

황정견과 소식은 서로를 존중했고 서로 상대방을 잘 알고 있었지만, 문학관에서 황정견은 소식의 자유분방한 표현을 좋아하지 않고 '온유돈후(溫柔敦厚)'의 시학관념을 내세웠다. 그는 또한 시에서 비방과 침해의 표현을 하여 화를 자초하는 사람을 "시의 취지를 모르는 사람"으로 간주하고 비판하였다. 표면적으로 보면 이는 진부한 담론에 불과하겠지만 실제로는 심각한 시대 배경과 내심의 고초를 반영한 것이다.

북송은 사상 통치가 엄격해진 시대로서 일찍이 희녕(熙寧: 1068-1077) 연간에 소식은 '오대시안(烏臺詩案)'에 걸려들어 목숨을 잃을 뻔 했고 황정견도 이에 연루되었는데, 그 사건은 중국 역사상 매우 유명한 문자옥(文字獄)이었다. 소성(紹聖: 1094-1097) 연간에 이르러 황정견은 신구 당쟁 속에서 다시금 『신종실록(神宗實錄)』의 편찬이 부실하다는 죄목으로 부주(涪州)로 좌천되는 수모를 겪었기 때문에 글쓰기에 조심하지 않을 수 없었다. 따라서 그의 문학관은 필화를 모면하기 위해 스스로를 억제한 측면이 있다.

물론 황정견 시가예술의 풍격은 개인 서정의 필요에 의해 형성된 것일 뿐만 아니라 시의 발전과정에서 새로운 것을 시도한 결과였다. 송시는 황정견에 이르러 많은 새로운 발전이 있었다. 그러나 그는 매요신과 구양수 등의 평담을 추구하지도 않았고, 극단적으로 산문화한 풍격을 좋아하지도 않았다.

소식의 시는 재기발랄하고 하나의 풍격에 머물지 않아서 일반 사람이 모방할 수 있는 것이 아니었다. 또한 이전의 시인들은 시의 형식과 언어기교 방면에서 본받을 만한 방법을 제시한 사람이 없었다. 그런 연유로 황정견은 고심해서 시를 연구했는데, 특히 두보를 존중했다. 그는 예술 표현 방면에서 두보 시의 장점을 받아들이고 자신의 입장에서 전인의 득실을 정리하여 점차 자신의 시가풍격을 형성했다. 아울러 그는 '시법(詩法)'을 제시하여 많은 시인들이 그것을 기꺼이 따르게 되었다.

치밀한 시구의 단련으로 새로운 시의(詩意)와 시어(詩語)를 만들어 내고자 한 황정견의 창작 경향은 두보 류의 '만 권 독서'를 중시했던 학시 전통의 계승과 연마였다. 승려 혜홍(惠洪)이 황정견의 시론이라며 유행시킨 말인, "시의는 무궁하고 인간의 재능은 유한하다. 유한한 재능으로 무궁한 의경(意境)을 좇는 일은 도연명과 두보라도 제대로 할 수 없다"[60]라고 한 것은 바로 독서를 통한 시의와 시어의 재창조를 염두에 둔 말이다.

---

60) "詩意無窮, 而人才有限. 以有限之才, 追無窮之意, 雖淵明少陵, 不得工也."(『冷齋夜話』)

그리고 이러한 '점철성금'·'환골탈태'의 창작론은 고인들의 문화유산을 이용하고자 했다는 점에서 전통 존중의 측면을 지니고 있다. 이것은 대체로 두 방면의 함의를 지닌다. 하나는 전인 시문의 사어(詞語)와 전고를 차용하여 연마와 변화를 거쳐 낡은 것을 새롭게 만들어서 그것이 자신의 시에서 정묘한 수사 작용을 일으키게 하는 것이다. 또 하나는 전인의 구상과 의경을 사승(師承)하여 그것을 새롭게 변화시켜서 자신의 구상과 의경으로 만드는 것이다. 동시에 전대의 학습이라는 학시론은 재능 우선의 문학적 경향을 보인 소식과 비교할 때, 노력을 통한 학습주의적 시학을 주창했던 '강서시파 시학'에 직결되었다는 점에서도 송대 시학의 방향 설정이라는 의미를 지닌다.

상술한 이론에 대한 이해는 황정견이 강조한 언어상의 "진부한 것을 제거하고 속된 것에 반대한다"(去陳反俗)는 이론과 결합하여 보아야 한다. 그가 비록 서적 재료의 운용을 중시하긴 했지만 전인의 진부하고 상투적인 언어의 답습은 강력히 반대하였다. 따라서 과거의 시에 흔히 보이던 어휘와 의상(意象)은 황정견의 시에 거의 보이지 않는다. 그가 전고를 사용할 때는 생소한 서적에서 인용하기를 즐겼다. 만약 사람들에게 익숙한 것이라면 그는 가능한 한 사람들의 의표를 찌르는 방식으로 사용했다. 다음 시를 보자.

〈和答錢穆父詠猩猩毛筆〉
전협(錢勰)의 '성성모필' 시에 화답하여

愛酒醉魂在,	술을 좋아하여 취하고는 그대로 있고
能言機事疏.	말을 할 줄 알아 기밀이 곧잘 새나갔다지.
平生幾兩屐,	평생 동안 몇 켤레의 나막신을 신었을까?
身後五車書.	죽어서는 다섯 수레의 책을 남겼구나.
物色看王會,	물색하려면 〈왕회편(王會篇)〉을 보아야 하고

勳勞在石渠.　　그의 공로는 석거각(石渠閣)에 보존되어 있다.
拔毛能濟世,　　털을 뽑아서 세상을 구제할 수 있으니
端爲謝楊朱.　　참으로 그 정신을 양주(楊朱)에게 알려야겠다.

이 시는 황정견이 원풍(元豊) 연간의 당화(黨禍)를 입고 지방관으로 있다가, 구파(舊派)의 시기를 맞은 원우(元祐) 원년(1086)에 지은 작품이다. 시인은 지기(知己) 전협(錢勰)이 고려에 사신으로 갔다가 가지고 온 성성이 털로 만든 붓을 소재로 하여 이 시를 지었는데, 많은 전고를 교묘하게 사용하여 원래의 의미를 넘어선 참신한 면모를 창출하는 데 성공하였다.

시인은 성성이의 기호와 기질을 언급하여 그가 사람에게 붙잡히게 된 내력과 그의 짧은 일생을 서술하고, 죽어서 붓을 남겨 수많은 불후의 저작을 남기는 데 공을 세웠으니 그 가치가 작지 않음을 설파하였다. 이것은 표면적으로는 성성이를 대상으로 읊은 것이지만 사람의 일생과 삶의 가치를 비유한 것으로도 볼 수 있어 그 함의가 깊다.

상술한 황정견의 주장과 실천은 송시가 지성에 편중하고 재학(才學)으로 시를 쓰는 경향을 부추겨서, 결과적으로 하나의 독특한 작시 방법을 낳았다. 시에 전고(典故)와 고어(古語)·기자(奇字)를 다용한다면 시의(詩意)를 회삽하게 만들 것이고, '환골탈태'와 '점철성금'을 잘 해내지 못하면 전인의 모방 내지 표절에서 벗어나기 어려울 것이다. 한편 그 방법에 장점도 있다. 전고와 고어의 운용은 언어의 함량을 확대시킬 수 있고, 전고·고어와 일반 어휘를 포함하여 진부하고 상투적인 표현을 피하고 신기함을 드러내는 운용방법은, 독자들이 읽을 때 새롭고 신기하다는 느낌과 호기심을 유발할 것이다. 결국 중요한 것은 얼마나 합당하게 처리했는지 살펴보아야 할 것이다. 다음 시를 보자.

<次韻裴仲謀同年> 동기생 배중모의 시에 차운하여

交蓋春風汝水邊,　　봄바람 부는 여수 가에서 반갑게 서로 만나
客床相對臥僧氈.　　객주 침상에 얇은 담요 덮고 누워 마주하였네.
舞陽去葉才百里,　　무양은 섭현(葉縣)에서 겨우 백리 길이고
賤子與公俱少年.　　미천한 이 몸과 그대 모두 젊은이였지.
白髮齊生如有種,　　지금은 둘 다 심은 듯이 백발이 성성하고
青山好去坐無錢.　　청산으로 돌아가고 싶지만 산 살 돈이 없네.
煙沙篁竹江南岸,　　안개 낀 모래톱과 장죽 우거진 강남의 물가
輪與鸕鷀取次眠.　　가마우지나 제멋대로 잠을 즐기라고 해야겠네.

이 시는 신종(神宗) 2년(1069) 황정견이 섭현에 있을 때 지은 것인데, 시인의 특색이 잘 나타나 있다. 시구의 조직과 구조에서 당시(唐詩)에 흔히 보이는 정교한 대우의 속박에서 벗어나 참신함을 추구하여 대구(對句)의 내용에 변화를 주었다. 우리는 이 시를 통해 황정견의 복잡한 창작과정을 엿볼 수 있다.

이상에서 언급한 것은 주로 어휘 또는 언어재료 방면의 문제이다. 이 외에도 황정견은 시의 구법(句法)과 결구(結構)에 대해 깊은 연구를 했다. 구법 방면에서 황정견은 요구(拗句)를 자주 사용했는데, 이는 두보에게서 배워온 것이지만 두보가 그것을 어쩌다 한 번씩 사용한 데 비해 황정견은 보편적으로 사용하여 그의 특색이 되었다.

이른바 '요구(拗句)'는 주로 격률시에서 한 구 또는 한 연의 평측을 변화시키는 동시에 시구의 어순 조직을 바꾸어 음절과 문기(文氣)를 순조롭지 않게 하는 것인데, 그렇게 함으로써 의도적으로 균형과 조화를 깨는 효과가 있다. 이상 각 방면의 요소를 종합해 보면 황정견의 시는 법도를 따지고 깊이와 신기함을 추구하는 작시 방법과 풍격을 특징으로 하여 송시에 새로운 변화를 가져왔다.

다음 시를 보자.

<寄黃幾復>　　　**황기복에게**

我居北海君南海,　　나는 북해 그대는 남해에 떨어져 살아
寄雁傳書謝不能.　　기러기 통해 편지를 부치려도
　　　　　　　　　그럴 수 없다고 한다네.
桃李春風一杯酒,　　복숭아꽃 자두꽃 봄바람에 한 잔 술을 나눴는데
江湖夜雨十年燈.　　강호의 밤비 소리 들으며 외로운 등불과
　　　　　　　　　10년 세월 보냈구려.
持家但有四立壁,　　집안 살림이라곤 사방에 선 벽밖에 가진 게 없지만
治國不蘄三折肱.　　나라를 다스림에 팔이 세 번 부러지길
　　　　　　　　　바랄 필요 없는 그대.
想得讀書頭已白,　　짐작컨대 하얗게 센 머리로 책을 읽고 있노라면
隔溪猿哭瘴溪藤.　　장기 어린 개울 건너 등나무에서 원숭이 구슬피
　　　　　　　　　울고 있겠지.

이 시는 황정견이 원풍 8년(1085) 덕주(德州) 덕평진(德平鎭: 지금의 산동성 덕평현)에서 감덕주덕평진(監德州德平鎭)이라는 말단 관리를 지내고 있을 때 절친한 고향 친구로 멀리 광주(廣州) 사회현(四會縣)의 현령으로 가 있던 황개(黃介)를 그리워하며 그의 인품과 능력을 찬양하고 아울러 은연중에 회재불우한 자신의 신세를 기탁한 것이다. 첫 두 구는 표면적으로 평범해 보이지만 『좌전』 희공(僖公) 4년 "그대는 북해에 거처하고 과인은 남해에 거처한다"[61]의 전고와, 형산(衡山) 회안봉(回雁峰) 이남으로는 기러기가 날아가지 않는다는 고사를 암용한 것이다.
　제3·4구는 제1·2구와 간극이 있고, 두 구 사이에도 간극이 있

---

61) "君處北海, 寡人處南海."

지만 의미는 모호하지 않다. 이 두 구는 흔히 보이는 어휘로 구성되어 있지만 대장의 조성이 매우 신선하다. 구 안에 동사의 사용 없이 순수하게 명사 사조(詞組)를 나열하면서 지난날 함께 나누었던 즐거움과 이별 후의 고단한 외로움을 신선하게 표현하였다.

제5·6구는 다시 황기복의 처지와 사람됨을 서술했는데, 먼저 『사기·사마상여열전』의 "집안에는 사방에 벽이 서있을 뿐이다"(家徒四壁立)의 전고를 사용하여 그의 청렴함을 말했고, 다음으로 『좌전』 정공(定公) 13년의 "자신의 팔을 세 번 부러뜨리는 고통을 겪어야 좋은 의사가 된다는 것을 안다"[62]는 속담을 사용하여 그가 뛰어난 인재임에도 말단에 머물러 있는 것을 안타까워하였다.

이 두 구의 성률은 모두 '요(拗)'인데, 더욱이 앞 구는 2평5측이어서 급박한 느낌을 준다. 마지막으로 상상을 빌려 벗의 처량한 모습을 그리는 한편 이하(李賀) <남원 13수(南園十三首)>(제6수)의 "문장으로 가을바람 슬퍼할 곳이 어디 있는가"(文章何處哭秋風)의 시의를 빌려 자신의 불만을 표현했다.

황정견 시의 결점을 꼽자면 종종 언어가 지나치게 난해하고 구법과 장법이 지나치게 생경한 경우가 있는 것인데, 이것이 시를 이해하는 데 어려움을 조성할 뿐만 아니라 심미 방면에서도 일종의 억압과 왜곡의 느낌을 준다. 그래서 소식도 황정견의 시를 평하여 "황정견의 시문은 마치 바다 꽃게나 키조개 기둥 살과 같다. 격(格)과 운(韻)이 높고 뛰어나 소반에 담긴 다른 음식은 거들떠보지도 않게 된다. 하지만 많이 먹어서는 안 되는데, 많이 먹으면 중풍이 오고 기가 어지러워지기 때문이다"[63]라고 말했다. 이것은 약간 농담조를 띤 말이지만 사실이기도 해서 실제로 황정견의 많은

---

62) "三折肱, 知爲良醫."
63) "魯直詩文如蝤蛑江瑤柱, 格韻高絶, 盤餐盡廢; 然不可多食, 多食則發風動氣." (「書黃魯直詩後」)

시들이 정서의 흐름에 지장을 주기도 했다.

황정견 시의 총체적인 모습을 보면 초기의 작품은 인생 감개를 서사함에 억제가 있었지만 특수한 성조와 구법은 억제된 정서가 은연중에 꿈틀거리는 것을 느끼게 하여 시의 형식이 특수한 서정 수단을 형성했다. 만년에 이르러 그의 많은 시들이 마음 가는 대로 쓰여져서 노숙하다는 느낌을 주지만 감정의 강도는 약화되었다.

당시에 많은 시인들이 황정견을 추종하거나 그의 영향을 받았는데, 한 부류는 홍붕(洪朋)·홍추(洪芻)와 서부(徐俯) 같은 생질들로 그들은 모두 황정견의 지도를 받았고, 또 한 부류는 진사도(陳師道)·한구(韓駒)·반대림(潘大臨) 같은 황정견의 학생과 벗이고, 그밖에는 사일(謝逸)·사과(謝薖)·요절(饒節)같이 황정견의 영향을 받긴 했지만 그와 직접적인 관계는 없는 사람들이다. 대체로 그들의 시가 풍격과 이론 주장은 모두 황정견과 비슷하고, 한때 시단에서 맹위를 떨쳤다. 그 인물들 중에서 진사도가 가장 유명하다.

진사도(1053-1102)는 팽성(彭城: 지금의 강소성 서주徐州) 사람으로 자는 이상(履常) 또는 무기(無己)이고 호는 후산거사(後山居士)이다. 서주교수(徐州教授)·영주교수(潁州教授)·태학박사(太學博士)·비서성 정자(秘書省正字) 등의 하급관직을 역임하며 평생 곤궁하게 살았지만 권세 있는 사람에게 아부하지 않았다. 강서시파(江西詩派)에서 황정견 다음으로 영향력이 큰 인물이었던 그의 시는 "문을 닫아걸고 시구를 찾는다"(閉門覓句)는 고음(苦吟)으로 유명하며 내용상 사회현실의 반영에 비교적 소홀했다고 평가된다. 현존하는 그의 시는 약 700수 정도이다. 『후산거사문집(後山居士文集)』이 있다.

그는 황정견을 무척 흠모하였고 또한 두보를 배울 것을 주장했지만, 그가 관심을 기울인 것은 두보의 흉금과 의기가 아니라 두보 시의 격조·명의(命意)와 용자(用字)였다. 그는 또한 종종 시를 지나치게 연마하고 퇴고해서 어의(語意)의 감축이 많아진 탓에 이해하기 쉽지 않게 되기도 했다. 다음 시를 보자.

　　〈春懷示隣里〉　　　**춘심을 써서 이웃에게 보이다**

斷墻着雨蝸成字,　　무너진 담에 빗물이 묻어 달팽이가 글씨 쓰고
老屋無僧燕作家.　　낡은 집에 중은 없고 제비가 집을 짓는다.
剩欲出門追語笑,　　밖에 나가 사람들과 담소할 생각 간절하나
卻嫌歸鬢着塵沙.　　돌아올 때 머리카락에 먼지 앉을까 걱정이다.
風翻蛛網開三面,　　거미줄에 바람이 불어 3면이 다 터지고
雷動蜂窠趁兩衙.　　벌집에 뇌성이 일며 서둘러 조회에 간다.
屢失南鄰春事約,　　이웃과의 봄놀이 약속을 여러 번 어겼으니
只今容有未開花.　　아직도 안 핀 꽃이 있을까 모르겠다.

이 시는 진사도가 원부(元符) 3년(1100)에 벼슬에서 물러나 고향에서 곤궁하게 지낼 때 봄을 맞아 싱숭생숭해진 자신의 심경을 그린 것이다. 제5구는 『여씨춘추·이용(異用)』의 상탕(商湯) 고사를 써서 당시의 법망이 가혹함을 풍자했는데 이것은 그래도 이해할 만하지만, 제6구는 육전(陸佃)의 『비아(埤雅)·석충(釋蟲)』에서 전고를 따온 것인데 숨은 뜻을 알기가 쉽지 않다. 아무튼 이 시는 진사도가 자신의 정치적 입장에 대한 심리적 갈등과 희망에 대한 미련을 깃들인 것인데, 구체적인 의미를 파악하기 어렵게 되어 있다.

진사도는 가족 간의 이별을 주제로 한 시를 많이 남겼는데, 〈세 자식과 이별하고(別三子)〉·〈아내를 보내며(送內)〉·〈서천제형으로 부임하는 장인 곽개 대부를 전송하며(送外舅郭大夫槩西川提兄)〉·〈장인 곽개 대부께 부침(寄外舅郭大夫)〉·〈세 자식에게 보임(示三子)〉 등은 애틋한 가족 간의 정을 소박한 가운데 조어의 정교한 안배를 통해 그리고 있다. 예술방면에서 보면 송시의 기험한 표현이나 의

상이 없이 삶의 감정을 절실한 필치로 썼으며, 두보의 필치가 느껴진다. 그의 유명한 <세 자식과 이별하고> 시를 예로 든다.

<別三子>　　　세 자식과 이별하고

夫婦死同穴,	부부가 죽으면 한데 묻히고
父子貧賤離.	부자가 빈천하면 생이별을 한다지만
天下寧有此,	세상에 어찌 이런 일이 있는가?
昔聞今見之.	말로만 들었던 일을 지금 우리가 당하는구나.
母前三子後,	어미는 앞서고 세 자식 그 뒤를 따르는데
熟視不得追.	멀거니 바라볼 뿐 따라갈 수 없구나.
嗟乎胡不仁,	아아 하늘이 어찌 어질지 않으랴만
使我至于斯.	나를 이 지경에 빠지게 하였구나.
有女初束髮,	딸아이는 이제 막 머리를 묶었는데
已知生離悲.	생이별이 슬픈 줄을 이미 알아서
枕我不肯起,	내 무릎에 얼굴을 묻고 일어나려 들지 않으며
畏我從此辭.	이제부터 나와 이별임을 서러워한다.
大兒學語言,	큰아들은 이제 막 말 배우기 시작하여
拜揖未勝衣.	절하며 인사할 때 옷을 이기지 못하는데
喚爺我欲去,	"저 이제 떠나요"하며 아비를 부른다.
此語那可思.	이 말을 어떻게 가슴에 담아둘 수 있으랴?
小兒襁褓間,	작은아들은 아직 강보에 싸여 있어서
抱負有母慈.	자애로운 어미가 안았다 업었다 한다.
汝哭猶在耳,	너의 울음소리 아직도 귀에 쟁쟁한데
我懷人得知.	이런 내 마음을 남이 어찌 알까?

진사도는 생계를 유지하기 힘들 정도로 가난에 찌들었다. 그리하여 32세 때인 원풍(元豊) 7년(1084)에는 마침내 아내와 세 자녀가 임지로 부임해 가는 장인을 따라 촉(蜀)으로 가게 되었다. 그러나

자신은 노모를 봉양할 사람이 없어서 팽성(彭城: 지금의 강소성 서주徐州)에 머물러야 했다. 이 시는 그 생이별의 아픔을 노래한 것이다.

진사도는 활달하지 못했던 성격과 사회적 자아실현의 한계로 인해 시의 제재와 시풍이 크게 열려 퍼지지는 못했지만, 시 창작에 몰두하는 태도에 힘입어 송대 시인 특유의 구법에 대한 모색과 학시적 표현경의 심화에서 일정한 성과를 거두었다.

그러나 시론과 시의 일치도에서는 적지 않은 괴리가 존재한다. 이론에서는 졸박과 자연스런 융화를 추구했지만, 그것을 실제 창작에서 충분히 구현해내지는 못했다. 시 중에 용어와 조구 및 풍격상의 기벽함을 면치 못한 시가 많은 것은 그가 자연스런 '기(奇)'와 '공(工)'을 주장한 것과는 거리가 있다. 그렇지만 요율(拗律)이 별로 눈에 띄지 않는 점과 구식(句式)이 순조로운 점, 그리고 산문구가 많이 보이지 않는 점은 황정견과 다른 부분이다.

한편 내용면에서 협소한 생활 경험과 가난으로 인하여 시의 기개가 약하고, 소극적 정서와 부정적 의상(意象)이 많이 사용된 점은 진사도 시가 지니는 한계이기도 하다. 세상에선 '황·진'으로 병칭되기도 했고 이론상 자기화를 지향한 부분도 없지는 않지만, 결과적으로 그의 창작 성취는 제재를 다루는 폭과 깊이 및 형식의 완성도 등 여러 면에서 황정견에 미치지 못한다.

그밖에 한구(韓駒)도 상술한 일군의 시인들 중에서 언급할 만한 사람이다. 그는 일찍이 소식의 인정을 받았고, 나중에 황정견과도 친분을 맺었다. 한구의 시학 견해는 황정견에 가까워서 그도 전고의 사용에 심혈을 기울였고, 반복적으로 시를 퇴고하여 언어가 비교적 자연스럽고 적절해서 억지스런 흔적이 별로 없다. 그래서 그는 여본중(呂本中)이 자신을 강서시파에 넣은 것에 불만을 품었다.

북송 말년에 여본중은 『강서시사종파도(江西詩社宗派圖)』를 지어서

황정견 이하 진사도 등 25인을 열거했는데, 이에 문단에는 '강서시
파'라는 명칭이 있게 되었다.64) 이 시인 군은 전대에는 없던 비교
적 엄격한 종파 색채를 띠고 있었는데, 그들이 시학 관점과 작시
풍격 면에서 대체로 일치했고 다수의 성원이 확실히 서로 연계되
어 있었기 때문에 큰 영향력을 행사할 수 있었다.

원대(元代)에 이르러 방회(方回)가 『영규율수(瀛奎律髓)』에서 '일조
삼종(一祖三宗)'설을 들고 나와 두보를 이 파의 조사(祖師)로 삼고
황정견·진사도와 남송의 진여의(陳與義)를 세 종사로 삼았는데, 이
것은 사실상 억지로서 이 파의 진정한 조사는 역시 황정견이라고
보아야 할 것이고, 진사도는 황정견과 대등하게 보기 어려우며, 진
여의는 강서시파와 큰 관련이 없다.

---

64) 기실 명단에 오른 사람들 중의 반 이상이 강서 사람이 아니다. '강서시파'라
고 칭한 것은 주로 황정견과의 관계 때문이다.

5. 남송 초기의 시

남송 초기 시라 함은 시기적으로 북송 말부터 남송 고종(高宗: 1127-1162)의 치세 기간인 1162년까지 약 40년간을 말한다. 당시 북쪽에서는 여진족의 금(金)이 일어나 약해진 거란족의 요(遼)를 치고, 드디어 1126년에는 개봉(開封)을 함락하여 흠종(欽宗)과 이미 양위(讓位)한 휘종(徽宗) 및 3천 신하와 10만 백성을 잡아가는 '정강(靖康)의 변(變)'이 일어났다. 이후 남경에서 개국한 남송(南宋)은 다시 지금의 항주(杭州)인 임안(臨安)으로 옮겨 금(金)과 대치하고자 했으나, 약해진 국력으로 금(金)의 상대가 되지 못하고 강화(講和)와 패전으로 점철된 굴욕적 관계를 유지해야 했다.

이 시기는 일군의 시인들이 집단적 동질성을 보이며 기본적으로 북송시를 계승하는 한편 새로운 길을 모색했다고 할 수 있다. 즉 송시의 최고봉이었던 북송 후기의 왕안석·소식·황정견을 추종한 시인들이 그들의 시를 충실히 학습하면서 나름의 독자적인 영역을 개척하였다.

5. 1 여본중(呂本中)과 증기(曾幾)

여본중과 증기는 모두 강서파 시인 집단에 속하여 황정견의 시를 충실히 학습하면서도 거기에 그치지 않고 독자적인 길을 모색하여 강서파 시풍의 변화에 일조했다.

여본중(1084-1145)은 수주(壽州: 지금의 안휘성 수현壽縣) 사람으로 자가 거인(居仁)이고 호가 자미(紫薇)이며 시호(諡號)는 문청(文淸)이다. 세상에서는 흔히 동래선생(東萊先生)으로 불렀다. 그는 북송 원우(元祐) 연간에 재상을 지낸 여공저(呂公著)의 증손인데 음서(蔭敍)로 승무랑(承務郎)에 제수되어 관직을 시작했다. 소흥(紹興) 6년(1136)에 진사 출신을 하사받아 관직이 중서사인(中書舍人)에 올랐다. 그 후 남송 초년의 정치투쟁에서 주전파에 가담하여 진회(秦檜)의 노여움을 사 축출되었다.

여본중은 젊은 시절에 황정견의 시를 학습의 전범으로 삼아 각고하며 단련했다. 또한 그는 시우(詩友)와 교유하기를 좋아하여 교유범위가 넓었으며, 당시 문단의 상황에 대해 잘 알고 있어서 황정견을 본받는 시인들에 대해서도 이해가 깊었기 때문에 그들로부터 얻은 것이 적지 않았다. 그 경험을 바탕으로 그는 20세경인 숭녕(崇寧) 원년(1102) 내지 2년에 「강서시사종파도(江西詩社宗派圖)」를 엮어냈다. 이것은 그가 진지한 태도로 작성한 것이 아니었지만 반향이 컸고 이의를 제기하는 사람들도 있어서 그는 나중에 젊었을 때 지은 것들을 후회했다고 한다.

여본중이 젊었을 때 지은 것들을 후회하게 된 것은 강서시파에 대한 그의 관점이 달라졌기 때문이기도 하다. 남도(南渡) 이후 그는 강서파 시인들의 황정견 시 모방에 폐단이 있음을 깨닫고 시구 조탁의 구습에서 벗어나야 한다고 생각하여 창신의 길을 걷게 되었다. 소흥(紹興) 원년(1131)에 그는 증기(曾幾)에게 편지를 써서 "근세에 강서의 학자들은 온힘을 다하여 좌우로 법칙을 받들지만 왕왕 거기서 벗어나야 한다는 것을 몰라서 더 이상 발전할 수 없으니 이 또한 황정견의 취지를 잃은 것이다"[65]라고 말했다.

---

65) "近世江西之學者, 雖左規右矩, 不遺餘力, 而往往不知出此, 故百尺竿頭, 不能更進一步, 亦失山谷之旨也."(『苕溪漁隱叢話』前集 卷49)

그는 황정견을 추종하는 많은 시인들이 낡은 준칙에 얽매여 자립하지 못하고 있음을 알았다. 그 폐습을 고치기 위해 그는 시인들에게 일정한 준칙과 법도 안에서 스스로 변화를 꾀하여 창신이 있어야 한다고 주문했다. 그는 당시 강서파 시인들의 결점을 간파하고 이백과 소식으로부터 "뜻을 주로 하고 자구에 얽매이지 않는" 방법을 배우려고 했다. 동시에 선종(禪宗)의 '활법(活法)' 즉 격식에 얽매이지 않고 규정을 강조하지 않는 자득(自得)의 체험을 빌려 판에 박은 듯한 상투적인 시에서 벗어나고자 시도했다. 그는 소흥 3년(1133)에 쓴 「하균보집서(夏均父集序)」에서 '활법'을 정식으로 제창했다.

> 시를 배움에는 마땅히 활법을 알아야 한다. 법도가 다 갖추어지고서야 능히 법도 밖으로 나올 수 있는 것이니, 변화무상(變化無常)하면서도 또한 법도에서 벗어남이 없는 것이다. 이 도(道)는 정해진 법도가 있으면서 동시에 정해진 법도가 없는 것이며, 정해진 법도가 없으면서 동시에 정해진 법도가 있는 것이다. 이를 아는 사람은 가히 활법을 말할 수 있다. 사현휘가 "좋은 시는 탄환처럼 동그랗고 아름답게 잘 굴러간다"고 말했는데, 이것이 진정한 활법이다.66)

이로부터 여본중이 시가예술에 대하여 자신의 독특한 견해를 갖추었음을 알 수 있다. 그가 제창한 '활법'은 황정견·진사도의 시풍과는 일치하지 않는 것이다. 그는 황정견과 진사도의 시를 학습하는 한편, 동시에 그들에게서 벗어나고자 했기 때문에 새로운 풍격을 담은 시를 써낼 수 있었다. 다음 시를 보자.

---

66) "學詩當識活法, 規矩備具, 而能出於規矩之外, 變化不測, 而亦不變於規矩也. 是道也, 蓋有定法而無定法, 無定法而有定法, 知是者則可以語活法也. 謝玄暉有言: '好詩流轉圓美如彈丸', 此眞活法也."(劉克莊,『江西詩派·呂紫微』에서 재인용)

〈柳州開元寺夏雨〉 유주 개원사에 내리는 여름비

風雨瀟瀟似晚秋,	비바람이 우수수 늦가을만 같은데
鴉歸門掩伴僧幽.	까마귀 깃들 무렵 문 닫고 스님과 함께 고즈넉하다.
雲深不見千巖秀,	멋진 1천 봉우리는 구름 깊어 보이지 않고
水漲初聞萬壑流.	물이 불어 비로소 들려오는 골짜기의 물소리.
鐘喚夢回空悵望,	종소리에 꿈 깨어 망연히 소식 기다려 보건만
人傳書至竟沈浮.	인편에 부친 편지는 끝내 버려지고 말았겠지.
面如田字非吾相,	'밭 전(田)자' 제후의 상은 내 관상이 아니니
莫羨班超封列侯.	제후에 봉해진 반초를 부러워하지 않으리라.

이 작품은 여본중이 전란(戰亂)으로 멀리 광서(廣西) 지역으로 피난하여 개원사에 머무를 때 지은 것이다. 방회(方回)는 『영규율수(瀛奎律髓)』에 이 시를 뽑아 싣고 "여본중은 강서시파 중에서 가장 탄력적이어서 막히지 않았다. 그러므로 그의 시는 대부분 살아있다"[67]고 평가하였다.

여본중은 어지러운 세상에 상심하며 항전을 주장하는 시를 쓰기도 했다. 그는 〈성중기사(城中紀事)〉·〈회경사(懷京師)〉·〈전란에 작은 골목에 거처하며 짓다(兵亂寓小巷中作)〉 등의 시에서 전쟁의 참화에 시달리는 백성들에게 깊은 동정을 표했다. 이런 작품들을 통해 알 수 있듯이 여본중은 창작실천 속에서 활법을 사용하여 딱딱하고 난삽한 풍격을 교정하였고, 당시의 시인들이 지니고 있었던 현실 탈피의 폐단을 어느 정도 바로잡을 수 있었다. 여본중의 창작 성취는 황정견이나 진사도·진여의 등에 미치지 못하지만 그가 강서시파의 발전 과정에서 중추적인 역할을 담당했다고 할 수 있다.

---

67) "居仁在江西派中, 最爲流動而不滯者, 故其詩多活."(卷17)

증기(1084-1166)는 자가 길보(吉甫)이고 호는 다산거사(茶山居士)이며, 감주(贛州: 지금의 강소성) 사람이다. 어려서부터 문재가 뛰어나 이부(吏部)의 시험에서도 상사(上舍)의 자격을 하사받았다. 회남동로(淮南東路)에서 전매를 관장하는 다염관(茶鹽官)으로 재직할 때는 국가의 재정에 기여가 컸다. 남송에 들어와서는 재상 진회(秦檜)와의 불화로 형 증개(曾開)와 함께 파직되는 곤욕을 치르기도 했으나, 진회가 사망한 후에 복권되어 절동제형(浙東提刑)·비서소감(秘書少監) 등을 지냈다. 『다산집(茶山集)』이 있다.

증기는 두보·황정견과 진사도를 극구 추앙하여 <진소경이 보내준 시에 차운하여(次陳小卿見贈韻)> 시에서 "우리 종족에 진사도가 있으니, 오·칠언시에서 구율(句律)이 엄정하다네. 황정견이 바로 그의 스승이고, 두보를 조종으로 여긴다네"[68]라고 했고, 스스로 『산곡집』을 책이 닳도록 읽었다고 했다.

후인들은 일찍이 그가 한구(韓駒)와 여본중(呂本中)에게 시법(詩法)에 관한 가르침을 청한 적이 있다는 이유로 그를 강서시파의 일원으로 간주하게 되었다. 또한 남송의 육유(陸游)가 증기에게 배운 관계로 시사(詩史)에서 비중 있게 거론되는 편이다. 또 그의 근체시(近體詩)는 활발하면서도 힘을 크게 쏟지 않은 듯한 느낌을 주어 남송 양만리(楊萬里)의 시를 열어주었다고 평가된다.

남송 초에 증기의 마음은 울분에 차있어서 그의 학생 육유(陸游)가 찾아갔을 때마다 '우국의 말'을 들었다고 한다. 그의 우국의 정은 종종 시로 표현되어 예를 들어 <오흥에 거처하며(寓居吳興)> 시는 결구(結構) 및 대장과 용전이 잘 갖추어졌으면서 시에 비분의 감정이 짙게 녹아있어서 두보의 풍격에 가깝다. 이런 면이 그의 학생 육유에게 적지 않은 영향을 끼쳤을 것이다.

---

68) "華宗有後山, 句律嚴七五. 豫章乃其師, 工部以爲祖."

증기는 여본중과 동갑내기 친구로 광서(廣西)에 있을 때 여본중에게 시법에 대한 가르침을 청한 적이 있는데, 그때 여본중이 증기에게 말해준 시법이 바로 "탄환처럼 동그랗고 아름답게 잘 굴러가는"(流轉圓美如彈丸) '활법'이었다. 증기는 바로 그런 기초 위에서 자신의 시를 발전시켜 청신하고 활발한 시풍을 형성할 수 있었다. 다음 시를 보자.

< 蘇秀道中, 自七月二十五日夜, 大雨三日, 秋苗以蘇, 喜而有作 >
소주에서 수주로 가는 도중, 7월 25일 밤부터 사흘 간 큰비가 내려, 가을 곡식이 소생하므로 기뻐 짓다

一夕驕陽轉作霖,	기승을 부리던 더위는 하룻밤 새 장마가 되어
夢回涼冷潤衣襟.	꿈결에 깨어나니 차가운 빗방울 옷깃을 적신다.
不愁屋漏牀牀濕,	지붕 새서 침상 젖는 거야 걱정거리도 아니니
且喜溪流岸岸深.	냇물 불어 물가마다 깊으니 기쁘기 짝이 없다.
千里稻花應秀色,	천리 들판에 벼꽃은 빼어난 빛깔 뽐낼 터
五更桐葉最佳音.	밤새 오동잎에 떨어지는 빗소리 듣기도 좋다.
無田似我猶欣舞,	땅 없는 나도 오히려 기뻐 춤을 출 지경이니
何況田間望歲心.	들판에서 풍년만 바라는 농부들 마음이야 오죽하랴!

이 작품은 제목에 시의 창작 경위를 자세히 적었는데, 이렇게 생활에 밀착하여 사실적으로 일을 기록한 것은 송시의 한 특징이다. 이 시를 살펴보면 문자가 명쾌하고 유려하며 운미가 빼어나 읽을 때 자연스럽고 정취가 있다. 증기의 이런 시들은 사실상 이미 황정견과 진사도의 풍격에서 벗어나 자신의 시세계를 구축한 것이다.

증기는 후기 강서시파에서 중요한 지위를 차지하여 남송의 대시인 육유와 양만리 두 사람이 다 그의 영향을 받았고, 소덕조(蕭德藻)도 그를 스승으로 받들었다. 또한 증기의 시법은 영종(寧宗) 때의 조번(趙蕃)과 한표(韓淲)에게 전수되었다. 방회(方回)가 "증기는 여본중의 시법을 얻어 가정(嘉定) 중의 조번과 한표에게 전했으니 정맥(正脈)이 끊어지지 않았다"[69]라고 말한 것에서 조번과 한표가 당시 강서시파의 계승자였음을 알 수 있다.

여본중과 증기는 진여의와 함께 강서파 시풍을 변화시킨 핵심 인물이다. 여본중은 최초로 활법을 제시하였고 창작에서 새로운 풍격을 형성한 것이 증기보다 빨랐지만 증기의 예술 성취가 여본중보다 더 컸다고 할 수 있다. 증기는 자신의 시법을 육유·양만리와 조번·한표에게 전했으니 그가 남송 초기 시단에서 과도기적 역할을 한 중요한 시인임을 알 수 있다.

5. 2 진여의(陳與義)

북송 말년에 소식과 황정견의 시풍이 끼친 영향이 가장 컸지만 소식의 시는 배우기 쉽지 않아 시인들은 대부분 황정견의 노선을 따랐다. 다만 그들의 시에도 두 가지 중요한 변화가 있었다. 하나는 시대 변화의 충격 아래 그들의 시사(時事)를 반영하고 감개를 토로한 수많은 작품이 대부분 정서를 솔직하고 강렬하게 표현하여 이미 황정견 식의 면모가 아니었다. 또 하나는 예술 풍격 방면에서 여본중·증기·진여의 같은 시인들이 강서시파의 영향을 받고 심지어 강서시파로 분류되기는 했지만, 다른 방향에서 황정견을 대표로 하는 지나치게 난삽하고 딱딱한 결점을 고

---

69) "曾茶山得呂紫微詩法, 傳至嘉定中趙章泉·韓澗泉, 正脈不絶."(『桐江續集』 卷
    15「次韻贈上饒鄭聖予沂序」)

치려고 시도했기 때문에 남송 초의 시풍이 바뀌기 시작했다.

남송 초의 시풍 변화과정에서 가장 주목할 만한 시인은 진여의(1090-1139)이다. 그는 낙양(洛陽: 지금의 하남성에 속함) 사람으로 자가 거비(去非)이고 호가 간재(簡齋)이다. 정화(政和) 3년(1113) 상사갑과(上舍甲科)에 등제(登第)하여 참지정사(參知政事) 등의 관직을 역임하였다. 그는 비록 소식과 황정견을 추앙했지만, 오히려 진사도를 더 존경하였다. 이렇게 진여의는 그와 가까운 시대인들에 대한 사색과 탐구를 통해서 두보를 배우는 디딤돌로 삼았다. 동시에 그는 강서시파와는 그다지 같지 않았다. 왜냐하면 그는 "천하의 책을 읽지 않을 수는 없지만, 그러나 참으로 용사(用事)에 마음을 두어서는 안 된다"라는 말을 들은 적이 있기 때문이다.[70]

그의 전기 작품은 고체시에서 주로 황정견과 진사도의 영향을 받았고, 근체시에서는 황정견·진사도의 풍격에서 두보의 풍격으로 넘어가려는 점을 보여주고 있다. 두보 율시의 성조와 음절은 당대(唐代) 율시 중 가장 장대하고 중후한 것으로 공인되고 있다. 황정견과 진사도는 고심하고 애를 써서 두보를 배웠지만 그 점을 소홀히 하였다. 그러나 진여의는 오히려 그 점에 주의하였기 때문에 그의 시는 비록 뜻이 깊지는 않지만 사구(詞句)가 분명하고 깨끗하며 음조 또한 맑게 울려 퍼져, 사람들은 강서파 시인들보다 그를 더 좋아하였다. 『간재집(簡齋集)』이 있다.

'정강의 변'을 경계로 하여 진여의의 시를 분기해보면, 전기(前期)에는 대체로 개인적인 제재를 많이 다루었고, 사회현실을 반영한 작품은 많지 않다. 그러나 나날이 어지러워 가는 국세를 보고 <밤에 제방 위를 걸으며(夜步堤上)> 시에서 "세상을 걱정하는 마음에, 다리 서쪽 나무나 두루 세어본다"[71]고 한 것은 그가 현실사회

---

70) 『邵掃編』 卷中.

에 깊은 관심을 가지고 있음을 보여준다. 침울하고 비장한 어조로 직접 현실을 비판한 시는 후기(後期)에 들어서서 보인다. 그는 전기의 제화시(題畵詩)와 영물시에서 주로 의론을 많이 전개한 데 비해, 후기의 시는 그것에서 촉발된 우국·고향 생각 또는 개인의 신세지감을 즐겨 표현했다.

진여의가 만당시를 비평한 것을 보면 그는 주로 두보 시의 내재 기질과 예술경계를 배우려고 했다. 또한 그는 두보와 강서시파 외에도 널리 전인의 장점을 받아들이려고 노력했기 때문에 진여의의 시는 자구의 연마와 교묘한 구상에 치중하긴 했지만 난해하거나 기이한 것이 별로 없다. 그는 강서파 시풍이 시단을 풍미한 상황에서 사람들에게 일종의 신선미를 제공하였다.

진여의가 일상생활의 정회를 쓴 많은 시에서 우리는 새롭고 정교하면서도 자연스럽고 청려한 특징을 살펴볼 수 있다. 다음 시를 보자.

<襄邑道中>　　**양읍 가는 길에**

飛花兩岸照船紅,　　양편 언덕에서 휘날리는 꽃잎 배를 붉게 비추고
百里楡堤半日風.　　백리 느릅나무 둑길이 순풍에 반나절 걸렸다.
臥看滿天雲不動,　　누워 바라보니 하늘 가득 구름은 움직이지 않더니
不知雲與我俱東.　　구름과 나 함께 동쪽으로 가는 것을 몰랐구나.

진여의는 급제한 후 3년 동안 개덕부(開德府) 교수(敎授)를 맡았다. 이 시는 임기 만료 후인 정화(政和) 7년(1117) 늦봄에 양읍(襄邑)을 지나 동경(東京)으로 들어갈 때 지은 것이다. 수도로 들어가는 한 젊은이의 정치적 포부와 기대에 찬 모습이 뱃길의 빠름과

---

71) "聊將憂世心, 數遍橋西樹."

구름을 통해 경쾌하고도 한가롭게 잘 드러나 있다. 백묘 수법을 사용하여 경관의 묘사가 생동감 있고 자연스러워서 강서시파의 풍격과는 확연히 구별된다.

진여의의 시 중에서 세태의 변화에 처량하고 비분에 찬 감회를 쓴 작품도 사람들의 주목을 받는다. 그는 나라의 위난을 직접 겪어서 감정상 두보와 직접적으로 연결된 측면이 있고, 또한 두보시의 정신 내함을 절실하게 이해했다. 다음 시를 보자.

〈登岳陽樓二首〉(其一)　**악양루에 올라 2수(제1수)**

洞庭之東江水西,	동정호의 동쪽 양자강의 서쪽
簾旌不動夕陽遲.	뉘엿뉘엿 지는 석양 아래 바람 한 점 없다.
登臨吳蜀橫分地,	굽어보니 오와 촉이 땅을 나누었던 곳이고
徙倚湖山慾暮時.	지금껏 거쳐 왔던 산하엔 황혼이 깃든다.
萬里來遊還望遠,	만리 떠돌아온 곳 다시 멀리 바라보고
三年多難更憑危.	다난했던 3년을 뒤로하고 다시 난간에 기댄다.
白頭弔古風霜裏,	백발의 몸으로 서릿바람에 옛일을 생각하니
老木蒼波無限悲.	고목과 푸른 물결이 무한한 슬픔을 일으킨다.

정강(靖康) 원년(1126) 정월에 금병(金兵)이 쳐들어오자 진류(陳留) 주감(酒監)으로 있던 진여의는 남쪽으로 피난길에 오른다. 이 시는 고종 건염(建炎) 2년(1128) 가을에 지어진 작품으로, 시인이 악양루에 오른 감회를 읊은 시이다. 원(元) 방회(方回)는 『영규율수(瀛奎律髓)』에서 "전부가 비장격렬하다. (…) 가깝게는 황정견에 다가섰고 멀리는 두보에 다다랐다"[72]라고 평했다.

공간적으로 광활함을 상징하는 천지·강산과 시간적으로 쓸쓸한 시점인 추(秋)·모(暮)를 복합적으로 활용하여 의경(意境)이 깊고

---

72) "皆悲壯激烈. (…) 近逼山谷, 遠詣老杜."(卷1)

기상이 드넓으며 비장함을 지녀 두시(杜詩)의 격조를 띠고 있다. 두보의 <등고(登高)> 시 경련 "만리 타향 가을 슬퍼 늘 나그네 신세인데, 평생 병 많은 몸이 홀로 높은 대에 오른다"73)의 의경과 유사하다.

북송에서 왕안석 이후 두보 시를 배우는 것이 점차 일종의 기풍이 되었는데, 황정견이 등장함에 따라 그 기풍이 더욱 힘을 얻게 되었다. 그리고 동시대의 인물 중에서는 진여의가 가장 두보 시의 정수를 얻었다. 다만 두보 시 중에서 당인(唐人) 특유의 웅장하고 혼후(渾厚)한 경계는 여전히 진여의가 바라기 어려운 것이었다.

남송 초의 시단에 발생한 새로운 변화를 요약하면 학습면에서 소식과 황정견을 같이 배우고, 내용면에서 우국시와 경물시가 많이 등장하고, 형식과 표현면에서 유려한 구율(句律)과 자연스럽고 간명한 표현으로 생경한 강서시파의 폐단을 고치고 서정성을 강화한 것 등이다.

이것은 진여의 한 사람만의 특징은 아니지만, 그는 당시 시단에 나타난 새로운 조류의 대표적인 존재였고, 시적 성취도 가장 뛰어났다. 진여의는 황정견 등 강서시파의 주류 시학을 계승했으면서도, 일정 부분 나름의 독자적 영역을 구축하여 강서시파의 성취를 발전적으로 이끌어 나갔다는 점에서 그 위상과 지위를 확보했다.

---

73) "萬里悲秋常作客, 百年多病獨登臺."

6. 남송 중기의 시

남송 중기는 대략 1163년부터 1207년까지 40여 년의 기간을 말한다. 남송은 1163년에 효종(孝宗: 1163-1189)이 즉위하여 융흥(隆興) 원년으로 개원(改元)한 후 중흥의 시기를 맞이하였으나, 1207년에 송(宋)이 금(金)을 쳤다가 패배하고 다음해에 송·금 간에 가정화의(嘉定和議)가 이루어진 이후로는 쇠퇴 일로를 걷게 된다. 원(元)의 방회(方回)는 남송 시단의 중흥기로 효종조(孝宗朝)를 들고, 가정(嘉定) 이후에 사령(四靈) 등이 나타나 후기에 접어들었다고 시기 구분을 하였다.

효종 융흥 원년 5월, 장준(張浚)이 출병했다가 금군(金軍)에 대패하여 다음해 융흥화의(隆興和議)를 맺었다. 그 후 송과 금 사이에는 대략 40년 동안 전쟁 없이 평화가 계속되어 남송에서는 가장 안정된 시대였다. 수려한 강남의 산수에 물산은 풍부하고 인재가 많아 남송의 정치·경제·문화가 다시 소생하고 발전하였으며, 문학·예술·경사(經史)·고고(考古)·철학 등 여러 방면에서 전성기를 회복하였다.

주밀(周密)은 『무림구사(武林舊事)』에서 효종 건도(乾道: 1165-1173)·순희(淳熙: 1174-1189) 연간의 성황을 북송(北宋)의 원우(元祐: 1086-1093) 시대에 비겨 '소원우(小元祐)'라고 했다. 이 시기에 중흥사대가(中興四大家)로 불리는 육유(陸游)·범성대(范成大)·양만리(楊萬里)·우무(尤袤)가 활약하면서 북송시와는 다른 풍격의 시를 선보이며 큰 성취를 거두었다.

6. 1 육유(陸游)

육유는 남송 중기의 저명한 시인 중에서 남긴 작품이 가장 많아서 지금 전해오는 것만 쳐도 9,217수에 이른다. 작품의 수가 많을 뿐만 아니라 작품의 제재도 풍부하여 일찍이 중국 시사에 나타났던 갖가지 다양한 내용을 담으면서도 새로운 세계를 개척했으며, 풍격상으로는 두보(杜甫)·이백(李白)·소식(蘇軾) 등의 시를 가장 잘 계승하여 이를 바탕으로 자신만의 독특한 면모와 특색을 보여주고 있다. 특히 격렬하고 깊은 민족감정과 산하가 파괴되고 민족이 위기에 처한 시대에 사람들의 보편적인 염원을 시에 반영하여 당시 및 후세 사람들의 폭넓은 존중을 받았다.

육유(1125-1209)는 월주(越州) 산음(山陰: 지금의 절강성 소흥紹興) 사람으로 자가 무관(務觀)이고 호가 방옹(放翁)이다. 그는 금나라에 빼앗긴 중원 땅의 수복을 누구보다도 강력하게 주장했기 때문에 주화파(主和派)의 미움을 사서 남송 고종 소흥(紹興) 23년(1153)의 과거에서 주화파에 의해 제명되기도 했고, 소흥 27년(1157) 복주(福州) 영덕현(寧德縣) 주부(主簿)에 기용되어 관직에 첫발을 내디딘 이후에도 평생에 걸쳐 다섯 차례나 면직을 당하는 등 정치생애에서 수없이 파란을 겪었다.

그의 시는 초기에는 강서시파의 시풍을 배워 수사와 기교를 중시했으나, 최전방인 남정(南鄭: 지금의 섬서성 한중漢中)에서 항금전쟁(抗金戰爭)에 종군한 중기에는 차츰 형식미보다 내용을 중시하는 자기 나름의 시세계를 개척하여 금나라에 대한 적개심과 우국충정을 꾸밈없이 토로해 낸 애국시를 주로 지었다. 『검남시고(劍南詩稿)』·『위남문집(渭南文集)』·『노학암필기(老學庵筆記)』·『입촉기(入蜀記)』·『방옹사(放翁詞)』·『남당서(南唐書)』 등의 많은 저작이 있다.

육유는 주로 송나라가 금나라와 대치한 시대에 생활했다. 당시에는 남송 왕조의 북벌이 성공할 가능성과 실패할 위험성이 동시에 존재하여, 조정에는 주전파와 주화파의 대립과 쟁의가 그칠 줄 몰랐다. 그런 상황에서 그는 민족적 자존심이 강렬한 사대부로서 국가와 민족을 위해 잃어버린 강토를 회복하고 금나라의 통치를 받고 있는 민족을 해방시키는 것을 간절히 염원했다. 육유의 시에서 대표성을 지닌 것은 이러한 사상 감정을 반영한 작품이다.

그 작품들은 두 가지로 나누어 볼 수 있다. 하나는 그가 군인이 되어 보국(報國)할 수 있기를 갈망하는 장쾌한 이상이고, 다른 하나는 그의 염원을 이룰 수 없는 비분의 심정이다. 다음 시를 보자.

〈夜讀兵書〉 밤에 병서를 읽다가

孤燈耿霜夕,	서리 내리는 저녁에 외로운 등불 빛나는데
窮山讀兵書.	깊숙한 산속에서 병서를 읽노라.
平生萬里心,	평생토록 간직한 만리 강산 수복의 꿈
執戈王前驅.	창을 들고 임금님 앞에서 말 달리고 싶어라.
戰死士所有,	사나이는 싸우다가 죽을 수도 있는 법
恥復守妻孥.	더 이상 처자나 지킴은 치욕스런 일이리라.
成功亦邂逅,	공적을 이루는 건 이 또한 우연이니
逆料政自疏.	성공을 예측하면 자신을 소홀히 하리라.
陂澤號飢鴻,	배고픈 기러기가 못에서 우니
歲月欺貧儒.	세월은 이 가난한 선비를 농락한다.
歎息鏡中面,	거울 속의 얼굴을 보며 탄식하나니
安得長膚腴.	어찌하면 길이길이 피부가 윤이 날까?

이 시는 육유가 32세 되던 해인 소흥 26년(1156년) 가을, 고향에 칩거하면서 지은 것으로 최초의 애국시로 꼽히는 작품이다. 회하(淮

河) 이북의 땅을 모두 금나라에 빼앗기고도 그것을 되찾을 생각은 하지 않고 일신의 평안만 추구하며 안일하게 지내려는 주화파 때문에, 중원 땅을 회복하려는 자신의 꿈을 펼쳐 보지 못한 채 한 해 한 해 하릴없이 세월만 보내야 하는 안타까운 심정을 노래했다.

그가 비분의 심정을 토로한 시를 한 수 들어본다.

<書憤>　　　　비분을 적다

早歲那知世事艱,　젊을 때는 어찌 알리 세상일 험난한 줄을
中原北望氣如山.　북쪽으로 중원을 보면 기세는 산과도 같았다.
樓船夜雪瓜洲渡,　전함은 밤 눈 내리는 과주도에서 작전하고
鐵馬秋風大散關.　철마는 가을바람 부는 대산관을 치달렸다.
塞上長城空自許,　만리장성 되어 변방을 지키겠다던 웅지는 꺾이고
鏡中衰鬢已先斑.　거울 속엔 흰 머리 어느덧 앞질러서 희끗희끗.
出師一表眞名世,　<출사표>는 참으로 후세에 이름이 났으니
千載誰堪伯仲間.　천년 이래 누가 그것에 비견될 수 있으리.

이 시에서 시인은 젊은 시절의 호쾌하고 큰 포부를 회상하며, 어느덧 노년이 되어(62세) 중원 수복의 뜻을 이루지 못한 것에 대한 비분을 침울한 어조로 토로했다. 그러나 육유는 시종 굳건하게 자신의 신념을 고수하여, 자기가 죽은 뒤 나라를 걱정하는 심장과 간(肝)은 금철(金鐵)로 응결될 것이니, 그것으로 보검(寶劍)을 만들어 매국노 간신의 피를 그 위에 발라 제사지내면 전쟁 때 반드시 금나라를 소멸시킬 것이라고 말하였고,74) 설령 죽더라도 귀신의 우두머리가 되어 복수하겠다고 다짐했다.75) 이런 점은 비록 똑같

---

74) "肝心獨不化, 凝結變金鐵. 鑄爲上方劍, 釁以佞臣血. …… 三尺粲星辰, 萬里靜妖孽. 君看此神奇, 醜虜何足滅"(『劍南詩稿』卷35, <書志>)
75) "壯心未與年俱老, 死去猶能作鬼雄."(『劍南詩稿』卷35, <書憤二首>(其1))

은 우국의 작품이더라도 육유가 굴원(屈原)이나 두보(杜甫)와 다른
점이다.

이와 같은 민족의식의 표현이 주요 내용이고 호방(豪放)과 비장
(悲壯)을 감정 기조로 하는 작품이 육유 시의 주선율이라면, 세밀
하고 담백한 필치와 한적한 정조로 자연경물과 일상생활을 서사한
작품이 또 하나의 선율을 구성한다. 그리고 이 두 가지를 함께 고
려해야 육유의 인격 정신과 시가의 예술풍격을 이해할 수 있다.
다음 시를 보자.

<乾明院觀畵>　　**건명원에서 그림을 보고**

唐年蘭若占閑坊,	태평성대에 한적한 거리를 차지한 절
名畫蕭條半在亡.	반쯤은 망가져 쓸쓸히 걸려있는 명화.
簌簌疎篁常似雨,	바람에 대나무는 쏴아 빗소리를 내고
陰陰古屋自生凉.	어둑한 고옥(古屋)에선 서늘함이 돌아 나온다.
入門疊鼓初催講,	문에 들어서니 북소리가 강경(講經)을 재촉하고
喚馬斜陽欲滿廊.	말을 부르니 벌써 석양이 회랑에 들어찬다.
顯晦熟思眞有數,	현달과 몰락에는 참으로 운명이 따로 있는지
萬金奇跡棄頹牆.	만금의 기적이 무너진 담벼락에 버려져 있다.

이 시는 순희(淳熙) 4년(1177) 가을에 지어진 것이다. 한적한 사
원의 정원에서 보이는 것이라고는 바람에 흔들거려 비오는 듯한
소리를 내는 성긴 대나무들뿐이다. 그 오래된 사원으로 들어가면
안은 어둑어둑하고 냉기가 얼굴을 찌른다. 대문으로 들어올 때 들
렸던 계속되는 북소리는 스님들을 참불·강경하러 가도록 재촉한
다. 그러나 벽화를 다 보고 나서 바깥으로 나가 하인 보고 말을
끌고 오라고 했을 때, 저녁 해는 이미 회랑에 가득히 넘치고 있었
다. 곰곰이 생각한 후 세상의 모든 사물이 각각의 현달하거나 몰

락하는 운명을 지니고 있음을 분명히 이해하게 되었다. 그렇지 않다면 원래 만금의 가치가 있는 명화가 오늘날 어떻게 이같이 주목을 끌지 못하고 퇴락한 담 위에 버려지게 되었는가!

이 시는 여전히 감개의 어기로 끝맺고 있으나, 마지막 구 외에는 전체적으로 서술의 수법을 사용하여 떠들썩한 성도시 안의 한 영락한 사원과 사원의 담에 방치되어 있어 아무도 거들떠보지 않는 낡은 그림, 그리고 승려들의 맑고 조용한 구도생애를 써내었다.

육유의 시 중에서 보국의 격정을 서술한 작품이 강렬한 감정과 분방한 기세로 독자의 심금을 울렸다면 후자의 작품은 평화롭고 소박한 운미와 깊고 빼어난 의경으로 독자를 감화시켜 시인의 인생정취와 심미정취를 느끼게 해준다.

그는 또한 애정에 상심한 사람이기도 해서 예민한 감수성으로 사랑하는 사람을 잃은 고통을 표현하기도 했다. 다음 시를 보자.

<沈園二首>(其1)　　심원 2수(제1수)

城上斜陽畵角哀,　　석양 비치는 성 위에서 구슬픈 나팔 소리
沈園非復舊池臺.　　심원도 더 이상 옛날의 그 모습이 아니다.
傷心橋下春波綠,　　내 가슴을 저미는 다리 밑의 푸른 물결
曾是驚鴻照影來.　　일찍이 아리따운 그녀의 모습 비추었었지.

육유는 20세 때 외사촌 누이 당완(唐琬)과 결혼하여 금슬이 매우 좋았는데 어머니의 핍박으로 결혼한 지 약 3년 만에 이혼하여 각자 다른 사람과 재혼했다. 그러던 중 31세 때 심원(沈園)에서 우연히 그녀를 다시 만나 그녀로부터 술과 음식을 따뜻하게 대접 받고 자신의 쓰라린 마음을 담은 <차두봉(釵頭鳳)> 사(詞) 1수를 지어 심원의 담벼락에 써놓았고, 당완도 그의 사에 화답하여 <차두봉> 사

1수를 지었다. 그 뒤 당완이 울적한 마음을 달래지 못해 세상을 떠나자 육유는 그녀를 추념하는 시를 여러 수 지었다. 이 시는 그 가운데 가장 유명한 것으로 경원(慶元) 5년(1199) 75세 때 심원에 들렀다가 지은 것이다.

육유는 젊었을 때 증기(曾幾)에게서 시를 배웠는데, 증기가 그의 시를 여본중 같다고 칭찬하자 매우 만족해했다니 그가 일찍이 강서시파의 영향을 받았음을 알 수 있다. 그 영향이 늙어서까지 완전히 없어지지는 않아서 그는 시종 시가언어를 세심하게 다듬는 습관을 유지했을 뿐만 아니라 이따금 낯설고 딱딱하며 수식과 조탁을 가한 시구를 써냈다. 그러나 중년 이후 그의 시풍에 변화가 나타났는데, 그것은 주로 그가 광범하게 전인의 장점을 학습했기 때문이다.

육유의 시문에서 굴원, 도연명과 사영운, 이백과 두보, 고적과 잠삼, 한유와 맹교, 백거이와 원진 및 매요신과 소식을 찾아볼 수 있는 것은 모두 그가 그들을 모범으로 삼아 학습한 결과이다. 굴원·두보·도연명 시의 정감과, 이백·두보·백거이·매요신 등의 예술풍격은 서로 다른 각도에서 그에게 어느 정도 영향을 끼쳤다.

물론 육유는 단순하게 고인을 모방한 것이 아니다. 그는 현실에서 풍부한 체험이 있어야 훌륭한 작품을 쓸 수 있다고 인식하고 남정(南鄭)에서 종군생활을 하며 얻은 넓은 체험 속에서 시가삼매(詩家三昧)를 깨달으면서 그의 시는 변화를 맞이하였다. 그래서 그는 "시법(詩法)이 홀로 생겨나지 않음은 옛날부터 같거늘, 어리석은 사람은 허공에 새기려 한다. 그대 시의 묘처(妙處)를 내가 잘 아니, 바로 산정(山程)과 수역(水驛) 가운데에 있다"76)라고 말했다. 육유는

---

76) 『劍南詩稿』 卷45, 〈題盧陵蕭彦毓秀才詩卷後〉: "法不孤生自古同, 癡人乃欲鏤虛空. 君詩妙處吾能識, 正在山程水驛中."

이를 '시외공부(詩外功夫)'77)라고 이름 붙이며 시를 배우는 공부는
시 밖에 있어야 한다고 하여, 도덕 사상 방면의 자기 수양에 힘을
기울이고, 현실생활 속에서 실천을 통해 사회와 자연, 그리고 인생
에 대해 깊은 이해와 체험이 있어야 비로소 좋은 작품을 쓸 수 있
음을 강조하였다.

　그는 생활의 경력과 내재적 함양을 작시의 가장 근본적인 바탕
으로 간주했다. 그렇기 때문에 그가 비록 전인의 풍격과 기교를
학습하고 전인의 시의(詩意)·전고·어휘와 구법을 변화시켜 운용
하는 데 능숙했지만, 그런 것들은 다만 그가 자신의 정감과 체험
을 표현하는 도구일 뿐이지 자신을 가두어 놓는 감옥이 아니었다.
이 점에서 그는 강서시파가 강조한 '점철성금(點鐵成金)'·'환골탈태
(換骨奪胎)'와 달라서 고인의 유산에 빠져 헤어 나오지 못하는 사람
들을 준엄하게 비판하였다.

　전인의 장점을 광범하게 섭취하고 자신의 필요에 따라 이를 기
민하게 운용하여 그 마땅함을 취했기 때문에 육유 시의 풍격은 다
양화의 면모를 지니고 있다. 대체적으로 말해서 그의 시는 칠언에
서 좋은 성과를 거두었다. 그의 칠언고체는 열정적이고 분방한 편
이고, 칠언절구는 웅건하면서 단호하거나 기민하면서 함축적인 편
이다. 그러나 가장 사람들의 칭찬을 받은 것은 칠언율시인데, 내용
의 차이에 따라 풍격에도 차이가 있다. 보국의 의지와 비분의 정
서를 서술한 작품은 침울하면서도 격정적이고, 자연 경물과 일상
생활을 묘사한 작품은 맑고 소박한 편이다. 다음 시를 보자.

---

77) 『劍南詩稿』 卷79, 〈示子遹〉: "詩爲六藝一, 豈用資狡獪. 汝果欲學詩, 工夫在詩
　　外."

<遊山西村>　　산서촌을 유람하고

莫笑農家臘酒渾,　　"농가의 막걸리가 텁텁하다고 웃지 마오
豊年留客足鷄豚.　　풍년이라 손님 대접할 닭고기 돼지고기
　　　　　　　　　　　풍족하다오."

山重水複疑無路,　　산 첩첩 물 겹겹 이어져 길이 없는가 싶더니
柳暗花明又一村.　　버들 짙고 꽃이 환한 마을이 또 하나 나왔다.
簫鼓追隨春社近,　　풍년 기원 제사 다가와 퉁소 불고 북 치는데
衣冠簡樸古風存.　　의관이 소박하여 옛 기풍이 남아 있구나.
從今若許閑乘月,　　지금부터 한가로이 밤 마실 다녀도 된다면
拄杖無時夜叩門.　　지팡이 짚고 무시로 문을 두드리고 싶구나.

　건도(乾道) 2년(1166), 육유는 장준(張浚)의 북벌에 찬성했다는 이유로 융흥통판(隆興通判)직에서 파면되어 고향으로 돌아갔다. 이 시는 그 다음해(1167) 봄에 이웃 마을로 놀러갔다가 거기서 본 산서촌(山西村)의 아름다운 산수를 묘사하고, 그곳의 순박한 인정과 예스러운 풍속을 노래한 것이다. 특히 제3·4구는 인구에 회자되는 명구인데, 맑고 소박한 묘사 속에 이미지의 반전이 돋보인다.

　육유의 칠언율시는 대부분 조직이 엄정하고 반복적인 퇴고를 거쳐 시구를 다듬었다. 또한 그는 독서량이 풍부한데다 강서시파의 영향을 받아서 전고의 운용과 전인의 시구를 변화시켜 사용하기를 즐겼다. 그러나 그의 가장 돋보이는 점은 자연 평담의 예술경계를 추구한 것이다. 그 때문에 그의 수많은 시는 여러 번 다듬었음에도 불구하고 자연스럽고 우아할 수 있었다.

　육유의 시에도 결점은 있다. 그는 대시인답게 여러 가지 상이한 풍격을 잘 학습하고 운용했지만 독창성이 뛰어나다고는 할 수 없다. 더구나 워낙 다작이다 보니 거친 면도 있고 의경의 변화도 크지 않다. 어구도 상호 답습한 것이 많아 비슷비슷한 느낌을 주는

경우가 많다. 조익(趙翼)은 『구북시화(甌北詩話)』에서 육유의 그런 예를 많이 찾아내어 열거했다.[78] 또한 전고를 겹겹이 쌓아 올리듯 이 사용하고 전인의 시구를 변화시켜 사용하면서 새로운 맛을 더 하지 못한 경우도 적지 않아 결점으로 지적된다.

6. 2 양만리(楊萬里)와 범성대(范成大)

강서시파의 시풍이 북송 말과 남송 초에 한때를 풍미했지만 그 폐단은 말류의 수중에서 갈수록 엄중하게 나타났다. 남송 초에 그 것을 보완하거나 새로운 길을 개척해보려는 시도가 있었지만 효과 가 본격적으로 나타나지는 않았다. 효종(孝宗) 시대에 이르러 강서 시파의 영향을 깊이 받은 일부 시인들이 그 울타리에서 벗어나 풍 격이 다른 창작을 통해 송시의 새로운 국면을 열었다. 그 중에서 양만리의 이른바 '성재체(誠齋體)'가 비교적 성공을 거두어 큰 영향 력을 행사했다.

양만리(1127-1206)는 길주(吉州) 길수(吉水: 지금의 강서성에 속함) 사 람으로 자가 정수(廷秀)이고 호가 성재(誠齋)이다. 소흥(紹興) 24년 (1154)에 진사가 되었고 효종(孝宗) 초에 지봉신현(知奉新縣)을 맡은 다음에 태상박사(太常博士)·태자시독(太子侍讀) 등을 역임하였다. 광 종(光宗: 1190-1194) 즉위 후에 비서감(秘書監)을 맡기도 했는데, 항 금(抗金)을 주장하였다.

양만리의 창작 경력은 『강호집(江湖集)』과 『형계집(荊溪集)』의 자서 에 보인다. 그의 말에 의하면, 그는 최초에는 강서파(江西派)를 배 웠고 나중에 왕안석(王安石)의 절구(絶句)를 배웠다. 그 후 전향하여

---

78) 『구북시화(甌北詩話)』 제6장 15절.

만당인(晚唐人)의 절구를 배웠고, 최후에는 "문득 깨닫는 것이 있는 듯하여" 더 이상 아무도 배우지 않고, "뒷동산을 걷고 옛 성에 오르며 구기자와 국화를 따고 꽃과 대나무를 당기고 살펴자면, 온갖 사물이 다 나타나서 나에게 시의 재료를 바친다"라고 하였다. 그 이후로 시를 짓는 것이 매우 용이했다고 한다. 동시대의 사람들도 그의 '형상을 살려내는 방법'(活法)과 '죽은 뱀을 살려내고' '산채로 사로잡는' 솜씨를 칭찬하고 감탄하였다.

한 가지 주의할 것은 양만리의 시와 황정견의 시가 하나는 경쾌하고 분명하여 속어가 섞여 있고, 하나는 경전을 인용하여 넓고 오묘하며 어렵고 깊이가 있게 보이지만, 양만리가 이론상에서는 결코 황정견이 말한 "한 글자도 유래가 없는 것이 없다"(無一字無來處)의 범위를 벗어나지 않고 있음을 알아야 한다. 그는 물론 전고를 늘어놓지는 않았지만, 그러나 그가 사용한 속어는 모두 출전이 있어서 백화(白話) 안에서도 비교적 고아(古雅)한 점이 있다. 독자는 그 시의 산뜻함과 자유로움은 느끼기 쉽지만 그와 같은 용의주도한 면을 알기는 쉽지 않다. 일생 동안 2만 여 수의 시를 썼다고 하지만 현존하는 것은 4,232수이다. 『성재집(誠齋集)』이 있다.

성재체의 형성은 대자연과 일상생활 속에서 새롭고 생동적인 소재를 발굴할 뿐만 아니라 상규에서 벗어나 흉금을 펼치고 사색한 데서 형성된 것이다. 시인이 열정적으로 자연 만물과 일상생활에 몰입하여 서로 융합되는 동시에, 냉정하고 이지적으로 관조하여 그 속에 내포된 인생 철리를 깨달아야 한다. 그렇게 쓴 시라야 자연스럽고 생동적이면서 이취(理趣)가 풍부한 작품이 될 것이다. 다음 시를 보자.

<湖天暮景>　　　**호수의 석양**

坐看西日落湖濱,　호수 아래로 지는 해를 바라보고 있으니
不是山銜不是雲.　해를 삼키는 건 산도 아니고 구름도 아니다.
寸寸低來忽全沒,　조금씩 내려오더니 갑자기 사라졌는데
分明入水只無痕.　분명히 물로 들어갔건만 흔적조차 없다.

　시인은 이 시에서 하늘의 석양이 서서히 호수 아래로 져서 마침
내 태양이 완전히 모습을 감출 때까지의 광경을 묘사했는데, 호수
를 의인화하여 석양을 서서히 삼키는 존재로 부각시킴으로써 그의
이른바 활법(活法)이 잘 나타나 있다. 이것이 바로 양만리가 이학
(理學)과 선종(禪宗)의 관물체험 방식을 시에 끌어들인 산물이다.
　성재체는 언어 방면에서 자연스럽고 유창하며 풍취가 활발한 것
을 기본 특징으로 한다. 양만리의 시가 주로 보통의 자연경물과
일상생활을 묘사하면서 피어나는 생기와 내심의 인생체험을 표현
했기 때문에, 난해하거나 지나치게 전아한 언어는 오히려 그가 표
현하고자 하는 내용에 방해가 되었다. 따라서 그는 언어 형식 방
면에 그다지 힘을 기울이지 않았고, 그 대신 언어 형식 외의 의미
추구에 힘을 기울였다. 구체적으로 말해서 양만리의 시구는 대부
분 구법이 잘 갖추어져 있고 의미가 연관되어 있어서, 강서시파를
뛰어넘어 어느 정도 매요신·구양수·소순흠 이래 형성된 송시의
언어 풍격을 계승했다. 다음으로 그는 자연스런 구어와 속어를 시
어로 사용하여 시를 일상대화처럼 활발하게 만들었다. 이것이 새
롭고 생동적이며 경쾌한 풍취의 효과를 낳았다.
　송시가 북송 후기부터 남송 전기에 이르기까지 발전한 과정을
살펴보면 황정견이 그의 독특한 풍격과 기교로 새로운 시풍을 열
었지만 그 시풍이 결점을 지니고 있었고, 또한 강서시파 후기의

시인들이 새로움을 내세우지 못하고 뒤따라가기에 급급했기 때문에 시단의 정체를 조성하고 말았다. 그것이 수많은 사람들의 불만을 자아내어 여본중 같은 사람이 활법을 제창하여 그와 같은 국면에서 벗어나고자 시도했다.

그리고 양만리가 등장하여 선종과 이학에서 존중하는 활법을 운용하여 예리한 눈빛으로 변화무쌍한 세계를 관찰하고 신선한 언어로 독특한 인생 감개를 표현하게 되었다. 이에 비로소 강서시파의 울타리를 벗어나서 송시 전변의 한 추축이 되었다. 다음 시를 보자.

〈重九後二日同徐克章登萬花川谷月下傳觴〉
중양절 이틀 뒤, 서극장과 만화천곡에 올라 달 아래서 술잔을 돌리다

老夫渴急月更急,	내가 갈증이 심한데 달은 더욱 심한 듯
酒落杯中月先入.	술이 잔 속에 부어지자 달이 먼저 들어간다.
領取靑天倂入來,	푸른 하늘을 불러 함께 들어와서
和月和天都蘸濕.	달과 하늘이 모두 술에 잠겨 젖는다.
天旣愛酒自古傳,	하늘이 술을 좋아함은 옛날부터 전해오니
月不解飮眞浪言.	달이 술 마실 줄 모른다고 한 것은 허황된 말이다.
擧杯將月一口呑,	술잔 들어 달을 한입에 삼키고
擧頭見月猶在天.	머리 들어 달을 보니 오히려 하늘에 있다.
老夫大笑問客道,	내가 크게 웃으며 손님에게 물었다
月是一團還兩團.	"달이 하나요 둘이요?"
酒入詩腸風火發,	술이 시상(詩想)에 들어가니 바람과 불이 일어나고
月入詩腸氷雪潑.	달이 시상에 들어가니 얼음과 눈이 뿌려진다.
一杯未盡詩已成,	한 잔 술 아직 다 마시지 않았는데 시는 이미 완성되고
誦詩向天天亦驚.	시를 읊조리며 하늘을 향하니 하늘도 놀란다.

焉知萬古一骸骨,　어찌 알랴 만고의 인물들 한낱 해골로 변함을
酌酒更呑一團月.　술을 따라 다시 하나의 달을 삼킨다.

양만리 시의 묘미는 기묘한 상상력의 발휘에 의한 참신한 표현에 있다. 이 시 역시 달빛 아래에서 술을 마신다는 흔한 제재를 아주 신선하게 나타냈으며, 특히 달과 하늘이 시인과 같이 행동한다는 표현은 시를 읽는 사람들로 하여금 절로 미소를 짓게 만든다.
　양만리의 시는 광활한 사회생활을 반영한 것이 많지 않지만 더러 잘된 것도 있다. 다음 시를 보자.

〈桑茶坑道中八首〉(其二)　**상다갱의 길 가운데서 8수(제2수)**

田塍莫道細于椽,　밭두둑이 서까래보다 가느다랗다고 말하지 말라
便是桑園與菜園.　이곳이 바로 뽕밭과 채소밭이란다.
嶺脚置錐留結屋,　고개자락에 송곳 꽂을 만큼 초막 지을 땅을
　　　　　　　　　남겨두고
盡驅柿栗上山巓.　감나무와 밤나무를 모두 뽑아 산꼭대기로 올렸다.

상다갱(桑茶坑)은 안휘성(安徽省) 경현(涇縣)에 있다. 이 시는 양만리가 소희(紹熙) 3년(1192) 봄에서 여름으로 넘어갈 무렵의 농촌풍경과 농민들의 생활모습을 묘사한 것이다. 이 시는 좁은 땅이나마 어떻게 해서든지 많은 수확을 거두어보려고 애쓰는 가난한 농민들의 삶이 시인의 예민한 관찰력에 의해 자연스러우면서도 핍진하게 묘사되어 있다.
　총체적으로 말하면 기지가 번뜩이고 풍취가 자연스러운 것이 양만리 시의 뚜렷한 장점이지만 동시에 첨예하고 심각한 인생감개를 거의 표현하지 않았다(이 점에서 그는 황정견에도 미치지 못한다). 그 때문에 그의 시는 대부분 소재의 선택이 협소하고 웅대한 기백이 부

족하다. 또한 학문을 과시하는 누습을 지닌 작품도 가끔 있어서 강서시파의 낡은 길에 들어서기도 했다.

그러나 그는 어쨌든 새로운 시풍을 열었고, 그것은 전적으로 고인을 모방한 시인과는 비교할 수 없는 것이다. 양만리가 강서시파 시풍의 울타리를 벗어난 후 일부 시인들이 다른 길을 모색했지만 독창적인 재능이 부족하여 다른 고대 시인을 찾아 모방의 대상으로 삼는 데 그쳤으니, 양만리의 공이 적다고 할 수 없다.

범성대(1126-1193)는 오현(吳縣: 지금의 강소성 소주蘇州) 사람으로 자가 치능(致能)이고 호가 석호거사(石湖居士)이다. 네 살 때(1129) 소주가 금나라 군대에게 유린되어 5일 동안 건물이 불타고 50여만 명의 무고한 백성이 희생되는 참화를 목격했고, 열여섯 살 때 (1141)에는 금나라와의 사이에 굴욕스러운 소흥화의가 맺어져 백성들의 생활이 도탄에 빠지는 것을 보았다. 그는 스물일곱 살이 될 때까지 과거에 응시할 생각을 하지 않고 고향에 칩거하면서 농민들과 생활을 같이하다가 소흥 24년(1154)에야 스물아홉 살의 나이로 예부시(禮部試)에 급제하여 진사가 되었고, 그 뒤 약 30년에 걸쳐 벼슬살이를 했다.

건도 6년(1170)에는 사절단을 이끌고 금나라에 들어갔다가 금나라 조정의 위압적인 분위기에도 불구하고 끝까지 자신의 주장을 굽히지 않는 기백과 우국충정을 보여줌으로써, 송나라는 물론 금나라의 군신(君臣)들까지도 감복하게 만든 바 있다. 만년에는 고향에 은거하면서 자주 석호(石湖)에 나가 심신의 안식을 얻었다.

범성대의 시는 금나라에 대한 분개와 시국에 대한 우려를 토로한 우국시, 위정자들의 실정과 백성들의 생활고를 고발한 사회시, 전원생활의 이모저모를 그린 농촌전원시가 주류를 이루는데, 그의 전원시는 도연명과는 달리 전원생활의 긍정적인 면만 그리지 않고 관리에 의한 농민의 착취와 수탈이라는 전원생활의 부정적인 면도 동시에 그리고 있어서 사회시와 일체를 이루는 경우가 많다.[79] 『석호거사시집(石湖居士詩集)』이 있다.

범성대도 한때 강서시파의 영향을 깊이 받아서 현존하는 일부 초기 작품은 언어가 난해하고 전고가 쌓여있는 현상이 나타나고, 선(禪)과 유(儒)가 뒤섞인 듯한 의론이 있다. 다만 범성대는 강서시 풍을 배운 동시에 비교적 광범하게 중·만당 시가의 풍격과 기교를 섭취하여 강서시파의 울타리를 벗어날 수 있었다. 더욱이 수많은 근체시는 완곡하고 청려한 가운데 준엄한 기상이 있어서 그 자신의 특징을 형성하였다.

양만리가 개척한 성재체와 비교해서 범성대의 시는 그렇게 기민하거나 자유롭지 않지만 훨씬 더 조탁과 연마의 흔적이 있으며, 그렇게 풍취가 있거나 활달하지 않지만 훨씬 더 깊이가 있고 함축적이다. 언어는 천속하거나 밋밋하지 않고 전아하고 귀족적이다. 그러나 범성대의 시는 양만리가 칭송하듯이 "청신하고 아름다워 포조와 사조의 일면이 있고, 분방하고 준일하여 이백을 다 쫓아갔다"[80]의 특징이 있고, 중·만당 제가의 풍격을 겸비하여 강서시파의 속박에서 벗어나긴 했지만 양만리처럼 개성이 선명한 자신의 체를 형성하지 못했는데, 그것은 광범한 섭취가 결국 자신만의 독특한 창조를 대신할 수 없었기 때문이다.

범성대의 시에는 모방의 흔적이 분명한 작품을 종종 볼 수 있어서 "왕건(王建)을 본받아", "이하(李賀)를 본받아", "옥대신영체(『玉臺新詠』體)" 등으로 주를 단 것도 있고, 주를 달지는 않았지만 〈사도

---

79) 물론 도연명의 시에도 〈초조곡의 '원시행'을 모방해 방주부와 등치중에게 주는 시(怨詩楚調示龐主簿鄧治中)〉, 〈걸식(乞食)〉 등 전원생활의 고달픔과 고통을 노래한 작품이 있지만, 어디까지나 개인 생활에 국한되어 있다.

80) "淸新嫵麗, 奄有鮑謝; 奔逸雋偉, 窮追太白."(「石湖詩序」)

퇴(蛇倒退)>와 <염여퇴(灔澦堆)> 시는 한유의 풍격을 모방한 작품임을 알 수 있다.

  범성대는 우국의 정을 직설적으로 노래하기보다는 객관적인 상황을 정면에 제시함으로써 그 이면에 담긴 자신의 우려와 울분을 나타내는 방법을 사용하였다. 유민(遺民)의 고통과 그에 대한 동정을 읊은 다음 시를 보자.

<州橋>　　　　　주교

州橋南北是天街,　　주교(州橋) 남북은 천자님의 거리인데
父老年年等駕回.　　부로들은 해마다 천자님 돌아오시길 기다린다.
忍淚失聲詢使者,　　눈물 참으며 목이 메여 사신에게 묻는다
幾時眞有六軍來.　　"언제나 진짜로 우리 군대가 올까요?"

  범성대는 여기서 옛 북송의 수도에서 만난 유민들의 애절한 소망을 묘사하였다. 이 시는 유민의 물음만을 보여주고 그에 대한 대답 없이 끝을 맺었다. 언제 남송의 군대가 변경(汴京)을 수복하러 갈지는 시인 자신도 확실하게 말할 수 없기 때문이며, 남송의 군신(君臣)들이 잠시의 화평에 안주하여 북벌의 의지가 없음을 잘 알고 있기 때문이기도 하다.

  범성대 시의 가장 큰 성취는 생활의 반영이 광범하고, 폭로한 사회문제가 심각한 것인데, 이것은 양만리가 미치지 못한 것이다. 다음 시를 보자.

<催租行>　　　　세금 독촉의 노래

輸租得鈔官更催,　　세금 내고 영수증도 받았는데 관아에서
　　　　　　　　　또 세금 재촉하러

跟蹡里正敲門來.　　어정어정 이장이 와서 대문을 두드린다.
手持文書雜嗔喜,　　손에 문서를 들고 성냈다 희죽거렸다 하더니
我亦來營醉歸耳.　　"나는 그저 술이나 한 잔 먹을까
　　　　　　　　　　　　하고 왔을 뿐이네."

牀頭慳囊大如拳,　　침대맡의 저금통이 주먹만 하여
撲破正有三百錢.　　깨어보니 돈이 꼭 3백 전이 들어 있다.
不堪與君成一醉,　　"어르신 모시고 취하기엔 돈이 너무 적으니
聊復償君草鞋費.　　아쉬운 대로 짚신이나 사세요" 한다.

　이 시는 범성대가 소흥 24년(1154) 과거를 보기 위하여 항주(杭州)로 가는 도중에 지은 것이다. 실수인지 고의인지 세금을 냈는데도 불구하고 이장이 다시 와서 세금을 내라고 독촉하는 당시의 불합리한 세정(稅政)을 고발한 작품이다. 어색해하는 이장에게 뒷일을 두려워하여 저금통을 깨서라도 뇌물을 주어야 하는 당시 농촌의 현실을 엿볼 수 있다.
　범성대의 시 중에서 가장 대표성을 지닌 작품은 그가 금나라로 사신 나갈 때 지은 72수의 절구와, 만년에 퇴직하여 한가히 지낼 때 지은 〈사시전원잡흥 60수(四時田園雜興六十首)〉이다. 다음 시를 보자.

〈秋日田園雜興十二絶〉(其九)　추일전원잡흥 12절구(제9수)

租船滿載候開倉,　　세금 배가 가득 싣고 창고 열길 기다리는데
粒粒如珠白似霜.　　진주 같은 쌀알이 서리처럼 새하얗다.
不惜兩鍾輸一斛,　　두 종으로 한 곡 어치 세를 아낌없이 내지만
尙贏糠覈飽兒郎.　　겨 속의 싸라기 아직 남아 애들 배는
　　　　　　　　　　　　채울 수 있다.

　한 곡(斛: 5斗) 어치의 조세로 두 종(鍾: 6斛 4斗)을 내야 한다고

한 것은 몹시 과장된 표현이다. 하지만 기록에 의하면 세금 낼 돈이 모자라서 딸을 팔아먹지 않으면 안 되었던 당시의 상황을 감안할 때 결코 터무니없는 소리라고 치부해버릴 수만도 없는 농촌의 현실을 고발한 시이다. 스스로 전원시라는 제목을 붙였지만 도연명의 전원시와는 성질이 전혀 다르다. 전원시와 사회시를 변증법적으로 통일한 범성대 특유의 전원시라고 하겠다.

또 하나 범성대의 농촌시에서 주목할 만한 것은 민풍(民風)과 민속(民俗)을 묘사한 시이다. 그는 관직에 있을 때나, 혹은 물러나 고향에 살면서 향토 풍속에 대한 관심을 시로 표현했다. 향촌의 풍속을 읊은 대표적인 시로 <납월촌전악부 10수(臘月村田樂府十首)>가 있다. 그 중의 한 수를 보자.

<照田蠶行>　　**뽕밭을 밝히는 노래**

鄕村臘月二十五,	향촌의 섣달 스무닷새
長竿然炬照南畝.	장대에 횃불 사르며 남쪽 이랑을 비춘다.
近似雲開森列星,	구름 열리니 별들은 열을 지은 듯 빽빽하고
遠如風起飄流螢.	멀리선 바람 일 듯 반딧불이 날아다닌다.
今春雨雹繭絲少,	올해 봄에는 우박 내려 고치실이 적고
秋日雷鳴稻堆小.	가을에는 우레 쳐서 볏단이 작다.
儂家今夜火最明,	농가엔 오늘밤에 불을 크게 밝히니
的知新歲田蠶好.	새해에는 분명히 누에가 좋겠구나.
夜闌風焰西復東,	밤 깊어 바람 부니 불꽃은 서쪽으로 다시 동쪽으로
此占最吉餘難同.	이것은 좋은 징조, 나머지는 비할 바 없다.
不惟桑賤穀芃芃,	뽕만 잘되는 것이 아니고 골짜기엔 풀도 무성하니
仍更苧麻無節菜無蟲.	모시에 마디 안 생기고 채소에 벌레도 없겠다.

이 시는 빗자루와 대나무 가지로 횃불을 만들어 밭과 들을 밝히며 풍년을 기원하는 것을 내용으로 하고 있다.

<납월촌전악부 10수>는 향촌의 풍속을 읊은 시로, 위의 시 외에도 섣달에 쌀을 빻아 저장하는 <동용행(冬舂行)>, 대보름날을 위해 등(燈)을 미리 준비하는 <등시행(燈市行)>, 부엌신에게 제사지내는 <제조사(祭竈詞)>, 팥죽을 온 가족이 같이 먹으며 악기(惡氣)를 물리치는 <구수죽행(口數粥行)>, 25일 밤에 폭죽을 터뜨리는 <폭죽행(爆竹行)>, 폭죽을 터뜨리는 날 집집마다 문 앞에서 땔나무를 한 동이 불사르는 <소화분행(燒火盆行)>, 조상 제사를 마치고 어른 아이 함께 모여 음복하고 덕담을 한 후 흩어지는 <분세사(分歲詞)>, 아이들이 거리를 돌아다니며 멍청함을 팔라고 외치는 <매치애사(賣癡獃詞)>, 하인과 하녀들이 몽둥이로 퇴비를 두드리며 행운을 비는 <타회퇴사(打灰堆詞)> 등이 있다. 광범하게 당시 농촌의 세시풍속을 읊은 이러한 시들은 민속학적 가치를 지니고 있다.

남송 중기의 다른 시인들과 마찬가지로 범성대 또한 강서시파의 영향을 받았지만 동시에 당시의 학습을 통해 거기서 벗어나 자기 나름의 시 세계를 형성하였다. 그러나 육유나 양만리가 강서시파의 학습에서 출발하여 나중에 당시 학습을 통해 변화를 이룩했다면, 범성대는 그들과 반대의 길을 갔다. 즉, 범성대의 경우 초년에 만당시를 학습하여 왕건(王建)·장적(張籍)·이하(李賀) 등의 영향을 받은 작품을 썼다. 그리고 중년 이후에 소식(蘇軾)과 황정견(黃庭堅)의 시를 학습하여 그 영향을 받았다.

강건하면서도 기발한 풍격을 구현하고 일부 율시의 음절이 정격에 어긋나며 불교 관련 전고를 즐겨 사용한 것은 모두 황정견 시에서 배운 것이고, 소식으로부터는 유창한 율조(律調)를 배웠다. 그 결과 소식과 황정견의 상이한 시풍을 함께 섭취했지만 어느 한쪽에 치우치지 않을 수 있었으며, 거기에 초년 때부터 지녀온 완곡한 특색을 융합하여 그 자신의 독특한 시풍을 형성하였다. 이상의 과정을 거쳐 범성대의 시는 결국 강서시파의 영향권 밖으로 벗어나 나름대로 독자적인 시풍을 수립할 수 있었다.

6. 3 우무(尤袤)·소덕조(蕭德藻)·주희(朱熹)

남송 중기에는 앞에서 서술한 시인들 외에도 중흥사대가의 일원인 우무와 한원길(韓元吉)·주필대(周必大)·소덕조(蕭德藻)·왕질(王質)·주희(朱熹)·진조(陳造)·누약(樓鑰)·강기(姜夔) 등이 있었다. 이들 모두 남송 중기에 시인으로 활약하며 시단을 풍성하게 해준 사람들이지만 여기서는 특히 주목할 만한 세 사람을 다루기로 한다.

우무(1127-1194)는 생전에 육유(陸游)·양만리(楊萬里)·범성대(范成大)와 더불어 건도(乾道, 1165-1173)와 순희(淳熙, 1174-1189) 연간의 시단을 대표하는 시인 중의 하나로 꼽혔는데, 그의 원래 시집은 이미 산실(散失)되고 지금은 청대(淸代)의 우통(尤侗)이 수집한 1권이 전해지고 있다. 우무의 시는 지금 전해지는 작품만 가지고 평가한다면 양이나 질을 막론하고 중흥사대가(中興四大家)의 다른 세 사람과 비교하여 다소 뒤떨어진다.

우무의 대표작으로 꼽히는 다음의 시는 민생의 고통을 반영하는 데 뛰어난 특징을 잘 보여준다.

<淮民謠>　　**회남 백성의 노래**

東府買舟船,	동부에서는 배를 사고
西府買器械.	서부에서는 무기를 산다.
問儂欲何爲,	사람에게 무엇을 하려고 하는가 물으니

團結山水寨.　　　산과 물에 채병(寨兵)을 조직하려 한단다.
寨長過我廬,　　　군영의 우두머리가 내 집에 들렀는데
意氣甚雄粗.　　　그 기세 대단히 크고 거칠다.
青衫兩承局,　　　푸른 옷을 입은 두 명의 관리가
暮夜連勾呼.　　　한밤에 잇달아 호통치고 끌고 간다.
勾呼且未已,　　　호통치고 잡아가는 것도 끝나지 않았는데
椎剝到鷄豕.　　　수탈이 닭과 돼지에까지 이른다.
供應稍不如,　　　바치는 것이 조금이라도 마음에 들지 않으면
向前受笞箠.　　　앞으로 끌려 나가 볼기를 맞는다.
驅東復驅西,　　　동쪽으로 끌려가고 또 서쪽으로 끌려가며
棄却鋤與犁.　　　호미와 쟁기는 버려둘 수밖에 없다.
無錢買刀劍,　　　칼을 살 돈이 없어서
典盡渾家衣.　　　온 집안의 옷을 전당 잡힌다.
去年江南荒,　　　작년엔 강남에 흉년이 들어
趁熟過江北.　　　풍년이 든 곳을 찾아 강북으로 건너갔다.
江北不可住,　　　강북에서도 살 수가 없고
江南歸未得.　　　강남으로 돌아갈 수도 없구나.
父母生我時,　　　부모님께서 나를 낳았을 때에
敎我學耕桑.　　　나에게 농사짓는 것을 배우도록 가르치셨다.
不識官府嚴,　　　관가의 엄한 규율 알지 못하니
安能事戎行.　　　어떻게 군인 되어 싸움을 잘하리오.
執槍不解刺,　　　창을 잡아도 찌르는 법 모르고
執弓不能射.　　　활을 잡아도 쏠 줄 모른다.
團結我何爲,　　　군대를 만든들 나 같은 사람 무슨 소용 있으리?
徒勞定無益.　　　힘만 들 뿐 정녕 아무 이익 없으리라.
遊離重遊離,　　　떠돌아다니고 또 떠돌아다니며
忍凍復忍飢.　　　추운 것을 참고 다시 배고픔을 참는다.
誰謂天地寬,　　　누가 천지가 넓다고 말했던가?
一身無所依.　　　내 한 몸 의지할 곳 없는데.

淮南喪亂後,	회남 땅에 난리가 일어난 뒤
安集亦未久.	안정도 오래가지 못했다.
死者積如麻,	죽은 사람 어지럽게 쌓여있으니
生者能幾口.	산 사람은 몇 명이나 되려나.
荒村日西斜,	황폐한 마을에 해는 서쪽으로 기울고
破屋兩三家.	부서진 집만이 두세 채 있다.
撫摩力不給,	위로하려도 힘이 미치지 못하니
將奈此擾何.	어찌해야 하나 이 난세를.

이 시는 우무가 태흥현(泰興縣)의 지현(知縣)으로 있을 때 지은 것으로, 당시 일부 관리들이 산수채(山水寨)를 설치하여 금(金)나라에 대항한다는 명목을 빌려 백성을 착취하는 진상을 폭로하였다. 남송 중기 시의 특색을 요약해보면 시어의 평이함과 구어화 및 구율(句律)의 유려함인데, 우무의 시 역시 이러한 특색을 보이는 점에서 시대의 조류를 따르고 있다.

소덕조는 일찍이 증기(曾幾)에게서 시를 배워 강서시파의 영향을 받았다. 방회(方回)가 그의 시를 평해 참신하고 변화로우면서도 정교함을 다하였다고 평한 것은 바로 이 점을 지적한 것이다.[81] 다음 시를 보자.

<古梅二首>(其二) 늙은 매화나무 2수(제2수)

百千年蘚着枯樹,	수백 수천 년 된 이끼가 마른 나무에 붙어있고
三兩點春供老枝.	두세 송이의 봄꽃이 늙은 가지에 피어있다.
絶壁笛聲那得到,	절벽에 피리 소리야 어찌 이를 수 있겠는가?
只愁斜日凍蜂知.	다만 해는 지는데 추위에 언 벌이 알까 두렵다.

---

81) "其詩苦硬頓挫, 而極其工."(『瀛奎律髓』卷6, <次韻傳惟肖> 詩批)

이 시는 처음 두 구가 대장(對仗)이 정교하고, 끝의 두 구에서는 매화의 조용한 생활과 고아한 홍취가 벌의 방해를 받을까 걱정된다고 말했는데, 매화를 빌려 작자 자신의 은거의 뜻을 노래한 것으로 볼 수 있다. 유극장은 소덕조와 양만리를 비교하면서 소덕조는 양만리에 비해 구상에 더욱 고심한다고 평했는데,[82] 이 시를 보면 구상이 정밀하고 짜임새가 있어서 그가 고심해서 시를 썼음을 알 수 있다. 그의 시는 남송 중기 시인 중에서 강서시파의 풍격이 비교적 두드러진다.

주희(1130-1200)는 휘주(徽州) 무원(婺源: 지금의 강서江西에 속함) 사람으로 자는 원회(元晦)이고 호는 회암(晦庵)이며 별칭(別稱)은 자양(紫陽)이다. 그는 남송의 저명한 이학가(理學家)인데, 그의 문학관점은 기본적으로 주돈이(周敦頤)·정이(程頤) 등의 '문이재도(文以載道)' 주장을 계승하여 '중도경문(重道輕文)'의 경향을 띠었다.

그러나 그는 문학적 소양이 있는 도학자여서 시와 문에 모두 상당한 성취를 거두었고, 고금 작가의 작품에 대한 평론 방면에서도 정채로운 견해를 많이 내었다. 그는 "시언지(詩言志)"의 유가 시관을 답습하여 그의 시 대부분이 명리(明理)와 언지(言志)의 경향을 띠고 있지만 이학가의 시 중에서는 참신하고 생동적인 편이다. 다음 시를 보자.

〈觀書有感二首〉(其一)   책을 보다가 느낌이 일어서 2수(제1수)

半畝方塘一鑒開,   반 이랑 네모난 못이 거울과 같아서
天光雲影共徘徊.   하늘과 구름이 그대로 잠겨 배회한다.
問渠那得淸如許,   어떻게 그처럼 맑을 수 있느냐고 물으니
爲有源頭活水來.   근원에서 끊임없이 활수가 나와서란다.

---

82) "蕭千巖機杼與誠齋同, 但才慳於誠齋, 而思加苦."(『後村詩話』前集)

이 시에는 주희의 철학사상이 나타나 있다. 그는 못에 끊임없이 활수(活水)가 흘러들어야 맑을 수 있다고 함으로써 사상도 끊임없이 사색하고 탐구함이 있어야 정체를 면하고, 흉중에 정확하게 사물의 이치를 반영할 수 있음을 비유하였다. 추상적인 내용을 구체적인 것으로 비유해낸 솜씨가 볼 만하다.

주희의 시에는 철학사상을 표현한 시 외에도 기행시와 우국시가 있다. 다음 시를 보자.

〈感事〉	시사에 느낀 바 있어
聞說淮南路,	들자하니 회남(淮南)의 길에는
胡塵滿眼黃.	누런 오랑캐 먼지가 눈에 가득하다고 한다.
棄軀慙國士,	몸을 버리는 것은 국사(國士)에 부끄럽고
嘗膽念君王.	와신상담하며 임금을 생각한다.
却敵非干櫓,	적을 물리치는 것은 방패가 아니며
信威藉紀綱.	위엄을 펴는 것은 기강에 힘입어야 한다.
丹心危欲折,	일편단심이 위태롭게 부러지려 하여
佇立但彷徨.	우두커니 서서 그저 배회할 뿐이다.

이 시는 소흥(紹興) 31년(1161) 겨울, 금(金)나라가 대거 남침하여 장강(長江)의 북쪽에까지 쳐들어와 나라의 형세가 대단히 위급할 때 지은 것이다. 국가의 운명에 대해 근심만 할 뿐 어쩌지 못하는 초조한 심정이 잘 나타나 있다. 이처럼 주희의 시는 수식에 힘쓰지 않은 편이어서 강서시파처럼 험괴(險怪)하지 않고 평담하면서 자연스러운 풍격을 특색으로 한다.

7. 남송 후기의 시

남송 후기는 대략 송(宋)이 금(金)을 쳤다가 패배를 당하고 송·금 사이에 가정화의(嘉定和議)가 이루어진 1208년부터 송이 원(元)에 의해 멸망을 당하는 1279년까지 약 70년의 기간이다. 중기 시의 대표작가 중의 한 사람인 육유(陸游: 1125-1210)가 죽음으로써 이른바 '중흥사대가(中興四大家)'의 시대는 막을 내리고 이어서 후기가 시작된다. 이 시기의 시단에서 활약한 시인들은 신분의 성격상 이전의 시인들과 다른 면을 보인다. 이들은 크게 강호시인(江湖詩人)과 유민시인(遺民詩人)으로 나눌 수 있다.

강호시인의 '강호(江湖)'란 '조정(朝廷)'에 상대되는 의미로 민간을 지칭하는 말이고, 강호시인의 뒤를 이어 나타나 송시의 마지막을 장식한 시인들이 유민시인이다. 유민시인의 '유민(遺民)'은 조국이 멸망한 뒤에 절의를 굳게 지킨 사람을 가리킨다. 남송은 몽고족이 세운 원(元)나라의 침략을 받아 결국 1279년에 멸망을 당하게 되는데, 시단에는 이러한 동란의 시기를 살면서 고국의 멸망을 슬퍼하는 비통한 심정을 노래한 시인들, 이른바 유민시인이 등장하였다.

이 시기에도 시단에는 강서파 시인들이 존재하여 상요이천(上饒二泉)이라 불리는 조번(趙蕃: 1143-1229, 號 章泉先生)과 한표(韓淲: 1160-1224, 號 澗泉先生) 등이 있었으나 두드러진 성과를 거두지는 못했다.

7. 1 강호시인(江湖詩人)

강호시인은 넓은 의미로 말하면 '강호파'로 불리는 일군의 시인들을 가리킬 뿐만 아니라 통상 '사령(四靈)'으로 불리는 조사수(趙師秀: 字 靈秀)·서기(徐璣: 字 靈淵)·서조(徐照: 字 靈暉)·옹권(翁卷: 字 靈舒) 네 사람을 포함한다.

남송 영종(寧宗)·이종(理宗) 연간(1195-1264)에 항주(杭州)의 서적상 진기(陳起)는 부상(富商) 겸 시인의 신분으로 당시의 여러 문인들과 교유했는데, 그들이 서로 창화·응수하여 하나의 고정되지 않은 시인 군을 형성했다. 그는 당시의 문화 중심이었던 항주에 거주한다는 유리한 조건과 재산을 동원하여 그 시인 군의 교유와 연락의 중심이 되었다. 보경(寶慶: 1225-1227) 초에 그는 일부 시집을 수집하고 선택하여 인쇄하고는 『강호집(江湖集)』이라고 칭했다. 그 후 계속하여 『강호전집(江湖前集)』·『강호후집(江湖後集)』·『강호속집(江湖續集)』·『중흥강호집(中興江湖集)』 등을 인쇄하니, 사람들은 이를 통칭하여 『강호시집(江湖詩集)』이라고 불렀다.

시집의 간행과 전파는 그들 시인 군의 영향력을 증대시키는 한편 조직은 느슨하지만 시풍이 비교적 접근한 시가 유파가 형성되었는데, 후인들은 그것을 '강호파'라고 불렀다. '사령(四靈)'은 본래 영가(永嘉: 지금의 절강성 온주溫州)에서 나온 작은 시인 집단이었다. 그들의 시는 『강호시집』에 들어가지 못했지만 진기를 중심으로 한 문인집단에 참여한 사람도 있고, 그들의 시풍 또한 강호파에 가까워서 넓은 의미의 '강호시인' 군에 귀속시킬 수 있다.

넓은 의미의 강호 시인은 유극장(劉克莊)·대복고(戴復古) 등 『강호집』에 이름이 들어간 중견인물부터 『강호시집』에 이름을 올리지 못한 영가사령과 방악(方岳) 등에 이르기까지 사람수가 많고 상황이 복잡한데다가, 모두가 공인하는 시학 표준을 그들이 명확하게 제시한 적도 없어서 그들의 성향과 특징을 정리하여 추려내기가 쉽지 않지만, 그들에게 대체로 두 가지 특징이 있다.

첫째, 그들은 대부분 강호를 떠돌아다니는 이른바 '고아한 선비' 유형에 속한다. 그들은 사실상 사대부에 속하면서 유리된 하층 문인들로 전쟁의 종식에 따라 사회가 안정되어 종군을 통해 인생의 이상을 추구할 수도 없고, 과거를 거쳐 출사하여 명성을 추구할 수도 없어서, 강호를 소요하거나 공경의 대문을 드나들었다. 그들은 대부분 정치에 대한 굳은 신념과 명확한 주장이 없으며, 개인의 앞길에 대해 늘 깊은 우려와 슬픔을 지니고 있었다. 동시에 경제가 번영하고 생활이 안정됨에 따라 먹고 사는 문제에 시달리지 않았기 때문에, 정치적 이상에 대한 실망을 고아한 정취에 대한 추구로 방향을 전환하여, 불가나 도가에 심취하거나 교유하며 음영함으로써 심리적 안정을 꾀했다.

둘째, 그들은 대부분 시의 서정성을 중시하여 강서시파의 시풍에 반대하고 청려하고 참신한 시가 풍격을 제창했다.

남송 초기 이래 특히 이른바 중흥사대가인 양만리·육유·범성대·우무 등에 이르러 시인들은 각각 정도와 방향을 달리하며 강서시풍의 영향에서 벗어나긴 했지만 그 폐단을 완전히 제거하지는 못했다. 이들 중 양만리와 육유는 청려하고 정교한 만당 시풍을 수용하여 강서시풍에 대항하는 노력을 펼쳤다.

이 두 사람보다 조금 늦게 나온 시인들은 그와 같은 방향성이 더욱 명확하여 이를테면 장자(張鎡)는 시풍뿐만 아니라 언어와 구식(句式) 모두 만당시를 모방했고, 강기는 육구몽(陸龜蒙)을 모범으로 삼았고, 강기의 친구 반정(潘檉)은 더욱 직접적으로 만당시풍으로 강서시풍에 대항하여 '사령'의 길을 열어주었다. 그들의 신분과 지위 및 인생정취 또한 모두 만당 시인들과 근접하여 만당시의 특징이 그들의 구미에 들어맞았기 때문에, 북송 중엽 이래 쇠락의 길을 걸었던 만당시풍이 다시금 그들에 의해 발현되어 남송 후기의 시단을 풍미하게 되었다.

그 중에서 강기의 연배가 일반 강호시인보다 일렀는데도 그의 시집이 『강호시집』에 들어간 것은 시풍이 비슷하기 때문이었다. 강기는 처음에 황정견 체를 배웠으나 나중에는 생각을 바꾸어 만당시를 배웠다. 그의 장점은 자구를 잘 다듬어 정교하게 만들면서도 흔적을 남기지 않은 것인데, 더욱이 <섣달 그믐날 밤에 석호에서 초계로 돌아오며(除夜自石湖歸苕溪)> 같은 일부 소시는 맑고 수려하며 유원(悠遠)한 맛이 풍부하다. 정조가 맑고 조용하면서도 슬픔을 띠고 있고 언어가 자연스러우면서도 참신하여 확실히 만당 절구의 풍미가 있다. 그 시를 들어본다.

細草穿沙雪半銷,	가는 풀이 모래를 뚫고 올라오고 눈은 반쯤 녹았는데
吳宮烟冷水沼沼.	오나라 궁궐에 연무 차갑고 물은 아득하다.
梅花竹裏無人見,	매화가 대숲 안에 있어 사람이 볼 수 없으나
一夜吹香過石橋.	밤 내내 불어오는 향기 맡으며 석교를 지나간다.

소희(紹熙) 2년(1191) 겨울, 시인이 석호(石湖)에 가서 범성대(范成大)를 방문하고 섣달 그믐날 밤에 배를 타고 호주(湖州)로 돌아오는 도중에 지은 시이다. 시정(詩情)과 화의(畫意)가 풍부한 가운데 시인 자신의 신세에 대한 쓸쓸한 감정을 담담하게 토로하였다. 강기는 시를 지음에 "뜻 가운데 경치가 있고, 경치 가운데 뜻이 있는 것"(「백석도인시설白石道人詩說」)을 높이 쳤는데, 이 시는 바로 그런 주장을 잘 실천한 대표적인 칠언절구이다.

강기 이후 시단에 이름을 떨친 시인은 영가사령(永嘉四靈)이다. 그들은 모두 중·하층 문인으로서 불평과 울분이 쌓인 처지였지만 도가와 불가 및 이학(理學)을 통해 자아를 억제하고 평형을 유지하여 산림과 자연 속에서 슬픔과 고통으로부터 벗어날 기제를 찾았다. 그러나 내심의 불평을 완전히 떨쳐버릴 수는 없었고, 다만 세속에서 벗어나 맑고 고상하게 지낼 것을 다짐하였다.

그런 까닭에 시가 방면에서 그들은 인생 경력과 정취에서 자신들과 비슷한 만당(晩唐)의 가도(賈島)와 요합(姚合)을 모범으로 삼고, 오언율시를 작시의 주요 체재로 하여 애써 자구를 조탁하고 다듬어서, 처량하고 적막한 심경과 자연스럽고 담백한 정회를 표현하였다. 그 결과 그들 시가의 의경은 모순이 충만한 사회생활과 격리되어 맑고 그윽하며, 그들 시가의 언어는 고정된 형식과 협소한 경계 속에서 신기함을 추구했다. 옹권(翁卷)의 시를 한 수 들어본다.

＜冬日登富覽亭＞　겨울에 부람정에 올라

借問海潮水,	물어보세 바다의 조수는
往來何不閑.	갔다 왔다 어찌 한가롭게 있지 않은지?
輕烟分近郭,	옅은 안개는 가까운 성곽을 나누고
積雪蓋遙山.	쌓인 눈은 먼 산을 덮고 있다.
漁舸汀鴻外,	고기잡이배는 물가의 기러기 밖에 떠 있고
僧廊島樹間.	절의 회랑은 섬의 나무 사이로 보인다.
晚寒難獨立,	저녁 추위에 홀로 서 있기 어려워
吟竟小詩還.	짧은 시 다 읊고는 돌아간다.

이 시는 정자에 올라 겨울 저녁의 산과 장강(長江)의 경치를 읊은 시이다. 중간의 두 연(聯)은 원근(遠近)의 경물을 한 폭의 수묵화를 대하듯이 운치 있게 묘사하였다. 시구의 표현이 간결하면서

산뜻하다. 이 시를 황정견(黃庭堅)과 더불어 강서시파를 대표하는 진사도(陳師道)의 시와 비교해보면 시풍의 차이를 확연히 엿볼 수 있다. 다시 조사수(趙師秀)의 시를 보자.

〈約客〉	약속한 손님
黃梅時節家家雨,	매실이 누렇게 익어 가는 시절에 집집마다 비 내리고
靑草池塘處處蛙.	푸른 풀 연못에는 곳곳에서 개구리 소리 들린다.
有約不來過夜半,	약속을 하고도 오지 않아 한밤중이 지나가는데
閒敲碁子落燈花.	한가로이 바둑돌 두드리니 등잔의 불똥 떨어진다.

이 시는 약속을 하고도 오지 않는 손님을 무료하게 기다리는 고즈넉한 정경을 읊었다. 밤비 내리는 가운데의 정취가 각종 소리와 정적의 대조 및 백묘(白描)의 표현을 통해 한데 녹아들어 정경교융(情景交融)의 특색을 보인다.

'사령'은 가도·요합의 고심하며 시상을 찾고 시를 짓는 태도를 배워서 몇몇 시구는 확실히 정채롭다. 그 시구들은 청각·시각·촉각의 포착이 세밀하고 정확하며, 동정(動靜)·고저(高低) 및 색조의 대비가 모두 좋은 효과를 거두었다. 그런 반면에 그들의 오언율시는 시 전체의 완성도가 떨어져서 오히려 칠언절구만 못한 경우가 많다. 이 네 시인은 생활범위가 협소하고 시법을 취한 범위도 작아서 그들의 시는 왕왕 섬교(纖巧)에 빠졌고 변화가 적었다.

'사령' 이후에 시단을 주도한 시인은 유극장(劉克莊)인데, 자는 잠부(潛夫)이고 호는 후촌거사(後村居士)며 보전(莆田: 지금의 복건성 보전) 사람이다. 그는 관직이 공부상서(工部尙書)에까지 이르러 '강호'를 명칭으로 한 시인들 중에서 아주 드물게 고위직에 오른 사람이다. 『후촌선생대전집(後村先生大全集)』이 있다.

유극장의 시에는 현실정치를 언급한 작품도 적지 않다. 예를 들어 <운량행(運糧行)>·<고한행(苦寒行)>·<군중악(軍中樂)> 등의 악부체 시는 세금을 무자비하게 거두어 백성들이 고달파 하는 사회 문제를 다루었다. 다음 시를 보자.

<戊辰卽事>	무진년의 감회
詩人安得有青衫,	나 같은 시인이 어떻게 청삼을 입을 수 있겠는가?
今歲和戎百萬縑.	올해 백만 필의 비단으로 오랑캐와 화의를 맺었는데.
從此西湖休挿柳,	이제부터 서호에 버드나무를 심지 말고
剩栽桑樹養吳蠶.	모두 뽕나무를 심어서 오 땅에 누에를 길러야겠다.

'무진(戊辰)'은 남송 영종(寧宗) 가정(嘉定) 원년(1208)을 가리킨다. 이보다 앞서 개희(開禧) 2년(1206) 송이 금을 정벌하고자 했으나 실패하여, 이듬해 북벌을 주장했던 한탁주(韓侂胄)가 죽고, 가정 원년 송과 금 사이에 화의가 성립되어, 송은 금에게 해마다 공물로 백은 30만 냥과 비단 30만 필을 상납해야 했고, 그 외에도 호군전(犒軍錢) 300만 냥을 상납했다. 이것이 역사에 이른바 가정화의(嘉定和議)이다. 제목의 '즉사(卽事)'는 이 일을 가리킨다.

'청삼(青衫)'은 가난한 사람과 아직 벼슬길에 나가지 않은 지식인들이 입는 옷인데, 이제 조정에서 엄청난 양의 비단을 금에게 바쳐야 하니 가난한 백성으로서는 이런 것도 입을 수 없게 되었다고 시인은 분개 어린 말을 한다. 마지막 두 구에는 화융(和戎) 정책에 대한 신랄한 풍자가 깃들어 있다.

그는 처음에 '사령'을 배웠지만 나중에 그들의 표현범위가 너무 협소하다고 느껴 왕건(王建)·장적(張籍)·이하(李賀)·허혼(許渾) 등 다른 중·만당 시인들의 풍격을 광범하게 학습했다. 동시에 그는 다시 만당시가 "서적을 버린 것을 시로 삼아 조야함에 빠졌다"[83)
고 생각하여 강서시파의 해묵은 방법을 채용하여, 전고를 활용하
고 대우와 성률을 따져가며 시를 경쾌하고 감동적으로 만들기 위
해 노력했다. 그 결과 그의 시는 '사령'에 비해 충실하고 기세도
넓게 트인 편이다. 다음 시를 보자.

《病後訪梅九絶》(其一)
병이 든 뒤에 매화를 찾아 지은 절구 아홉 수(제1수)

夢得因桃數左遷,	유우석은 복사꽃을 읊었다가 여러 번 좌천당하고
長源爲柳忤當權.	이비는 버드나무로 인하여 당시의 권력자에게 거슬렸다.
幸然不識桃幷柳,	다행히도 나는 복사꽃과 버드나무는 모르지만
却被梅花累十年.	오히려 매화 때문에 10년을 고생했다.

유우석(劉禹錫)은 복사꽃을 노래한 《꽃구경하는 여러 군자께 장
난삼아 드림(戲贈看花諸君子)》 시와 《현도관을 다시 유람하며(再遊玄
都觀)》 시가 집정자의 불만을 사서 여러 번 강직(降職)을 당했다.
'장원(長源)'은 당(唐) 이비(李泌)의 자(字)로, 《영류(詠柳)》를 지었는
데 양국충(楊國忠)이 이 시를 보고 자기를 비방한 것이라고 여겨
그를 좌천시켰다.
그리고 유극장 본인은 가정(嘉定) 13년(1220)에 지은 《낙매(落
梅)》 시에 "동풍은 꽃을 살리고 죽이는 권력을 그릇되게 휘두르고,
매화의 고고함을 시기하여 제대로 돌봐주지 않는다"[84)라는 시구가
있었는데, 보경(寶慶: 1225-1227) 연간에 사미원(史彌遠)이 권력을 장
악한 뒤 언관(言官) 이지효(李知孝)와 양성대(梁成代)가 이 시구에 조

---

83) "捐書以爲詩失之野."(『韓隱君詩集·序』)
84) "東風謬掌花權柄, 却忌孤高不主張."

정의 집권자를 비방하는 뜻이 담겨 있다고 비판하여 곤욕을 겪었으나, 재상 정청지(鄭淸之)의 변호 덕분에 가까스로 화를 면할 수 있었다. 유극장은 이렇게 시를 통하여 대담하게 현실을 폭로하였고, 조정에서 벼슬을 할 때에도 직간(直諫)을 서슴지 않았지만 여러 차례 좌절당하여 벼슬길이 순조롭지 않았다.

그러나 작시 방면에서의 그의 노력이 큰 성공을 거두지는 못했다. 한편으로 그는 다작에 대한 욕심이 커서 다소 거칠게 쓰는 바람에 왕왕 '사령' 시의 수려하고 청신함에 미치지 못했고, 전고와 재료를 겹겹이 쌓아 생동감이 결여되기도 했다. 다른 한편으로 그는 각종 풍격을 흡수하긴 했지만 그것을 소화하여 자신의 고유한 것으로 만들지 못했기 때문에 개성이 없고 모방의 흔적이 여기저기 나타났다. 다만 만년에 들어 일부 잘된 시가 있어서 자연스러움을 회복했으며 기세도 탁 트인 편이다.

유극장과 시대를 같이한 대복고(戴復古)도 그와 상황이 비슷했다. 그는 자가 식지(式之)이고 호는 석병(石屏)이며 황암(黃巖: 지금의 절강성 대주臺州) 사람이다. 그는 일생 평민의 신분으로 사방을 떠돌아다녔으며 『석병시집(石屛詩集)』이 있다. 그의 시는 한편으로 '사령'으로부터 가도까지 거슬러 올라가고, 다른 한편으로 강서시파로부터 두보까지 거슬러 올라간다.

그는 만당시의 가볍고 수려한 풍격과 두보시의 혼후한 풍격을 융합하려고 노력하여, 실제로도 '사령'과 강서시파를 소통시켜 서로 보충할 수 있도록 했다. 그의 시는 내용면에서 '사령'보다 현실 문제에 관심을 보여서 〈직부탄(織婦嘆)〉·〈경자천기(庚子薦飢)〉 등은 당시의 폐해를 예리하게 질책했다. 다음 시를 보자.

<庚子薦飢>　　**경자년에 기근이 잇따르다**

餓走抛家舍,　　굶주린 배 움켜쥐고 집을 버리고 떠났으나
縱橫死路岐.　　이리저리 헤매고 다니다 길에서 죽어간다.
有天不雨粟,　　하늘이 있어도 곡식을 내리지 않고
無地可埋尸.　　땅에는 시신 묻을 곳도 없다.
劫數慘如此,　　재액의 참담함이 이와 같은데도
吾曹忍見之.　　우리들은 이것을 참으며 보고만 있어야 하는지?
官司行賑恤,　　관청에서는 구제를 행한다지만
不過是文移.　　그저 공문 조각에 불과할 뿐이다.

　'경자년'은 남송 이종(理宗) 가희(嘉熙) 4년(1240)을 가리킨다. 그해 여름 강소성(江蘇省)·절강성(浙江省)과 복건성(福建省)에 큰 가뭄이 들어 메뚜기 피해가 늘어나 임안(臨安)에서는 곡식 한 말 값이 천 냥이 되었으며, 절서(浙西)에서는 굶어죽은 사람이 거리에 가득 찼다. 이 시는 심각한 흉년을 맞아 굶주린 백성들이 살던 곳을 버리고 먼 곳으로 떠나가다가 굶어죽는 비참한 상황을 묘사하고, 백성의 고난에 대해 깊은 동정을 표현하면서 아울러 백성의 고통에 무관심한 정부에 대해 분노를 표출하였다.

　형식면에서 그는 '사령'과 달리 오언율시에 전념하지 않았고, 가행체(歌行體)와 오언고시 및 오·칠언 근체시가 다 있다. 언어 방면에서 그는 '사령'처럼 개별적인 자구에 힘을 쏟는 대신에 전체적인 의경에 주의를 기울인 동시에 전고의 사용을 그다지 기피하지 않았다.

　유극장·대복고와 동시대 또는 조금 뒤에 고저(高翥)·방악(方岳)·섭소옹(葉紹翁) 등이 있었다. 그들은 대체로 '사령'의 영향을 받았지만 그들의 협소한 범위에서 조금씩 벗어나 내용·형식과 언어 방면에서 다소 변화가 있었다.

고저의 시는 자연스럽고 경쾌하여 양만리의 풍미가 있지만 더러 쉽고 저속하게 써서 거친 감이 있다. 방악은 당시에 명성이 대단했는데, 그의 시는 강서시파로부터 시작했지만 대체적인 시풍은 강호시인에 접근해 있다. 그가 전원의 정경을 쓴 몇몇 단편 시는 범성대의 소박하면서도 원숙한 풍미에 접근해 있지만 언어의 조탁에 더욱 힘을 기울였다.

섭소옹의 시에는 호탕하고 준수한 작품이 적지 않지만 사람들이 가장 좋아한 시는 청려하면서도 이취(理趣)를 지닌 절구였다. 그의 대표작 <화원을 돌아보고자 했으나 뜻을 이루지 못하다(遊園不値)>를 예로 들어본다.

應憐屐齒印蒼苔,	나막신 자국이 푸른 이끼에 남을까 걱정해서인가
小扣紫扉久不開.	사립문을 살짝 두드려도 오래도록 열리지 않는다.
春色滿園關不住,	봄기운 정원에 가득하여 가두어 놓지 못해서인지
一枝紅杏出牆來.	한 가지 붉은 살구꽃이 담장 너머로 고개를 내민다.

이 시는 비록 화원 안으로 들어가 돌아보지는 못했지만, 만발한 살구꽃 한 가지가 담장 밖으로 뻗어 나온 것을 바라보는 기쁨을 노래하였다. 마지막 두 구는 육유(陸游)의 "버들도 봄빛을 막지 못하여, 붉은 살구 한 가지가 담 위에 뻗어 있다"[85]라는 표현과 유사하다.

영가사령이 만당체 시를 제시하면서 강서시파를 비판한 이래로, 강호시인에 이르러서도 강서시파와 사령 중 어느 쪽을 따를 것인가 하는 문제는 그들에게 큰 고민거리여서 강서시파와 만당체 간에 심각한 대립이 있었다. 그 결과 유극장과 대복고 등이 양자를 절충하

---

85) "楊柳不遮春色斷, 一枝紅杏出牆頭."(『劍南詩稿』卷18, <馬上作>)

거나 융합하려는 시도를 한 것이 이 시기 시단의 모습이었다.

7. 2 유민시인(遺民詩人)

13세기에 접어들어 남송의 국세는 점차 기울어갔다. 단평(端平)
원년(1234)에 금(金)을 멸망시킨 몽고(蒙古)는 함순(咸淳) 7년(1271)
에 원(元) 제국을 세웠고, 이어서 남으로 송나라를 침략하여 덕우
(德祐) 2년(1276), 임안(臨安)이 함락되었다. 그 후에도 조정의 신하
들이 어린 황제를 옹립하여 항전을 계속했으나 상흥(祥興) 2년
(1279) 애산(厓山)의 전투에서 패배하여 육수부(陸秀夫)가 어린 황제
를 등에 업고 바다에 뛰어들어 죽음으로 해서 송나라는 결국 멸
망을 당한다. 시단에는 이러한 동란의 시기를 살면서 고국의 멸망
을 슬퍼하는 비통한 심정을 노래한 시인들, 이른바 유민시인이 등
장하였다. 그 중에서 문천상(文天祥)과 왕원량(汪元量)의 시가 가장
주목할 만하다.

문천상(1236-1283)은 자가 송서(宋瑞)이고 호가 문산(文山)이며 여
릉(廬陵: 지금의 강서성 길안吉安) 사람이다. 20세에 수석으로 진사가
되어 관직이 우승상(右丞相) 겸 추밀사(樞密使)에 이르렀다. 몽고의
대군이 임안(臨安)을 접박하자 그가 나가 담판했지만 구금되고 말
았다. 그 후 탈출하여 군대를 조직해 저항했지만 패하여 대도(大
都: 지금의 북경)로 압송되었다. 4년의 구금 기간 동안 쿠빌라이까지
나서서 그를 회유해보았지만 끝내 굽히지 않아 결국 피살되었다.
『문산선생전집』이 있다.

문천상의 전기 시는 평범한 편이어서 강서시파의 기교를 배워
전고를 뽑내고 어휘를 늘어놓는 경향이 있었다. 그러다가 항원투
쟁에 나서고 나라가 망하는 것을 지켜보고 나서는 시풍이 크게 변

하여 내용이 충실해지고 감정이 심후해졌을 뿐만 아니라 언어도 침착하고 세련되었다. 다만 그의 처지가 그의 시를 절망의 비분으로 몰아넣어 절박한 느낌을 준다.

문천상의 후기 시는 〈남안군(南安軍)〉·〈창연정(蒼然亭)〉·〈등루(登樓)〉 등에서 확인할 수 있듯이 민족이 멸망의 위기에 처한 데 대한 깊은 우환을 반복적으로 표현했다. 동시에 그는 두 차례 북송 도중 직접 목도한 전쟁이 남긴 참상을 〈회안군(淮安軍)〉·〈발회안(發淮安)〉·〈월왕대(越王臺)〉 등의 작품으로 남겼는데, 이 시들은 몽고군의 횡포와 민중이 겪은 고난을 호소력 있게 고발하였다.

문천상은 나라의 회복을 위한 투쟁에 종사하면서 남송의 멸망을 돌이킬 수 없다는 냉혹한 현실을 인정할 수밖에 없었다. 심지어 그는 자신의 친속이 원 왕조에 출사하는 것도 막지 않았다. 그러나 그 자신은 자신이 선택한 길을 망설임 없이 꿋꿋이 걸어갔다. 그의 불굴의 정신은 고귀한 기질의 표현이라고 이해할 수 있다. 그의 유명한 〈정기가(正氣歌)〉에서 이를 확인할 수 있다.

....

嗟余遘陽九,	아아 나는 재난을 만났는데도
隷也實不力.	나에게는 실로 나라 구할 힘이 없다.
楚囚纓其冠,	초나라의 포로는 자기 나라 갓을 쓰고
傳車送窮北.	역마차에 실려서 북쪽으로 압송되었다.
鼎鑊甘如飴,	가마솥에 삶기는 것도 엿처럼 단 것은
求之不可得.	이런 기회는 구해도 얻기 어렵기 때문이다.
陰房闃鬼火,	적막한 감방에 도깨비불 비쳐들고
春院閟天黑.	봄철의 뜨락은 어둠 속에 갇혀 있다.
牛驥同一皁,	소와 천리마가 한 구유를 사용하고
雞棲鳳凰食.	닭장에서 봉황이 모이를 먹는다.

一朝蒙霧露,	어느 날 갑자기 병이라도 걸리면
分作溝中瘠.	도랑에 버려진 시체가 되리라.
如此再寒暑,	이렇게 두 해를 보내고 나니
百沴自辟易.	온갖 독기가 제 발로 물러났다.
哀哉沮洳場,	아아, 축축하고 낮은 이곳이
爲我安樂國.	편안하고 즐거운 내 나라가 되었다.
………………	

　문천상은 이 시의 서문에서 천지의 정기(正氣)인 호연지기(浩然之氣)로써 감옥 속의 일곱 가지 악독한 기운 즉 수기(水氣)·토기(土氣)·일기(日氣)·화기(火氣)·미기(米氣)·인기(人氣)·예기(穢氣)의 칠기(七氣)에 대처한다고 했지만, 사실상 이 칠기보다 더 견디기 어려운 것이 원나라 조정의 끈질긴 투항 권유였다. 원나라 조정이 남송의 망국 황제인 공제(恭帝)와 그의 재상 유몽염(留夢炎)을 시켜서 권유하기도 하고, 원 세조(世祖) 쿠빌라이가 직접 찾아가서 권유하기도 했지만, 그는 어떠한 회유와 위협에도 굴하지 않고 끝내 자신의 뜻을 지켜 늠름한 정기(正氣)가 영원히 찬란한 빛을 발했다.
　이 시는 대도(大都)의 토실(土室)에 구금된 지 2년이 지난 원 지원(至元) 18년(1281) 6월, 포로생활이 아무리 힘들지라도 자신의 정기를 발휘하여 끝내 굽히지 않겠다는 비장한 각오를 읊은 것이다.
　또한 〈영정양을 지나며(過零丁洋)〉와 〈금릉역(金陵驛)〉 두 시는 개인의 비애와 나라의 비애를 서정예술로 결합시킨 것이다. 다음 시를 보자.

〈過零丁洋〉　　**영정양을 지나며**

辛苦遭逢起一經,	고생스런 때를 만나 경서로 몸을 일으키니
干戈寥落四周星.	전쟁으로 황량해진 지 4년이 지났다.

山河破碎風飄絮,　　산하는 깨어져 바람에 날리는 버들개지 같고
身世浮沈雨打萍.　　이내 신세 부침하여 비 맞은 부평초 같다.
惶恐灘頭說惶恐,　　황공탄 어귀에서 두려움을 말했더니
零丁洋裏歎零丁.　　영정양 안에서 외로움을 탄식한다.
人生自古誰無死,　　인생살이 자고로 누군들 죽지 않으리오.
留取丹心照汗青.　　일편단심 남겨놓아 역사책을 비추리라.

이 시는 문천상이 포로가 되어 상흥(祥興) 2년(1279) 북으로 압송되던 중 애산(厓山)을 지나게 되었을 때, 원군의 총수(總帥) 장홍범(張弘範)이 문천상을 핍박하여 당시 공제(恭帝)를 모시고 항전하고 있는 장세걸(張世杰)에게 편지를 보내어 항복하도록 권유하라고 하자 그것을 거부하면서 지은 것으로 전해진다. 여기서 시인은 자신의 일생을 되돌아보면서 굳은 지조를 나타내었다. 그가 이 시를 통해 보여준 감정의 진실성과 인격의 숭고함은 후세의 독자에게 깊은 감동을 주었다.

왕원량(汪元量)은 자가 대유(大有)이고 전당(錢塘: 지금의 절강성 항주) 사람이다. 그는 내정(內廷)에 봉사하는 금(琴) 연주가였는데, 남송 멸망 후 북방으로 끌려갔다가 후에 도사(道士)가 되어 호를 수운(水雲)이라고 했다. 그 후 다시 전당(錢塘)으로 돌아가 종적을 감추었다. 왕원량은 나라의 멸망이 그에게 가져다 준 치욕 때문에 남다른 고통을 느껴 감개 어린 시를 적지 않게 썼다.

그 가운데 <취가(醉歌)> 10수・<월주가(越州歌)> 20수・<호주가(湖州歌)> 98수는 칠절연장(七絶聯章)의 형식을 사용하여 한 수에 한 사건씩 써서 남송 황실이 투항한 과정과 원병(元兵)이 강남을 유린한 참상 및 그가 북상 도중에 보고 들은 것을 낱낱이 기술했다. 이것은 남송 망국 전후의 역사를 광범하게 반영한 것이기 때문에 '송 멸망의 시사(詩史)'라고 일컬어진다. 다음 시를 보자.

<湖州歌>(其六)　　**호주의 노래**(제6수)

北望燕雲不盡頭,　　북쪽으로 연운 땅 바라봐도 끝이 없는데
大江東去水悠悠.　　양자강만 동으로 흐르며 물이 아득하다.
夕陽一片寒鴉外,　　석양 한 조각이 찬 하늘의 까마귀 저쪽에 있는데
目斷東南四百州.　　동남 땅 4백 주를 보이지 않을 때까지 바라본다.

이 시는 북쪽으로 양자강을 건너면서 느끼는 침통한 심정을 적었다. 양자강을 건너면 그때부터 남송과는 작별을 고하게 되는 것이다. 그래서 저물어가는 저녁 빛 아래 오래오래 서서 고국의 땅이 시야에서 사라질 때까지 차마 그만두지 못하고 바라보고 있다.

왕원량의 시는 강호시인의 영향을 받아서 전고를 상용하지 않고 의론이 많지 않으며, 늘 소박한 언어로 사건을 서술했지만 오히려 비통한 느낌을 강렬하게 전달하였다. 예를 들어 <취가(醉歌)> 10수는 남송이 투항하여 원군이 수도에 입성(入城)한 사실을 묘사하였다. 유신옹(劉辰翁)은 이 시에 대해 "이 10수의 노래는 정말 강남(江南)의 야사(野史)이다"[86]라고 평했을 정도다. 다음 시를 보자

<醉歌>(其五)　　**취하여 부르는 노래**(제5수)

亂點連聲殺六更,　　딱따기와 북소리 어지럽게 이어져 6경을 알리니
熒熒庭燎待天明.　　희미한 궁정의 횃불이 날 밝기를 기다린다.
侍臣已寫歸降表,　　신하들이 벌써 항복의 문서를 쓰고는
臣妾僉名謝道淸.　　신첩 사도청이라 서명을 하고 말았다.

이 시는 회남(淮南)과 형양(荊襄) 일대가 모두 원군에게 항복하고, 원군이 남송의 수도 임안(臨安)에 진입한 사실에 의거하여 사태후

---

86) "此十歌眞江南野史."(『湖山類稿 · 叙』)

(謝太后)가 굴욕적으로 항서(降書)에 서명한 사건을 직서했는데, 분개와 슬픔의 마음이 통렬하게 묻어나 있다.

송에서 원으로 왕조가 바뀌는 사이에 사방득(謝枋得)·사고(謝翶)·정사초(鄭思肖)·임경희(林景熙)·소입지(蕭立之) 등의 유민시인들이 나라의 흥망에 대한 감개와 슬픔을 썼다. 그들은 고국 그리움의 침통함을 쓰기도 하고, 민족 감정의 비분을 쓰기도 하고, 자신의 굳은 의지를 토로하기도 하고, 고국을 잃은 한을 표현하기도 했다. 그들의 시는 모두 침울하고 처량한 분위기로 충만해 있어서 남송 후기 시의 수려하면서도 섬약한 기풍을 바꾸었다. 여기서는 정사초의 시를 한 수 들어본다.

<德祐二年歲旦> 덕우 2년 설날에

有懷長不釋,	맺힌 것이 있어도 오래도록 풀지 못하니
一語一辛酸.	말을 할 때마다 가슴이 쓰라리다.
此地暫胡馬,	이 땅에 잠시 오랑캐 말 나다니고 있지만
終身只宋民.	이 몸은 죽을 때까지 송나라 백성일 뿐이다.
讀書成底事,	책을 읽어서 무슨 일을 이루었나?
報國是何人.	나라에 보답할 이 그 누구인가?
恥見干戈裏,	부끄럽도다 전쟁 속에서
荒城梅又春.	황폐한 성에 매화가 또 봄이라 꽃 핀 것 보는 것이.

남송 공제(恭帝) 덕우(德祐) 2년(1276)에 전략의 요충지 임안(臨安)이 함락되면서 남송은 사실상 멸망을 당하게 된다. 시인이 당시 살고 있던 소주(蘇州)는 지난해 이미 원나라 군대에 의해 함락을 당하였다. 시인은 이 시에서 그에 대한 비통한 심정과, 나라가 멸망하는데도 속수무책인 자괴(自愧)의 마음을 처절하게 표현하였다.

| 제 6 장 |

원시(元詩)

1. 개설

원대(元代)에 흥성한 희극(戱劇) · 산곡(散曲) 및 소설은 원대 문학에 새로운 기운을 불어넣어 중국문학사상 주목할 만한 현상이 나타났다. 그러나 원대에서도 시는 여전히 정통문학의 지위를 지키며 꾸준히 재생산되어 원대의 사회현상과 지식계층의 인생관 및 그와 상응한 심미취미의 변화를 반영했다. 시의 번영과 보급면에서도 결코 당(唐) · 송(宋) 양대에 뒤떨어지지 않았고, 그 성과 또한 눈여겨볼만한 것이어서 이에 대한 연구의 폭과 깊이를 더해 나갈 필요가 있다.

원대 시인과 시가의 총수는 아직 정확한 통계가 나와 있지 않지만, 청(淸) 강희(康熙) 48년(1709) 장예장(張豫章) 등이 황명에 의해 편찬한 『어정사조시(御定四朝詩)』의 원시 부분을 살펴보면 1,200여 명의 작가와 11,525수의 시가 선록되어 있고, 강희 33년(1694)에 간행을 시작하여 강희 59년(1720)에 완성한 고사립(顧嗣立)의 『원시선(元詩選)』에 339명의 작가와 19,574수의 시가 선록되어 있다. 그 후 석세신(席世臣) · 고과정(顧果庭)이 이어 편찬한 『원시선계집(元詩選癸集)』에 1,900여 명의 작가와 5,058수의 시가 선록되어 있다. 이처럼 원대의 시문총집과 시문별집 등을 조사해보면 이름을 남긴 시인의 수는 4천 명 정도가 되고, 시가의 총수는 약 124,000수에 달한다.

역시 강희제 때 칙찬된 『전당시(全唐詩)』에 수록된 작가와 작품 수가 2,300여 명 48,900여 수이고, 1998년에 북경대학 고문헌연구소에서 발간을 완료한 『전송시(全宋詩)』에 수록된 작가와 작품수가 9,300여 명 27만여 수인 것과 비교해보면 결코 그 규모가 작지 않음을 알 수 있다.

또한 원대는 중국 역사상 가장 광범한 시단을 형성했다. 지금까지 작품이 전해지는 원대 시인들의 출신을 살펴보면 지역은 중국의 동남 연해부터 서아시아 지중해까지 뻗어 있고, 종족은 한족을 포함하여 위구르·서하(西夏)·티베트·몽고·색목인 등이 망라되어 있다. 이 점이 원대 시단의 내함이 풍부하고 다채롭게 된 원인이 되었다.

원시의 전개과정에서 이전의 시대와 비교해볼 때 크게 다른 점은 두세 가지 정도를 들 수 있다. 하나는 사회 각 계층의 수많은 사람들이 시인의 대열에 적극적으로 참여하기 시작했으며, 대다수 시인들의 신분이 관료가 아닌 평민으로 바뀌었다는 것이다. 이와 같은 정황은 13세기 남송 말년에 이르러 이미 그 조짐이 나타났다. 그 후 시대의 진전에 따라 그 추세가 더욱 명백해졌는데, 우선 원대에는 한족들이 몽고족의 지배하에 있어서 정치 참여의 기회가 크게 줄어들었기 때문에 대부분의 지식인들이 관직 진출에의 꿈을 접고 일생의 정력을 시가 창작에 쏟았다.

더구나 과거제도를 없앤 것이 원대의 국책이었다. 연우(延祐) 원년(1314)에 과거제도가 회복되긴 했지만, 과거를 통해 관직에 오른 인원은 당·송 시대에 크게 못 미쳤을 뿐만 아니라 그마저도 끊겼다 이어지기를 반복했다. 이런 실정이어서 과거제도가 없어진 것이 오히려 원대의 시가가 번영한 중요한 원인의 하나라고 할 수 있다.

또 하나 이 시기 시단의 특징이라고 볼 수 있는 것은 시사(詩社)가 보급되고 시인들의 집단적인 음영 활동이 빈번해진 것이다. 같은 시제(詩題) 하에 집단적으로 시를 짓는 방식이 그 당시의 사회 생활에서 활력을 불어넣어주었다. 이와 같은 형식은 이전에 흔히 볼 수 없었던 것이었는데, 원대 초기에는 시가의 사회화를 촉진한 원동력 역할을 했다.

한 가지 더 주목할 만한 점은 원대에 시가 자신의 능력을 선전하는 구직서 역할을 했다는 것이다. 당시의 시인들은 어떤 부류의 사람들과 창화하는지에 대해 몹시 신경을 썼다. 그런데 시단은 지위가 다른 사람들이 동일한 신분으로 모일 수 있는 유일한 장소였기 때문에 시인들의 인기를 끌었다. 이 또한 원대 시인들의 작시 활동을 끌어올린 원인 중의 하나이다.

원시를 언급하기 전에 먼저 금(金)·원(元) 교체기의 대시인 원호문(元好問: 1190-1257)을 살펴보자. 그의 시에는 두 가지 풍격이 공존한다. 하나는 웅건하면서도 비장한 풍격인데, 이는 그가 생활한 지역 및 시대와 밀접한 관련이 있어서 금과 남송 사이의 빈번했던 전쟁과 몽고의 침략으로 인한 금의 멸망을 지켜보며 자연스럽게 형성된 시풍이다. 또 하나는 청신하고 자연스런 풍격인데, 이는 그가 한(漢)·위(魏) 시를 학습하며 체득한 시풍이다. 체재면에서는 칠언고시와 칠언율시의 성취가 뛰어나다.

원시의 서막은 1234년 몽고족이 중국의 북방을 통일했을 때 열렸다고 할 수 있다. 당시 남방은 송 이종(理宗) 가희(嘉熙: 1237-1240) 연간으로 유극장(劉克莊)·오문영(吳文英) 등이 활약했던 시기이다. 원대 초기의 시인은 대부분이 송(宋)과 금(金)의 유민들이어서 음풍농월의 한가함에서 벗어나 인생을 정시하며 내심의 소리를 토해냈다. 학경(郝經)과 유인(劉因) 등은 시풍이 호방하고 활달하여 서북 지역의 시단을 주도했고, 동남 지역에서 활약한 조맹부(趙孟頫)는 송 왕조의 종실이면서 원 왕조에 출사하여 양심의 가책을 받아 애상과 비탄의 시를 많이 썼다.

원대 중엽 문종(文宗: 1328-1332)이 제위에 올라 문치(文治)를 내세우면서 시단도 활기를 띠어 원시사대가(元詩四大家)로 불리는 우집(虞集)·양재(楊載)·범팽(范梈)·게혜사(揭傒斯)가 등장했다. 이 네 사람은 자신의 독특한 시풍으로 시단의 맹주가 되었다. 우집의 시는 고아하고 굳세면서 세련되었고, 양재의 시는 기상이 활달하고 풍격이 강건하며, 범팽의 시는 웅혼하면서도 아름답고, 게혜사의 시는 맑고 완곡하면서 기탁이 깊다. 이 네 사람 이외에도 주권(周權)·허유임(許有壬)·주덕윤(朱德潤) 등이 각기 개성 있는 시를 써서 원대 중기의 시단을 다채롭게 장식했다.

원대 후기는 사회가 어지러워 시단도 위축되었지만 북방에서는 살도랄(薩都剌)이 아름답고 청신한 시를 써서 강남 수향(水鄕)의 온화함과 북방 사막의 광활함을 잘 표현했고, 동남 지역에서는 할거 세력이 문인을 우대하여 시가 번성할 수 있었는데, 그 중에서도 양유정(楊維楨)의 시가 특히 명성을 얻었다. 그는 고악부(古樂府)를 제창하였고, 시는 험괴하면서도 아름다워 '철애체(鐵崖體)'라는 명칭이 주어졌으며, 문하의 제자도 백여 명에 달했다. 양유정 외에도 예찬(倪瓚)과 왕면(王冕) 등이 뛰어난 그림 솜씨와 함께 청아한 시를 썼다.

원대의 시풍은 전체적으로 볼 때 당(唐) 대력(大曆: 766-779)과 원화(元和: 806-820) 연간의 시를 모범으로 하여 단정하면서도 수식에 힘썼고, 말기에는 이하(李賀)와 온정균(溫庭筠)에 치우쳐서 원시(元詩)는 사(詞)와 같다는 후인들의 평가가 나오기도 했다. 그러나 그들이 이하와 온정균을 배운 것은 두 사람이 자신의 감정에 대해 집착한 면이었고, 풍격과 구체적인 수법에서는 노선을 달리했다.

전체적으로 볼 때 원시가 당시를 본받은 것은 자신의 감정을 중시한 당시의 전통을 학습하고 계승한 것이지 모방과 답습이 아니었다. 또한 시인들이 지나치게 시구의 퇴고에 힘써 종종 그럴듯한 구는 있지만 그럴듯한 작품은 없다는 비판을 감수해야 했다. 명대(明代)의 이동양(李東陽)이 원시에 대해 "송시는 깊이가 있지만 당시와 멀리 떨어져 있고, 원시는 깊이가 있지 않지만 당시와 가깝다"[87]라고 평가한 것을 참고할 만하다.

---

87) "宋詩深, 却去唐遠; 元詩淺, 去唐却近."(『懷麓堂詩話』)

2. 원호문(元好問)의 시

중국문학사에서 원호문은 금(金)·원(元) 교체기의 대시인으로 북송의 소식과 남송의 육유 이후 가장 우수한 시인 중의 한 사람으로 일컬어진다. 원호문은 스스로 금(金)의 시인으로 자처했지만, 사실상 그의 시 중 가장 뛰어난 성취를 거둔 것은 거의 모두 금·원 교체기에 쓰여져서 금과 원의 교량 역할을 담당했고, 원대 초기 시단에 적지 않은 영향을 끼쳤다.

원호문(1190-1257)은 자(字)가 유지(裕之)이고 호가 유산(遺山)이며, 태원(太原) 수용(秀容: 지금의 산서山西 흔주忻州) 사람이다. 원(元)씨는 근원이 북위(北魏)의 척발씨(拓跋氏)이고, 중국 북방에서 내력이 오래된 가문에 속한다. 원호문은 금(金) 홍정(興定) 5년(1221)에 진사가 되어 현령 등의 관직을 지냈지만 금이 멸망한 후에는 다시 출사하지 않았다.

원호문은 일생 동안 5천 수의 시를 썼다고 하지만 지금 남아있는 것은 1,300수 정도에 불과하다. 그는 젊었을 때도 적지 않은 시를 썼지만 몽고군의 남하가 수많은 중요 시편의 배경이 되었기 때문에, 시 창작의 전성 시기는 금나라가 몽고의 침입을 받아 멸망할 때까지의 마지막 2, 30년간이었다. 국가가 멸망한 과정을 반영한 그의 시는 '상란시(喪亂詩)'라고 일컬어지는데, 이것이 그가 창작한 시의 정화이다. <기양 3수(歧陽三首)>·<임진년 12월 수레를 몰아 동쪽으로 사냥 나간 후 보고 느낀 것을 쓴 5수(壬辰十二月車駕東狩後卽事五首)>·<계사년 5월 3일 북으로 건너가며 지은 3수(癸巳五月三日北渡三首)>·<속소낭가(續小娘歌)> 등이 모두 원호문 상란시의 명작에 속한다.

원호문 시의 풍격은 기본적으로 비슷하지만 금나라의 멸망을 경계로 하여 전·후 두 시기로 나눌 수 있다. 그의 고시(古詩)는 대체로 말해서 내함이 풍부하면서도 깊이가 있다. 금 애종(哀宗) 정대(正大) 5년(1228)에 쓴 칠언고시 <용금정에서 함께 온 여러분께 보이다(涌金亭示同遊諸君)>가 전기의 대표작에 속한다. 용금정은 지금의 하남성 휘현(輝縣) 석문산(石門山: 蘇門山)에 있는 정자인데, 석벽에 소식(蘇軾)이 쓴 '소문산용금정(蘇門山涌金亭)'이라는 여섯 글자가 새겨져 있다. 원호문이 이 시를 썼을 때 내향현(內鄕縣)에 거주하고 있었다.

이 시는 짜임새가 근엄하고 기세가 세차며, 산하의 아름다움에서 시작하여 천하의 백성들을 함께 구원하겠다는 숙원으로 끝을 맺었다. 상란시와는 풍격이 다르지만 기맥은 상통한다. 이 시는 특히 청대 시론가들이 중시하여 반덕여(潘德興)는 "원호문의 시는 칠언고시가 가장 웅건하고, 오언고시가 그 다음이다. 그러므로 북방의 패자(覇者)로서 소식과 황정견의 유력한 후계가 될 수 있었다"[88]라고 평가했다. 여기서는 그가 만년에 쓴 칠언고시를 한 수 들어본다.

<遊黃華山>　　　　황화산 유람

黃華水簾天下絶,　　황화산의 폭포가 천하의 절경임을
我初聞之雪溪翁.　　나는 설계옹에게서 처음 들었다.
丹霞翠壁高歡宮,　　붉은 놀에 싸인 푸른 벽은 고환의 궁전
銀河下濯青芙蓉.　　은하수가 내려와 씻어낸 푸른 연꽃.
昨朝一遊亦偶爾,　　지난 아침의 유람도 우연이었기에

---

88) "遺山詩七古最健, 五古次之. 故能雄長于北方, 爲蘇黃後勁."(『養一齋詩話』)

更覺摹寫難爲功.　　　잘 그려내기가 더욱 어려움을 느낀다.
是時氣節已三月,　　　지금의 절기가 이미 춘3월인데도
山木赤立無春容.　　　나무는 벌거벗어 봄 자태라곤 없다.
湍聲洶洶轉絶壑,　　　여울은 콸콸 깎아지른 골을 돌아들고
雪氣凜凜隨陰風.　　　눈의 한기 쏴아 찬바람 따라 흐른다.
懸流千丈忽當眼,　　　천 길 폭포수가 갑자기 눈앞에 나타나
芥蔕一洗平生胸.　　　평생 맺힌 응어리를 단숨에 씻어낸다.
雷公怒擊散飛雹,　　　뇌신이 격노해 공중에 우박을 살포하니
日脚倒射垂長虹.　　　석양에 반사되어 무지개를 드리웠다.
驪珠百斛供一瀉,　　　아름다운 구슬 백 섬이 일시에 쏟아지니
海藏翻倒愁龍公.　　　용궁 창고가 뒤집힌 줄 알고 용왕이 놀랐다.
輕明圓轉不相礙,　　　가볍고 맑고 둥근 것이 막힘없이 구르다
變見融結誰爲雄.　　　모습 바꾸어 합쳐지니 누굴 위해 뽐내는가?
歸來心魄爲動蕩,　　　돌아오는 길에서도 가슴은 여전히 뛰더니
曉夢月落春山空.　　　새벽꿈에 달마저 져서 봄 산이 텅 비었다.
手中仙人九節杖,　　　신선의 아홉 마디 지팡이를 손에 넣지 못해
每恨勝景不得窮.　　　빼어난 경치를 다 볼 수 없어 한스럽구나.
携壺重來巖下宿,　　　술동이 들고 다시 와 바위 아래 머물리니
道人已約山櫻紅.　　　도인과 이미 산앵두 붉을 때를 기약했다네.

　　원호문은 만년에 여러 수의 장편 산수시를 썼다. 이 시는 그 중의 대표작으로, 일정한 형태를 고집하지 않고 다양한 모습을 연출하는 폭포를 입체적으로 조명함으로써 황화산의 아름답고 웅장한 자태를 형상감 있게 묘사하였다.
　　원호문의 율시는 특히 칠언율시 방면에서 두보의 영향을 받았다. 그렇긴 하지만 원호문과 두보의 차이점도 쉽게 볼 수 있다. 두보는 안사의 난을 겪으면서 관군에 의해 난이 평정되는 것을 보았지만, 원호문은 나라가 멸망하는 것을 지켜볼 수밖에 없었다. 그의

상란시 한 수를 들어본다.

<岐陽三首>(其二) **기산의 남쪽 3수(제2수)**

百二關河草不橫,　　2만으로 백만을 막던 요새건만

　　　　　　　　　　병사들 강하지 못해

十年戎馬暗秦京.　　10년에 걸친 전쟁이 관중 지역을

　　　　　　　　　　암담하게 만들었다.

岐陽西望無來信,　　기산 남쪽에서 서쪽을 바라보지만 소식은 없고

隴水東流聞哭聲.　　동쪽으로 흐르는 농수에 울음소리 실려 온다.

野蔓有情縈戰骨,　　들판의 덩굴은 정이 있는지 전장의 해골을 휘감고

殘陽何意照空城.　　석양은 무슨 마음으로 빈 성을 비추고 있을까?

從誰細向蒼蒼問,　　누구를 통해 저 하늘에 자세히 물어볼 수 있을까?

爭遣蚩尤作五兵.　　어찌하여 치우를 보내 전쟁을 일으켰는지를!

　　금(金) 애종(哀宗) 정대(正大) 8년(1231) 봄에 몽고군이 봉상을 함
락시키자 금은 경조(京兆: 지금의 서안)를 포기했다. 당시 42세로 남
양(南陽) 현령을 지내고 있던 시인은 계속되는 적군의 침략과 그로
인해 고통을 겪는 백성들 때문에 침통한 심정으로 <기양 3수>를
썼다. 이 시는 제2수로, 유리한 지형에도 불구하고 몽고군에 패한
안타까움과 백성들의 참상을 묘사하고 나서 이 절대절명의 위기를
구할 황제(黃帝) 같은 영웅의 출현을 갈구하는 마음을 드러냈다.
　　원호문은 또한 <논시 30수(論詩三十首)>를 써서 자신의 시학관을
표명하기도 했다. 그는 여기서 자연스럽고 진솔할 것을 주장하고
조탁에 반대했으며, 호방과 강건을 제창하고 섬세하고 유약한 것
에 반대했으며, 독창을 강조하면서도 건안 이래의 시가 전통을 중
시하여 당시(唐詩)를 존중했다. 여기서 한 수를 들어본다.

<論詩三十首>(其二十六) 논시 30수(제26수)

金入洪爐不厭頻,　　쇠는 화로에 자주 들어감을 싫어하지 않아
精眞那計受纖塵.　　순수해져 작은 먼지도 받아들이지 않는다.
蘇門果有忠臣在,　　소식의 문하에 진정으로 충신이 있었다면
肯放坡詩百態新.　　그의 시가 편마다 새롭도록 방임했겠는가?

　이 시는 원호문이 소식(蘇軾)의 시를 논평한 것으로, 소식이 깊
고 넓은 학문과 현란한 솜씨로 온갖 새로운 모습의 작품을 써냈지
만 그로 인해 당시(唐詩)를 비롯한 고시(古詩)의 풍모를 잃어서 안
타깝다는 뜻이다. 이는 소식의 시를 한편 칭찬하고 한편 비판한
것이면서, 동시에 소식 문하의 시인들을 비판한 것이기도 하다.

3. 원대 전기의 시

원대 전기의 시는 북방작가와 남방작가 두 집단의 상이한 창작으로 구성되어 있는데, 대체로 북방작가의 풍격은 웅건하여 이민족의 문화소질과 중국의 전통문화가 결합하여 새로운 활력을 탄생시켰지만 예술적으로는 조금 거친 편이다. 남방작가의 풍격은 청아함에 치우쳐 정조가 의기소침하지만 예술적으로는 잘 다듬어져 있다. 나중에 조맹부(趙孟頫)가 원에 귀순하여 출사한 후로는 남조(南朝) 양(梁)의 유신(庾信)과 왕포(王褒)가 북조에 진입하여 성과를 거둔 것처럼 예술적 측면에서 원시의 수준을 향상시켰다.

원대 전기 시의 현저한 특징은 송시의 전통에서 벗어난 것과 풍격의 다양화이다. 세상이 급변하고 전쟁의 상처가 심했던 시대라 시인들의 감정이 격앙되어, 지성에 편중된 심미 취향을 지닌 송대의 시풍은 그 당시의 시대 수요를 만족시킬 수 없었다. 그에 따라 시가의 서정 기능을 강조하는 것이 보편적인 의식이 되었다. 언어 구사의 정밀성과 시인의 독창성을 가지고 보면 이 시기의 시에 적지 않은 결점이 있지만, 송시의 세력에서 벗어나 전인들을 광범하게 본받으며 다양화된 면모를 형성했다는 점에서 의의가 있다.

3. 1 야율초재(耶律楚材) · 학경(郝經)

원대 전기에 북방에서 출생한 주목할 만한 시인으로 야율초재(耶律楚材) · 학경(郝經) · 유인(劉因) 등이 있다. 이들 중 야율초재(1190-1244)

의 생활연대가 가장 이르다. 그는 자가 진경(晉卿)이고 호가 담연 거사(湛然居士)이며 거란인이다. 요(遼) 황족의 후손인데 칭기즈 칸에게 발탁되어 태종(太宗) 때 중서령(中書令)에 올라 원(元) 초기의 명재상이 되었다. 『담연거사집』 14권이 있고, 『원시선(元詩選)』 초집(初集)에 그의 시 130수가 수록되어 있다.

그의 시는 세련되지는 않았지만 작품의 경계가 넓고 정조가 처량하다는 특색이 있다. 그가 쓴 '서역시(西域詩)'는 수량이 많을 뿐만 아니라 예술적 내함도 제법 깊이가 있어서 우수한 작품에 속한다. 여기서 야율초재가 오랫동안 머물고 있었던 하중부(河中府)에서 쓴 〈서역하중 10영(西域河中十詠)〉 중의 제2수를 들어본다.

寂寞河中府,	고요하고 쓸쓸한 하중부
臨流結草廬.	물가에 초가집을 지었다.
開尊傾美酒,	술동이를 열어 술을 따라 마시고
擲網得新魚.	그물을 던져 물고기를 낚는다.
有客同聯句,	객이 오면 함께 연구시를 짓고
無人獨看書.	외로이 책을 보는 사람은 없다.
天涯獲此樂,	하늘가에서 이런 즐거움을 얻었으니
終老又何如.	늙도록 예서 지낸들 또한 어떠하리.

전통적인 서역시가 그러하듯 야율초재의 서역시도 주로 자신이 그곳에서 보고 들은 것과 느낀 것을 썼는데, 애써 수식한 흔적이 드러나지 않아 자연스럽고 소박한 특색이 있다. 그가 기록한 것은 고향과 사뭇 다른 풍광과 인물이지만, 당시의 시대 조류에 휩쓸려 만리 타향을 방랑하는 거란인의 모습이 시종일관 소박하게 그려져 있다.

학경(1223-1275)은 자가 백상(伯常)이고 택주(澤州) 능천(陵川: 지금의 산서성 진성晉城) 사람이다. 대대로 학자 집안이어서 그의 조부 학천정(郝天挺)은 원호문(元好問)의 스승이었다. 원 세조 쿠빌라이가 황제(皇弟)였을 때 번부(藩部)에서 그를 접견하고 그가 진술한 치국책을 높이 평가했다. 쿠빌라이는 즉위 후 그를 한림시독학사(翰林侍讀學士)에 임명하고 남송에 국신사(國信使)로 파견하여 담판케 했다. 그러나 남송에 들어가서는 16년 동안 구금되어 있다가 남송이 붕괴될 무렵에 북으로 돌아갔고, 오래지 않아 죽었다. 『능천집(陵川集)』 39권이 있는데, 시가 14권이고 534수가 수록되어 있다.

학경의 시는 격률면에서 가끔 적절치 않은 것이 있긴 하지만 내용면에서는 자신이 하고 싶은 말을 붓에 담았다. <가슴에 맺힌 고뇌(幽思)>는 60수에 달하는 조시(組詩)인데, 완적(阮籍)의 <영회(詠懷)>와 진자앙(陳子昂)의 <감우(感遇)>를 본받아 자신의 번뇌를 담아냈다. 읽기에 지루한 감이 있긴 하지만 전체적인 느낌은 깊이가 있다.

그의 칠언율시는 <추흥 5수(秋興五首)>처럼 제목과 내용이 <추흥 8수(秋興八首)>와 비슷하여 두보의 영향을 받은 것을 쉽게 알 수 있는데, 이처럼 그의 근체시는 전인의 시를 모방한 것이 많아 참신성이 떨어지지만 그렇지 않은 것도 있다. 다음 시를 보자.

<老馬>	늙은 말
百戰歸來力不任,	수많은 전투 치루고 돌아오니 힘을 감당하지 못하고
消磨神駿老駸駸.	웅건한 자태 사라졌지만 늙었어도 발이 빠르다.
垂頭自惜千金骨,	머리 숙이고 스스로 천금의 뼈대를 애석해하고
伏櫪仍存萬里心.	마구간에 엎드려 있어도 마음은 만리 밖에 있다.
歲月淹延官路杳,	세월이 많이 흘렀건만 벼슬길은 여전히 아득하고
風塵荏苒塞垣深.	객지에서의 고생 오랜데 변새의 담은 깊숙하다.

短歌聲斷銀壺缺,　　촉급한 노랫소리 끊기고 은빛 술병 깨졌지만
常記當年烈士吟.　　언제나 그 당시 열사가 읊은 시를 기억한다네.

학경은 원(元)의 사신이 되어 남송으로 들어갔다가 16년 동안이나 진주(眞州: 지금의 강소성에 속함)에 구금되어 있었으므로 나라를 위해 공을 세울 기회를 잃은 채 늙고 말았다. 이 시는 자신의 신세에 대한 감개를 늙은 말에 비겨 읊은 것인데, 자신의 인생 경험이 녹아 있어 절실하고 호소력이 있다.

학경의 시는 한유(韓愈)와 이하(李賀)의 영향을 받았다. 그는 <목놓아 노래 부르며 이하를 애도함(長歌哀李長吉)> 시에서 이하를 높이 받들어 "나의 삶이 불행하게도 그와 때를 함께 하지 못했다"라고 한탄하기도 했다. 그러나 학경의 시에는 이하와 같은 내적 체험의 깊이가 부족하고 밖으로 확장되어 있다. 그의 일부 고체시는 남북 분열의 역사와 현실에 대해 의론을 전개하면서 북인의 무용을 높이 평가하여 상호 유사한 특징이 있다. 학경이 남방에 억류되어 있을 때 쓴 <추사(秋思)> 등의 시는 서정의 풍미가 있다. 그가 시에서 표현한 원 왕조에 대한 충성은 그 자신의 도덕 신념에 기초했다기보다는, 송과 원 쌍방의 실력에 대한 자신의 판단과 개인적으로 선택한 정치노선에 대한 자신감에 의거한 것으로 보인다.

3. 2 유인(劉因)

유인(?-1291)은 자가 몽길(夢吉)이고 호가 정수(靜修)이며, 웅주(雄州) 용성(容城: 지금의 하북성에 속함) 사람이다. 그가 태어났을 때는 원(元)이 금(金)을 멸망시킨 지 이미 십수년이 지난 뒤였지만 부친이 일찍 죽어서 집안형편이 매우 어려웠다. 유인은 어려서부터 배우기

를 좋아하여 여섯 살에 시를 지을 줄 알았고, 좀 더 나이가 들어서는 성리학을 깊이 탐구하였다. 성년 이후에 그는 고향에서 두문불출하며 제자들을 가르쳤지만, 남송 멸망 후에는 강남 지역을 두루 여행하였다. 원(元) 지원(至元) 19년(1282)에 승덕랑(承德郎)·우찬선대부(右贊善大夫)로 발탁되었지만 얼마 지나지 않아 모친의 병환을 이유로 사직하고 귀향하였다. 지원 28년(1291)에 다시 집현학사(集賢學士)로 조정에 소환되었지만 병을 핑계로 고사하였다. 그가 죽은 뒤 '문정(文靖)'이라는 시호가 추서되었다. 『정수집(靜修集)』이 있다.

유인은 원대 전기의 시인이면서 동시에 저명한 학자이기도 했다. 그는 초년에 경학장구(經學章句)를 공부하였고, 후에 정(程)·주(朱) 이학(理學)으로 전향했지만 정·주의 문호를 고수하지는 않았다. 유인의 현존 시는 약 1,000수 내외가 된다. 이 중에서 고사립(顧嗣立)의 『원시선(元詩選)』 초집(初集)에 그의 시 234수가 선록되어 있다. 이들을 내용적으로 분류해보면 서정시(抒情詩)·회고시(懷古詩)·영물시(詠物詩)·사경시(寫景詩)·사회시(社會詩) 등으로 나눌 수 있다.

그의 시는 원호문의 영향을 많이 받았고 영사시(詠史詩)와 영물시(詠物詩)를 적지 않게 썼는데, 영사시는 감정이 진지하고 침통하여 비판정신이 담겨 있고, 영물시는 비흥과 기탁이 고원하다. 몇몇 산수시와 일상생활을 표현한 소시(小詩)도 신선하면서 정취가 풍부하다. 그의 영사시 한 수를 들어본다.

<白溝>	백구
寶符藏山自可攻,	부절을 상산에 감추어 대국을 취할 수 있었건만
兒孫誰是出群雄.	(송나라) 자손 중에 누가 출중한 영웅이었나?
幽燕不照中天月,	유와 연 지역은 중천에 뜬 달이 비추지 못했으니
豊沛空歌海內風.	패현 풍읍에서의 <대풍가>만 부질없게 되었구나.
趙普元無四方志,	조보에게는 본래 사방을 통일할 뜻이 없었으니

澶淵堪笑百年功.　　전연의 화의로 얻은 백년의 공을
　　　　　　　　　　비웃을 수 없구나.
白溝移向江淮去,　　백구의 국경선이 회하로 옮겨가고 말았으니
止罪宣和恐未公.　　다만 휘종에게 죄를 돌리는 건 불공평한 듯하다.

　유인은 이 시에서 송 왕조가 개국 초기에 요(遼)에게 계속 타협
하고 양보했기 때문에 결국 북방의 영토를 상실하는 결과를 초래
했다고 서술하였다. 백구(白溝)는 지금의 하북성(河北省) 용성현(容城
縣) 동쪽에 있는 작은 하천에 불과했지만, 북송 때에는 송(宋)과 요
(遼)의 국경선 역할을 하여 '계하(界河)'라고도 불렀다. 유인이 이곳
을 지나갔을 때 백구는 이미 국경선 역할을 하지 못하여 시인은
말에 몸을 맡긴 채 남쪽으로 날아가는 외기러기를 바라보며 쓸쓸
히 하천을 건넜다.
　그가 그렇게 백구를 건넌 후 백구하(白溝河)는 일종의 상징이 되
었고, 시인 자신도 승화를 완성하였다. 회고(懷古)라지만 자신을 그
속에 두는 것을 잊지 않는 것이 유인 시의 특징이다. 또한 바로
그렇기 때문에 그의 회고시는 의고시(議古詩)이기도 하다.
　유인의 서정시는 이학(理學)의 영향을 받아서 의론을 좋아하고
도(道)를 논하는 경향이 간혹 있긴 하지만 기골(氣骨)이 있고 격조
또한 높다. 다음 시를 보자.

　〈半世〉　　　**반평생**

半世恒棲託,　　반평생을 언제나 자연에 의탁해 살다보니
孤生備險艱.　　외로운 삶은 온통 가난과 고생뿐이었다.
寡言非蘊畜,　　과묵한 것은 가슴에 묻어두어서가 아니고
褊性類淸閑.　　편협한 천성은 청정과 유유자적에 가깝다.
生計朝霞上,　　생명 보존의 방편은 아침놀에 있고

交情暮雨間.　　상호 교류의 정은 저녁 비 사이에 있다.
柴門本無客,　　사립문에는 본래 드나드는 객이 없는데
幽僻況長關.　　멀고 외진 곳이라 더구나 늘 닫혀 있다.

　시인이 사는 곳이 외진 곳이어서 본래 찾아오는 손님이 없기 때
문에 대문을 열 기회가 별로 없다고 했지만, 기실 그에게는 내방
객이 없지 않았다. 『원사(元史)』 「유인전(劉因傳)」에 의하면 "공경(公
卿) 중에는 보정(保定)을 지나는 사람이 적지 않았는데, 유인의 명
성을 듣고 왕왕 만나보러 왔다. 그러나 유인은 대부분 사양하고
피하며 만나주지 않았다. 그를 모르는 자들 중에는 간혹 그를 오
만하다고 여기고 긍휼히 여기지 않았다"[89]라고 하였는데, 이 시를
통해 그의 삶의 방식과 태도를 엿볼 수 있다. 즉, 그는 가난하지만
청정한 자연환경 속에서 사람들과의 교유를 가급적 피하고 조용히
사색과 작시를 즐기며 유유자적하게 살고자 하였다.

3. 3 구원(仇遠)·대표원(戴表元)·조맹부(趙孟頫)

　원대 전기에 남송에서 원으로 들어간 시인으로 주목할 만한 사
람은 구원(仇遠)·대표원(戴表元)·조맹부(趙孟頫) 등이다. 구원은 자
가 인근(仁近)이고 전당(錢塘: 지금의 절강성 항주) 사람이다. 그는 송말
에 이미 시명(詩名)이 있었고, 원에서 율양교수(溧陽敎授)를 지냈으며
만년에 강호를 돌아다니다가 죽었다. 『금연집(金淵集)』이 있다.
　원 초기의 시인 중에서 구원은 성격이 소탈하고 방종했는데, 자
신의 인생을 자신의 가치관에 입각해서 살아갈 길이 없었으므로

---

89) "公卿過保定者衆, 聞因名, 往往來謁. 因多遜避, 不與相見. 不知者或以爲傲, 弗
　　恤也."

그런 식으로 돌파구를 마련한 것 같다. 따라서 그의 시는 당시 지식인의 환상적이고 소극적인 심리를 집중적으로 표현하면서 형언하기 어려운 고민을 깊이 감추고 있다. 구원은 "근체시에서 나는 당시에 주력하였고, 고체시에서 나는 『문선』에 주력하였다"90)라고 말하여 종당(宗唐)과 복고를 표방했는데, 그와 같이 송시를 배격한 것은 원대 초기 시인의 보편적인 경향이었다.

대표원(1244-1310)은 자가 수초(帥初)이고 봉화(奉化: 지금의 절강성에 속함) 사람이다. 남송 도종(度宗) 함순(咸淳: 1265-1274) 연간에 진사가 되어 건강부(建康府) 교수에 임명되었다. 원군이 남하하자 그는 각지를 유랑하다가 대덕(大德) 연간에 잠시 신주(信州) 교수를 맡았다. 나중에 조정의 관리가 그를 수찬(修撰)·박사(博士) 등으로 천거했지만 고사하고 취임하지 않았다. 『섬원문집(剡源文集)』이 있다.

원 초기의 시인 중에서 대표원은 '당풍(唐風)'을 중시하고 송시의 폐해를 고치려고 노력한 사람이다. 특히 이학과 과거제도가 문학예술을 파괴하는 현상을 반복해서 폭로하고 비판하였다. 그는 남송 멸망 후 절강 일대를 떠돌아다녔으므로 그의 시에는 잔혹한 전쟁으로 인한 백성의 고난이 대량으로 서술되어 있다. 예를 들어 <야한행(夜寒行)>·<섬민기(剡民飢)>·<채등행(採藤行)>·<강행잡서(江行雜書)>·<남산하행(南山下行)> 등은 모두 시절에 상심하고 비분의 정을 표현한 것이어서 깊은 호소력이 있다. 다음 시를 보자.

<剡民飢>	섬 지역 백성들의 굶주림
剡民飢,	섬 지역 백성들은 굶주려서
山前山後尋蕨萁.	산 앞뒤로 고사리와 콩대를 찾아 헤맨다.
斸萁所得不滿掬,	콩대를 아무리 캐도 한 움큼도 안 되건만

---

90) "近體吾主于唐, 古體吾主于『選』."(方鳳, 『山村遺集·序』)

皮膚皴裂十指禿.	살갗이 터지고 열 손가락은 손톱이 없다.
皮皴指禿不敢辭,	손이 그렇게 엉망이어도 그만둘 수 없으니
阿翁三日不供糜.	할아버지께 사흘이나 죽을 드리지 못했다.
不如抛家去作挽船士,	차라리 집을 나가 배 끄는 인부가 되련다.
却得家人請官米.	그러면 식구들이 관청 쌀을 얻을 수 있겠지.

이 시는 대략 대표원이 대덕(大德) 병오년(丙午年: 1306)에 신주(信州)에서 돌아오면서 섬계(剡溪)와 관령산(關嶺山) 일대를 지날 때 지은 것이다. 시인은 여기서 섬(剡: 지금의 절강성 승현嵊縣 남쪽) 지역 백성들이 별로 남아 있지도 않은 고사리와 콩대를 힘겹게 찾아 캐내서 잠시 주린 배를 채우는 비참한 상황을 묘사하였다. 시 전체가 말하듯이 쉽고 분명하여 악부민가의 특색을 지니고 있으면서, 오랜 전란이 원대 초기의 백성들에게 초래한 심각한 재앙을 있는 그대로 폭로하였다.

조맹부(1254-1322)는 자가 자앙(子昻)이고 호가 송설도인(松雪道人)이며 호주(湖州: 지금의 절강성에 속함) 사람이다. 송조의 왕실 인사였지만 원(元) 세조(世祖)의 소환에 응하여 집현직학사(集賢直學士)·한림학사승지(翰林學士承旨) 등의 관직을 지냈다. 그는 원대에서 성취가 가장 큰 서화가지만 시문으로도 명성이 높았다. 그의 고체시는 육조(六朝)에 가깝고, 근체시는 두보를 학습하여 침울하면서도 전고를 잘 구사하였다. 『송설재집(松雪齋集)』이 있고, 『원시선(元詩選)』 초집에 그의 시 200수가 수록되어 있다.

조맹부의 시는 주로 오언고시와 칠언율시인데, 칠언율시가 가장 뛰어나고 수량도 많다. 그의 시가 지니고 있는 특징을 살펴보면 시어의 중복이 거의 없다. 시어가 중복되기 쉬운 송별시나 영물시에서도 그는 다양하게 시어를 구사하여 막힘이 없다. 그의 시를 한 수 들어본다.

<岳鄂王墓>　　　　**악왕 악비의 묘**

鄂王墓上草離離,　　　악왕의 무덤엔 풀이 무성하게 뒤덮고
秋日荒涼石獸危.　　　가을날 황량한데 돌짐승 무너질 듯하다.
南渡君臣輕社稷,　　　남송의 군주와 신하는 사직을 경시했건만
中原父老望旌旗.　　　중원의 어른들은 남송의 군대를 기다렸다.
英雄已死嗟何及,　　　영웅이 이미 죽었으니 돌이킬 수 없고
天下中分遂不支.　　　천하가 양분되니 결국 지탱할 수 없었다.
莫向西湖歌此曲,　　　서호를 향해 이 노래를 부르지 말지니
水光山色不勝悲.　　　그 물빛과 산색에 슬픔을 가눌 수 없다.

　이 시는 조맹부가 항금명장(抗金名將) 악비(岳飛)의 죽음을 애도하
는 한편, 남송의 군주가 사직(社稷)을 경시하여 중원을 수복하기는
커녕 오히려 멸망으로 치달았던 과거를 슬퍼하는 내용의 작품이
다. 이 시를 통하여 조맹부가 비록 원 세조의 부름에 응해 출사하
긴 했지만 내심으로는 조국 송나라를 사랑한 사람이었음을 알 수
있다.

4. 원대 중기의 시

원대 중기에 이르러 전쟁의 상처가 조금씩 아물어가고 원 왕조의 통치가 안정되어서 경제도 이전에 비해 회복하고 발전했다. 동시에 유학(儒學)이 관(官)의 존중을 받아 과거시험이 회복되고 사회 문화가 진일보 '한화(漢化)'됨에 따라 문인의 마음 상태도 어느 정도 평형을 이루어갔다. 그와 같은 배경 아래 경사(京師)를 중심으로 한 시단은 '풍류유아(風流儒雅)'의 시풍이 주류가 되었다. 이 시기의 시는 거의 일종의 '성세지음(盛世之音)'의 분위기가 있다. 주된 작가로는 '원(元) 사가(四家)'의 칭호가 있는 우집(虞集)·양재(楊載)·범팽(范梈)과 게혜사(揭傒斯)가 있다. 그들은 대덕(大德)·연우(延祐) 연간에 선후하여 경성에서 직책을 맡았고, 그로 인해 서로 노력하며 창화하여 마침내 종사(宗師) 반열의 인물이 되었다.

4. 1 사대가(四大家) — 우집(虞集)·양재(楊載)·범팽(范梈)·게혜사(揭傒斯)

'원 사가'의 시도 송시와는 상반되는 궤적을 따랐다. 양재가 "시는 응당 한·위에서 재료를 취해야 하고, 음절은 당을 종사로 삼는다"91)라고 주장했듯이 그들은 종당복고(宗唐復古)의 취향을 표명했다. 시의 표현예술 방면에서 그들은 적지 않은 견해를 발표하여 구성의 안배·성률의 조절과 자구의 단련 등에 대해 상세히 탐구

---

91) "詩當取材于漢魏, 而音節則以唐爲宗."(『元史』本傳)

한 결과 전기(前期) 시를 공고히 하고 발전시킬 수 있었다. 그러나 다른 면에서 그들은 시의 예술특징을 다진 동시에 문학과 '치도(治道)'·'교화'의 의존관계를 중시하여 창작 중에 일종의 개성 수축과 윤리 회귀의 경향을 보였다.

명대의 호응린(胡應麟)이 사가에 대해 우집을 "전아하면서 실질이 있다(典而實)", 양재를 "가지런하면서 굳세다(整而健)", 범팽을 "신랄하고 준엄하다(刻而峭)", 게혜사를 "아름답고 참신하다(麗而新)"(『시수詩藪』)라고 평한 것은 사가의 시풍이 각기 다름을 지적한 것이다. 그러나 총체적으로 볼 때 그들은 예술 방면에서 동일한 경향을 보여주었다. 즉 법도를 따지고 형식을 엄정히 하고 전아한 언어를 사용했으며, 감정이나 개성의 격렬한 표현을 추구하지 않고 정통 미학 취미에 부합하는 풍격을 숭상했다.

이들 네 사람은 모두 고시와 가행(歌行)에 뛰어났고, 근체시 방면에서는 양재가 오언율시와 배율에서, 범팽은 칠언절구에서, 게혜사는 칠언율시에서 솜씨를 보였으며, 우집은 여러 체를 겸비한 시인이었다고 할 수 있다. 원 사가에 대해 역대로 '원대의 극성을 이루었다'는 평가가 없지 않았는데, 이는 사실상 '풍류유아(風流儒雅)'라는 정통 미학취미를 가지고 말한 것이다. 단순히 작시의 정치함을 가지고 논한다면 그들은 확실히 원대에서 가장 뛰어난 성과를 거두었지만 열렬한 서정에서 나오는 활기를 가지고 논하면 사가의 시는 전기와 후기에 비해 다소 손색이 있다.

우집(1272-1348)은 자가 백생(伯生)이고 호가 도원(道園)이며 조적(祖籍)은 인수(仁壽: 지금의 사천성 인수현)인데, 숭인(崇仁: 지금의 강서성에 속함)으로 옮겼다. 초년에 가학의 훈도를 받아 송유(宋儒)의 '성리지학(性理之學)'을 깨우쳤다. 대덕 초에 경사에 이르러 대도로(大都路) 유학교수(儒學教授)를 맡았다. 그 후 한림직학사(翰林直學士) 겸

국자좨주(國子祭酒)・규장각시서학사(奎章閣侍書學士)에 이르렀고 황명을 받들어 『경세대전(經世大典)』을 수찬했다. 『도원학고록(道園學古錄)』등의 저서가 있고, 723수의 시가 수록되어 있다.

우집은 조정의 우대를 받아 <금마도(金馬圖)>와 같이 조정의 성덕을 칭송한 시가 적지 않다. 동시에 비애나 감개를 띤 작품도 적지 않은데, 사실상 역사에 대한 유감과 종족 차별이 한족 지식인들에게 준 마음의 상처를 토로한 것이다. 다음 시를 보자.

<挽文丞相>	문승상을 애도하며
徒把金戈挽落暉,	그저 쇠창을 석양에 당겨볼 뿐이었지
南冠無奈北風吹.	남쪽 사람은 불어오는 북풍을 어쩔 수 없었다.
子房本爲韓仇出,	장량은 본래 한나라 원수를 갚기 위해 나왔고
諸葛寧知漢祚移.	제갈량은 한의 운명이 다할 줄 어찌 알았으리?
雲暗鼎湖龍去遠,	구름 어두워지니 정호의 용은 멀리 떠나갔고
月明華表鶴歸遲.	달이 밝으니 화표학은 돌아오는 것이 늦구나.
不須更上新亭望,	다시 신정에 올라 북녘을 바라보면 안 되나니
大非如前灑淚時.	지난날 눈물을 뿌리던 때와는 크게 다르다네.

이 시는 시인이 남송 말 몽고의 원(元)에 대항하여 싸우다 패하여 포로가 된 후에도 절개를 굽히지 않아 끝내 사형을 당한 문천상(文天祥)을 애도한 작품이다. 그의 많은 시가 그렇듯이 이 작품도 여러 전고를 사용해가며 '한(漢) 조정의 노련한 관리'92)처럼 교묘하게 필화(筆禍)를 피해가며 당시의 한족 지식인이 겪고 있는 슬픔과 무력감을 토로하였다.

한편 우집의 시가 주장은 온후하고 화평하며 성운의 아름다움을 잃지 않는 것이었다. 그의 작품도 대개는 자신의 주장을 반영한 것

---

92) 揭傒斯, 『范先生詩・序』

이어서 제재가 엄숙하며 사가 중에서 가장 전아하다. 그의 시는 풍부한 시적 재능과 소탈한 풍치가 부족하긴 하지만 고루하거나 진부하지 않아 서정을 중시하는 특징을 갖추고 있다. 다음 시를 보자.

<院中獨坐>	뜰 안에 홀로 앉아
何處他年寄此生,	어디에다 앞으로 이 삶을 맡길까?
山中江上總關情.	산과 강이 모두 정회를 일으킨다.
無端繞屋長松樹,	까닭 없이 집을 두른 큰 소나무들이
盡把風聲作雨聲.	바람소리를 전부 빗소리로 바꾼다.

이 시는 우집이 뜰 안에 홀로 앉아 있을 때의 감회를 묘사한 것인데, 내심의 독백처럼 보이며 전아하면서도 청신하여 우집 시의 특징을 잘 보여주고 있다.

양재(1271-1323)는 자가 중홍(仲弘)이고 포성(浦城: 지금의 복건성에 속함) 사람인데, 나중에 항주로 이주하였다. 평민의 신분으로 한림국사원편수관(翰林國史院編修官)에 임명되었다가 과거제도가 회복되고 나서 진사가 되어 관직이 영국로총관부추관(寧國路總管府推官)에 이르렀다. 『양중홍시집(楊仲弘詩集)』에 그의 시 383수가 수록되어 있다.

양재는 사대가 중에서 비교적 낭만적 기질이 많은 시인이다. 다음 시를 보자.

<贈孫思順>	손사순께 드림
天涯相遇兩相知,	하늘가에서 우연히 만나 알게 된 우리 두 사람
對榻淸談玉屑霏.	평상에 마주 앉아 청담 나누니 옥설이 날리는 듯.
芳草漫隨愁共長,	방초는 어지러이 슬픔 따라 함께 자라고
靑春不與客同歸.	청춘은 나그네와 함께 돌아가 주지 않는다.
薰風池館蛙聲老,	훈풍 부는 못가 객사에 개구리 소리 노련해지고

落日簾櫳燕子飛.　해는 저무는데 주렴 너머로 제비가 날아간다.

南浦他年重到日,　훗날 남포에 다시 오는 날에는

湖山應識謝玄暉.　호수와 산이 응당 사현휘를 알아보리다.

시의 서두에서 밝혔듯이 손사순과 양재 두 사람은 객지에서 우연히 만나 알게 된 사이이다. 그런데도 그는 손사순을 오랜 지기처럼 대화를 나누고 곧 닥칠 이별을 슬퍼하며 다시 만나게 되면 반드시 사조(謝朓)처럼 훌륭한 그대를 반갑게 맞이하겠다는 말로 끝을 맺었다.

또한 그는 <마음을 달래려고 우연히 짓다(遣興偶作)>에서 "천지간에 방랑하니, 지금도 없고 옛날도 없다"[93]라고 했는데, 그의 '방랑'에는 분별이 있어서 늘 일종의 산뜻하고 아치(雅致)가 풍부한 의취를 체현했다. 그러나 그의 방랑은 그저 개성의 의향을 암시했을 뿐, 시인으로서의 큰 발전을 얻지는 못했다.

범팽(1272-1330)은 자가 형보(亨父) 또는 덕기(德機)이고 청강(清江: 지금의 강서성에 속함) 사람이다. 빈한한 집안 출신이지만 천거를 받아 한림원편수(翰林院編修)가 되었다가 후에 복건민해도지사(福建閩海道知事)를 맡았다. 『범덕기시집(范德機詩集)』에 그의 시 524수가 실려 있고, 『원시선』 초집에 그의 시 234수가 수록되어 있다.

범팽은 가행체를 즐겨 지었고 성조와 구성에 마음을 썼지만 창조력이 부족한 편이었다. 그러나 원대의 강서시파(江西詩派)가 송대 강서시파의 유풍에서 벗어날 수 있었던 것은 범팽과 계혜사의 창도가 있었기 때문이었다. 그의 걸작으로 알려진 다음 시를 보자.

---

93) "放浪天地間, 無今亦無昔."

<王氏能遠樓>　　왕씨의 능원루

遊莫羨天池鵬,	나갈 때 천지의 대붕을 부러워 말고
歸莫問遼東鶴.	돌아올 때는 요동학을 묻지 마시게.
人生萬事須自爲,	인생 만사는 마땅히 자신을 위해야 하니
跬步江山卽寥廓.	강산으로 조금만 나가도 그저 쓸쓸할 뿐.
請君得酒勿少留,	그대여 술이 있으면 조금도 남기지 말고
爲我痛酌王家能遠之高樓.	
	날 위해 왕씨의 능원루에서 통음하시게.
醉捧勾吳匣中劍,	취하면 오나라 상자 속의 검을 꺼내 들고
斫斷千秋萬古愁.	천년 세월 만고의 슬픔을 끊어내시게.
....	

능원루는 멀리까지 바라볼 수 있는 누대여서 붙여진 이름이다. 여기서 시인은 잘 알려진 몇 개의 전고를 사용해가며 인생에 대한 관점과 감회를 절실하게 서술하여 호소력 있는 작품을 탄생시켰다. 또한 그의 몇몇 절구는 제법 정취가 있어서 예를 들어 <심양(潯陽)> 시를 보면 시인의 고향 그리는 마음을 쓴 것인데, 당인(唐人)의 풍조에서 벗어나지 못했다.

계혜사(1274-1344)는 자가 만석(曼碩)이고 용흥(龍興) 부주(富州: 지금의 강서성 풍성豊城) 사람이다. 어렸을 때 집안이 빈한했지만 각고 노력하여 책을 읽었다. 연우(延祐: 1314-1320) 초에 천거를 받아 한림국사원편수관(翰林國史院編修官)에 임명되었고, 후에 한림시강학사(翰林侍講學士)를 지냈다. 지정(至正) 초에 명을 받들어 송・요・금 세 왕조의 역사를 수찬하는 총재관(總裁官)을 맡았다. 『원시선』 초집에 계혜사의 시 153수를 선록하고 제목을 『추의집(秋宜集)』이라고 했다. 현대 중국의 이몽생(李夢生)이 정리한 『계혜사전집』(上海古籍出版社, 1985)에는 그의 시 750수가 수록되어 있다.

사대가 중에서는 게혜사의 사상 감정이 평민에 근접한 면이 있다. 예를 들어 <조생시(祖生詩)>는 효자 조생이 모친을 찾아 천리를 간 감동적인 사적을 쓴 것인데, 그 취지는 전란을 견책하는 것이었다. 또한 <임천녀(臨川女)>는 한 눈먼 소녀가 모친과 오빠에게 버림을 받지만 결국 선인의 구원을 얻는다는 내용이다. 그의 이런 시는 감정이 진실하면서도 통상 격렬하게 표현되지는 않았고 서사와 의론이 간결하고 언어 풍격이 소박한 편이어서 '아(雅)'의 규범에 부합된다. 그의 시를 한 수 들어본다.

<別武昌> **무창을 떠나며**

欲歸常恨遲,	돌아가고 싶어도 늦어져 늘 한스러웠는데
將行反愁遽.	막상 떠나게 되니 갑작스러움에 슬퍼진다.
殘年念骨肉,	살아갈 날 많지 않아 골육지친이 그립고
久客多親故.	오랜 객지 생활에 친구들 정이 깊어졌다.
佇立望江波,	우두커니 서서 흐르는 강물을 바라보니
江波正東注.	강물은 물결치며 끝없이 동쪽으로 흐른다.

원(元) 성종(成宗) 대덕(大德) 8년(1304)에 게혜사는 오랜 객지생활 끝에 무창을 떠나 배를 타고 고향으로 돌아가게 되었는데, 그 당시의 심정을 적은 것이 이 시이다. 나이 들어가며 더욱 그리운 가족들과 재회하게 되었다는 기쁨과, 막상 헤어지려니 영 이별일 것만 같아 정든 친구들과의 가슴 아픈 이별 사이에서 방황하는 마음을 간결하면서도 밀도 있게 묘사한 작품이다. 특히 마지막에서 동쪽으로 흘러가는 강물을 통해 그와 같은 상반된 두 마음을 형상화한 것이 이 시를 정채롭게 해주었다. 그의 오언절구 한 수를 더 들어본다.

＜曉出順承門有懷太虛＞ **새벽에 순승문을 나가 태허를 그리며**

步出城南門,　　　걸어서 성의 남쪽 문을 나가
悵望江南路.　　　슬피 강남으로 난 길을 바라본다.
前日風雨中,　　　얼마 전 비바람 치는 속에서
故人從此去.　　　그 사람이 이 문을 통해 떠났지.

여기서 '태허'는 시인 하중(何中)을 가리킨다. 게혜사는 대도(大
都)의 남쪽 문을 다시 지날 때 얼마 전 그곳에서 이별한 하중이
생각나서 이 시를 썼다. 표면적으로 시인은 하중에 대한 그리움을
썼지만 사실상 그는 환향 도중에 있을 친구를 통해 자신의 가슴속
에 꿈틀거리는 고향 그리움을 토로한 것이다.

그에게는 풍격이 다른 시도 일부 있다. 예를 들어 ＜증왕랑(贈王
郎)＞은 한 젊은 광인(狂人)의 정황을 쓴 것인데, 호협(豪俠)의 기세
를 노출하여 사가의 시 중에서 비교적 특별한 작품에 속한다.

4. 2 주권(周權) · 허유임(許有壬) · 주덕윤(朱德潤)

원대 중기의 시단에는 우집 등의 사대가 외에도 주목할 만한 시
인이 몇 명 더 있는데, 주권(周權) · 허유임(許有壬)과 주덕윤(朱德潤)
등을 꼽을 수 있다.

주권은 자가 형지(衡之)이고 호는 차산(此山)이며 처주(處州: 지금의
절강성 여수麗水) 사람이다. 젊은 시절에 경사(京師)로 가 원각(袁桷)의
인정을 받았으며, 조맹부(趙孟頫) · 우집(虞集) · 게혜사(揭傒斯) · 구양
현(歐陽玄) 등과 교류하며 시를 주고받았다. 『차산집(此山集)』이 있
다. 그의 시는 간명하며 평담한 편이지만 뜻이 깊어서 경박하지
않다. 다음 시를 보자.

<郭外>　　　**성곽 바깥**

郭外人家少,　　성곽 바깥에는 인가가 적은데

魚村揚酒旗.　　어촌에는 주점 깃발이 펄럭인다.

江雲低壓樹,　　강 위의 구름은 낮아서 나무를 짓누르고

沙竹細穿籬.　　물가의 대는 가늘어 울타리를 뚫고 나온다.

地暖梅花早,　　땅이 따뜻하여 매화가 일찍 피었고

天寒潮信遲.　　하늘이 차가워 조수 오가는 것이 더디다.

夕陽煙景外,　　해 저물녘 안개어린 경치 바깥에서

倚杖立移時.　　지팡이에 의지해 한참동안 서있다.

이 시는 주권 시의 풍격을 비교적 잘 드러낸 작품으로, 표현은 간명하고 평담하지만 그 속에는 "구름이 나무를 짓누르고, 대는 울타리를 뚫고 나온다"처럼 원대 상층부를 차지한 몽고 귀족들과 하층부에 머물러 있는 한족 지식인 사이의 모순과 갈등이 암시되어 있는 구절이 있어서 시의 맛과 여운에 깊이를 더해준다.

허유임(1287-1364)은 자가 가용(可用)이며 탕음(湯陰: 지금의 하남성에 속함) 사람이다. 원 인종(仁宗) 연우(延祐) 2년(1315)에 진사가 되어 관직이 중서좌승(中書左丞)에 이르렀고, 죽은 뒤의 시호가 문충(文忠)이다. 그는 근 50년 동안 다섯 황제 밑에서 관직을 지내며 백성을 위한 행정을 폈다고 한다. 『지정집(至正集)』과 『규당소고(圭塘小稿)』가 있다. 그의 시도 그의 성격처럼 사리를 중시하여 공언(空言)이 없으며 풍격이 호방하고 웅혼하지만 가작은 많지 않은 편이다. 다음 시를 보자.

<荻港早行>　　**적항의 새벽 길**

水國宜秋晚,　　수향은 늦가을에 가장 잘 어울리지만

羈愁感歲華.　　나그네는 슬픔에 젖어 세월을 느낀다.

清霜醉楓葉,	맑은 서리는 단풍잎을 취하게 만들고
淡月隱蘆花.	옅은 달빛에 갈대꽃 희미하게 보인다.
漲落高低路,	조수 물러가니 드러나는 높고 낮은 길
川平遠近沙.	강물 잔잔해 보이는 멀고 가까운 모래톱.
炊煙青不斷,	밥 짓는 연기 파랗게 끊임이 없으니
山崦有人家.	산기슭 오목한 곳에 인가가 있구나.

이 오언율시는 허유임의 대표작으로 청 도광(道光) 때 출현한 『송원명시삼백수(宋元明詩三百首)』에 수록되어 있다. 함련의 '취(醉)'와 '은(隱)'을 사역동사로 활용한 것과 경련의 '고저로(高低路)'와 '원근사(遠近沙)' 앞에 동사를 과감하게 생략한 것은 당시(唐詩)의 표현기법을 연상시키고, 미련은 두목(杜牧) <산행(山行)>의 "흰 구름 피어나는 곳에 인가가 보인다"(白雲生處有人家)를 연상시켜서 그가 당시를 깊게 학습했음을 알 수 있다.

주덕윤(1294-1365)은 자가 택민(澤民)이고 조적(祖籍)은 휴양(睢陽: 지금의 하남성 상구商丘)인데, 나중에 오중(吳中: 지금의 강소성 소주蘇州)으로 옮겨가 살았다. 인종(仁宗) 연우(延祐) 말년(1320)에 조맹부(趙孟頫)의 천거로 한림문자(翰林文字) 겸 국사원편수(國史院編修)에 임명되었다. 영종(英宗)이 죽은 뒤 은퇴하여 30년 동안 향리에 머물러 있다가 지정(至正: 1341-1367) 연간 관직에 복귀하여 군수 등을 지냈다. 『존복재집(存復齋集)』이 있다.

그의 악부가행 중에는 <덕정비(德政碑)>·<무록원(無祿員)>·<외택부(外宅婦)>·<부가린(富家隣)>·<관매전(官買田)>·<수심위(水深圍)>·<전처자(前妻子)> 등과 같이 현실을 반영하고 시대의 폐단을 풍자한 것이 많다. 그런데 이와 같은 시들은 구어를 사용하여 통속적으로 쓰였다는 이유로 당시 사람들이 존중하지 않았을 뿐만 아니라 심지어 비난하기도 했다. 그러나 그가 그렇게 한 것은 사실상 진보적 사상을 표현한 것으로, 백거이 신악부의 현실주의 정신을 계승하고 발전시킨 면이 있다. 그의 근체시는 칠언절구가 볼 만한데, 맑고 자연스러워서 당시(唐詩)의 풍미가 있다. 다음 시를 보자.

<沙湖晩歸>　　　　사호에서 저물녘에 돌아오다

山野低回落雁斜,　　구불구불 이어진 산야에 기러기 비스듬히 날고
炊煙茅屋起平沙.　　밥 짓는 연기 오르는 초가는
　　　　　　　　　　넓은 모래밭에 서있다.
櫓聲歸去浪痕淺,　　노 저으며 돌아가니 물결이 잔잔히 일어
搖動一灘紅蓼花.　　물가의 붉은 여뀌 꽃을 움직이게 한다.

　시인이 이 시에서 포착한 것은 한 폭의 아름다운 화면이다. 제3·4구에서 청각 이미지와 시각 이미지를 자연스럽게 결합시켜 화면에 동적인 느낌을 부여한 것이 생동적이어서 청대(淸代)의 원시(元詩) 선본에는 대개 이 시가 수록되어 있다.

5. 원대 후기의 시

잡극·산곡과 마찬가지로 원대 후기시 창작의 중심은 동남 연해의 도시였다. 주요 작가의 출신지를 살펴보면 살도랄(薩都剌)이 북방인인 것을 제외하면 양유정(楊維楨)·고계(高啓)·고영(顧瑛)·왕면(王冕) 등이 모두 남방인이다. 이들 중 고계는 관습적으로 명대 시인에 귀속시켜 왔으므로, 그의 개인 상황에 대한 전면적인 소개는 명대에서 해야 하겠지만 사실상 그의 주요 문학활동 시기는 원대 말엽이고, 명대에 들어와서는 6년 만에 사형을 당했기 때문에 원말 시단의 일반적인 특징을 서술할 때 고계를 언급하지 않을 수 없다.

원의 통일 이후 동남 일대의 도시경제가 신속히 발전하여 도시의 규모가 확대되었다. 예를 들어 원래 소주(蘇州)에 예속되어 있던 곤산(昆山)·상숙(常熟)·오강(吳江)·가정(嘉定) 4현이 호구의 증가에 따라 원정(元貞) 2년(1296)에 모두 주(州)로 승격되었다. 더욱이 항주(杭州)와 소주는 고도로 번영한 도시였다.

원대 후기 시인들의 생활은 도시의 번영이라는 배경과 밀접한 관계가 있다. 그들은 대부분 상인·연예인들과 자주 왕래했고, 도시의 문화와 오락을 좋아했다. 그들의 문학창작도 도시의 문화색채를 띠고 있어서 고계 등을 일컫는 '북곽십자(北郭十子)'는 명칭 자체가 도시의 인상을 지니고 있다. 양유정의 <속렴집 20영(續奩集二十詠)> 및 그가 편집한 『서호죽지집(西湖竹枝集)』은 모두 도시의 상점에서 간행하여 널리 유행한 것이다.

원 초기의 관한경(關漢卿)·왕실보(王實甫) 등의 문인이 몽고 통치자들에 의해 정치 무대에서 쫓겨나 어쩔 수 없이 시정(市井)에 투신한 반면, 과거 시험의 회복과 사회 문화의 '한화(漢化)'가 진전됨에 따라 원대 후기의 작가들에게는 정치 참여의 길이 제한적으로 열렸다. 그러나 대부분의 문인들은 출사를 원치 않았고, 정치에 대한 열정도 없었다. 그들은 자발적으로 도시생활의 번화함과 자유를 즐기면서 거기서 인생의 의미를 찾았다. 그런 상황에서 그들의 처세 태도와 문학관념 및 작품의 제재와 미학형식은 모두 새로운 특징을 지니게 되었다. 그것은 원 전기·중기와는 다른 문학의 역사적 진보를 의미했다.

그 새로운 특징은 주로 세속성과 개체 의식의 강화로 나타났다. 이른바 세속성은 우선 작품에서 언급한 심리가 인성의 진실에 더욱 다가간 것이다. 작가들은 대개의 경우 긍정적인 태도와 생동적인 필치로 세속의 향락을 묘사했다. 도시생활을 읊은 작품은 대부분 농염한 색조와 환락의 정서를 지닌다. 동시에 상인의 생활을 반영하며 그에 대해 호감과 찬상을 표시한 작품이 증가했고, 이에 따라 작자 자신의 생활 추구도 곡절 있게 반영되었다.

이처럼 작품에서 작가의 세속생활에 대한 흥취가 증가하고 인생 욕망이 표출된 것은 전통 시문의 예술 규범이 감정과 뜻의 서술이라는 작가의 요구를 만족시킬 수 없게 된 데서 온 심미 관념의 변화이다. 하나의 현저한 특징은 원대 후기의 시가가 사상 정취와 제재 및 어휘의 각 방면에서 모두 신흥의 시정문예인 소설·희극·산곡의 영향을 받은 것이다. 그 결과 '아(雅)' 문학과 '속(俗)' 문학의 경계가 허물어졌다.

후기 작가들은 생활 속에서 보통 사람들의 독특한 개성을 즐겨 표현했고, 사상적으로도 독립된 사고를 하는 경향이 있었다. 예를 들어 양유정은 예법을 따지는 선비들로부터 "인의를 무너뜨리고 명실상부하지 않으며 선성(先聖)의 도를 어지럽히는"[94] 문요(文妖)로 배척되었다. 주목할 만한 것은 그들이 자신의 정신 형상을 즐겨 묘사했다는 점이다. 양유정의 <대인사(大人詞)>, 고계의 <청구자가(靑丘子歌)>, 고영(顧瑛)의 <자제상(自題像)> 등은 각자 어느 정도 전통 윤리의 속박에서 벗어나 자신의 개성을 표현하고자 한 것이다. 그러나 표면적으로 볼 때 원 후기의 시는 이론상 여전히 복고 사조의 지배를 받았다.

양유정과 고계는 각자 하나의 시파를 영도했는데, 전자는 이상은과 이하의 영향을 많이 받았고 후자는 한·위의 시풍을 따랐다. 그러나 그들의 창작은 사실상 선명한 시대적 특징을 지녀서 그다지 고인의 속박을 받지 않았다. 그들은 더욱 자각적으로 시의 미학 특징을 강조했는데, 이를테면 양유정이 제시한 "시에는 감정이 있고, 소리가 있고, 형상이 있고, 취향이 있고, 법이 있고, 체재가 있지만, 불가와 무당의 제창·무사들의 외침·지식인의 의론은 그 안에 없다"[95]와 고계가 주장한 "시의 요체에는 격(格)과 의(意)와 취(趣)가 있을 따름이다"[96]는 모두 '성정(性情)'과 '의취(意趣)'를 시의 근본으로 간주하고 아울러 자연스럽게 예술적으로 성정을 표현할 것을 주장했다.

그들이 중기의 시인들과 다른 점은 이른바 '성정의 바름(性情之正)'·'도를 실음(載道)' 또는 '교화(敎化)'를 강조하는 의식이 더욱 옅어진 것이다. 그리고 원 초기 이래 '송인들의 폐단을 힘써 교정'하려는 경향이 원 후기 동남지역의 새로운 문화 형태가 더욱 성숙한 역사 환경으로 발전한 속에서 다시금 대대적인 진전을 이룩했다.

---

94) "裂仁義, 反名實, 濁亂先聖之道."(王彝, <文妖>)
95) "詩有情, 有聲, 有象, 有趣, 有法, 有體, 而禪巫之提唱, 武士之叫呼, 文墨生之議論, 不在有焉."(『來鶴亭集·序』)
96) "詩之要, 有曰格, 曰意, 曰趣而已."(『獨庵集·序』)

고사립(顧嗣立)은 『원시선(元詩選)』에서 원 후기를 '기이한 재능의 소유자가 더욱 많이 나온' 시기라고 칭했고, 『사고제요(四庫提要)』도 양유정과 고계를 아주 높이 평가했다. 종합적으로 원 후기는 예술상 나름대로 특기할만한 성취를 거둔 시기이다.

5. 1 살도랄(薩都剌)

살도랄(약 1280-1346)은 자가 천석(天錫)이고 호가 직재(直齋)이며 회족(回族) 또는 몽고 사람이다. 그의 조부와 부친은 모두 무신(武臣)이었고, 대대로 운주(雲州)와 대주(代州)를 지키고 있었으므로 안문(雁門: 대주代州의 고칭古稱. 지금의 산서성 대현代縣)이 고향이어서 그의 시집도 『안문집(雁門集)』이라고 했다. 살도랄은 소년시절에 집안이 몰락하여 남방으로 가 장사를 했다. 태정(泰定) 4년(1327) 진사가 된 후에는 주로 남방에서 각종 지방관을 맡았고, 한림국사원(翰林國史院)에 들어가기도 했다. 만년에는 사직하고 항주에 거주했다. 전하는 바에 의하면 원 말기에 방국진(方國珍)의 막부에 들어갔다고 한다.

그는 한족이 아니지만 한문의 문학 수양이 깊었다. 그는 오랜 기간 관리로 지내면서도 내심 시인이기를 더욱 원하여 작시에 노력했기 때문에 큰 성과를 거둘 수 있었다. 살도랄의 시는 제재가 광범하고 고체·율시·절구 등의 각종 형식에 모두 능했으며 풍격도 다양하다. 특히 그의 시가 언어는 세심하고 유창한데다 서정에 뛰어났다. 다음 시를 보자.

<芙蓉曲>　　　　**연꽃**

秋江渺渺芙蓉芳,　　가을 강물 드넓은 곳에 연꽃이 향기로워,
秋江女兒將斷腸.　　강물 위의 소녀는 애간장이 끊어진다.
絳袍春淺護雲暖,　　붉은 겉옷은 이른 봄 구름 같은 연꽃을 감싸
　　　　　　　　　　　따뜻하고,
翠袖日暮迎風涼.　　푸른 소매는 해질녘 바람을 맞으니 서늘하다.
鯉魚吹浪江波白,　　잉어가 물결을 일으켜 강의 파도가 하얘지고,
霜落洞庭飛木葉.　　동정호에 서리가 내려 낙엽이 흩날린다.
盪舟何處采蓮人,　　연을 따는 소녀는 어디로 배를 저어야 하나?
愛惜芙蓉好顔色.　　연꽃의 아름다운 빛깔을 아끼는 것이로다.

이 칠언고시에는 살도랄 시의 맑고 유연한 풍격이 드러나 있다. 제1·2구에서는 가을 강물이라는 동일한 배경에 놓여있는 두 가지 다른 소재, 즉 연꽃과 소녀를 대비시켰다. 연꽃은 가을 강물 위에서 아름답고 향기롭게 떠 있지만, 소녀는 그와 반대로 애간장이 끊어질 듯 노심초사하고 있다. 다음 구절에서 소녀가 노심초사하는 이유는 직접적으로 드러나지 않지만 소녀와 연꽃과의 관계, 다시 말해 소녀가 연꽃에 관심을 갖고 그것을 아끼려는 마음을 통해 추측해 볼 수 있다.

제3·4구의 '진홍 겉옷〔絳袍〕'과 '푸른 소매〔翠袖〕'는 소녀가 입고 있는 옷으로 소녀를 상징하는 소재이다. 이른 봄 아직 추운 기운이 남아있을 때 소녀가 진홍 겉옷으로 감싸주는 '구름'은 사실상 '연꽃'을 의미한다. 소녀는 해질녘 날이 차가워질 때까지 가을 강물 위에서 배를 젓고 있어 그녀의 푸른 소매는 차가워진다.

제5·6구는 가을 강물의 풍경을 묘사하고 있는데, 강 물결이 일고 서리에 나뭇잎이 떨어지는 것을 통해서 연꽃 또한 그러한 위험에 처하게 된 것을 예상할 수 있다. 제7·8구에 이르러 우리는 비

로소 소녀가 얼마나 연꽃을 사랑하는지 알 수 있다.

　살도랄은 일생 동안 수많은 곳을 돌아다녀 기유사경시(記遊寫景詩)를 많이 썼다. 원 중기 시와 차이가 나는 것은 남녀 간의 애정을 다룬 작품에서 감정의 표현이 대담하고 색채가 농려(濃麗)한 것이다. 다음 시를 보자.

<遊西湖六首>(其四) 서호에서 6수(제4수)

惜春曾向湖船宿,	가는 봄 아쉬워 호수 위의 배에서 묵었는데
酒渴吳姬夜破橙.	술로 갈증 느끼자 아리따운 여인이 귤을 까준다.
驀聽郎君呼小字,	갑자기 낭군이 어릴 적 이름 부르는 걸 듣고는
轉頭含笑背銀燈.	고개 돌려 미소 지으며 은 등잔을 등진다.

　이 시는 살도랄이 절강성 항주(杭州)의 명승지 서호에서 뱃놀이할 때의 작품으로 총 6수의 연작시 가운데 제4수이다. 이 시에서 시인은 매우 대담하게 여인의 감정을 표현했고, 남녀의 애정 묘사를 농염(濃艶)하게 처리하는 한편, 봄빛 호수·여인의 자태·귤·은 등잔을 등장시켜 농려한 색채를 배경으로 처리했다.

　살도랄의 시집을 읽어보면 그의 시가 시사(時事)에 관심을 기울였고, 일상생활과 밀접하게 연관되어 있다는 것을 쉽게 느낄 수 있는데, 아마도 그런 면이 살도랄의 명성을 드높이고 민간의 환영을 받게 된 직접적인 원인 중의 하나일 것이다. 다음 시를 보자.

<曉起>　　　　새벽에 일어나서

烏鴉啞啞霜樹晴,	까마귀 까악까악 서리 맺힌 나무 개니,
紙窓潑眼春雪明.	봄눈이 밝아 종이창에 눈이 부시다.
野人臥病睡方起,	시골 사람 병들어 잠들었다 막 깨어나니,
官街踏踏聞馬行.	관가에 다가닥다가닥 말발굽소리 들린다.

矮窗小戶坐終日,	낮은 창 작은 문 앞에 종일토록 앉아있다,
煮茶繞坐松風生.	차 끓이러 둘러앉으니 솔바람이 일어난다.
明朝呼兒刷駿馬,	새벽녘에 아이더러 말을 솔질하게 하여,
出門一笑靑天橫.	대문을 나서 씩 웃으니 푸른 하늘 펼쳐져 있다.

살도랄은 병중에서의 심정을 읊은 시를 여러 수 썼는데, 그 중
에서 이 시는 병이 나은 시인이 새벽에 일어나 오랜만에 홀가분한
마음으로 외출하는 모습을 묘사하고 있다. 아픈 몸으로 방에 누워
만 있었는데 어느 날 봄 햇살에 겨울에 내렸던 눈이 반사되어 종
이 바른 창으로 들어오니 시인은 한껏 눈이 부시다. 그뿐 아니라
바깥 거리에서 말발굽 소리도 들려오고, 살갗에 솔바람도 느껴진다.
제1구부터 6구까지는 병에서 나은 시인이 시각·청각·촉각의
세 방면에서 새롭게 감각을 느끼게 되는 장면을 묘사하고 있다.
이제 기운을 차린 시인은 새벽녘이 되자 부리나케 시동에게 말을
솔질하게 하여 대문을 나선다. 병이 나아 바깥 공기를 쐬게 된 시
인이 씩 웃으며 푸른 하늘을 쳐다보는 장면은 매우 생동감이 있을
뿐 아니라, 독자로 하여금 시인을 따라 함께 미소 짓게 한다.

5. 2 양유정(楊維楨)

원 후기의 시에 더욱 큰 변화를 가져온 사람은 양유정(1296-1370)
이다. 그는 본인의 창작이 독특한 개성을 지녔을 뿐만 아니라 이
론에 있어서도 주장이 명확하여 자칭 '철아파(鐵雅派)'라고 하였으
며, 동시에 그의 주위에 하나의 집단을 형성하였다. 양유정은 자가
염부(廉夫)이고 호는 철애(鐵崖)·철적도인(鐵笛道人)·동유자(東維子)
등이며 절강(浙江) 제기(諸暨) 사람이다. 관직이 강서등처유학제거

(江西等處儒學提擧)에 올랐으나 부임하지 않고 원 말기의 전란을 피해 송강(松江)으로 이사했다. 명 홍무(洪武) 3년(1370)에 금릉수찰악서(金陵修札樂書)로 부름을 받았으나 폐질환으로 집에 돌아와 5월에 죽었다. 양유정은 원말 시단의 대표적 인물로, 시풍이 다양하여 한마디로 규정하기 어렵다. 『철애선생고악부(鐵崖先生古樂府)』·『철애문집(鐵崖文集)』·『동유자문집(東維子文集)』등이 있다. 『원시선』초집에 그의 시 367수가 수록되어 있다.

양유정은 성격이 강직하고 대범하게 행동하여 벼슬길에서 좌절을 초래했지만 개의치 않았다. 그의 사상은 복잡한 편인데, 그 중에서 가장 주목할 것은 '이단'의 경향이 있다는 것이고, 인성의 자연스러움을 인정한 것이 그 사상의 핵심 범주에 속한다. 그의 문학 주장은 그와 같은 자연관에서 출발하여 문학이 진실하게 개개인의 자연성을 표현해야 한다고 주장했다.

그는 『이중우시(李仲虞詩)·서(序)』에서 "시는 사람의 성정이다. 사람에게 각기 성정이 있는 만큼 사람에겐 각기 시가 있다. 스승에게서 얻은 것을 나 스스로의 시라고 할 수 있겠는가?"[97]라고 주장하였다. 정통의 유가 이론에 따르면 시는 "감정에서 나오는 것"이지만 반드시 "예의에서 그쳐야" 한다. 원 중기의 시인도 시가 응당 "성정의 바름(性情之正)"을 표현해야 한다고 강조했는데, 양유정은 그 전제를 거부하고 '성정'이 더욱 대담하고 자유롭게 드러나야 한다고 주장했다. 그 점에서 양유정은 명대 '성령파(性靈派)'의 길을 열어주었다고 할 수 있다.

중기의 사가(四家)가 평온하고 정교하며 전아한 율시를 편애했던 것과 반대로 양유정의 '철애체(鐵崖體)'는 자유분방한 고악부를 주

---

97) "詩者, 人之情性也. 人各有情性, 則人各有詩也. 得于師者, 其得爲吾自家之詩哉?"

된 형식으로 했으니, 그 자체가 시풍의 변화를 표명한 것이다. 그
밖에도 양유정은 칠언절구 체의 죽지사(竹枝詞)・궁사(宮詞)・향렴
시(香奩詩) 등을 잘 썼다. 넓은 의미에서는 이 또한 일종의 고악부
로 언어가 더욱 가볍고 생동감이 있을 뿐이다.

　양유정의 고악부는 한(漢), 위(魏), 육조(六朝), 이백(李白), 이하(李
賀)를 아울러 취해 이론적으로 분명히 복고를 표방하였다. 다만 양
유정이 제창한 복고는 모의(模擬)를 반대하고 "기세의 계승을 중시
하고, 문사를 답습하지 않는다"98)를 주장한 것이어서 고시의 기세
학습을 통해서 개인의 독특하고 신선한 정회(情懷)를 서술하는 것
이었다. 따라서 그의 '고악부'는 고인을 답습하는 것이 아니었다.
다음 시를 보자.

〈鴻門會〉	**홍문에서의 연회**
天迷關, 地迷戶,	하늘 문도 찾을 수 없고,
	땅의 문도 찾을 수 없는데
東龍白日西龍雨.	동쪽의 용은 밝은 태양이 되고
	서쪽의 용은 비가 되었다.
撞鐘飲酒愁海翻,	종을 치고 술을 마셔도 근심은
	출렁이는 바다 같고
碧火吹巢雙猰㺄.	푸른 불이 불어 둥지를 태우니
	두 마리의 알유로다.
照天萬古無二烏,	만고에 두 태양이 하늘에서 빛나는 일은 없었으니
殘星破月開天餘.	뭇 별과 달을 물리치고 여유 있게 하늘을 열었다.
座中有客天子氣,	좌중의 객중에 천자의 기상을 지닌 자가 있었으니
左股七十二子連明珠.	왼쪽 허벅지에 구슬 같은 72개의 반점이 있었다.
軍聲十萬振屋瓦,	군사 10만의 함성에 지붕의 기와가 들썩거렸고

---

98) "貴襲勢, 不襲其辭."(〈大數謠〉 吳復注引)

拔劍當人面如赭.　　　사람 앞에서 검을 뽑으니 얼굴이 붉은 흙 같았다.

將軍下馬力排山,　　　장군이 말에서 내리니 힘이 산을 밀칠 정도였고

氣卷黃河酒中瀉.　　　기세는 황하의 물을 술잔에 쏟아붓는 듯했다.

劍光上天寒彗殘,　　　검광이 하늘로 솟아 혜성과 조각달을

　　　　　　　　　　오싹하게 하니

明朝畵地分河山.　　　내일 아침엔 땅을 가르고 강산을 분할하리라.

將軍呼龍將客走,　　　장군이 용마를 불러 객을 이끌고 달아나니,

石破靑天撞玉斗.　　　돌로 푸른 하늘을 부술 듯이 옥두를 깨뜨렸다.

　　홍문에서 항우와 유방이 회합한 사건은 역사적으로 대단히 유명
하다. 시인은 그 역사 사건을 사실에 기초하면서도 특유의 상상력
을 발휘하여 영웅의 기개와 빛나는 성공을 생동감 있게 묘사하였
다. 이 시에는 이하(李賀) 식의 도약적 사유와 기괴한 어휘가 있지
만, 이하의 음울함과 무거움은 없다. 또한 이백(李白) 유선시의 기
발한 상상과 분방한 어세는 있지만, 이백의 세속을 질시하여 멀리
벗어난 정서는 없다.

　　자아정신의 호방함과 세속의 향락에 대한 찬미는 양유정 시 내
함의 두 가지 기본적인 특징이다. 전자는 <대인사(大人詞)>에 집중
적으로 표현되어 있다. 이 시는 완적(阮籍)의 <대인선생전(大人先生
傳)>에서 뜻을 취했지만 시작부터 "대인이 있으니, 철우라고 한
다"(有大人, 曰鐵牛)라고 함으로써 완적의 허무하고 어렴풋한 '대인
선생'을 대신하여 분명하게 '자아'를 사용했다. 시인의 자아형상은
고금을 관통하고 천지자연과 함께하며, 일종의 호쾌한 분위기를
띠고 현세의 권위를 멸시하는 반항정신을 지녔다.

　　후자는 <성서미인가(城西美人歌)>에 나타나는데, 도시생활의 찬란
한 색채와 쾌락의 정조를 구가하고 분위기가 열렬하여 정서의 강
도가 센 것이 특징이다. 여기에는 문인들에게 흔히 있는 고아함이

나 비관적 태도는 없다. 역사의 안목으로 볼 때 양유정 시의 상술
한 두 가지 특징은 개인 권리에 대한 인정과 개인 생명 의욕의 발
양을 반영하고, 동남 연해지구 문화형태의 특징을 체현한 것이다.

그런 의식의 지배하에 양유정 시의 심미 정취도 전인들과 크게
달라서 그는 굳세고 힘 있는 생명의 양태를 즐겨 읊었다. 이를테
면 과거의 시에서 '미인'이 대체로 연약과 애원(哀怨)의 감각을 사
람들에게 주었다면, 양유정 시의 '미인'은 <화유곡(花遊曲)>·<최소
연가사(崔小燕嫁辭)>·<수월장가(修月匠歌)> 등에서 확인할 수 있듯
이 씩씩하고 활력이 넘치는 모습으로 등장한다.

<花遊曲>	꽃놀이 노래
三月十日春濛濛,	3월 10일 봄비가 부슬부슬 내리는데
滿江花雨濕東風	온 강에 흩날리는 꽃비가 봄바람을 적신다.
美人盈盈烟雨裏,	미인이 날렵한 자태로 안개비 속에서
唱徹湖烟與湖水.	노래 부르니 안개와 호수를 뚫고 울려 퍼진다.
水天虹女忽當門,	수평선 위로 여인 같은 무지개가 홀연히 나타나
午光穿漏海霞裙.	대낮의 햇빛이 바다 노을 사이로 뚫고나온다.
美人凌空蹋飛步,	미인은 하늘 높이 나는 듯이 발걸음을 떼어
步上山頭小眞墓.	산 정상에 있는 진랑(眞娘)의 묘에 당도하였다.
華陽老仙海上來,	화양노선 장우(張雨)가 바다 저편에서 와서
五湖吐納掌中盃.	5호의 물을 손바닥의 잔 안에 끌어들였다.
寶山枯禪開茗碗,	보산에서 고목처럼 좌선하며 차를 대접하고
木鯨吼罷催花板.	목어 울리는 것을 끝내며 화판을 재촉한다.
老仙醉筆石欄西,	노선이 취하여 돌난간 서쪽에 일필휘지하니
一片飛花落粉題.	한 조각 꽃잎이 흩날려 떨어지듯 흰 벽에 썼다.
蓬萊宮中花報使,	봉래궁의 꽃 소식을 알리는 사신이 하는 말
花信明朝二十四.	화신풍이 내일 아침이면 스물네 번째란다.
老仙更試蜀麻箋,	노선이 다시 촉마전에 시 한 수를 쓰는데
寫盡春愁子夜篇.	<자야가>에 봄의 슬픔을 다 적어 놓았다.

이 시는 가는 봄을 아쉬워한 작품이다. 시인은 봄바람에 흩날리는 무수한 꽃잎을 바라보며 아름다운 여인을 연상하고, 아울러 무지개 여인과 화양노선 장우를 상상 속에 끌어들여 봄의 마지막을 화려하게 장식하지만, 끝내 내일 아침에 불어올 마지막 화신풍(花信風)을 언급하면서 사라져가는 봄이 주는 슬픔을 억누르지 못하고 만다. 다만 여기서 미인은 나약하고 슬픔에 찬 여인이 아니라, 씩씩한 자태와 움직임으로 생명의 격정과 활력을 지녔다는 것이 주목할 만하다.

양유정 시의 심미 정취는 시가의 전통적인 '아정(雅正)' 요구를 거스르고 원대의 소설·희극·산곡 등 시정문예의 예술취미와 상통한다. 호응린(胡應麟)이 그의 시를 "전인에 비해 걸출하지만 '아정'에서 멀어졌다"[99]라고 비평한 것은 그 점을 지적한 것이다.

예를 들어 <속렴집 20영(續奩集二十詠)>을 보면 자주적으로 언약을 하고 결혼하는 소녀의 모습을 그려서 『서상기(西廂記)』의 풍모가 있다. <상견(相見)>·<상사(相思)>·<사회(私會)> 등의 표제로부터 볼 때 나름대로의 줄거리를 갖추고 있어서, 산곡의 조곡(組曲) 같기도 하고 잡극을 고쳐 쓴 것 같기도 하다. 총체적으로 양유정 시의 감정 표현이 원대의 시정문예와 상통한다는 점에서 그의 시는 '복고'를 외쳤지만 현재의 추세를 중시하는 모습을 함께 보여주었다.

그의 일부 고악부 시는 지나치게 기괴하고 난해하다. 이는 양유정 시의 병폐라고 할 수 있지만 다른 한편으로 그의 시는 중국 고전시의 역사에서 시정문예의 도입이라는 새로운 경향을 대표했다고 할 수 있는데, 이 점에 그의 진정한 가치가 있다고 하겠다.

---

99) "視前人瑰崛過之, 雅正則遠."(『詩藪』)

5. 3 고영(顧瑛) · 왕면(王冕)

고영(1310-1369)은 자가 중영(仲瑛)이고 곤산(昆山: 지금의 강소성 곤산) 사람으로, 부상(富商) 겸 유자(儒者)이다. 그는 일찍부터 사업을 해서 마침내 오중(吳中)의 거부가 되었다. 그는 옥산초당(玉山草堂)을 세워서 문인집단의 중심지 역할을 하게 했는데, 그가 엮은 『옥산명승집(玉山名勝集)』은 당시 옥산초당에서 행해진 문사들 모임의 성황을 기재한 것이다. 문인들의 모임은 줄곧 귀족 분위기의 문화현상을 지녔는데, 옥산초당의 집회는 상인계층이 돈을 번 뒤에 문화가치를 추구한 현상을 반영하였다.

부유한 상인이자 문인이었던 고영의 사상은 나름대로 특색이 있다. 다음 시를 보자.

<自題像>	자화상
儒衣僧帽道人鞋,	유자의 옷, 승려의 모자와 도인의 신발
天下靑山骨可埋.	천하의 청산이라면 뼈를 묻을 수 있지.
若說向時豪俠處,	그 옛날 호협들의 아지트를 말하라면
五陵鞍馬洛陽街.	오릉의 젊은이 말 타고 지나던 낙양가라.

시인은 앞 두 구에서 세상을 수용하며 조화를 중시하는 인생관과 사상을 표현하였고, 뒤에서는 자신의 득의만면한 인생경력을 서술하였다. 이 시를 통해 우리는 고영의 사상과 인생을 어느 정도 이해할 수 있다.

중국의 고대문학에서 상인들은 통상 별로 힘들이지 않고 돈을 버는 무리로서, 빈곤한 농민과 상반되는 집단으로 묘사되어 왔다. 그런 상황에서 고영의 몇몇 시는 상인의 신분에서 상인을 묘사하여 상인으로 사는 것이 결코 쉽지 않으며, 때로는 참기 힘든 고초를 겪는다는 엄연한 사실을 설득력 있게 설명하였다. 그가 상인이었기 때문에 상인의 생활과 심리에 대한 묘사가 일반 문인들의 작품보다 절실하고 감동적이었을 것이다.

왕면(1300?-1359)은 자가 원장(元章) 또는 원숙(元肅)이고 호는 자석산농(煮石山農) 또는 매화옥주(梅花屋主)이며 제기(諸暨: 지금의 절강성에 속함) 사람이다. 그는 어렸을 때 농촌에서 소를 키우는 품삯 일을 하며 틈틈이 공부하여 과거시험에 응시했지만 합격하지 못해 평생 떠돌이 은거생활을 했다. 그는 자부심이 강하여 부귀한 자들을 멸시했으며, 그림에 능해 묵매(墨梅)를 특히 잘 그렸다. 『죽재집(竹齋集)』이 있다.

왕면은 중원 땅 여기저기를 돌아다니며 넓은 시야로 통치계급의 갖가지 죄악과 백성들의 고난을 목도하여, 그의 시집에는 잔혹한 사회 현실과 몽고 통치자들의 폭정에 대해 신랄하게 비판한 작품이 많다. 다음 시를 보자.

<傷亭戶>　　소금 달이는 집의 비애

清晨度東關,　　이른 아침에 동관을 건너서
薄暮曹娥宿.　　저녁 무렵 조아강 가에서 묵었다.
草床未成眠,　　풀 침상에서 잠을 이루지 못하는데
忽起西隣哭.　　돌연 서쪽 이웃의 통곡에 일어났다.
敲門問野老,　　대문을 두드려 촌로에게 물어보니
謂是鹽亭族.　　소금을 달여 바치는 집이란다.
大兒去採薪,　　"큰아이는 땔나무 하러 나갔다가
投身歸虎腹.　　호랑이 뱃속에 몸을 바쳤고
小兒出起土,　　작은아이는 땅을 파서 옮기다가
衝惡入鬼籙.　　악신을 만나 귀신 명부에 들었지요.

課額日以增,	납부할 소금 양은 날로 증가하고
官吏日以酷.	관리들은 날로 잔혹해졌답니다.
不爲公所幹,	관공서를 위해 일하는 것이 아니라
惟務私所欲.	오직 개인의 욕구를 위해 힘쓰지요.
田園供給盡,	농촌에 공급할 양을 다 없애도
鹾數屢不足.	납부할 소금 양은 자주 부족하지요.
前夜總催罵,	간밤에는 총감독이 욕설을 퍼붓고
昨日場胥督.	어제는 염전의 관리가 독촉했지요.
今朝分運來,	오늘 아침엔 염운사(鹽運司)가 와서
鞭笞更殘毒.	채찍을 치는 것이 더욱 잔인했지요.
竈下無尺草,	부뚜막 밑에는 풀 한 포기 없고
甕中無粒粟.	쌀독에는 곡식이 한 톨도 없지요.
旦夕不可度,	조석도 예측할 수 없게 되었으니
久世亦何福.	무슨 복에 오래 살길 바라겠어요?"
夜永聲語冷,	밤이 길어 목소리도 쌀랑해져서
幽咽向古木.	고목을 바라보며 흐느껴 운다.
天明風啓門,	날이 밝아 바람에 문이 열리니
僵尸掛荒屋.	뻣뻣한 시신이 황폐한 집에 걸려 있다.

이 시는 소금을 달여 관가에 바치는 일을 하며 살아가는 집안의 비참한 상황을 서술한 일종의 서사시이다. 시인은 자신이 목도한 현실을 바탕으로 촌로의 입을 통해 수많은 염호(鹽戶)가 당면한 비애를 압축적으로 서술하여 독자의 심금을 울리고 있다. 이 작품은 시인이 두보가 〈석호리(石壕吏)〉에서 보여준 표현기법을 본받아 객관적 서술을 통해 당시의 사회 현실을 고발하고 비판한 성공작이라고 할 수 있다.

왕면은 이백·두보와 백거이의 영향을 크게 받은 편이어서 악부가행의 풍격은 자연스럽고 질박하면서도 웅혼하다. 다만 이따금씩 모방의 혼적을 보이고 언어의 단련이 충분치 않은 결점이 있다. 그는 뛰어난 화가이기도 해서 시를 지을 때도 형상을 잘 포착하고 비흥(比興)을 적절하게 운용했기 때문에, 그의 제화시(題畵詩)도 표현이 참신하고 개성과 낭만 색채가 풍부하다. 다음 시를 보자.

<白梅>　　　　　　　하얀 매화

氷雪林中著此身,　　　얼음과 눈 덮인 숲속에 이 몸을 기탁하니
不同桃李混芳塵.　　　복숭아꽃 자두꽃처럼 먼지에 섞이지 않는다.
忽然一夜淸香發,　　　홀연히 한밤중에 맑은 향기 피어오르더니
散作乾坤萬里春.　　　흩어져 하늘땅 만리에 봄을 전한다.

왕면의 <백매>는 제화시로 모두 58수가 있다. 시인은 눈 속에서 피어난 하얀 매화의 고고한 자태를 묘사하면서, 은은한 향기를 멀리까지 퍼뜨려 봄이 왔음을 전하는 매화의 속성을 서술하여 그림과 함께 시를 읽는 재미를 한껏 누릴 수 있게 하였다. 또한 여기서 매화는 시인 자신을 비유한 것으로 볼 수도 있어서, 이와 같은 탁물언지(托物言志)가 왕면 제화시의 특징이기도 하다.

제 7 장

명시(明詩)

1. 개설

명시(明詩)의 전개과정에서는 이전의 시대와 비교하여 크게 다른 점을 몇 가지 찾아볼 수 있다. 하나는 대다수 시인들의 신분이 관료가 아닌 평민으로 바뀌었다는 것이다. 13세기 남송 말년부터 사회 각 계층의 수많은 사람들이 시인의 대열에 적극적으로 참여하기 시작했고, 이런 추세는 원대 이후 더욱 가속화되었다. 원대에는 한족들이 몽고족의 지배하에 있어서 정치 참여의 기회가 크게 줄어들었기 때문에 대부분의 지식인들이 관직 진출에의 꿈을 접고 일생의 정력을 시가 창작에 쏟았다. 그리고 명대에 들어서면서 정치 체제가 평민 세력의 대두와 신장에 유리했던 데다가 교육의 보급이 확대되어 작시 활동에 종사하는 사람들의 계층이 대폭 확대되고 수적 증가가 두드러져 마침내 시단도 평민 계층의 시대가 열렸다.

또 하나 이 시기 시단의 특징으로 볼 수 있는 것은 의고(擬古)의 기풍이 성행했다는 점이다. 시인들이 과거의 시인과 그 작품을 전범으로 삼아 그것을 학습하고 본뜨는 작풍은 이전에도 늘 있어 왔던 것이어서 새로운 현상이 아니다. 그러나 그와 같은 의식적인 행위가 명대에는 지나치게 강조된 측면이 있다. 이 점은 시인이 대량으로 증가하고 시가 창작이 성행한 시대임을 고려하면 자연스러운 현상이라고 할 수 있다.

한 가지 더 추가해서 주목할 만한 점은 명시 중에서 순전히 서정에 속하는 작품은 왕왕 진부하고 천편일률적이어서 전인들이 구축한 울타리에서 벗어나지 못했지만, 당시의 변화하는 현실을 묘

사하거나 반영한 작품들은 창의성이 많아 신선한 느낌을 준다는
것이다. 기실 송시에도 이와 유사한 경향이 있었지만 명시가 그
점을 계승하고 강화시켜 주목할 만한 성과를 거두었다.

명초의 시인들은 대다수가 동남지역에서 생장했다. 그 중에서
성취가 큰 시인으로는 오중사걸(吳中四傑)로 불리는 고계(高啓)・양
기(楊基)・장우(張羽)・서분(徐賁)이 있고, 그 외에 <백연(白燕)> 시로
유명한 원개(袁凱)와 유기(劉基)・패경(貝瓊)・민중십자(閩中十子) 등
을 꼽을 수 있다.

고계는 명대 시인 중의 으뜸이라는 평가가 있을 정도로 성취가
커서 원대의 시풍을 변화시키는 한편 각 시체(詩體)에 모두 뛰어나
각종 체재의 표현 수법을 크게 발전시켰다. 그러나 한편으로는 자
신만의 고유한 풍격을 구축하지 못하여 수준 높은 예술 경계에 도
달하지 못했으니, 명대 시의 이 같은 결함이 고계에서부터 나타났
다고 할 수 있다.

명초의 시인들이 이런저런 이유로 문자옥(文字獄)을 겪어 시단에
서 사라진 후, 영락(永樂: 1403-1424) 연간에 양사기(楊士奇)・양영
(楊榮)・양부(楊溥)의 이른바 삼양(三楊)이 대각체(臺閣體)로 시가의
무대에 등장했다. 그들은 이지(理智)를 중시하고 감정을 경시하여
전아한 언어로 태평성대와 황은(皇恩)을 찬양했다. 그 결과 그들의
시가는 공허한 내용이 대부분을 차지하여 명초의 소박하고 진술한
시풍이 그들에 의해 사라지고 말았다.

대각체가 성행하고 있을 때 그들의 영향에서 벗어나려고 했던
시인으로 이동양(李東陽)이 있었다. 그는 대각체 시의 전아한 측면
을 인정하면서도 산림(山林)의 맑고 웅장한 면을 함께 수용했다.
그는 웅혼한 시풍으로 당시의 전아하고 내용이 공허한 시풍을 개
혁하고자 시도하면서 송(宋)・원(元)을 아우르고 당(唐)으로 거슬러

올라가 이백과 두보를 추숭하였다. 그를 필두로 한 다릉시파(茶陵詩派) 시인들은 비록 대각체에서 완전히 벗어나지는 못했지만 전대의 성과를 두루 수용하는 한편, 격률과 운미(韻味)에 주의하여 당시 침체에 빠진 시단에 활기를 불어넣었다. 다만 내용이 깊고 넓지 못하다는 비판을 감수해야 했다.

이동양이 당시(唐詩)의 음률과 성조와 격식을 본받자고 주장한 것은 이몽양(李夢陽)·하경명(何景明) 등의 전칠자에게 영향을 끼쳤지만, 그들은 이동양이 당시(唐詩)뿐만 아니라 송(宋)·원(元)을 함께 중시하고 대각체를 수용한 것에는 찬성하지 않았다. 그러다 이동양이 죽자 복고의 기치를 높이 들고 "문장은 반드시 진·한 이전이어야 하고, 시는 반드시 성당 이전이어야 한다"(文必秦漢, 詩必盛唐)고 주장하니 당시 사람들이 크게 호응하여 문단의 맹주가 되었다. 그들의 복고 주장은 표면적으로 송대의 시가를 반대한 것이지만 실제로는 이지를 중시하고 감정을 경시하는 풍조에 반대하며 진실한 감정을 시가의 근본으로 삼을 것을 요구한 것이었다.

이몽양·하경명·서정경(徐禎卿)·변공(邊貢)·강해(康海)·왕구사(王九思)·왕정상(王廷相)의 전칠자가 모두 복고를 자임했지만 시론과 창작에서는 각자 조금씩 다른 길을 걸었다. 특히 이몽양과 하경명은 시론에 이견이 많아 적지 않은 논쟁을 벌이기도 했다. 창작 방면에서 이몽양의 시는 웅혼하고 호탕하여 기세와 강건한 풍격이 빼어났고, 하경명의 시는 조화롭고 아름다워서 자태가 빼어나는 등 각자가 모두 남다른 장점이 있어서 명시가 극성기로 치달을 수 있었다.

가정(嘉靖: 1522-1566) 연간에 이르러서는 전칠자에 뒤이어 이반룡(李攀龍)·왕세정(王世貞)·사진(謝榛)·종신(宗臣)·양유예(梁有譽)·서중행(徐中行)·오국륜(吳國倫)의 후칠자가 등장하여 반세기 가깝게 시단을 지배하였다. 이들 중 이반룡은 율시와 절구에 뛰어났고, 왕세정은 박학다재하여 각 체에서 모두 훌륭한 솜씨를 발휘하였으며, 사진은 오언율시에 공을 들여 신중하면서도 변화로운 풍격을 보여주었다. 그러나 전·후칠자의 복고운동은 점차 그 폐단을 드러냈다. 본래 복고는 창신을 전제로 하지 않으면 모의(模擬)로 흐르기 쉬운 법이다. 칠자의 경우도 예외가 아니어서 갈수록 모의의 경향이 두드러져 이것이 결국 그들의 몰락을 초래하고 말았다.

전후칠자가 시단을 풍미할 때 그들의 기풍에 휩쓸리지 않고 독자적인 영역을 구축한 시인들이 있었다. 시(詩)·서(書)·화(畵)에 모두 능했던 심주(沈周)·축윤명(祝允明)·문징명(文徵明)·당인(唐寅)으로 대표되는 오중(吳中) 시인과 양신(楊愼) 등이 그들이다.

오중 시인들은 봉건 예법과 구속에서 벗어나 자유롭게 창작활동을 하여 전후칠자의 영역에서 벗어났고, 양신은 육조시에 심취하여 세상에 염정시를 유포시켰지만 만년에는 이백·두보·소식(蘇軾)·황정견(黃庭堅)을 배워 점점 노련해졌다. 이들 외에도 서위(徐渭)가 서화(書畵)로 이름을 떨치면서 시도 자신의 풍격을 갖추어 일가를 이루었다. 특히 그는 명대 후기의 새로운 사조(思潮)를 연 사람으로서, 부정적 세계관에 기초한 자아의식을 시에 담아내어 개성화의 길을 걸었다.

칠자의 말류가 모의(模擬)로 치닫고 기교와 형식을 따지며 시가의 생명력을 잃자 공안삼원(公安三袁)이라 불리는 원종도(袁宗道)·원굉도(袁宏道)·원중도(袁中道)가 그런 경향에 반기를 들고 성령설(性靈說)을 주창했다. 물론 이들에 앞서서 서위가 자아의식을 시로 표출하였고, 이지(李贄)가 동심설(童心說)을 내세우며 문학작품에는 진심이 들어 있어야 한다고 역설하여 성령설의 기반이 마련되었기 때문에 당시 사람들의 이목을 끌 수 있었다.

공안파 시인들은 시가 성령에서 나와야 한다고 하면서, 사람의 희로애락과 기호, 정욕을 직접 표현하는 것이 좋은 시이자 참된 시라고 주장했다. 이들이 반복고(反復古)·반모의(反模擬)의 기치를 내세우며 정감과 운치가 풍부한 시를 창작하자 많은 사람의 호응을 불러일으켰지만 동시에 또한 일부 시인들은 맹목적으로 삼원(三袁)을 추종하며 천속한 시를 쏟아내기도 했다. 복고파의 병폐가 판에 박은 듯한 모의라면, 공안파의 병폐는 시를 천속하게 몰아간 점이어서 이것이 경릉파(竟陵派)를 등장시켰다.

경릉파의 대표는 경릉 출신인 종성(鍾惺)과 담원춘(譚元春)이다. 이들은 애써 자구를 다듬으며 괴벽한 글자와 운(韻)을 사용하여 시를 이해하기 어렵게 만들어서 또 하나의 극단으로 치달았기 때문에 전겸익(錢謙益) 등에게 크게 비판 받았다.

명대 후기에 공안파나 경릉파를 추종하지 않은 시인들도 적지 않게 있었다. 그때도 전·후칠자의 복고문학관이 여전히 어느 정도의 영향력을 유지하고 있었지만, 걸출한 희곡가 탕현조(湯顯祖)는 그들과 노선을 달리하여 육조(六朝)의 풍격을 지닌 시를 썼고, 후칠자 시파 중 '말오자(末五子)'의 한 사람인 도융(屠隆)은 복고파와 공안파를 소통시킨 인물이며, 명말의 대혼란이 낳은 진자룡(陳子龍)과 하완순(夏完淳) 등의 애국시인은 강렬한 현실성과 시대성을 지닌 비장하고 격렬한 시를 썼다.

2. 명대 전기의 시

명대 전기는 명대 초기부터 이동양(李東陽)을 비롯한 다릉시파(茶陵詩派) 시인들이 활약한 효종(孝宗) 홍치(弘治: 1488-1505) 연간까지 약 130년 동안을 가리킨다. 이 시기는 원시(元詩)의 기초 위에 발전을 거듭하여 명대 특유의 시풍을 확립하기 전까지의 준비기이자 과도기라고 할 수 있다.

2. 1 오중사걸(吳中四傑)-고계(高啓)·양기(楊基)·서분(徐賁)·장우(張羽)

일찍이 원(元) 말기에 동남지역 경제·문화의 한 중심축을 맡았던 소주(蘇州)는 명대 초기에 가장 참혹한 타격을 입었다. 정치적 이유로 인해 죽음에 이른 소주의 명사는 고계(高啓)·양기(楊基)·서분(徐賁)·장우(張羽)·왕이(王彝) 등 10여 인에 달한다. 이는 소주 문학의 급속한 퇴락을 초래했을 뿐만 아니라 요행히 목숨을 보전한 많은 사람들을 움츠러들게 하여, 그들은 자신을 억제하고 새로운 정치 환경에 적응하려고 노력했다. 소주 문학의 이러한 상황은 원 말기의 문학 조류가 명 초기에 갑작스런 타격을 받은 후 발생한 변화를 전형적으로 대표한다.

소주 문학을 대표하는 시인으로 오중사걸(吳中四傑) 중의 한 사람인 고계(1336-1374)를 꼽을 수 있는데, 그는 원·명 두 왕조에 걸쳐 가장 저명한 시인 중의 한 사람이기도 하다. 그는 사회가 극도로 혼란했던 원대 말기에 태어나 젊은 시기에 왕조의 교체를 목격하였고, 명나라가 들어선 이후 태조 주원장(朱元璋)의 조정에서 잠시 관직생활을 했다. 그러나 관직에서 물러나 은거한 이후 태조의 정적이었던 장사성(張士誠) 정권과 가깝게 지냈었다는 전력 때문에 억울하게도 39세의 나이로 허리를 잘리는 형벌을 받아 죽은 비운의 시인이다.

그가 남긴 2,000여 수의 시는 원대 말기의 유약하거나 기이한 작풍에서 벗어나 당시(唐詩)의 서정성을 회복하여 새롭게 명초(明初)의 시풍을 열었다는 평가를 받고 있다.

고계의 문학 활동은 대부분 원말에 이루어졌고, 수많은 작품이 원말의 문학정신을 체현했다. 예를 들어 자아의 인격을 표현한 〈청구자가(靑丘子歌)〉는 윤리의 속박에서 벗어나 자유를 획득하려는 개인 중심 사고를 강렬하고 선명하게 표현한 작품이다. 이 시는 원(元) 지정(至正) 20년(1360) 고계가 청구에 은거하기 시작한 후 정치투쟁의 잔혹성을 깊이 깨닫고 지은 것이다.

명 왕조가 들어선 후 고계도 새로운 기대감을 품었었다. 그가 조정의 부름을 받고 남경으로 갈 때만 해도 통일이 백성들에게 가져다줄 평화와 안정에 대한 기대를 품었지만, 동시에 그는 새로운 왕조의 소행을 보며 이미 마음속에 암울한 전조를 느꼈다. 명군(明軍)은 소주를 함락시킨 후 소주와 항주 등의 20여만 인을 남경으로 압송했는데, 그 가운데는 고계의 형 고자(高咨)도 포함되어 있었다. 그의 수많은 문우(文友)들이 유배되거나 처결되었는데, 그 사정이 그의 시에 모두 반영되어 있다. 이처럼 소주 일대의 농촌은 평안과는 거리가 먼 상황이었다. 그의 시를 한 수 들어본다.

<我愁>	나의 슬픔

我愁從何來,	나의 슬픔은 어디서 오는가?
秋至忽見之.	가을이 되면서 갑자기 그것에 생각이 미쳤다.
欲言竟難名,	말하려 했지만 끝내 표현하기 어렵고
泯然聊自知.	그저 어렴풋이 마음으로 알 수 있을 뿐이다.
汲汲豈畏老,	어찌 부귀에 급급하다 늙어 감을 두려워해서이랴?
棲棲詎嗟卑.	어찌 공명을 뒤쫓다 비천한 처지를 원망해서이랴?
旣非貧士歎,	그것이 가난한 선비의 탄식이 아닐진대
寧是遷客悲.	어찌 외지로 좌천된 관리의 슬픔이겠는가?
謂在念歸日,	집으로 돌아갈 날을 기다리고 있어서라면
故鄕未曾離.	나는 일찍이 고향을 떠난 적이 없었다.
謂當送別處,	친구를 떠나보내는 자리여서라고 한다면
親愛元無睽.	나는 애당초 친구와 헤어진 적이 없었다.
初將比蔓草,	처음에 슬픔을 덩굴 풀에 견주어보았지만
夕露不可萎.	저녁이슬이 그것을 시들게 할 수 없었고
又將比煙霧,	다시 슬픔을 안개에 비유해 보았지만
秋風未能披.	가을바람도 그것을 흩어버릴 수 없었다.
藹然心目間,	자욱하게 내 마음을 뒤덮어버렸는데
來速去苦遲.	빨리도 찾아와서는 떠나갈 줄을 모른다.
借問有此愁,	스스로에게 물어본다, 나의 이 슬픔이
於今幾何時.	도대체 지금까지 얼마나 된 것이냐고.
昔宅西澗濱,	종전에 나는 서쪽 시냇가에 살면서
尙樂山水奇.	그래도 산수의 맑고 기이함을 즐겼는데
玆還東園中,	이제 동쪽 동산에 돌아와서 보니
重歎草木衰.	초목이 시들어 거듭 탄식만 나온다.
閒居誰我顧,	세상사 잊고 지내는 나를 누가 찾아오나?
惟有愁相隨.	오직 슬픔만이 언제나 내 뒤를 따른다.
世人多自歡,	세상 사람들 대부분이 즐거움을 찾아서
遊宴方未疲.	유람하고 잔치 벌이며 지칠 줄 모른다.

而我獨懷此,	그런데 나 홀로 이토록 슬픔에 빠져서
徘徊自何爲.	이리저리 헤매고 있으니 무엇 하는 것인가?

이 시는 시인이 가을날 문득 느끼게 된 슬픔의 근원을 찾아본 것이다. 먼저 시인은 부귀·공명(功名)·가난한 선비·외지로 좌천된 관리·고향 생각·이별 등 슬픔을 유발시키는 일반적인 원인들을 놓고 스스로 묻고 답한다. 그러나 근원을 알 수 없는 슬픔은 시들지 않는 덩굴 풀과 흩어지지 않는 안개처럼 시인의 마음을 뒤덮고는 떠날 줄을 모른다. 이 세상에서 오직 시인에게만 주어진 원인 모를 슬픔 때문에 시인은 끊임없이 고뇌하며 방황하고 있다. 아마도 시인은 앞으로 자신에게 닥치게 될 비극적 운명을 예감하고 있었던 것 같다.

그의 시는 대체로 내용의 전달에 중점을 두고 있어서 화려한 수식이나 난해한 표현을 피하고 솔직하고 평이한 언어를 사용하였다. 그러면서도 단조로움이나 지루함을 극복하기 위해 시의 구성에 여러 가지 장치를 사용하였다. 시상의 전개 방식에서 상황의 서술과 개인의 생각을 엇섞어가기도 하고, 시어를 그의 내면세계와 밀착시켜 신선하면서도 심오한 심상을 만들어 내기도 하고, 장시(長詩)의 경우 서술상 각 단락에서 이끄는 내용이 다음 단락과 긴밀한 연관구조를 이루면서 도입·극적 긴장·갈등의 해소·총결이라는 층차적인 전개수법을 구사하기도 했다. 다음 시를 보자.

〈得家書〉	**아내의 편지를 받고**
未讀書中語,	서신 속의 말을 읽기도 전에
憂懷已覺寬.	걱정하던 마음이 이미 놓인다.
燈前看封篋,	등불 앞에서 편지상자를 보니
題字有平安.	위에 '평안'이라는 제목이 있다.

고계가 살아간 원말명초(元末明初)는 한 치 앞을 내다볼 수 없는 매우 어지러운 세상이었고, 따라서 고향의 아내에게서 온 편지는 반가우면서도 그 안에 무슨 내용이 담겨 있을지 걱정이 앞설 수밖에 없었다. 그런데 시인의 아내는 미리 남편의 마음을 헤아려 편지가 들어있는 상자 위에 커다랗게 제목처럼 '평안'이라고 써둠으로써 남편이 편지의 내용을 읽기도 전에 마음이 놓이도록 배려하고 있다. 아내의 남편 사랑을 작지만 섬세하게 포착한 것이 돋보이는 작품이어서 읽는 이에게 잔잔한 감동을 준다.

고계는 원나라 초기부터 제기되었던 '종당(宗唐)'의 복고 시풍에 동조하면서 옛 시인들을 학습할 것과 선배들의 장점을 두루 취할 것을 주장하였다. 그에게 있어서 복고는 전대 시인들이 지니고 있었던 장점을 두루 학습하여 그것을 내면화함으로써 자신의 독특한 창작성과를 이루어내는 것이었다. 이러한 견해는 원나라 말기 온정균(溫庭筠)과 이하(李賀)를 추종하던 민간시단의 편협한 작시 풍토에 대해 일대 변혁을 요구하는 것이었으며, 미숙한 고전시 작가들에 대한 일종의 제언이었다.

그는 자신의 주장을 실천하고 다른 사람들에게 모범을 보이기 위해 스스로 모의의 작품을 선보이면서 그 속에 자신의 창작정신을 깃들였다. 그가 이렇게 한 것은 고전시에 대한 폭넓은 학습을 강조하는 한편, 스스로의 창작 노력이 없다면 당시 시가의 병폐를 청산할 수 없을 뿐만 아니라 견실하고 독자적인 창작이 나올 수 없다는 믿음이 있었기 때문이다.

또한 그의 작시 성향은 당시(唐詩)가 보여준 순수 서정의 세계를 회복하는 것이었다. 따라서 그의 시는 희로애락의 감정 표현이 중심을 이루고 있으며, 솔직하고 이해하기 쉬운 언어를 즐겨 사용하였다. 다시 말해서 그는 시를 쓰면서 작가 자신의 감정과 사물의 진면목이 있는 그대로 자연스럽게 표출되도록 노력하였다. 그렇게 함으로써 고계는 원나라 말기 양유정(楊維楨)의 괴벽한 시풍을 바로잡아 명대의 시가가 나아갈 길을 선도적으로 제시할 수 있었다. 뿐만 아니라 당시 남방의 민간 시단에 앞으로 나아갈 방향을 제시해줌으로써 민간시의 성숙한 발전을 도모할 수 있었다. 다음 시를 보자.

<梅花九首>(其一) 매화 9수(제1수)

瓊姿只合在瑤臺,	백옥 같은 자태는 요대에 있어야 하건만
誰向江南處處栽.	누가 강남 땅 곳곳에 심어놓았을까?
雪滿山中高士臥,	눈 덮인 산속에 고상한 선비가 누워 있고
月明林下美人來.	달빛 비치는 숲 아래에서 미인이 나온다.
寒依疎影蕭蕭竹,	추위 속에 맑은 그림자 대나무에 의지하고
春掩殘香漠漠苔.	봄날에 향긋한 꽃잎이 이끼 위에 떨어진다.
自去何郞無好詠,	하손이 떠난 뒤로 아름다운 노래가 끊겨서
東風愁寂幾回開.	봄바람 속에 홀로 슬프니 몇 번이나 피려나?

<매화 9수>는 고계의 영물시(詠物詩)를 대표한다고 할 수 있다. 이 연작시에서 시인은 매화의 청초하고 아름다운 모습에 대한 묘사를 통해 자신의 고결한 품격과 정신을 표현하였으며, 예술성이 높아 인구에 회자되는 명구(名句)도 많다. 이 시는 그 중의 첫 번째 작품인데, 전반부에서는 매화의 고결함과 아름다움을 묘사하였고 후반부에서는 대나무만이 의지가 될 뿐 아무도 알아주지 않는 매화의 고독함을 언급함으로써 시인 자신의 처지를 암시하였다. 특히 함련은 고계의 명구로 알려져 있다.

이와 같이 고계는 원대의 시풍을 계승하고 명초 시단의 길잡이 역할을 충실히 수행하였다. 그는 고전시의 정형을 유지하고자 종

당(宗唐)을 포함하는 옛것을 본받을 것을 주장하여 전대의 유산을 충실히 계승하면서 순수 서정의 추구와 함께 솔직하고 평이한 시 쓰기의 모범을 보였다.

이것은 명대의 이동양(李東陽)과 청대의 왕사진(王士禎)·원매(袁枚) 등의 시론과 작시 경향에 영향을 끼쳤으며, 고계 사후 재야문인으로서 소주 지역에서 활동하였던 심주(沈周)·축윤명(祝允明)·당인(唐寅)·문징명(文徵明) 같은 인물들 역시 고계 시의 성취를 흡수했다. 그의 생애는 결코 길지 않았지만 그가 남긴 시는 이렇듯 원·명 두 조대는 물론 전체 중국 시사(詩史)에서 중요한 위치를 차지하고 있다.

양기(楊基: 1326~?)는 고계·장우·서분과 함께 '오중사걸(吳中四傑)'로 불리면서 당시의 논자들은 그들을 '초당사걸(初唐四傑)에 견주었다. 그는 자가 맹재(孟載)이고 호가 미암(眉庵)이다. 그의 선대는 촉(蜀) 가주(嘉州: 지금의 낙산樂山) 사람이지만 그 자신은 소주(蘇州)에서 생장하였다. 원·명 교체기에 장사성(張士誠)이 불러들여 잠시 승상부기실(丞相府記室)을 지냈고, 명조에 들어와서는 산서안찰사(山西按察使) 등을 지냈지만 참소를 받아 관직을 빼앗기고 노역에 복무하다 죽었다. 『미암집(眉庵集)』이 있다.

양기의 초기 시는 원시(元詩)의 섬세하고 농려한 기풍에서 벗어나지 못했지만 의상이 새롭고 언어의 운용이 정교하여 <양계에서 저물녘 돌아오며(梁溪暮歸)>·<북사 죽림 유람(遊北寺竹林)> 등에서 확인할 수 있는 것처럼 감수성이 예민한 예술 재능을 보여주었다. 명조에 들어선 이후에는 경물 묘사의 유미적인 경향이 감상(感傷)과 신세 한탄의 비애로 바뀌었고, 언어도 정교함으로부터 소박하게 바뀌었지만 오언율시 <악양루(岳陽樓)>처럼 웅혼하고 탁 트인 의경의 시도 썼다.

<岳陽樓>　　　**악양루**

春色醉巴陵,　　파릉의 봄빛이 사람을 도취시키며
闌干落洞庭.　　종횡으로 내달려 동정호에 떨어진다.
水吞三楚白,　　광활한 물은 삼초를 삼키며 새하얗고
山接九疑青.　　군산(君山)은 구의산에 이어져 푸르다.
空闊魚龍氣,　　물은 아득하여 어룡의 기운을 품었고
嬋娟帝子靈.　　산은 아름다워 순임금 비처럼 영묘하다.
何人夜吹笛,　　어느 누가 이 밤에 피리를 불고 있는가?
風急雨冥冥.　　바람은 세차고 비는 자욱하게 내린다.

이 시는 명 태조 홍무(洪武) 6년(1373), 양기가 황명으로 호광(湖廣)에 사신 나갔을 때 지은 것이다. 그는 봄에 악양루 위에서 바라본 동정호의 모습을 묘사하고 아울러 자신이 느낀 것을 썼는데, 마치 한 폭의 그림을 보는 것처럼 이미지가 선명하다. 마지막 두 구에서는 상수(湘水)에 빠져 죽었다는 전설의 순임금 비 아황(娥皇)과 여영(女英)이 나타날 듯하여 생동감을 더해 준다.

　오중사걸의 시가창작은 성취에 높고 낮음의 차이가 있긴 하지만 그들이 처한 시대와 운명은 서로 비슷했다. 장우(張羽)는 방축되었다가 소환되어 돌아오는 도중에 강물에 뛰어들어 죽었고 서분(徐賁)도 옥중에서 죽었으니, 이런 것들이 명대 초기 소주(蘇州) 문인들의 비극이었다.

2. 2 원개(袁凱)·유기(劉基)·패경(貝瓊)·민중십자(閩中十子)

　명대 초기에 주목할 만한 시인으로 오중사걸 외에도 원개(袁凱)·유기(劉基)·패경(貝瓊)·민중십자(閩中十子) 등을 꼽을 수 있다.

원개(1316-?)는 자가 경문(景文)이고 호가 해수(海叟)이며, 송강(松江) 화정(華亭: 지금의 상해시 송강현) 사람이다. 원나라 말기에 부리(府吏)를 지냈고, <백연(白燕)> 시로 당시에 명성을 얻었다. 명 홍무(洪武) 3년(1370), 어사(御史)직에 임명되었지만 얼마 후 태조의 미움을 받아 병을 핑계로 물러났다가 영락(永樂: 1403-1424) 초에 죽었다. 『해수집(海叟集)』 4권과 『외집(外集)』 1권이 있다.

그의 시는 가행과 근체 방면에서는 두보를 본받고, 고시(古詩)에서는 한·위를 본받아 전칠자의 선구적 역할을 했다. 그러나 그는 나라와 사회의 변란을 직접 반영한 작품은 쓰지 않았고, 함축적으로 완곡하게 풍자했을 뿐이다. 또한 그의 일부 시는 섬려(纖麗)함에 빠졌는데, 원시의 구습에서 벗어나지 못했기 때문이다. 그를 유명하게 만든 <백연> 시를 보자.

<白燕>	흰 제비
故國飄零事已非,	옛 나라는 몰락하여 딴 세상이 되었고
舊時王謝見應稀.	지난날 왕·사의 저택은 보이지 않는다.
月明漢水初無影,	달 밝은 한수 위에선 그림자 보이지 않고
雪滿梁園尙未歸.	눈으로 새하얀 양원에는 아직 돌아오지 않았다.
柳絮池塘香入夢,	버들개지 날리는 연못은 향기가 꿈에 들게 하고
梨花庭院冷侵衣.	배꽃 하얀 정원은 찬 기운이 옷에 스며든다.
趙家姊妹多相忌,	조비연 자매가 응당 너를 시기할 것이니
莫向昭陽殿裏飛.	그들의 소양전 안으로는 날아가지 말거라.

이 시는 흰 제비를 대상으로 읊은 영물시이다. 제1·2구에서는 유우석(劉禹錫) <오의항(烏衣巷)> "옛날 왕씨와 사씨의 저택에 날던 제비, 지금은 평범한 백성의 집에 날아든다"(舊時王謝堂前燕, 飛入尋常百姓家)의 시의(詩意)를 빌려 흥망성쇠를 거듭하는 인간세상과는 딴

리 언제나 가을에 떠났다가 봄이면 돌아오는 제비의 항상성을 언급하였고, 제3·4구에서는 은빛 세계에서 모습이 드러나지 않을 정도로 새하얀 제비의 순수함을 말하였으며, 제5·6구에서는 버들 개지와 배꽃의 형상을 통해 흰 제비의 정신과 느낌을 묘사하였고, 제7·8구에서는 흰 제비가 아름답고 날렵하여 조비연 자매의 질투를 살 것이라는 말로 끝을 맺었다.

시인은 적절한 전고와 비유를 사용하여 흰 제비의 특성을 함축적이고 여운 있게 묘사하는 데 성공하여, 한때 '원백연(袁白燕)'이라는 별명까지 얻게 되었다. 그러나 마지막 두 구는 표현이 지나치게 노골적이어서 영물시의 최상승(最上乘)에는 들지 못한다는 평가를 받기도 했다.

유기(劉基: 1311-1375)는 명대 초기 주원장(朱元璋)의 치하에서 정치적으로 성공을 거둔 사람이다. 그는 자가 백온(伯溫)이고 청전(青田: 지금의 절강성 문성현文成縣) 사람이다. 원조(元朝) 말기의 진사로, 지정(至正) 20년(1360)에 송렴(宋濂)과 함께 주원장의 부름을 받아 나중에 개국공신으로서 성의백(誠意伯)에 봉해졌고 관직이 어사중승(御史中丞)에 이르렀다. 유기의 문학사상은 송렴과 대체로 비슷하지만 학술 방면에서 광범하게 섭렵했고 개성도 강개하고 호매하여 사상이 고지식하지 않은 편이고, 이학가의 분위기도 적은 편이다. 또한 그의 시문은 대부분 원조 말엽에 지어져서 명조 초기의 고압적인 환경의 압박을 받기 전이었기 때문에 전통 유학의 긍정적인 요소를 체현하였고, 사회 정치와 민생의 질고에 대한 관심과 출사에 대한 개인적인 욕망을 표출했다.

유기의 시 중에서 <매마사(買馬詞)>·<휴상사(畦桑詞)>·<축성사(築城詞)> 등은 질박한 언어로 사회의 모순을 반영한 것이어서 우수한 작품에 속한다. 그의 일부 서정시는 호걸의 기개를 드러내었

는데, 이는 원말명초의 시가에서 드물게 보이는 것이다. 다음 시를
보자.

〈古戌〉　　　**오래된 병영**

古戌連山火,	오래된 병영에선 연달아 산에 봉화가 오르고
新城殷地筇.	새로 쌓은 성에선 호드기 소리가 대지를 울린다.
九州猶虎豹,	중국은 온통 여전히 범과 표범이 들끓고 있어
四海未桑麻.	세상 사람들은 양잠과 길쌈을 못하고 있다.
天逈雲垂草,	하늘 멀리 구름은 들판의 풀에 드리워 있고
江空雪覆沙.	강은 텅 비어 하얀 눈이 모래톱을 뒤덮었다.
野梅燒不盡,	들판의 매화만이 전화에 다 타버리지 않아서
時見兩三花.	이따금 두세 송이 꽃이 보인다.

　유기가 살던 시대는 전화(戰禍)가 도처에 미쳐서 그의 고향도 예
외가 아니었다. 시인은 그 당시 전쟁의 참상에 대해 보고 느낀 것
을 서술했는데, 예술적 측면에서 보면 자신이 목도한 광경을 묘사
하는 가운데 감정을 깃들여 정경(情景)이 융합되어 있고, 율시임에
도 질박한 언어로 조탁의 흔적 없이 자연스럽게 서술하여 높은 경
계를 보여주었다. 이와 같이 유기는 명조 초기를 대표하는 문학가
로 꼽히지만 실제로는 주원장을 추종하고부터는 좋은 작품을 거의
쓰지 못했다.

　이들 외에 언급할만한 시인으로 패경(貝瓊)과 민중십자(閩中十子)
가 있다. 패경(1314-1378)은 자가 정거(廷琚)이고 숭덕(崇德: 지금의
절강성 동향현桐鄕縣) 사람이다. 그는 원래 양유정의 문하생으로, 명대
초기에 조정의 부름을 받아 남경에서 『원사(元史)』 편찬에 참여했
고 그 후 국자조교(國子助敎)를 지냈다. 『청강집(淸江集)』이 있다.

　그는 『철애선생전(鐵崖先生傳)』에서 양유정의 자유혼을 높이 평가

했지만, 그의 〈추회(秋懷)〉 시를 보면 오히려 개성의 억압을 통해 새로운 정치 환경에 적응할 것을 요구했다. 이처럼 그는 자유를 갈망했으면서도 변화된 정치 환경으로 인해 그럴 수 없음에 괴로워했다. 그와 같은 심리는 명대 초기 지식인들의 심정을 대변하는 것이었다. 다음 시를 보자.

〈孤松〉　　　**외로운 소나무**

青松類貧士,　　푸른 소나무는 가난한 선비와 같아서
落落惟霜皮.　　고독하고 오직 서릿발 같은 껍질뿐이다.
已羞三春豔,　　봄에 화려한 자태를 뽐내는 자에게 부끄럽지만
幸存千歲姿.　　다행스럽게도 천년의 자태를 간직하고 있다.
螻蟻穴其根,　　땅강아지와 개미가 그 뿌리에 구멍을 파고
烏鵲巢其枝.　　까마귀와 까치가 그 가지에 둥지를 튼다.
時蒙過客賞,　　이따금 지나가는 나그네의 찬상을 받지만
但感愚夫嗤.　　다만 어리석은 사내의 멸시를 느낄 뿐이다.
回飆振空至,　　거센 바람이 허공을 가르고 불어 닥치면
百卉落無遺.　　온갖 초목이 우수수 떨어져 흔적도 없지만
蒼然上參天,　　푸른 자태를 견지하며 높이 우뚝 솟아있어
乃見青松奇.　　비로소 푸른 소나무의 진기함이 드러난다.
苟非厄冰雪,　　참으로 차디찬 얼음과 눈의 재앙이 없다면
貞脆安可知.　　꿋꿋함과 나약함을 어찌 구별할 수 있으랴.

고인의 시문 속에서 푸른 소나무는 혹독한 시련 속에서도 한결같이 자신의 꿋꿋함을 견지하는 상징물로 등장했다. 패경의 이 시도 소나무의 그런 의연한 자태를 칭송하고 있지만 그가 처한 시대가 원·명 교체기의 험난한 때였는지라, 소나무가 겨울이 오기 전에는 천덕꾸러기 신세였음을 부각시켜 시대의 아픔을 형상감 있게

전달하였다.

민중십자(閩中十子)는 명대 초기의 복건(福建) 시인 임홍(林鴻)·고
병(高棅)·왕공(王恭)·왕칭(王偁)·진량(陳亮)·정정(鄭定)·왕포(王褒)·
당태(唐泰)·주현(周玄)과 황현(黃玄)을 가리킨다. 이들은 성당(盛唐)
시를 표방하며 그 음절과 색상을 본받으려고 했다. 그러나 이들의
성당 숭상과 고계의 각종 체재 모방이 알게 모르게 삼양(三楊) 및
전칠자(前七子)·후칠자(後七子)의 의고(擬古) 기풍에 영향을 미쳤다.
여기서는 왕공의 시를 한 수 들어본다.

<春雁>	봄 기러기
春風一夜到衡陽,	봄바람이 어느 날 밤 형양에 이르자
楚水燕山萬里長.	연산은 초수와 만리나 떨어져 있다.
莫怪春來便歸去,	봄이 오면 돌아감을 괴이쩍어 마시게.
江南雖好是他鄉.	강남이 좋다고 하지만 결국 타향이라네.

복건이 고향인 시인은 이 시를 통해 관직 때문에 어쩔 수 없이
타향에 머물러 있는 나그네 처지를 달가워하지 않는 심정과, 고향
으로 돌아가고픈 마음을, 봄이 오면 고향 찾아 북방으로 돌아가는
기러기에 비유하여 표현했다. 그는 『당시품휘(唐詩品彙)』의 저자 고
병(高棅)과 시명(詩名)을 나란히 했지만 청신하고 자연스럽게 성정
을 음영한 점에서 고병보다 높이 평가된다.

2. 3 대각체(臺閣體)

대략 영락(永樂: 1403-1424)에서 성화(成化: 1465-1487) 연간 사이
에 형성된 대각체는 홍무(洪武) 이후 일정 시기 상층 관료의 정신

면모와 심미의식을 체현한 것이며, 하나의 전범이 되어 문단에 광범한 영향을 끼쳤다. 그 중심인물은 양사기(楊士奇: 1365- 1444)·양영(楊榮: 1371-1440)·양부(楊溥: 1372-1446) 세 사람으로, '삼양(三楊)'으로 일컬어졌다. 그들은 앞뒤로 모두 관직이 대학사(大學士)에 이르렀으며, 또한 동 시기 대다수 고급관료들의 창작은 이 유파에 귀속시킬 수 있다.

대각체는 대체로 다음과 같은 몇 가지 요소와 관련되어 있다. 첫째, 조정의 의식형태[程·朱理學]와 밀접하게 결합되어 있어서 사상과 감정의 표현에 농후한 도학기(道學氣)가 있다. 둘째, 상층 관료의 생활내용을 반영하고 있어서 응제(應制)·창화(唱和)의 작품 수량이 대단히 많다. 셋째, 당시(특히 영락 이후)의 정치와 인사가 안정된 상황에 상응하여 느긋하고 편안한 마음 상태를 표현하였다. 대각체의 대표격인 양사기의 시를 한 수 들어본다.

<高郵>　　　고우

四顧無山色,　　사방을 돌아보아도 산은 없고
蒼茫極遠天.　　광활하여 하늘이 지극히 멀다.
水雲涵郡郭,　　물과 구름이 성곽을 둘러싸고
秔稻被湖田.　　파란 벼가 호숫가 논을 뒤덮었다.
草舍津頭市,　　초가가 나루터 시장에 늘어섰고
菱歌柳外船.　　마름 따는 노래가 버들 너머 배에서 들려온다.
羈愁念前路,　　나그네 슬픔은 앞길을 염려하는 것이지
非爲別離牽.　　이별에 마음이 끌려서가 아니라네.

고우(高郵)는 강소성(江蘇省) 중부에 있는 고우현을 가리킨다. 시인은 여기서 사방에 산은 없고 그 대신 큰 운하가 경내를 흐르고, 서쪽에 광활한 호수가 펼쳐져 있는 고우의 모습을 묘사하는 데 시

의 대부분을 할애하였고, 마지막 두 구에서 고향 떠난 관료의 정
회를 표현했는데, 드러난 마음 상태가 비교적 편안하고 느긋하다.

그들은 태조 주원장이 만년에 수많은 문인들을 도살하였고 영락
시기에 들어와서도 문신들에 대한 압제가 심했기 때문에 의도적으
로 시에 "정치와 교화를 베풀고(施政教), 성정에 맞을 것(適性情)"을
요구하였고, 내용 방면에서는 "성덕을 가송(歌頌聖德)"할 것을 요구
하였으며, 자신의 감정을 표현할 때는 "성정의 올바름을 따라(適性
情之正)" "어버이를 사랑하고 임금께 충성하는 마음으로(愛親忠君之
念), 자신을 허물하고 스스로를 두려워하는 마음(咎己自悼之懷)"을 쓸
것을 요구하였다.

그러나 그 결과 그들의 창작은 자아의 내재적 감정에 몰입함이
부족했고, 사회생활에 대한 관심과 예술적 창조에 대한 열정이 결
핍되어 있었다. 대각체 문인들은 대부분 송인의 문학 풍모를 따랐
지만 정(程)·주(朱) 이학(理學)을 전제로 삼은 것이 많았기 때문에
송인의 문학 성취에 크게 못 미친다. 다만 그들의 사회적 지위가
높았기 때문에 영향력이 대단히 클 수밖에 없었다.

2. 4 이동양(李東陽)과 다릉시파(茶陵詩派)

명대 사회는 15세기 중엽부터 16세기 초까지 조정의 부패에 따
른 각종 모순이 두드러지게 나타나 성화(成化) 원년(1465)에는 형
양(荊襄)에서 유민들의 대규모 봉기가 있었고, 정덕(正德) 5년(1510)
에는 유육(劉六)과 유칠(劉七)을 수령으로 하는 농민 반란이 폭발했
다. 사정이 그렇게 되자 문학적 생명력이 부족했던 대각체는 점차
사람들의 불만을 자아내 변화가 불가피해졌다.

다릉시파(茶陵詩派)의 영수로 칭해지는 이동양(李東陽: 1447-1516)

은 자가 빈지(賓之)이고 호가 서애(西涯)이며 다릉(茶陵: 지금의 호남성에 속함) 사람이다. 그는 성화(成化: 1465-1487)·홍치(弘治: 1488-1505) 연간에 대각대신의 신분으로 시단을 주도했는데, 그 시풍은 대체로 대각체의 범위 안에 있으면서도 그 울타리에서 벗어나 명 중기 전칠자(前七子)의 길을 열어준 과도 인물이다.

그의 시론은 모의(模擬)에 반대하고 성정을 중시하여 두보를 본받으면서도 하나의 격식에 얽매이지 않았다. 그는 또한 법도와 음조(音調)를 강조했고, 시가의 언어예술을 중시했다. 그의 『회록당시화(懷麓堂詩話)』를 보면 비교적 자세하게 시가의 성률·음조·결구·용자(用字) 등의 문제를 분석해놓았다. 이는 언뜻 보기에는 지엽적인 문제를 다룬 것 같지만 사실상 시가의 서정 기능을 회복하는 데 일정 정도 효용이 있었다. 그의 시를 한 수 들어본다.

<南囿秋風>	남유의 가을바람
別苑臨城輦路開,	성에서 내려다보이는 별원에 황제의 수레 길이 열리고
天風昨夜起官槐.	하늘 바람이 어젯밤 궁정의 홰나무에서 일었다.
秋隨萬馬嘶空至,	가을은 하늘을 향해 우는 만 마리 말 따라 이르고,
曉送千旄拂地來.	새벽은 땅을 스치는 천 개의 깃발을 보내며 온다.
落雁遠驚雲外浦,	내려가는 기러기는 멀리 구름 밖 물가에서 놀라고,
飛鷹欲下水邊臺.	나는 매는 물가에 있는 대(臺)로 내려오려고 한다.
宸遊睿藻年年事,	황제의 유렵과 시문 짓는 일은 매년 있는 일인데
況有長楊侍從才.	하물며 장양부 쓰는 재능 있는 시종이 있음에랴!

이 시는 황제의 사냥을 묘사한 것이어서 시 전체가 사냥을 중심으로 전개되었다. 함련과 경련 4구는 남유에서 사냥하는 모습의 웅장함에 대해 묘사하면서 '만마(萬馬)', '천소(千旄)' 등의 시어를

통해 사냥을 위한 수레들의 위용이 대단함을 나타내었는데, 뛰어
난 묘사가 돋보인다. 앞에서 언급했듯이 이동양의 시는 대각체의
영향을 받은 작품이 적지 않다. 특히 이 시의 미련에서 그 흔적을
엿볼 수 있다.

전겸익(錢謙益)의 『열조시집소전(列朝詩集小傳)』에 보면 선종(宣宗)
과 양사기 등의 신하를 지칭하며 "임금과 신하가 함께 사냥을 나
가고, 시가를 서로 주고받으며 이어 부른다"라는 설명이 있는데,
미련 2구가 바로 그것이다. 이로부터 이동양이 양사기를 대각체
구사에 가장 능한 사람으로 여겨 높이 평가하고 있음을 알 수 있
다. 이런 이유로 나중에 이몽양(李夢陽) 등이 그를 준엄하게 비판하
기도 했지만 동시에 그의 몇몇 관점을 계승하기도 했다. 그의 시
를 한 수 더 들어본다.

<重經西涯>　　　　거듭 서애를 지나며

缺岸危橋斷復行,　　무너진 강가 높이 걸린 다리를
　　　　　　　　　　멈추었다 다시 가고,

野人相見不通名.　　들에서 일하는 사람들은 만나도 누군지 모른다.
轆轆聲裏田田水,　　두레박 소리 들리는 가운데 논마다 물을 대고,
楊柳枝頭樹樹鸎.　　버드나무 가지에선 나무마다 꾀꼬리 지저귄다.
看竹東林無舊主,　　대나무 바라보던 동쪽 숲의 옛 주인은 없어졌지만,
買山南國有新盟.　　남쪽 땅에 산을 사서 새 의형제가 생겼다.
不知城外春多少,　　성 밖에는 봄이 얼마나 왔는지 모르겠다만,
芳草晴烟已滿城.　　향기로운 풀과 맑은 안개가 이미 성에 가득하다.

이 시는 효종(孝宗) 홍치(弘治) 12년(1499)에 쓴 작품이다. 서애(西
涯)는 이동양의 선조들이 살던 곳이다. 이동양의 증조부는 다릉(茶
陵) 사람으로 홍무(洪武) 초기에 군대를 따라 북경에 와서 서애(지금

의 덕승문德勝門) 부근의 적수담(積水潭)에 거처를 정해 살았다. 시의 전반부 4구는 서애의 다채롭고 아름다운 자연경관을 묘사한 것이고, 후반부 4구는 서애를 지나면서 느낀 감상을 서술한 것이어서 그가 시의 서정 기능을 회복하는 데 어느 정도 기여했음을 알 수 있다.

그 당시 다릉시파에 속한 사람으로는 석요(石瑤)·소보(邵寶)·고청(顧淸)·나기(羅玘)·노탁(魯鐸)·하맹춘(何孟春) 등을 들 수 있는데, 전겸익은 『열조시집』에서 이들을 '소문육군자(蘇門六君子)'에 비견하기도 했다.

3. 명대 중기의 시

명대 중기는 홍치(弘治: 1488-1505)로부터 융경(隆慶: 1567-1572) 연간까지의 약 80년 동안을 가리킨다. 이 시기에는 고문사(古文辭)의 기치 아래 문학 복고를 주장하며 혁신을 실천한 전후칠자(前後七子)가 활약했다. 이몽양(李夢陽)과 하경명(何景明)을 주축으로 한 전칠자와, 이반룡(李攀龍)과 왕세정(王世貞)을 영수로 한 후칠자가 중심 세력을 형성했고, 그들의 영향권 밖에서 활약한 양신(楊愼)·고숙사(高叔嗣)와 심주(沈周)·문징명(文徵明)·당인(唐寅) 등의 문인화가들이 있어서 상호간의 융합과 충돌이 있었다. 정(程)·주(朱) 이학(理學)에 반대하고 새로운 정신적 지주를 추구하는 사회사조의 추동 아래, 당시의 문학은 점차 관치의 속박에서 벗어나 정상적인 발전궤도를 달리게 되었다.

3. 1 전칠자(前七子)

이른바 '전칠자'는 이몽양(李夢陽)과 하경명(何景明)이 중심이며 강해(康海)·왕구사(王九思)·변공(邊功)·왕정상(王廷相)·서정경(徐禎卿)을 포함하는 문학 집단이다. 홍치(弘治: 1488-1505) 연간이 그들이 서로 모여 창화한 극성시기였는데, '전칠자'의 명칭은 그 후에 형성된 것이어서, 그들의 문학 활동은 '후칠자'와 달리 명확한 집단과 종파 의식을 지니고 있지 않았다. 그들은 사실상 홍치(弘治)·정덕(正德: 1506-1521) 연간에 경사(京師)에서 시작된 문학 조류를 대표하며, 당시의 왕수인(王守仁)·육심(陸深)·고린(顧璘)·주응등(朱應登) 등이 모두 이 조류의 형성과 관계가 있다.

전칠자는 모두 홍치 연간의 진사로 젊은 신진 세력에 속하며 자부심이 높았다. 국운의 위기에 대한 예민한 감수성, 관리들의 부패와 구차한 사풍(士風)에 대한 불만 등이 그들을 정치와 사회생활에서 도전적 태도를 취하도록 내몰았다. 그 결과 그들은 문학 방면에서 하나같이 교왕과정(矯枉過正)의 과격한 태도로 전체 사회문화 상태에 대한 강렬한 불만을 반영했다.

이몽양(1473-1530)은 자가 헌길(獻吉)이고 호는 공동자(空同子)이며 경양(慶陽: 지금의 감숙성甘肅省에 속함) 사람인데 후에 개봉(開封)으로 이주했다. 빈한한 집안이었지만 조부가 장사로 부를 쌓아 생활에 여유가 있어서 그 덕분에 부친이 공부를 해 작은 벼슬을 지냈다. 이몽양은 홍치 6년(1493), 진사가 된 후 관직에 있으면서 불의에 과감히 맞서는 불같은 성격을 보여주었다. 그는 하경명(何景明) 등과 함께 '칠자(七子)'로 병칭되었는데, 그들은 "문장은 반드시 진(秦)·한(漢) 이전이어야 하고, 시는 반드시 성당(盛唐) 이전이어야 한다"는 복고운동을 창도하여 영락(永樂: 1403-1424) 이래 문단을 주도했던 대각체(臺閣體)에 종지부를 찍었다.

그의 복고는 당시의 사람들에게 대각체 시문과 팔고문(八股文) 말고도 사마천(司馬遷)의 『사기(史記)』 같은 산문이 있고, 이백과 두보 등이 쓴 시도 있음을 환기시켜 신선감을 불러일으켰다. 또한 이몽양이 제창한 복고는 단순히 고대의 전범을 모방하는 것이라기보다는 고대의 순박을 회복하여 그것을 문학의 본질로 삼아야 한다는 것으로, 명대 서민정신의 발현이라고 볼 수 있어서 당시 사회에 큰 반향을 일으켰다. 그러나 후대에 와서 그들의 문학은 '의고주의(擬古主義)'라는 비판을 감수해야 했는데, 그 원인을 살펴보면 옛사람을 모방하여 그들과 똑같이 되려고 노력했을 뿐이어서 "문학은 시대의 반영이어야 한다"는 문학의 역사적 사명과 현실에 귀를 기울이지 않았기 때문이다. 『공동집(空同集)』이 있다.

이몽양의 복고 이론은 진정실감(眞情實感)을 중시했고, 그의 시도 민가의 영향을 받은 점이 있다. 이를테면 그의 시집에는 그의 수정을 거친 동요 2수가 수록되어 있고, 〈장가행(長歌行)〉 등의 시도 민요의 격조에 소박한 언어를 덧붙여 쓴 것이다. 다만 민가의 감정 표현과 언어는 문인문학의 전통과 융합되기 쉽지 않았고, '복고'는 주로 문인문학의 전통을 두고 말한 것이었기 때문에 그의 시도 결국 민가 수준의 천진함에 도달하지는 못했다.

이몽양이 주도한 문학복고운동은 그 의의가 하나는 송대 문화의 주류—특히 이학(理學)—와의 연계를 끊은 것이고, 또 하나는 이른바 '높은 격조〔高格〕'를 추구한 것이다. 그들이 보기에 각종 시문의 격식은 최초에 출현한 것이 결국 가장 훌륭한 것이었다. 여기에는 물론 '옛것을 숭상하는 것'에 대한 편견이 포함되어 있지만 합리적인 부분도 있다. 일종의 문학 체식이 창조되어 나왔을 때 그것이 비록 정교하지는 않지만 그 대신 생기발랄하여 정신적인 힘이 갖추어져 있게 마련이다—'격(格)'은 우선 이것을 가리키는 말이다. 따라서 이몽양은 시가 방면에서 고체는 한(漢)·위(魏)를 모범으로 하고, 근체는 성당(盛唐)을 모범으로 할 것을 주장했고, 산문은 진(秦)·한(漢)을 숭상했다. 이렇게 볼 때 '격(格)'은 결국 문학 총체상의 미학 특징에 대한 추구이다.

또한 이몽양은 '조(調: 주로 시가 음조의 조화와 아름다움을 가리킨다)'를 중시했다. 이 외에도 그는 사작방법을 중시하여 "앞이 성기면 뒤는 반드시 빽빽하고, 반이 간략하면 반은 반드시 세밀하다. 하나가 실질이라면 반드시 하나가 공허하고, 경물이 중첩되면 뜻이 반드시 뒤따른다"100)라고 말했다. 이것들은 '법(法)'이라고 통칭할 수 있다. 당시에 이와 같이 문학의 심미특징과 예술기교를 강조한 것은 문학의 독립을 촉진하는 데 중요한 역할을 했다.

그러나 이몽양이 "나의 정회로 지금의 일을 서술하고, 옛 법을 준수하되 그 문사를 답습해서는 안 된다"101)라고 말했듯이 그는 고인을 그대로 모방해야 한다고 주장하지는 않았지만 이른바 "옛 법을 준수해야 한다"는 요구는 사실상 부작용이 작지 않았다. 사상과 감정은 문학에서 가장 적극적인 요소인데, 그것은 문학의 언어형식과 서로 잘 적응할 수 있도록 부단한 조절과 변화를 필요로 한다. 그런데 '고법(古法)'의 강조는 어휘·의상(意象)·음조(音調)·결구(結構) 등의 방면에서 하나의 격식을 도출해내어 필연적으로 형식의 봉쇄를 초래했다.

이에 대해 이몽양은 심지어 "글은 글자와 마찬가지이다. 지금 사람이 옛사람의 서첩을 모사할 때 아주 흡사한 것을 꺼리기는커녕 오히려 글씨를 잘 쓴다고 한다. 어찌 유독 글에 이르러서는 스스로 하나의 문호를 세우려고 하는가?"102)라고 말했다. 그의 많은 시들은 확실히 사람들에게 '전에 어디선가 본 것 같은(似曾相識)' 느낌을 주기 쉽다. 그 때문에 그의 맹우(盟友) 하경명을 선두로 적지 않은 사람들이 그의 문학 주장과 창작에 대해 비판을 가했다.

그러나 이몽양이 일으킨 복고운동이 당시의 문학 기풍을 변화시키는 데 큰 힘을 발휘했다는 것을 부인할 수는 없다. 그로부터 송렴(宋濂) 등이 주장한 '문도합일론(文道合一論)' 및 '대각체'가 크게 위축되었기 때문이다.

---

100) "前疏者後必密, 牛闊者牛必細; 一實者必一虛, 疊景者意必二."(「再與何氏書」)

101) "以我之情, 逑今之事, 尺寸古法, 罔襲其辭."(「駁何氏論文書」)

102) "夫文與字一也. 今人摹臨古帖, 卽太似不嫌, 反曰能書. 何獨至于文, 而欲自立一門戶邪?"(「再與何氏書」)

만명(晚明)에 이르러서도 문학발전에 대한 이몽양과 하경명 등의
공헌과 지위는 많은 작가의 인정을 받았다. 예를 들어 원굉도(袁宏
道)가 〈답이자염(答李子髥)〉 시에서 "처음을 연 사람으로 하경명과
이몽양을 받들고, 우아하고 바른 것은 참으로 스승이라고 할만하
다"[103]라고 말한 것은 칭찬의 뜻이 크게 드러나 있다. 과거의 일
부 문학사 논저가 이몽양과 하경명 등을 만명문학의 새로운 사조
와 대립된 것으로 보고 평가한 것은 타당하지 않은 면이 있다.

이몽양의 시에는 당시의 일을 감회하고 현실을 폭로한 작품이
적지 않다. 예를 들어 〈사병행(士兵行)〉·〈석장군전장가(石將軍戰場
歌)〉·〈현명궁행(玄明宮行)〉 등은 감정이 절박하고 침울하여 두보
시풍의 영향을 받은 것이다. 또한 〈박랑사(博浪沙)〉와 〈자종행(自從
行)〉 같은 작품은 봉건 정치 질서에 대한 환멸감을 드러낸 것이다.
다음 시를 보자.

〈經行塞上〉(其二)　**변새를 오가며(제2수)**

天設居庸百二關,　　하늘이 일당백인 거용관을 세워주시고
祈年更隔萬重山.　　기련산은 더욱이 만 겹 산 너머에 있다.[104]
不知誰放呼延入,　　누가 호연을 침입하게 했는지 모르지만
昨日楊河大戰還.　　어제 양하에서 큰 전투를 치루고 돌아왔다.

정덕(正德) 12년(1517) 8월, 무종(武宗)은 미복을 하고 덕승문(德勝
門)을 나가 창평(昌平)에 이르러 거용관(居庸關) 밖으로 나가려 했지
만 순관어사(巡關御史) 장흠(張欽)이 목숨을 걸고 관문을 열지 못하

---

103) "草昧推何李, 爾雅良足師."
104) 본문의 '祈年'은 北京의 天壇에 있는 祈年殿을 가리킨다. 그러나 시의 내용
　　을 살펴볼 때 지금의 甘肅와 靑海의 접경에 있는 祁連山을 가리킬 가능성이
　　크다. 실제로 적지 않은 選本에서 이를 '祁連'으로 표기하였다.

게 했기 때문에 뜻을 이루지 못하고 돌아올 수밖에 없었다. 그 후 장흠이 다른 곳으로 전출된 틈을 타서 무종은 기어코 거용관을 빠져나가 양화(陽和)·대동(大同) 등의 지역을 돌아보고 왔다. 그때 타타르의 왕자가 군대를 거느리고 침입하여 노략질을 하자 무종이 직접 군대를 이끌고 나가 이틀간의 격전을 치렀다. 그 결과 타타르 군이 퇴각하긴 했지만 명나라 군대도 사상자가 속출했고, 무종 자신도 하마터면 포로가 될 뻔했다. 제목의 '경행새상(經行塞上)'은 그 때의 일을 가리킨다.105)

이 시의 제3·4구는 무종이 거용관 밖을 무단출입하지 않았다면 타타르 군이 침입하지도 않았을 테고 무수한 사상자를 낸 양하(楊河)의 전투도 없었을 것이라는 말이다. 이 정치풍자시를 통해 이몽양의 예술 수완과 대담한 성품을 확인할 수 있다.

그의 몇몇 우수한 작품은 웅혼하고 호방하여 그가 추구한 고격(古格)이 무엇을 뜻하는지 엿볼 수 있다. 다음 시를 보자.

<遊金山>(其一) 금산에 가서(제1수)

狂瀾日東倒,	광란의 물결이 매일 동쪽으로 쏟아지는데
此嶼忽中流.	이 섬이 물 흐름 가운데 우뚝 솟아 있다.
蜃學樓臺結,	누대는 신기루인 듯 늘어서 있고
龍專瀕洞遊.	용은 망망대해를 차지하고 노닌다.
光涵天上下,	물빛은 하늘을 담고서 오르내리고
影變地沈浮.	그림자는 땅을 변화시키며 부침한다.
解識超三象,	집착에서 벗어나면 삼라만상을 초월하니
何須問十洲.	신선이 산다는 십주를 물을 필요 있으랴?

---

105) '經行'은 불교도가 좌선 중에 졸음이 오는 것을 쫓기 위해서 또는 심신의 수양을 위해 일정한 지역을 선회하거나 왕복하는 것을 말하는데, 구중궁궐에 거처해야 할 황제가 변새를 그런 식으로 돌아다녔으므로 시인이 풍자의 뜻을 담아 제목을 그렇게 붙인 것이다.

이몽양이 만년에 창작한 시 중 오언율시 <유금산> 3수는 비교적 원숙한 작품으로 그의 대표작으로 꼽을 만하다. 그는 주로 두보의 율시를 학습하면서 두보 시의 우아하고 치밀한 부분은 소홀히 하고, 그의 광활하고 호쾌한 격조를 답습했기 때문에 새로운 뜻이 없이 진부하고 단조롭게 흐른 면이 있는데, 여기서는 그의 참신하면서도 원숙한 기교를 살펴볼 수 있다.

이몽양의 또 다른 일부 시는 감정이 절실하고 진지하여 이전의 시가에 드물게 보이는 내용을 담았다. 다음 작품을 보자.

<述憤十七首>(其十一) 번민을 술회하며 17수(제11수)

湫宇夕陰陰,	축축하고 비좁은 방은 저녁이라 음침한데
寒燈焰不長.	싸늘한 등불은 불꽃이 가물거린다.
氣棲遞微明,	통풍구는 교대로 희미하게 빛을 내는데
飄忽如淸霜.	종잡을 수 없음이 백발의 내 신세 같다.
人云網恢恢,	사람들 말하길 하늘의 그물 넓다는데
我胡寓玆房.	나는 어찌하여 이곳에 갇히게 되었나?
墉鼠語牀下,	벽의 쥐는 침상 밑에서 찍찍거리고
蝙蝠穿空梁.	박쥐는 텅 빈 들보 사이를 날아다닌다.
驚風振南牖,	거센 바람이 남쪽 창문에 몰아치더니
徂夜倏已央.	밤이 지나가자 갑자기 그쳐버렸다.
於邑不成寐,	기가 막혀서 잠을 이루지 못하고
輾轉情內傷.	전전반측하니 마음속이 아프다.

효종(孝宗) 홍치(弘治) 18년(1505) 4월에 이몽양은 효종의 외척인 수녕후(壽寧侯) 장학령(張鶴齡)을 탄핵했다가, 황후와 그 어머니 김부인(金夫人)의 노여움을 사서 두 번째로 하옥되었다. 그는 옥중에서 <술분 17수>를 지었는데, 이 시는 제11수이다.

이몽양의 관운(官運)은 순탄하지 않은 정도가 아니라 험난하여 가끔 예기치 못한 화를 당했다. 그의 정치적인 태도는 그가 문학에서 주장을 펼칠 때 그러하였듯, 자신의 능력을 믿고 남들을 경시하며 언행이 과격하여 걸핏하면 사람들의 미움을 사는 바람에 세 차례나 무고하게 불경죄의 판결을 받아 금의위(錦衣衛)에 감금되는 죄인 신세가 되었고, 그 중 한 번은 하마터면 목숨을 잃을 뻔 했다. 이 시에 그의 그와 같은 신세지감이 잘 나타나 있다.

하경명(1483-1521)은 자가 중묵(仲默)이고 호는 백파(白坡) 또는 대복산인(大復山人)이며 신양(信陽: 지금의 하남성에 속함) 사람이다. 하경명은 전칠자의 일원으로서 이몽양과 함께 문단의 영수로서 복고의 기치를 내세웠는데, 그 취지는 복고를 통해 혁신을 추구하는 것이어서 옛것을 그대로 고수할 것을 주장한 이몽양과는 달리, 옛것의 모방을 디딤돌로 하여 자신의 풍격을 새롭게 이루어야 한다고 주장했다. 따라서 그는 이몽양보다 더욱 전통을 멸시하여 영락(永樂)·성화(成化) 연간의 대각체 시풍을 종결짓는 데 앞장서고, 개성의 해방을 지향한 만명문학(晚明文學)을 여는 데 일조했다. 그의 시풍은 청원(淸遠)·준일(俊逸)한 편이며, 당시의 정치 현실에 민감하여 적지 않은 사회시를 남겼다.『대복집(大復集)』이 있다.

하경명은 문학 복고의 문제를 가지고 이몽양과 서신을 주고받으며 논쟁을 벌인 적이 있다. 복고를 제창하는 기본 입장에 있어서는 그는 이몽양과 노선이 다르지 않았고 어떤 면에서는 똑같이 과격하여 <잡언 10수(雜言十首)>에서는 "진에는 시경(詩經) 같은 작품이 없고, 한에는 이소(離騷) 같은 작품이 없고, 당에는 한부(漢賦) 같은 작품이 없고, 송에는 당시(唐詩) 같은 작품이 없다"106)라고 주장하기도 했다.

---

106) "秦無經, 漢無騷, 唐無賦, 宋無詩."

그러나 하경명은 이몽양처럼 "옛 법을 준수해야 한다"(尺寸古法)고 주장하는 대신 "뗏목을 버리고 물가에 오른다"[107]는 설을 제시하여 '옛것을 배우는 것'은 수단이고 목적은 '독창'에 있음을 강조하였다. 두 사람이 이처럼 길을 달리 한 것은 미학 취향이 서로 다른 것과 관계가 있다. 하경명의 창작 풍모는 준일수려(俊逸秀麗)의 길로 쏠렸기 때문에 무조건 '옛 법'을 고수하며 고인의 '격조'를 따르는 것을 그가 받아들일 수 없었을 것이다.

정치현실의 폭로를 제재로 삼고 강렬하게 시사에 간여하는 것도 하경명 창작의 중요한 부분이었다. 다음 시를 보자.

〈答望之〉 **매부 망지에게**

念汝書難達,　　그대의 편지 도달하기 어려울까 염려되어
登樓望欲迷.　　누대에 올라 바라보니 흐릿하고 아득하다.
天寒一雁至,　　차가운 하늘 기러기 한 마리 날아오더니
日暮萬行啼.　　날은 저물어 가는데 끊임없이 울어댄다.
饑饉饒群盜,　　기근이 들어 도적 떼들이 설쳐대는데
徵求及寡妻.　　세금 징수는 과부도 면제되지 않는다.
江湖更搖落,　　시골 마을이 이토록 더욱 황폐해가니
何處可安棲.　　어디서 편안히 살 수 있단 말인가?

이 시는 하경명이 무종(武宗) 정덕(正德) 2년(1507)부터 정덕 5년 (1510) 사이 집에 들어앉아 있을 때 지은 것이다. 그가 쓸쓸하게 지내고 있던 그때 정치적 이상을 함께하는 매부 맹양이 마침 남방에 사신으로 파견되어 서신을 보내오자 그에 대한 그리움과 함께 개인의 신세와 혼란한 사회에 대한 감개를 표현하였다.

그는 〈동문부(東門賦)〉에서 새로운 사고의 편린을 보여주었는데,

---

107) "舍筏登岸"(「與李空同論詩書」)

그것은 송유(宋儒)의 "굶어죽는 일은 사소한 것이지만 정절을 잃는 일은 큰 것이다"[108]라는 반인성적 교조를 비판한 것이다. 그는 사람에게 중요한 것은 무엇보다도 생존 자체로, 생존을 추구할 권리를 추악한 도덕 교조로 박탈할 수 없음을 설파하였다. 정절의 중요성을 적극 제창한 명대에 오히려 이런 주장을 편 것은 그 의의가 큰 것이어서 명 중기 사회사상의 중요한 동향을 반영한 것이다.

진부한 사상과 문화 전통에 대한 반감이 이몽양과 하경명 등을 전통 문사의 한계에서 벗어나, 광활한 현실생활을 묘사하는 것으로부터 생명의 활력이 풍부한 사물에 주의를 기울여 그것을 표현할 수 있게 했다. 그 점에서 하경명도 "참된 시는 민간에 있다"는 주장을 받아들였다. 그의 〈나루의 어시장 노래(津魚打市歌)〉는 강가의 어시장을 배경으로 어선이 오가며 생선을 구매하여 주점 등에 파는 열띤 정경을 묘사했는데, 그 분위기가 대단히 활발하다.

또한 그가 정덕(正德) 초년, 남방에 사신으로 나간 기간에 지은 〈나녀곡(羅女曲)〉은 상찬의 심정과 명랑한 색조로 이역에서 본 소녀의 형상을 묘사했는데, 나녀(羅女)의 옷차림과 일상생활에서부터, 애인과의 자유롭고 아름다운 결합에 이르기까지 자유로운 청춘의 분위기를 발산하고 있다. 이런 시는 오랫동안 대각체의 속박을 받아온 시단에 새로운 활력을 가져다주었다. 이 시가 체현한 전통 도덕의 속박에서 벗어난 정신적 지향은 훨씬 더 오래된 『시경』에서 그 근원을 찾을 수 있으므로, 바로 여기에서 문학 복고의 실질적 내용을 엿볼 수 있다.

서정경(徐禎卿: 1479-1511)은 이몽양·하경명과 함께 전칠자의 한 사람으로 주목할 만한 시인이다. 그는 자가 창곡(昌谷)이고 오현(吳

---

108) "餓死事小, 失節事大."

縣: 지금의 강소성에 속함) 사람이다. 그는 문징명(文徵明)·당인(唐寅)·축윤명(祝允明)과 함께 '오중사재자(吳中四才子)'로 불리기도 했다. 그는 원래 백거이(白居易)와 유우석(劉禹錫)의 시를 좋아했는데, 과거에 합격한 후 이몽양·하경명 등과 교유하면서 전에 지은 작품을 후회하고 한(漢)·위(魏)·성당(盛唐)으로 방향을 돌렸다.

그가 지은 『담예록(談藝錄)』과 「여이몽양서(與李夢陽書)」를 보면 그의 시론이 이몽양의 의고 노선을 따랐음을 알 수 있지만 동시에 그 울타리에서 벗어난 예리한 견해도 적지 않다. 그의 시는 언어가 명쾌하고 준수하며 담고 있는 정과 뜻이 깊다. 다음 시를 보자.

⟨濟上作⟩	제수 가에서
兩年爲客逢秋節,	두 해나 나그네로 중양절을 맞아
千里孤舟濟水傍.	천리 길 외로운 배 제수 가로다.
忽見黃花倍惆悵,	갑자기 국화를 보고 슬픔이 배가되니
故園明日又重陽.	고향 땅 내일이면 다시 중양절이로다.

왕세정(王世貞)이 일찍이 서정경의 시에 대해 "흰 구름이 흘러가는 듯하다"109)라고 칭찬했는데, 이 시가 그 특색을 잘 보여주고 있다. 심덕잠(沈德潛)이 『명시별재집(明詩別裁集)』에서 이 시를 평하여 "언어가 심오하지 않은데도 정이 깊어서, 당대 시인으로서의 신분이 이와 같다"110)라고 했는데, 적절한 평가라고 하겠다.

---

109) "如白雲自流."(『藝苑巵言』卷5)
110) "語不必深而情深, 唐人身分如此"

3. 2 후칠자(後七子)

후칠자는 이반룡(李攀龍)과 왕세정(王世貞)을 필두로 사진(謝榛)·종신(宗臣)·양유예(梁有譽)·서중행(徐中行)·오국륜(吳國綸)을 가리킨다. 그들은 시사(詩社)를 창립하고 서로 창화하며 한때를 풍미했다. 그들의 활동 시기는 가정(嘉靖) 23년(1544) 이후로, 전칠자보다 몇 십 년 뒤지만 그들의 주장에 호응하는 사람들이 많아 그 기세가 전칠자를 능가했다.

이반룡(1514-1570)은 자가 우린(于鱗)이고 호가 창명(滄溟)이며 역성(歷城: 지금의 산동 제남濟南) 사람이다. 가정(嘉靖) 23년(1544)에 진사가 되어 관직이 하남안찰사(河南按察使)에 이르렀다. 이반룡의 시는 크게 고악부(古樂府)·고시(古詩)·절구(絶句)·율시(律詩)로 나눌 수 있는데, 그 중에서도 칠언절구와 칠언율시가 많다. 『창명집(滄溟集)』에 실린 시는 총 1,405수인데 그 중 칠언율시가 348수로 가장 많고, 칠언절구가 337수이다. 전체 시 중에서 고시가 차지하는 비중은 217수로 적은 편이다.

이반룡은 의작시(擬作詩)를 많이 지었다. 그의 악부시는 상습적으로 옛 악부의 제목을 모방했고, 단어와 구절, 심지어는 원시(原詩)의 내용과 뜻도 답습하였다. 그가 의작에 있어 새롭게 한 것은 원시에 많은 수식 구를 덧붙여 장편으로 만들거나, 원시에 대한 자신의 이해와 생각을 더해 늘여 쓴 것이다.

이반룡의 시 중 가장 작품수가 많고 나름대로 성취도가 높은 것은 율시와 절구일 것이다. 당대(當代)와 후대의 여러 문인들이 이반룡의 시를 품평한 내용을 종합해 보면 다음과 같은 결론을 도출해 볼 수 있다. 우선 그의 율시에서 칠언율시는 격조가 높고 기세가 웅장하며, 두보(杜甫)·왕유(王維)·이기(李頎)의 장점을 취했고,

오언율시는 심약과 송지문의 장점을 반영하고 있는데 칠언이 오언보다 우수하다. 그러나 문구와 단어가 중복되고 변화가 적어, 많이 읽으면 싫증이 난다는 단점을 지니고 있다. 절구에서 칠언은 왕유를 본받으면서 변화를 주었으며, 왕창령(王昌齡)과 이백(李白)의 장점을 취하였고, 문사를 연마하여 구조에 짜임새가 있다. 『창명집(滄溟集)』이 있다.

이반룡의 시는 언어의 퇴고에 힘썼고 자신의 인생 정회를 담고 있는데, 풍격은 성당시와 남조민가(南朝民歌)에 근접해 있다. 다음 시를 보자.

〈與元美登郡樓〉	원미와 함께 군루에 올라
開軒萬里坐高秋,	하늘 높은 가을이라 창문을 열고 만리를 바라보며
把酒漳河正北流.	술을 마시니 장하는 바로 북쪽으로 흐르는구나.
自愛靑山供使者,	스스로 청산을 아껴 사자(使者)에게 제공하니
誰堪華髮滯邢州?	누가 백발의 몸으로 형주에 체류할 수 있을까?
浮雲不盡蕭條色,	뜬구름은 끝없이 쓸쓸한 빛을 띠고 있고
落日遙臨睥睨愁.	석양은 멀리서 오만한 이들의 슬픔을 굽어본다.
上國風塵還倚劍,	수도엔 전운이 감돌아 여전히 검에 의지하고 있는데
中原我輩更登樓.	중원의 우리들은 다시 누대에 올랐구려.

그들이 천하를 '흘겨본[睥睨]' 것은 스스로 그 시대에 그들과 겨룰 수 있는 자는 아무도 없다고 자부했기 때문이다. 왕세정은 이반룡의 칠언율시를 평가한 적이 있는데, "스스로가 신의 경지이기에 (다른 사람과) 비교하는 것을 허용할 수 없다"[111]라고 했고, 그를 두보 이래 일인자로 칭송하였다.[112] 그렇지만 그는 시에서 '하늘

---

111) "自是神境, 無容擬議."
112) 『藝苑巵言』卷7.

가〔天涯〕', '온 천하〔海內〕', '만리(萬里)', '백년(百年)' 등의 뜻이 거대
한 글자를 쓰길 좋아하여 이런 단어가 끊임없이 나타났기 때문에
작품이 천편일률적으로 씌어졌다는 비판을 면치 못했다. 그렇지만
그의 칠언절구는 청신한 작품이 적지 않다. 다음 시를 보자.

<塞上曲送元美>　**왕세정에게 보내는 새상곡**

白羽如霜出塞寒,　격문의 깃털 서리처럼 희고 변새 차가운데
胡烽不斷接長安.　서북방의 봉화 끊임없이 장안으로 이어진다.
城頭一片西山月,　성 위의 한 조각 서쪽 산에 뜬 달을
多少征人馬上看.　수많은 출정 군인들이 말을 타고 바라본다.

이반룡이 활약하던 당시에도 서북방의 타타르족이 변방을 자주
침입하고 심지어 북경을 위협하기도 했다. 이 시는 명나라 서북
변방의 다급한 상황과 그에 대처하는 명나라 군대의 의연한 모습
을 묘사한 것인데, 눈에 들어오는 형상 속에 감정을 깊게 이입하
여 정과 경이 융합된 명편에 속한다.

이반룡은 시에서 고고(高古)에 대한 표방이 이몽양보다 훨씬 심
해서 상고시대의 수사 습관을 차용한 경우가 많았다. 그 결과 현
실생활의 내용이 없어서 시대의 격정을 전달하기 어려웠고 오히려
문학 복고의 결함을 드러냈을 뿐이라는 비판을 받았다. 다음 시를
보자.

<古詩後十九首>(其二)　**고시후 19수(제2수)**

搖搖車馬客,　멀리 거마를 타고 떠난 나그네,
依依燕趙女.　못 잊어 하는 연과 조의 아가씨.
沾沾倚箏立,　득의양양하게 쟁에 기대서서
交交夾窗語.　소곤소곤 창 끼고 말한다.

盤盤高結出,	볼록하게 울대뼈가 튀어나왔고,
飆飆中帶擧.	펄럭펄럭 속옷 띠가 하늘거린다.
浮雲忽自歸	뜬 구름은 홀연히 스스로 돌아와도
蕩子漫無所.	방랑자는 마음대로 정처 없이 다닌다.
天寒錦衣薄,	쌀쌀한 날씨에 비단옷 얇아
空牀難獨處.	빈 침대에 혼자 있기 힘들구나.

위의 시를 원작과 대조해 보면 그의 의작이 과연 "구절과 글자
를 주워 담고 자구와 배열을 세고 찾으니"113) 형태가 같고 표절하
여 조금도 새로운 느낌이 없음을 알 수 있다. 이렇기에 그가 나중
에 신진 비평가들의 맹비난을 받은 것은 전혀 이상한 일이 아니
다. 전겸익(錢謙益)은 "『역경(易經)』에서 '비교하고 헤아려서 그 변
화의 도를 이룬다'라고 한 것은, 비교하고 헤아려서 썩어 냄새나는
것을 만들라고 말한 것이 아니다"114)라며 그를 헐뜯었다. 그러나
그는 그 나름대로의 변명거리가 있었는데, 바로 말의 고삐를 잡으
면 오히려 더욱 곧고 빨리 달리고,115) 모방하여 옛사람이 미치지
못한 곳을 보충해 줄 수 있다는 것이었다.116)

왕세정(王世貞: 1526-1590)은 자가 원미(元美)이고 호가 봉주(鳳洲)
또는 엄주산인(弇州山人)이며 태창(太倉: 지금의 강소성에 속함) 사람이
다. 가정(嘉靖) 26년(1547)에 진사가 되어 안찰사(按察使)·포정사(布
政使) 등을 역임했지만 당시의 세도가 엄숭(嚴嵩)에게 밉보여 해직
되었다가 엄숭이 제거된 후 복직되어 관직이 남경형부상서(南京刑
部尙書)에 이르렀다. 왕세정은 이반룡과 함께 후칠자의 영수로서

---

113) "句摭字捃, 行數墨尋."
114) "易云: 擬議以成其變化, 不云擬議以成其臭腐."(『列朝詩集』丁集上小傳)
115) <古詩前後十九首>.
116) <代建安從軍公燕詩>.

"문장은 반드시 진(秦)·한(漢) 이전이어야 하고, 시는 반드시 성당(盛唐) 이전이어야 한다"고 주장했지만 만년에는 관점이 다소 바뀌어 소식(蘇軾) 시의 장점도 일부 수용하여 연마했고, 이몽양 악부시의 모방 성향을 비판하기도 했다. 그는 해박한 학문을 바탕으로 시를 써서 악부고시가 뛰어났으며, 율시는 유려하고 정밀하여 이반룡 사후 20년 동안 문단을 영도했다. 『엄주산인사부고(弇州山人四部稿)』 등이 있다.

후칠자 중에서는 왕세정의 재능과 학문이 가장 높았고 성취 또한 가장 컸다. 원굉도(袁宏道)는 그를 일컬어 "이반룡의 독에 해를 입지 않아, 나아간 바가 응당 거기에 그치지 않았다"[117]라고 평가했다. 그렇지만 그는 이반룡과의 우정을 매우 중시하여 그것을 시로 여러 번 표현했다. 다음 시를 보자.

<寄于鱗>　　**우린에게**

今日別我友,	오늘 나의 벗과 이별했는데
還望之故鄕.	되돌아보며 고향으로 갔다.
故鄕豈無歡,	고향에 어찌 기쁨이 없으랴만
我友安得將.	나의 벗과 어떻게 함께하나?
行者慘不輝,	떠난 자는 참담하여 까칠해졌고
居者以彷徨.	남은 자는 그로 인해 방황한다.
肉骨雖攙拊,	살과 뼈는 붙어서 어루만지다가도
旣析亦相忘.	갈라지면 역시 서로를 잊는다.
唯有肝與膽,	오로지 간과 쓸개만이
委照差可方.	서로 비추며 거의 붙어있을 수 있다.
焉顧非日月,	동서에 떠올라 상서로운 빛을 내는
東西揚景光.	해와 달이 아니라면 어찌 돌아보랴?

---

117) "不中于鱗之毒, 所就當不止此"(「敍姜陸二公同適稿」)

情知諧親遘,　친한 만남이 화합됨을 마음이 아는 것은
乃在媒慨慷.　아낌없는 의리를 매개로 해서이다.
雖有綢繆淚,　비록 끈끈한 정의 눈물 흘린다 해도
何以寫中腸.　무엇으로 우리의 마음속을 표현하나?

이 시는 왕세정이 고향으로 돌아가는 이반룡과 이별하며 쓴 작품인데, 여기서 시인은 두 사람의 우정이 혈육의 정보다 깊다고 표현하여 이별의 슬픔과 의리의 소중함을 토로하였다.

왕세정은 예술형식을 매우 중시하여 그것을 문학 성패의 관건으로 간주했다. 이 시도 수사에 공을 들여 적절한 비유를 통해 자신이 말하고자 하는 바를 형상감 있게 표현할 수 있었다. 그의 시를 한 수 더 들어본다.

⟨酹孫太初墓⟩	손일원(孫一元)의 묘에 술을 따르며
死不必孫與子,	죽는 것이 반드시 손자와 자식일 필요 없고
生不必父與祖.	사는 것이 반드시 부모와 조부모일 필요 없다.
突作憑陵千古人,	갑자기 천고를 초월한 사람이 되어서
依然寂寞一抔土.	한줌 흙으로 여전히 적막 속에 있다.
道場山陰五十秋,	도장과 산음은 그가 죽은 지 50년이 되었지만
那能華表鶴來遊.	어떻게 화표학이 되어 이곳에 올 수 있을까?
君看太華蓮花掌,	그대가 화산의 연화봉 선인장 위를 보면
應有笙歌在上頭.	꼭대기에서 여전히 생가를 부르고 있으리.

손일원은 종적이 기괴하며 명승지를 두루 돌아다녀 여기저기 족적을 남겼다. 정덕(正德: 1506-1521) 연간 장흥(長興) 오충(吳玖)의 집에 세 들어 살며 유린(劉麟)·용예(龍霓)·육곤(陸崑)·오충(吳玖)과 시사(詩社)를 결성하고 창화하여 '초계오은(苕溪五隱)'으로 칭해졌다.

이 시는 가족도 고향도 없이 세상 곳곳을 유유히 돌아다니며 시를
짓고 신선처럼 살다 죽은 손일원을 추모한 작품인데, 그에 대한
깊은 정이 묻어난다.

이반룡과 왕세정에 의해 '후칠자'의 대열에서 배척된 사진(謝榛:
1495-1575)은 자가 무진(茂秦)이고 호는 사명산인(四溟山人)이며 임
청(臨淸: 지금의 산동에 속함) 사람이다. 세종(世宗) 가정(嘉靖) 연간에
수도로 갔다가 이반룡·왕세정 등과 시사(詩社)를 결성하여 후칠자
(後七子)의 일원이 되었지만 후에 이반룡과 길을 달리하여 절교하
였다. 그는 근체시에 특색이 있어서 정밀하고 아름다우면서 정취
가 있다. 다음 시를 보자.

〈秋興四首〉(其四) 가을을 맞아 심경을 토로하다 4수(제4수)

地曠蘱蕪老,	드넓은 광야에서 천궁은 시들어가고
庭空蟋蟀寒.	텅 빈 뜰에서 귀뚜라미소리 차갑다.
山河秋瑟瑟,	산하는 가을이라 바람소리 쓸쓸하고
風露夜漫漫.	추워져 이슬 내리는 밤은 길기만 하다.
白首誰同醉,	머리 희끗한 이 몸이 누구와 취할까?
黃花只自看.	노란 국화가 홀로 스스로를 바라본다.
吾生眞浪迹,	나의 일생은 참으로 방랑의 생활인데
滄海一漁竿.	푸른 바다에서 낚싯대 하나 드리웠다.

시인은 아마도 두보의 〈추흥 8수〉를 본받아 〈추흥 4수〉를 지었
을 것이다. 이 시에서 시인은 쓸쓸한 가을을 맞아 느끼는 고독한
심경을 여러 각도에서 서술한 뒤에, 마지막에서 끝없이 펼쳐진 바
다와 낚싯대 하나를 대비시켜 떠도는 나그네의 고독감을 선명하게
부각시켰다.

사진은 당(唐)의 이백과 두보 등 14가(家)를 학습할 것을 주장하

면서 그들의 시를 숙독하고 음미하여 전인의 '신기(神氣)'·'성조(聲調)'·'정화(精華)'를 얻을 것을 요구했다. 그는 '고법(古法)'에 대해서는 이반룡과 왕세정만큼 집착하지 않았다. 그의 결점이라면 자구 하나하나를 지나치게 숙고하여 기세가 부족하고, 고인의 시구를 개조하여 새로운 것으로 포장하기를 좋아해서 쉽게 상투적인 틀에 빠진 것이다.

3. 3 전후칠자 영향권 밖의 시인들

명대 중기는 복고를 표방한 전·후칠자의 시가 주류를 형성했지만 그들에게 동조하지 않고 그 영향권 밖에서 선명한 개성을 드러내며 스스로 일가를 세운 시인들이 있었다. 당시의 봉건 예법과 구속에서 벗어나 자유롭게 창작활동을 하며 시(詩)·서(書)·화(畵)에 모두 능했던 심주(沈周)·축윤명(祝允明)·문징명(文徵明)·당인(唐寅)으로 대표되는 오중(吳中) 시인과 양신(楊愼)이 그들이다.

심주는 자가 계남(啓南)이고 호가 석전(石田)이며 장주(長洲: 지금의 강소성 오현吳縣) 사람이다. 그는 평생 관직에 나아가지 않고 은거생활을 했다. 그는 화가로 이름을 떨쳤고, 작시에는 심혈을 기울이지 않았지만 속세를 벗어나 산림을 벗하며 지냈기 때문에 그의 이목이 접하는 것은 자연 풍광이었고, 그의 심미 심리도 자연스런 것을 좋아하여 수사에 힘쓰지 않았다. 다음 시를 보자.

〈寫懷寄僧〉	회포를 써서 스님께 부치다
虛壁疏燈一穗紅,	빈 벽 희미한 등에 낟알 같은 불꽃 하나
閑階隨處亂鳴蟲.	인적 없는 섬돌 곳곳에 벌레 소리 어지럽다.
明河有影微雲外,	희미한 구름 저편 은하수는 모습이 보이고

淸露無聲萬木中.　　수많은 나무에선 소리 없이 이슬이 맺힌다.
澤國蒼茫秋水滿,　　아득히 펼쳐진 못들에 가을 물 가득 찼건만
居民流落野煙空.　　주민들은 떠나가 들판에 연기 오르지 않는다.
不知誰解抛憂患,　　그 누가 이 근심을 해소해 줄 수 있으랴!
獨對靑山憶贊公.　　홀로 청산을 마주하고 찬공을 생각하노라.

찬공(贊公)은 송나라 승려의 이름인데, 이것으로 이 시를 받는 스님을 지칭하였다. 심주는 속세에서 벗어나 자연을 벗하며 살아가고 있지만, 주변의 백성들이 생활고 때문에 살던 곳을 버리고 외지로 떠나간 비참한 상황이 그를 근심케 하여 그 마음을 시에 담았다.

심주는 저명한 화가여서 그가 지은 <제화(題畵)> 시 4수는 화면상의 경치를 시의 의경 속에 생동적으로 표현해냈다. 제2수를 예로 들어본다.

碧水丹山映杖藜,　　푸른 물 붉은 산이 지팡이에 비치고
夕陽猶在小橋西.　　석양은 아직 작은 다리 서쪽에 있다.
微吟不道驚溪鳥,　　나직이 시를 읊자 시냇가 새가 놀라
飛入亂雲深處啼.　　뭉게구름 속 깊이 날아들며 울어댄다.

이 시를 보면 푸른 물 붉은 산에 석양이 물들 때, 지팡이 짚고 나온 한 노인이 눈앞의 경치를 즐기며 나지막이 시를 읊는 모습이 떠오른다. 그런데 그때 시인의 시 읊는 소리에 시냇가 새가 놀라 구름 속으로 날아가며 우는 동적인 모습이 첨가되어 시의 의경이 화폭으로 빨려 들어가는 인상을 준다.

축윤명(1460-1526)은 자가 희철(希哲)이고 호가 지산(枝山)이며 심주와 마찬가지로 장주(長洲) 사람이다. 홍치(弘治) 5년(1492)에 거인(擧人)이 되었고, 홍녕(興寧: 지금의 호남성 자흥현資興縣)지현(知縣)과 응

천부(應天府) 통판(通判)을 역임했다. 그는 서예로 세상에 이름이 났지만 시에도 능했다. 그의 시는 제재가 풍부하고 언어가 청려(淸麗)하고 자연스러웠다. 다음 시를 보자.

<暮春山行>　　**늦봄의 산행**

小艇出橫塘,	작은 배에 올라 횡당을 나서니
西山曉氣蒼.	서쪽 산에 새벽 기운 창연하다.
水車辛苦婦,	수차를 돌리느라 수고하는 아낙
山轎冶遊郎.	가마 타고 나들이 나온 사나이.
麥響家家碓,	집집마다 방아 찧어 나는 보리 향
茶提處處筐.	곳곳에서 광주리 들고 차를 딴다.
吳中好風景,	오중에서 가장 보기 좋은 풍경은
最好是農桑.	뭐니 뭐니 해도 농사와 양잠이라네.

늦봄은 농촌 사람들이 바쁘게 활동하는 시기이다. 시인이 여기서 그려낸 것은 바로 농촌의 그런 모습이다. 마지막 두 구에서 시인은 농사와 양잠에 대한 특별한 애호를 표현했는데, 그가 벼슬길에서 벗어나 예법에 구애받지 않는 은거생활을 하면서도 백성들의 삶에 지대한 관심이 있음을 표명한 것이다.

문징명(1470-1559)은 초명(初名)이 벽(璧)이고 자가 징명(徵明)이었는데 나중에 자(字)를 이름 삼아 행세했고 자를 징중(徵仲)이라고 했다. 호는 형산거사(衡山居士)이며 장주(長洲) 사람이다. 세공생(歲貢生)으로 한림원대조(翰林院待詔)에 임명되었지만 3년 만에 사직하고 고향으로 돌아왔다. 그림과 서예로 이름이 났으며 시에도 뛰어났다. 그의 시는 그림과 마찬가지로 우아하고 잘 정비되어 있으면서 운(韻)이 빼어나다. 다음 시에서 그의 흉금을 엿볼 수 있다.

<虎丘登閣>　　　**호구에서 누각에 올라**

老去淵明益羨閑,　　도연명은 늙어가며 더욱 여유를 탐하여
興來高閣漫躋攀.　　홍이 나면 높은 누각에 마음껏 올랐다지.
半檐爽氣尊前雨,　　처마에 스미는 상쾌한 기운과 술잔 앞의 비
百里平林掌上山.　　백리에 펼쳐진 평지 숲과 손바닥 위의 산.
天際輕陰寒未散,　　아득히 구름 끼어 추위는 가시지 않았는데
日斜飛鳥倦知還.　　해 저물어 새들도 느릿느릿 돌아오는구나.
長安塵土三千丈,　　장안의 흙먼지 날리는 게 3천 장이라지만
不到淸泉白石間.　　맑은 샘 흰 바위 사이에는 이르지 못하네.

　시인은 자신을 도연명에 비겨서 자연스럽게 그의 "다섯 말 쌀
때문에 허리를 굽히지 않는다"[118]는 꼿꼿한 절개를 연상시키고 있
는데, 그로부터 시인이 관직을 그만둔 원인이 무엇이었는지 추측
할 수 있다. 마지막 두 구에서 시인은 벼슬살이에 대한 혐오의 정
과, 은둔해서 자연을 벗 삼아 살아가는 즐거움을 언급하여 그의
개성과 취향을 알 수 있게 하였다.
　당인(1470-1523)은 자가 백호(伯虎)이고 장주(長洲) 사람이다. 홍치
(弘治) 11년(1498) 향시(鄕試)에서 1등을 하여 당해원(唐解元)이라고
불렸다. 재주가 뛰어나고 소절에 구속되지 않았는데, 나중에 과거
시험 부정사건에 연루되자 관직에의 미련을 버리고 떠돌이생활을
했다. 당인은 화가로 유명한데, 그의 시는 처음에는 재능과 감정을
중시했지만 만년에 들어서는 틀에 얽매이는 것을 싫어하여 격률을
따지지 않고 구어를 즐겨 썼다. 다음 시를 보자.

---

118) "不爲五斗米折腰."

<言志>   뜻을 말함

不煉金丹不坐禪,   연금술도 하지 않고 좌선도 않으며
不爲商賈不耕田.   장사도 하지 않고 밭을 갈지도 않는다.
閑來寫就靑山賣,   한가해지면 청산을 그려서 파나니
不使人間造孽錢.   이 세상에서 돈으로 죄를 짓지는 않는다.

이 시를 통해 시인이 어떻게 살아가고 있으며, 생계를 위해 무
엇을 했는지 알 수 있다. 그는 자유롭고 구속 받지 않는 생활을
영위하며 고고한 절조를 지켰다. 이백(李白)을 좋아하여 자신을 이
백에 견준 <파주대월가(把酒對月歌)>를 짓기도 하고, 당시에 성행했
던 가도학(假道學)을 공개적으로 비판한 <분향묵좌가(焚香默坐歌)>를
짓기도 했다.

그는 화가로서 <제화(題畵)> 시를 많이 썼는데, 시 속에 그림이
있는 것이 장점이었다. 한 수를 예로 들어본다.

秋水接天三萬頃,   3만 이랑 가을 물은 하늘에 닿아 있고
晩山連樹一千重.   저물녘 산은 나무가 1천 겹 이어졌다.
呼他小艇過湖去,   작은 배를 불러 호수 위를 지나가며
臥看斜陽江上峰.   누워서 석양 속 강 위의 봉우리를 바라본다.

이 시를 따라가면 아름다운 가을의 강산도를 감상하는 것 같다.
드넓은 가을 물을 배경으로 석양이 산봉우리를 붉게 물들였는데,
사람이 배에 누워 자연경치를 감상하는 모습이 눈에 선하다. 당인
은 만년에 호를 육여거사(六如居士)로 했기 때문에 그의 문학작품집
도 『육여거사집』으로 칭했다.

양신(1486-1559)은 자가 용수(用修)이고 호가 승암(升庵)이며 신도
(新都: 지금의 사천성에 속함) 사람이다. 정덕(正德) 6년(1511) 전시(殿試)

에서 1등을 하여 한림원편수(翰林院編修)에 임명되었다. 품성이 강직하여 가정(嘉靖) 3년(1524) 대례(大禮)에 관해 눈물로 간언하다 곤장을 맞고 운남(雲南) 영창위(永昌衛)로 좌천되어 끝내 돌아오지 못하고 거기서 죽었다.

양신은 일찍이 이동양으로부터 시법을 전수받았는데, 전후칠자의 "시는 반드시 성당 이전이어야 한다"는 주장에 동조하지 않고 폭넓게 공부하여, 자신만의 기치를 세워 우아하고 장려한 시풍을 형성했다. 시론에 있어서는 함축과 자연을 주장하고, 타인의 시에 대한 평가가 정치하여 그가 지은 『승암시화(升庵詩話)』는 후대에 적지 않은 영향을 끼쳤다. 그러나 그의 시는 학문을 바탕으로 육조(六朝)와 당인의 시구를 원용한 경우가 많아 그의 시론처럼 참신하고 자연스럽게 써낸 시가 많지 않다. 『승암시문집(升庵詩文集)』이 있고, 약 2,300수의 시를 남겼다.

양신의 전기 시는 육조와 초당(初唐)을 본받아 언어가 화려하고 표현범위가 넓었다. 그는 이몽양·하경명 등과 자웅을 겨룰 마음이 있을 정도로 재능이 뛰어났지만 의고의 흔적을 말끔히 지우지는 못했다. 좌천된 후에는 시풍에 변화가 있어서 억울한 심정에 감개를 담았지만 유려하고 자연스럽게 표현하는 데 힘썼다. 오언시에는 능하지 않았고, 가행과 칠언절구는 함축적이면서 유려한 아름다움을 지녔으며, 칠언율시는 웅혼하면서도 정교하여 격조가 있다. 먼저 그의 칠언절구를 한 수 들어본다.

<興教寺海棠>	홍교사 해당화
兩樹繁花占上春,	두 그루에 한껏 핀 꽃이 초봄을 차지하니
多情誰是惜芳人.	다정하여 이 꽃을 아끼는 이는 누구인가?
京華一朶千金價,	서울이라면 한 떨기가 천금이나 나갈 텐데
肯信空山委路塵.	먼지처럼 빈산에 버려짐을 누가 믿겠는가?

이 시는 양신이 이원양(李元陽)과 함께 석보산(石寶山)에 갔을 때, 홍교사에 핀 두 그루 해당화를 보고 감흥이 일어 지은 것이다. 초봄에 핀 꽃을 사랑하고 아끼는 시인의 마음과, 그 꽃에 자신을 기탁한 신세지감이 호소력 있게 전달되고 있다. 이제 그의 칠언율시를 보자.

<武侯廟>	무후 제갈량의 사당
劍江春水綠沄沄,	검강의 봄물은 시퍼렇게 휘몰아치고
五丈原頭日又曛.	오장원 위로 태양은 다시 어둑하다.
舊業未能歸後主,	못 이룬 숙원사업이 후주에게 돌아갔건만
大星先已落前軍.	큰 별이 먼저 군영 앞으로 떨어졌구나.
南陽祠宇空秋草,	남양의 사당은 가을 풀만 무성하고
西蜀關山隔暮雲.	서촉의 산하는 저녁 구름 저 멀리 있다.
正統不慚傳萬古,	정통의 지위는 만고에 전해질만하니
莫將成敗論三分.	성패를 가지고 삼국을 논하지 말라.

이 시는 양신이 운남성 검천현(劍川縣)에 있는 제갈량의 사당에 들러 그를 추모하며 지은 것이다. 시인은 여기서 삼국시대 촉한의 역사적 사실과, 제갈량 개인의 활약상을 압축적으로 그려낸 한편, 마지막 구에서 "성패를 가지고 삼국을 논하지 말라"고 말했듯이, 한 인간의 가치도 정치적 성패를 가지고 재단하지 말라고 호소하는 듯하여 암시성이 풍부하다.

4. 명대 후기의 시

명대 후기는 만력(萬曆: 1573-1619) 이후 명말까지의 약 60년 동안을 가리킨다. 이 시기에는 복고의 기치 아래 혁신을 추구한 전후칠자(前後七子)가 이론과 실천에서 편협성을 보이며 의고주의로 치닫자, 여러 시인들이 그 부작용에 반기를 들어 개성화의 길을 모색하고 실천했다. 서위(徐渭)는 부정적 세계관에 기초한 자아의식을 시에 담아내어 명대 후기의 새로운 사조를 열었고, 원굉도(袁宏道)를 대표로 하는 공안파(公安派)는 반복고·반모의의 기치 아래 사람의 희로애락과 기호 정욕을 직접 표현할 것을 주장하여 많은 사람들의 호응을 얻었다.

공안파가 시를 천속하게 몰아가자 경릉파(竟陵派)가 이에 반기를 들고 등장했지만, 괴벽한 글자와 운(韻)을 사용하여 시를 이해하기 어렵게 만들어서 또 하나의 극단으로 치달아 그 생명이 오래가지 못했다. 공안파와 경릉파가 만명문학의 양대(兩大) 유파였지만 여기에 모든 시인이 망라된 것은 아니다.

걸출한 희곡가 탕현조(湯顯祖), 그와 나이가 비슷한 도융(屠隆), 다시금 칠자의 문학 종지(宗旨)를 들고 나와 고전의 전통 속에서 강력한 서정 표현을 찾은 진자룡(陳子龍)과 하완순(夏完淳), 개성과 재능이 풍부한 여류시인 주무하(朱無瑕)·서원(徐媛)·유여시(柳如是) 등이 명말의 시단을 화려하게 장식했다.

4. 1 서위(徐渭)

전·후칠자가 복고를 창도한 후 정(程)·주(朱) 이학(理學)은 명대 문학에 대한 영향력이 줄어들었다. 융경(隆慶: 1567-1572) 이후 만력(萬曆: 1573-1619) 초까지 개성 해방의 사조가 고개를 들어 문학도 전후칠자의 시대를 마감하고 명대 후기에 진입하게 되었다. 당시는 이반룡이 죽고 왕세정이 문단의 영도자가 되어 '후칠자' 문파가 여전히 위세를 떨쳤지만, 문학복고운동이 시작되면서 지니고 있었던 중요한 의의인 송대 이학과의 관계 단절이 이때에는 이미 그다지 중요하지 않게 되고 말았다. 그렇긴 하지만 적지 않은 사람들이 여전히 복고의 주장을 고수하였고, 모방 내지 표절의 현상도 일부 말류 문인들에게서 흔히 발견되었다.

상황이 그런지라 문학복고운동 자체의 병폐가 문학 발전의 장애가 되어 이를 비판하는 사람들이 나타났다. 귀유광(歸有光: 1506-1571)이 중요한 인물로서 문학의 발전에 기여했지만, 그의 사상은 총체적으로 옛것을 고수하는 입장이어서 새로운 사조를 열지 못했다. 그런 상황에서 복고 사조를 배척하고 개성 해방을 주장하며 전적으로 새로운 입장에 선 사람이 바로 서위(徐渭)이다. 그는 지위가 낮아서 당시에는 영향력이 크지 않았지만, 죽은 뒤 얼마 지나지 않아서 공안파(公安派) 영수인 원굉도에 의해 명대 최고의 시인으로 추앙받았다. 시뿐만 아니라 산문과 희곡 방면에서도 서위는 만명문학의 선구라고 할 수 있다.

서위(1521-1593)는 자가 문장(文長)이고 호가 청등(青藤)이며 산음 (山陰: 지금의 절강성 소흥시紹興市) 사람이다. 비범한 재능을 지녔지만 과거에 합격하지 못하여 실의에 빠져 있다가 절강(浙江) 총독 호종헌(胡宗憲)의 막부(幕府)에 들어가 서기가 되었다. 그러나 호종헌이

하옥되어 피살되자 의지할 곳을 잃고 방황하다가 정신착란에 빠져 아내를 죽이고 감옥생활을 해야 했다. 출옥 후에도 그는 가난 속에서 고통을 겪다가 죽었다.

서위는 시뿐만 아니라 희곡·서예·회화 방면에서 모두 뛰어난 성과를 거두었는데, 시론에 있어서는 전후칠자의 복고 주장에 반대하여 "오직 성령을 펴내고 격식에 얽매이지 않는다"는 공안파(公安派)의 시학주장을 선도하였다. 그가 지은 시도 자유분방하고 기발하여 그의 초서 및 회화의 풍격과 일치한다는 평가를 받는다.

서위는 왕양명(王陽明)의 심학(心學)과 선종(禪宗)사상을 섭취했지만 거기에 속박되지는 않았고, 사회와 윤리의 중요한 문제들에 대해 자신의 색다른 견해를 피력했다. 문학 방면에서 그는 감정과 개성의 자유로운 표현을 가장 중요시했다. 그는 이몽양의 문학사상을 높이 평가하여 이몽양이 〈서상(西廂)〉·〈이소(離騷)〉처럼 보통사람이 말할 수 없는 것을 말했다고 인정했다. 그러나 그는 당시에 주도적 지위를 차지하고 있었던 '후칠자' 유파에 대해서는 거침없이 공격을 퍼부으며 시의 중심 대상이 자아여야 한다고 주장했다. 다음 시를 보자.

〈雪中移居二首〉(一) 눈 속에서 이사하다 2수(제1수)

十度移家四十年,	40년 동안 열 번을 이사했는데
今來移迫莫冬天.	지금은 늦겨울에 이사가 급해졌다.
破書一束苦濕雪,	찢어진 책 한 묶음 눈에 젖어 괴롭고
折足雙鐺愁斷煙.	두 솥은 발이 잘려 연기 끊어질까 걱정이다.
羅雀是門都解冷,	참새 그물 치던 문에도 냉기가 누그러지고
啼鶯換谷不成遷.	꾀꼬리는 골짜기를 바꿔도 거처를 옮기지 않는다.
只堪醉詠梅花下,	그저 매화 아래서 취해 시를 읊을 수 있건만
其奈杖頭無酒錢.	어찌하랴, 지팡이 끝에 술 사마실 돈이 없으니!

이 시는 서위가 66세 때 쓴 시로, 추운 겨울에 이사하는 고통을 썼다. 책은 눈에 젖어 찢어지고, 솥은 발이 잘려 밥을 지을 수 없을 것 같다. 인기척이 없어 참새 그물을 치던 문에 이사하느라 들락날락하니 냉기가 누그러질 것만 같다. 나에게 즐거움을 주던 꾀꼬리는 거처를 옮길 리 없건만 자신은 오히려 이 집을 떠나 이사하고 있다. 술 한 잔 마시고 시를 읊을 수 있다면 잦은 이사와 생계의 어려움으로 인한 번민을 잠시 잊을 수 있을 것 같은데, 그마저도 돈이 없어 그럴 수 없는 자신의 처지를 여과 없이 솔직하게 묘사했다.

서위의 시문 창작은 자신의 필요에 맞춘다는 전제 하에 전인의 장점을 취했다. 시가 방면에서 그는 한유(韓愈)와 이하(李賀)를 존중했고, 양유정(楊維楨)에 대해서도 호평을 하여 이반룡(李攀龍)·왕세정(王世貞)과는 방향을 달리했다. 그로 인해 그의 창작은 괴이하고 음울한 정조를 띠게 되었고, 내심의 격동과 불안을 표현했다. 다음 시를 보자.

〈春日過宋諸陵〉 봄날 송의 여러 황릉을 찾아가서

落日愁山鬼,	해 떨어져 산신도 슬픔에 잠기고
寒泉鎖殯宮.	찬 샘물이 임시 묘소를 감치한다.
魂猶驚鐵騎,	혼은 아직도 몽고 기병에 놀라고
人自哭遺弓.	사람들은 잃어버린 강산에 통곡한다.
白骨夜半語,	무덤의 백골들 한밤중에 소곤대고
諸臣地下逢.	여러 신하들은 지하에서 상봉한다.
如聞穆陵道,	이종 황제의 말씀을 듣는 듯하구나
當年悔和戎.	당시 몽고와 강화한 것이 후회된다고.

이 시는 서위가 소흥시 보산(寶山)에 있는 송나라 일곱 황제의

능묘를 찾아가 돌아보고 그 감회를 적은 것이다. 남송의 역사 사실을 돌이켜보며 참담한 심경을 토로하는 한편 결과적으로 몽고와의 강화가 잘못된 판단이었음을 말했는데, 이는 정확한 지적이라고 할 수 있다. 서위는 지난 역사의 서술을 통해 당시 명나라가 처한 암울한 상황을 우려하면서, 통치자가 잘못된 판단을 되풀이하지 않기를 바라는 마음을 기탁했을 것이다.

서위의 이 같은 시를 통해 '고격(古格)'·'고조(古調)' 류의 심미 취미가 더 이상 문학 발전의 방향에 부응할 수 없게 되었다는 것을 확인할 수 있다.

4. 2 공안파(公安派)와 경릉파(竟陵派)

원중도(袁中道: 1570-1623)가 일찍이 자신의 시를 평하여 "세상 사람들의 상투적인 말이 자못 싫어서 극력 변화를 꾀했지만, 솔직하고 평이함에 빠진 것이 대부분이고, 전혀 함축이 없는 것이 병폐이다"[119]라고 했듯이 시를 입에서 나오는 대로 써서 솔직하고 쉬우며 속된 표현을 취할지언정 진부한 것을 피한 것이 원씨 삼형제의 공통된 특징이다. 따라서 언어 풍격 방면에서 그들은 자연스럽게 백거이와 소식에게 경도되었다.

그러나 세 사람은 재능과 개성이 달랐기 때문에 시의 특징도 다른 점이 있었다. 맏형인 원종도(袁宗道: 1560-1600)는 성격이 온화하여 그의 시도 강렬한 정서를 표현한 것이 많지 않고 사용한 언어도 명백하고 쉬우며, 때때로 중언부언하여 호소력이 약하다. 막내 원중도의 시는 감정이 강렬하여 출사하기 전의 작품은 주로 실의

---

119) "頗厭世人套語, 極力變化, 然其病多傷率易, 全無含蓄."(「寄曹大參尊生」)

에 대한 불만과 협객의 정을 표현하였다. 그러나 그의 시는 대개 가볍고 쉽게 써서 시의 맛이 부족하다.

둘째 원굉도(袁宏道: 1568-1610)의 시가 형이나 동생보다 나았다. 그는 자가 중랑(中郎)이고 공안(公安: 지금의 호북성 공안) 사람으로 신종(神宗) 만력(萬曆) 연간에 진사가 되었고, 오현(吳縣)의 지현(知縣)·예부주사(禮部主事)·이부낭중(吏部郎中) 등을 역임했다. 명대 문학의 한 유파인 공안파(公安派)의 대표인물로, 그의 논시 주장은 성령(性靈)을 펴서 자신만의 새로운 시를 써야지 옛사람을 모의해서는 안 된다는 것이어서 전·후칠자와 상반된 길을 걸었다. 그는 실제 창작에서도 청신하고 독창적인 작품을 썼지만, 때로는 시가 천박하고 경솔하다는 비판을 받았다. 『원중랑집(袁中郎集)』이 있다.

원굉도도 "마음 가는 대로 내고, 입에서 나오는 대로 말한다"[120)를 주장하여 규칙을 따지지 않았고, 언어는 속된 것을 피하지 않았으며, 우아함을 추구하지 않았지만 늘 기이한 생각을 갖고 예민한 느낌을 표현하였다. 그의 시를 보면 산수(山水)·주색(酒色)과 한정(閑情)을 표현한 작품이 많아서, 그가 사회 정치에 별로 관심이 없는 것처럼 보인다. 그러나 그에게는 많지는 않지만 국사에 대한 우려와 불만을 토로한 작품도 있다. 다음 시를 보자.

〈聞省城急報〉	우리 무창성의 급보를 듣고
黃鵠磯頭紅染淚,	황혹기 앞에서 눈물은 피로 물들고
手殺都堂如兒戲.	아이들 장난처럼 도당을 죽여 버렸다.
飛鞚疊騎塵碾塵,	전령마가 이어 달리니 먼지가 꼬리를 물고
報書一夕三回至.	급보가 하룻밤에 세 번이나 전해졌다.
天子聖明臣斂手,	영명한 천자 밑에서 신하들이 손을 놓아

---

120) "信心而出, 信口而談."(「張幼于」)

胸臆決盡天下事.　당신 판단으로 세상사를 다 처리하신다.
二百年來好紀綱,　2백여 년 동안 좋았던 조정의 기강이
辰裂星紛委平地.　별들이 무너져 떨어지듯 땅에 버려졌다.
天長闇永叫不聞,　황궁은 너무 깊어 내 외침 들리지 않아
健馬那堪持朽轡.　건장한 말이 썩은 고삐를 어찌 지탱하랴?
書生痛哭倚蒿籬,　서생이 쑥대 우거진 울타리에 기대 통곡하니
有錢難買靑山翠.　돈이 있어도 푸른 산하를 못 사게 되었다.

명 신종(神宗) 만력(萬曆) 32년(1604)에 초번(楚藩)의 왕위 계승문
제가 명 종실 내부의 분규를 가져와, 마침내 무창 황족 주온진(朱
蘊鈐) 등이 난을 일으켜 호광순무 조가회(趙可懷)를 살해하는 사태
가 발생했다. 무창성의 급보는 이 일을 가리킨다. 무창에서 발생한
왕위 분규 속에서 신하는 부패하고, 황제는 우매하여 그런 사태가
일어난 것을 목도하고, 원굉도는 나라의 앞날을 걱정하면서 이 시
를 지었다. 여기서 그는 이 사건을 고발하고 풍자하는 한편, 명 왕
조에 대한 자신의 절망과 비탄을 토로하였다.

원굉도 시의 결함은 다른 두 형제와 마찬가지로 언어의 단련을
소홀히 하여 때때로 지나치게 가볍고 쉽게 써서 함축미가 결여되
어 있는 것이다.

공안파의 문학이론은 줄곧 사람들의 중시를 받은 반면에 그들의
시가 창작은 평가가 그다지 높지 않았다. 이 부분을 점검해보면
중국의 고전시는 명대에 이르기까지 유구한 역사를 지니고 성취
또한 대단히 컸지만, 동시에 격식·의경(意境)·의상(意象)·어휘 등
의 방면에서 일정한 틀을 형성하여 이를 돌파하기 쉽지 않게 되었
기 때문이다. 게다가 명대 중·후기 사회에서 형성된 활발하고 노
골적이며 세속화된 생활감정과 양립하기 어렵게 되었다. 바꾸어
말해서 고전시의 전통이 어떤 면에서 이미 생활정서를 속박하는

것으로 변하고 말았다.

이몽양의 "참된 시는 민간에 있다"(眞詩在民間)라는 선언이 이미 그 점을 의식한 것이며, 당인(唐寅)의 구어화된 시는 고전의 전통에 대한 일종의 경멸을 뜻했다. 그와 같은 고전의 전통을 타파하려는 경향은 공안파에 이르러 강력한 이론을 구비하고 광범하게 시가창작을 시도하여, 나름대로 위세를 지닌 시가개혁운동으로 발돋움하였다.

이론으로 "오직 성령을 서발하고, 격식과 틀에 얽매이지 않는다"(獨抒性靈, 不拘格套)를 제시한 것은 당시 사람들이 비교적 쉽게 인정하고 받아들일 수 있었지만, 그 이론을 창작에 운용하는 데 있어서는 극복하기 어려운 점이 있었다. 공안파가 사용한 시가형식은 여전히 고전의 형식이었고, 그런 형식은 속되고 평이한 언어를 대량으로 운용하는 것이 근본적으로 어려웠기 때문에 사람들에게 어색하다는 느낌을 줄 수밖에 없었다.

공안파의 시는 원굉도의 재능이 뛰어나서 전통의 형식으로도 어느 정도 신선함을 표현할 수 있었지만 그 성취가 제한적일 수밖에 없었다. 재능이 그만 못한 사람이 그 용이함을 탐하여 모방하면 의고파의 시보다 더욱 쉽게 조악함에 빠질 수밖에 없었다. 이런 이유로 공안파의 시는 잠시 큰 영향을 끼쳤지만 오래 지속될 수 없었다.

그러나 다른 면에서 보면 공안파의 시도 그들의 이론과 마찬가지로 고전 전통의 파괴를 뜻하여 낡은 시가 체제로부터 해방되고 싶은 욕구를 표현했다. 비록 그들이 성공을 거두지는 못했지만 그 요구는 합리적인 면이 있었고 그 시도도 가치가 있는 것이었다.

원굉도가 후기에 '담박함'을 '참된 성령'으로 삼은 것은 이미 급진적인 인생태도와 문학관점으로부터 후퇴한 것을 의미한다. 공안파의 시가 후칠자의 구태를 타파한 후 일군의 말류시인이 그들을 모방하면서 다시 점차 속된 방식을 드러내자, 비교적 오래 산 원중도는 이에 불만을 품고 결국 공안파의 이론에 수정을 가해 '오직 성령을 서발한다'는 관점을 견지한다는 전제 아래 "시는 삼당(초당·성당·만당)을 표적으로 해야 하고, 당인(唐人)을 버리고 달리 시를 배우는 것은 모두 외도이다"121)라고 주장했다.

공안파의 유폐는 금방 드러나 더 이상 앞으로 나아가지 못했으므로 필연적으로 역사를 회고하여 당시를 대표로 하는 고전 전통에서 방법을 찾았으니 이는 사실상 공안파 이론과 전후칠자 이론의 절충을 의미했다. 이런 경향이 나중에 진자룡(陳子龍)과 오위업(吳偉業) 등의 시인에게 계승되어 명말청초의 한 중요한 유파가 되었다. 공안파의 예봉이 꺾인 상황에서 경릉(竟陵: 지금의 호북성 천문天門) 사람 종성(鐘惺)과 담원춘(譚元春)을 대표로 하는 '경릉파(竟陵派)'가 등장했다.

종성(1574-1624)은 호광(湖廣) 경릉(竟陵) 사람으로, 자가 백경(伯敬)이고 호가 퇴곡(退谷)이다. 만력(萬曆) 38년(1610) 36세에 진사가 되었고, 남경예부주사(南京禮部主事)·복건제학첨사(福建提學僉事) 등의 관직을 지냈다. 종성은 명대 경릉시파(竟陵詩派)의 수장으로, 그의 논시 주장은 마음과 옛것을 믿고, 감정과 이치를 중시하고, 성령과 중후한 표현의 결합을 추구하자는 것이어서 만명(晩明) 시단에 중대한 변화를 가져왔다.

그의 시는 '깊고 고아하며 초탈한'(幽深孤峭) 풍격과 의경을 추구하여 선명한 개성을 형성했다. 그러나 일부 작품은 허사(虛詞)를 지나치게 사용하여 회삽하고 심오해 보이지만, 실상 깊은 뜻은 없다고 비판받는다. 『은수헌집(隱秀軒集)』과 담원춘(譚元春)과 함께 평

---

121) "詩以三唐爲的, 舍唐人而別學詩, 皆外道也."(「蔡不瑕詩序」)

선(評選)한 『고시귀(古詩歸)』·『당시귀(唐詩歸)』 등이 있다. 여기서 종성의 시를 한 수 들어본다.

〈江行俳體〉	장강을 지나가며 유희체로
虛船也復戒偸關,	빈 배도 검문소를 그냥 통과할 수 없어서
枉殺西風盡日灣.	종일 묶여 있는 배에 서풍만 부질없이 분다.
舟臥夢歸醒見水,	배에 누워 고향 꿈꾸고 깨서는 물이 보이니
江行怨泊快看山.	묶인 배가 원망스럽다가 산을 보니 상쾌하다.
弘羊半自儒生出,	홍양 같은 세무 관리의 반은 유생 출신이고
餒虎空傳稅使還.	굶주린 호랑이는 공연히 세리의 귀환을 전한다.
近道計臣心轉細,	근래에 재무대신의 마음이 더욱 깐깐해져서
官錢曾未漏漁蠻.	가난한 어부라도 세금을 면제해주지 않는다.

만력(萬曆) 36년(1608) 겨울에 종성은 배를 타고 악주(鄂州)를 떠나 장강을 따라 남경을 향해 가 이듬해 초봄에 도착했다. 이 여행 도중에 〈강행배체〉 12수를 써서 자신이 경험하고 느낀 것을 서술하였다. 이 시는 제2수로 장강 곳곳에 검문소를 설치하고 배를 정박시켜 승객들을 불편하게 하고, 선주와 어부로부터 각종 명목의 세금을 갈취하는 세리들의 횡포와 수탈을 고발하였다. 이 시를 통해 알 수 있듯이 경릉파 시인도 사회 현실에 대해 관심과 열정이 없지는 않았음을 알 수 있다.

담원춘(1586-1637)은 자가 우하(友夏)이고 호가 사옹(簑翁)이며 종성과 마찬가지로 호광(湖廣) 경릉(竟陵) 사람이다. 천계(天啓) 7년(1627)의 향시(鄕試)에서 1등을 했고 숭정(崇禎) 10년(1637)에 응시를 위해 북경으로 가던 도중에 죽었다. 그는 종성과 함께 경릉파 시인으로 활약하여 창작주장이 종성과 대체로 일치한다. 그의 시는 맑고 **빼**어나며 영기(靈氣)가 풍부한데, 일부 작품은 난삽하고 파편화된 점이 있다. 『악귀당집(岳歸堂集)』과 『담우하합집(譚友夏合集)』 등이 있다. 그의 시를 한 수 들어본다.

<瓶梅>	화병 속의 매화
入瓶過十日,	화병에 꽂은 지 열흘이 넘어서
愁落幸開遲.	질까 걱정했는데 다행히 늦게 피었다.
不借春風發,	봄바람의 힘을 빌리지 않고 피어나고
全無夜雨欺.	밤비에 시달릴 일도 전혀 없다.
香來淸靜裏,	맑고 고요한 속에서 향기를 뿜어내고
韻在寂寥時.	적막하고 쓸쓸해도 운치를 드러낸다.
絶勝山中樹,	산속의 매화나무보다 훨씬 낫거늘
遊人或未知.	상춘객들은 간혹 이를 모른다.

이 시는 방안에 있는 화병 속의 매화를 읊은 오언율시인데, 시인 자신의 처세 태도를 반영하고 있어서 비유성이 강하다. 담원춘은 사회가 극히 혼란했던 만명시대를 살아서 관직에 오르지는 못했지만, 그 대신 관계에서의 시련도 피할 수 있었다. 또한 그는 혼탁한 세상을 피해 고고하게 살기를 바라서 화병 속의 매화 등으로 자신의 지향을 표현했다. 그러면서도 세상 사람들이 자신을 알아주지 않는 것을 서운해하는 심경을 표현하여 그의 심사가 복잡함을 드러내었다.

경릉파는 이론상 공안파의 '오직 성령을 서발한다'는 구호를 받아들인 동시에 여러 방면에서 이를 수정했다. 그들은 "기세는 끝이 있어 반드시 변하고, 사물은 홀로여야 기이하게 된다"[122]를 제시하여 남을 뒤따르는 것에 반대하고 새로움을 세울 것을 주장했다. 그들은 공안파의 유폐가 이속(俚俗)·천로(淺露)·경솔(輕率)에

---

122) "勢有窮而必變, 物有孤而爲奇."(鐘惺,「問山亭詩序」)

있다고 보고 일종의 깊고 고아하며 초탈한 풍격을 제시하여 바로 잡으려고 했다.

종성은 『시귀(詩歸)·서(序)』에서 '고인(古人)의 참된 시'를 추구하는 방법을 말하여 "참된 시는 정신이 짓는 것이다. 그 깊은 정의 단서를 살피고 홀로 고요함을 실천하며 와자한 중에 기탁하면 비운 마음과 번뇌를 떨쳐버린 선정(禪定)의 힘으로 홀로 오묘한 곳으로 가서 허무의 경계 밖에서 소요하게 된다"[123]라고 했다. 그들 또한 고인(古人)에게 배워 '후(厚)'를 이루어야 한다고 주장했지만, 칠자파처럼 고인(古人) 고유의 '격조'를 추구하는 것이 아니라 자신의 정신을 주체로 하여 고인의 정신을 구하는 것이었다. 그런 까닭에 그들의 고시 해설은 언제나 고인을 자신에게 끌어오는 방식이었다.

자아정신의 표현을 중시했다는 점에서 경릉파는 공안파와 일치했지만 양자의 심미취미는 전혀 달랐는데, 그 배후에는 상이한 인생태도가 있었다. 공안파 시인도 나름대로 위축된 면이 있긴 했지만 전통의 가치를 회의하고 부정하며 사회 압박의 고통에 예민하게 반응했으므로 그들의 시는 결국 저항의 의미를 지닌 것이었다. 그들은 쉽고 색채가 풍부하면서 생동감 있는 언어를 즐겨 사용하며 생활 속의 정취를 표현하고 내심의 희로애락을 드러내며 개방적이고 개성적인 취향을 보였다.

그러나 경릉파가 추구한 '깊고 고아하며 초탈한' 시경(詩境)은 안으로 수렴하는 심태를 표현하는 것이었다. 그들의 시는 심리감각에 편중되어 있고, 경계가 협소하고 주관성이 강하며, 적막하고 황량하거나 음산한 정경을 즐겨 묘사했다. 그들의 언어 또한

---

123) "眞詩者精神所爲也. 察其幽情單緖, 孤行靜寄于喧雜之中, 而乃以其虛懷定力, 獨往冥遊于寥廓之外."

생경하고 난삽하며, 통상적인 어법과 음절을 자주 파괴하고, 기이한 글자를 사용하여 사람들에게 순조롭지 않다는 느낌을 주었다.

종성과 담원춘은 약동하는 세속생활에 별다른 흥취가 없었고, 세속을 벗어나 허무하고 아득한 '정신세계'에 관심을 기울였다. 그들은 '고행(孤行)'·'고정(孤情)'·'고예(孤詣)'를 표방했지만,124) 다른 한편 불안을 감출 수 없어서 도연명 식의 평정과 담원(淡遠)에 이를 수 없었다. 이는 자아의식은 강하지만 개성을 외부로 자유롭게 펼칠 수 없어서 안으로 전향한 결과이고, 그로 인해 그들 시의 '어둡고 막힘[幽塞]'·'스산하고 쓰라림[寒酸]'·'심각함[尖刻]'의 감각을 조성했다.

경릉파 시풍은 명말청초에 유행하여 그 영향이 공안파보다 오래 지속되었다. 이는 만명의 개성해방 사조가 타격을 입은 후 문인 심리상의 병태가 미학 취향에 반영된 것이다. 전겸익(錢謙益)은 정통의 입장에서 경릉파를 공박하며 '시요(詩妖)'로 배척하고 심지어 국가 패망의 징조로 지목했다.125) 이는 편파적인 공격이기는 하지만 경릉파 시와 정통문학의 거리감과, 그것이 표현해낸 시대 분위기를 지적한 면이 있다.

4. 3 명 후기의 기타 시인

공안파와 경릉파가 명대 후기 시단의 양대(兩大) 유파였지만 모든 시인을 망라한 것은 아니다. 특히 전·후칠자의 복고문학관은 여전히 일정한 영향력을 유지하고 있었고, 걸출한 희곡가 탕현조

---

124) 譚元春, 『詩歸·序』.
125) 『列朝詩集小傳』.

(湯顯祖: 1550-1616)도 저명한 시인이었다. 그의 활동 시기는 삼원(三袁)보다 조금 일러서 바로 왕세정이 시단의 맹주가 되어 세력을 왕성하게 떨치고 있을 때였다. 전겸익은 『열조시집소전(列朝詩集小傳)』에서 왕세정과 이반룡의 울타리 밖에 있는 시인은 서위(徐渭)와 탕현조라고 했는데, 이는 명 중기에서 후기에 이르는 시풍 변화 속에서 탕현조가 차지하는 지위를 설명한 것이다.

탕현조의 시는 육조(六朝)의 화려한 풍격에 치우쳐 있어서 당시의 일반 사람들이 성당(盛唐)을 존중한 것과 다르다. 그의 몇몇 단시(短詩)는 예민한 감수성을 지니고 있어서 명대 후기 문인의 사상 특징을 보여준다. 다음 시를 보자.

<黃金臺>　　　　　　**황금대**

昭王靈氣久疏燕,　　소왕의 영험한 기운 사라진 지 오래인데
今日登臺弔望諸.　　오늘 황금대에 올라 악의를 애도한다.
一自剒生流涕後,　　괴철(剒徹)이 눈물을 흘리고 나서부터
幾人曾讀報燕書.　　몇 사람이나 연왕께 회답한 글을 읽었을까.

이 시는 악의(樂毅)같이 재능 있는 사람이 훌륭한 군주를 만나 큰 공을 세웠지만, 그럼에도 불구하고 모함을 받아 나라를 떠나 타향살이를 면하지 못했다는 시인의 감개를 담고 있는데, 이는 황금대를 읊은 일반적인 시들이 연(燕) 소왕(昭王)이 황금대 위에 천금을 놓아두고 천하의 지사(志士)를 초빙한 고사에 착안하여 불우지감을 토로한 것과 다르다.

탕현조와 나이가 비슷한 도융(屠隆: 1542-1605)은 자가 위진(緯眞) 또는 장경(長卿)이고 호가 적수(赤水) 또는 홍포거사(鴻苞居士)로, 은현(鄞縣: 지금의 절강성 영파寧波) 사람이다. 만력 초에 진사가 되었고

예부주사(禮部主事) 직을 지냈는데 생활이 방탕하여 파면되었다. 그는 후칠자 시파 중 '말오자(末五子)'의 한 사람이지만 시에 대한 견해는 고인을 모의하는 것에 반대하고 "각자 재능과 기질을 지극히 하고, 각기 성령을 쓸 것"126)을 주장했다.

도융은 '성령'에 대한 해석에서 원굉도처럼 명확하고 투철하지는 않았지만 일찍이 이를 재삼 강조하여 공안파의 이론에 대해 어느 정도 선도적 역할을 했기 때문에, 사실상 그를 복고파와 공안파를 소통시킨 인물로 볼 수 있다. 도융의 시도 향락을 구가한 것이 많고 편하고 쉽게 써서 공안파와 가까운 면이 있다.

공안파와 경릉파가 잇달아 흥기한 후 전후칠자의 복고문학이 타격을 입어 쇠락했지만 공안파와 경릉파의 시는 예술면에서 결함이 있었고, 개성을 중시한 그들의 정신도 당시 사회에서 건강하게 발전해나가지 못하여 날로 심각해지는 사회 위기에 제대로 대처할 수 없었다. 그 결과 명 왕조 말년에 이르러 동남지역의 문인들이 다시금 칠자의 문학 종지(宗旨)를 들고 나와 고전의 전통 속에서 강력한 서정 표현을 찾았는데, 그 중에서 가장 유명한 사람이 진자룡(陳子龍)과 하완순(夏完淳)이다. 다만 그들의 시, 특히 나라에 변고가 있을 때의 시는 시사(時事)에 가슴 아파하고 비분강개하여 복고 경향 중에 이미 고인의 시법을 시시콜콜 따질 틈이 없었다. 그 점에서 이들은 전후칠자와 달랐다.

진자룡(1608-1647)은 자가 와자(臥子)이고 호가 대준(大樽)이며 화정(華亭: 지금의 상해 송강松江) 사람이다. 숭정(崇禎) 10년(1637)에 진사가 되었고, 일찍이 하윤이(夏允彝) 등과 기사(幾社)를 결성하고 복사(復社)와 호응하여 한때의 명사가 되었다. 청병(淸兵)이 산해관을 넘어온 후 남명(南明) 홍광조(弘光朝)에 출사하여 병과급사중(兵科給事

---

126) "各極才品, 各寫性靈."(『論詩文』)

中)을 맡았으나 그 후 사직하고 고향으로 돌아갔다. 남경이 청병에
게 함락된 후 항청(抗淸) 군사 활동에 종사하다 체포되었는데, 청
병의 감시가 소홀한 틈을 타 물에 뛰어들어 죽었다. 『진충유공전
집(陳忠裕公全集)』이 있다.

진자룡의 초기 시는 명기(名妓) 유여시(柳如是)와의 친밀한 교제
를 서술한 〈가을 저녁 궂은비 내리는데 팽빈(彭賓)·송징벽(宋徵璧)
과 함께 유여시의 집에 모였다. 그날 밤 유여시가 근심이 특히 심
하다고 말했지만 우리 세 사람은 모두 경미한 병이 있어서 술을
마실 수 없었다(秋夕沈雨偕燕又讓木集楊姬館中是夜姬自言愁病殊甚而余三人者
皆有微病不能飮也)〉 2수처럼 곱고 완곡한 작품도 있고, 한(漢) 악부민
가의 풍격을 사용하여 백성들이 집을 잃고 떠돌아다니는 참상을
묘사한 〈소거행(小車行)〉처럼 질박하고 침울한 작품도 있다.

명 왕조가 무너진 후 그의 시는 특히 칠언율시에서 더욱 비장하
고 침울한 방향으로 발전하여 나라의 앞날을 걱정하고 비탄에 빠
진 영웅의 심정을 표현한 〈추일잡감(秋日雜感)〉 10수 같은 시가 있
다. 여기서 그 중 제2수를 들어본다.

〈秋日雜感〉(其二) 가을날의 이런저런 감회(제2수)

行吟坐嘯獨悲秋,	앉으나 서나 시 읊으며 홀로 가을을 슬퍼하니
海霧江雲引暮愁.	해무와 강 구름이 저물녘의 근심을 일으킨다.
不信有天常似醉,	하늘이 언제나 취한 것 같음을 믿지 않지만
最憐無地可埋憂.	근심을 묻을 땅이 없는 것이 가장 안타깝다.
荒荒葵井多新鬼,	황폐해진 향촌에는 새롭게 귀신이 많아졌고
寂寂瓜田識故侯.	적막한 오이밭은 예전의 동릉후를 알아본다.
見說五湖供飮馬,	듣자니 태호(太湖) 물이 말에게 제공된다니
滄浪何處着漁舟.	이 강산 어디에 고기잡이배를 댈 수 있을까?

청 순치(順治) 2년(1645) 6월에 청병(淸兵)이 소주(蘇州)로 쳐들어
오자, 오역(吳昜)과 손조규(孫兆奎)·심자병(沈自炳) 등이 무리를 모아
청병에 저항했고 진자룡도 그에 참여했지만 실패로 끝나고 말았
다. 이 시는 이듬해 시인이 가흥(嘉興) 무당(武塘)에 피해 있을 때
지은 것으로, 자신과 동지들의 비참한 처지와 조국의 멸망을 안타
까워하는 심정이 감동적으로 표현되어 있다.

하완순(1631-1647)은 자가 존고(存古)이고 진자룡과 동향이다. 부
친 하윤이(夏允彝)와 스승 진자룡은 모두 명말에 문장의 절조를 중
시한 명사이다. 그는 부친과 스승의 영향 아래 나랏일을 논하기
좋아했고, 청병이 장강 남쪽으로 내려오자 적극적으로 항청 투쟁
에 참여했지만 체포되어 울분을 품고 죽었다. 그때 나이가 겨우
17세였다. 금인(今人)이 편집한 『하완순집』이 있다. 하완순은 진자
룡의 영향을 받아 복고를 주장했다. 그의 시는 명 왕조가 망할 무
렵의 역사 사실과 침통한 심정을 반영한 것이 많아서 비분격앙의
풍격을 띠고 있다.

만명 시단에서 또 하나의 주목할 만한 현상은 개성과 재능이 풍
부한 여류작가가 적지 않게 출현한 것이다. 이들은 경제가 발달한
동남지역에 집중되어 있는데, 그 중에는 명문집안의 숙녀도 있고
화류계의 기녀도 있었다. 『열조시집소전(列朝詩集小傳)·규집(閨集)』
에는 「주무하전(朱無瑕傳)」과 「범윤림처서씨전(范允臨妻徐氏傳)」과 같
은 여류시인들의 전기가 수록되어 있는데, 주무하는 기녀이고 범
윤림의 처 서원(徐媛)은 명문집안의 숙녀이다.

이런 현상은 만명 시기에 이르러 구 예교의 합리성이 보편적으
로 의심받는 추세 하에 여자의 개성과 재능이 어느 정도 존중받게
된 것을 뜻한다. 이 여류시인들의 창작은 남성 주도의 문학 조류
에 완전히 기댄 것이 아니며, 개인의 특수한 환경에서 느낀 특수

한 사건과 감정을 표현해내기도 했다.

특히 명기 유여시(柳如是: 1618-1664)는 명말에 '풍류문채(風流文采)'로 널리 알려졌는데, 화류계에 떨어지게 된 것을 달가워하지 않은 여인이었다. 그녀는 먼저 의도적으로 진자룡과 교제하였고, 후에는 나이가 훨씬 많은 전겸익에게 시집을 갔는데, 이는 모두 그들의 사림(士林)에서의 지위를 중시하여 선택한 것이었을 것이다. 청병이 남하한 후 그녀는 전겸익과 함께 명조(明朝) 회복을 위해 노력하기도 했다. 『하동군집(河東君集)』이 있다. 그녀의 시를 한수 들어본다.

<半野堂初贈詩>	반야당에서 처음으로 드리는 시
聲名眞似漢扶風,	명성은 참으로 동한(東漢)의 마융(馬融) 같은데
妙理玄規更不同.	현묘한 이치를 터득함은 마융보다 뛰어나시네.
一室茶香開澹黯,	방안 가득한 차 향기는 암담함을 걷어내고
千行墨妙破冥濛.	천리 길 뛰어난 문장은 어둠을 깨뜨리셨네.
竺西瓶拂因緣在,	천축국 보살 모시는 시녀와 인연이 있으시고
江左風流物論雄.	강동의 풍류객 사안(謝安)과 영웅을 견주시네.
今日沾沾誠御李,	오늘 기쁘게 정성껏 이응(李膺)의 수레 몰 듯
東山蔥嶺莫辭從.	천지사방을 돌아다녀도 결코 헤어지지 않으리.

이 시는 명(明) 숭정(崇禎) 13년(1640) 겨울, 유여시가 반야당(半野堂)에 있는 전겸익을 방문했을 때 그에게 바친 것이다.

그녀는 이 시의 수련(首聯)에서 전겸익을 마융(馬融)에 비유하면서 그의 학식과 덕망을 찬양하였고, 함련(頷聯)에서는 '차 향기[茶香]'와 '뛰어난 문장[墨妙]'의 비유를 통해 전겸익의 중후한 인품과 뛰어난 문장이 시대의 암울함을 걷어낸다고 칭송하였다. 경련(頸聯)에서는 시녀가 보살을 모시듯 자신이 전겸익을 모시고자 하는

마음을 표현하는 한편 당대 제일의 풍류객이었던 전겸익을 동진
(東晉)의 대신 사안(謝安)에 견주었다. 미련(尾聯)에서는 순상(荀爽)이
이응(李膺)의 덕에 감복해 스스로 그의 마부가 되길 청했듯이, 자
신도 기쁜 마음으로 전겸익을 섬기고자 하는 마음을 표현하였다.

  이 시에 감복한 전겸익은 <경신년 음력 11월 하동군이 반야당
에 이르러 장구(長句)의 시를 주어 그 시에 차운하여 답하다(庚辰仲
冬河東君至止半野堂有長句之贈次韻奉答)>는 제목의 답시를 보내 그녀의
마음을 받아들이고 자신의 애정을 표현했다.

제 8 장

청시(淸詩)

1. 개설

청시는 중국 고전시사(古典詩史)의 마지막 단계로서 대략 다섯 가지 정도로 그 특징을 요약할 수 있다.

첫째, 한 중요한 시인을 핵심으로 하여 출현한 시인 군이 유파를 형성했는데, 그 유파는 지역과의 관계가 밀접하여 우산파(虞山派)·누동파(婁東派)·절파(浙派)·수수파(秀水派) 등과 같이 지역을 시파의 명칭으로 삼은 경우가 많았다.

둘째, 청대 인들은 시가 이론을 중시하여 이론과 실천을 결합시키고자 하는 기풍이 형성되어 대부분의 시인들이 모두 신운(神韻)·격조(格調)·성령(性靈)·기리(肌理)와 같은 자신의 시론을 지니고 있으면서 그에 상응하는 시를 창작하려고 노력했다.

셋째, 종당(宗唐)과 종송(宗宋)이 청대 인들에게는 시종 시가 계승의 전통과 심미상의 두 가지 상이한 신념이어서 당송 시풍에 대한 서로 다른 이해와 관점이 시단의 각종 풍격상의 논쟁을 불러왔다.

넷째, 청시는 현실생활과의 관계가 대단히 밀접하여 여러 뛰어난 시인들이 자신의 작품 속에 그 시대의 갖가지 현상을 기록했다.

다섯째, 예술 기교면에서도 청대 시인들은 전대 시인들을 능가한 점이 있어서 성운(聲韻)·조구(造句)·용전(用典)·결구(結構) 등에 대한 토론이 더욱 활발하고 세밀해졌다.

청대 초기에는 사회가 어지럽고 왕조가 바뀌는 등의 큰 변동이 지식인들에게 깊은 영향을 끼쳐서, 개성의 해방을 강조하고 자신의 개인적 가치를 찾는 만명(晚明) 정신이 절개를 지키고 자신의 정체성에 관심을 갖는 유민(遺民)의 심리로 대체되었다. 이들 중

상당수가 과거를 통한 출사를 포기하고 시가 창작에 힘을 쏟았다. 이들의 시는 당시의 혼란하고 고통스런 현실과 시대에 대한 책임감 및 우환의식을 토로했다. 예를 들어 고염무(顧炎武)는 두보를 존중하여 절실한 현실감으로 시를 써내어 일대의 시사(詩史)라는 평가를 받았으며, 학문이 넓고 깊어 전고의 사용에 뛰어났다. 왕부지(王夫之)의 시는 기발한 사고와 아름다운 시구가 볼 만하고, 풍격이 침울하다.

청대 초기의 유민시인 외에 일대의 기풍을 이끌어 후세에 큰 영향력을 행사한 시인으로 이른바 강좌삼대가(江左三大家)인 전겸익(錢謙益)·오위업(吳偉業)·공정자(龔鼎孶)가 있다. 이들은 모두 청 정부에 출사했지만 각자의 처지와 입장에는 다른 점이 있다.

전겸익은 명말에 이미 명성이 높았지만 청병을 맞아들여 항복함으로써 절개를 훼손했다. 그러나 청 왕조에 6개월 동안 출사하면서 오히려 남몰래 항청(抗淸) 세력을 지원했다. 그래서인지 그의 시는 시사(時事)에 대한 감탄이 많고 기탁이 심원하다. 그는 전후 칠자 이래의 모의가 지닌 폐단을 없애야 한다고 역설하는 한편 공안파와 경릉파의 공허하고 협소한 시풍에도 불만을 품었다. 그는 학문과 성정을 작시의 근본으로 삼을 것을 주장하여 청대의 시풍을 열었다. 그와 동향인 풍서(馮舒)·풍반(馮班) 및 전증(錢曾) 등이 그의 영향을 받아 이른바 우산시파(虞山詩派)를 형성했다.

오위업은 순치(順治) 9년(1652)에 부득이하여 출사했지만 종신토록 그에 대한 한을 품고 살았다. 그의 초기 시는 화려하고 아름다웠는데 왕조가 교체된 후에는 처량하고 비통하게 변하였으며 당시의 중대한 역사 제재를 다룬 작품이 많다. 그의 시론은 당음(唐音)을 종주로 하여 특히 가행(歌行)에 뛰어났는데, 원진(元稹)·백거이(白居易)의 장경체(長慶體)를 본받아 이를 변화시켜 자신의 시체(詩

體)를 형성했기 때문에 당시 사람들에게 매촌체(梅村體)라고 불렸다. 그의 고향에서 그의 영향을 입어 태창십자(太倉十子)라는 시인군이 출현했는데, 이를 누동파(婁東派)라고 부른다.

공정자는 청 왕조에 항복한 후 관직이 예부상서(禮部尙書)에까지 이르렀다. 그의 시는 전겸익과 오위업에 미치지 못하지만 민생의 질고를 반영하거나 맑고 아름다운 경치를 쓴 시가 여러 수 있다. 또한 그는 후진을 장려하고 발탁하는 것을 좋아하여 당시에 영향력이 컸다.

유민시인과 강좌삼대가를 뒤이어 시단에 출현한 중요한 인물로 이른바 국조육가(國朝六家)인 시윤장(施閏章)·송완(宋琬)·왕사진(王士禛)·주이준(朱彝尊)·사신행(查愼行)과 조집신(趙執信)이 있는데, 이들의 주된 활동시기는 사회의 안정기에 접어든 강희(康熙: 1662-1722) 연간이어서 이전의 시인들과는 달리 온화하고 청원(淸遠)한 시풍을 추구했기 때문에 후인들에 의해 '성세원음(盛世元音)'이라고 일컬어졌다.

이들 중에서 시윤장과 송완은 '남시북송(南施北宋)'으로 병칭되었는데, 시윤장은 시의 제재가 광범하고 당시를 본받아 형상에 치중하고 격조가 화평하며 오언율시에 뛰어났고, 송완은 일생 벼슬길이 험난해 두 번이나 옥고를 치렀기 때문에 불평과 원망의 소리가 많은데, 그의 시는 칠자의 시에서 시작했지만 만년에는 송(宋)·원(元)을 아울러 취했다.

왕사진은 가장 오랫동안 강희(康熙) 시단을 주도했는데, 사공도(司空圖)와 엄우(嚴羽)의 시론을 계승하여 맑고 심원하며 함축적인 심미관과 '신운(神韻)'을 핵심으로 하는 시론을 제창하였다. 그의 이론은 당시의 안정된 사회와 통치자가 제창한 '맑고 아정함'에의 열망에 잘 부합했기 때문에 당시에 큰 반향을 일으켰다. 그 자신의 시에도 전 왕조를 애도하고 현실을 반영한 작품이 있긴 하지만 결국 경치를 묘사하고 옛날을 생각하는 작품을 위주로 자연스럽고 청신하며 전아한 시를 써서 신운설을 실제 창작에 실천했다.

주이준은 왕사진과 이름을 나란히 하여 '남주북왕(南朱北王)'으로 불렸는데, 그의 시는 초기에 망국의 아픔과 사회현실을 반영한 작품이 제법 있었지만 출사 후의 작품은 내용이 협소한 편이다. 그는 초기에 당시를 배웠고 후에 송시를 아울러 취하여 만년의 일부 작품은 자신의 독특한 세계를 일구어 나가 '절파(浙派)'의 기풍을 열었다.

강희 중기의 시단이 당시(唐詩)의 모의에 열중하고 있을 때 사신행은 오히려 송시를 제창하며 소식(蘇軾) 시의 학습에 힘을 기울였고, 아울러 왕안석(王安石)·황정견(黃庭堅)·육유(陸游) 등의 시인을 추숭했다. 그의 시는 기세가 활달하고 표현이 산뜻하며 자연스러워서 시풍의 전변을 가져왔다.

조집신은 시론이 왕사진과 달라서 『담용록(談龍錄)』을 지어 "시 안에 사람이 있고, 시 밖에 일이 있다"고 주장하며 현실을 반영하고 비판했다. 경치의 묘사나 정회의 서술도 직접적인 체험에 바탕을 두어 사변적이고 깊이가 있지만 더러 섬교(纖巧)에 빠지기도 했다. 이밖에도 강희 연간에 활약한 시인으로 모기령(毛奇齡)·왕완(汪琬)·섭섭(葉燮)·오조건(吳兆騫)·송락(宋犖)·홍승(洪昇) 등이 있다.

옹정(雍正)·건륭(乾隆) 연간의 시단은 유파가 잇달아 등장하고 명가가 속출했던 시기이다. 사신행의 뒤를 이어 송시를 내세우며 일가를 이룬 시인으로 여악(厲鶚)이 있는데, 그는 송대의 전적에 대한 해박한 지식을 바탕으로 『송시기사(宋詩紀事)』100권을 짓기도 했다. 그는 남송의 진여의(陳與義)와 영가사령(永嘉四靈) 등을 학습하여 고향 항주의 산수를 묘사한 작품이 가장 유명하다. 그와 항세

준(杭世駿)·김농(金農)·오석기(吳錫麒) 등이 그윽하고 엄정한 절파(浙派) 시를 형성하였다.

마찬가지로 절강 수수(秀水: 지금의 가흥嘉興)의 전재(錢載)는 전적으로 한유(韓愈)·황정견(黃庭堅)·진사도(陳師道)·양만리(楊萬里)의 길을 취해 생경한 말과 구법을 사용한 반면, 벽자(僻字)와 벽전(僻典)을 가급적 피하여 위로는 동향 선배 주이준을 이어 받고, 동시대의 왕우증(王又曾)과 조금 뒤의 전의길(錢儀吉)·전태길(錢泰吉) 형제와 함께 수수파(秀水派)를 형성하였다.

당시의 이른바 성세에 부응하여 심덕잠(沈德潛)이 격조설(格調說)을 주장하였다. 심덕잠은 강희·옹정·건륭 삼조(三朝)에 걸쳐 살았지만 만년에 건륭제의 총애를 받아 후기에 가장 큰 영향력을 행사했다. '격조'는 본래 명(明) 전칠자의 영수 이몽양의 이론 중에서, 배움에 본원이 있고 기세가 탁 트이고 음조가 높고 낭랑한 것을 가리켰는데, 심덕잠에 이르러 '온유돈후(溫柔敦厚)'라는 시교(詩敎) 성분이 삽입되었다. 그도 구체적인 시법에 대해 견해가 없었던 것은 아니지만 실제 작품은 평범하여 생동적인 개성이 결핍되어 있다. 다만 조금 뒤의 왕명성(王鳴盛)·전대흔(錢大昕) 등이 그의 영향을 받아 당음(唐音)을 본받았다.

심덕잠에 뒤이어 원매(袁枚)가 심덕잠과 길을 달리하여 성령설(性靈說)을 제창하였다. 그는 시가 진지한 성정을 서술해야 한다고 주장하면서 창작의 영감을 강조하고 모의를 반대하는 한편 전통을 부정하고 개성해방의 새로운 사조를 내세워 창작 실천도 이론과 맥을 같이했지만 더러 경박한 폐단을 드러내기도 했다. 원매와 함께 건륭삼대가(乾隆三大家)로 일컬어진 시인으로 조익(趙翼)과 장사전(蔣士銓)이 있다.

조익은 식견이 높은 사학가로 역사 발전에 대한 예리한 안목으로 시사(詩史)를 다루었는데, 특히 작가의 독창성을 중시했다. 그의 시 또한 자신의 시론에 맞추어 진지한 감정을 바탕으로 감회를 서 사했다. 장사전의 시론도 모의와 답습을 반대했지만 유가의 시교 (詩敎)를 중시하여 충신절사와 효자정녀를 찬양한 작품이 많다.

옹방강(翁方綱)의 기리설(肌理說)은 건륭(乾隆)·가경(嘉慶) 연간에 고거(考據) 학풍이 흥성한 후 시가의 학문화 경향을 대표한다. 그 는 신운설의 생동적이지만 허무한 면과, 격조설의 모의 답습에 반 대하며 고거(考據)와 의리(義理)로써 시의 내용을 충실히 해야 한다 고 주장했다. 그런 까닭에 그의 시는 무미건조함에 빠지고 말았지 만 청대 후기 학인(學人) 시의 발전에 일정 정도 기여하였다.

건륭·가경 연간의 시단에서 주목할 만한 시인으로 또한 정섭 (鄭燮)과 황경인(黃景仁)이 있는데, 그들의 시는 성세(盛世)의 애음(哀 吟)이라고 할 수 있다. 정섭은 억울하게 파직 당하는 등의 일을 겪 어서 원망과 분개의 소리가 많고 현실에 대한 폭로가 심각하다. 황경인은 불우한 천재시인이어서 개인적인 아픔을 토로했을 뿐만 아니라 시대에 대한 우환의식을 표현했다. 예술적인 측면에서는 제가의 장점을 두루 섭취했는데, 특히 이백과 이상은(李商隱)을 존 중했다.

아편전쟁을 전후하여 중국 사회에 본질적인 변화가 일어나 사가 (史家)들은 그 이후를 근대라고 칭하는데, 근대시는 공자진(龔自珍) 이 그 단초를 열었다. 비록 그의 시 대부분이 아편전쟁 전에 쓰였 지만 그는 시대의 대열 앞에 서서 사회의 위기를 예견하고, 심령 의 표현과 현실의 반영 두 방면에서 모두 새로운 의식을 주입하여 고전 시가의 울타리에서 벗어났다.

동치(同治: 1862-1874)·광서(光緒: 1875-1908) 시기는 유신파의 흥 기에 따라 시단에도 시계혁명(詩界革命)이 일어났는데, 대표적인 인물이 황준헌(黃遵憲)·구봉갑(丘逢甲)·강유위(康有爲)·양계초(梁啓超) 등이다. 이들은 시로 시대의 풍운을 표현하고 자신의 정치 이상을 서술했으며, 구시 속에 새로운 명사와 새로운 사상을 담을 것을 주장했다.

황준헌은 "내 손이 내 말을 쓴다"(我手寫我口)를 제창하며 산문화 필법을 사용했기 때문에 비속함을 피하지 않아 새로운 경계를 개척했고, 구봉갑은 대만(臺灣)의 명문가 출신으로 고향이 일본인의 손에 유린되는 아픔을 겪었기 때문에 대륙으로 건너온 뒤의 작품은 격률에 구속 받지 않고 고향을 잃은 한을 격렬하게 토로한 것이 많다. 강유위의 시는 기세가 드높고 형상이 아름다운데, 유신 인사 중에서도 특히 기백이 뛰어나다. 양계초는 시계혁명을 주도하여 『음빙실시화(飮冰室詩話)』를 썼는데, 새로운 의경과 새로운 언어를 옛 풍격과 결합시킨 신파시(新派詩)를 제창했다.

만청(晚淸) 최대의 시가유파라고 할 수 있는 동광체(同光體)는 주요 인물이 진삼립(陳三立)·진보침(陳寶琛)·정효서(鄭孝胥)·범당세(范當世)·심증식(沈曾植)·원창(袁昶) 등인데, 이들은 송시를 본받는 전통을 이어 받아 한유(韓愈)·황정견(黃庭堅)·왕안석(王安石) 등의 시를 중시했다. 이들의 초기 작품은 유신을 고취하고 시대에 상심하는 내용이 주였지만, 청 왕조가 망한 후에는 왕왕 유민의 신분으로서 흥망성쇠의 무상함을 토로하기도 했다.

2. 청대 전기의 시

청대 전기의 시는 청 왕조가 명을 대신하여 들어선 순치(順治: 1644-1661) 연간부터 강희(康熙: 1662-1722) 연간까지의 **80**여 년 동안을 가리킨다. 이 시기의 시는 왕조 교체의 쓰라린 역사와 사회 사조 변화의 영향을 직접적으로 받았다. 그렇긴 하지만 청대 전기의 문인들은 명에서 청으로 들어간 사람도 있고, 청조 초기에 생장하여 명조와는 관련이 적은 사람도 있어서 정권의 교체가 그들의 마음에 준 부담에는 차이가 있다. 청대 전기의 시는 이 두 부류 서로 다른 문인들의 창작 사이에 약간의 차이와 변화를 보인다.

2. 1 유민들의 시

청초 시단에는 반청(反淸)의 입장을 견지하며 시종 청조에 협력하기를 거부한 사람들이 있는데, 그들은 또 다른 시각에서 시대의 변화를 기록하고 인생가치에 대한 탐구를 표현했다. 이들을 대표하는 인물로 고염무(顧炎武)와 굴대균(屈大均)을 꼽을 수 있다.

고염무(1613-1682)는 원명이 강(絳)이고 자가 충청(忠淸)인데, 청병(淸兵)이 남명(南明)을 장악하자 염무(炎武)로 개명하고 자를 영인(寧人), 호를 정림(亭林)이라고 했다. 강소(江蘇) 곤산(昆山) 사람이다. 명말청초의 저명한 학자이자 계몽사상가로 『일지록(日知錄)』·『천하군국이병서(天下郡國利病書)』·『음학오서(音學五書)』 등의 저서가 있다. 그는 걸출한 시인이기도 해서 청초 유민시인의 대표자로 일컬

어진다. 그는 두보를 숭상하는 한편 모방을 반대했으며, 애국의 열
정이 대단했다. 『정림시집(亭林詩集)』이 있다.

고염무의 시는 400여 수가 남아 있는데, 대부분이 오언시이다.
내용은 대부분 명·청 교체기의 역사사실을 기술한 것이어서 사료
적 가치가 높다. 예술표현 방면에서는 전고를 즐겨 사용하고 언어
가 소박하면서도 고아하여 학자의 본색을 보여주었다. 전체적으로
그의 시는 성취가 높은 편은 아니지만 일부 작품은 고난의 시대
속에서 자신의 인생지향을 견지한 정회를 담고 있어서 감동적인
면이 있다. 다음 시를 예로 든다.

<秋山二首>(其一) 가을 산 2수(제1수)

秋山復秋山,	가을 산에 또 가을 산,
秋雨連山殷.	가을비가 붉게 물든 산에 쏟아진다.
昨日戰江口,	어제는 강어귀에서 싸웠는데,
今日戰山邊.	오늘은 산기슭에서 싸운다.
已聞右甄潰,	이미 오른쪽 진영이 무너졌다는 말을 들었고,
復見左拒殘.	다시 왼쪽 진영이 거의 없어진 것을 보았다.
旌旗埋地中,	군대의 깃발을 땅속에 파묻는데,
梯衝舞城端.	적군이 사다리와 충거로 성을 공격한다.
一朝長平敗,	하루아침에 장평에서처럼 패하니,
伏尸徧岡巒.	시체가 산언덕에 널브러져 있다.
北去三百舸,	북쪽으로 가는 청나라 배 3백 척엔,
舸舸好紅顔.	배마다 명나라 미인들이 실려 있다.
吳口擁橐駝,	오 땅의 미인들을 낙타에 매달고,
鳴笳入燕關.	호가를 불며 연 땅 관문을 넘어갔다.
昔時鄢郢人,	예전에 언과 영의 사람들이
猶在城南間.	망국 후에도 임치성 남쪽에 모여 있었다지.

이 시는 1645년에 쓰여졌다. 청나라 군대가 황하를 건너온 후 강남의 각 지역에서 항청전쟁(抗淸戰爭)을 벌였지만 대부분 패배하여 많은 지역이 이미 청나라 군대에 의해 점령되었다. 시의 첫머리에서는 연이은 가을 산과 여기에 퍼부어지는 가을비라는 소재를 사용하여 처량함이 계속적으로 이어지고 있다는 것을 암시하고 있다. 이어서 지속적으로 공격을 받아 함락되는 성들의 모습을 길게 서술하였다.

다음으로 명나라의 여인들이 붙잡혀서 북쪽으로 끌려가고, 적의 수중에 떨어진 강남은 온통 이민족의 세상이 되어 버린 처참한 상황을 묘사하였다. 하지만 시인은 이런 절망적인 상황에도 굴하지 않고 끝까지 청조에 대한 항쟁을 수행할 의지를 곧추세우고 있다.

굴대균(1630-1696)은 자가 옹지(翁止) 또는 개자(介子)이고 광동 번우(番禺: 지금의 광주廣州) 사람이다. 일찍이 항청(抗淸) 무장 세력에 가담했다가 실패한 후 승려가 되었지만 얼마 안 되어 환속해서 북방을 돌아다니며 고염무 등과 교제했다. 진공윤(陳恭尹)·양패란(梁佩蘭)과 함께 '영남삼가(嶺南三家)'로 병칭되었는데, 그 중에서는 굴대균이 가장 걸출하다. 『옹산시외(翁山詩外)』와 『도원당집(道援堂集)』 등이 있다.

굴대균의 시는 그의 생애에서 짐작할 수 있듯이 청군의 만행을 폭로하고 시사(時事)에 가슴 아파하는 작품이 적지 않아 비분강개하고 기탁이 깊다. 다음 작품을 예로 들어본다.

〈塞上感懷〉	변새에서의 감회
未有英雄羽化期,	영웅이 신선 되어 은둔할 때가 되지 않아
茫茫一劍報恩遲.	검 하나로 보은할 기회가 아득히 늦어졌다.
天寒射獵龍沙苦,	차디찬 날씨에 사냥하니 용사퇴가 괴롭고

日暮笙歌塞女悲.　해 저물녘 여인이 부르는 생황 노래 슬프다.
太白秋高空入月,　높은 가을에 태백성은 달에 잘못 들어갔고
黃河春暖又流澌.　봄 되니 황하는 다시 눈 녹은 물이 흐른다.
鬢邊一片天山雪,　살쩍이 천산의 흰 눈 한 조각처럼 되었으니
莫遣高樓少婦知.　높은 누각의 젊은 아내에게 어찌 알리리?

굴대균은 1662년에 제1차 북유(北遊)를 마치고 고향 광동으로 돌아와 승적을 버리고 환속하였다. 그는 고향에서 3년을 머문 후 1665년 봄에 다시 북쪽으로 가 서북의 변새에서 다시 항청활동을 벌이려 했지만 뜻을 이루지 못하고 번민과 불안의 나날을 보내야 했다. 이 시는 시인이 바로 그와 같은 상황 하에서 쓴 것이다. 그는 수련에서 시 전체의 주지(主旨)를 언급하였고, 이어서 객관 경물의 묘사를 통해 사람의 심리를 기탁하여 심각한 감정과 내용을 무리 없게 잘 처리하였다.

굴대균과 고염무 두 사람은 모두 '유민(遺民)'으로 자처했지만 기질은 서로 달랐다. 고염무는 당시의 사풍(士風)과 문풍(文風)을 바로잡겠다는 염원이 있어서 그 시도 고아(古雅)함에 치중했지만, 굴대균은 영웅지사로 자부하여 그의 시는 자유분방하고 재정(才情)이 풍부하다. 이 두 사람 외에도 청조 초기에 '유민시인'으로 일컬어지던 사람으로 염이매(閻爾梅)・전징지(錢澄之)・두준(杜濬)・진공윤(陳恭尹)・오가기(吳嘉紀)・귀장(歸莊) 등이 있고, 그밖에 왕부지(王夫之)와 황종희(黃宗羲)에게도 민족 정서를 반영한 시가 있다.

여기서는 왕부지의 시를 한 수 들어본다.

<悲風動中夜> 슬픈 바람이 한밤중에 일다

悲風動中夜,　슬픈 바람이 한밤중에 일어
邊馬嘶且驚.　변방의 말이 놀라며 운다.

壯士匣中刀,	장사의 칼집 속 칼은
猶作風雨鳴.	오히려 비바람소리를 낸다.
飛將不見期,	비장군은 기약할 수 없어서
蕭條阻北征.	쓸쓸히 북정을 가로막는다.
關河空杳靄,	산하는 비어 아득히 자욱한데
煙草轉縱橫.	안개 속 풀은 더욱 더부룩하다.
披衣視良夜,	옷 걸치고 나가 밤하늘을 보니
河漢已西傾.	은하수 이미 서쪽으로 기울었다.
國憂今未釋,	망국의 근심을 지금 풀지 못하니
何用慰平生.	무엇으로 평생을 위로할 것인가?

이 시는 왕부지가 청병(淸兵)의 침입으로 인해 조국의 멸망을 눈 앞에 두고도 속수무책인 당시의 안타까운 상황과 유민(遺民)으로서 의 한을 토로한 것인데, 당시 명 왕조 유민들의 정서를 잘 대변하 였다.

2. 2 강좌삼대가(江左三大家)

유민시인들과 생활 시기가 같으면서 청 왕조에 출사한 시인들은 이민족 왕조에서 벼슬을 했다는 이유로 당시 사람들의 비난을 받 았지만, 시가 창작 면에서 그들이 이룬 성취는 청대 시단에 커다 란 족적을 남겼다. 그들 중 가장 명성을 떨친 사람은 '강좌삼대가' 로 불리는 전겸익(錢謙益)・오위업(吳偉業)과 공정자(龔鼎孳) 세 사람 이다. 전겸익과 오위업은 당시 시단의 영수였고, 공정자의 지위는 두 사람에 미치지 못했다. 이들의 시풍은 각기 달랐다. 전겸익은 뛰어난 문재(文才)로 당(唐)・송(宋) 제가의 장점을 아울러 취했는 데, 명조가 멸망한 후에 지은 작품은 격앙되면서도 서글픈 정조를 지녔다. 오위업은 장경체(長慶體)를 창조적으로 학습하여 독자적인 '매촌체(梅村體)'를 형성했다.

전겸익은 우산파(宇山派)의 창도자로 그의 주위에는 풍서(馮舒)·풍반(馮班) 및 전육찬(錢陸燦)·전증(錢曾) 등이 있었다. 그들은 전후칠자에 반대하고 경릉파를 배척했으며 엄우(嚴羽)의 '묘오(妙悟)'설에 불만을 품고 "작시는 마음과 뜻이 귀하여" 참된 성정을 표현해야 한다고 주장했다. 또 시인들이 널리 배워 변통할 줄 알아야 한다며 '만 권의 책을 독파'할 것을 제창했다. 오위업은 누동파(婁東派)의 영수로 그의 주위에 왕민(王旻)·황여견(黃與堅)·오조건(吳兆騫)·진유숭(陳維崧) 등이 있었다. 그들은 당시(唐詩)를 전범으로 받들어 문사가 아름답고 성조가 조화로우며 완곡하고 함축적인 '매촌체'에 매료되어 그 뒤를 따랐다.

전겸익(1582-1664)은 자가 수지(受之)이고 호는 목재(牧齋)이며 강남 상숙(常熟: 지금의 강소성 상숙) 사람이다. 명(明) 만력(萬曆) 38년 (1610)에 급제하여 숭정(崇禎) 초에 예부시랑(禮部侍郎)에 올랐고, 남명(南明) 홍광(弘光) 때 예부상서(禮部尙書)에 임명되었다. 청군(淸軍)이 남하하자 항복하여 예부우시랑(禮部右侍郎)을 제수 받았는데 얼마 지나지 않아 병을 핑계로 사직하고 귀향했다.

전겸익은 명·청 교체기 문단의 영수로서 해박한 학문을 바탕으로 하여 시가에서도 성취가 컸다. 그는 두보·백거이·육유 등의 시를 학습하는 한편, 자신이 처한 역사와 사회에 관심을 두어 자신의 독특한 시세계를 형성했다. 그는 시를 쓸 때 성정에 바탕을 두고 현실을 직시하여 전후칠자의 복고와 모의 경향 및 공안파와 경릉파의 적폐를 일소하여 청대의 시풍을 열었다. 명대에서 지은 시를 수록한 『초학집(初學集)』과 청조로 들어간 이후의 시를 수록한 『유학집(有學集)』, 그리고 만년의 시를 수록한 『투필집(投筆集)』

등이 있다.

전겸익은 사상과 성격이 복잡한 사람이다. 그는 만명(晩明) 문인의 방종기(放縱氣)를 지니는 한편 때때로 전통적인 도덕을 옹호하는 엄숙한 면모를 보이기도 했다. 그는 본래 '청류(淸流)'로 자처했지만 공명에 열중하여 누차 정치적 소용돌이에 빠져 엄당(閹黨)에 아첨하고 청조에 투항하여 실절하는 오명을 남기기도 했다. 그는 사실상 충군(忠君) 관념에 집착하지 않았지만, 청조에 투항한 후 반청활동에 종사하여 자신의 인생가치를 재건하려고 노력하기도 했다. 그로 인해 그는 심리적 고통을 크게 겪어야 했을 뿐만 아니라 명조 유민들에게 배척당하고 청조 황제의 미움을 받아야 했다.

그러나 정치상의 취사(取捨)와 변화를 접어두고 보면 전겸익 사상의 핵심적인 것은 달라진 것이 없는 편이다. 그런데 이것이 그의 문학 관념과 가장 직접적이고 중요한 관련이 있는 것으로, 즉 그는 명 중기 이래의 새로운 사조에 대해 부정적인 태도를 견지했다. 그는 만명 문풍의 문제는 우선적으로 학풍의 문제로서 "백년 이래 학문의 잘못된 변종이 세상에 침투하여 사람들 마음을 물들이고", "근대의 문장은 수습할 수 없을 정도로 망가져서 구제할 수 없게 되었다"[127]고 생각했다. 그리고 그런 상태에서 벗어날 수 있는 방법은 "경학에 밝고 옛것을 연구하는 학설을 건립하여 속학을 배격하는 것"[128]이라고 생각했다.

그가 만명(晩明) 이래 '성령(性靈)'을 중시한 입장을 받아들이긴 했지만 '학문'을 중시할 것을 요구했는데, 그가 말하는 '학문'은 우선적으로 경전과 역사였다. 이런 사상은 조금 뒤의 고염무(顧炎武)와 기본적으로 일치하는 것이어서 고염무가 그의 영향을 받았을

---

127) "百年以來學問之繆種浸淫于世運, 熏結于人心", "近代之文章, 河決魚爛, 敗壞而不可救."(「賴古堂文選序」)

128) "建立通經汲古之說, 以排擊俗學."(「答山陰徐伯調書」)

것이라고 추측할 수 있다.

전겸익은 명대 시를 널리 모은 『열조시집(列朝詩集)』을 편찬했는데, 그 중의 「소전(小傳)」 부분은 각 시인에 대한 포폄과 평론을 통해 자신의 시학 주장을 펼친 것이다. 그는 공안파의 언론을 빌려 전후칠자를 준엄하게 질책하고 공안파에 대해서도 시정을 요구했으니, 이는 사실상 이 양가에 대해 모두 찬동하지 않은 것이다. 주목할 만한 점은 공안파가 칠자파의 기준에서 앞으로 나가며 복고문학관이 조성한 문학과 개성 발휘의 위축을 타파하려는 것이었다면, 전겸익의 입장은 사실상 뒤로 물러나며 복고문학관이 조성한 문학과 '경전 사서(史書)의 학문' 사이의 거리감을 없애려는 것이었다.

몇몇 문제에 대한 그의 견해 중에는 타당하고 균형잡힌 것이 있다. 예를 들면 당시와 송시와 원시는 모두 취할 만한 것이 있어서 편협하게 어느 한 가(家)나 한 파를 종주로 받들어서는 안 된다고 한 것인데, 관건은 '학문'이 있으면 '성정'은 자연히 수렴된다고 주장한 것이다. 청대 시의 종송파(宗宋派)는 전겸익을 기점으로 삼는 만큼 명·청시의 변화 또한 전겸익을 전환점으로 삼는다.

전겸익 자신의 시는 주로 당시의 화려한 수사와 송시의 엄격한 격률과 이지를 중시하는 경향을 결합한 것이다. 그의 생활 관념과 감정은 모두 복잡하지만 신분과 지위가 높은 사람의 영수로서, 세인들에게 시로 자신을 표현할 때는 이지적 사고를 통해 합당한 태도를 찾았다. 다음 시를 보자.

<河間城外柳二首>(其一) 하간성 밖의 버드나무 2수(제1수)

日炙塵霾轍跡深,	햇볕 뜨겁고 먼지 날리는데 바퀴자국 깊이 패고,
馬嘶羊觸有誰禁.	말울음 시끄럽고 양의 뿔 부딪치니 누가 막으리.

劇憐春雨江潭後,　　몹시도 그리운 것은 강과 못물에 봄비 내린 후
一曲淸波牛畝陰.　　한 굽이 맑은 물결에 넓게 그늘 드리운 고향 버들.

전겸익은 고향 상숙(常熟)에서 오랫동안 칩거하고 있던 중, 조정으로부터 수도로 와서 관직에 임하라는 갑작스런 부름을 받고 길을 떠난다. 오랜 여행길의 고생을 겪던 중 하간성에 묵으며 성 밖 타향의 버드나무를 보게 된다. 이 버드나무는 사람들이 많이 다니는 한길 가에 서 있는 나무여서 말의 울음소리가 시끄럽고, 지나가던 양떼가 나무 둥치에 뿔을 부딪는 등 여러 괴로움을 당한다. 시인은 타향에서 고생하고 있는 자신의 신세를 버드나무에 이입하여 고향에 대한 그리움을 토로하고 있는데, 이어지는 두 구는 바로 타향이 아닌 고향에 버드나무가 서 있는 정경이다. 이처럼 이 시에는 두 가지의 서로 다른 정경이 병치되어 있는데, 작자는 이 두 폭의 정경을 교차·중첩시킴으로써 하간성의 가을 버드나무에 대한 연민과, 고향의 봄 버드나무에 대한 그리움을 더욱 극적으로 표출하고 있다.

또한 이 시의 함의는 고생스러운 여행길에서 홀연히 버드나무를 보고 고향에 대한 그리움을 표출한 것에 그치는 것이 아니다. 고통을 당하는 타향의 버드나무가 깊은 수레자국이 난 길 옆에 있다는 것에는, 오랫동안 고향에 은거하던 생활을 청산하고 부득불 관직의 길에 다시 나서야만 했던 시인의 쓰라린 심정이 함축되어 있다. 그는 조정에서의 관직생활이 험난한 길임을 알고 있었기에, 수도로 떠나는 여행길 내내 고향에서의 편안한 은둔생활에 대한 미련을 갖고 있었다.

숭정(崇禎: 1628-1644) 초 위충현(魏忠賢) 일당이 세력을 잃자 전겸익은 조정의 부름을 받아 큰 희망을 품고 수도로 들어왔지만, 정적의 모함으로 뜻을 이루지 못하고 다시 쫓겨나고 만다. 그때의

심경을 쓴 다음 시를 보자.

<無花>　　　　　　　꽃도 없이

客裏無花獨倚樓,　　객지에서 꽃도 없이 홀로 누각에 기대자니
訐春無計恨悠悠.　　봄 구경할 방법이 없어 한스럽기 그지없다.
無花亦有便宜處,　　꽃이 없는 것 역시 좋은 점이 있으니,
省却花飛一段愁.　　꽃잎 날려 한층 더할 근심을 덜 수 있다네.

전겸익은 47세 때(1628) 재상으로 있던 온체인(溫體仁)의 무고 발
언으로 붕당의 괴수로 몰려 재판에 회부된다. 그는 이듬해에 무죄
로 풀려났으나 벼슬은 하지 못하고 고향인 상숙으로 돌아온다. 이
시는 고향으로 돌아오기 직전 북경에서 지은 것으로 허탈감이 묻
어난다. 여기서는 시의 소재로 자주 활용되는 꽃을 읊었으면서도
시인의 특색이 기지 있게 드러나 있다.

첫째 구와 둘째 구에서는 보편적인 감상을 서술하다가 세 번째
구에 이르러 시경(詩境)을 전환하여 절망과 허탈감 속에 느끼는 복
잡한 심회를 한층 효과적으로 토로하였다. 제1, 2, 3구에 반복적으
로 '무(無)'자를 써서 희망이 없는 마음상태를 서술하다가, 제3구
중간에서 '유(有)'자를 써서 시의 심상에 변화와 긴장을 주었으며,
다시 제4구에서는 앞서 '무(無)'로 나타낸 심리상태보다 한층 더
깊은 허탈감을 그려내고 있어서 작가의 치밀한 구성을 엿볼 수 있
다. 전겸익의 시는 언어기교가 뛰어나고 전고를 잘 활용했는데, 그
런 점이 아취(雅趣)를 중시한 청대의 많은 시인들에게 크게 영향을
주었다.

순치(順治) 2년(1645) 남경이 청나라 군대에 함락되자, 전겸익은
솔선하여 청나라에 항복하고 예부우시랑(禮部右侍郎) 벼슬을 받았으

나, 관직에 임명된 지 5개월 여 만에 병을 이유로 사직하고 고향으로 돌아갔다. 그러다가 순치 5년(1648) 67세 때, 봉양(鳳陽) 순무(巡撫) 진지룡(陳之龍)이 황육기(黃毓祺)를 체포하는 과정에서 그가 반청의군(反淸義軍) 정성공(鄭成功)과 주고받은 편지를 몸에 숨기고 있던 것을 발견하게 되는데, 그때 누군가가 전겸익 역시 그 일에 참여했다고 고발하였다.

그리하여 전겸익은 남경 강녕(江寧)의 감옥에 갇혀 있다가 한 달여 만에 가석방으로 풀려나게 된다. 이 시기에 그는 성사당(盛斯唐)·임고도(林古度)·하오명(何寤明) 같은 사람들과 시를 주고받으며 지냈는데, 그때 지은 시 한 수를 더 들어본다.

<和盛集陶落葉>(其二)　　성집도의 '낙엽' 시에 화답하여(제2수)

秋老鍾山萬木稀,	가을 깊어 종산에 만 그루 나무의 잎이 듬성해졌으니
凋傷總屬劫塵飛.	시들어버려 모조리 전란의 먼지와 함께 날아갔다.
不知玉露凉風急,	가을 이슬에 찬바람 매서워져서임을 알지 못하고는
祇道金陵王氣非.	금릉 땅에 왕의 기운이 글렀기 때문이라고만 여긴다.
倚月素娥徒有樹,	달에 사는 항아에겐 부질없이 계수나무만 서있고,
履霜靑女正無衣.	서리 밟는 청녀에게는 마침 입을 옷이 없다.
華林慘淡如沙漠,	화려했던 원림은 처량해져 사막과 같은데,
萬里寒空一雁歸.	만리 밖 찬 하늘에 기러기 한 마리 돌아간다.

이 시는 성사당의 <낙엽> 시에 화답한 것으로 낙엽을 읊는 가운데 고국이 몰락한 것에 대한 비분의 감정이 담겨있다. 또한 변절하여 청 왕조에서 관직을 지내다가 다시 반청복명(反淸復明) 운동을 하던 당시의 정치 상황을 고려하면 그의 복잡한 심경을 추측할 수 있다.

남경의 남명(南明) 홍광(弘光) 왕조가 망하고 나서, 정괴초(丁魁楚)·구식사(瞿式耜) 등이 조경(肇慶)에서 계왕(桂王)을 추대하였으니(순치 3년, 1646), 그 다음해가 영력(永曆) 원년(1647)이다. 당시 동남 일대에서는 정성공(鄭成功)의 해군이, 서남 일대에서는 이정국(李定國)의 농민봉기군이 청 왕조를 위협하고 있었다.

순치 7년(1650), 황종희(黃宗羲)는 상숙으로 가서 전겸익을 만나 함께 청군의 금화총병(金華總兵)이었던 마진보(馬進寶)를 설득하여 정성공의 해상부대와 연합해 장강 일대를 수복할 것을 도모하였다. 전겸익은 금화진에 가서 마진보를 만났으나 마진보가 모호한 입장을 취하여 크게 실망하여 돌아오는 도중 항주의 서호에 머물면서 <서호잡감(西湖雜感) 20수>를 지어 망국의 한과 비애감을 토로했다. 그 중의 한 수를 들어본다.

<西湖雜感二十首>(其三)　서호에서의 감회 20수(제3수)

潋艶西湖水一方,	반짝반짝 빛나는 서호의 수면 저편에
吳根越角兩茫茫.	오나라 월나라의 자취 둘 다 아득하다.
孤山鶴去花如雪,	고산의 학 떠나고 나니 꽃은 눈처럼 지고,
葛嶺鵑啼月似霜.	갈령의 두견새 울 제 달빛은 서리와 같다.
油壁輕車來北里,	반들반들 화려한 수레 타고 북리에 와서
梨園小部奏西廂.	이원의 소부에서 서상기를 연주했었다.
而今縱會空王法,	이제 비록 부처의 가르침 깨우쳤지만,
知是前塵也斷腸.	지난날들 떠올리면 역시 애끓는구나.

시인은 『경인하오집(庚寅夏五集)』의 서문에서 "때는 경인(庚寅)년 5월, 나는 무주(婺州: 금화金華)에서 복파장군(伏波將軍: 마진보)을 방문했다. 초하루에 나찰강(羅刹江: 전당강錢塘江)을 건너 무주에서 기주로 갔다.（돌아오면서 항주에 들러) 호수의 배에서 6일간 쉬었는데, 왕복

의 여정이 거의 한달 가까이 되니, 감흥이 절로 일어 입에서 나오는 대로 칠언장구 30여 수를 지었고, 하오집이라 제목을 붙였다"라고 했다. 여기서 경인년은 청 순치(順治) 7년(1650), 즉 남명(南明) 영력 4년이다.

전겸익은 칠언율시에 가장 뛰어났는데 <서호잡감 20수>는 그 대표작이라고 할 만하다. 그는 자유자재로 전고를 사용하였고, 시의 경계가 광활하며 감개가 심후하다. 비통한 역사 현실을 목도한 시인의 서경과 서정의 융합은 두보가 안사의 난 이후에 썼던 작품들과, 원호문(元好問)이 금(金)나라가 망한 이후 썼던 작품들에 버금가는 정교함을 보여주고 있다.

항주는 순치 2년(1645)에 청군에게 함락되었고, 작자가 방문했던 당시까지도 만주 병사들이 여전히 서호 가에 모여 지내고 있었다. 예전에는 아름다운 풍광을 자랑하던 서호가 전쟁을 겪은 후 피폐해진 모습을 보면서 이민족에 의해 왕조가 무너지는 것을 목도한 시인은 만감이 교차했을 것이다.

오위업(1609-1672)은 자가 준공(駿公)이고 호가 매촌(梅村)이며 태창(太倉: 지금의 강소성 태창) 사람이다. 명 숭정(崇禎) 4년(1631)에 진사가 되어 남경국자감사업(南京國子監司業) 등을 역임하였고 홍광(弘光) 때에는 소첨사(少詹事)에 임명되었다. 청조에 들어와서는 장기간 고향에서 은거하다가 순치(順治) 10년(1653) 조정의 소환에 응하여 국자감좨주(國子監祭酒)를 맡았다. 3년 후 모친상을 당하여 관직을 버리고 다시 고향으로 돌아갔다. 그의 시는 당시를 본받으면서도 여러 체의 장점을 흡수하여 자신의 독특한 풍격을 형성했는데, 특히 가행(歌行)에 뛰어났다. 『매촌가장고(梅村家藏稿)』가 있다.

오위업이 전겸익과 다른 점은 세상에 쓰이고자 하는 강렬한 마음이 없는 것이어서, 그는 명 왕조가 청조로 바뀐 후에는 한동안 정치활동에 참여하지 않았다. 그러다 가족을 지켜야 한다는 생각에 어쩔 수 없이 청조에 출사했는데 '명절(名節)' 관념의 심한 압박을 받아 평생의 뜻을 저버렸다는 느낌 때문에 고통스러워했다. 다음 시를 보자.

〈自歎〉	스스로를 한탄하다
誤盡平生是一官,	일생을 모두 그르치는 것이 한 번의 벼슬살이니
棄家容易變名難.	집을 버리기는 쉬워도 이름을 바꾸기는 어렵지.
松筠敢厭風霜苦,	소나무 대나무가 어찌 풍상의 괴롭힘을 꺼리리오!
魚鳥猶思天地寬.	물고기와 새는 넓은 하늘과 땅만을 생각한다네.
鼓枻有心逃甫里,	노를 저어 보리로 도피하고 싶은 마음 있건만
推車何事出長干.	무엇하러 수레타고 장간을 나갈 것인가?
旁人休笑陶弘景,	다른 사람들은 도홍경을 비웃지 말지니,
神武當年早掛冠.	당시 신무문에 관모를 걸어놓은 사람이라네.

이 시는 오위업이 45세 때인 순치 10년(1653) 9월 즈음에 쓴 것으로 판단된다. 그렇다면 이 시는 출사를 앞두고 자탄하는 내용으로 읽을 수 있다. 함련은 소나무와 대나무는 바람과 서리를 두려워하지 않고, 물고기와 새는 항상 넓은 세상에서 노닐 것을 생각한다는 뜻이다. 시인 역시 소나무와 대나무처럼 절개를 지키고 물고기와 새처럼 자유롭게 살고 싶지 않을 리 없다. 경련에서는 여러 번의 천거로 마지못해 출사의 길을 택한 자신의 심정을 서술하였다. 그리고 미련에서 벼슬을 버린 도홍경을 들어 자신과 달리 과감한 결단을 내린 그를 인정해주어야 한다고 말하고 있다.

이런 류의 시에서 그는 자신을 변명하기보다는 개인이 역사의 변천 속에서 자주적으로 행동하기 어렵다는 비애를 주로 표현했다. 그리고 명·청 왕조 교체기의 인사를 다룬 그의 여러 작품도 주로 그런 면에 주력하여 서술했기 때문에 독자들의 마음을 움직일 수 있었다.

시가에 대한 오위업의 견해는 전겸익과 달라 여러 면에서 대립된다. 예를 들어 그는 「여송상목논시서(與宋尚木論詩書)」에서 이반룡·왕세정과 종성·담원춘에 대한 두 가지 견해를 들어 "이 두 가지 설은 지금의 대인선생이 모두 들어서 폐기한 것인데, 그가 폐기한 것은 옳지만 그가 구제한 방법 또한 잘못되었다"[129]라고 말했는데, 여기서 '대인선생'은 전겸익을 가리킨다.

앞에서 만명 시를 소개할 때 명조 말기에 칠자파의 문학 주장이 부흥의 기세가 있었음을 언급했는데, 진자룡을 대표로 하는 '운간파(雲間派)'와 오위업을 대표로 하는 '누동파(婁東派)'가 양대 지주였다. 다만 이것을 간단히 칠자파와의 중복이라고 할 수는 없고, 칠자파 이론 주장과 공안파 이론 주장의 결합이라고 할 수 있다. 그런 경향은 일찍이 원중도 때에 이미 드러난 것으로 그는 칠자에 대해 "그들의 기세와 격조의 높고 화려함을 배우고, 나중의 경박함을 극력 막아야 한다"라고 했고, 원굉도에 대해서는 "그의 성령 서발을 배우고, 나중의 속되고 평이한 폐습을 극력 막아야 한다"[130]고 생각했다.

이와 같은 절충과 조화의 이론은 공안파 시가 전통 파괴의 방향으로 더 발전하기는 어렵다는 인식의 결과이면서, 공안파 시의 예술적 결함에 대한 보완이었다. 그리고 진자룡이 칠자를 추종한다고 알려졌지만 실은 칠자에 대해 "모의의 공이 많고 천연의 자질이 적다"고 지적하며 반대했고, 동시에 공안파의 "오로지 스스로

---

129) "此二說者, 今之大人先生有盡舉而廢之者矣, 其廢之者是也, 其所以救之者則又非也."

130) "學其氣格高華, 而力塞後來浮泛之病", "學其發抒性靈, 而力塞後來俚易之習."(「阮集之詩序」)

전인과 구별됨을 구한다"131)를 반대한 것이어서 그의 태도는 원중도와 일치한다. 앞에서 인용한 전겸익에 대한 오위업의 반박도 비슷한 태도를 표명한 것이다. 다만 창작에서는 오위업이 더욱 특출한 예술성취를 거두었다.

오위업의 초기 시는 청려한 풍격으로 청춘 남녀의 애정을 묘사하는 데 뛰어났다. 예를 들어 <자야사 3수(子夜詞三首)>를 보면 애인을 향한 여인의 그리움과 기대가 세밀하고 생동감 있게 묘사되어 있어서 인물의 성격과 표정이 눈에 보이는 듯하다. 그러나 명왕조가 멸망하고 청조가 들어서면서 그의 시풍에도 변화가 일어났다. 다음 시를 보자.

<梅村>	매화 마을
枳籬茅舍掩蒼苔,	탱자 울타리의 초가집은 푸른 이끼로 덮여있고,
乞竹分花手自栽.	대나무 얻어다가 꽃나무 나누어 손수 심어놓았다.
不好詣人貪客過,	남의 집 방문을 좋아하지 않으면서 손님 들르길 바라고
慣遲作答愛書來.	답장은 항상 늦게 쓰면서 편지 오는 건 좋아한다네.
閒窗聽雨攤詩卷,	한가로이 창가에서 빗소리 들으며 시집을 펼쳐 보기도 하고
獨樹看雲上嘯臺.	홀로 나무 위의 구름을 바라보며 소대에 오르기도 한다.
桑落酒香盧橘美,	상락주는 향기롭고 동귤은 탐스러운데,
釣船斜繫草堂開.	고기잡이배는 묶여있고 초당은 열려있다.

이 시는 오위업이 청 순치(順治) 2년(1645) 고향에 은거하고 있

---

131) "摹擬之功多, 而天然之資少", "唯求自別于前人."(「仿佛樓詩稿序」)

을 때 지은 것이다. 왕조가 명에서 청으로 바뀐 것은 그의 인생에서도 크나큰 시련이자 전환점이었다. 순치 원년에 그는 왕사기(王士騏: 왕세정의 아들)의 별장을 사서 매화를 심고 매촌(梅村)으로 명명했다. 이 시는 그 시기의 은거생활과 심경을 쓴 것이다.

시인은 수련에서 사람이 드문 한적한 곳에서 은자의 삶을 사는 자신의 모습을 이야기하였다. 그렇지만 완전히 은거의 마음을 가진 것은 아니어서 누군가가 찾아오길 은근히 바라고 있다. 경련의 '한(閒)'자에서 유유자적함이 느껴지고, '독수(獨樹)' 구절은 세상의 시름과 인연을 끊으려 했던 완적(阮籍)을 연상시킨다. 미련에서는 큰 감정 투영 없이 주변의 정경을 묘사하였다. 전체적으로 한적한 정취가 느껴지는 시이다.

그 후 명말청초의 사회 변란 속에서 오위업은 중대한 역사 사건을 배경으로 한 많은 시를 썼는데, 특히 <원원곡(圓圓曲)>과 같은 칠언가행체의 장편이 그의 예술 풍격과 성취를 대표한다. 한 사람의 시인으로서 그가 관심을 기울인 것은 역사사실과 함께 역사 속에서 전개되는 개인의 운명이었다.

예를 들어 <원원곡>은 명·청 교체기의 역사 사실을 배경으로 명기 진원원(陳圓圓)의 파란만장한 인생경력을 서술한 것이다.

<圓圓曲>	진원원의 노래
鼎湖當日棄人間,	(숭정) 황제께서는 그날 인간세상을 버리셨고
破敵收京下玉關.	(오삼계는) 산해관에서 내려와 수도를 수복했다.
慟哭六軍俱縞素,	군대는 모두 흰 상복을 입고 통곡하였는데
衝冠一怒爲紅顏.	머리털이 솟는 노기는 젊은 여인 때문이었다.
紅顏流落非吾戀,	"여인이 적에게 잡힌 것은 내 관심사가 아니고
逆賊天亡自荒宴.	역적이 주색에 빠져 하늘이 멸망시킨 것이라.
電掃黃巾定黑山,	황건적과 흑산적을 번개같이 소탕하고 나서

哭罷君親再相見.　　　군주와 부친의 죽음에 통곡을 끝내고 다시 만났소"
相見初經田竇家,　　　그녀와 처음 만난 것은 황실의 외척 댁이었는데
侯門歌舞出如花.　　　왕후 가문의 가무에서 꽃처럼 눈에 뜨였다.
許將戚里空侯伎,　　　외척 댁에서 장군에게 공후 타는 가기를 주겠다며
等取將軍油壁車.　　　장군이 화려한 수레에 태워 가기를 기대하였다.
家本姑蘇浣花里,　　　그녀의 집은 본래 소주의 완화리에 있었고
圓圓小字嬌羅綺.　　　진원원의 어릴 때 이름은 교라기였다.
夢向夫差苑裏遊,　　　꿈꾸었네, 부차(夫差)의 동산에서 노닐었고
宮娥擁入君王起.　　　궁녀들이 에워싸고 들어서니 군왕이 일어서는 것을.
前身合是采蓮人,　　　그녀의 전생은 연 따는 아가씨 서시였을 테고
門前一片橫塘水.　　　문 앞에는 한 조각 횡당수가 흘렀을 것이다.
橫塘雙槳去如飛,　　　횡당에서 쌍 노 저으니 나는 듯이 빨랐는데
何處豪家強載歸.　　　어느 부호 댁에서 강제로 싣고 돌아갔을까?
此際豈知非薄命,　　　그때는 기구한 운명이 아닐 줄 어찌 알았으랴?
此時惟有淚霑衣.　　　그때는 오직 흘러내리는 눈물이 옷을 적셨다.
熏天意氣連宮掖,　　　하늘을 뒤덮는 외척의 기세가 내궁에 이어졌건만
明眸皓齒無人惜.　　　아름다운 용모를 애석해하는 이 아무도 없었다.
奪歸永巷閉良家,　　　궁에서 빼돌려져 돌아와 외척 집에 틀어박혀
教就新聲傾坐客.　　　새로운 곡을 배워 부르니 좌객들이 경모하였다.
坐客飛觴紅日暮,　　　좌객들이 술잔을 주고받는 동안 날은 저무는데
一曲哀弦向誰訴.　　　한 곡조 슬픈 가락은 누구에게 호소하는 건가?
白皙通侯最少年,　　　낯빛 뽀얀 오삼계는 좌중에서 가장 젊었는데
揀取花枝屢回顧.　　　아름답게 치장한 진원원을 여러 번 돌아보았다.
早携嬌鳥出樊籠,　　　일찍 어여쁜 새를 새장에서 꺼내 데리고 왔지만
待得銀河幾時渡.　　　은하수 건너기 기다리는 견우직녀 신세가 되었다.
恨殺軍書抵死催,　　　한스럽게도 군대의 명령서가 한사코 재촉하여
苦留後約將人誤.　　　머물게 하고 훗날을 기약했지만 일이 그르쳐졌다.
相約恩深相見難,　　　서로 약속하고 정이 깊었지만 만나기는 어려워
一朝蟻賊滿長安.　　　하루아침에 개미떼 같은 도적이 장안에 가득 찼다.

可憐思婦樓頭柳,
누대 밖 버들 보며 낭군 그리는 가엾은 아내 되어
認作天邊粉絮看.
하늘가를 떠도는 버들개지 신세로 여긴다.
遍索綠珠圍內第,
도적들이 저택 안채를 포위하고 녹주를 수색하고
强呼絳樹出雕闌.
강수를 부르며 난간 밖으로 나올 것을 강제한다.
若非壯士全師勝,
군사를 보전하여 승리한 장사가 아니었다면
爭得蛾眉匹馬還.
어떻게 여인을 말에 태워 찾아올 수 있었으리?
蛾眉馬上傳呼進,
여인을 말에 태우고 물렀거라 외치며 들어가니
雲鬢不整驚魂定.
고운 머리 엉클어졌지만 놀란 가슴 진정되었다.
蠟炬迎來在戰場,
전장에서 촛불 켜놓고 그녀를 맞아들이니
啼妝滿面殘紅印.
온 얼굴이 눈물로 얼룩져 연지가 거의 지워졌다.
專征簫鼓向秦川,
전권을 쥐고 피리 불고 북 울리며 섬서로 진격하니
金牛道上車千乘.
금우도 위에는 전차가 천 대에 달했다.
斜谷雲深起畫樓,
구름 깊은 사곡에 채색 누각을 세우니
散關月落開妝鏡.
대산관에 달 지면 화장 거울이 열렸다.
傳來消息滿江鄉,
그녀의 소식이 전해져 강마을에 자자했는데
烏桕紅經十度霜.
오구 잎은 열 번이나 서리를 맞아 붉게 변했다.
教曲伎師憐尚在,
곡을 가르쳤던 사부는 아직 건재함에 기뻐하고
浣紗女伴憶同行.
함께 빨래하던 여인들은 동반자를 기억했다.
舊巢共是銜泥燕,
옛 둥지에서는 똑같이 진흙 문 제비였는데
飛上枝頭變鳳凰.
그녀는 가지 위로 날아올라 봉황으로 변했다.
長向尊前悲老大,
언제나 술잔 기울이며 늙어 감을 슬퍼했는데
有人夫婿擅侯王.
그녀는 막강한 후왕을 남편으로 맞아들였다.
當時只受聲名累,
당시에는 그저 청루에서의 명성이 대단하여
貴戚名豪競延致.
부호와 귀족들이 다투어 그녀를 불러들였다.
一斛珠連萬斛愁,
주옥 한 섬을 상으로 받지만 슬픔은 만 섬
關山飄泊腰肢細.
장기간 이리저리 떠도느라 허리가 가늘어졌다.
錯怨狂風颺落花,
광풍에 흩날리는 낙화의 신세라고 원망했으니
無邊春色來天地.
천지에 끝없는 봄빛이 올 줄 어찌 알았으랴?
嘗聞傾國與傾城,
일찍이 경국지색의 고사를 들어 알고 있는데

翻使周郎受重名.　　오히려 주유 같은 오삼계의 명성을 높여주었다.
妻子豈應關大計,　　아낙네가 어찌 국가 대사에 관여할 수 있으리?
英雄無奈是多情.　　영웅이 다정하여 그런 걸 어찌할 수 없구나.
全家白骨成灰土,　　온 가족이 살해되어 백골이 진토로 변했지만
一代紅妝照汗靑.　　절세가인의 이름을 역사에 길이 남게 하였다.
君不見,　　　　　　그대는 보지 못했는가?
館娃初起鴛鴦宿,　　부차는 관왜궁을 짓고 원앙처럼 기거했지만
越女如花看不足.　　서시는 꽃과 같아서 아무리 보아도 부족했다.
香徑塵生鳥自啼,　　채향경에 발걸음 먼지 일면 새소리 울렸는데
屧廊人去苔空綠.　　향섭랑에 사람 떠나니 이끼만 공연히 푸르다.
換羽移宮萬里愁,　　조대가 변하니 만리 강산에 슬픔이 가득한데
珠歌翠舞古梁州.　　옛 양주 땅에선 가무의 즐거움이 계속되었다.
爲君別唱吳宮曲,　　그대 위해 따로 오궁(吳宮)의 노래를 부르니
漢水東南日夜流.　　한수(漢水)는 동남쪽으로 밤낮없이 흘러간다.

　시사(詩史)의 성격을 띤 오위업의 장편가행체 시를 흔히 매촌체 (梅村體)라고 칭하는데, 오삼계(吳三桂)가 청병(淸兵)과 연합하여 이자 성(李自成)의 반란군을 격퇴시키고, 연인 진원원을 되찾아온 역사적 사건을 소재로 한 이 시는 매촌체의 대표적인 작품으로 평가되고 있다.

　이 시는 대체로 진원원의 행적을 중심으로 하여 그녀와 오삼계 와의 만남, 이별, 반란군에게 억류되었다가 다시 상봉한 것 등을 차례로 서술하고 있다. 때문에 진원원과 오삼계의 사랑이야기에 초점이 맞추어져 있는 듯 보이지만, 둘 사이의 이합(離合)을 서술 하는 과정에서 여인과의 애정 때문에 청 왕조에 투항한 오삼계에 대한 풍자도 곳곳에 드러나 있다.

　당시 오삼계는 청병에게 투항한 후, 청병이 북경을 탈환하고 나 아가 변방을 평정하는 과정에서 큰 공을 세워 거물급 인사로 급부

상하였다. 이런 오삼계를 풍자하는 것은 당시로서는 결코 쉬운 일이 아니었을 터이다. 다만 그가 지적하고자 했던 것은 사람이 역사가 조성한 곤경에 처했을 때 모든 것이 다 잘되는 방향으로 선택할 수는 없고, 포기하거나 체념해야 하는 것이 반드시 있기 때문에 비극적 운명을 짊어질 수밖에 없다는 것일 것이다. 여기에는 시인 자신의 인생 체험이 포함되어 있고, 또한 바로 그 때문에 <원원곡>이 만감이 교체하는 예술적 매력을 지니게 되었을 것이다.

오위업 장편가행의 작법은 특색을 갖추고 있다. 『사고전서제요(四庫全書提要)』에서는 이를 평가하여 "격률은 초당사걸을 근본으로 했으며 정과 운이 깊다. 서술은 백거이와 비슷한데 우아한 아름다움이 뛰어나다"132)라고 했는데, 수긍할 만하다.

시가의 성질로 말하면 오위업의 이런 작품은 백거이의 <장한가(長恨歌)>·<비파행(琵琶行)> 등에 가깝지만 그는 백거이처럼 사건의 진행과정에 따라 서술하는 대신, 초당사걸의 서정성 가행의 결구 방법을 차용하여 시인의 연상 속에서 이런저런 변화와 비약을 가했다. 칠언가행체는 당대 이후의 시인 중에서는 오위업을 걸출한 대가로 꼽을 수 있을 것이다.

2. 3 국조육가(國朝六家)

전겸익과 오위업 이후 시단의 중요 인물로 '국조육가'로 알려진 왕사진(王士禛)·주이준(朱彝尊)·시윤장(施閏章)·송완(宋琬)·사신행(査愼行)·조집신(趙執信)을 꼽을 수 있다. 그들의 주된 창작 활동이 대부분 청 왕조 건립 이후이고, 또한 명조의 신하가 청조를 섬긴

---

132) "格律本乎四傑, 而情韻爲深, 敍述類乎香山, 而風華爲勝."

다는 절조 문제가 걸림돌이 되지 않았기 때문에 앞의 두 부류 시인들처럼 강렬한 민족의식이나 실절(失節)의 부담감에서 벗어날 수 있었다. 그들의 시가에 민족의 갈등을 언급한 작품이 없지는 않았지만 그렇게 강렬하지도 않았고 보편적이지도 않았다. 다만 개인의 회재불우와 현실사회의 암울함을 반영한 작품은 어느 정도 분량을 차지한다.

먼저 시윤장(1618-1683)은 자가 상백(尙白)이고 호가 우산(愚山)이며 선성(宣城: 지금의 안휘성 선성) 사람이다. 순치(順治) 연간의 진사이고 관직은 시독(侍讀)에 이르렀으며 『학여당문집(學餘堂文集)·시집(詩集)』이 있다. 그는 당시를 존중하고 "시에는 근본이 있고 사물이 있다"는 주장을 펴면서 알맹이 없이 공허하고 화려한 것을 반대하여 비교적 질박한 시를 썼다.

조익(趙翼)은 그를 "학문이 깊고 우아함을 자처하며 진부한 기운을 싫어했다"고 평가하기도 했다. 그러나 <상류전행(上留田行)>·<견선부행(牽船夫行)>·<노녀행(老女行)> 같은 일부 작품은 하층 사회의 고난에 찬 생활을 반영하여 특색이 있다. 그의 시를 한 수 들어본다.

<錢塘觀潮>　　전당강에서 조수를 바라보고

海色雨中開,	바다 빛은 빗속에서 아득히 열리고
濤飛江上臺.	파도는 강가 관조대로 날아오른다.
聲驅千騎疾,	소리는 천 필 준마가 달려오는 듯하고
氣卷萬山來.	기세는 만산을 말아 올리는 것 같다.
絶岸愁傾覆,	가파른 강가 언덕은 무너질까 두려운데
輕舟故溯洄.	가벼운 배는 일부러 파도를 거스른다.
鴟夷有遺恨,	오자서의 가죽 부대는 아직도 여한이 있어
終古使人哀.	영원토록 사람을 슬프게 한다.

이 시는 시윤장이 강희 7년(1668) 가을에 항주에 갔다가 빗속의
전당강 조수를 바라보며 그 장관을 묘사한 것인데, 과장과 비유와
전고를 적절하게 섞어 인상적인 모습을 그려냈다. 더구나 마지막
두 구는 오자서(伍子胥)의 전설을 빌려 왕조가 바뀐 데 대한 신세
지감을 암시하고 있어서 여운이 남는다. 이 시에서 확인할 수 있
듯이 그는 특히 오언율시에서 뛰어난 재능을 발휘했다.

송완(1614-1674)은 자가 옥숙(玉叔)이고 호가 여상(荔裳)이며 산동
채양(菜陽) 사람이다. 순치(順治) 연간의 진사이고 관직은 절강안찰
사(浙江按察使)를 지냈다. 일족이 역모로 무고하는 바람에 하옥되었
다가 만년에 다시 사천안찰사(四川按察使)를 지냈다. 『안아당전집(安
雅堂全集)』이 있다. 그는 개인의 불행한 경험 때문에 세상사와 인심
에 대해 늘 불안감을 지니고 있어서 시도 슬픔과 고통의 정을 서
사한 것이 많은데, <배 안에서 사냥개를 보고 느낌이 있어서(舟中
見獵犬有感)>・<초가을에 감흥이 일어(初秋卽事)> 같은 시는 청초의
고압 정치에 곤혹스러워 하는 문인들의 심태를 반영하였다. 앞의
시를 예로 들어본다.

<舟中見獵犬有感> 배 안에서 사냥개를 보고 느낌이 있어서

秋水蘆花一片明,	가을 물가에 갈대꽃 한 조각 환한데
難同鷹隼共功名.	새매와 공명을 함께하기는 어렵다.
檣邊飯飽垂頭睡,	돛대 옆에서 배불리 먹고 머리 숙이고 자니
也似英雄髀肉生.	영웅에게 넓적다리 살이 오른 것과 같구나.

이 시는 송완이 사냥철인 가을에 사냥에 투입되지 못하고 배 안
에서 누워 자는 사냥개의 모습을 빌려, 청조 초기에 정부 정책 때
문에 뜻을 펼 수 없었던 한족 지식인의 슬픔을 비유적으로 묘사한

영물시로, 그 표현 수법이 교묘하다. 마지막 구는 유비(劉備)가 형주(荊州)의 유표(劉表)에게 의탁하여 지낸 지 몇 년이 되도록 말을 타지 못하여 넓적다리 살이 올라 탄식했다는 고사를 빌려 당시 한족 지사들의 처지를 대변한 것이다.

강희(1662-1722) 초기부터 중기까지 항청(抗淸) 무장투쟁이 소멸되지는 않았지만, 대세는 이미 정해져서 청 왕조가 한족 문인들을 장악하려는 정책도 점차 효과를 나타내기 시작했다. 반청의 입장을 견지한 유민들은 여전히 그와 같은 역사의 변화를 원치 않았겠지만 사회의 심리에는 이미 변화가 발생했다. 그 변화에 적응해서 새롭게 시단의 영수로 등장한 인물이 왕사진(王士禛)이다.

왕사진(1634-1671)은 자가 자진(子眞) 또는 이상(貽上)이고 호는 완정(阮亭) 또는 어양산인(漁洋山人)이다. 본래 이름은 사진이지만, 사후에 옹정제(雍正帝)의 휘 윤진(胤禛)을 피하여 사정(士正)으로 고쳐졌다가 건륭제로부터 '사정(士禎)'이라는 이름이 하사되고부터는 이렇게 불렸다. 산동(山東) 신성(新城) 사람이다. 순치(順治) 15년(1658) 진사가 되어 관직이 형부상서(刑部尙書)에 이르렀다.

그는 청대 초기의 중요한 시인으로 강희제 때 수십 년간 시단의 맹주였다. 사공도(司空圖)의 자연(自然)·충담(沖淡)과 엄우(嚴羽)의 묘오(妙悟)·홍취(興趣)설을 계승하여 신운설(神韻說)을 주장했다. 그의 시는 깔끔하고 자연스러우며 정취가 있는데, 절구에 뛰어났고 율시와 고체시에도 기세가 웅건하고 격조가 높은 작품이 있다. 『대경당집(帶經堂集)』·『어양정화록(漁洋精華錄)』·『어양시화(漁洋詩話)』 등이 있다.

왕사진의 개성은 대단히 민감했지만 현실의 처지를 받아들인 시인으로서 자신의 민감함을 예민한 언어로 표현할 수가 없었을 뿐이다. 그가 순치(順治) 14년(1657) 가을에 지어 명성을 얻은 시 〈추류 4수(秋柳四首)>를 보면 그의 이 점을 잘 이해할 수 있다.

<秋柳四首>(其一)　가을 버드나무 4수(제1수)

秋來何處最銷魂,	가을이 되어 가장 넋을 잃게 하는 곳은 어디인가.
殘照西風白下門.	저녁노을 비치고 가을바람 부는 백하문이리라.
他日差池春燕影,	지난날엔 날렵하게 날아가는 봄 제비의 모습이었는데
祇今憔悴晩煙痕.	이제는 초췌해져 저녁 안개 속에 희미하게 보일 뿐.
愁生陌上黃驄曲,	길가에서 황총곡 들려와 시름은 여전히 일어나고,
夢遠江南烏夜村.	강남의 오야촌은 꿈속에서도 아득하게 되었다.
莫聽臨風三弄笛,	바람에 실려 오는 <매화삼농>의 피리소리 듣지 말라.
玉關哀怨總難論.	옥문관의 슬픔은 어쨌건 이야기하기도 어렵구나.

저녁노을 비치고 가을바람 부는 '백하문'이야말로 가장 슬픔을 자아내는 곳이다. 왜냐하면 백하문 곁에는 버드나무가 있는데, 봄날에 푸르고 무성하던 나무가 가을만 되면 저녁 안개 속에서 초췌한 모습으로 희미하게 보이기 때문이다.

버드나무의 쇠잔한 모습에서 '황총곡'으로 넘어가면서 시는 청각 이미지로 전환된다. '황총곡'과 '오야촌'에서 들리는 소리들에 담긴 애수는 화려한 역사의 순간들이 지금은 사라지고 없는 데서 오는 것이다. 이것들이 사라지고 없는 '가을'과 같은 지금은, 이별의 슬픔이 가득 담긴 '절양류'가 들려올 때의 애잔함만이 남아 있다.

'절양류'에서 연상은 다시 백하문 곁 버드나무로 돌아온다. 역사의 흥망과 보편적인 애수를 거쳐 돌아온 연상은 '백하문 곁의 버드나무'에 더욱 깊은 의미를 부여한다. 그것은 단순히 가을이 되어 느끼는 일상의 감정이 아닌, 역사적이고 보편적인 깊이를 지닌 애수이다. 시인은 이 시를 통해 사라져버린 그 모든 것들에 대한 아쉬움과 슬픔만 남은 역사를 읊고 있다.

왕사진의 <가을 버드나무>는 영물시임에도 표현의 중점이 '물(物)'에 있지 않고, 아름다운 모든 것들이 시간의 흐름을 따라 변화하여 사라질 수밖에 없다는 슬픔에 있다. 다만 그런 슬픔이 예민하고 자극적인 언어로 표현되지 않고, 아름다운 의상과 부드러운 성운(聲韻) 속에서 은은하게 흘러나와 느낄 수는 있지만 꼬집어 지적하기는 쉽지 않다.

왕사진이 후에 제시한 시가이론인 '신운설(神韻說)'은 그의 이러한 예술 특징과 부합되는 것이다. 강희 초 왕사진이 양주추관(揚州推官)으로 있을 때 당인(唐人)의 율시와 절구를 선집하여 이미 그 제목을 『신운집』이라고 했고, 만년에 『당현삼매집(唐賢三昧集)』을 편찬했을 때 재차 그와 같은 주장을 폈다.

그는 당대 시인에 대해 두보·백거이·나은(羅隱) 등은 좋아하지 않고, 왕유·맹호연·위응물 등을 편애하여, 그가 선집한 것도 주로 그 계통 시인들의 작품이다. 『당현삼매집』의 서문을 통해 볼 때 '신운설'은 주로 시가의 고묘한 의경과 천연의 운치 및 표현된 언어 밖의 맛이 풍부할 것을 요구했다. 그는 이와 함께 부수적으로 시가는 청량한 음절을 지녀야 한다고 주장했는데, 이 또한 '신운'의 구성에서 빠뜨릴 수 없는 요소이다.

이른바 '신운설'은 사공도(司空圖)와 엄우(嚴羽) 등의 시론을 그대로 답습한 것이 아니라, 칠자파의 '격조(格調)'에 대한 요구와 공안파의 '성령(性靈)'에 대한 요구를 포함하고 있다. 다만 똑같이 칠자와 공안 두 파의 특징을 결합하여 창작했더라도, 오위업은 현실 속에서 느낀 고통을 강렬하게 시로 표현한 반면에, 왕사진은 그것을 훨씬 담백하게 표현했다.

그의 몇몇 저명한 절구는 완전히 경물을 통해 감정을 서사하여 느낌은 전달되지만 실체를 파악하기는 쉽지 않다. 왕사진은 재정(才情)이 풍부하고 지위 또한 높아서 그의 신운설은 한때 시단을 풍미했다. 그러나 이를 못마땅하게 여긴 사람들도 있었는데, 그 선봉에 선 사람이 바로 조집신(趙執信)이다.

조집신(1662-1744)은 자가 신부(伸符)이고 호가 추곡(秋谷) 또는 이산노인(飴山老人)이며 산동(山東) 익도(益都) 사람이다. 강희 연간에 진사가 되어 우찬선(右贊善)을 지냈다. 그는 당시 시단의 맹주 왕사진(王士禛)의 조카사위였지만 시론은 매우 달라서 신운설(神韻說)을 비판하며, 자신의 진실한 정감과 실제 상황을 시에 담아야 한다고 주장했고, 『담용록(談龍錄)』을 써서 "시 안에 사람이 있어야 하고, 시 밖에 일이 있어야 한다"[133]를 표방하였다. 따라서 그의 시는 구상에 깊이와 힘이 있고, 민생의 질고를 반영한 작품이 적지 않다. 『이산당집(飴山堂集)』·『성조보(聲調譜)』 등이 있다.

조집신이 그의 시론 저작 『담용록』에서 왕사진의 시론과 시에 대해 제기한 비평의 요점을 간추리면 세 가지로 정리할 수 있다.

첫째, '신운설'은 지나치게 아리송하고 어렴풋하다. 둘째, 왕사진은 하나의 시격만을 취하여 시야가 너무 좁다. 셋째, 왕사진의 시에는 사람이 없다. 그의 이러한 비평은 일리가 있다. 조집신과 왕사진의 견해 차이는 두 사람의 개성과 이력이 다른 것과 관계가 있다. 조집신은 자부심이 강하고 격앙되어 광사(狂士)로 불리기도 했다. 그는 해직된 후 사방을 떠돌아다니며 더욱 비분강개한 심경이 되었기 때문에 자신의 성정을 담백하고 어렴풋한 '신운' 속에 침잠시킬 수 없었다. 다음 시를 보자.

---

133) "詩之中須有人在, 詩之外須有事在."

<村氓入城行>   성에 들어간 농부

村氓終歲不入城,   농부는 1년 내내 성에 들어가지 않으니
入城怕逢縣令行.   성에 들어가면 현령의 행차를 만날까 두렵다.
行逢縣令猶自可,   길에서 현령을 만나면 그래도 괜찮지만
莫見當衙據案坐.   관아에서 피고로 만나면 절대로 안 된다.
但聞坐處已驚魂,   앉아있는 곳을 듣기만 해도 혼비백산인데
何事喧轟來向村.   어찌하여 요란을 떨며 마을로 행차했을까?
鋃鐺枉械從靑蓋,   쇠사슬과 수갑이 현령의 수레를 뒤따르고
狼顧狐嗥怖殺人.   이리처럼 노려보고 외치니 살인할까 겁난다.
鞭笞捁掠慘不止,   채찍질하고 장을 치니 참상이 그치지 않아
老幼家家血相視.   늙은이건 어린이건 집집마다 피가 낭자하다.
官私計盡生路無,   "공사로 온갖 방법 다 써도 살 길이 없으니
不如却就城中死.   차라리 쳐들어가 성 안에서 죽고 맙시다."
一呼萬應齊揮擧,   하나가 외치자 모두 호응하여 일제히 닥치니
胥隸奔散如飛煙.   아전들 흩어져 달아나는 꼴이 연기 같았다.
可憐縣令竄何處,   가련하게도 현령은 달아날 곳이 없어서
眼望高城不敢前.   높은 성을 바라볼 뿐 앞으로 나서지 못한다.
城中大官臨廣堂,   성 안의 고관이 집무실에서 사정을 살피니
頗知縣令出賑荒.   현령이 구황을 구실로 나가 저지른 짓이었다.
門外氓聲忽鼎沸,   문 밖에서 농부들 고함소리 갑자기 들끓자
急傳溫語無張皇.   황급히 따뜻하게 진정하라는 말을 전한다.
城中酒濃餺飥好,   성 안의 술은 진하고 떡은 맛이 좋으니
人人給錢買醉飽.   사람마다 돈을 주어 흠뻑 마시고 먹게 했다.
醉飽爭趨縣令衙,   배불리 먹고 다투어 현령의 관아로 달려가
撤扉毀閣如風掃.   바람이 휩쓸 듯 문짝을 걷어차고 훼손했다.
縣令深宵匍匐歸,   현령은 밤이 깊어서야 기어 나와 돌아가니
奴顔囚首銷凶威.   흉포한 위세 사라지고 죄수 꼴이 되었다.
詰朝氓去城中定,   다음날 아침 농부들이 돌아가 성이 안정되자
大官咨嗟顧縣令.   고관이 깊이 탄식하며 현령을 돌아본다.

이 시는 조집신이 강희(康熙) 60년(1721) 소주(蘇州)에 거주할 때 지은 것으로, 그 지역의 현령이 구황(救荒)을 명목으로 농촌으로 들어가서는 오히려 위세를 부리며 그곳 농민을 핍박하여 수탈하려 했는데, 이를 견디다 못한 농민들이 집단 봉기한 과정을 서술하였다. 이와 같은 기록은 사서(史書)에서 찾아보기 어려워 일종의 '시사(詩史)'라고 할 수 있는데, 묘사가 선명하고 희극성이 풍부한 작품이다. 이 시를 통해 그가 왕사진의 '시 안에 사람이 없는 것'에 반대한 이유를 분명히 알 수 있다. 당시 왕사진과 함께 시단에 명성을 떨친 사람으로 주이준(朱彝尊)이 있다. 조집신도 이들을 『담용록(談龍錄)』에서 양대가(兩大家)로 받들었다.

주이준(1629-1709)은 자가 석창(錫鬯)이고 호가 죽타(竹垞)이며 절강(浙江) 수수(秀水: 지금의 가흥嘉興) 사람이다. 강희(康熙) 18년(1679) 박학홍사과(博學鴻詞科)에 응시하여 한림원검토(翰林院檢討)를 제수받았고, 만년에 관직에서 물러나 고향으로 돌아갔다.

그는 경전과 역사에 밝고 시·사(詞)·고문에 뛰어나 왕사진(王士禎)과 함께 '남주북왕(南朱北王)'으로 불렸다. 젊을 때 지은 시는 현실을 반영하고 명 왕조를 그리워하는 작품이 적지 않았고, 만년에는 사경(寫景)과 영물(詠物)의 작품이 많았다. 예술적으로는 당송을 겸비하고 필력이 우아하고 힘차며, 연박한 학문을 바탕으로 전고를 사용하여 절파(浙派) 시풍을 열었다. 『경의고(經義考)』·『폭서정집(曝書亭集)』·『명시종(明詩綜)』 등이 있다.

주이준의 시론은 초기에 당(唐)을 높이고 송(宋)을 내쳐서 육유(陸游)에 대해 신랄하게 비평하여 "구법이 빽빽하고 겹쳐 있어서", "사람으로 하여금 증오심이 생기게 한다"[134]고 했지만, 만년에는 당으로부터 송으로 들어갔다. 전체적으로 보면 그의 시는 학자풍

---

134) "句法稠疊", "令人生憎."(「書劍南集後」)

이 있으며 문재(文才)를 중시하고 전아함을 구하여 초·성당 시가의 격앙되고 분방한 기개가 부족했다. 다음 시를 보자.

<雲中至日>　　　　**운중의 동지**

去歲山川縋雲嶺,	작년엔 진운령에서 산천을 두루 관람했건만
今年雨雪白登臺.	올해에는 눈비 내리는 백등대를 보고 있구나.
可憐至日長爲客,	가련하게도 동짓날에 늘 나그네 신세인데
何意天涯數擧杯.	무엇하러 하늘가에서 자주 술잔 기울이는가?
城晚角聲通雁塞,	저무는 성 호각 소리 안문관에 울려 퍼지고
關寒馬色上龍堆.	차디찬 관문의 말 타고 하얀 용퇴를 오른다.
故園望斷江村裏,	고향의 강촌을 향해 한없이 바라보다가
愁說梅花細細開.	매화 조금씩 피고 있겠지 슬프게 말한다.

주이준은 강희(康熙) 3년(1664) 말, 산서(山西) 대동(大同)에 이른다. 당시 산서안찰부사(山西按察副使)를 맡고 있던 조용(曹溶)이 그곳에서 그를 맞이하였다. 그때 주이준은 유막(遊幕)생활을 하며 여러 지역을 전전하였기에 항상 나그네 신세였다. 그래도 지난해에는 남쪽에서 산천을 두루 관람했는데, 올해는 멀리 떨어진 변경지역에 있는데다, 때도 본래 온 가족이 모여서 함께 장수와 풍년을 기원해야 할 동지(冬至)이니 더욱 외롭고 쓸쓸했다.

경련에서는 조금이라도 고향에 다가가기 위해 안문관으로 시점을 이동하였다. 호각 소리 울려 퍼지듯 관문을 훌쩍 넘어 남쪽으로 가고 싶지만 그럴 수 없고, 시인이 할 수 있는 일은 백룡퇴의 빛깔처럼 하얘서 차갑게 느껴지는 말을 타고 그곳에 오르는 것뿐이다. 남쪽 고향을 향한 시인의 그리움은 미련에서 극에 달한다. 보이지도 않는 고향 땅을 저 끝까지 바라보며 매화가 피기 시작하는 고향의 모습을 상상해 본다. '천천히(細細)'라는 말은 고향을 상상하는 시간을 늘려 주어 여운을 남긴다.

주이준은 개인적인 번민을 역사 회고에 담아 서술하기도 했다. 다음 시를 보자.

<來青軒>　　　　　**내청헌**

天書稠疊此山亭,　　천자의 글씨가 빼곡한 이 산 정자는
往事猶傳翠輦經.　　예전에는 비취색 황제 수레가 들렀다고 전해지지.
莫倚危欄頻北望,　　높은 난간에 기대어 북쪽을 자주 바라보지 마시게.
十三陵樹幾曾青.　　13릉의 나무들이 언제 푸르렀던 적이 있었던가.

이 시는 강희 10년(1671) 주이준이 43세 때 지은 것이다. 그해 정월에 그는 반뢰(潘耒)·이양년(李良年)·채상(蔡湘) 등과 함께 북경의 서산(西山)을 유람하며 유람시를 지었는데 그 중 하나가 이 시이다. 내청헌은 명 황제의 글씨가 있는 곳으로 그에 얽힌 고사가 전해 내려온다. 시인이 이곳을 방문했을 때는 명나라가 망한 지 이미 28년이나 되었을 때인데도, 고국에 대한 감정이 아직 사그라지지 않았음을 보여준다. 명 왕조가 멸망한 뒤 황릉을 돌보지 않아 푸르게 보이지 않는다는 마지막 시구에서, 명나라에 대한 시인의 아쉬움과 그리움이 나타난다.

주이준 시에 대한 청조 사람들의 평가는 매우 높은데, 그것은 학문을 중시한 청인(清人)들의 기풍과 관계가 있다. 사실상 시의 형상성과 정취를 살펴보면 그는 확실히 왕사진에 뒤진다. 청시 중에서 학문을 중시하고 격정을 억제하는 기풍은 송시의 회복을 유도할 수밖에 없었는데, 공개적으로 송시의 기치를 들고 나온 사람이 사신행(査慎行)이다.

사신행(1650-1728)은 절강(浙江) 해녕(海寧) 사람으로 자는 회여

(悔餘)이고 호는 초백(初白) 또는 타산(他山)이다. 본래의 이름은 사련(嗣璉)이었고 자는 하중(夏重)이었다. 그가 37세의 나이에 수도로 와 재상 명주(明珠)의 집에서 머물 때 <장생전(長生殿)>의 연극에 참여한 일이 있었는데, 이것이 효의(孝懿)황후의 국상 중에 불경한 짓을 저지른 것이라는 이유로 국자감(國子監) 학생 명단에서 삭제되고 자격을 박탈당했다. 그 사건 이후로 그는 이름을 신행(愼行)으로 바꿨는데, 글자 그대로 행동을 삼가야겠다는 의미에서 지은 것이다.

사신행은 저명한 송시파 시인으로, 당시 왕사진과 함께 '북왕남사(北王南查)'라고 칭해졌다. 그의 시는 청신하면서도 정교하고 백묘(白描) 수법을 잘 활용했는데, 특히 소식과 육유의 시에서 힘을 얻었다. 『경업당시집(敬業堂詩集)』이 있다. 사신행의 시는 사회의 민생 문제를 반영한 것이 많지만 그의 의도가 통치자의 주의를 끌고 사대부의 책임감을 표현하려는 데 있었기 때문에, 서술이 많고 격정이 적어 송시적 특징을 다분히 지니고 있다. 다음 시를 보자.

<重過齊天坡> **다시 제천파를 지나며**

十月新寒瘴已輕,	시월이라 추위 닥쳐 음습한 기운 약하고
萬峰濕翠雨初晴.	수많은 푸른 봉우리엔 비가 활짝 개었다.
人來天際斜陽影,	하늘 끝에서 온 사람 석양에 그림자 지고
馬蹄雲中落葉聲.	구름 속의 말 걸음에 들리는 건 낙엽소리.
杼軸誰憐民力盡,	북과 도투마리 비었거늘 누가 백성을 가여워하나?
郵亭遙數戍煙生.	역참을 바라보니 수자리에 연기 솟아오른다.
半年遊迹愁重到,	반년 만에 다시 왔건만 슬픔은 여전하니
何計雲山慰客情.	구름 산이 어떻게 나그네 마음을 위로하랴?

사신행은 강희(康熙) 19년(1680) 5월에 원주(沅州)에서 서쪽으로

제천파를 경유하여 귀주 동인(銅仁)으로 갔다가 귀로에 다시 제천파를 지나게 되었는데, 그때가 마침 10월이어서 날씨도 쌀쌀해졌고 음습한 기운도 약해졌다. 강희 19년은 운남과 귀주에서 내전을 치른 후여서 그곳의 백성은 전화로 인한 고초를 여전히 겪고 있었다. 잦은 징발로 인해 민간의 재물은 바닥이 났고 인력도 소진되었지만, 그들을 가엾어 하며 위무해주는 사람은 없었다.

이 시는 일종의 기행시로서 전반부는 여정 중에 시인이 본 자연 경물을 묘사했고, 후반부에서는 전란으로 인한 민중의 고통과 자신의 감회를 서술하여 그의 정신세계를 엿볼 수 있다.

3. 청대 중기의 시

청대 중기의 시는 옹정(雍正: 1723-1735) 연간부터 아편전쟁이 발발한 1840년 전·후까지의 약 110년 동안을 가리킨다. 강희 연간에는 '신운설(神韻說)'을 창도한 왕사진(王士禛)이 시단의 맹주였지만 중기에 들어서서는 그에 반대하는 시인들이 등장하여 새로운 국면을 열었다. 옹정 시기에서 건륭(乾隆: 1736-1795) 초년 사이에 여악(厲鶚)이 송시를 제창하며 담백하고 자연스런 시를 쓸 것을 주장했고, 건륭 시대에 이르러서는 심덕잠(沈德潛)을 대표로 하는 격조파(格調派)와 옹방강(翁方綱)을 대표로 하는 기리파(肌理派)가 등장했다.

전자는 온유돈후(溫柔敦厚)의 시교(詩敎)와 격조를 강조했고, 후자는 학문으로 시를 지을 것을 주장했다. 그들은 창작 방면에서 복고의 경향과 보수성을 드러내며 시단에 활력을 불어넣지 못하여 원매(袁枚)를 대표로 하는 성령파(性靈派) 시인들의 비판을 감수해야 했다. 그들은 창신과 성정의 서사를 강조하며 고인을 모방하는 것과 '시교(詩敎)'에 얽매이는 것을 반대했다.

한편 정섭(鄭燮)의 시는 흉금의 직서(直敍)를 강조했고, 현실을 직시하며 백성들을 위해 외치고 호소한 작품들이 있다. 황경인(黃景仁)은 일생을 가난과 병고 속에서 떠돌아다니다 젊은 나이에 죽은 비운의 시인이어서 자신의 신세와 운명을 토로한 작품이 많은데, 대부분이 감상적이고 비애에 차 있어서 건륭의 성세(盛世)에 파묻혀 드러나지 않은 지식인들의 불행을 반영한 측면이 있다.

3. 1 여악(厲鶚)과 절파(浙派)

여악(1692-1752)은 자가 태홍(太鴻)이고 호가 번사(樊榭)이며 전당 (錢塘: 지금의 절강성 항주) 사람이다. 강희(康熙) 59년(1720)에 거인(擧 人)이 되었고 건륭(乾隆) 원년(1736)에 박학홍사시(博學鴻詞試)에 응 시했다가 낙제한 후 관계 진출의 꿈을 접고 저술과 창작에 전념했 다. 여악은 사신행이 표방한 송시파의 방향을 이어나가며 송시를 깊이 연구하여 『송시기사(宋詩紀事)』를 썼으며, 시 창작도 송시를 본받아 담백하고 자연스런 아름다움을 추구하여 절파(浙派) 시를 영도하였다. 그러나 한편 시야가 좁고 필력이 유약하다는 단점이 있다. 『번사산방집(樊榭山房集)』이 있다.

여악의 시는 벽전(僻典)과 고사를 즐겨 사용하고 내용도 지나치 게 심각한 단점이 있지만, 일부 근체 단편은 그의 고독한 성격을 드러내며 속세를 벗어난 맑고 깊은 뜻을 표현하였다. 다음 시를 보자.

<曉登韜光絶頂>　**새벽에 도광사 산정에 올라**

入山已三日,	산에 들어온 지 벌써 3일이나 되어
登頓邃眞賞.	오르내리며 마침내 제대로 구경한다.
霜磴滑難踐,	서리 맺힌 돌길 미끄러워 디디기 어려운데
陽崖曦乍晃.	양지 벼랑에 잠시 햇빛이 비쳐 환하다.
穿漏深竹光,	깊은 대숲을 뚫고 새어나오는 빛이 있어
冷翠引孤往.	찬 푸른 잎이 홀로 가는 길을 안내한다.
冥搜減衆聞,	힘껏 찾아가니 뭇 소리는 사라지고
百泉同一響.	수많은 샘물은 소리가 한결 같다.
蔽谷境盡幽,	가려진 골짜기가 온통 컴컴하더니

躋巓矚始爽.	꼭대기에 오르자 눈앞이 훤해진다.
小閣俯江湖,	작은 정자에서 강호를 내려다보니
目極但莽蒼.	눈길 닿는 곳마다 푸른빛뿐이다.
坐深香出院,	오래 앉아있으니 절 향기 퍼져나가
靑靄落池上.	푸른 안개 되어 물 위로 내려앉는다.
永懷白侍郞,	오래도록 백시랑을 마음에 품는 것은
願言脫塵鞅.	속세의 속박에서 벗어나고 싶어서라네.

이 시는 여악이 항주 서호 가에 있는 영은산(靈隱山)에 오른 감회를 읊은 것이다. 때는 새벽이라 차갑고 고요한 가운데 시인은 산꼭대기까지 올라가는 동안 만나는 돌길, 대나무 숲, 샘물 소리, 곳곳의 새벽빛을 온몸으로 느끼고 있다. 꼭대기에 올라가서는 탁 트인 정경을 마주하면서 강과 호수로 시선을 자유롭게 옮기고 있다.

"오래 앉아있으니 절 향기 퍼져나가, 푸른 안개 되어 물 위로 내려앉는다"는 표현은 마지막 두 구에서 탈속을 추구하는 마음을 말하기 위한 시의 분위기 전환에 기여하고 있다. 시인이 정자에 오래 앉아 있으면서 마음속에 일어난 감회, 주변 풍광의 정취가 자아내는 분위기 등이 어우러져 그 순간 바로 그곳에서만 느낄 수 있는 '향(香)'을 만들어내었고 이것이 강호 위 '청애(靑靄)'의 모습으로 시인의 눈에 보인 것이다.

이는 시인과 정자, 그리고 저 멀리 강호가 하나의 이미지로 융합되면서 속세를 벗어나 자연과 하나 되어 살고 싶은 시인의 마음이 암시되고 있는 부분이라고 생각해볼 수 있다. '향기'와 '안개'라는 손에 잡히지 않는 아련한 이미지의 소재를 등장시킨 것 또한 탈속 추구의 느낌을 강조하고 있다.

3. 2 심덕잠(沈德潛)과 격조설(格調說)

심덕잠(1673-1769)은 자가 확사(確士)이고 호가 귀우(歸愚)이며 강소(江蘇) 장주(長洲: 지금의 소주시에 속함) 사람이다. 빈한한 가정에서 성장했고 건륭 4년(1739) 67세의 고령에 진사가 되어 예부시랑(禮部侍郎)에까지 올랐다. 심덕잠은 섭섭(葉燮)에게서 시를 배웠지만 성정과 시교(詩敎)를 중시하고 격조를 따지며, 당음(唐音)을 본받아 격조설(格調說)을 내세워 스스로 일가를 이루었다. 그의 시는 고체는 풍격이 예스럽고 소박하며 율시는 완곡과 함축을 좋아하고 율격을 중시했다. 『고시원(古詩源)』・『당시별재(唐詩別裁)』・『명시별재(明詩別裁)』・『청시별재(淸詩別裁)』・『설시쉬어(說詩晬語)』・『귀우시집(歸愚詩集)』 등이 있다.

심덕잠의 시론은 일반적으로 '격조설'이라고 칭한다. 이른바 '격조'는 시가의 격률과 성조를 가리키는 동시에 그로부터 표현되어 나오는 고아하고 웅장하며 변화가 풍부한 미감을 가리킨다. 이는 본래 명대의 칠자에게서 나온 것이므로 심덕잠은 명시에서 칠자를 존중하고 공안과 경릉을 배척했으며, 당(唐)을 받들고 송(宋)을 내쳤다. 그러나 심덕잠의 시론은 명 칠자의 설과 사실상 달랐다.

그의 시론은 하나의 가장 중요하고 근본적인 전제가 있었는데, 그것은 통치 질서에 유익하고 '온유돈후(溫柔敦厚)'에 맞는 '시교(詩敎)'를 요구한 것이다. 정리해보면 그의 시론은 한유(漢儒)의 시교설(詩敎說)을 바탕으로 하고, 당시(唐詩)의 '격조'를 활용하여 청 왕조의 엄격한 사상 통치에 영합하고, 강희・건륭의 '성세기상(盛世氣象)'의 시풍을 장식할 수 있기를 꾀한 것이다. 그러나 당시(唐詩)의 '격조'와 격정은 분리할 수 없는 것이어서 그와 같은 주장에는 극복할 수 없는 모순이 내재되어 있었다.

따라서 심덕잠의 시는 대체로 평이하고 신기함이 없다. 때로는 그도 민생의 질고를 시에 담았지만 그것은 봉건 문인의 '우국우민'하는 자세를 표현한 것일 뿐이다. 다만 그가 각종 선본(選本)에서 고전작품에 대해 행한 기술성 분석에는 전문가다운 말이 적지 않게 포함되어 있다. 그의 시를 한 수 들어본다.

＜月夜渡江＞	달밤에 장강을 건너며
萬里金波照眼明,	온 누리의 달빛이 눈을 밝게 비추는데
布帆十幅破空行.	열 폭 돛배가 공중을 가르며 지나간다.
微茫欲沒三山影,	아득하여 삼산의 그림자 달빛에 잠긴 듯하고
浩蕩還流六代聲.	드넓은 장강은 6대의 소리를 내며 흐른다.
水底魚龍驚靜夜,	물 밑의 어룡은 고요한 밤에 놀라 일어나고
天邊牛斗轉深更.	하늘가 북두성은 밤이 깊었음을 알린다.
長風瞬息過京口,	계속 부는 바람에 곧 경구를 지나게 되니
楚尾吳頭無限情.	오와 초의 경계에서 무한한 정이 솟는다.

이 칠언율시는 심덕잠이 귀향 도중 달밤에 장강을 건너는 정경을 묘사한 것으로 시 전체가 시인의 눈에 들어온 경물을 묘사하였고, 마지막 세 글자로 정을 언급했지만 경물 속에 정을 녹여 넣어 시의 격조를 높임으로써 그의 시학 주장을 잘 반영한 작품으로 평가된다.

3. 3 옹방강(翁方綱)과 기리설(肌理說)

옹방강(1733-1818)은 자가 정삼(正三)이고 호는 담계(覃溪) 또는 소재(蘇齋)이며 순천(順天: 지금의 북경 대흥大興) 사람이다. 건륭(乾隆)

17년(1752) 진사로, 한림원편수(翰林院編修)에 임명되었고 관직이 내
각학사(內閣學士)에 이르렀다. 경학(經學)과 금석학자(金石學者)로 유
명하다. 시론으로 기리설(肌理說)을 제창하여 학문을 바탕으로 한
시를 쓸 것을 주장하는 한편 의리(義理)와 문리(文理)를 강조했다.
저서로 『복초재집(復初齋集)』 등이 있다.

그는 학자인데다 학자의 태도로 시를 논하여 "학문을 할 때는
반드시 고증을 준거로 삼아야 하고, 시를 지을 때는 반드시 기리
를 준거로 삼아야 한다"135)라고 주장했다. 여기서 '기리(肌理)'는
시의 의리(義理)와 조리(條理)를 아울러 가리킨 것이다. 그는 학문이
작시의 근본이라고 생각하여 "경전과 사서의 고증과 교정에 해박
하고 정밀해야, 그 시가 크게 순정하다"136)라고 했고, 동시에 송시
의 조리가 세밀하여 당시가 그에 미치지 못하므로 송시를 본받아
야 한다고 주장했다. 그가 시풍의 '순정(醇正)'을 제창한 것은 사실
상 심덕잠과 같아서 그의 시는 질박하고 정취는 부족하며, 다량의
고거(考據)가 섞여있어 대체로 형상성이 떨어진다. 그의 시를 한
수 들어본다.

〈望羅浮〉	나부산을 바라보며
只有蒙蒙意,	그저 희뿌연한 기운 속에
人家與釣磯.	인가와 낚시터가 보이는데
寺門鐘乍起,	절에서 갑자기 종소리 울리고
樵客徑猶非.	나무꾼 길은 여전히 희미하다.
四百層泉落,	4백 층 구비구비 폭포가 떨어지고
三千丈翠飛.	3천 장 높이에서 푸른 물이 날린다.
與誰參畫理,	누구와 함께 그림의 이치를 탐구하나?

---

135) "爲學必以考證爲準, 爲詩必以肌理爲準."(「志言集序」)

136) "宜博精經史考訂, 而後其詩大醇."(「粤東三子詩序」)

半面盡斜暉.　　반쪽 면이 모두 석양으로 물들어 있다.

이 시는 옹방강이 건륭(乾隆) 34년(1769)에 지은 것인데, 황혼 무렵에 멀리서 나부산을 바라보며 깊고 웅장한 모습을 묘사한 것이다. 시인은 산의 서쪽이 온통 석양에 물든 모습을 그림으로 그려내고 싶지만 그것이 결코 쉽지 않아 그림의 이치를 탐구해야겠다고 함으로써, 나부산의 오묘한 모습을 독자들의 상상 속에 부각시키고 있다. 이 시를 통해 그의 학자 취향을 살펴볼 수 있다.

3. 4 원매(袁枚)와 성령설(性靈說)

건륭 시기에 시론 방면에서 왕사진에게 불만을 표시하고, 또한 심덕잠·옹방강과 전후하여 첨예하게 대립한 시인이 원매(袁枚)이다.

원매(1716-1797)는 자가 자재(子才)이고 호는 간재(簡齋) 또는 창산거사(倉山居士)이며 절강(浙江) 전당(錢塘: 지금의 항주) 사람이다. 강녕현(江寧縣: 지금의 남경시에 속함) 현령을 지내다 40세에 은퇴하여 강녕 소창산(小倉山)의 수원(隨園)에 집을 짓고 살아서 수원선생(隨園先生)이라고 불리기도 했다. 그의 시론은 성령설(性靈說)이 중심인데, 성령설의 핵심은 그가 말했듯이 "진실성을 보전하고(葆眞)", "나를 표현하는(著我)" 것이다. 진실한 감정, 즉 자연스럽게 촉발된 온갖 감정에 자신만의 영감과 상상력을 더하여 개성을 표현하는 것, 그것이 원매가 생각하는 시였다.

따라서 원매는 다른 사람의 감정과 말을 빌려서는 안 된다고 주장하였다. 그의 시는 자신의 시론처럼 자신의 참된 성정을 담은 자연스럽고 독창적인 풍모를 보여 당시의 시단에 신선한 바람을 일으켰지만 일부 작품은 깊이가 없고 통속으로 흘렀다는 비판을 받기도 했다. 『소창산방시문집(小倉山房詩文集)』·『수원시화(隨園詩話)』·『자불어(子不語)』 등이 있다.

원매는 시뿐만 아니라 여러 방면에서 만명(晩明)의 반(反)전통사상을 이어받아 만명의 사조가 청 전기의 쇠퇴기를 거친 후 다시 새롭게 대두하는 데 앞장섰다. 그는 이지(李贄)와 마찬가지로 정욕의 합리성을 인정하여, 성인의 다스림은 '재물을 좋아하고 여색을 좋아하는' 욕망이 만족을 얻도록 하는 것이어야 한다고 생각했다. 그는 심지어 부자의 사치한 생활을 긍정하며 무조건 검소한 것을 숭상하는 데 반대했다.

그는 부민(富民)이 '빈민의 어머니'라고 하면서 부민의 소비를 통해 빈민이 생계를 이어갈 기회를 얻는다고 주장했다. 이는 당시 부상(富商)의 입장에서 말한 것이기는 하나(원매는 그런 인물들과 교제가 많았다), 경제 사상으로는 일리가 있었다. 특히 부민을 보호해야 한다는 주장은 전통적인 숭검(崇儉) 사상과 "인구가 적은 것을 걱정하지 말고 부담이 공평하지 못한 것을 걱정하라"[137]는 빈곤화 평균주의에 비해 당시 사회 발전의 수용에 훨씬 부합하는 것이었다.

인간의 욕망을 존중하는 입장에서 원매는 이지와 마찬가지로 조작과 허위를 일삼는 가짜 도학을 격렬하게 비판했다. 또한 유가경전을 맹목적으로 숭배하는 태도에 대해서도 결연히 반대했다. 그는 당시에 성행하던 한학(漢學) 고거(考據)에 대해서도 불만을 표시하고 "송학에 폐해가 있지만, 한학에는 더 큰 폐해가 있다"[138]고 주장했다.

원매의 사상도 순수하게 개인의 것은 아니고 사실상 당시 도시 상공업자의 요구와 사상계의 변화를 반영한 것이다. 당시 관각대

---

137) "不患寡而患不均."(『論語·季氏』)
138) "宋學有弊, 漢學更有弊."(「答惠定宇書」)

신(館閣大臣)이며 사림의 영수였던 기윤(紀昀)조차 『열미초당필기(閱
微草堂筆記)』에서 위선적인 '가도학(假道學)'에 대해 크게 비판을 가
하고, '이(理)'는 인정을 따라야 한다고 주장했으니 그와 같은 사상
변화가 보편성을 띤 것임을 알 수 있다.

　원매의 시가 주장은 '성령설(性靈說)'로 칭해지는데, 여기서 '성
(性)'은 '성정(性情)'·'정감(情感)'이고, '영(靈)'은 '영기(靈機)'·'영취
(靈趣)'이다. 구체적으로 말하면 첫째, 시가의 본질로 볼 때 "시는
정으로부터 나오는 것이다"139), "성정을 제외하면 본래 시가 없
다"140)이다. 사람의 성정이 시의 본원인데 "정이 가장 우선으로 하
는 것은 남녀만한 것이 없다"141)이므로 그는 심덕잠이 시를 선별
할 때 염시(艶詩)를 수록하지 않은 것과, 정진방(程晉芳)이 자신에게
시집 속의 '연정지작(緣情之作)'을 삭제하라는 요구에 크게 반감을
품었다.142) 둘째, 성정은 개인의 성정이므로 시를 지을 때는 자아
의 개성을 발휘해야지 타인을 답습해서는 안 된다. 따라서 종당(宗
唐)과 종송(宗宋)의 투쟁은 그가 보기에 전혀 쓸데없는 짓이었다.
셋째, 구체적인 창작 방면에서 그는 '재(才)'와 '영기(靈機)'가 있어
야 한다고 강조했다. 넷째, '성정'과 '영기'를 바탕으로 하는 전제
하에 고인을 학습하고 심혈을 기울여 연마할 것을 요구했다.

　원매의 시론은 심덕잠·옹방강의 주장과 대립했지만 왕사진의
신운설과는 대립된 면과 연관된 면이 섞여 있다. 그는 '신운'의 제
시에 반대한 것이 아니어서 "제 생각에 신운(神韻) 두 글자는 더욱
요긴한 것입니다. 신운은 선천적이고 참된 성정이므로 강제로 이
를 수 없습니다"143)라고 말했다. 본래 '신운'도 성정을 중시한 주

---

139) "詩者, 由情生者也."(「答蕺園論詩書」)

140) "性情以外本無詩."(「寄懷錢嶼沙方伯予告歸里」)

141) "情所最先, 莫如男女."(「答蕺園論詩書」)

142) 「再與沈大宗伯書」와 「答蕺園論詩書」를 보라.

장이지만 원매가 보기에 왕사진이 추구한 신운은 몽롱함에 치우쳐
있어서 약동하는 생기가 부족했기 때문에 그가 "성정을 주로 하지
않는다"라고 질책했던 것이다.(『수원시화隨園詩話』)

원매는 주로 만명 공안파의 "오로지 성령을 서발하고, 격식과 틀
에 얽매이지 않는다"(獨抒性靈, 不拘格套)의 이론을 계승하는 한편, 남
송 양만리의 의견을 받아들여 자신의 이론을 계통적으로 구축했다.
시의 '공묘(工妙)'를 추구하는 점에서 그는 공안파보다 뛰어났다. 다
음 시를 보자.

<苔>　　　**이끼**

各有心情在,　　　만물은 각기 자신의 마음을 갖고 있어
隨渠愛暖涼.　　　그에 따라 따뜻함이나 서늘함을 좋아하지.
青苔問紅葉,　　　푸른 이끼가 붉은 이파리에게 묻는다.
何物是斜陽.　　　"어떤 것이 석양인가요?"

원매 영물시의 큰 특징 중 하나로 의인화 수법의 사용을 들 수
있다. 시인은 여기서 이끼나 잎 같은 사물에 감정을 불어 넣어, 그
것이 운명에 순응하지 않고 주관적 의지에 따라 환경을 선택했다
고 상상했다. 시인은 여기서 이끼가 자신의 기호에 의해 서늘한
그늘을 선택하여 해를 모른다고 했다. 그러나 그것뿐이라면 무엇
때문에 '사양(斜陽)'이라고 했을까? '홍엽(紅葉)'과 '사양(斜陽)'은 둘
다 '곧 사라질 운명'을 지닌 것들이다. 그에 반해 '청태(青苔)'는 비
록 그늘 속에 있지만 '늘 푸름'을 간직하며 살고 있다. 따라서 이
시에는 '관직을 떠난 은둔자의 삶'에 대한 애호가 기탁되어 있다.
양만리의 '활법(活法)'이 감지되는 작품이다.

---

143) "僕意神韻二字, 尤爲要緊. 神韻是先天眞性情, 不可强而至."(「再答李少鶴」)

당시의 시단에서 원매의 이와 같은 이론은 시가의 서정 기능과 개성 표현을 회복하는 데 중요한 역할을 했다. 원매의 시가 창작은 현저한 특색이 있지만 그의 진보적인 사상 때문에 대가(大家)의 반열에 오르기 쉽지 않았다. 이는 그의 생활 태도와 관계가 있다. 그는 사상이 예민하긴 했지만 세속과 함께 부침하며 풍류 생애 속에서 현실과 타협했고 실용을 추구했다. 다음 시를 보자.

〈詠錢〉	돈을 노래하다
人生薪水尋常事,	살아가는 데 땔감과 물은 흔한 것들이지만
動輒煩君我亦愁.	걸핏하면 그댈 귀찮게 하여 나 역시 근심한다.
解用何嘗非俊物,	잘 쓰면 걸출한 물건이 아닌 적 있었던가?
不談未必是清流.	입에 담지 않는다고 반드시 고결한 선비는 아니지.
空勞姹女千回數,	아름다운 여인이 천 번 세는 헛수고 하게 하고
屢見銅山一夕休.	구리 산이 하루저녁에 무너지는 것도 누차 보았지.
擬把婆心向天奏,	자애로운 마음 가지고 하늘 향해 아뢰련다.
九州添設富民侯.	세상천지에 부민후를 더 많이 세워 달라고!

이 시는 원매가 건륭 22년(1757)에 지은 것이다. 물질적·금전적 욕망을 드러내는 것은 문인에게는 오래 전부터 금기시되어 왔으나, 원매는 고정관념을 깨고 돈에 대한 자신의 생각을 진솔하게 담았다. 돈은 사치품이 아닌 평범한 생활용품을 마련할 때도 없어서는 안 되는 것이다. 그토록 자주 사용해야 하니 넉넉하지 못하면 사람은 그로 인해 근심하지 않을 수 없다. 꼭 필요하기도 하므로 잘만 사용하면 좋은 물건이 될 수도 있다.

왕연(王衍)처럼 '돈'이란 말을 입에 담지 않는다고 해서 실제로도 반드시 고결한 선비는 아닐 것이다. 자신이 성인군자인 듯 지나치게 꺼릴 필요도 없다는 것이다. 영락태후(永樂太后)처럼 너무

돈을 좋아해도 문제이니, 등통(鄧通)처럼 돈을 한꺼번에 잃어버릴
수도 있다는 것을 명심해야 한다고 말한다. 시인은 미련(尾聯)에서
부의 추구를 긍정하고 백성이 잘 살기를 바라고 있다.

원매에게는 사회 문제를 다룬 시도 있다. 예를 들어 <누리를 포
획하는 노래(捕蝗曲)>・<식량 운반세 징수를 한탄함(微漕嘆)> 등은
사대부의 전통적인 책임감을 표현한 것이다. 또한 그에게는 <우연
히 짓다(偶作)>・<종이 연(紙鳶)>・<파리가 미워서(憎蠅)>와 같은
풍자시도 있고, 역사 사실을 통해 백성들의 입장을 대변한 시도
있다. 다음 시를 보자.

<馬嵬四首>(其二) **마외 4수(제2수)**

莫唱當年長恨歌,   그때의 <장한가>를 부르지 마시게!
人間亦自有銀河.   인간 세상에도 은하는 있는 법이니.
石壕村裏夫妻別,   석호촌에 사는 부부의 이별이
淚比長生殿上多.   장생전보다 훨씬 많은 눈물 쏟아냈다네.

이 시는 원매가 건륭 17년(1752) 섬서(陝西)에서 임직할 때 지은
작품이다. 원매는 양귀비가 묻혀 있는 마외를 시의 대상으로 삼았
지만 그는 오히려 양귀비와 당 현종의 비극적 애정고사인 <장한
가>를 부르지 말라고 말한다. 아마도 그들의 사랑이 비극으로 끝
난 것은 가슴 아픈 일일지 몰라도 나라와 백성을 생각하면 더 오
래 지속되어서는 안 될 일이었기 때문일 것이다. 그보다는 과도한
애정으로 해야 할 일을 그르치지도 않았고, 누군가에게 피해를 주
지도 않은 지극히 평범한 석호촌 노부부[144]의 갑작스러운 이별이
더욱 애잔하게 느껴진다고 하였다.

---

144) 두보의 시 <석호의 관리(石壕吏)>에 나오는 노부부를 가리킨다.

또한 이 시는 유영(柳永)의 〈우림령(雨霖鈴)〉 사(詞)와 마찬가지로 무대의 중심에 평범한 백성을 내세웠다는 특징이 있다. 이런 시는 건륭(1736-1795)·가경(嘉慶: 1796-1820) 시기의 문학에서 드물게 보이는 것으로서 주목할 가치가 있다.

3. 5 조익(趙翼)과 장사전(蔣士銓)

원매의 '성령설'은 당시의 시단에 큰 반향을 일으켜 반대자도 많았고 동조자도 적지 않았다. 건륭시대에 원매와 함께 '강우삼대가(江右三大家)'로 병칭된 조익과 장사전 등은 모두 원매와 교유하며 어느 정도 그의 영향을 받았다.

조익(1727-1814)은 자가 운숭(雲崧)이고 호가 구북(甌北)이며 강소(江蘇) 양호(陽湖: 지금의 무진武進) 사람이다. 건륭 26년(1761)에 진사가 되어 한림원편수(翰林院編修)에 제수되었고, 귀서병비도(貴西兵備道)를 역임했다. 역사를 연구하여 『22사 찰기(二十二史札記)』를 썼고, 시명(詩名) 또한 높았다. 그의 시론은 기본적으로 원매와 같지만 창신을 중시하고 시대의 현실성을 성정에 포함시킬 것을 주장했는데, 다른 한편으로는 의론을 좋아하고 전고의 사용에 능했다. 『구북집(甌北集)』이 있는데, 그 속에 그의 시학 이론을 담은 『구북시화(甌北詩話)』가 있다. 우선 그의 시가 이론을 표명한 시를 한 수 들어본다.

〈論詩〉(其三)	시를 논하다(제3수)
隻眼須憑自主張,	독자적 견해는 자신의 주장에 의거해야 하니
紛紛藝苑漫雌黃.	의론이 분분하여 예원에는 자황이 흥건하다.
倭人看戲何曾見,	난쟁이가 연극을 구경하면 무엇을 보았겠는가?
都是隨人說短長.	모두가 남을 따라 이러쿵저러쿵 떠들 뿐이지.

시가 이론과 비평 방면에서 조익의 뚜렷한 특징은 '영고학금(榮
古虐今: 옛것을 높이 받들고 지금 것을 경시하다)'에 반대하고 '독창'을 강
조한 것이다. 그는 독창적인 견해가 없이 남의 의견을 따라 말하
는 것을 난쟁이가 연극을 구경하는 것에 비유하였다.145) 그의 독
창에 대한 강조는 당시 모든 학술계의 기풍과 관련이 있고, 의고
의 기풍이 성행했던 당시의 시단에서 시인들이 세간의 유행에 부
화뇌동하지 말고 자신만의 견해를 갖출 것을 요구한 것이다.

다음으로 자신의 생각을 의론으로 담은 시가 여러 수 있는데, 생
각에 기지가 있고 지적이 날카로운 특징이 있다. 다음 시를 보자.

〈後園居詩〉	다시 쓴 '원거' 시
有客忽叩門,	한 나그네가 문을 두드리고는
乃送潤筆需.	글값이라고 하며 건네주었다.
乞我作墓誌,	내게 묘지를 지어달라고 부탁하며
要我工爲諛.	마음에 들게 써달라고 요구한다.
言政必龔黃,	치적은 공수·황패와 같아야 하고
言學必程朱.	학문은 정자·주자와 같아야 한단다.
吾聊以爲戲,	나는 잠시 장난삼아
如其意所須.	그가 바라는 대로 써주기로 했다.
補綴成一篇,	옛글을 짜깁기하여 묘지를 완성하니
居然君子徒.	확연히 군자의 대열에 오를 만했다.
核諸其素行,	그의 평소의 행실과 대조해보니
十鈞無一銖.	천에 하나도 들어맞는 것이 없다.
此文倘傳後,	이 글이 만약 후세에 전해진다면,
誰復知賢愚.	누군들 이 자의 참모습을 알겠는가?
或且引爲據,	간혹 또 이 글을 근거삼아 인용하여

---

145) 당시의 일반인들이 연극을 관람할 때는 좌석 없이 서서 보았으므로 난쟁이
는 앞사람에 가려 무대를 볼 수가 없었다.

竟入史冊摹.	뜻밖에도 역사책에 베껴 넣겠지.
乃知靑史上,	이에 알겠네, 역사책의 기록은
大半亦屬誣.	태반이 참으로 거짓에 속함을.

위의 시는 9수로 된 연작시 가운데 제4수이며 18구로 된 오언고
시이다. 조익은 뛰어난 역사학자이기도 하다. 그러나 그가 돈을 받
고 묘지(墓誌)를 써주면서, 과장되거나 날조된 말을 쓰지 않을 수
없음을 고백하고 있다. 이런 글이 후세에 역사자료가 될 것이니
역사 기록도 그대로 믿기 어렵다는 것이다. 중국뿐만 아니라 우리
나라에서도 많은 문인들이 돈을 받고 남의 묘지명(墓誌銘)·비문(碑
文)·행장(行障) 따위를 써주었다. 남의 청탁과 돈을 받고 그의 조
상에 대하여 쓰는 글이니 객관적으로 공정하게 쓸 수가 없었을 것
이다.

이 시를 통해 역사학자 조익의 지식인다운 반성을 엿볼 수 있
다. 이런 종류의 작품은 예술성에서는 다소 부족한 점이 있지만
사상면에서는 볼만한 점이 있으며, 시인 자신의 개성을 잘 표현했
다는 점에서 가치가 있다.

장사전(1725-1785)은 자가 심여(心餘)이고 호는 장원(藏園) 또는
청용거사(淸容居士)이며 강서(江西) 연산(鉛山) 사람이다. 건륭 22년
(1757)에 진사가 되어 편수(編修)에 제수되었다. 40세 후 관직을 떠
나 서원(書院)에서 강의하다가 만년에 조정으로 돌아와 국사관찬수
관(國史館纂修官)을 맡았다. 장사전의 시론은 기본적으로 원매와 비
슷하여 성정의 표현과 사회적 공용을 중시했고, 시는 격조가 고아
하고 용어가 소박하였다. 다만 사람됨이 다소 고지식하고 사상이
진부하여 조익과 같이 넘치는 활기가 부족했다. 그는 또한 저명한
희곡가이기도 했다. 『충아당집(忠雅堂集)』·『장원구종곡(藏園九種曲)』
등이 있다.

그는 칠언고시에 뛰어나 주목할 만한 작품이 더러 있다. 다음 시를 보자.

<漂母祠>	빨래 아낙의 사당
婦人之仁偶然耳,	아낙의 측은지심은 우연히 발동한 것일 뿐
不遇韓侯何足齒.	한신을 만나지 않았다면 어찌 입에 올랐으랴?
鬼神黙相飯王孫,	귀신이 몰래 한신에게 밥을 먹이도록 도와서
齊王不死楚王死.	제왕 시절에 죽지 않고 초왕 때에 죽게 했다.
千金之報直一錢,	1전짜리 밥의 대가로 천금을 주어 보답하니
老母廟食今猶傳.	빨래 아낙의 사당 제사는 지금도 전해진다.
丈夫簞豆形諸色,	조촐한 음식 바라는 장부 마음 안색에 드러나도
餓殍紛紛亦可憐.	굶어죽는 사람 도처에 보이니 참으로 가련하다.

건륭 29년(1764)에 장사전은 상사에게 바른 말을 하다가 미움을 사 경성(京城)을 떠나 식솔들을 대동하고 남경(南京)으로 남하하던 도중 이 사당에 들르게 되었다. 나이 40에 관직에서 물러나 초라한 처지가 된 그로서는 표모(漂母)의 일화가 남다르게 느껴졌을 것이기 때문에, 영웅이 때를 만나지 못한 슬픔과 각박한 세태에 대한 감회를 시로 적은 것이 이 작품이다. 이 시는 소재와 발상이 독특하며 구성이 탄탄하여 그의 칠언고시 중에서 대표작에 속한다.

3. 6 정섭(鄭燮)과 황경인(黃景仁)

정섭(1693-1765)은 자가 극유(克柔)이고 호는 판교(板橋)이며 강소(江蘇) 흥화(興化) 사람이다. 그는 44세 때인 건륭 원년(1736)에 진사가 되어 산동(山東) 범현(范縣)의 현령과 산동 유현(濰縣)의 지현(知縣)을 역임했고, 만년에는 양주(揚州)에 거처하며 그림을 팔아 생활했다. 그는 시(詩)·서(書)·화(畵)에 모두 뛰어나 활발한 창작활동을 했는데, 시는 서정과 사의(寫意)에서 모두 침착통쾌하며 개성과 시대성을 중시했고 백묘(白描) 기법에 능했다. 그가 지은 악부시는 비근한 언어로 깊은 뜻을 담아내어 풍격이 백거이(白居易)와 육유(陸游)에 가깝다. 『정판교전집(鄭板橋全集)』이 있다.

정섭은 빈한한 집안 출신으로 유가의 정치 이상을 품고 좋은 관리가 되는 것이 인생의 목표였지만, 동시에 서위(徐渭)와 원매(袁枚) 같은 자유분방한 인사를 흠모하여 세상에 분개하는 마음이 있었다. 대체로 말해서 그는 약간 자유분방한 성향을 지니고 있지만 사상과 성격은 오히려 예민하지도 강렬하지도 않은 정직한 사람이었다.

그의 시는 민생의 질고를 집중적으로 반영한 <고아행(孤兒行)>·<도황행(逃荒行)>·<고악(姑惡)>·<사형악(私刑惡)>·<한리(悍吏)> 등의 시가 있는데, 모두 제목에 드러나 있듯이 구체적으로 절실하게 서술하여 다른 시인들에게서 드물게 보이는 것이다. 그의 이 같은 관심은 인생 전반에 걸친 통찰로 이어지는데, 다음 시를 보자.

<揚州四首>(其三) 양주 4수(제3수)

西風又到洗妝樓,	서풍이 또 불어와 여인의 거처를 씻어내면
衰草連天落日愁.	시든 풀 하늘에 이어져 석양빛에 수심 가득하다.
瓦礫數堆樵唱晚,	부서진 기왓장 무더기에서 저물녘에 나무꾼 노래하고
涼雲幾片燕驚秋.	찬 구름 몇 조각 뜨니 갑작스런 가을에 제비 놀란다.
繁華一刻人偏戀,	번화함은 잠깐인데도 사람들 굳이 그리워하여
嗚咽千年水不流.	천년토록 흐느껴 우니 물조차 흐르지 않는다.
借問累累荒冢畔,	묻노니 겹겹이 늘어선 황량한 무덤가에서
幾人耕出玉搔頭?	몇 사람의 옥비녀를 밭을 갈다 출토했겠는가?

가을의 서늘한 바람은 그곳이 화려한 곳이건 쇠락한 곳이건 때가 되면 어김없이 불어온다. 이처럼 양주에서의 화려한 생활도 얼마나 오래 지속될지 모르는 일이다. '시든 풀〔衰草〕', '석양의 수심〔落日愁〕', '부서진 기왓장〔瓦礫〕', '서늘한 구름〔涼雲〕' 등이 황폐하고 싸늘한 분위기를 조성한다. 번화함이 오래 가지 않는데도 사람들은 다시 그런 시절이 오기를 바란다. 번화함이 짧을 뿐 아니라 사람의 인생도 짧아서 죽어버리면 모든 것이 끝나기 마련이다. '옥비녀〔玉搔頭〕'는 사치와 화려함을 상징하는 물건이다. 미련에서 시인은 무덤가에서 옥비녀를 찾아낼 수 없듯이, 사치가 죽어서까지 이어지지는 않는다고 말하고 있다.

황경인(1749-1783)은 자가 한용(漢鏞)·중칙(仲則)이고 호는 녹비자(鹿菲子)로 강소(江蘇) 무진(武進: 지금의 상주常州) 사람이다. 가난한 집안 출신으로 젊은 시절에 생계를 위해 사방을 돌아다녔다. 건륭 41년(1776)의 동순소시(東巡召試)에서 2등으로 합격하여 무영전첨서관(武英殿簽書官)에 임명되었다. 나중에 현승(縣丞)이 되었지만 부임하지 못하고 35세에 병으로 죽었다.

그는 이백(李白)·한유(韓愈)·이상은(李商隱)의 시를 배웠는데, 불우한 생애를 보낸 탓에 슬픔과 고통을 서사한 작품이 많고 원매의 성령설을 지지하여 개성이 뚜렷하고 언어가 청신하며, 인성을 억압하는 봉건문화에 불만을 표시했다. 시가예술 방면에서 황경인의 성취가 두드러져서 포세신(包世臣)은 "건륭 60년 동안 논시자들은 그를 제일로 치켜세웠다"146)라고 칭송하기도 했다. 『양당헌집(兩當軒集)』이 있다.

황경인은 일생 곤궁하고 다병하여 고달프고 슬픔에 찬 생활이 시의 주요 내용이 되었지만, 그는 거기에 머물지 않고 인격의 존

---

146) "乾隆六十年間, 論詩者推爲第一."(「齊民四術」)

엄함과 그로부터 야기된 고독감을 표현하기도 했다. 다음 시를 보자.

〈癸巳除夕偶成二首〉 계사년 섣달 그믐밤에 우연히 쓰다 2수

千家笑語漏遲遲,　모든 집들은 웃고 떠들며 시간 가는 줄 모르는데
憂思潛從物外知.　나는 인생의 우환이 밖에서 온다는 것을 알고 있다.
悄立市橋人不識,　근심하며 다리 위에 서있어도 사람들은 알지 못해
一星如月看多時.　별 하나를 달로 삼아 오랜 시간 동안 바라보았다.
（제1수）

年年此夕費吟呻,　해마다 이날 저녁 힘들여 시를 읊는데
兒女燈前竊笑頻.　아이들이 등불 앞에서 몰래 킥킥댄다.
汝輩何知吾自悔,　너희들은 내가 후회하고 있는 줄 어찌 알았느냐?
枉抛心力作詩人.　심혈을 기울여 지은 시를 헛되다 여겨 내던졌다.
（제2수）

　계사년(癸巳年)은 건륭 38년(1773)으로 시인의 나이 27세 때이다. 그 해가 끝나갈 무렵에 그는 안휘(安徽)에서 집으로 돌아왔다. 섣달 그믐날 밤 집집마다 불을 켜놓고 웃고 떠들며 즐거운 시간을 보내고 있는데, 시인은 초연히 홀로 앉아 깊은 슬픔에 빠져있으면서 마침 시상이 떠올라 이 시를 지었다.

　첫째 수에서 시인은 세상의 희로애락이 공평하지 않기에 긴 밤이 더욱 견디기 힘들다고 고백했다. 둘째 수에서는 자신이 시인이라는 것에 대한 후회의 감정을 서술했다. 그러나 그 후회는 진정한 후회가 아니라 제대로 인재를 알아보지 못하는 어두운 정치에 대한 항의로 이해할 수 있다.

　황경인의 시는 칠언시에서 특유의 기질이 잘 나타났는데, 풍격

은 당시의 영향을 많이 받았지만 자신의 독창성을 잃지 않았다. 다음 시를 보자.

<都門秋思>(其三)　**도문에서의 가을 생각**(제3수)

五劇車聲隱若雷,	사통발달의 큰길에 수레소리 천둥치는 듯하고,
北邙惟見塚千堆.	북망에는 다만 천무더기 무덤이 보인다.
夕陽勸客登樓去,	석양은 객에게 누각에 오르라고 권하고,
山色將秋遶郭來.	산은 가을빛으로 성곽을 두르고 있다.
寒甚更無修竹倚,	추위 심하지만 의지할 대나무가 없고,
愁多思賣白楊栽.	근심 많아 백양나무를 사서 심고자 한다.
全家都在風聲裏,	온 가족이 다 바람 부는 소리 속에 있건만,
九月衣裳未剪裁.	9월이 되도록 겨울옷을 마름질하지 못했다.

　<도문에서의 가을 생각>은 건륭 42년(1777) 가을에 지은 네 수의 조시(組詩)로, 황경인에게 명성을 안겨준 작품이다. 그 중에서도 이 작품이 가장 유명하다. 경련에서는 추위가 심하고 근심이 많은 상황을 전고를 써서 표현했는데, 제5구는 두보의 <가인(佳人)> 시에서 "날씨 추운데 푸른 소매 얇은 옷 걸치고, 해 저무는 때 대나무에 기대고 서있네"(天寒翠袖薄, 日暮依修竹)의 두 구를 북경은 추위 대나무가 나지 않음을 감안하여 반용(反用)한 것이고, 제6구는 <고시십구수(古詩十九首)>에 나오는 "백양나무에는 슬픈 바람이 많이 불어오니, 스산하게 사람을 근심스럽게 하는구나"(白楊多悲風, 蕭蕭愁殺人) 구를 변용한 것이다.

　백양은 이렇듯 스산한 이미지를 가지고 있어 옛사람들은 무덤 주변에 많이 심었는데, 시인은 이를 빌려 "나의 근심은 끝이 없으니 백양나무라도 사서 정원 가득히 심어 놓고 싶구나!"라고 자신의 마음을 토로했다. 이 두 구는 이른바 환골탈태(換骨奪胎)의 수법을 적절히 사용한 예로 볼 수 있다. 미련에서는 평탄한 언어 속에 작가와 가족들의 궁박한 처지를 진지한 감정으로 노래하여 독자들에게 진한 감동을 준다.

건륭 시기는 청대의 전성시기라고 하지만 민감한 문인들은 이미 이 시대의 생기 부족 현상과 개인의 창조력이 받고 있는 억압을 깊이 느끼고 있었다. 그와 같은 불안한 정신의 약동은 원매의 시에서도 드물게 보인 것이지만, 공자진(龔自珍)의 시에 이르러서 힘 있는 표현을 얻었다. 원매·조익으로부터 황경인을 거쳐 공자진에 이르러서, 자아에 대한 중시와 정신 확장의 욕망이 발전의 과정을 거친 것은 분명하다.

4. 청대 후기의 시

청대 후기의 시는 아편전쟁(鴉片戰爭)이 일어난 1840년을 전후한 때부터 신해혁명(辛亥革命: 1911)이 일어나 청 왕조가 멸망할 때의 약 80년 동안을 가리킨다. 청시는 가경(嘉慶: 1796-1820) 후기에 접어들어 사회의 불안정이 증폭되고 시단도 쇠퇴의 모습을 보였지만, 공자진(龔自珍)이 등장하여 아편전쟁 전야의 시대와 사회에 대한 우환의식 및 개성 해방을 담은 '애가(哀歌)'를 쏟아냈다. 그리고 아편전쟁이 발발한 후에는 황준헌(黃遵憲)·강유위(康有爲)·양계초(梁啓超)·구봉갑(丘逢甲) 등이 외세에 의한 나라의 위기에 직면하여 애국의 견지에서 사회를 비판하는 한편, 근대에 눈을 떠 시계혁명(詩界革命)을 일으킴으로써 중국시는 새로운 길을 걷게 되었다.

양계초와 황준헌 등이 시가변혁을 창도하고 있을 때 시단에는 여전히 전통시파도 존재하여, '동광체(同光體)'·한위육조시파(漢魏六朝詩派)·중만당시파(中晚唐詩派) 등이 활약하며 중국 고전시의 최후를 장식했다.

4. 1 공자진(龔自珍)

가경(嘉慶: 1796-1820)·도광(道光: 1821-1850) 무렵에 봉건정치의 부패가 사회모순을 계속 증대시켜 신구사상의 충돌도 갈수록 격렬해졌다. 이 시기의 문단에서 공자진은 꼿꼿한 자태로 우렁찬 목소리를 내며 청대 시단을 더욱 자각적인 항쟁의 길로 이끌었다. 공자진이 죽은 것이 1841년이니 그의 작품은 아편전쟁이 야기한 극렬한 변화와는 직접적인 관계가 없었다. 그러나 그는 아편전쟁 전야에 당시 중국사회의 위기를 통절하게 인식하고 그 병폐를 폭로하였다. 그는 이를 통해 유약한 지식인들을 일깨우며 개성해방과 인격의 완성을 사회 발전의 전제로 삼았으니, 이는 진보사조의 건강한 발전이라는 측면에서 주목할 만한 사건이었다.

공자진(1792-1841)은 절강(浙江) 인화(仁和: 지금의 항주) 사람으로, 자가 슬인(瑟人)이다. 후에 이름을 이간(易簡), 자(字)를 백정(伯定)으로 바꾸었고, 그 후 다시 이름을 공조(鞏祚), 호를 정암(定庵)으로 바꾸었다. 도광(道光) 9년(1829) 진사로, 내각중서(內閣中書) 예부주사(禮部主事) 등의 직책을 맡았다. 도광 19년(1839)에 관직에서 물러나 남쪽으로 돌아갔는데, 2년 후 단양(丹陽) 운양서원(雲陽書院)에서 급사했다. 그의 학문 주장은 공양학(公羊學)을 주로 하여 경세치용(經世致用)을 추구했고, 정치적으로는 혁신파에 속해 근대 사상계의 선구자라고 할 수 있다.

그의 시는 당시의 세태를 가슴 아파하는 우환의식을 담은 것이 많으며, 상상이 풍부하고 언어가 참신하고 아름답다. 일대의 기풍을 열어 후세에 큰 영향을 끼쳤다. 『공자진전집(龔自珍全集)』이 있다.

공자진은 말단관리에 불과했지만 천하 대사에 관심을 갖고 청대에서 제일 먼저 독립한 학자의 입장에 서서 개인의 사고를 근거로 시정에 대해 마음껏 의론을 펼친 인물인데, 이 점이 그가 후인들에 의해 존중 받은 중요한 요인이다. 공자진은 사상가이면서 동시에 시인의 기질이 농후한 사람이었다. 시대의 선각자이며 은둔하여 지내기를 원치 않았던 지사였기에 그의 정신은 항상 고통 속에 있었다.

그의 시에는 언제나 속세를 멸시하는 기개와 고양된 인격 정신이 배어 있다. 따라서 당시의 병폐를 비판하는 것이 공자진 시의 중요한 축을 이루고 있다. 다음 시를 보자.

<詠史>　　　　영사

金粉東南十五州,　　동남의 15주 사람들은 향락과 사치에 빠져있고
萬重恩怨屬名流.　　온갖 은혜와 원한은 상류사회 인사들의 것이다.
牢盆狎客操全算,　　염정 담당관과 그 빌붙이들이 모든 걸 좌우하고
團扇才人踞上遊.　　무능한 아첨꾼들이 윗자리를 차지하고 있다.
避席畏聞文字獄,　　그들은 문자옥을 듣자마자 놀라서 자리를 피하고
著書都爲稻粱謀.　　글을 짓는 것은 오로지 생계를 꾸리기 위해서다.
田橫五百人安在,　　전횡의 5백 의인들은 지금 어디에 있는가?
難道歸來盡列侯.　　설마 모두가 귀순하여 벼슬을 받았겠는가?

이 시는 공자진이 도광 5년(1825) 12월, 곤산(昆山)에 있을 때 지은 것이다. 대개의 영사시가 그러하듯이 이 시도 역사 사실을 빌려 현재를 비유하는 방식으로 당시의 잘못된 사풍(士風)을 신랄하게 비판하였다. 공자진이 자신의 생활과 경력 속에서 느낀 것을 서술한 시도 적지 않다. 사상이 예민하고 감정과 개성이 강렬한 인물이었던 그는 주위의 우울한 환경과 충돌을 피할 수 없었다. 그와 같은 충돌 속에서도 그는 시종 자신의 길을 가겠다는 꿋꿋함을 견지하였다. 다음 시를 보자.

<己亥雜詩>(其五)　기해잡시(제5수)

浩蕩離愁白日斜,　　지는 해 속에 이별의 슬픔은 끝없이 펼쳐지는데
吟鞭東指卽天涯.　　동쪽으로 시인의 채찍을 휘두르니 하늘가로다.
落紅不是無情物,　　떨어진 꽃잎이 결코 무정한 것이 아니니
化作春泥更護花.　　봄 진흙으로 변하여 다시 꽃을 보호한다네.

공자진은 도광 19년(1839)에 관직에서 물러나 4월 23일 북경을 떠나 7월 9일 항주로 돌아왔다가 9월 15일에 다시 가족을 데리러 북상했다. 그리고 12월 26일에는 가족들과 함께 곤산(昆山)의 우릉산관(羽琈山館)에 도착했다. 그 과정에서 그는 모두 315수의 칠언절구를 써서 다음해에 『기해잡시(己亥雜詩)』로 묶어 출판했다. 이 시에서 그는 20여 년 동안 머물었던 북경을 떠나는 석별의 정을 묘사한 후, 자신을 낙화에 견주며 지금 비록 관직을 떠나 낙향하지만 후진을 양성하여 나라를 위해 공헌하겠다는 의지를 표명하였다.

정시(情詩)도 공자진 시의 일부를 차지한다. 이는 그의 '세세한 행동을 점검하지 않은' 생활의 흔적인 동시에 우울한 세상에서 참된 성정과 아름다운 인생 몽상을 추구한 기록이다. <기해잡시> 중의 몇 편에서 그의 깊은 정과 소탈한 태도를 확인할 수 있다. 또한 <능령공소년행(能令公少年行)> 시에서는 이성의 선녀 같은 자태를 묘사했는데, 그것은 그가 환상 속에서 그려본 반려자의 모습이다.

공자진의 시론을 살펴보면 「서탕해추시집후(書湯海秋詩集後)」에서 "사람이 시로 명성을 얻지만, 시는 더욱 사람으로 인해 명성을 얻는다. 시와 사람은 하나이어서 사람 외에 시가 없고, 시 외에 사람이 없다"147)라고 했고, 또한 <가연에서 부채에 글을 써달라고 청하는 자가 있어서(歌筵有乞書扇者)> 시에서 "나는 문장을 논함에 중·만당에 너그러워서, 대략 감개의 표현에 능숙해야 명가라네"148)라고 하였으니 그가 시의 개성과 격정을 가장 중시했음을 알 수 있다.

그의 시는 자신의 일생을 반영한 것이고 독창성과 기이한 일면을 지니고 있어서, 한위시(漢魏詩)도 아니고 당송시(唐宋詩)도 아닌

---

147) "人以詩名, 詩尤以人名. 詩與人爲一, 人外無詩, 詩外無人."
148) "我論文章恕中晚, 略工感慨是名家."

공자진 특유의 풍격을 지니고 있다. 더러는 심오하고 난해한 시도 있고 정서가 암울한 시도 있어서, 결점으로 지적될 수도 있겠지만 그의 천재성은 인정할 만하다. 물론 여기에는 시대의 요인도 있어서 그의 시가 주는 긴장감은 근본적으로 고양된 개성과 정신이 봉건사회의 억압에 격렬하게 반항한 데서 나온 것이다.

4. 2 신파시(新派詩)의 흥기와 시계혁명(詩界革命)

아편전쟁은 중국이 처음으로 서양의 침략에 저항하다 실패한 역사 사건인데, 이것이 청 정부의 부패와 무능을 폭로했을 뿐만 아니라 중국이 당면한 심각한 위기를 대내외에 알린 것이어서, 사람들의 마음에 엄청난 충격을 주었다. 이 시기에 시폐를 폭로하고 우국지정을 토로한 수많은 시들은 중요한 역사와 시대를 기록한 것으로 특별한 의미가 있다.

호문(虎門)에서 엄청난 양의 수입 아편을 불태워 유명해진 임칙서(林則徐: 1785-1850)는 시명(詩名)이 높지는 않지만 그의 지위와 경력 때문에 그의 시는 아편전쟁 전후의 형세를 이해하는 데 중요한 자료적 가치가 있다. 그가 좌천되어 이리(伊犁)를 지킬 때 쓴 <위수지로 출발할 때 입에서 나오는 대로 읊어 집안사람에게 보이다(赴戍登程口占示家人)>·<가욕관을 나올 때의 느낌을 읊다(出嘉峪關感賦)> 등에는 당시의 상황을 걱정하고, 나라를 위해 목숨을 바치겠다는 의지가 나타나 있다.

아편전쟁의 역사 사실을 반영한 시로 저명한 것은 패청교(貝青喬: 1810-1863)의 <돌돌음(咄咄吟)>인데, 120수의 절구로 구성되어 있다. 시인은 전투에 자발적으로 참여하여 위세를 떨친 장군으로서 군대 안에서 보고 들은 것을 기록했는데, 청조 군대의 부패와 낙후된 모습을 폭로하고 사병의 생활과 심리를 반영하여 진실성을 갖추고 있다. 그 중의 한 수를 들어본다.

<咄咄吟>	괴이한 현상
癮到材官定若僧,	아편중독이 발작하니 무관은 선정에 든 승려 같아져
當前一任泰山崩.	태산이 붕괴되는 듯해도 내버려두고 꼼짝도 않는다.
鉛丸如雨煙如墨,	포탄이 빗발처럼 쏟아져 시커먼 연기 자욱한데도
屍臥穹廬吸一燈.	군영에 시신처럼 누워서 아편을 빨고 있다.

시인의 자주(自註)에 의하면 이 시는 양위장군 혁경(奕經)의 부장(部長) 장응운(張應雲)이 영국군과의 전투가 벌어졌을 때, 아편중독증이 발작하여 군대를 지휘하지 못하고 누워서 아편을 피우는 바람에 전투에 패해 달아난 '괴이한 현상'을 폭로한 것이다.

또한 장유병(張維屛)의 <삼원리(三元里)>는 광주(廣州) 삼원리의 마을 사람들이 영국 침략군을 포위하고 저항한 경과를 기술했다. 이런 시들은 아편전쟁 시기의 특수한 역사적 면모와 중국인들의 비분에 찬 심정을 반영했을 뿐만 아니라, 공자진 이래 시로써 당시의 정치를 논한 기풍을 더욱 진전시켰다. 시의 형식도 자유롭게 변하여 격률에 그다지 얽매이지 않고 언어도 대체로 쉽고 직설적이었다. 시풍의 변화 방면에서 이런 시들도 영향력이 있었는데, 주목할 만한 작가로 위원(魏源)과 요섭(姚燮)을 더 들 수 있다.

위원(1794-1857)은 자가 묵심(默深)이고 호남(湖南) 소양(邵陽) 사람으로 공자진과 가까운 친구 사이였다. 그는 식견 있는 학자요 사상가로서 임칙서의 부탁을 받고 각국의 역사 지리를 서술한 『해국도지(海國圖志)』를 편찬하여 중국이 보다 큰 눈으로 세계를 바라볼 수 있도록 선구자적 역할을 했다. 그 책에서 제시한 "이민족의 장기(長技)를 사사하여 이민족을 제압한다"는 말은 그 시대 진보적인 지식인들의 보편적인 생각을 대표한 것이다. 『고미당집(古微堂集)』 등이 있다.

위원의 시도 적지 않은데, <강남음 10장(江南吟十章)>·<환해 10장(寰海十章)>·<추흥 10장(秋興十章)> 등은 시사를 논하고 울분을 토로한 정치시이다. 그가 표명한 견해는 주로 중국 고유의 전통을 견지한다는 전제 아래, 쇄국에 반대하고 서양의 기술을 배워야 한다는 것이어서 역사적 가치를 지니고 있다. 위원은 또한 산수시를 여러 편 써서 웅장하고 기이한 경치를 잘 묘사했다. 공자진과 비교하여 위원의 시는 개성을 표현했다는 점에서는 일치하지만, 공자진이 특이한 언어 구조 속에서 표현해낸 예민한 인생 감개는 결여되어 있다.

요섭(1805-1864)은 자가 매백(梅伯)이고 호가 복장(復莊)이며 절강 진해(鎭海) 사람이다. 그는 도광(道光) 연간의 거인(擧人)으로서 『복장시문(復莊詩問)』 등이 있다. 그는 아편전쟁과 당시의 사회 상황에 대한 많은 시를 써서 두보 시와 같은 시사(詩史)적 특징이 있다.

아편전쟁이 끝난 뒤 얼마 되지 않아 태평천국 운동이 다시금 나라 안에서 청 왕조에게 심각한 타격을 입혔다. 나라가 겹겹의 위기에 처하자 개혁을 주장하는 인사들은 "중국의 학문을 본체로 하고, 서양의 학문을 응용한다"(中學爲體, 西學爲用)를 핵심 구호로 하는 '양무운동(洋務運動)'을 추진했는데, 이는 임칙서·위원 등의 정치 주장을 확장하고 발전시킨 것이다.

그러나 그들 중에는 '중국의 학문을 본체로 한다'를 발판 삼아 문학 방면에서 전통적 면모를 지키며 산문에서 동성파(桐城派)를 계승한 '상향파(湘鄕派)'와 시가에서 '송시운동'을 견지한 사람들이 있었는데, 그 핵심 인물은 태평천국을 진압하여 높은 지위를 얻고 양무파의 영수가 된 증국번(曾國藩)이었다.

'송시운동'이 증국번에게서 시작된 것은 아니지만 그가 높은 지위에 있으면서 송시를 본받자고 힘써 외치자, 특히 황정견 시를 본받는 기풍이 한때를 풍미했다. 이 파에 속하는 저명한 시인으로는 증국번 외에도 하소기(何紹基)·정진(鄭珍)·막우지(莫友芝) 등이 있다. 그들의 시론은 정통 도덕의 수양을 중시하는 한편 자아의 독립된 품격을 표현할 것을 강조함으로써 '불속(不俗)'의 시풍을 추구했다.

당시 송시를 제창한 인물은 대부분 고위직에 있었지만 정진은 그렇지 않았다. 정진(1806-1864)은 자가 자윤(子尹)이고 귀주(貴州) 준의(遵義) 사람이다. 도광(道光) 연간의 거인(擧人)으로 현학훈도(縣學訓導)를 맡은 적이 있지만 일생 가난하고 실의에 차 지냈다. 『소경소시집(巢經巢詩集)』이 있다. 그의 시는 내용이 광범해서 당시의 병폐를 폭로하고 민간의 질고를 반영한 작품은 날카로움을 지녔고, 자연경물을 묘사한 작품은 묘사력이 뛰어나다.

정진과 동시대에 활약한 김화(金和: 1818-1885)는 송시파 이외의 저명한 시인이다. 그는 장편을 즐겨 지었는데, 예를 들어 <난릉여아행(蘭陵女兒行)> 등의 시는 두 명의 여인이 청병(淸兵)의 겁략에 반항하는 내용을 쓴 것으로, 산문화된 구식과 소설적 구성 및 세밀한 묘사를 사용하여 고사를 서술했기 때문에 형식상 새로운 특징을 보여주었다.

청 왕조가 청일전쟁(1894)에서 일본에게 패하자 강유위(康有爲)·양계초(梁啓超)·담사동(譚嗣同) 등의 소장파 사대부들이 중심이 되어 무술변법(戊戌變法) 운동을 전개했다. 당시 청 왕조는 농민 봉기와 자본주의 열강의 침략으로 지배 체제가 크게 혼들렸고, 이를 재정비하려는 노력도 모두 실패한 상태였다. 변법 운동은 이러한 위기를 극복하려는 시도였다. 이 운동은 결국 실패로 끝나긴 했지만 당시 중국의 지식인들에게 끼친 영향은 지대한 것이었고, 이것이 당시의 시단에도 어느 정도 호소력이 있었다.

　강유위(1858-1927)는 자가 광하(廣厦)이고 호가 장소(長素)이며 광동 남해(南海: 지금의 광주廣州) 사람이다. 그는 무술변법을 일으킨 사람으로 반청혁명(反清革命)이 일어난 후에는 보황파(保皇派)의 영수가 되었다. 강유위는 포부가 웅대하고 자부심이 강한 사람이었는데 그의 시도 기세가 대단했다. 그의 시는 당시의 세태를 가슴 아파하고 울분을 토로하여 중대한 정치 사건과 세계의 새로운 사물을 반영했다. 예술면에서 그는 전통에 구속 받지 않고 기발한 상상을 펼쳐 자신의 독특한 풍격을 형성했다. 『남해선생시집(南海先生詩集)』이 있다.

　담사동(1865-1898)은 자가 복생(復生)이고 호가 장비(壯飛)이며 호남 유양(瀏陽) 사람이다. 무술변법에 참여했다가 실패한 후 도망가기를 거절하고 자신의 죽음을 경세(警世)의 역량과 인격의 완성으로 삼고자 했다. 그의 시는 비분강개하면서 호쾌하여 영웅의 기상이 서려 있는데, 그것은 시인의 개성을 표현한 것이다.

　양계초(1873-1929)는 자가 탁여(卓如) 또는 임보(任甫)이고 호가 임공(任公) 또는 음빙실주인(飮冰室主人)이며 광동 신회(新會) 사람이다. 젊어서 강유위를 사사하여 무술변법을 주동한 핵심인물 중의 하나이다. 그 후 강유위와 함께 보황회(保皇會)를 조직했다. 그러나 양계초의 사상은 시대와 함께 변화할 줄 알아서 끊임없이 새로운 것을 받아들였기 때문에 문화혁신을 추진하는 과정에서 많은 공을 세웠다. 그는 학문이 깊고 넓으며 필력이 좋아서 저작이 많다. 『음빙실합집(飮冰室合集)』이 있다. 다음 시를 보자.

<太平洋遇雨>　　**태평양에서 비를 만나다**

一雨縱橫亘二洲,　　한바탕 비가 두 대륙에 걸쳐 쏟아지니

浪淘天地入東流.　　파도가 천지를 휩쓸며 동으로 흘러든다.

却餘人物淘難盡,　　물러나 남은 인물마저 다 휩쓸기 어려워

又挾風雷作遠遊.　　다시 바람과 우레 끼고 먼 길을 떠난다.

이 시는 양계초가 무술변법 실패 후 해외로 망명할 때 지은 것인데, 경계가 넓고 의기가 솟구쳐 풀죽은 기색이 전혀 없다. 그의 흉금이 잘 표현된 작품이라고 하겠다.

장병린(章炳麟: 1869-1936)은 자가 매숙(枚叔)이고 호가 태염(太炎)이며 절강 여항(餘杭: 지금의 항주) 사람이다. 당시의 저명한 학자인데 청일전쟁 후 정치활동에 종사했다. 일찍이 『소보(蘇報)』에 저명한 「강유위가 혁명을 논한 글을 반박함(駁康有爲論革命書)」을 발표했고, 추용(鄒容)의 「혁명군(革命軍)」을 위해 쓴 서문에서 청나라 조정을 통렬히 질책했다는 이유로 하옥되었다. 장병린은 문자학에 정통하여 고자(古字) 쓰기를 좋아했지만 <옥중에서 추용께 드림(獄中贈鄒容)> 시처럼 쉽고 명쾌하게 기개를 표현한 작품도 있다.

추근(秋瑾: 1877-1907)은 자가 경웅(競雄)이고 호가 감호여협(鑒湖女俠)이며 산음(山陰: 지금의 절강성 소흥紹興) 사람이다. 그녀는 저명한 혁명가인데, 무장봉기를 획책하다 죽임을 당했다. 추근은 술을 좋아하고 검술에 능했으며 과감하고 명쾌하여 호탕한 여협으로 세상에 명성을 떨쳤다. 그녀의 시도 생각이 호쾌하고 우국의 정서가 깊어서 풍운 속의 영웅 형상을 보여주었다.

이상에서 언급한 사람들은 모두 청나라 말기에 역사의 변혁을 추진한 정치적 인물이기도 해서 사회 사조를 반영한 측면에서 대표성을 지닌다. 그들 각자의 구체적인 입장이 어떻든 간에 시를 통해 표현된 영웅의 기상이 독자들에게 감동을 주었다. 그것들은 자유

사상이 부단히 성장한 역사 환경의 산물이어서 자신의 정치적 입장만을 밝힌 정치시와는 확연히 구분된다. 이런 배경 하에서 나타난 중요한 현상이 황준헌(黃遵憲)을 대표로 하는 '신파시(新派詩)'가 흥기한 것과 양계초가 '시계혁명(詩界革命)'을 제창한 것이다.

황준헌(1848-1905)은 광동(廣東) 가응주(嘉應州)에서 태어나 성장한 사람으로, 자가 공도(公度)이다. 자신의 서재였던 '인경려(人境廬)'의 이름을 따서 '인경려주인'으로 행세했다. 시인이기 이전에 정치가요 외교관으로 활약했던 황준헌은, 청말(淸末)이라는 혼란과 위기의 시대에 처하여 중국의 근대사를 시로 옮겨 놓았으며, 전과는 전혀 다른 새로운 시를 써서 중국 근대의 신파시(新派詩)를 대표한다. 장기간에 걸친 해외생활로 얻은 풍부한 견문과 뛰어난 시적 감수성을 바탕으로 한 그의 시는 신파시가 기치로 내걸었던 "새로운 의경을 옛사람의 풍격에 녹여 부은" 시였다.

황준헌은 일찍이 시가혁신의 의식이 있어서 그 생각을 시로 표현했다. 다음 시를 보자.

〈雜感五首〉(其二) 이런저런 생각 5수(제2수)

大塊鑿混沌,	태초에 천지가 열리고
渾渾旋大圜.	크고 둥근 것이 빙글빙글 돌았다.
隷首不能算,	예수조차 계산할 수 없었다니
知有幾萬年.	몇 만 년이나 되었는지 모른다.
羲軒造書契,	복희씨와 헌원씨가 문자를 만들고
今始歲五千.	5천 년이 지난 지금에 이르러
以我視後人,	후인들이 보기에 나는
若居三代先.	3대 이전에 살았던 것과 같겠지.
俗儒好尊古,	속된 유생은 옛것을 받들기 좋아하여
日日故紙硏.	날마다 고서만 파고든다.

六經字所無,　　6경에 없는 글자는

不敢入詩篇.　　감히 시에 쓰려고 하지 않는다.

古人棄糟粕,　　고인이 버린 찌꺼기라 해도

見之口流涎.　　보기만 하면 침이 질질 흐른다.

沿習甘剽盜,　　베끼고 즐겨 표절하는 것은

妄造叢罪愆.　　망령되이 죄와 허물만 만들 뿐이다.

黃土同搏人,　　똑같이 황토로 사람을 빚어냈건만

今古何愚賢.　　왜 고인은 현명하고 금인은 어리석다고 하는가?

卽今忽已古,　　지금도 금방 옛날이 되어버릴 것이니

斷自何代前.　　어느 시대를 전 시대로 단정할 수 있으리?

明窗敞流離,　　밝게 빛나는 높은 유리창 아래

高爐爇香煙.　　우뚝한 화로의 향 사르는 연기

左陳端溪硯,　　왼편에 단계연을 벌여 놓고

右列薛濤箋.　　오른편에 설도전을 펼쳐 놓았다.

我手寫吾口,　　내 손이 내가 말하는 것을 쓰는데

古豈能拘牽.　　옛것이 어찌 구속할 수 있겠는가?

卽今流俗語,　　지금 항간에 떠도는 말일지라도

我若登簡編.　　내가 만약 글로 적어 둔다면

五天年後人,　　5천 년 후의 사람들은

驚爲古爛斑.　　그 아름다움에 놀랄 것이다.

황준헌이 21세에 쓴 이 시는 근대의 신파시(新派詩)를 선언한 시로 널리 알려져 있다. 특히 "내 손이 내가 말하는 것을 쓴다"(我手寫吾口) 구는 황준헌의 창작경향을 대변하는 동시에, 훗날 시계혁명의 구호로도 사용되었던 말이다. 이 시는 그런 문학사적 의의와 함께 시인이 젊은 시절부터 지녔던 강한 반전통사상을 잘 드러내고 있다.

나중에 그는 「인경려시초자서(人境廬詩草自序)」에서 자신의 시가

사상에 대해 보다 상세하게 설명했다. 그 요지의 대강을 살펴보면 고대 문화와 현실생활 속의 재료를 광범하게 섭취하여 일체의 구속에서 벗어나 "나를 위하는 시를 잃지 않음"을 이루는 것이다. 더욱이 이에는 두 가지 특색이 있다.

하나는 "고인에게 없던 사물과 고인이 열지 못한 경계를, 이목을 통해 겪은 것이 있다면 모두 붓으로 그것을 써야 한다"[149]를 제시한 것인데, 이는 그가 부단히 변화하고 날로 확대되는 생활 내용을 시에 반영하는 것을 중시한 것이다.

또 하나는 "단행의 정신으로 배우체를 운용"[150]하고 "고문가의 신축·이합의 방법을 시에 들여야 한다"[151]고 제시한 것인데, 이는 그가 산문화 경향의 애호를 표명한 것이고 그 경향은 그가 시로 사물을 서사하기를 좋아한 것과 관계가 있다. 구체적인 창작 방면에서는 시사를 많이 기록한 것이 황준헌 시의 특징이다.

<풍장군가(馮將軍歌)>·<동구행(東溝行)>·<애여순(哀旅順)>·<곡위해(哭威海)>·<도료장군가(度遼將軍歌)> 등은 중국과 프랑스의 전쟁·중국과 일본의 전쟁 중 일어난 대사건을 반영한 것으로, 국가의 위기에 대해 지대한 우려와 비분을 표현한 것이다.

또 <도적 중에서 뽑아 들은 것을 서술하다(拔自賊中述所聞)>·<천진기란(天津紀亂)>·<섭장군가(聶將軍歌)> 등은 태평천국과 의화단(義和團) 사건을 기술하며 강렬한 반대를 표명한 것이다. 황준헌은 시로 역사를 기록하겠다는 의식이 강해서 이런 종류의 시는 사료로서의 가치가 높다. 여기서는 그가 미국의 대통령 선거를 목도하고 쓴 시를 들어본다.

---

149) "古人未有之物, 未辟之境, 耳目所歷, 皆筆而書之."
150) "以單行之神, 運排偶之體."
151) "用古文家伸縮離合之法以入詩."

〈紀事八首〉(其三)　대통령 선거를 기술하다 8수(제3수)

彼黨訐此黨,	저 당이 이 당을 비방한다
黨魁乃下流.	당수가 비열하기 짝이 없다고.
少作無賴賊,	어려서부터 못된 무뢰배였고
曾聞盜人牛.	소문에 남의 소도 훔쳤었다지.
又聞挾某妓,	또한 듣건대 기생을 옆에 끼고
好作狹邪遊.	기생집 드나들길 좋아했다지.
聚賭葉子戲,	모여서 도박판을 벌일 때는
巧術妙竊鉤.	교묘한 술책과 조작에 뛰어나다지.
面目如鬼蜮,	얼굴은 꼭 악당같이 생겼고
衣冠如沐猴.	원숭이가 의관을 갖춰 입은 꼴이란다.
隱惡數不盡,	감추고 있는 악행은 다 셀 수도 없는데
汝衆能知不.	여러분들은 그걸 알기나 하는지요.
是誰承餘竅,	어떤 말이라도 따를 것처럼 굽실거려도
竟欲糞佛頭.	필경은 부처 머리에 똥을 싸려 들 텐데
顔甲十重鐵,	얼굴을 열 겹 철갑으로 두른다 해도
亦恐難遮羞.	부끄러움을 가릴 수는 없을 터.
此黨訐彼黨,	이 당은 저 당을 비방하느라
衆口同一咻.	여러 입 한목소리로 떠들어댄다.

이 시는 1884년 10월, 미국 대통령 선거 기간에 벌어졌던 민주당과 공화당 간의 상호 비방을 목격하고 그 정황을 기록한 것이다. 당시 미국은 공화당이 장기 집권하고 있었는데, 정부의 부패에 염증을 느낀 국민들이 민주당 후보인 클리블랜드에게 표를 몰아주어 민주당이 승리를 거두었다. 평소 민주공화제를 동경했던 황준헌이었지만 선거 유세 과정에서 벌어진 상호 비방에 대해서는 못마땅하게 생각하여 이런 시를 썼을 것이다.

황준헌의 시 중에서는 오·칠언 고체 장편이 가장 대표성을 지닌다. 오언고시는 서술이 뛰어나고, 칠언고시는 변화가 다채롭고 필력이 웅건하며 기세가 빼어난 장점이 있다. 그의 시는 새롭고 기이함을 힘써 추구하긴 했지만 사상이 심원하지 않고 독특한 감수성에서 비롯한 의상을 표현하지는 못했다. 시사를 반영한 그의 시는 서술과 의론이 많은 반면 서정은 과장된 면이 있고, 국외의 사정을 반영한 시는 새로운 사물의 소개에 편중되어 있어서 서양 문화 중의 핵심적인 것은 시에 담지 못했다.

그러나 시사(詩史)에서 황준헌의 위상은 대단히 중요하다. 그는 고전시의 전통이 날로 복잡해가는 사회생활과 문화지식을 충분히 표현하기에 부족하다는 것을 분명히 의식하여, 시가 시대에 따라 변화하고 제재·풍격·어휘 등의 방면에서 일체의 금기를 타파하자고 주장했으니, 이는 시가의 변혁이 추진되는 데 중요한 의의를 지닌다. 그의 창작은 중국 시가의 내용을 확충했고, 당시의 중국인이 세계를 향해 눈을 뜨고 새로운 문물을 받아들이는 데 기여했다.

양계초는 『음빙실시화』에서 무술변법 전에 하증우(夏曾佑)·담사동(譚嗣同) 등의 신파 인사들이 즐겨 '신시'를 지었는데, 그 특징이 "새로운 명사를 이리저리 뽑아서 자신이 다르다는 것을 표명하기 좋아하는 것"이라고 지적하였다. 이런 '신시'는 '신학지시(新學之詩)'라고도 하는데, 황준헌의 '신파시'와 특징과 취향이 같은 면도 있지만 새로운 명사만 있을 뿐, 새로운 생활 소재와 시가 형상은 없어서 양자의 가치가 동일하다고 할 수는 없다.

무술변법이 실패한 후 양계초는 일본으로 망명하여 일본의 신문화와 서양의 문화사상을 광범하게 접촉했다. 그는 일본어의 '혁명'이라는 단어의 용법을 차용하여 '시계혁명(詩界革命)'을 구호로 내세웠는데, 그 목적은 기왕의 시가 변혁을 깊이 있게 추진하고 이론화된 해석을 가하려는 것이었다. 여기서 한 가지 설명할 것이 있다.

과거에는 호적(胡適) 이래 일반적으로 황준헌의 신파시와 양계초·하증우·담사동이 무술변법 전에 쓴 '신시'를 '시계혁명'을 실천한 것으로 간주하여 이 사람들을 모두 '시계혁명'의 창도자에 열입시켰지만 반드시 그런 것은 아니다. 그와 같은 '신시'는 양계초가 보기에는 "이미 시가의 자격을 갖추지 못한"[152) 것이었다. 황준헌의 많은 시(〈금별리今別離〉·〈출군가出軍歌〉·〈군중가軍中歌〉 등)는 양계초가 '시계혁명'의 성공작으로 평가했지만 정작 황준헌은 시종 '혁명'이라는 단어를 피했고, 더구나 황준헌의 '신파시' 해설과 양계초의 '시계혁명'에 대한 기준 사이에는 다소 간극이 있다.

양계초는 「하와이유람기(夏威夷遊記)」에서 '시계혁명'의 방향에 대해 '새로운 의경'(주로 시의 제재와 내용)·'새로운 어구'·'고인의 풍격을 거기에 넣을 것'의 세 가지 사항을 겸비해야 한다고 했다. 그는 황준헌의 시에 대해 "마음을 단단히 먹고 새로운 나라를 만들고자 한 자로서 황준헌 만한 사람이 없다"[153)라고 높이 평가했지만, 동시에 "그의 이른바 유럽의 의경과 어구는 대부분 물질적으로 자질구레하고 거친 것이어서, 정신과 사상 방면의 것이 없다"[154)라고 지적했다.

간단히 말해서 낮은 기준을 적용하면 황준헌을 '시계혁명'의 모범으로 삼을 수 있지만, 높은 기준을 적용하면 합격 점수를 받지 못한 것이다. 그리고 양계초가 기대했던 진정한 의미의 혁명은 근본적으로 일어나지 않았고, 그 자신도 후기에는 시에 대한 태도가 고전 전통으로 회귀하여 '동광체(同光體)'에 접근하고는 이 '혁명'의 종결을 선언했다.

---

152) "已不備詩家之資格."(「夏威夷遊記」)
153) "銳意欲造新國者, 莫如黃公度."
154) "其所謂歐洲意境語句, 多物質上瑣碎粗疏者, 于精神思想上未有之也."

만청(晩淸)의 시가변혁운동이 그다지 성공을 거두지 못한 데에는 여러 가지 이유가 있다. 사회적 공용을 지나치게 강조하고, 단편적으로 새롭고 기이함을 추구한 것은 모두 예술상의 성취에 문제가 있다. 한 가지 관건은 양계초가 주장한 '고인의 풍격'이다. 중국의 고전시는 유구한 전통과 찬란한 성취가 있는 한편 심미심리와 감상 습관상의 한계도 있다. 중국고전시의 장점을 유지하면서 고인의 풍격을 위배하지 않는다는 조건 하에 현대인의 생활과 심리를 성공적으로 창조성 있게 표현하라는 것은 사실상 대단히 어려운 주문이다. 다시 말해서 필연적으로 신시가 흥기한 원인도 여기에 있다.

'시계혁명'과 관계있는 중요한 인물로는 대만 시인 구봉갑(丘逢甲)도 있다. 그는 대만이 일본에게 점령당한 것을 애도하는 시를 썼으며, 민간의 속어를 시에 활용하여 양계초의 주목을 받아 "시계혁명의 한 거인"(『음빙실시화』)이라는 평가를 받았다. 다음 시를 보자.

<春愁>   **봄날의 시름**

春愁難遣强看山,   봄날의 시름 떨칠 수 없어 억지로 산을 보니
往事驚心淚欲潸.   지난 일에 놀라서 눈물이 쏟아지려고 한다.
四百萬人同一哭,   4백만 대만 사람 모두가 함께 통곡했으니
去年今日割臺灣.   바로 작년 오늘 대만을 일본에 넘겨주었다.

이 시는 청의 조정이 청일전쟁에서 패한 후 대만을 일본에 넘겨준 이듬해인 1896년에 지어진 것이다. 그때 시인은 대만에서의 항일투쟁에 실패하여 대륙으로 건너가 광동(廣東)에 머무르고 있었다. 이 시는 그때의 심정을 서술한 것으로, 거침없이 구어를 사용하여 암울한 현실을 심각하게 반영하고 있어서 당시 사람들에게 큰 반향을 일으켰다.

4. 3 동광체(同光體) 및 기타

양계초와 황준헌 등이 시가변혁을 창도하고 있을 때 시단에는 여전히 전통시파도 존재했는데, 그 시파들의 영향력은 사실상 신파시인들보다 훨씬 컸다. 그 중에서도 가장 세력을 떨친 시파는 송시파를 계승한 진삼립(陳三立) 등을 대표로 하는 '동광체(同光體)'와, 왕개운(王闓運)을 대표로 하는 한위육조시파(漢魏六朝詩派)였다. 그밖에도 번증상(樊增祥)과 역순정(易順鼎)을 대표로 하는 중만당시파(中晚唐詩派)가 있었고, 명사 이자명(李慈銘)은 어느 한 시파에 속하지는 않았지만 전통의 범위 안에 있었다.

왕개운(1832-1916)은 자가 임추(壬秋)이고 호가 상기(湘綺)이며 호남 상담(湘潭) 사람이다. 그는 청말민초(淸末民初)에 정치·문화 각 방면에서 영향력이 컸던 인물이다. 그는 한(漢)·위(魏)·육조(六朝)의 시를 본받아야 한다고 주장하며 그런 풍격의 시를 대량으로 창작하여 일부 문인들의 호응을 얻었다. 당시 사람들은 그를 중심으로 한 시파를 '호상파(湖湘派)' 또는 '문선파(文選派)'라고도 불렀는데, 그들은 시계혁명을 주도한 사람들과 대립했을 뿐만 아니라 똑같이 복고의 노선을 걸었던 송시파와도 견해를 달리했다.

그는 전통적인 풍격으로 구식 문인의 정회를 서사하는 데 능했으며, 감각이 진부하긴 했지만 조예는 꽤 높은 편이어서 끊임없이 한·위에서 당(唐)에 이르는 각 조대의 시를 송독하고 베껴 쓰면서 깊이 있게 중국 고전시를 연마하여 그 예술 특징을 개괄해내었다.

'동광체'라는 명칭은 그 시파의 주요 시론가인 진연(陳衍)의 견해로서 "동치(同治: 1862-1874)·광서(光緖: 1875-1908) 이래 성당(盛唐)을 묵수하지 않은 자"155)를 가리킨다. 이 말은 애매한 구석이 있지만 사실상 이 시파는 주로 송인(宋人)을 배웠고, 그들의 활동 연대도 주로 광서 중기 이후이며 '5·4'(1919) 전후까지 계속해서 영향력을 행사했다. 이들은 다시 진연·정효서(鄭孝胥)를 대표로 하는 민파(閩派)와, 심증식(沈曾植)을 대표로 하는 절파(浙派)와, 진삼립을 대표로 하는 공파(贛派)로 나뉘는데, 그 중 진삼립의 성취가 가장 크다.

진삼립(1853-1937)은 자가 백엄(伯嚴)이고 호가 산원노인(散原老人)이며 강서 의녕(義寧: 지금의 강서성 수수修水) 사람이다. 광서 12년(1886)에 진사가 되어 이부주사(吏部主事)를 맡았다. 그 후 호남에서 순무(巡撫)직에 있던 부친 진보잠(陳寶箴)을 보좌하여 신정(新政)을 추진했다. 무술변법 실패 후 부자가 함께 면직되었다. 그 후 그는 더 이상 정치에 참여하지 않고 자칭 '신주수수인(神州袖手人)'이라고 했다. 1937년 노구교(盧溝橋) 사변이 터지자 울분을 품고 절식해 죽었다. 『산원정사시(散原精舍詩)』와 그 『속집(續集)』·『별집(別集)』이 있다.

진삼립은 청(清)이 멸망한 후 유로(遺老)로 자처했지만 그의 상황은 왕개운과 달랐다. 왕개운은 구 문화전통을 고수하며 편안히 지냈지만, 진삼립은 시종 사회 정치와 사상 문화의 변화에 민감해서 새로운 문물을 배척하지 않았다. 무술변법 이후 사회가 혼란상태에 빠지자 많은 '신파' 인물이 추한 모습을 보였는데, 그것이 아마도 그가 다시 정계에 참여하지 않은 주요 원인일 것이다. 그리고 장기간 보수와 급진 두 파 중간에 처하여 세상사에 크게 실망했을 것이다. 진삼립도 시에서 종종 '신학(新學)' 명사를 구 격률에 넣었지만 그것이 그의 주된 특색은 아니다.

그의 시는 황정견을 본받아 낡고 속된 것을 피하고 새로운 것을

---

155) "同·光以來不墨守盛唐者."(「沈乙庵詩序」)

추구했는데, 그의 뜻은 모방에 있는 것이 아니라 일종의 '전각(鐫刻)' 공부를 통해 그의 날카로운 인생 감수를 분명하게 표현하는 것이었다. 그의 시에서 가장 주목할 만한 것은 개인이 외부 환경에 포위되어 압박을 받아도 거기서 벗어날 수 없는 느낌이다.

그는 <새벽에 구강에 도착하여 짓다(曉抵九江作)>에서 "눈을 감자 바람과 파도가 베개 위로 이동하고, 가슴을 어루만지니 국가가 등불 앞으로 닥친다"[156]로 우국지정을 표현했는데, 내용은 종래의 시가에서 흔히 찾아볼 수 있는 것이지만 우환을 일으킨 '풍도(風濤)'와 '가국(家國)'이 주동적인 자태로 시인의 내심을 강하게 압박한다는 표현이 특이하다. 다시 그의 시를 한 수 들어본다.

<渡湖至吳城> 호수를 건너 오성에 이르다

釘眼望湖亭,　　망호정을 물끄러미 바라보니
烘以殘陽柳.　　횃불이 석양의 버들을 비춘다.
中興數人物,　　중흥의 여러 인물들이
都在啼鴉口.　　모두 우짖는 까마귀 입 속에 있구나.

망호정은 오성(吳城)의 교통 요지를 가리키는 표지인데, 일찍이 이곳 파양호(鄱陽湖)에서 증국번(曾國藩)·팽옥린(彭玉麟) 등이 태평천국의 군대와 전투를 벌였다. 그렇게 사라진 영웅 인물들을 애도하는 시인의 표현이 섬뜩할 정도로 애절하다.

현실은 외면할 수도 없고 피할 수도 없는 존재이고 그 속에서 시인이 겪는 고통은 언어를 빌려 해소할 수 있는 것이 아니다. 그렇게 된 원인으로는 문화의 변이 속에 처한 중국의 전도가 암담하여 사람의 정신을 어지럽혔고, 동시에 개인과 사회가 더욱 긴밀히

---

156) "合眼風濤移枕上, 撫膺家國逼燈前."

연관되어 옛날 은사(隱士) 식의 정회로 물러나기 어렵게 되었다는 것이 있다. 그러나 다른 한편, 그것은 근본적으로 자유 공간을 필요로 하는 자아의지와 억압으로 치닫는 사회 환경의 충돌에 기인한 것이고, 개인이 외부세계에 대해 훨씬 더 민감하게 된 데 기인한다.

그런데 억압으로 치닫는 사회 환경은 파악하기 어려운 무형의 존재 같아서 시인은 자연 의상을 사용하여 그것을 상징한다. 그런 감각이 후대의 신문학 속에서 잇달아 여러 가지 형식으로 표현되는데, 여기에는 사실상 이미 현대문화의 기질이 내포되어 있었다.

그런 의미에서 진삼립은 중국의 고전시가 전통 속에서 최후를 장식한 중요한 시인이라고 할 수 있다. 그의 창작은 일정한 범위 안에서 고전시가의 활력을 보여주었다. '시계혁명'을 고취했던 양계초도 진삼립을 높이 평가하여 "그의 시는 새롭고 특이한 언어를 사용하지 않았지만 경계가 절로 시류와 달랐고, 깊이가 있으면서 빼어나 당송인의 시집에서도 견줄만한 것을 쉽게 찾을 수 없다고 평가하겠다"[157]라고 말했다.

청말 민초에 '남사(南社)'는 활약이 큰 혁명문학단체였는데, 진거병(陳去病)·고욱(高旭)·유아자(柳亞子)가 발기인이다. 이 단체는 반청혁명을 선전하는 측면에서 많은 일을 해서 정치적으로 보수에 속했던 '동광체' 시인들과는 대립적인 위치에 있었다. 그들의 시가 예술 성취는 크지 않지만 소만수(蘇曼殊)의 경우는 조금 특별하다.

소만수(1884-1918)는 이름이 현영(玄瑛)이고 만수는 그의 승호(僧號)이다. 자가 자곡(子谷)이며 광동 향산(香山: 지금의 광동성 중산中山) 사람이다. 일본에서 태어났고, 모친이 일본인이다. 유년시절에 부

---

157) "其詩不用新異之語，而境界自與時流異，濃深俊微，吾謂于唐宋人集中罕見倫比."(『飮冰室詩話』)

친을 따라 귀국했으나 친족들이 멸시하여 많은 수모를 겪었다. 나중에 일본으로 건너가 미술·정치와 육군을 공부했으며, 일본에 있는 중국 유학생들의 정치활동에 참여했다. 20세에 귀국해서는 교육 및 번역 작업에 종사했고 장병린(章炳麟)·유아자 등의 혁명가와 교유했다. 그는 일생동안 두 번이나 승려가 되는 등 행적이 특이하며 성정이 자유분방했다. 『소만수전집(蘇曼殊全集)』에 약 100수의 시가 수록되어 있는데, 다수가 칠언절구이다.

소만수는 매우 기민하고 낭만적인 기질이 있는 사람이다. 그는 시와 그림에 능하고 소설도 썼으며 일어·영어·불어·범어(梵語)의 문자에 능통해서 바이런·쉘러의 시와 빅토르 위고의 『레미제라블』을 『비참세계(悲慘世界)』라는 제목으로 번역했다. 그는 승려이기도 하고 혁명가이기도 했지만 둘 다 그의 심령을 안정시킬 수 없었다. 그는 때로는 격앙되고, 때로는 퇴폐적인 자태로 강렬한 생명의 열정을 표현했다.

소만수가 일찍 반청활동에 참가했을 때 쓴 시는 젊은이의 장쾌한 예기 속에 처량한 정서를 삼투시켰기 때문에, 당시의 정치를 다룬 일반적인 시와 모습이 다르다. 다음 시를 보자.

＜以詩幷畫留別湯國頓＞(其二)
시와 그림을 탕국돈에게 이별의 선물로 주다(제2수)

海天龍戰血玄黃,　　바다와 하늘에서 용이 싸우니 피가 낭자하고
披髮長歌覽大荒.　　산발하고 목놓아 노래 부르며 광야를 바라본다.
易水蕭蕭人去也,　　역수에 바람 쓸쓸히 불고 사람은 떠나가는데
一天明月白如霜.　　하늘의 밝은 달은 교교하기가 서리 같구나.

이 시는 1903년 시인이 일본 동경(東京)을 떠나 귀국할 때 지은

것이다. 그는 여기서 강유위의 제자 탕국돈에게 이별을 고하며 앞으로 혁명 활동에 투신하겠다는 강개어린 결심을 토로했다.

그 후의 작품에는 고독과 감상(感傷)의 정서가 갈수록 깊어져 그의 애정시가 한때 사람들을 매우 감동시켰다. 그는 일생동안 여러 여성과 감정상의 갈등이 있었지만 궁극적으로 해결할 수 없었고, 불가(佛家)에 의지해서 속세와의 인연을 끊을 수도 없었기 때문에 결국 공상 속에서 몸부림칠 수밖에 없었다. 다음 시를 보자.

〈寄調箏人〉(其三) 쟁을 조율하는 이에게 부치다(제3수)

偸嘗天女脣中露,	천녀의 입술 속 이슬을 몰래 맛보고는
幾度臨風拭淚痕.	몇 번이나 바람 앞에서 눈물을 훔쳤던가?
日日思卿令人老,	날마다 그대 그리움이 사람을 늙게 하여
孤窗無那正黃昏.	외로운 창에 비쳐드는 석양을 어쩔 수 없구나.

욱달부(郁達夫)는 「소만수 작품에 대한 잡평(雜評曼殊的作品)」에서 "그의 시는 공자진의 〈기해잡시(己亥雜詩)〉에서 나왔는데, 거기에 한 줄기 청신한 근대미(近代味)를 가했다"라고 평가했다. 그가 말한 '근대미'는 주로 감정 서사가 대담하고 솔직함과, 그에 상응하는 절실하고 자연스런 언어를 의미한다.

소만수는 쉴러와 바이런의 시를 잘 알고 있어서 서양 낭만주의 시의 정신을 자신의 애정시에 녹여 넣을 수 있었다. 다만 그는 '신학(新學)'의 새로운 명사 개념을 사용하지 않고 전통의 형식 속에서 신선한 분위기를 자아냈다.

찾아보기(인명)

찾아보기 (작품)

▌ㄱ▐

中國詩史

초판 인쇄 – 2017년 3월 6일
초판 발행 – 2017년 3월 10일

지은이 – 송 용 준
발행인 – 金 東 求
발행처 – 명 문 당(창립 1923년 10월 1일)
　　　　 서울시 종로구 윤보선길 61(안국동)
　　　　 우체국 010579-01-000682
　　　　 전 화 (02) 733-3039, 734-4798
　　　　 FAX (02) 734-9209
　　　　 Homepage　www.myungmundang.net
　　　　 E-mail　mmdbook1@hanmail.net
　　　　 등록 1977.11.19. 제1-148호

* 낙장 및 파본은 교환해 드립니다.
* 불허 복제
* 정가 35,000원
　ISBN　979-11-88020-05-8　 (93820)

이 저서는 2014년 정부(교육부)의 재원으로 한국연구재단의 지원을 받아 수행된 연구임
This work was supported by the National Research Foundation of Korea Grant funded
by the Korean Government(NRF−2014SIA6A4025174)